Peter Handke

Meine Ortstafeln
Meine Zeittafeln

1967-2007

Suhrkamp Verlag

Erste Auflage 2007

Druck: Pustet, Regensburg
Printed in Germany
ISBN 978-3-518-41947-2

1 2 3 4 5 6 – 12 11 10 09 08 07

Inhalt

(Auto-)Biographisches

Ein autobiographischer Essay

1957

Das Betragen:

Ich stand auf, wenn ein Vorgesetzter den Raum betrat. Ich fehlte nicht unentschuldigt. Wenn ich mich als krank zu Bett legte, zeigte das Thermometer, daß ich berechtigt im Bett lag. Als es in Mode kam, sich mit Kreide Hakenkreuze auf die Handfläche zu zeichnen und damit Nichtsahnenden auf die Schulter zu klopfen, war ich meist der Beklopfte. Die Eisblumen auf den Fenstern im Winter wagte ich nicht während des Unterrichts anzuhauchen. Manchmal las ich unter der Bank. Sooft die Lehrer mich anschauten, versuchte ich EHRLICH und OFFEN zurückzuschauen. Auf Befehl konnte ich sofort die Hände auf den Tisch legen. Meist waren meine Schuhbänder so kurz, daß ich sie nicht zubinden konnte.

Die Religion:

Ich glaubte manchmal an Gott, den allmächtigen Vater, Schöpfer Himmels und der Erden. Während der Messe wartete ich auf die Bewegungsänderungen, vor dem Evangelium auf das Aufstehen, vor der Predigt auf das Sitzen, vor der Wandlung auf das Knien. Als der Bischof der Diözese zu Besuch in das Internat kam, trat er im Studiersaal sofort auf mich zu und erkundigte sich nach meinem Namen. Weil meine Mutter ein Kind erwartete, gelobte ich vor dem EWIGEN LICHT, sollte alles gut ausgehen, würde ich *wirklich* Priester werden. Ich begann gern zur Beichte zu gehen und erfand Sünden. Der Kardinal von Ungarn mußte vor den Kommunisten in der amerikanischen Botschaft ZUFLUCHT suchen. Ich lernte die Namen aller Bücher des Alten Testaments und die Bauart des Tempels Salomons. Wenn ich die Hostie mit den Zähnen berührte, erschrak ich. Ein aus China vertriebener Missionar berichtete von den Leiden der Europäer dort und zeigte

Lichtbilder. Martin Luther, so wurde uns erzählt, lebte mit einer dem Kloster entsprungenen Nonne zusammen. Ich übersetzte die Passionsgeschichte aus dem Deutschen ins Lateinische zurück. Allmählich konnte ich mir nicht mehr vorstellen, wie die Hölle beschaffen war. Im Bett, wenn ich mir Bilder von nackten Frauen vorstellte, betete ich unablässig das VaterunserderdubistimHimmel, zu dem mir *keine* Bilder einfielen. Ich schrieb ein Gedicht auf die Muttergottes. Als man uns sagte, daß vor Gott alle Menschen gleich seien, Weiße, Neger, Juden, Chinesen, kam mir der Gedanke, ob dieser Satz nicht eigentlich erst den Gegensatz dieses Satzes möglich mache. Im Jahr neunzehnhundertsiebenundfünfzig hatte ich Angst vor dem Samstagnachmittag, an dem wir in der finsteren Kirche knieten und den Rosenkranz beteten.

Die Geographie:

Ich lernte, daß Winde nach der Richtung benannt werden, aus der sie kommen. Wenig besiedelte Gebiete waren auf den Karten fast weiß eingezeichnet: Dort wollte ich sein. Ich wußte alle Hauptstädte aller Staaten auswendig. In der Erdkruste konnten sich in jedem Augenblick Risse zeigen. Von zu Hause brachte ich eine Karte mit den alten Grenzen Deutschlands in den Unterricht, die für die Kartenkammer eingezogen wurde. Das Tiefblau des Pazifischen Ozeans war das bedrohlichste. In der Nacht hörte ich gern die Züge fahren. Der Vatikan war ein eigener Staat mit eigenen Bürgern. Wenn ich mich verirren sollte, konnte ich mich nach dem Stand der Sonne orientieren. Ich suchte auf den Landkarten Straßenknotenpunkte. Den gestrichelten Weg, den der Captain Scott zum Südpol genommen hatte, sah ich auf der Rückkehr im eingezeichneten Polareis mit einem Kreuz abbrechen. Weil ich alle Flecken und Risse, die es gab, von jetzt an mit Staaten und Flüssen VERGLEICHEN konnte, mußte ich nicht mehr davon träumen.

Die Geschichte:

Die Geschichte war für mich ein UNTERRICHTSFACH. Ich hatte Freude an den Namen der unzähligen Friedensschlüsse.

Von den längst vergangenen Ereignissen wurde in der Gegenwart gesprochen. Die Kriege, so wurde gesagt, brachten unsägliches Leid über die Völker. Marc Aurel war ein Philosoph auf dem Kaiserthron. Die Feldherren waren TAPFER, und die Herrscher waren WEISE. Die Hunnen ritten Fleisch unter den Sätteln weich, hatten grausame Schnurrbärte und wurden mit einem Heuschrekkenschwarm verglichen. Im Mittelalter war die Welt noch eine Einheit. Der spätere Papst Pius der Zweite entdeckte als einer der ersten die Vorzüge des Bergsteigens. Zur Veranschaulichung der Geschichte las ich Balladen. In allen Wandelgängen des alten Schlosses, in dem wir uns aufhielten, sollte ich die Spuren der Vergangenheit entdecken. Die Schlacht auf dem Lechfeld jährte sich zum eintausendundzweiten Male. Der heilige Bonifatius schlug mit eigener Hand die DONAReiche um und bekehrte auf diese Weise die letzten Heiden im deutschen Gebiet zum Christentum. Die Römer, wenn sie nicht weiteressen konnten, kitzelten sich mit Federn den Gaumen, um erbrechen und weiteressen zu können. Der Aufstand der Ungarn im Jahr zuvor gehörte noch nicht zur Geschichte.

Die Sprachen:

Die Beschäftigung mit den fremden Grammatiken hielt mich davon ab, mich mit den anderen beschäftigen zu müssen. Ich spielte mit den Abwandlungen von Wörtern. Es wurde mir beigebracht, Sprachen zu verachten und Sprachen zu lieben. Einer Minderheit bei uns, die eine slawische Sprache von Kind auf gelernt hatte, wurde von uns andern geraten, doch in das Land zu gehen, wo die Mehrheit diese Sprache spreche. Weil ich in der griechischen Grammatik allen überlegen war, fühlte ich mich mächtiger als viele.

Die Aufsätze:

Weil ich meine Erfahrungen als Kind inzwischen vergessen hatte, teilte ich in den Aufsätzen die dazugelernten Erfahrungen mit eingelernten Wörtern mit. Sollte ich ein Erlebnis beschreiben, so schrieb ich nicht über das Erlebnis, wie ich es gehabt hatte, sondern das Erlebnis veränderte sich dadurch, daß ich darüber schrieb, oder es entstand oft erst beim Schreiben des Aufsatzes darüber, und zwar durch die Aufsatzform, die man mir eingelernt hatte: Sogar ein eigenes Erlebnis erschien mir anders, wenn ich darüber einen Aufsatz geschrieben hatte. In Aufsätzen über Treue und Gehorsam schrieb ich wie in Aufsätzen über T. und G., in Aufsätzen über einen schönen Sommertag schrieb ich wie in Aufsätzen über einen sch. St., in Aufsätzen etwa über das Sprichwort »Steter Tropfen höhlt den Stein« schrieb ich wie in Aufsätzen über das Sprichwort »St.Tr.h.d.Stn.«, bis ich schließlich an einem schönen Sommertag nicht den schönen Sommertag, sondern den Aufsatz über den schönen Sommertag erlebte.

Der Staat:

Ich sang alle Strophen der Bundeshymne. Ich liebte meine Eltern als die Keimzelle des Staates, ich liebte meinen Heimatort, ich liebte das Bundesland, in dem ich geboren war, ich liebte mein geliebtes Vaterland. Ich lernte Sätze über den Staat. Nicht der Staat, sondern die Worte über den Staat reizten mich zum Gebrauchen. Dadurch, daß es einen Staat gab, gehörten wir alle zusammen. Zwei Jahre davor war verkündet worden, daß wir durch einen Staatsvertrag mit den Besatzungsmächten endlich FREI seien: Als sich aber bis jetzt nichts geändert hatte, außer daß ein Staatsfeiertag eingeführt worden war, man aber noch immer hörte, daß wir jetzt FREI seien, hielt ich allmählich die Wörter »frei« und »unfrei« nur für Sprachspiele. Ich sah den Staat in den Wasserzeichen der Zeugnisse. Gerade weil ich mir unter dem Wort »Staat« nichts vorstellen konnte, war ich begeistert für ihn: Ich wollte allem, was ich mir nicht vorstellen konnte, auf die Spur kommen: Ich war für alles begeistert, was beSUNGEN werden konnte.

Das Spielen:

Ich drängte mich zu dem Tischfußballautomaten, der in einem eigens zum Spielen eingerichteten Raum aufgestellt worden war: Dabei schämte ich mich freilich, daß ich NOCH gern spielte. Ich lernte es, vor schweren Medizinbällen, die aus der Nähe gegen mich geworfen wurden, die Angst zu verlieren und die Bälle vor der Brust zu fangen, wenn ich auch zurücktaumeln mußte. Der geistliche Aufseher, der uns einen Nachmittag lang einen Abhang hinauf- und hinunterjagte, weil wir vor dem Beten im Speisesaal unruhig gewesen waren, bezeichnete auch dies als Spiel. Am Radio regte ich mich über die Wahlergebnisse auf, die wir in unserem Alter schon hören durften: Aus Spiellust trat ich offen für die sozialistische Partei ein, die in dem Internat verpönt war. In den Tagen der geistlichen Exerzitien, in denen wir zum Schweigen verpflichtet waren, konnte ich nicht genug kriegen an Wörtern. Ich löste schwierige Rechenaufgaben mit einer Spannung, mit der ich sonst mörderische Geschichten las.

Der Ernst des Lebens:

Ich schämte mich oft. Kaum aufgewacht, wünschte ich mir, es wäre schon wieder Abend. Ich wollte mich überallhin VERKRIECHEN. Im Bett zog ich mir sofort die Decke über den Kopf. Von einem Foto schnitt ich den Hinterkopf ab, weil er mir peinlich war. Den Stuhl, auf dem ich im Studiersaal saß, zog ich ganz dicht an das Pult heran und schob den Körper möglichst weit unter das Pult. Die Fingernägel waren immer schmutzig. Ich hörte auf, während der Messe mitzusingen, weil ich dabei die eigene Stimme hörte. Ich roch den Wein an den Fingern des Priesters, wenn er mir die Hostie auf die Zunge legte. Viel länger als nötig saß ich auf dem Abort. Ich war froh, daß das Pult einen aufklappbaren Aufbau hatte, in den ich mich in dem großen Saal mit den Augen verkriechen konnte. Mitten in einer Wurfschlacht mit Apfelresten fing ich blöd zu weinen an. Mit dem Weihwasser betupfte ich beim Verlassen der Kirche die Pickel auf der Stirn. Ich bemerkte zum erstenmal, daß ich schwitzte. Von allen Wörtern, die mit schlechten Vorsilben anfingen, fühlte ich mich gemeint. Die Sonne war mir zuwider, aber wenn draußen der Schnee fiel, hatte ich etwas, wo ich hinschauen konnte. Bei schwarzen Schlagzeilen in der Zeitung fiel mir das Wort »Herbst« ein, weil im Herbst davor Israel Ägypten bombardiert hatte: Bomben hatten seitdem für mich die Form von dichten schwarzen Schlagzeilen. Ich fürchtete mich nicht mehr so sehr vor dem Sterben, wie ich es als Kind getan hatte, sondern mehr vor dem Nicht-Sterben und vor dem Gesundsein. Ich erinnerte mich wenig und gebrauchte selten die Vergangenheitsform: Ich dachte meistens *voraus.* Wenn ich mir damals wünschte, anderen etwas SAGEN zu können, so meinte ich damit den Wunsch, anderen etwas BEFEHLEN zu können: Ich fürchtete und bewunderte die, die auf diese Weise etwas zu SAGEN hatten. Die Schuhe der Aufseher KNARRTEN hinter einem. Die scheinbare AUSSENWELT, in der ich lebte, das Internat, war eigentlich INTERN, eine äußerlich angewendete INNENWELT, und das eigene Innere war die einzige Möglichkeit, ein wenig an die AUSSENWELT zu gelangen. Ich getraute mich nicht, beim Spaziergang die vorgeschriebenen Grenzen zu überschreiten: Ich bemerkte nur GRENZEN. Die Angst vor der Kirche war eine Angst vor der Kälte. Obwohl ich noch nie im Ausland gewesen war, war ich doch immer im AUSLAND. Jede meiner Antworten erschien mir als eine Beichte. Die Äpfel, die in den Wiesen rund um das Internat auf dem Boden lagen, STAHL ich. Erst ein Jahr darauf kam es dazu, daß ich, unter dem Vorwand, ich wollte zum Zahnarzt, mit dem Bus in die nahe gelegene Stadt fuhr, wo ich neugierig herumging und neugierig schließlich ein Buch kaufte: Kurz nachdem ich zurück war, wurde es mir weggenommen, aber da hatte ich es schon gelesen.

Eine Zwischenbemerkung über die Angst

»Du hast immer nur Angst, Angst, Angst«, hat gestern ein Kind zu mir gesagt, und es sagte das ziemlich gelangweilt ... Wann habe ich eigentlich *keine* Angst? Sehr oft, meistens; aber wenn ich dann Angst habe, kommt wieder das Gefühl, daß jetzt ich gemeint bin und daß jetzt das Leben anfängt. Wenn ich keine Angst habe, fühle ich mich entweder stumpfsinnig oder so glücklich, daß ich vor Glück gereizt werde und jeden Buckel in der Umwelt nur als Störung meines Glücks empfinde. Ich habe noch nicht recht gelernt, im Glück vernünftig zu bleiben und aufmerksam für die andern zu sein. Sehr selten gelingt das vernünftige Glück, das von der Umwelt nicht abschließt, sondern für sie öffnet. Das wäre dann die gewünschte Existenz; aber auf dem Weg dahin ziehe ich die augenöffnende Angst meinem blindwütig aggressiven Glück vor, dessen jähe Bösartigkeit ich auch an anderen Glücksfanatikern erschreckt wiederfinde. Angst also wovor? Das ist eine mir unverständliche Frage. Ich habe einfach Angst, wie ich Träume habe, wie ich manchmal Kopfschmerzen habe, wie ich Erinnerungen habe; die äußeren Einzelheiten entzünden die Angst nur. »Panischen Schrecken« nannten die Griechen diese Angst ohne sogenannte Ursache. Ja, wenn ich Angst habe, bricht in mir eine Panik aus, eine stille, heiße, ruhige Panik, fast wie bei dem vor Schrecken angewurzelten Bambi Walt Disneys, jedenfalls so ähnlich ..., und vielleicht auch ähnlich kitschig; und ähnlich auf die Nerven wie das panisch erschreckte Bambi geht mir auch oft meine Angst. Was soll also daran augenöffnend sein? Nicht den Zustand der Angst meine ich, sondern den Zustand danach – wenn die Angst vorbei ist. Da entsteht dann ein Gefühl, das jenem vernünftigen Glück nahekommt: das Gefühl für die Existenz und die Existenzbedingungen der anderen Menschen, ein starkes, mitteilbares, soziales Gefühl. Deswegen kann ich es mir nicht leisten, daß mir meine Angst nur auf die Nerven geht, und deswegen schreibe ich darüber und lebe davon, daß ich darüber schreibe.

Und die Todesangst? »Schickt es sich, eine so kurze Sache so lange zu fürchten?« heißt es in den *Essais* von Montaigne.

O ja, o ja. Und die Langeweile des Kindes? O, ich könnte über meine Angst so viele komische Einzelheiten erzählen, daß ich schließlich sogar ein Kind damit zum Lachen bringen könnte.

Über Lieblingswörter

Jetzt habe ich Camus' zehn liebste Wörter verloren, recht so. Denn erst einmal haben die sicher in Deutsch einen grundandern Schein als in seinem Französisch. Und dann ist es eher ein Recht der Jugend, für einzelne Wörter zu schwärmen. Später wird so ein Schwarm gefährlich; je öfter der erwachsene Autor Wörter wie Lieblinge herbeiruft, desto mehr ziehen sie sich mit der Zeit zurück; in der Folge, versteift der Schreiber sich auf sie, stechen sie gar und sterben, oder, anders gesagt, werden gegenstandslos; und kann sein, der Liebhaber stirbt mit ihnen. Ist es Camus selber nicht so ähnlich ergangen? So vernarrt war er in »soleil«, »enfant«, »mer«, daß Sonne, Kind und Meer zuletzt aus seinem Schreiben entschwanden; es blieb nichts mehr zu erzählen als der nachtdunkle monologische »Fall«, *la chute*, und danach, wie jung war er da noch, nicht einmal mehr die Nacht. Ich sage das aus Mit-Erfahrung. »Heraus aus der Sprache – bleib bei den Dingen, und ihrem Schein!« Eine der Anstrengungen des Schriftstellers ist es vielleicht, nicht dem Magnetismus der Wörter zu verfallen; dieses »Nicht« ist wohl überhaupt das Autor-Zeichen. Die Wörter, anders als für die Sprecher, stehen ihm nicht zur Verfügung; er gebraucht sie jeweils nicht – er entdeckt sie, besser es, das, ein (1) Wort, und nur für jetzt, an dieser einen Stelle im Text, nie zum Weiterleiern. Auch sind die Wörter der deutschen Sprache für unsereinen vielleicht noch gefährlicher als andere; vergiftet – gerade die wesentlichen, ohne die das Poetische nicht auskommt – durch die Geschichte, schlagen sie zurück; wer sich auf sie einläßt, wird möglicherweise von ihnen getötet; aber das Schreiben dessen, der sich nicht auf sie einläßt, gilt nicht? Ich muß mich auf sie einlassen? – Bei allem nenne ich nun doch ein Wort, das ich noch ein paarmal in den Verlauf des Erzählens, wenn sich nur der Moment ergibt, einfließen lassen möchte; ich habe es erst einmal benutzt, nichts als das entsprechende Ding vor Augen, ohne mir einer Ausgefallenheit des Wortes bewußt zu sein, und es ist mir ans Herz gewachsen dadurch, daß ein geschätzter Kritiker es dann lachhaft fand, in seinen Augen fast so verstiegen wie »Kelchschaft«: es ist das Wort »Talschaft«, altes, übliches Wort für eine Gegend aus einer Mehrzahl von Tälern (ich habe es gebraucht für die Talschaft Wochein in Slowenien). Also, Leser, Achtung! – Freilich aber kann ich dies und jenes mir liebe Wort in einer fremden Sprache aufzählen, ich verwende sie, nicht als Schreiber, sondern als Alltagsmensch, noch und noch; zum Beispiel: *ataraxia*, altgriech., Unerschütterlichkeit; *phalatrsnawairagya*, wohl indisch?, gefunden beim Lesen vorn Mircea Eliade und auswendig gelernt – es bedeutet etwa das gleiche wie das griechische; *ecuanimidad*, spanisch; und dann natürlich einige slowenische Wörter wie *domotožje*, Heimweh, oder *hrepenenje*, Sehnsucht. Solche Litaneien helfen dem Unterzeichneten manchmal halbwegs durch seinen Tag, in seinen Tag.

Die Reise nach Kolonos

Das Übersetzen des *Ödipus in Kolonos* hatte mich vom Mai bis zum September 2002 beschäftigt. Mittendrin nahm ich mir vor, zu dem Kolonos von heute zu reisen. Lange hatte mir der Ort als eine Art Insel vorgeschwebt, wohl auch durch den eingebürgerten deutschen Titel des Dramas, »... *auf* Kolonos«. Selbst als sich herausstellte, Kolonos sei inzwischen ein Bezirk des jetzigen Groß-Athen, glaubte ich diesen Bezirk weit draußen in der Landschaft von Attika, irgendwo an den Rändern. Auf den mir in der Ferne verfügbaren Athen-Plänen war jedenfalls kein »Kolonos« eingezeichnet. Ein Kenner der griechischen Hauptstadt erzählte mir dann freilich, das Viertel oder der »Demos« Kolonos befinde sich in einer Art Zwischenzone, fast nah dem Zentrum mit der Akropolis, dem Parlamentsplatz und dem Likavitos-Hügel. Er kannte nicht nur das Quartier, sondern auch mehr oder weniger mich und sagte, in Kolonos sei weder etwas zu besichtigen, noch sei dort etwas los (er sprach französisch und meinte »C'est null«), und also werde es mir dort gefallen.

Zu Anfang dieses Jahres 2003 jetzt bin ich endlich nach Kolonos aufgebrochen. Ich habe in seinen Straßen, auf seinen Plätzen und in seinen gar spärlichen »Parks« einen ganzen Tag verbracht, und es wurde mit der Zeit mehr oder anderes als »Gefallen«, was mich in Kolonos bleiben oder verweilen ließ. Am Morgen in Piräus, von wo ich mich auf den Weg machte, rüstete ich mich mit einem riesigen, gar nicht so umstandslos auf- und zuzufaltenden Athen-Plan, in welchem »Kolonos« endlich verzeichnet stand, wenn auch nicht, wie die Touristenstätten alle, mit den allgemein lesbaren lateinischen Lettern unter den originalgriechischen Schriftzeichen: da fand sich allein Κολωνός in blaßblauer, schwer aufzuspürender Kleinhandschrift, während die Straßennamen ganz Athens schwarze, deutliche Druckbuchstaben hatten. Aber jedenfalls: da war es, unmittelbar angrenzend an die innere Stadt, zur Linken

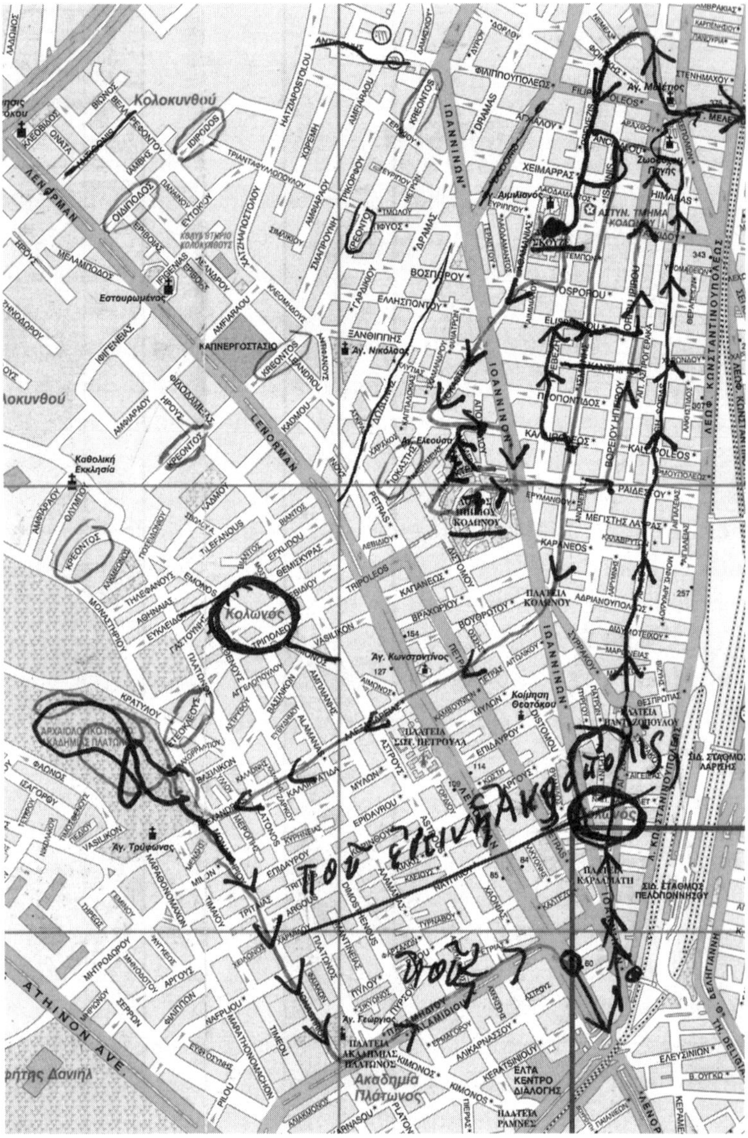
Κολοκυνθού
LENORMAN
ΚΑΠΝΕΡΓΟΣΤΑΣΙΟ
Εσταυρωμένος
Καθολική Εκκλησία
Κολωνός
ΑΡΧΑΙΟΛΟΓΙΚΟΣ ΧΩΡΟΣ ΑΚΑΔΗΜΙΑΣ ΠΛΑΤΩΝΟΣ
Άγ. Τρύφωνας
ATHINON AVE.
ΙΩΑΝΝΙΝΩΝ
ΦΙΛΙΠΠΟΥΠΟΛΕΩΣ
ΧΕΙΜΑΡΡΑΣ
ΑΣΤΥΝ. ΤΜΗΜΑ ΚΟΛΩΝΟΥ
Άγ. Μελέτιος
Ζωοδόχου Πηγής
Άγ. Νικόλαος
Άγ. Ελεούσα
ΛΟΦΟΣ ΙΠΠΙΟΥ ΚΟΛΩΝΟΥ
ΠΛΑΤΕΙΑ ΚΟΛΩΝΟΥ
Άγ. Κωνσταντίνος
ΠΛΑΤΕΙΑ ΣΩΤ. ΠΕΤΡΟΥΛΑ
Κοίμηση Θεοτόκου
ΠΛΑΤΕΙΑ ΠΑΝΤΑΖΟΠΟΥΛΟΥ
ΣΙΔ. ΣΤΑΘΜΟΣ ΛΑΡΙΣΗΣ
ΠΛΑΤΕΙΑ ΚΑΡΔΑΜΙΤΣΗ
ΣΙΔ. ΣΤΑΘΜΟΣ ΠΕΛΟΠΟΝΝΗΣΟΥ
Άγ. Γεώργιος
ΠΛΑΤΕΙΑ ΑΚΑΔΗΜΙΑΣ ΠΛΑΤΩΝΟΣ
Ακαδημία Πλάτωνος
ΕΛΤΑ ΚΕΝΤΡΟ ΔΙΑΛΟΓΗΣ
ΠΛΑΤΕΙΑ ΡΑΜΝΕΣ
ΛΕΩΦ. ΚΩΝΣΤΑΝΤΙΝΟΥΠΟΛΕΩΣ
Πού είναι η Ακρόπολις

des Peloponnesbahnhofs und seines breiten Gleisfelds, den Beginn des Nordwestens der Kapitale markierend, wozu auch die geradewegs nordwestwärts führende, dabei gar schmale Hauptstraße paßte, samt ihrem Namen Ioanninastraße – die Stadt Ioannina, mit der archaischen Orakelstätte *Dodona* in der Nähe, liegt ja ziemlich genau in dieser Richtung, vielleicht drei-, vierhundert Kilometer weiter – und ebenso gibt es eine Dodonastraße in Kolonos, mehr stadtauswärts, welche die Ioanninastraße kreuzt.

Es wurde an diesem 3. Januar 2003 bald warm, und ich ging mit dem Mantel über dem Arm. Am Vorabend hatte mich in einem Café ein älterer Mann angesprochen und mir dann Andeutungen zum heutigen Kolonos gemacht: »Nachtleben«; »Albaner« (es war ja auch, von Piräus aus, die Richtung nach Albanien), »Morde«. Zugleich war im Fernseher der Gaststätte der Vorabend-Quiz im Gang, und eine der Fragen, im Mythenteil, lautete, wie der von seinem Sohn Ödipus unwissend am Kreuzweg erschlagene König von Theben und Mann der Iokaste (die, Mutter des Ödipus, später unwissend ihres Sohns Frau und Geliebte werden sollte), geheißen habe. »Laios!« rief einer der Gefragten im TV.

Jetzt am Tage hatte Kolonos vordringlich den Anschein eines, nicht bloß in Athen, erstaunlich stillen, dabei bescheidenen und schön belebten Wohnviertels. Gab es denn keine Läden? Doch, fast jedes Gebäude hatte einen – der aber so unscheinbar war, daß man ihn auf den ersten Blick kaum als das Gemüse- und Früchtegeschäft, die Schusterwerkstatt, die Garage, die Bäckerei, die Fischhandlung sah; erst im Betreten des in der Regel eher licht- und schaufensterlosen Parterreraumes zeigte sich in diesem allmählich das, was zu einem Handel gehörte. Und wie fast eine Regel an neuen Orten: Schon nach den ersten Schritten wurde ich Fremder dort nach dem Weg gefragt, und gleich dann wieder.

Ich hatte erwartet, es werde in Athen-Kolonos bergauf gehen. Aber sämtliche Straßen, in die ich dann vom Hodos Ioanninon abbog, waren fast ohne Steigung und verliefen auch mehr oder

Lonely Planet
ΚΑΤΑΘΕΣΕΙΣ
ΝΕΟΥ ΤΥΠΟΥ
Η βραδυνή
ΤΙ ΑΛΛΑΖΕΙ
στη φορολογία
των ακινήτων

weniger geradeaus. Immer wieder schaute ich mich da wie dort um, ob sich nicht einmal im Südosten, wie vom »Ödipus in Kolonos« vor fast zweieinhalbtausend Jahren beschworen, die Akropolis, die Hohe Stadt, der kalkig-mamorne Felsen mit dem Parthenontempel zeigte. Dieser erschien später, kaum wahrnehmbar weit hinter der breiten Gleisschneise vom Peloponnesbahnhof, im Fluchtpunkt der Häuserzeilen, die, viel höher als die meisten in Kolonos, schon zum anderen Stadtteil namens »Attiki« gehörten. Hier machte ich kehrt: allein das Durchstreifen von Kolonos zählte an diesem Tag. Vorher versuchte ich noch ein Photo der Akropolis von der Stadtteilgrenze aus, mit einer »Einweg«-Kamera, zuvor gekauft in einem kleinen Laden am Platz der Kirche des Heiligen Meletios, wo Kolonos sein Zentrum zu haben schien, mit Cafés (*kafeia*), Restaurants (*estiatoria*), fußballspielenden Kindern, karten- und würfelspielenden Alten – in ganz Kolonos aber nirgends ein Hotel oder auch nur eine Etagenpension? Auch kein Kino? (Auf dem entwickelten Photo dann gab sich der Athener Burgberg nicht zu erkennen.) Auf dem besagten Platz (*plateia*) fanden sich auch zwei Zeitungskioske, die Journale wie in Griechenland üblich mit Wäscheklammern befestigt; »internationale Presse«? ja, aber nur rumänisch, bulgarisch und albanisch; zwischen den Kiosken ein Gedenkstein für die örtlichen Opfer der deutschen Besetzung von 1941 bis 1944, eins der Opfer mit dem Vornamen Sokrates. »Ruhm und Ehre, *time kai doxa*!«

Wurde in dem Drama des heimstattsuchenden »Irrsterns« Ödipus nicht einmal erwähnt, daß Kolonos schluchtenreich ist, mit zwei aufragenden Felsköpfen? War im Lauf der Jahrtausende denn auch hier das Land planiert worden? Im Vertrauen, zumindest noch Spuren der einstigen Erhebungen zu finden, kurvte ich in den folgenden Stunden durch die Straßen, kreuz und quer, in sämtliche Himmels- und Windrichtungen; eine der Straßen hieß »Hodos Himarras«; etwa Sturzbachstraße, eine diese kreuzende, sehr lange, »Straße des Nördlichen Epirus« (und in meiner Vorstellung war Ödipus, geführt von seiner Tochter Antigone, da auf seinem Umherstreifen durch Hellas dahergekommen – kein blin-

ΑΠΟ 67 ← 75
ΟΔΟΣ
ΙΟΚΑΣΤΗΣ
75

ΟΔΟΣ
ΙΣΜΗΝΗΣ
ΑΠΟ 53 ← 57

ΠΛΑΤΕΙΑ
ΚΟΛΩΝΟΥ
KOLONOU

der Greis freilich zu erspähen an diesem Januartag – dafür noch und noch alte Männer mit dunklen Brillen und – nicht weißen – Stöcken, jeder alleingehend). Es fand sich auch, an der Westgrenze von Kolonos, eine »Ödipusstraße«, dahinter, parallel zu ihr, eine »Antigonestraße«, und sogar der Bösewicht Kreon, gleich wie die »Blutschänderin« Iokaste, war in Kolonos als Straßenpatron gewürdigt. Doch diese Wege verliefen samt und sonders weiter im Flachen, und ebenso gab es in der Straße, die nach einem Sturzbach hieß, von einem solchen, selbst jetzt im Winter, da es in Attika doch zeitweise regnete, weder Spur noch Nachbild. Dabei rief doch der »Ödipus von Kolonos« deutlich die Quellen, das Wasserrauschen usw. an, ebenso wie die Felsgupfe.

Es zeigte sich endlich eine Art Erhebung, und die Landkarte half mir dabei. Irgendwo stand da »Hügel (*lofos*) des Verschwundenen Kolonos« (wenn ich das richtig entziffert habe ...), und auf dem Weg dahin, welcher sich unversehens San-Franciscohaft wellte, fand sich zu meiner Rechten eine Erhebung, die, jedenfalls so aus der Nähe, mehr schien als ein bloßer Hügel eben der im Drama besprochene Felskopf. Wieder eine Kirche an dessen Fuß, namens Hagios (Hl.) Aimilianos, und obenauf ein Kinderspielplatz und eine Gaststätte, in der Hauptsache aber Dickicht und Unterholz, und der Sockel endlich wie unversehrt, mit Bahnen und Schichten des nackten fast weißen Kalksteins (s. »schimmerndes Kolonos«, Vers 670), und der Name der Klippe, *Skuse*, kam der von *skuseïn* = plärren, schreien oder vom altgriechischen *Skatia*, Finsternis? Von hier oben mußte doch das Athener Zentrum, samt Akropolis, zu sehen sein? Ich, einziger Gast, ging lange auf der Terrasse des Gipfelcafés hin und her, und suchte. Aber der Südosthang da war wohl die bevorzugte Wohnlage von Kolonos, und die Häuser hatten, sehr ungewöhnlich für den Ort, mehrere Stockwerke; schließlich fragte ich das Kind des Wirts, und es zeigte durch die Gebäudebarrieren durch auf Athen-Mitte.

Auch von der zweiten Erhebung aus, dem Hügel des Entschwundenen (?) Kolonos, durch die da dicht auf dicht wachsenden

Hainkiefern usw., kein bißchen Zentrumsblick. Aber wozu auch? Im großen Bogen und kreuz und quer durch die Ismene-Straße, über die Xanthippe-Straße und so weiter zurück zum – jedenfalls mir so erscheinenden – Zentrum von Kolonos selbst, dem Platz des Hagios M. Dort Rast auf einer Lokalterrasse, in einer Seitenstraße. Der Wirt wunderte sich, daß sein Gast »bei der Kälte« (ungefähr 15°) im Freien sitzen wollte.

Noch nie war bei ihm ein Nicht-Einheimischer gewesen, vielleicht nicht einmal einer aus Zentral-Athen. Er setzte sich zu mir: Was ich hier suchte? Ödipus? In Kolonos? Noch nie gehört. Er rief seine Frau zu Hilfe, dann auch seine Tochter. Allgemeines Kopfschütteln. (Später erzählte mir eine alte Lehrerin für das alte Griechisch, Ödipus, der Vatermörder und Mutterbeischläfer, sei »im Volk« immer noch eine Art Tabu-Gestalt.) Erleichterung dann bei der ganzen Wirtsfamilie, als zwei liebliche Kinder erschienen: die Enkel, die der Großvater wie etwas Langerwartetes und Langvermißtes fast schmerzhaft fest in die Arme schloß, mit einem Blick auf mich, der sagte: »Das da ist wirklich. Das da ist jetzt. Das da zählt!«

Ich kreuzte weiter durch Kolonos, bis nach Sonnenuntergang, der nur dann viel zu früh kam. Den Text des »Oidipous epi Kolonoi« hatte ich zwar nicht dabei. Doch jener Lobgesang auf den Landstrich, angestimmt einmal, zwischen Litanei und Ballade, vom Chor der Einheimischen in dem Stück, geisterte mir im Hin- und Herwandern immer wieder durch den Sinn und durch die Sinne: Gutpferdeland – kindernährende (sic) unsterbliche Olivenbäume – Nachtigallen trällernd (oder schluchzend) unter wildem Efeu goldstrotzender Safran (im Paläogriechischen *Krokos*) – und das alles bewässert und befruchtet vom Flusse Kefissos – und das Meer so nahe, mit dem Stolz des Landes, der attischen Flotte. Unwillkürlich hielt ich in Kolonos Ausschau und horchte auf das vor zweitausendfünfhundert Jahren derart Gepriesene. Ja, es gab noch die Olivenbäume, sogar hier und da als Gehsteiggewächse, ab und zu die reifen Januaroliven im Rinnstein. (Weit häufiger

freilich die Orangenalleen.) Auch der wilde Efeu wucherte – nur daß es für Nachtigallenschmettern wohl zu hell und doch zu winterlich war.

Safran? Vielleicht; nur hätte ich zum Finden einen Führer gebraucht. Pferde: kein einziges. Vom Hafen (in Piräus) trotz der Stille in Kolonos nichts zu hören. Was fehlte, war vor allem der Fluß da, der Kefissos, der einst Tag für Tag daherkam in die Ebene »mit sauberem Schwall«. Erst am Abend, auf der Rückfahrt durch Piräus, bekam ich den Kefissos (neugriechisch Kifissos) zu Gesicht, als mein Mitfahrer, ein Einheimischer, plötzlich seinen Namen ausrief. Wegen des ersten »i« im Ausruf verstand ich zunächst nicht. Dann aber: das Glänzen des gar nicht so schmalen Gewässers unter dem Abendhimmel, kurz vor der Mündung ins Meer – erst da durfte der Fluß, zuvor mehr unter die Erde gedrängt, als vollständiger Wasserlauf an den Tag treten, für seine letzte attische Fließmeile; in Kolonos, an dessen Westrand, so sah ich es später auf der Karte, war er im Lauf der Zeit abgedrängt und eingeengt worden zwischen mächtigen Schnellstraßen. Wie stolz jedoch hatte der Einheimische seinen Fluß aus- und angerufen – »Kifissos!« war überhaupt das einzige Wort gewesen, das auf der langen Fahrt aus seinem Mund kam: »Kifissos! Potamos.« Und später ging mir, im Nachlesen der Verse 668-719, auch auf, daß mit dem Lobpreis Kolonos' durch den Einheimischen-Chor (Kolonos als »pars pro toto«) ganz Athen, die ganze heimatliche Polis besungen wurde – daß jenes Evozieren des eher kleinen Orts sich allmählich in eines des großen, ihn mitumfassenden verwandelte. Im Licht des Abendhimmels, so meernah, hatte der Fluß, schön-trügerisch, wie in den archaischen Versen Reinheit ausgestrahlt.

Am Morgen darauf war ich mit der pensionierten Lehrerin für Altgriechisch verabredet, in Piräus. Sie war in der Hafenstadt geboren und ging während des Zweiten Weltkriegs da auch ins Gymnasium. Doch als gegen Kriegsende die Alliierten den Hafen bombardierten, wurde sie mit ihren Eltern nach Athen evakuiert,

das als Offene Stadt bombengeschützt war, und fand Zuflucht im Athener Stadtteil Kolonos. Dort blieb die Familie in einem ebenerdigen Zimmer ein Jahr lang. Von einem »Ödipus in Kolonos«, einem blinden Greis, der dort Asyl sucht und findet, wußte das Kind zu der Zeit nichts. Erst später: was für ein Staunen. Und noch später: daß sie als Lehrerin wieder anderen Kindern (in Piräus) das alte Drama nahebrachte. Doch seit dem Ende des Kriegs, seit ihrer eigenen Kinderzeit war sie nicht ein Mal nach Kolonos zurückgekehrt. Einen der *lofoi*, der Hügel dort, hatte sie immerhin noch im Gedächtnis: den, wo der nackte Fels hervorkam, den mit dem Unterholz: da war sie ein paarmal, mit der Mutter freilich in der Nähe, spielen gegangen. Und auch sie stimmte dann, zusammen mit ihren beiden Töchtern, eine Art Litanei an, über Kolonos hinaus auf ganz Athen, auf dessen kaum mehr sichtbare Flüsse: »Kifissos! Ilissos! Eridanos!« Die beiden letzteren habe ich bis jetzt auf meiner Karte nicht gefunden. P.S., tags darauf: Inzwischen weiß ich doch, wo Eridanos und Ilissos ungefähr durch Athen fließen (fern von Kolonos).

Abschied von Kolonos

Mehr oder weniger Grundsätzliches

Ich bin ein Bewohner des Elfenbeinturms

Literatur ist für mich lange Zeit das Mittel gewesen, über mich selber, wenn nicht klar, so doch klarer zu werden. Sie hat mir geholfen zu erkennen, daß ich da war, daß ich auf der Welt war. Ich war zwar schon zu Selbstbewußtsein gekommen, bevor ich mich mit der Literatur beschäftigte, aber erst die Literatur zeigte mir, daß dieses Selbstbewußtsein kein Einzelfall, kein Fall, keine Krankheit war. Ohne die Literatur hatte mich dieses Selbstbewußtsein gleichsam befallen, es war etwas Schreckliches, Beschämendes, Obszönes gewesen; der natürliche Vorgang erschien mir als geistige Verwirrung, als eine Schande, als Grund zur Scham, weil ich damit allein schien. Erst die Literatur erzeugte mein Bewußtsein von diesem Selbstbewußtsein, sie klärte mich auf, indem sie zeigte, daß ich kein Einzelfall war, daß es anderen ähnlich erging. Das stupide System der Erziehung, das wie auf jeden von den Beauftragten der jeweiligen Obrigkeit auch auf mich angewendet wurde, konnte mir nicht mehr so viel anhaben. So bin ich eigentlich nie von den offiziellen Erziehern *erzogen* worden, sondern habe mich immer von der Literatur verändern lassen. Von ihr bin ich durchschaut worden, von ihr habe ich mich ertappt gefühlt, von ihr sind mir Sachverhalte gezeigt worden, deren ich nicht bewußt war oder in unbedachter Weise bewußt war. Die Wirklichkeit der Literatur hat mich aufmerksam und kritisch für die wirkliche Wirklichkeit gemacht. Sie hat mich aufgeklärt über mich selber und über das, was um mich vorging.

Seit ich erkannt habe, worum es mir, als Leser wie auch als Autor, in der Literatur geht, bin ich auch gegenüber der Literatur, die ja wohl zur Wirklichkeit gehört, aufmerksam und kritisch geworden. Ich erwarte von einem literarischen Werk eine Neuigkeit für mich, etwas, das mich, wenn auch geringfügig, ändert, etwas, das mir eine noch nicht gedachte, noch nicht bewußte *Möglichkeit* der Wirklichkeit bewußt macht, eine neue Möglichkeit zu sehen, zu sprechen, zu denken, zu existieren. Seitdem ich erkannt habe, daß ich selber mich durch die Literatur habe ändern können, daß mich die Literatur zu einem andern gemacht hat, erwarte ich immer wieder von der Literatur eine neue Möglichkeit, mich zu ändern, weil ich mich nicht für schon endgültig halte. Ich erwarte von der Literatur ein Zerbrechen aller endgültig scheinenden Weltbilder. Und weil ich erkannt habe, daß ich selber mich durch die Literatur ändern konnte, daß ich durch die Literatur erst bewußter *leben* konnte, bin ich auch überzeugt, durch meine Literatur andere ändern zu können. Kleist, Flaubert, Dostojewski, Kafka, Faulkner, Robbe-Grillet haben mein Bewußtsein von der Welt geändert.

Jetzt, als Autor wie als Leser, genügen mir die bekannten Möglichkeiten, die Welt darzustellen, nicht mehr. Eine Möglichkeit besteht für mich jeweils nur einmal. Die Nachahmung dieser Möglichkeit ist dann schon unmöglich. Ein Modell der Darstellung, ein zweites Mal angewendet, ergibt keine Neuigkeit mehr, höchstens eine Variation. Ein Darstellungsmodell, beim ersten Mal auf die Wirklichkeit angewendet, kann realistisch sein, beim zweiten Mal schon ist es eine Manier, ist irreal, auch wenn es sich wieder als realistisch bezeichnen mag.

Eine solche Manier des Realismus gibt es heute etwa in der deutschen Literatur. Weithin wird mißachtet, daß eine einmal gefundene Methode, Wirklichkeit zu zeigen, buchstäblich ›mit der Zeit‹ ihre Wirkung verliert. Die einmal gewonnene Methode wird nicht jedesmal neu überdacht, sondern unbedacht übernommen. Es wird so getan, als sei die Beschreibung dessen, was positiv ist (sichtbar, hörbar, fühlbar ...) in sprachlich vertrauten, nach der Übereinkunft gebauten *Sätzen* eine *natürliche*, *nicht* gekünstelte, *nicht* gemachte *Methode*. Die *Methode* wird überhaupt für die *Natur* gehalten. Eine Spielart des Realismus, in diesem Fall die Beschreibung, wird für naturgegeben gehalten. Man bezeichnet diese Art der Literatur dann auch als »unliterarisch«, »unpreziös«, »sachlich«, »natürlich« (der Ausdruck »dem Leben abgelauscht« scheint sich nicht durchgesetzt zu haben). Aber in Wirklichkeit ist diese Art der Literatur genausowenig natürlich wie alle Arten der Literatur bis jetzt: nur der Gesellschaft, die mit Literatur zu tun hat, ist die Methode vertraut geworden, so daß sie gar nicht mehr spürt, daß die Beschreibung nicht Natur, sondern Methode ist. Diese Methode wird im Augenblick nicht mehr reflektiert, sie ist schon rezipiert worden. Unreflektiert verwendet, steht sie der Gesellschaft nicht mehr kritisch gegenüber, sondern ist einer der Gebrauchsgegenstände der Gesellschaft geworden. Dem Lesenden leistet die Methode keinen Widerstand mehr, er spürt sie gar nicht. Sie ist ihm natürlich geworden, sie ist vergesellschaftet worden. Neuigkeiten allerdings werden auf diese Weise nicht mehr vermittelt. Die Methode ist zur Schablone geworden. Das hat zur Zeit einen sehr trivialen Realismus zur Folge.

Es zeigt sich ja überhaupt, daß eine künstlerische Methode durch die wiederholte Anwendung im Lauf der Zeit immer weiter herabkommt und schließlich in der Trivialkunst, im Kunstgewerbe, im Werbe- und Kommunikationswesen völlig automatisiert wird. Viele Serienromane arbeiten heutzutage mir nichts, dir nichts mit der Methode des inneren Monologs, Heerscharen von Autoren arbeiten mit der Methode des Filmschnitts. Ähnliches ist zur Zeit an der Methode des Beschreibens und Reportierens von äußeren Tatbeständen in Illustriertenromanen zu entdecken. Einiger Methoden der konkreten Poesie hat sich die Werbung bemächtigt. Die Methode der Überbetonung von Nebensächlichkeiten zur Betonung der Hauptsache findet man in manchen unvermuteten Großaufnahmen im Fernsehen, die Methode der Wortspiele verstehen Wochenschau und *Spiegel* oft noch kindischer zu handhaben als mancher Wortspieler. Wenn die Methode so sehr abgebraucht, das heißt *natürlich* geworden ist, daß mit ihr das Trivialste, das allseits Bekannte – nur neu »formuliert« – wieder gesagt werden kann, dann ist sie zur Manier geworden, ja, sie ist sogar dann schon zur Manier geworden, wenn durch sie auch nur *ein* Sachverhalt, der für die Gesellschaft schon eine geklärte (auch ungeklärte) festgesetzte *Bedeutung* hatte, in dieser Bedeutung *wiederholt* wird. Die Methode müßte alles bisher Geklärte wieder in Frage stellen, sie müßte zeigen, daß es *noch* eine Möglichkeit der Darstellung der Wirklichkeit gibt, nein, daß es noch eine Möglichkeit *gab*: denn diese Möglichkeit ist dadurch, daß sie gezeigt wurde, auch schon verbraucht worden. Es geht jetzt nicht darum, diese Möglichkeit nachzuahmen, sondern, mit dieser Möglichkeit bekannt gemacht, als Leser bewußter zu leben und als Autor nach einer anderen Möglichkeit zu suchen. So geht es mir nicht darum, unmethodisch aus dem Leben zu schöpfen, sondern Methoden zu finden. Geschichten schreibt das Leben bekanntlich am besten, nur daß es nicht schreiben kann.

All das ist sehr abstrakt, ich weiß. Keine Beispiele, keine Zahlen, keine Namen. Ich nenne mich als Beispiel, wie mir eine Methode zur Manier geworden ist. Vor einigen Jahren fand ich in einem Strafgesetzbuch das Gesetz über das Standrecht. Darin wurde in der Form von Paragraphen festgesetzt, unter welchen Voraussetzungen das Standrecht über ein Gebiet zu verhängen sei, wie das Gericht sich zusammenzusetzen habe, wie es vorzugehen habe, welche Rechtsmittel dem Angeklagten zustünden, welche Strafe im Standrecht verhängt werde (der Tod), was nach der Urteilsverkündung zu geschehen habe (zwei Stunden nach Urteilsverkündung ist das Urteil zu vollstrecken, auf besonderes Bitten des Verurteilten ist diesem noch eine dritte Stunde zu seiner Vorbereitung auf den Tod zu gewähren), wie das Urteil vollzogen werde, was nach eingetretenem Tod zu geschehen habe. Die abstrahierende Form der Darstellung eines ritualisierten Sterbens nahm mich gefangen. Die Folgerichtigkeit der Sätze, die im Grunde immer *Bedingungs*sätze für eine konkrete zu denkende Wirklichkeit waren, das heißt, anzuwenden, wenn der in ihnen angegebene Tatbestand in der Wirklichkeit zutraf, erschien mir äußerst bedrohlich und beklemmend. Die abstrakten Sätze, die von keinem konkreten Sterben erzählten, zeigten mir trotzdem eine neue Möglichkeit, die Phänomene des Sterbens und des Todes zu sehen. Sie änderten meine früheren Denkgewohnheiten über die literarische Darstellung von Sterben und Tod, sie änderten überhaupt meine Denkgewohnheiten über Sterben und Tod. Ich schrieb damals einen Text, der die Methode des Gesetzestextes in die Literatur übernahm, ja, der in einigen Sätzen sogar aus dem authentischen Gesetzestext bestand. Später versuchte ich noch einige Male, diese Methode auf die Wirklichkeit anzuwenden. Beim zweiten Mal freilich wurde die Methode zur Manier, es ergab sich keine neue Möglichkeit, der Versuch wurde vom Spiel zu einer bloßen Spielerei, die abstrahierenden Sätze wurden wirklich abstrakt, blieben unwirksam, bestätigten nur, was ohnedies schon bekannt war.

Seit einiger Zeit hat die Literatur, die zur Zeit geschrieben wird, mit mir nichts mehr zu tun. Das liegt wohl daran, daß sie mir nur Bekanntes vermittelt, bekannte Gedanken, bekannte Gefühle, bekannte Methoden, das heißt: bekannte Gedanken und Gefühle, weil die Methoden bekannt sind. Ich kann in der Literatur keine Geschichte mehr vertragen, mag sie noch so farbig und phantasievoll sein, ja jede Geschichte erscheint mir um so unerträglicher, je phantasievoller sie ist. Geschichten höre ich am liebsten *gesprochen*, erzählt, in der Straßenbahn, in einer Gaststätte, meinetwegen am Kamin. Ich kann aber auch keine Geschichten mehr ertragen, in denen scheinbar *nichts* geschieht: die Geschichte besteht dann eben darin, daß nichts oder fast nichts geschieht, die Fiktion der Geschichte aber ist immer noch da, unreflektiert, unüberprüft. Dieses Nichtvertragen-Können einer Geschichte ist sicherlich etwas Emotionales, ich bin der Geschichte, der Phantasie einfach überdrüssig geworden. Aber ich habe auch bemerkt, daß es mir in der Literatur eben nicht um die Erfindung und nicht um die Phantasie geht. Die Phantasie scheint mir etwas Beliebiges, Unüberprüfbares, Privates zu sein. Sie lenkt ab, sie unterhält im besten Fall, ja weil sie nur unterhält, unterhält sie mich nicht einmal mehr. Jede Geschichte lenkt mich von meiner wirklichen Geschichte ab, sie läßt mich durch die Fiktion mich selber vergessen, sie läßt mich meine Situation vergessen, sie macht mich weltvergessen. Wenn aber durch eine Geschichte eine Neuigkeit gesagt werden soll, dann scheint mir eben die Methode, dazu eine *Geschichte* zu *erfinden*, unbrauchbar geworden zu sein. Die Methode hat sich überlebt. Die Fiktion, die Erfindung eines Geschehens als Vehikel zu meiner Information über die Welt, ist nicht mehr nötig, sie hindert nur. Überhaupt scheint mir der Fortschritt der Literatur in einem allmählichen Entfernen von unnötigen Fiktionen zu bestehen. Immer mehr Vehikel fallen weg, die Geschichte wird unnötig, das Erfinden wird unnötig, es geht mehr um die Mitteilung von Erfahrungen, sprachlichen und nicht sprachlichen, und dazu ist es nicht mehr nötig, eine Geschichte zu erfinden. Mag sein, daß die Literatur so auf den ersten Blick ihre Unterhaltsamkeit einbüßt, weil keine Geschichte mehr die Eselsbrücke zum Leser schlägt: aber ich gehe dabei von mir selber aus, der ich als Leser mich weigere, diese Eselsbrücken überhaupt noch zu betreten. Ich möchte gar nicht erst in die Geschichte »hineinkommen« müssen, ich brauche keine Verkleidung der Sätze mehr, es kommt mir auf jeden einzelnen Satz an.

So scheint mir die Methode des Realismus, wie sie im Augenblick noch immer im Schwang ist, verbraucht zu sein. Eine normative Auffassung von den »Aufgaben« der Literatur verlangt außerdem in recht unbestimmten, unklaren Formeln, daß die Literatur die »Wirklichkeit« zeigen solle, wobei diese Auffassung jedoch als Wirklichkeit die konkrete gesellschaftliche Wirklichkeit jetzt, an diesem Ort, in diesem Staat meint. Sie verlangt: wahrhaftig: *verlangt*, eine Darstellung dieser politischen Wirklichkeit, sie verlangt, daß »Dinge beim Namen genannt werden«. Sie verlangt dazu eine Geschichte mit handelnden oder nicht handelnden Personen, deren soziale Bedingungen möglichst vollständig aufgezählt werden. Sie verlangt konkrete gesellschaftliche Daten, um dem Autor Bewältigung der Wirklichkeit attestieren zu können.

Dieser Auffassung von der Wirklichkeit geht es um eine sehr einfache, aufzählbare, datierbare, pauschale Wirklichkeit. Sie hält es mit der Genauigkeit der Daten, die die Dinge stumpf beim Namen nennen, aber nicht mit der Genauigkeit der subjektiven Reflexe und Reflexionen auf diese Daten. Sie übersieht den Zwiespalt zwischen der subjektiv, willkürlich erfundenen Geschichte, die sie von der Literatur immer noch erwartet, und der dieser erfundenen Geschichte notwendig angepaßten, damit schon verzerrt gezeigten gesellschaftlichen Wirklichkeit. Sie übersieht, daß es in der Literatur nicht darum gehen kann, politisch bedeutungsgeladene Dinge beim Namen zu nennen, sondern vielmehr von ihnen zu abstrahieren. Die Wörter Hitler, Auschwitz, Lübke, Berlin, Johnson, Napalmbomben sind mir schon zu bedeutungsgeladen, zu politisch, als daß ich sie, als Wörter, literarisch noch unbefangen gebrauchen könnte. Wenn ich diese Wörter in einem literarischen Text lese, gleich in welchem Zusammenhang, bleiben sie für mich unwirksam, sind für mich ärgerlich literarisch geworden, lassen mich weder zum Denken kommen noch assoziieren. Jedenfalls erscheinen mir gesellschaftliche oder politische Dinge in der Literatur, naiv beim *Namen* genannt, als Stilbruch, es sei denn, man nimmt die Namen nicht als Bezeichnungen dieser Dinge, sondern als Dinge für sich und zerstört dabei die festgesetzten Bedeutungen dieser Wörter. Es interessiert mich als Autor übrigens gar nicht, die Wirklichkeit zu zeigen oder zu bewältigen, sondern es geht mir darum, *meine* Wirklichkeit zu zeigen (wenn auch nicht zu bewältigen). Das Erforschen und Bewältigen der Wirklichkeit (ich weiß gar nicht, was das ist) überlasse ich den Wissenschaften, die allerdings mir mit ihren Daten und Methoden (soziologischen, medizinischen, psychologischen, juristischen) wieder Material für *meine* Wirklichkeit liefern können. Ich halte nichts von den Floskeln, die etwa sagen, daß ein Gedicht mehr über die Wirklichkeit (oder was weiß ich) aussage als »so mancher dickleibige wissenschaftliche Wälzer«. Aus dem Kaspar-Hauser-Gedicht von Georg Trakl habe ich für mich nichts erfahren, aus dem Bericht des Juristen Anselm von Feuerbach sehr viel, auch für meine Wirklichkeit, und nicht nur objektive Daten. Was die Wirklichkeit betrifft, in der ich lebe, so möchte ich ihre Dinge nicht beim Namen nennen, ich möchte sie nur nicht *undenkbar* sein lassen. Ich möchte sie erkennbar werden lassen in der Methode, die ich anwende. Deshalb auch mag ich keine Fiktion, keine Geschichte (auch keine durcheinandergebrachte mehr), weil die Methode der Geschichte, der Phantasie, für mich etwas Behagliches, etwas Geordnetes, etwas unangebracht Idyllisches hat. Die Methode der Geschichte ist für mich nur noch anwendbar als reflektierte Verneinung ihrer selbst: eine Geschichte zur Verhöhnung der Geschichte.

Eine normative Literaturauffassung freilich bezeichnet mit einem schönen Ausdruck jene, die sich weigern, noch Geschichten zu erzählen, die nach neuen Methoden der Weltdarstellung suchen und diese an der Welt ausprobieren, als »Bewohner des

Elfenbeinturms«, als »Formalisten«, als »Ästheten«. So will ich mich gern als Bewohner des Elfenbeinturmes bezeichnen lassen, weil ich meine, daß ich nach Methoden, nach Modellen für eine Literatur suche, die schon morgen (oder übermorgen) als realistisch bezeichnet werden wird, und zwar dann, wenn auch diese Methoden schon nicht mehr anwendbar sein werden, weil sie dann eine Manier sind, die nur scheinbar natürlich ist, wie jetzt die Fiktion als Mittel der Wirklichkeitsdarstellung in der Literatur noch immer scheinbar natürlich ist. (Es ist nebenbei zu bemerken, daß die Filmkritik hierzulande schon viel weiter fortgeschritten ist als die literarische Kritik.)

Schon wieder bin ich sehr abstrakt gewesen, habe es versäumt, die Methoden zu nennen, mit denen *ich* arbeite (ich kann nur von meinen Methoden reden). Zuallererst geht es mir um die Methode. Ich habe keine Themen, über die ich schreiben möchte, ich habe nur ein Thema: über mich selbst klar, klarer zu werden, mich kennenzulernen oder nicht kennenzulernen, zu lernen, was ich falsch mache, was ich falsch denke, was ich unbedacht denke, was ich unbedacht spreche, was ich automatisch spreche, was auch andere unbedacht tun, denken, sprechen: aufmerksam zu werden und aufmerksam zu machen: sensibler, empfindlicher, genauer zu machen und zu werden, damit ich und andere auch genauer und sensibler existieren können, damit ich mich mit anderen besser verständigen und mit ihnen besser umgehen kann. Ein engagierter Autor kann ich nicht sein, weil ich keine politische Alternative weiß zu dem, was ist, hier und woanders (höchstens eine anarchistische). Ich weiß nicht, was sein soll. Ich kenne nur konkrete Einzelheiten, die ich anders wünsche, ich kann nichts *ganz* anderes, Abstraktes, nennen. Im übrigen interessiert es mich als Autor auch nicht so sehr.

Methoden also. Ich hätte zum Beispiel nie gedacht, daß ich jemals Stücke schreiben würde. Das Theater, wie es war, war für mich ein Relikt aus einer vergangenen Zeit. Auch Beckett und Brecht hatten nichts mit mir zu schaffen. Die Geschichten auf der Bühne gingen mich nichts an, sie waren, statt einfach zu sein, immer nur Vereinfachungen. Die Möglichkeiten der Wirklichkeit waren durch die Unmöglichkeiten der Bühne beschränkt, das Theater täuschte über die Wirklichkeit hinweg. Statt einer neuen Methode merkte ich Dramaturgie. Der fatale Bedeutungsraum (die Bühne bedeutet Welt) blieb unreflektiert und führte für mich zu lächerlich eindeutigen Symbolismen wie etwa die des Beckettschen Pantomimen, der auf die Bühne geworfen wird. Das war für mich keine Neuigkeit, sondern ein Hereinfallen auf die alte Bedeutung der Bühne. Die Brechtsche Desillusionierung, die zum Desillusionieren immer Illusionen nötig hatte, erschien mir ebenso als fauler Zauber, wieder wurde Wirklichkeit vorgetäuscht, wo Fiktion war. Die Methode meiner ersten Stücke ist deswegen eine Beschränkung der theatralischen Handlungen auf Wörter gewesen, deren widersprüchliche Bedeutung eine Handlung und eine individuelle Geschichte verhinderten. Die Methode bestand darin, daß kein *Bild* mehr von der Wirklichkeit gegeben wurde, daß nicht mehr die Wirklichkeit gespielt und vorgespiegelt wurde, sondern daß mit Wörtern und Sätzen der Wirklichkeit gespielt wurde. Die Methode meines ersten Stücks bestand darin, daß alle Methoden bisher verneint wurden. Die Methode des nächsten Stücks wird darin bestehen, daß die bisherigen Methoden durchreflektiert und für das Theater ausgenützt werden. Die Schablone, daß die Bühne Welt bedeutet, wird zu einem neuen »Welttheater«-Stück ausgenützt werden. Immerhin habe ich bemerkt, daß die Möglichkeiten auf dem Theater nicht beschränkt sind, sondern daß es immer noch eine Möglichkeit mehr gibt, als ich mir gerade gedacht habe.

Auch einen Roman ohne Fiktion zu schreiben, habe ich mir früher weder denken können noch träumen lassen. So starre Normen habe ich heute nicht mehr. Für den Roman, an dem ich jetzt gearbeitet habe, übernahm ich als Vehikel einfach das Schema einer Fiktion. Ich habe keine Geschichte *er*funden, ich habe eine Geschichte *ge*funden. Ich fand einen äußeren Handlungsablauf, der schon fertig war, das Handlungsschema des Kriminalromans, mit seinen Darstellungsklischees des Mordens, des Sterbens, des Schreckens, der Angst, der Verfolgung, der Folterung. In diesen Schemata erkannte ich, als ich über sie nachdachte, Verhaltensweisen, Existenzformen, Erlebnisgewohnheiten von mir selber wieder. Ich erkannte, daß diese Automatismen der Darstellung einmal aus der Wirklichkeit entstanden waren, daß sie einmal eine realistische Methode gewesen waren. Würde ich also nur mir diese Schemata des Sterbens, des Schreckens, des Schmerzes usw. bewußt machen, so könnte ich mit Hilfe der reflektierten Schemata den wirklichen Schrecken, den wirklichen Schmerz zeigen. Dieser Vorgang erschien mir wie die Kreisbewegung über das Bewußtwerden zurück zum Ausgangspunkt in Kleists Aufsatz über das Marionettentheater. So wählte ich die Methode, auf unbewußte literarische Schemata aufmerksam zu machen, damit die Schemata wieder unliterarisch und bewußt würden. Es ging mir nicht darum, Klischees zu »entlarven« (die bemerkt jeder halbwegs sensible Mensch), sondern mit Hilfe der Klischees von der Wirklichkeit zu neuen Ergebnissen über die (meine) Wirklichkeit zu kommen: eine schon automatisch reproduzierbare Methode wieder produktiv zu machen. Bei der nächsten Arbeit freilich wird eine andere Methode nötig sein.

Zur Tagung der Gruppe 47 in den USA

Ich kenne die Gruppe 47 wenig und kann also nichts Umwerfendes über sie sagen. In Princeton bin ich zum erstenmal dabeigewesen. Ich habe keine Meinung über die Gruppe gehabt und kann mich deshalb als unbefangen bezeichnen. Ich habe mich gefreut, nach Amerika zu kommen, weil ich bis dahin noch nicht in Amerika gewesen war. Ich habe mich gefreut, endlich nach Oxford in Mississippi zu kommen, wo William Faulkner gelebt hat. Ich habe mich gefreut auf die Beatbands, die ich vielleicht dort kennenlernen würde. Ich war neugierig auf die Lesungen in Princeton und noch neugieriger auf die Kritik der Lesungen.

Ich möchte keine Genrebilder von der Tagung geben, sondern nur die Einwände genauer fassen, die ich schon während der Tagung ausgesprochen habe. Man hat mir später gesagt, ich hätte mit einer meiner Äußerungen eine stillschweigende Gruppenregel gebrochen, die verlange, daß nur über den gerade gelesenen Text gesprochen werde. Ich habe von dieser Regel nichts gewußt. Hätte ich davon gewußt, so hätte ich vielleicht nichts gesagt, und der Vorwurf, ich sei »mutig« gewesen, wäre mir erspart geblieben.

Ich habe in meiner Kritik von einer »Beschreibungsimpotenz« gesprochen. Dieses Wort ist ein Schimpfwort, deswegen gebrauche ich es hier nicht mehr. Ich möchte vielmehr das Wort begründen.

Ich habe nichts gegen die Beschreibung, ich sehe vielmehr die Beschreibung als notwendiges Mittel an, um zur Reflexion zu gelangen. Ich bin *für* die Beschreibung, aber nicht für die Art von Beschreibung, wie sie heutzutage in Deutschland als »Neuer Realismus« proklamiert wird. Es wird nämlich verkannt, daß die Literatur mit der Sprache gemacht wird, und nicht mit den Dingen, die mit der Sprache beschrieben werden. In dieser neu aufkommenden Art von Literatur werden die Dinge beschrieben, ohne daß man über die Sprache nachdenkt, es sei denn, in germanistischen Kategorien der Wortwahl usw. Und die Kritik mißt die Wahrheit der Literatur nicht daran, daß die Worte stimmen, mit denen man die Gegenstände beschreibt, sondern daran, ob die Gegenstände »der Wirklichkeit entsprechen«. So werden die Worte für die Gegenstände als die Gegenstände selber genommen. Man denkt über die Gegenstände nach, die man »Wirklichkeit« nennt, aber nicht über die Worte, die doch eigentlich die Wirklichkeit der Literatur sind.

Die Sprache wird nur benützt. Sie wird benützt, um zu beschreiben, ohne daß aber in der Sprache selber sich etwas rührt. Die Sprache bleibt tot, ohne Bewegung, dient nur als Namensschild für die Dinge. Die Dinge werden reportiert, nicht bewegt. Wie es scheint, gilt noch immer der komische Vergleich Jean-Paul Sartres, der die Sprache, mit der Prosa geschrieben werde, mit dem Glas vergleicht: man glaubt also naiv, durch die Sprache auf die Gegenstände durchschauen zu können wie durch das sprichwörtliche Glas. Dabei denkt man aber nicht daran, daß es möglich ist, mit der Sprache buchstäblich jedes Ding zu drehen. Ich brauche ja nicht die Dinge aufzuzählen, die schon mit Hilfe der Sprache gedreht wurden und noch gedreht werden. Es wird vernachlässigt, wie sehr die Sprache manipulierbar ist, für alle gesellschaftlichen und individuellen Zwecke. Es wird vernachlässigt, daß die Welt nicht nur aus den Gegenständen besteht, sondern auch aus der Sprache für diese Gegenstände. Indem man die Sprache nur *benützt* und nicht *in* ihr und *mit* ihr beschreibt, zeigt man nicht auf die Fehlerquellen in der Sprache hin, sondern fällt ihnen selber zum Opfer. Das »Glas der Sprache« sollte endlich zerschlagen werden. Durch die Sprache kann nicht einfach durchgeschaut werden auf die Objekte. Anstatt so zu tun, als könnte man durch die Sprache schauen wie durch eine Fensterscheibe, sollte man die tückische Sprache selber durchschauen und, wenn man sie durchschaut hat, zeigen, wie viele Dinge mit der Sprache gedreht werden können. Diese stilistische Aufgabe wäre durchaus, dadurch, daß sie aufzeigte, auch eine gesellschaftliche.

In Princeton nun mußte ich hören, wie sehr das sogenannte gesellschaftliche Engagement des Schriftstellers von den Kritikern in der Gruppe 47 an den Objekten gemessen wurde, die er beschreibt, und nicht an der Sprache, mit der er diese Objekte beschreibt. Das ging sehr weit. Eine Geschichte von Wolfgang Maier, in der diverse Flecken auf Badehosen und Schweiß in Achselhöhlen vorkamen, wurde, obwohl perfekt erzählt und am Schluß mit ironischer Reflexion, eben wegen der beschriebenen Objekte von Walter Jens als »Nicht-Literatur« bezeichnet. Hier wurde versucht, materielle Normen, wie etwa Kirchenbesucherordnungen (Besucher in ärmelloser Kleidung werden abgewiesen), auf die Literatur anzuwenden, die doch nur formelle Normen kennen kann. Die sogenannte »Gegenwart« galt dann als behandelt, wenn zum Beispiel in einer Geschichte ein Computer beschrieben wurde, die sogenannte »Vergangenheit« war bewältigt, als ein Lichtbildervortrag beschrieben wurde, der von einer Reise nach Polen handelte, wobei man nur noch zu warten brauchte, an welcher Stelle jetzt, wenn auch noch so beiläufig, der berühmte Ort A. zur Sprache kam. Und der Ort A. kam zur Sprache. Da ist schon das Wort! Und wie beiläufig! Wie wunderbar nebenbei! Wie ganz unaufdringlich! Wie viele Zuhörer werden nun erschrocken sein, in diesem scheinbar so harmlosen Reisebericht plötzlich aus dem Hinterhalt das Pflichtwort zu hören! Diese Kunst des Unauffälligen!

In der Tat, Günter Herburgers Prosa mit der beiläufigen Nennung des Ortes A. wird gut aufgenommen, aber nicht, weil der Ort A. besonders gut zur Sprache gekommen ist, sondern weil »endlich einmal in der Sprache einer Generation unsere deutsche Gegenwart behandelt wird«. Man bewundert auch, wie beiläufig, ja nur in einem Nebensatz, von der Vergangenheit die Rede ist. Es kommt alles, wie ich es mir vorgestellt habe. Diese Prosa gilt nicht etwa deswegen als zeitgemäß, weil sie von irgendwelchem sprachlichen Interesse wäre, sondern weil »deutsche Gegenwart« unbekümmert durch die Sprache hindurch, wenn auch in konventionellem Sprachduktus, wenn auch in naiver Sprachauffassung, frank und frei beschrieben wird.

Die Genauigkeit der vorgelesenen Herburger-Prosa liegt nicht einem vorbedachten Bild von der Welt zugrunde wie etwa bei

Robbe-Grillet, sondern wirkt als Manier. Es ergibt sich nichts aus dieser Genauigkeit, es ergibt sich keine Neuigkeit von der Welt für mich etwa aus der Beschreibung einer Glühbirne, die infolge eines Wackelkontakts flackert – denn das Phänomen hat keine Funktion, ist nur eine Beobachtung *mehr*: es wird nicht der Sprache einverleibt, sondern einfach mit Hilfe der Sprache abgeschrieben, und wenn es abgeschrieben ist, wird so getan, als wären die Worte nur der Katalysator gewesen und gäben nun den Blick auf das Phänomen frei. Diese Art der Genauigkeit ist nur eine dazuzählende: sie fügt der Summe des schon Zusammengezählten noch einen Posten zum Dazuzählen an und geht weiter und beschreibt schon den nächsten Posten zum Addieren, und so weiter bis ins Unendliche, ohne daß sich eine Spirale oder ein Kreis ergibt wie bei Robbe-Grillet.

Ich glaube, daß es heutzutage nötig ist, die Welt näher anzuschauen und also detaillierter zu erfassen. Aber wenn diese vergrößert betrachtete Welt nur abgeschrieben wird, ohne daß mit der Sprache etwas geschieht, was soll's dann? Warum plagt man sich mühsam um die sogenannten passenden Worte und schreibt dann doch nur ab, in überkommener Form, als wäre man ein Ersatzwissenschaftler? Da wäre es doch viel einfacher zu fotografieren. Wenn vorgegeben wird, daß die Sprache ohnehin nur als Linse, als Glas, benützt wird, dann kann man an die Dinge doch viel besser mit der Kamera herangehen. In dieser Art von Literatur wird die Sprache herabgewürdigt zum Ersatz für die Kamera, zu einer Vorbereitung für eine Fotografie, zu einer gar nicht ironisch gemeinten Regieanweisung für eine Kameraeinstellung, zu einer Hilfswissenschaft. Man hat den Eindruck, daß diese Schriftsteller, wenn sie wohlhabender wären, sich mit der Kamera viel Zeit und Mühe ersparen könnten und dennoch viel bessere Ergebnisse erzielten.

Herburgers Prosa war in dieser Art immerhin noch eine der »gelungenen«, weil sie, wenn auch in Syntax und Sprachduktus ganz am Boden bleibend, wenigstens frei von Wort- und Satzklischees war. Im Gegensatz dazu wimmelte es in der Prosa Walter Höllerers von ganz grotesken Ergebnissen. Man hörte eine Geschichte, die allein als Geschichte, als erfundene Handlung, völlig unreflektiert erschien. Es ist durchaus möglich, glaube ich, heutzutage Geschichten zu erzählen, aber wenn man eine erzählt, dann sollte man dazu auch ein passables Geschehen erfinden und nicht so ganz sorglos Handlungen aneinanderreihen, die Illustriertenautoren anstehen, »Zwei-unter-Millionen-Geschichten«. Dabei war noch zu beobachten, daß Autoren, die sich sonst vorwiegend mit Lyrik beschäftigen, glauben, in der Prosa könnten sie sich gehenlassen. Warum sollten denn für die Prosa keine rhythmischen Gesetze gelten? Gibt es denn heute überhaupt noch einen Unterschied zwischen Lyrik und Prosa? Wie kann Höllerer, von dem man doch einige gute Gedichte kennt, in der Prosa einfach die Sprache Sprache sein lassen und schreiben wie ein Reporter? Seine Geschichte war sprachlich gar nicht »da«, ganz unrein, alle Worte und Wendungen waren gedankenlos hingeschrieben. Ich erinnere mich an einen Satz, in dem von einem Raum die Rede ist, der als »absolut leer« beschrieben wird. Wie kann man diesen Ausdruck, ohne zu reflektieren, einfach so hinschreiben? Und ähnlich unbekümmert war jeder Satz, jeder. Höllerer hatte vor seiner Lesung einen jungen Lyriker, Mathias Schreiber, vernichtend kritisiert, mit den Worten etwa, diese Art von Lyrik hätte man nun doch schon »ausdiskutiert«. Er wird sich aber wohl eingestehen müssen, daß es in den Gedichten des jungen Lyrikers immerhin einige Zeilen gibt, in denen mehr von unserer heutigen Welt enthalten ist als in seiner, Höllerers, ganzer Geschichte. Die Namensnennung und Beschreibung eines Computers genügt nicht, um auf der Höhe der Zeit zu sein. Für alle diese Dinge gibt es Lexika. Ich meine damit nicht, daß es ein Unding ist, einen Computer zu beschreiben, sondern nur, daß es ein Unding ist, einen Computer zu beschreiben, wenn er auf die gleiche Weise schon im Lexikon beschrieben wird. Die Beschreibung eines Computers, wenn sie schon geschieht, wird in der Syntax der Kompliziertheit eines Computers angepaßt sein müssen und nicht einfach im Stil eines Populärwissenschaftlers die Bestandteile aufzählen können.

Ich muß es noch einmal wiederholen: die auf der Tagung der Gruppe 47 gelesenen Texte wurden auf die Realität der beschriebenen Objekte geprüft, und nicht auf die Realität der Sprache. Sogar der weitaus besten Prosa, dem Romankapitel Ernst Augustins, wurde »mangelnder Widerstand der Realität gegenüber« vorgeworfen, ohne daß bedacht wurde, daß die Sprache eine Realität für sich ist und ihre Realität nicht geprüft werden kann an den Dingen, die sie *beschreibt*, sondern an den Dingen, die sie *bewirkt*. Mir ist während dieser Tagung aufgefallen, daß formale Fragen eigentlich moralische Fragen sind. Wagt es jemand, in einer unreflektierten Form über heiße Dinge zu schreiben, so erkalten diese heißen Dinge und erscheinen harmlos. Den berüchtigten Ort A. in einem Nebensatz zu erwähnen geht vielleicht an. Ihn aber bedenkenlos in jede Wald- und Wiesengeschichte einzuflechten, in einem unzureichenden Stil, mit untauglichen Mitteln, mit gedankenloser Sprache, das ist unmoralisch. Die Reaktion treibt dann zu dem bekannten Ausspruch, man solle doch endlich aufhören, von Auschwitz ... und so weiter.

Die Literatur ist romantisch

Ist Engagement eine willkürliche Haltung oder ein unwillkürlicher Zustand?

Im Anschluß an die Tagung der Gruppe 47 in Amerika fand eine weitere Tagung statt, auf der einige Redner, durch die Reihe Schriftsteller, sich mit dem Thema »Der Schriftsteller in der Wohlstandsgesellschaft« befaßten. Peter Weiss sprach. Lange Zeit hatte er innerhalb der Tür gelebt, hatte sich nur um sich selber gekümmert, war sich selber genug gewesen, sometimes making love with someone. Dann aber war er vor die Tür getreten und hatte bemerkt, daß es außer ihm noch Menschen gab. Er war nicht allein auf der Welt. While he was making love inside the door, starben draußen Tausende am Krieg, an Unterdrückung, Hunger, Armut: an gesellschaftlichen Verhältnissen. Da erkannte er, daß er etwas unternehmen müßte. Er engagierte sich. Und er engagierte sich als Schriftsteller. Im Anschluß an die Rede von Peter Weiss sorgte ein junger amerikanischer Diskussionsteilnehmer für Beifall und Heiterkeit, indem er fragte, welcher Schriftsteller denn nicht engagiert sei. Hier müßte man einsetzen.

Beide, Peter Weiss und der Diskussionsteilnehmer, hatten unter Engagement einen andern Begriff verstanden: Peter Weiss verstand darunter eine aktive Handlung, eine Entscheidung des Willens, den Willen zu einer Veränderung, und zwar konkret den Willen zu einer Änderung einer Gesellschaftsform; den Willen, eine individualistische, liberalistische, kapitalistische Gesellschaftsform in eine universalistische, sozialistische, totalitäre umzuändern. Weiss hatte das Wort »*sich* engagieren« gebraucht: aus dem Reflexivum war schon die willkürliche und freie Handlung ersichtlich; er meinte eine freie Handlung; er gebrauchte das Wort im Sinne Jean-Paul Sartres.

Der Diskussionsteilnehmer begriff unter dem Wort »Engagement« einen unwillkürlichen, nicht freiwilligen, passiven Zustand, nicht ein »Sich-Binden«, sondern ein »Gebundensein«, zu dem man nichts dazu tun kann. Seine Frage lautete auch nicht: Welcher Schriftsteller engagiert sich denn nicht? sondern: Welcher Schriftsteller ist denn nicht engagiert?! Zudem gebrauchte er das Wort nicht im gesellschaftlichen Sinn, sondern im wörtlichen, indem er das Engagement einfach als Bindung auffaßte, ohne sich um das Woran der Bindung zu kümmern, ohne es in dem Wort »Engagement« selbst einzubegreifen, wie es Peter Weiss getan hatte: bei ihm war das Wort »Engagement« auch verwendbar für eine Bindung an individuelle Sachverhalte.

Damit wäre eine Erweiterung des Begriffes geschaffen, die aber zu nichts führen kann: denn wenn man als »Engagement« eben jede Bindung begreift, dann führt das zur Auflösung eines immerhin festumgrenzten Begriffs: dieser wird so erweitert, daß er keine Grenzen mehr hat und aufhört, ein Begriff zu sein. Wenn man aufhört, einen Begriff im allgemein üblichen Sinn zu verwenden, und naiv auf den obskuren »Wortsinn« zurückgreift, so bleibt von diesem Wortsinn nur das Wort übrig, das sinnlos geworden ist, weil man mit begriffslosen Wörtern nicht operieren kann: das »Engagement im Wortsinn« verlöre jede Begrifflichkeit und würde ein sinnloses, nichtssagendes Wort. Wenn man also das Wort »Engagement« gebraucht, kann man es nur im festumgrenzten Sinn gebrauchen, wie es Peter Weiss gebraucht hat.

Die Bedeutung eines Wortes ist nicht der Wortsinn – zu diesem flüchten nur Philosophen, die sich ein eigenes System ausdeuten wollen –, sondern, wie Wittgenstein sagt, »sein Gebrauch in der Sprache«. Und in der Sprache wird das Wort »Engagement« in der Bedeutung einer willkürlichen, freien, aktiven Haltung zu gesellschaftlichen Zuständen gebraucht, wobei in dem Begriff die Absicht impliziert ist, diese gesellschaftlichen Zustände zu ändern. Das ist die Bedeutung des Wortes »Engagement« in der Sprache. Jede Eigendefinition (etwa wenn Heinrich Böll sagt, jeder Schriftsteller, ob er wolle oder nicht, sei schon notgedrungen »engagiert« durch die gesellschaftlichen Verhältnisse, in denen er lebe) trägt nur zur Begriffsverwirrung bei, verhindert die Diskussion, ist leer, operiert in einem begriffslosen Feld.

Das Engagement ist kein passiver Zustand, sondern eine Haltung. Das Engagement ist ein Handeln.

Was ist die Voraussetzung für das Engagement?

Die Grundvoraussetzung für das Engagement ist die Anerkennung eines bestimmten, noch nicht verwirklichten Weltbildes, in dem alles geordnet erscheint, was jetzt, in dem Augenblick, da man sich dieses Bild von der Welt macht, noch in Unordnung oder in »falscher« Ordnung ist.

Das Weltbild ist noch nicht verwirklicht, wirklich ist das andere, das falsche Weltbild. Das Weltbild dessen, der sich engagiert, ist ein utopisches, es ist das Bild von einer künftigen Welt. Der engagierte Schriftsteller, nach Sartre, enthüllt das falsche Weltbild und gibt dadurch die Zeichen für die Veränderung. Da jedes Weltbild aber normativ ist, also aus Werten und Wertzusammenhängen besteht, nicht aus Dingen und Sachverhalten, muß auch die Enthüllung des falschen Weltbildes wertend, normativ sein. (Schon indem man etwas als falsch bezeichnet, wertet man.)

Der sich Engagierende zeigt also keinesfalls die Welt, »wie sie ist« (Sartre), sondern er zeigt sie, wie er meint, daß sie nicht sein soll, und wie er meint, daß sie sein soll: er zeigt also nicht die Welt, sondern sein Bild davon, und zwar das wertsetzende. (Sartre hat den Satz »die Welt zeigen, wie sie ist« groteskerweise nicht einmal ironisch gemeint.)

Das Weltbild dessen, der sich engagiert, ist demnach kein ontologisches, kein Bild von dem, was ist, sondern von dem, was sein soll. Und der sich Engagierende schaut auch keineswegs auf Dinge und Sachverhalte, sondern auf die Sollensvorschriften über diese Dinge und Sachverhalte, die er durch andere Sollensvorschriften ersetzen möchte. Der sich Engagierende beschäftigt sich mit Wertsystemen, mit Ideologien, die er falsch nennt und durch seine Ideologie ersetzen möchte, die er richtig nennt. Der sich Engagierende beschäftigt sich mit der Sollensordnung nicht spielerisch, sondern zweckbewußt. Sein Geschäft ist ernst, eindeutig, politisch, zielbestimmt, zur Not in einem Satz sagbar, finale Handlung, Handeln, um zu.

Ist der Begriff »Engagement« auf die Literatur anwendbar?

Sartre hat in seinem Essay *Was ist Literatur?* das Schlagwort von der »littérature engagée« geschaffen. Er meint das ganz präzis: der Schriftsteller habe die Aufgabe, durch das Schreiben die bestehenden Zustände zu enthüllen und dadurch zu verändern. Er verwendet die nichtssagenden Worte: »Der Schriftsteller hat gewählt, die Welt zu enthüllen, insbesondere den Menschen den anderen Menschen, damit diese angesichts des so entblößten Objekts ihre ganze Verantwortung auf sich nehmen.« Dieses Aufsichnehmen der Verantwortung ist ein abstrakter Begriff, kann gleichsam von jedermann auf alles angewendet werden, ist vom jeweiligen normativen Weltbild abhängig. (Was haben wir von abstrakten Aussagen, von abstrakten Wahrheiten, die bei jedem konkreten Zusammenstoß mit einer Unwahrheit von dieser nach Belieben assimiliert werden können? Solche Aussagen sind weder wahr noch falsch, sondern unnütz.) Wie aber kommt Sartre überhaupt dazu, dem Schriftsteller vorzuschreiben, er solle sich, als Schriftsteller, engagieren?

Um zu dieser Forderung überhaupt zu kommen, unterwirft er sich zuerst der Einteilung der Literatur in Dichter und Schriftsteller. Ein Dichter ist für Sartre, wer die Wörter als die Dinge nimmt, wer die Wörter als die Wirklichkeit nimmt. Für den Dichter *bezeichne* die Sprache nicht die Welt, sondern stehe für die Welt. Für den Schriftsteller dagegen seien die Wörter Zeichen. Ihn interessieren die Dinge, die mit den Wörtern bezeichnet werden, und nicht die Wörter selber.

Nun begeht Sartre den entscheidenden Fehler: er teilt dem Schriftsteller die Prosa zu, dem Dichter, wie er ihn versteht, die Poesie, beharrt damit auf einer Einteilung, die dem neunzehnten Jahrhundert angehört. Der Prosaschreiber sei also der »Schriftsteller«, das heißt, für ihn seien die Wörter nicht eine Wirklichkeit für sich oder sogar die Wirklichkeit an sich wie für den poesieschreibenden sogenannten »Dichter«, sondern nur Namen für die sprachlose Wirklichkeit. Dem Schriftsteller gehe es nicht um die Wörter, sondern um die »Wirklichkeit«. Er benütze die Wörter nur, um mit ihnen die Dinge zu beschreiben. Für den Schriftsteller – hier leiht sich Sartre eine Metapher von Paul Valéry – müsse die Sprache »wie Glas« sein, durch das man ohne Fälschung auf die Dinge schauen könne.

Wie aber schaut nun der Sartresche Schriftsteller, der reine Prosaschreiber, auf die Dinge? Schaut er auf die Dinge, wie sie sind? Schaut er überhaupt auf die Dinge, und läßt er durch das Schreiben überhaupt auf die Dinge schauen? Nein: der Schriftsteller, der sich nach Sartre zu engagieren hat, benennt nicht die Dinge, sondern die normativen Bilder, die er sich im vorhinein von den Dingen gemacht hat. Ohne ein vorgemachtes, vorgefertigtes Weltbild wäre sein Engagement unmöglich. Der engagierte Schriftsteller sieht nicht die Dinge, wie sie sind, und er beschreibt nicht die Dinge, wie sie sind, sondern er beschreibt die Dinge, wie sie sind, *und* setzt sie zugleich in den Wertvergleich mit den Dingen, wie sie nach seiner Meinung sein sollten. Er beschreibt nicht Dinge, sondern Werte, er beschreibt nicht ein Sein, sondern ein Sollen. Seine Arbeit ist normativ, wertsetzend, utopisch. Sie genügt nicht sich selber, will vielmehr der Beginn einer Handlung sein, ja die Wörter des Schriftstellers sollen für sich eine zweckbestimmte Handlung sein. Die Wörter des Schriftstellers dienen so, wenn wir schon bei der unsinnigen Metapher bleiben, beileibe nicht als Glas, geben nicht die Dinge wieder, sondern die Meinung des Beschreibenden, wie die Dinge sein sollten. Und überhaupt beschäftigen sich die Schriftsteller nicht nur mit den greifbaren Dingen, auf die man schauen kann, sondern viel eher mit Dingen, die nur aus Wörtern bestehen, wie Zuständen des Bewußtseins, wobei der Vergleich mit dem Glas noch unzutreffender wird: die Wörter, mit denen man Wörter (innere Zustände) beschreibt, sollen wie Glas sein! Diese Metapher ist also in jedem Fall ein plumper Betrug, wie ja schon die Verwendung einer Metapher, wenn die Begriffe nicht mehr weiterführen, Argwohn erregen muß. Sartre entbindet nur den Dichter von der Pflicht zur »littérature engagée«, der Prosaschreiber ist zum Engagement verpflichtet. Wen aber eigentlich Sartre – das muß man ganz deutlich sehen! – einen Prosaisten nennt, das ist nur jemand, der die Literatur als Fortsetzung des Sprechens mit anderen Mitteln betreibt. Prosa ist für Sartre schriftgewordenes Sprechen, Hilfsmittel des Sprechens zur leichteren Verbreitung der Wörter, rein operativ, reine Aktion, die nur der Reaktion des Zuhörens bedarf, also Handeln mit Hilfe von Wörtern. Littérature engagée können demnach nur reine Manifeste, Theorien, Programme, Aufrufe sein. Littérature engagée muß ohne Fiktion, ohne Geschichte (story), ohne Verkleidung, ohne Parabolik, ohne bestehende *literarische* Form auskommen: sie darf überhaupt keine literarische Form haben, sie muß vollkommen unliterarisch sein, wie Sartre sagt, geschriebenes Sprechen. Also ist eine »engagierte Literatur« keine Literatur oder nur insofern Literatur, wie man das Wort »Literatur« für Quellennachweise benützt.

Eine engagierte Literatur gibt es nicht. Der Begriff ist ein Widerspruch in sich. Es gibt engagierte Menschen, aber keine engagierten Schriftsteller. Der Begriff »Engagement« ist politisch. Er ist höchstens anzuwenden auf politische »Schriftsteller«, die aber keine Schriftsteller in dem Sinn sind, wie er uns hier interessiert, sondern Politiker, die schreiben, was sie *sagen* wollen. Wer könnte ein literarisches Werk Sartres nennen, das gemäß seiner eigenen Definition littérature engagée wäre? Wer könnte ein Werk Sartres nennen, in dem die Wörter nur Sprechen als Handeln wären und nicht Wille zu einem literarischen Stil? Wer könnte überhaupt ein Werk einer engagierten Kunst nennen? Es wäre absurd.

Wie verändert sich das Engagement durch die literarische Form?

Das Engagement ist also ein unliterarischer Begriff. Die Eindeutigkeit, Zweckbetonung, der Ernst des Engagements widersprechen dem Wesen der Kunst: diese ist weder eindeutig noch mehrdeutig, sie hat in sich nicht zählbare, nicht begrenzbare Bedeutungen, man könnte ebensogut sagen, sie hat überhaupt keine Bedeutung über sich hinaus, sie *ist* Bedeutung. Jedenfalls kann man die Bedeutung eines Werks der Literatur nicht mit irgendwelchen anderen Worten erklären: hingegen ist das Engagement auch mit anderen Worten mitteilbar, seine Bedeutung wird durch die anderen Worte nicht verändert: das Engagement ist materiell bestimmt, die Literatur hingegen formal: wird ihre Form geändert, so ändert sich auch ihr Wesen.

Das Engagement zielt zweckbetont auf die Veränderung der gesellschaftlichen Wirklichkeit, während ein Zweck für die Kunst ein Unding wäre. Sie ist nicht ernst und nicht direkt, das heißt, auf etwas gerichtet, sondern eine Form und als solche auf nichts *gerichtet*, höchstens ein ernsthaftes Spiel. Aber das sind Selbstverständlichkeiten. Was uns interessiert, sind nun eben die Leute, die sich als »engagierte Schriftsteller« bezeichnen und mit diesem Adjektiv vor der Berufsbezeichnung literarische Formen wie Romane, Erzählungen, Gedichte benützen, in die sie ihr Engagement einbauen. Das heißt, sie bauen es nicht nur ein, sondern ordnen es vielmehr der literarischen Form unter, die sie für ihre Botschaft benützen. So kann das Engagement durch die gewählte literarische Form nicht unverändert bleiben: es muß sich der Form anpassen, wird durch die Form über*spielt*: in der literarischen Form verliert das Engagement in jedem Fall seinen Ernst, seine Direktheit, seine Eindeutigkeit. Der, dem die Botschaft vermittelt werden soll, nimmt nicht in erster Linie die Botschaft wahr, sondern die Form, die für die Botschaft gewählt worden ist: an einem Roman verfolgt er die Geschichte, an einem Gedicht zum Beispiel den Rhythmus oder die Laute. Die literarische Form, je komplizierter sie ist, verfremdet um so mehr das ihr eingeordnete Engagement. Und je vollkommener die Form durchgehalten ist, um so mehr wird das Engagement abgelenkt, verliert an Wirklichkeit, wird unreal, wird zur Form und hat mit dem Begriff Engagement nichts mehr zu tun. Am stärksten ist diese Ablenkung durch die Form wohl bei der kompliziertesten Literaturform, beim Roman. Dadurch, daß der Roman, zumindest bis zur heutigen Zeit, nicht ohne Fiktion, ohne Geschichte und nicht ohne voneinander unterschiedene Personen auskommt, muß auch die Botschaft des Engagements der Geschichte und dem Auftreten von individuellen Personen angepaßt werden: sie muß zum Beispiel einer Person »in den Mund gelegt werden« und verliert dadurch schon ihre Eindeutigkeit: denn erstens ist diese Person ja eine erfundene Person und kann so nicht direkt, ernst und wirklich genommen werden wie das Bekenntnis des Autors, und zweitens steht das, was dieser Person in den Mund gelegt wird, im Zusammenhang mit der Handlung und ebenso im Zusammenhang mit anderen Personen, kommt also auch auf diese Weise um die Eindeutigkeit, die ein Wesensmerkmal des Engagements ist.

Durch die erfundene Geschichte, wie sie dem Roman gemäß ist, verliert das Engagement seine eigene Geschichte, die nicht fiktiv und unreal ist, sondern für sich Realität beansprucht, indem sie vorgibt, aus der konkreten Wirklichkeit, ohne fingierende, schaffende Phantasie des Geschichtenschreibers, zu stammen und als Manifest, Utopie für eine erst zu konkretisierende Wirklichkeit zu wirken. Das Engagement wird aus der dynamischen, allgemeinen Geschichte der menschlichen Gesellschaft genommen und in eine statische, besondere Geschichte verkleidet, so daß es als Engagement nicht mehr ernst genommen werden kann.

Aus dem Zwiespalt, Literatur machen zu wollen oder sich zu engagieren, glaubt der Schriftsteller sich zu befreien, indem er sein Engagement der literarischen Form einordnet. Wenn er als Schriftsteller seine Sache versteht, kann er ungeachtet dessen gute literarische Arbeit leisten, seine Botschaft aber wird ihm durch die Form unwirklich und unwirksam gemacht werden. Ja, je bessere literarische Arbeit er leistet, das heißt, je mehr er sich auf die Wörter konzentriert, mit denen er umgeht, desto ironischer wird ihm unter der Hand die Botschaft werden müssen. Freilich heißt das nicht, daß im Gegenteil, wenn er also schlechte literarische Arbeit leistet, die Botschaft ernst und wirksam bleibt: in diesem Fall wird sie nicht ironisiert werden, sondern ungewollt und vielleicht unverdient lächerlich gemacht eben dadurch, daß sie nicht einfach mitgeteilt wird, sondern verbogen in der literarischen Form, die der Verfasser nicht zu handhaben weiß.

Nicht viel anders als mit der Prosa (also der Erzählung und dem Roman) verhält es sich auch mit der sogenannten engagierten Poesie. Auch sie teilt die Botschaft nicht mit, ist niemals schriftgewordenes Sprechen allein, sondern poetisiertes, formalisiertes Sprechen. Es zeigt sich sogar das Paradox, daß auch ein politisches Manifest, nur dadurch, daß es als Gedicht ausgegeben wird, sich im Wesen verändert. Es verliert die Eigenschaft, ein Manifest zu sein. Auf einmal gehört es nicht mehr zur Wirklichkeit, ist nicht mehr verlängertes Sprechen, nicht mehr operativ, nicht mehr zweckbetont. Das Manifest, vom Verfasser Gedicht genannt, wird plötzlich ein »Gebilde«, es formt sich, zeigt einen Rhythmus her, zeigt sich nicht mehr als das, was das Manifest seinem Inhalt nach will, zeigt also nicht über sich hinaus, sondern auf sich selber, nicht als ein Manifest, sondern als Poesie. Wie die Dinge durch die Benennung »ihre Unschuld verlieren«, so verlieren die Wörter durch die literarische Zitierung ihre Unschuld: sie zeigen überraschend nicht mehr auf die Dinge, sondern auf sich selber: sie zeigen sich selber. Wenn Brecht Arbeitersprechchöre in ihrem Rhythmus analysiert und sie dabei formalisiert, um deren formale Elemente auch auf seine Lyrik anwenden zu können, so verlieren die Sprechchöre, nur dadurch, daß Brecht sie notiert, ihren »natürlichen Sinn«, sie verlieren die Dynamik und erstarren zur Statik für den Leser der Lyrik, sie werden vom Sprechen als Handeln zur Literatur.

Es gibt also in der Literatur kein natürliches Sprechen: jedes natürliche Sprechen, das zugleich Handeln ist, muß, wenn es auch völlig unverändert in die Literatur übernommen wird, künstlich und formal werden: das natürliche Sprechen wird dann eben zur Form der Literatur. Noch deutlicher ist das, wenn der Verfasser das natürliche Sprechen schriftlich in Zeilen gliedert oder gar »unmerklich« rhythmisiert. Das rhythmisierte *Kommunistische Manifest* ist keinesfalls mehr das *Kommunistische Manifest*, sondern eine literarische Form, die allein dadurch, daß sie als Poem auftritt, die Aufmerksamkeit auf sich selber eben als literarische

Form richtet. Wäre das *Kommunistische Manifest* schon unbeabsichtigt so rhythmisch geschrieben oder hätte es rhythmische Elemente, so würde sich niemand darum kümmern, sondern nur das beachten, was das Manifest als Manifest eben sagen will: so aber, dadurch, daß Brecht es poetisiert, verliert es seine Wirklichkeit als Manifest und wird zum Poem. Die Fordernden rhythmisieren die Sprechchöre, um sie besser wirken zu lassen: durch die Sprechchöre bringen sie ihre Forderungen nicht um die Wirklichkeit, sondern verdeutlichen diese: der Sprechchor entsteht aus der Wirklichkeit für eine andere Wirklichkeit, und den Wörtern wird ihre Unschuld nie genommen, weil die, die sie gebrauchen, in keinem Augenblick bewußt eine literarische Form gebrauchen. Der Dichter aber schreibt den Sprechchor auf, dichtet ihn, bringt ihn so um seine Wirkung und um seine Wirklichkeit: der Sprechchor wird zu einem statischen, formal zu beurteilenden, geschichtslosen Gebilde. Brecht und andere haben vom Gedicht und wohl überhaupt vom literarischen Werk »Gebrauchswert« gefordert. Was aber soll diese Forderung, ausgedrückt in einer dieser freischwebenden Metaphern, die die marxistische Kunstauffassung der Warenwelt entlehnt hat (Ware ist, was Gebrauchswert hat)? Ein Sprechchor, zu einem Gedicht poetisiert, kann nur von Naiven noch »gebraucht« werden; das *Kommunistische Manifest*, zu Hexametern verformt, als was kann es noch gebraucht werden? Durch die literarische Formalisierung hebt Brecht die Brauchbarkeit entweder auf oder er verfremdet sie. »Brauchbar« im nichtmetaphorischen Sinn sind nur die normativen Wörter der nichtliterarischen Wirklichkeit, die Parolen, die Forderungen, die Drohungen, die Programme: werden diese Parolen usw. zu Literatur gemacht, so werden sie verwendungsunfähig, und der Gebrauchswert wird zur Metapher, über die man sich herrlich belügen kann.

Jedes Engagement also wird durch literarische Form entwirklicht: in der Geschichte wird es Fiktion, im Gedicht Poesie, oder beides in beiden. Der engagierte Schriftsteller kann sich, als Schriftsteller, nicht engagieren. Die Literatur macht alles Wirkliche, auch das Engagement, zu Stil. Alle Wörter macht sie unbrauchbar und verdirbt sie, mehr oder weniger. Sie überspielt alles; Wörter, die als Handeln gemeint waren, werden zu Spiel: sie macht die Wirklichkeit, die sprachliche, die sie zitiert, und die außersprachliche, die sie benennt, zu Spiel. Die Literatur ist unwirklich, unrealistisch. Auch die sogenannte engagierte Literatur, obwohl gerade sie sich als realistisch bezeichnet, ist unrealistisch, romantisch.

Denn engagieren kann man sich nur mit Handlungen und mit als Handlungen gemeinten Wörtern, aber nicht mit den Wörtern der Literatur. Ein Irrtum in dieser Sache ist recht schwerwiegend: leicht kann ein Mann, der Schriftsteller ist, sein Engagement verspielen, indem er drumherum Gedichte und Geschichten macht, weil er meint, er sei als Schriftsteller zum Engagement verpflichtet, und nicht als Angehöriger einer Gesellschaft. Eine engagierte Literatur, sollte es jemals eine solche geben, müßte jedes spielerische, formale Element aus der Literatur entfernen: sie müßte ohne Fiktion auskommen, ohne Wortspiel, ohne Rhythmus, ohne Stil. Dazu aber wäre erst eine neue Definition der Literatur nötig. Eine solche Literatur wäre eine ernste, eindeutige, zur Wirklichkeit gehörende: und nur für sie wäre das Wort »realistisch« zutreffend.

Preisreden

Die Geborgenheit unter der Schädeldecke

Für Ingeborg Bachmann

Wie wird man ein politischer Mensch? Die Dunkelheit ist jetzt wieder finsterer als noch vor zwei Monaten, der Fußboden in dem Raum, wo man sich befindet, abschüssig. Kein Aha – es handelt sich nicht nur um eine Ausgeburt des Bewußtseins: Als ich eine Wasserwaage auf den Boden legte, rutschte die Blase darin aus der Mitte, der Boden war tatsächlich schief. Auch die Kochplatte in der Küche ist so schräg, daß das Öl in der Pfanne sofort in eine Richtung zusammenläuft. Gauner, Betrüger! dachte ich und meinte die Baufirma. Die Reklamationsbriefe, auf die ich nie eine Antwort bekomme, beginne ich immer mit »Sehr geehrte Herren …« und erinnere diese dann höflich, in der Meinung, das gehöre zur Verständigung. Einmal schrieb ich von »meinem Rechtsanwalt« und warf den Brief weg, als ich mir dabei das Grinsen der Herren vorstellte. Ich habe keinen Rechtsanwalt.

Die Dunkelheit jetzt ist wieder die Finsternis aus der Kinderzeit. Man sitzt allein in einem Raum, man selber ist in Sicherheit, aber es fehlt noch der, den man am liebsten hat. Vor Angst werdet ihr müde, und diese Müdigkeit ist der sprachlose, innerste Schmerz. Kein erleichtertes Aufspringen aus einem Gedankenspiel mehr; schwere und rundum erstarrte Gedankenlosigkeit.

Diese Müdigkeit ist nicht die gewöhnliche Müdigkeit, sie ist eine Art des Schmerzes, es sind die Schmerzen der Angst. Jemand erzählte, wenn er aus dem Geschäft nach Hause komme, müsse er sofort den Fernseher einschalten, um nicht auf der Stelle einzuschlafen. Vor zwei Monaten glaubte ich noch, ich brauche das Fernsehen nicht mehr, aber jetzt, kaum daß es finster wird, schalte ich es oft wieder an. Die fertigen Bilder vor Augen, die künstlichen Stimmen im Ohr, denke ich ähnlich wie Anzengrubers Steinklopfer Hans auf der Wiese: »Mir kann nichts mehr passieren!« Die Nachrichten beginnen jetzt eine halbe Stunde früher seit ein paar Wochen; das ist der Grund, daß die Kinder zeitiger schlafen gehen müssen. »Jetzt kriege ich sie eine halbe Stunde früher ins Bett«, erzählte jemand. Auf den Straßen hört man die Kinder Deutschlands lachen wie Ernie aus der *Sesamstraße*. Warum ist es so befremdend, eine in jeder Einzelheit politische Existenz zu führen? »Geht einmal nach Darmstadt und seht, wie die Herren sich für euer Geld dort lustig machen, und erzählt dann euern hungernden Weibern und Kindern, daß ihr Brot an fremden Bäuchen herrlich angeschlagen sei ...« Das kann man als Zitat aus der Vergangenheit holen, aber es jetzt selber zu sagen würde die Herren nur wieder ergrinsen lassen.

Vor dem Fernseher saß ich und versuchte etwas zu meinen, doch nur sprachlose einzelne Wörter stießen sich an der Schädeldecke. Wenn ich Nixon sah, dachte ich »Gangster!«; wenn ich die chilenischen Generäle sah, dachte ich: »Banditen!« Zugleich kam es mir lächerlich vor, wenn jemand das aussprach. Andererseits waren die Kommentare, die ich las, nur eine Version des »Sehr geehrte Herren ...«. Folgendes hätte ich sagen können, ohne daß ich dabei künstlich geworden wäre: »Gauner! Banditen! Mörder!« Das hätte ich auch gemeint. Alles weitere gehörte dann schon zu der Fiktion von Verständigung. Ich sagte nichts. Aber auf einmal kamen mir die, die es doch aussprachen, nicht mehr nur lächerlich vor: Sie sprachen ihre Sprachlosigkeit aus, ich verschwieg sie. Und dann war es selbstverständlich: Ja, Nixon *ist* ein Gangster, die chilenischen Generäle *sind* Banditen, die portugiesischen Soldaten von Wiriyamu in Mozambique *sind* Mörder. Du, Bauunternehmer, bist ein Gauner. Das ist nicht ausgewogen? Ausgewogen formuliert die *Frankfurter Allgemeine*: »Bei stundenlanger Beobachtung des Mienenspiels Allendes erschien der Charakter unklar und deshalb dubios.«

Was ist politisches Denken? Politische Aktionen habe ich immer nur verfolgt wie Sportreportagen; betroffen fühlte ich mich jeweils erst dann, wenn die Politik blutig wurde. Und von jeher fühlte ich mit den Opfern: Beim Anblick von Opfern erschien mir meine frühere Parteinahme für eine Ideologie nur mehr als sportliches Daumenhalten. Auch das sei Ideologie, sagt man. Ein dialektischer Sprung wäre nötig, dann würde ich zwischen Opfern und Opfern unterscheiden können. Ich sehe, daß dieser Sprung »vernünftig« ist, und in jedem Gespräch vollziehe ich ihn auch, aber sobald die Opfer leibhaftig werden, mache ich ihn rückgängig. Das ist der Grund, daß ich bis jetzt unfähig bin, eine in jeder Einzelheit politische Existenz zu führen. Es gibt eine Dialektik, die nichts anderes als weltvergessene Routine ist.

Seit ich mich erinnern kann, ekle ich mich vor der Macht, und dieser Ekel ist nichts Moralisches, er ist kreatürlich, eine Eigenschaft jeder einzelnen Körperzelle. Vor vielen Jahren schlug mich ein Lehrer mit dem Geigenbogen, und jetzt möchte ich aufspringen und ihm den Bogen zerbrechen. Im Internat, als ich einmal an der Reihe mit dem Vorbeten war und, obwohl mir der Kopf heiß wurde vor Anstrengung, für den großen Saal zu leise betete, und als da der geistliche Aufseher brüllte, ich sollte lauter beten, unterbrach ich immerhin das Gebet, ging auf den Aufseher zu und verbat mir seine Roheit. Aber warum schwieg ich dann, als ich Jahre später für tauglich zum Dienst mit der Waffe erklärt wurde und als der Offizier uns Gemusterten lautmalerisch den Wind beschrieb, der durch die stolzen Reihen der Soldatengräber braust? Dabei hatte ich damals eine Mordslust und habe sie jetzt noch, mein sehr geehrter Herr …

Es ist also zu unterscheiden: was mich unfähig und unwillig zu einer politischen Existenz macht, ist nicht der Ekel vor der Gewalt, sondern der Ekel vor der Macht; die Macht erst, indem sie es sich erlauben kann, aus der Gewalt ein Ritual zu machen, läßt diese als das Vernünftige erscheinen. Unüberwindlich ist mein Widerwillen vor der vernünftelnden Gewalt der Macht; als gestalt- und leblos empfinde ich bis heute fast alle, die mächtig sind. Und aus dieser Empfindung erlöst keine Dialektik. Vor vielen Jahren schaute ich eines der schon üblich gewordenen KZ-Photos an: Jemand mit rasiertem Kopf, großäugig, mit hohlen Wangen, saß da auf einem Erdhaufen im Vordergrund, wieder einmal, und ich betrachtete das Photo neugierig, aber schon ohne Erinnerung; dieser photographierte Mensch hatte sich zu einem austauschbaren Symbol verflüchtigt. Plötzlich bemerkte ich seine Füße:

Sie waren mit den Spitzen aneinandergestellt, wie manchmal bei Kindern, und jetzt wurde das Bild tief, und ich fühlte beim Anblick dieser Füße die schwere Müdigkeit, die eine Erscheinungsform der Angst ist. Ist das ein politisches Erlebnis? Jedenfalls belebt der Anblick dieser aufeinander zeigenden Füße über die Jahre hinweg meinen Abscheu und meine Wut bis in die Träume hinein und aus den Träumen wieder heraus und macht mich auch zu Wahrnehmungen fähig, für die ich durch die üblichen Begriffe, die immer die Welt der Erscheinungen auf einen Endpunkt bringen wollen, blind geblieben wäre. Ich hin überzeugt von der begriffsauflösenden und damit zukunftsmächtigen Kraft des poetischen Denkens. Thomas Bernhard sagte, sowie bei ihm während des Schreibens auch nur der Ansatz einer Geschichte am Horizont auftauchte, würde er sie abschießen. Ich antworte: Sowie beim Schreiben auch nur der Ansatz eines Begriffs auftaucht, weiche ich – wenn ich noch kann – aus in eine andere Richtung, in eine andere Landschaft, in der es noch keine Erleichterungen und Totalitätsansprüche durch Begriffe gibt. Und diese bieten sich ja bei jeder Schreibbewegung als das erste Schlechte an; wenn man müde ist, läßt man sie stehen; sie sind das scheinbar Schwierige, das einfach zu machen ist.

Vor ein paar Tagen bin ich in Frankfurt herumgegangen. Es war ein trüber Samstagnachmittag in jenen Straßen, durch die man vom Zentrum in die Vororte fährt, nicht mehr Zentrum, aber noch nicht eigenes Viertel, weder Geschäfts- noch Wohnbezirk, die paar Geschäfte wie aufgelassen, eine leere Imbißstube mit pompösem Namen, das Niemandsland in den großen Städten. Angestrengt schaute ich hin und fühlte mich aufgefordert, in allen Erscheinungen Indizien zu finden. In einem Parterrefenster standen zwei große, gefleckte Hunde. Aus einem Haus warf eine ältere Frau einem alten Mann einen Ballonseidenregenmantel auf die Straße hinunter. Dann ging ich an einem Klingelschild mit vielen Namen vorbei und dachte plötzlich: »Komisch, die haben ja Namen, die heißen tatsächlich alle irgendwie!« An einem ähnlichen Nachmittag war ich in einem hessischen Dorf als einziger in dem Dorfcafé gesessen, welches das Hinterzimmer eines Lebensmittelgeschäftes war, meine Hände klebten am Plastiktischtuch, und ich las in einer *Hör zu*, die schon einige Monate alt war. So wie in dem Hinterzimmer des Lebensmittelgeschäftes im hessischen Dorf spürte ich auch in der Frankfurter Straße die Existenz anderer an mir selber, aber eher als Schauspieler, der sie verkörperte, schaudernd und doch fast mit einem Wohlgefühl.

Auf einmal fiel mir das auf, während der gierigen Wahrnehmungen: es war die innige Körperempfindung, daß sich die Schädeldecke über mich wölbte und mich von all den Anblicken abschirmte. Und unter der festen Schädelwölbung erlebte ich in fast heimeliger Fremde das allgemeine Elend. Als mir das auffiel, dachte ich, um dieses Schauspiel zu stören, müßte man auf der Stelle gewalttätig werden; aber das blieb nur eins unter vielen unwirklichen Gedankenspielen. »Der Sternenhimmel im Oktober«, stand vor kurzem in der Zeitung. Und als ich im Supermarkt die zuckerüberpuderten Kuchenstollen mit dünnen Goldpapierschnüren umwickelt sah, graute mir vor der Vorstellung, wie unvermeidlich über den Straßen bald wieder die Weihnachtssterne hängen würden. Neben der Autobahn von Duisburg nach Düsseldorf sah ich vor Jahren in der Nacht immer ein blaues Schild leuchten: Dr. Johnson's Handwaschpaste. Am Morgen putze ich mir die Zähne mit Dr. Best's Zahnbürste, die Haare wasche ich mir mit Dr. Dralle's Haarshampoo, mit Dr. Scholl's Hühneraugenpflaster versuchte ich einmal, eine Warze wegzukriegen. VEREINT GEIST UND POLITIK, hieß ein Spruchband zu den *Gesammelten Werken* von Carlo Schmid. Jeder dritte Deutsche ist Postsparer, jeder zehnte bei der HAMBURG-MANNHEIMER lebensversichert, jeder tausendste begeht Selbstmord. Die Melitta-Müllbeutelpackung enthält zwanzig Müllbeutel, die Melitta-Gefrierbeutelpackung enthält fünfunddreißig Gefrierbeutel, die Melitta-Frischhaltepackung enthält vierzig Frischhaltebeutel. Welche Vielfalt der Erscheinungen.

Noch immer zu wenig Widersprüche … In seinem *Arbeitsjournal* schrieb Brecht am 31. 8. 44: »in augenblicken der verstörung fallen im gemüt die bestände auseinander wie die teile tödlich getroffener reiche. die verständigung zwischen den teilen hört auf (plötzlich wird deutlich, wie das ganze aus teilen besteht), sie haben nur noch die bedeutung, die sie für sich selber haben, das ist wenig bedeutung. es kann passieren, daß ich urplötzlich nicht mehr einen sinn in institutionen wie der musik oder auch der politik sehen kann. die nächststehenden wie fremde sehe usw. gesundheit besteht aus gleichgewicht.« Was Brecht hier, aus kleinlicher Angst vor der Sinnlosigkeit, als Krankheit und Verstörung aburteilt, ist nichts andres als das hoffnungsbestimmte poetische Denken, das die Welt immer wieder neu anfangen läßt, wenn ich sie in meiner Verstocktheit schon für versiegelt hielt, und es ist auch der Grund des Selbstbewußtseins, mit dem ich schreibe. Wie wird man ein poetischer Mensch? Auf alle Fragen, auch auf diese, gibt es die schöne, zutreffende Antwort: Das ist eine lange Geschichte. Wenn ich jemandem Mitgefühl, soziale Aufmerksamkeit, Freundlichkeit und Geduld beibringen will, befremde ich ihn nicht mit der abendländischen Logik, sondern versuche ihm zu erzählen, wie es mir selber einmal ähnlich erging, das heißt, ich versuche, mich zu erinnern.

Lassen Sie mich also aus dieser kurzen Anstrengung zu den langen Geschichten zurückkehren. Der Deutschen Akademie für Sprache und Dichtung, der Stadt Darmstadt und dem Land Hessen danke ich für die Verleihung des Büchner-Preises und das Geld, das damit verbunden ist. Und Georg Büchner danke ich für mehr.

Rede zur Verleihung des Franz-Kafka-Preises

Franz Kafka ist mir, zeit meines Schreiblebens, Satz für Satz, der Maßgebende gewesen; aber bei allem Willen, zu ihm hier etwas zu sagen, gelingt es mir nicht, die berühmte Schriftsteller-Person vorsätzlich-geordnet herbeizudenken – während doch im ungewollten, außerordentlichen Phantasieren sein anonymer Umriß immer wieder lebendig wird, als Zimmermaler, der nebenan die Wände streicht, als Kranführer in einer gelben Kabine, als am Wegrand sitzender Schüler. Ja, Kafka hat mit Hilfe seiner liebevollen Sprache diese Namenlosen wahrnehmbar gemacht und bewegt sich nun wie für alle Zukunft aufmerksamkeitsfördernd mit ihnen mit: wie in unserem Jahrhundert sonst nur Charlie Chaplin ist der so besondere Künstler Franz Kafka seine Eigengestalt mit der Zeit losgeworden und wirkt immer mehr als die Menschheitsfigur Franz K., die jedem einzelnen in den scheinbar zerstreut umherirrenden Massen erst die ihn fühl- und denkbar sein lassende Gestalt gibt.

Dieser Dichter ist unser großer Lehrer, der aber, im Unterschied zu den meisten anderen Menschheitslehrern, etwa den Religionsstiftern und den Philosophen, schon jetzt, wenig mehr als fünfzig Jahre nach seinem Tod, dabei ist, mit seiner Person ganz in seiner friedlichen Lehre aufzugehen: in seiner Kunst, die nichts als eigensinniges, gewissenhaftes, pures Erzählen war.

Ich behaupte: Es gibt in den Schriften der Völker seit Anbeginn keinen zweiten Text, der den Machtlosen besser dabei helfen kann, in Würde und zugleich Empörung einer als Todfeind erfahrenen Weltordnung standzuhalten, als den Schluß des Romans »Der Prozeß«, wo Josef K., der Held, zum Geschlachtetwerden weggezerrt wird, die höhnisch verschleppte Hinrichtung sogar selber vorantreibt und es dann doch, heroisch triumphierend, unterläßt, den zwei Herren, die über ihn hinweg einander das Messer reichen, die Henkershandlung abzunehmen: das steht GESCHRIEBEN – man LESE.

Und hier gehört es sich nun, von mir zu reden; denn gerade an der »Prozeß«-Erzählung ist mir am deutlichsten geworden, wie sich meine Schreib-Versuche von dem Werk Franz Kafkas unterscheiden *müssen*: denn dieses zeigt die Welt als eine bösartige Übermacht, die mit dem sogenannten Lebenslauf jedes einzelnen Katz und Maus spielt, während mir Nachgeborenem die Schöpfung zuweilen doch schon wieder als eine Herausforderung erscheint, die ich vielleicht, vielleicht sogar auf (meine) Dauer, bestehen kann. Deswegen ist die Sprache des entschieden hoffnungslosen Kafka der bilderreiche, detailbestimmte, fabulierende Humor – mein Sprach-Ideal aber (das immer dann aus mir heraus will, wenn in der Wortarbeit eine, natürlich immer nur episodische, Antwort auf die Herausforderung »Schöpfung« möglich wird) die eher bilderleere, von Detail und Fabel befreite Heiterkeit.

Das Wort sei gewagt: Ich bin, mich bemühend um die Formen für meine Wahrheit, auf Schönheit aus – auf die erschütternde Schönheit, auf Erschütterung *durch* Schönheit; ja, auf Klassisches, Universales, das, nach der Praxis-Lehre der großen Maler, erst in der steten Natur-Betrachtung und -Versenkung Form gewinnt.

Und die Meinung, es gebe doch keine Natur mehr? Sie erscheint mir wie die Behauptung: »Es gibt keine Jahreszeiten mehr.« Die das sagen, scheuen, freiwillig gefangen in ihren Wohn- und Fahrmaschinen, selber Maschinen geworden, vielleicht nur das Freie. Denn hinter all diesen Gaunersprachen breiten sich doch draußen immer noch machtvoll die Äste der Bäume aus. Es *gibt* die Jahreszeiten. Die Natur *ist.* Die Kunst *ist.* Und freilich komme ich Schreibender, in meinem Pflichtbewußtsein, den willigen Lesern, dem »Volk der Leser« (das auch ich so sehr will), von der verborgenen, immer wieder sich verbergenden, der menschenmöglichen, der guten Welt zu erzählen, mir manchmal als eine tragikomische oder auch bloß lächerliche Figur vor – aber die flüchtigen Augenblicke eines ja als Gesetz erfahrenen ANDEREN Lebens zu einem sanft nachdrücklichen Seins-Entwurf ineinanderzuphantasieren, das allein ist es, was mir inzwischen als nothelferische, als die notwendige, Literatur vorschwebt.

Und hier ist nicht mehr zu verschweigen, daß das Werk Franz Kafkas, sooft meine sehr fragile positive Phantasie versagt, in der tiefen Sprachlosigkeit mir als der schadenfrohe, rechthaberische Widersacher entgegentritt: Gar nicht lange ist es etwa her, daß, als die Hoffnung auf solch erfinderische Sprache und die Kraft zum Sprach-Akt, mir jäh, wie für immer, verschwanden, dazu der wörtliche Gedanke sich einstellte: »Kafkas Rache!« Zum andern aber weiß ich, daß der verehrte Dichter, wäre er als Person noch am Leben, mich in meiner Anmaßung, wenn nicht bestärken, so doch ernst nehmen würde (was ja Bestärkung genug wäre): wollte doch auch er sein *Naturtheater von Oklahoma* als Erlösungsspiel entwerfen.

So möchte ich mich gern ermutigen lassen von dem nach dem Meister benannten Preis, für den ich hier herzlich danke – ein »Volk von Lesern« bedeutet mir freilich mehr. Das viele Geld sei, als Hinweis auf zwei Autoren, an diese weitergegeben, an den Schweizer Gerhard Meier, von dem gerade der Roman »Die Toteninsel« erschienen ist, und an den jungen Österreicher Franz Weinzettl – beide, so sehe ich es jedenfalls, in meinen Augen weniger »Schriftsteller« als »Schrift-Suchende«, denen auch ich mich zugezählt wissen will, wobei ich glaube, auch für den Bruder Franz Kafka zu sprechen. Denn ohne die tägliche Schrift, fern von der Schrift, müssen wir Lesebedürftigen unglücklich werden. Bestärken wir einander, Schreiber und Leser, die Leser durch Erwartung und Vertrauen, die Schreiber durch Erhebung und Zuneigung.

Kleine Rede über die Stadt Salzburg

Es gibt Lebensläufe, bei denen im großen und ganzen eintrifft, was durch Geburt, Herkunft und Umgebung vorgezeichnet ist. Das ist wohl, zumindest in einer Friedenszeit, die Regel. Daneben gibt es seltsame Leben, die man weniger »Läufe« nennen kann als »Sprünge«, »Versetzungen« oder »Fälle«.

So ein Fall bin vielleicht ich. Niemand hätte es sich vor einem Vierteljahrhundert träumen lassen, daß ein Kleinhäuslersohn aus einer Kärntner Grenzgegend eines Tages sozusagen in der Mitte der berühmten Stadt Salzburg stehen würde, zum Kulturpreisträger befördert. Damals, etwa Anfang der sechziger Jahre, kam ich zum ersten Mal hierher, auf einer Österreichreise meiner Maturaklasse. Wir übernachteten in einer Jugendherberge, von der ich heute annehme, daß es die im Nonntal war, in der Nähe des SAK-Platzes. Seinerzeit hatte ich freilich keinen Sinn für die hiesige Topographie. Getrennt von der Gruppe, in der Absicht, ein bißchen Atem zu holen, verirrte ich mich sofort, verwechselte, wie fast alle Fremden in Salzburg (und nicht selten auch die Einheimischen), die Himmelsrichtungen und fand mich an jeder Ecke vor einem Ausland, wie es mir später nicht einmal angesichts der Beringsee begegnen sollte. Das war mein erstes Bild dieser Stadt. Und wie es einem ergeht mit solchen Bildern: Es hat mich lange bestimmt. Obwohl ich im Lauf der Jahre hier hätte heimisch werden können, ließ sich der ursprüngliche Augenschein (oder das Vorurteil) nur schwer überwinden. Die Verantwortung in mir selber zu finden, wie das mein Vorsatz ist, wollte mir nicht immer gelingen, schon gar nicht bei den unabsichtlichen, den Sprechern wahrscheinlich unbewußten, im Orte umlaufenden Bemerkungen wie: »Es wurl'n da noch viele Juden herum«, oder: »Nur keine jüdische Hast«, und dergleichen. Erst kürzlich brachten mir, nicht etwa alte Leute, sondern Mittelschüler, folgendes Dialogfragment zu Gehör: »In Schweden haben's einen erschossen.« – »Ist mir wurscht, war eh nur ein Sozialist.«

All das geht nah, soll immer nahgehen. Näher aber, von vorneherein, ist mir eine andere Welt, die sprachlose, erst zu entziffernde, die Randwelt, die gerade in dieser zuzeiten von Gerede und Getuschel wie galvanisiert erscheinenden Stadt eine besonders starke Gegenwelt bildet. Es bewegt mich da jene Zeile des französischen Dichters Francis Ponge: »Monde muet, ma seule patrie.« Stumme Welt, mein einziges Vaterland. Das habe ich als einen Wahlspruch übernommen. Und so sind mir Salzburg und seine Umgebung mit den Jahren auch episodisch an das Herz gewachsen: mittels der stummen Dinge und Orte, der alle die Launen und Zwischenfälle des Tages überdauernden friedlichen Menschensachen.

In einer zwanglosen Folge kommen mir dazu in den Sinn der Brunnen auf dem erdigen Residenzplatz, wo die Fontäne mit den Haufenwolken darüber den Sommer verkörpert; die Delphinreliefs von der römischen Villa in Loig, die, in die Mitte der Stadt übertragen, den Passanten, oft ohne daß sie es wissen, den Weg säumen; die romanischen Fresken, verborgen unter dem Chor der Klosterkirche von Nonnberg, aus denen der heilige Augustinus einem durch die Zeiten in kindlicher Strenge die Aufforderung weitergibt: »Nimm und lies!«; oder der in einen Stein geritzte Gekreuzigte, wohl nur den Dörflern bekannt, neben dem Eingang des Friedhofs von Siezenheim, ein Wasserkopf aus der Urzeit; oder die Treppe in der Residenz, auf der man hinaufgeht, als würde man getragen. Doch nicht nur solche Kunstdinge sind es, die, mit Hilfe der Ansässigkeit, jenes fragil verläßliche Vaterland gebildet haben. Es fallen mir zum Beispiel da ein: Ein Schusterschaukasten in der Maxglaner Ganshofstraße, durch den der Blick des Passanten über die Schuhe im Vordergrund bis in das offene Hinterzimmer ging, wo am Fenster zur Glan, in seine Arbeit vertieft, der Meister saß (die Auslage ist inzwischen verhängt, an der Stelle der Schuhe eine einzelne Topfpflanze); ein hölzerner Steg über den Fischerbach in Liefering (vielleicht inzwischen schon abgerissen); ein Apfelbaum unter den Zierbäumen am Flughafen (im letzten Herbst freilich fruchtlos); oder die ungewöhnlich lange Sitzbank vor einem ehemaligen Bauernhof in Kleingmain …

Schuldeneintreibung

Man kann nicht leugnen, daß das jetzt ein zwiespältiger Moment ist: schwer, sich zu freuen; schwer auch, Genugtuung zu empfinden. Natürlich ist mir aus bekannten Gründen, die aber am heutigen Tag einmal eher verschwiegen sein sollen, geraten worden, den Österreichischen Staatspreis nicht anzunehmen.

Und ebenso natürlich nehme ich ihn an, einmal, weil mir, soviel ich weiß, der Preis von Künstlern zugesprochen wurde, zu denen es, bei allen Gegensätzlichkeiten, bis zuletzt eine Verwandtschaft und Brüderlichkeit geben wird, und dann, weil ich das mit dem Preis verbundene Geld als einen Bruchteil der Rückerstattung ansehe, was mir, dem vor dem Steuergesetz als selbständiger Unternehmer Eingestuften, der Staat im Lauf des letzten Jahrzehnts von meinem Schreib-Einkommen abgenommen hat, zum Teil selbstverständlich zu Recht, zu einem Teil vielleicht aber nicht so ganz: denn anders als die üblichen selbständig Gewerbetreibenden kann ich nicht viel mehr absetzen als Schreibwerkzeuge, die noch immer billig sind, und Arbeitszimmer.

Und es hat mich erstaunt zu hören, daß Leute, die nebenher Bücher schreiben, etwa Journalisten oder ausgediente Staatsleute, anders als ein freier Schriftsteller für die Bucheinkünfte in der Regel nur den halben Steuersatz zahlen – wenn das stimmt eine doch etwas verkehrte Welt, vielleicht nur in meinen verkehrten Augen?

Einmal habe ich die gutwillige Steuerberaterin eher dringlich gefragt, was ich denn tun könnte, um, wie doch so viele andere Gewerbetreibende, mich zwar nicht zu »erweitern« (Gott bewahre), aber doch wenigstens etwas zurückzulegen. »Was tun denn die andern, die Autohändler, die Architekten usw.?«

Lapidare Antwort: »Schwarzarbeit.«

Nur ist die Schwarzarbeit für einen Schriftsteller nicht so einfach. Ein Buch schwarz veröffentlichen? Ein Theaterstück heimlich aufführen lassen? Die einzige Möglichkeit: anonym für

Unternehmen deren Weihnachts- und Neujahrswünsche zu verfassen. Einmal habe ich das schon gemacht, für einen Tapezierermeister, und dafür Rabatt für eine Tapete bekommen, die sich schon bald wieder abgelöst hat, und im übrigen würden mir, sehr geehrte Unternehmensleitungen, Oster- oder Pfingstgrüße mehr liegen als weihnachtliche – aber dafür gibt es in der Wirtschaft wohl eher keinen Bedarf.

Was also tun? Ich kann nur das Finanzministerium bitten, mir vielleicht eine kleine Plakette zu schicken, auf der bei Knopfdruck meine Steuernummer und mein Steuersatz aufleuchten, sowie der nächste auf offener Straße an mir vorbeigeht, mit der schon oft gehörten Bemerkung: »Der Künstler da, der lebt doch nur von unseren Steuern ...« (Ich müßte dazu natürlich den österreichischen Akzent verwenden.)

Nun zur Abrechnung mit den österreichischen Medien, auf die ich, wie es sich versteht, Jahre sehnsüchtig gewartet habe:

In der Zeitung *Die Presse* wurde vor neun Jahren etwas abgedruckt, was ich über Franz Kafka geschrieben habe. Wo ist das Honorar geblieben? An dessen Stelle erwarte ich jetzt, trotz Verjährung, die Zusendung einer Sammlung von Bleistiften, Marke Cumberland, die schönen sechseckigen, die auch so gut riechen;

Kurier-Leute, vor zwölf Jahren habt ihr in eurer Zeitung einen Text veröffentlicht: keine Anstalten jemals zu einer Bezahlung: dafür jetzt einen Stapel von Farbbändern für eine Reiseschreibmaschine, schwarz-rot, Seide, nein, Baumwolle, Type 2003;

Kleine Zeitung, Graz: Vor ich weiß nicht mehr wie vielen Jahren habt ihr abgedruckt, was ich auf meinen Freund, auf den Dichter Alfred Kolleritsch, zu dessen Petrarca-Preis geschrieben habe: Ist es bei österreichischen Zeitungen üblich, daß ein Autor das Entgelt für seine Arbeit erst einfordern muß? Dafür nun: ein Packen Schreibmaschinenpapier, weiß, dickblättrig – es muß nicht die bekannte steirische Hartpost sein;

Kleine Zeitung, Klagenfurt: Ihr habt, was ich vor vier Jahren zu meiner engeren – nicht engen – Heimat geschrieben und gesagt habe, ohne mein Einverständnis vom Tonband abgehört und dann abgedruckt, naturgemäß – wie Thomas Bernhard sagen würde – ohne Entgelt: Statt Naturalien an mich, bitte Aufruf in eurem Blatt zu Spenden für eine Gedenktafel in dem Kärntner Tal, wo die jüdischen Besitzer dessen enteignet wurden, was sich ein Politik-*Spieler* (kein Politiker!) unter den Nagel gerissen hat, der keine Scham kennt.

Schulden bei Künstlern sind, meine ich, mehr noch als Spielschulden, Ehrenschulden, und sie verjähren auch nicht; das steht zwar nicht im Bürgerlichen Gesetzbuch, aber in einem anderen.

Nun, indem ich kurz auf die Literatur und das Fernsehen komme, müßte es ernster hergehen, aber ich werde mich bemühen, leichthin zu bleiben. »Herr H. ...«, hat vor einiger Zeit zu mir ein Marktfräulein, einsam am Nachmittag in seiner Holzbude an der Franz-Josef-Straße in S. gesagt, »Sie sind überhaupt nicht mehr im Fernsehen. Alle sind im Fernsehen, nur Sie waren schon so lang nicht mehr da, wann endlich ...?« Das brachte mich auf der Stelle darauf, um einen Auftritt im Fernsehen anzusuchen, der mir dann auch gewährt wurde. Das letzte Abenteuer eines meiner Bücher mit diesem so allgegenwärtigen wie oft auch nützlichen Medium sei nun kurz skizziert.

In den Tagen nach der Sendung, angeblich über das Buch, gab es genau die drei folgenden Reaktionen: Ein Mann zeigte mir aus dem fahrenden Auto heraus den Vogel; ein Kellner fragte: »Sie waren doch neulich im Fernsehen? Eine Inszenierung in Wien, glaube ich?« (Als ich ihn gegenfragte, ob er bemerkt habe, daß es um ein Buch gegangen sei, fiel er mit der Antwort »Ach so« sichtlich aus den Wolken); und zuletzt bekam ich einen anonymen Brief eines »Achtundsechzigers« aus Wien – auch die sogenannte 68er-Generation schreibt inzwischen anonyme Briefe? – des Inhalts: »Wenn du in einem Wiener Beisl auftrittst, werden wir dich vom Podium herunterpfeifen.« (So war durchschaut worden, daß es mein sehnlichster Wunsch ist, in einem Wiener Szenebeisl aus meinen Büchern vorzulesen.)

Nicht zum erstenmal ist es der Büchersendung im ORF gelungen, ein Buch, das angeblich vorgestellt werden sollte, wegzuzaubern. Fauler Zauber! Immerhin paßte dazu der Titel des weggezauberten Buches, *Die Abwesenheit*.

Die Republik Österreich und wir Landes- und Landkinder, die nicht bei der Katholischen Jungschar oder bei den Roten Falken oder bei sonstigen Verbindungen waren: Für mich jedenfalls war es eine furchtbare Befremdung – die immer noch anhält –, das erstemal damals in Südkärnten als Schulkind die Wahlplakate zu sehen, wo eine Partei, auch im Bild, das Kohlenklaumonster, eine andere das Rentenklaumonster war, und ich möchte nicht wissen, wie viele Kinder heutzutage ein ähnliches erstes Bild von der Politik und den Parteien erhalten, die sie ab da mit dem Staat Österreich verwechseln. Aber das nur als Andeutung.

Und die Hauptstadt Wien ist für unsereinen ähnlich fremd. Ein slowenischer Freund in Kärnten hat mir einmal etwas Paradoxes gesagt: Er, als Slowene, würde lieber – eben nicht zu Jugoslawien, sondern zur Bundesrepublik gehören: denn die in Bonn würden sich besser um die sogenannten Minderheiten kümmern als die Politiker in Wien. Und ein junger Mensch auch von auswärts der Hauptstadt, nur da wohnhaft, hat mir einmal gesagt, Wien sei so fremd für ihn als Bundesländer, daß er hier, anders als daheim, noch nie im Supermarkt überhaupt daran gedacht habe, etwas mitgehen zu lassen; er wage hier nicht einmal das Schwarzfahren.

Ein letztes Ersuchen richte ich an jemand Anwesenden – Frau Unterrichtsminister –, mein Ansuchen ist folgendes:

Daß die Schüler nicht mehr gezwungen werden, sich über meine Bücher prüfen zu lassen. Ich möchte nicht mehr von halben Kindern und verzweifelten Müttern angerufen werden, damit ich ihnen für einen Lehrer meine Arbeit interpretiere, möchte auch nicht am frühen Morgen oder um Mitternacht einen aggressiven Halbwüchsigen von der Schwelle weisen müssen, der über etwas von mir, das er haßt, ein Referat schreiben soll – mag sich auch bewahrheiten, was jene Lehrerin, der ich das schon einmal nahelegte, mir triumphierend antwortete: »Wenn wir Sie in der Schule auch nicht mehr durchnehmen, dann liest euch niemand mehr …«

Es sei! Lassen wir es darauf ankommen.

Heute, am 20. April 1988, ist nicht nur der Aus-dem-Schoß-

Kriechtag des Scheusals, das alle unsere deutsch-österreichischen Minderwertigkeiten in sich zusammenballte (es gibt auch andere Minderwertigkeiten), sondern auch der Geburtstag Adolf Schärfs und vor allem der von Künstlern, von Emmanuel Bove, Odilon Redon und Juan Miró, diese Geburtstage wollen wir feiern und noch andere von mir lieben Menschen.

Aber ich kann mir vorstellen, daß Sie jetzt schon ungeduldig werden, denn bei Politikern und bei Beamten wartet in der Regel im Nebenzimmer schon der nächste, der etwas will. Wenn es so ist, wollen wir ein jeder wieder in seine Richtung gehen, die einen zurück auf ihren glücklich errungenen Posten, die Künstler auf ihren eher verlorenen – wo sie aber auch manchmal recht glücklich sind –, in einer vielleicht gemeinsamen Hoffnung, einander an jenem dritten Ort zu treffen, wo die einen nicht mehr als Politiker und Beamte und die anderen nicht mehr als Künstler auftreten müssen.

Auf einem Gemälde von De Chirico steht eine Art Motto: »QUID AMABO, NISI QUOD RERUM METAPHYSICARUM EST?« – Was werde oder soll ich lieben, wenn nicht das Metaphysische?

Dem will ich nicht widersprechen, es nur abwandeln und erweitern: »QUID AMABO, NISI QUOD RERUM POETICARUM EST?« – Was soll ich lieben, wenn nicht das Poetische?

Und jetzt wie heißt jenes Eurovisionslied? »Ein bißchen Frieden.« Zwar hat jener Spruch »Austria erit in orbe ultima – Österreich wird auf dem Erdkreis das Letzte sein«, eine seltsame Doppelbedeutung bekommen, episodisch jedenfalls, und es gibt einen anderen doppeldeutigen Spruch, der heute früh, was die Handballer betrifft, in der Zeitung stand: »In Österreich gibt's zu wenig Linkshänder«, aber ich weiß, wir können halbwegs froh sein, im Frühjahr 1988 hier in Wien, in Österreich zu sein, und dazu paßt ein ganz eindeutiger Ausspruch, den ich gestern an einem Tisch im Freien im Wienerwald aus Wiener Mund gehört habe: »In die Natur hinauszugehen ist das Höchste.«

Also.

Franz Grillparzer und der Clochard von Javel

Um Franz Grillparzers willen bin ich hier; und möchte zugleich um seinetwillen schweigen. Er erscheint mir als einer der problematischesten unter den nicht gar vielen aufs Ganze gehenden großen Abenteurern des Schreibens – jedes seiner Abenteuer damit, ob bestanden oder nicht, öffnet den Sinn für ein Problem –, und so als einer der interessantesten oder »nächsten«.

Wie kaum welche sonst lassen sich seine Sachen studieren, und nicht nur von einem Berufs-Nachfahren wie mir jetzt (wozu ich stehe, zwischen Stolz, Galgenhumor und Verlegenheit): Grillparzers Formprobleme zeigen Lebensprobleme, die wohl jeder von seiner Sache Begeisterte und dabei Gewissenhafte zu bestehen hat, in gleichwelchem Beruf, Politik, Handwerk, Handel. Sein Leben, so sehr es vor allen Handlungen, bis auf das Schreiben, zurückscheute, wirkt, auf eine geradezu beispielhafte Weise, dramatisch: denn es stellt, wie eben vielleicht nur das der ganz unbedingten Schreiber, in all seinen Phasen exemplarisch Vergleichsformen für die Stationen, Situationen und Wendepunkte auch unseres, des Lehrers, des Arztes, des Forschers, Lebens dar, die Augen öffnend und Erkenntnis stiftend sowohl für die Übereinstimmungen als auch die Gegensätze.

Alleinbleiben mit dem, was man tut, oder dazu sich ein Volk suchen? Es erfinden? Welches Volk? Auf eigene Faust wirken oder im Zusammenhang? Und in welchem? Einem tatsächlichen, wie dem eines Staats oder gar eines Reichs, oder einem eingebildeten – einer erträumten Einheit, eben kraft Abseitsbleibens und Alleinschaffens, als dem Abglanz des ursprünglichen Einheitstraums, in Gestalt eines von der Historie energisch losgesagten und so vielleicht um so tatkräftigeren Werks?

Die Dringlichkeit, geradezu Wildheit, mit der Grillparzer in seinem Lebenswerk diese Fragen sozusagen auf die Jagd schickt, und zugleich die so anders schöne Zagheit, Zahmheit, Fasttonlosigkeit und Schwachheit, in der er dann diese und jene eher kümmerliche Antwort heimbringt, das macht diesen Schaffer zu einem großen, herzlieben, verbiesterten – beispielhaften und auch immer wieder abschreckenden – Ahnherrn, sicher nicht allein für mich.

Viele nach ihm haben ihn so beansprucht, eine Reihe als Bild, eine andre eher als Gegenbild. Zur ersten gehört Hugo von Hofmannsthal, der als Dreißigjähriger von dem Vorgänger die eigene Zerrissenheit – als akuteste Einsamkeit – bestätigt fand, und später wohl auch die Trauer über den Zerfall des Habsburgischen Reiches; gehört, freilich eher, wie es manchmal seine Art war, im Vorbeigehen, auf der Durchreise, Thomas Mann, für den Franz Grillparzer ein »großdeutscher« Dichter, in den zwanziger Jahren noch kein Waffenwort, war (»auf dessen deutschem Werk der Schmelz des Österreichertums schimmert«); gehört Joseph Roth, der wiederum seinen Helden als den Herold der spanisch-katholisch-österreichischen Monarchie brauchte, »spanisch ... wie die Habsburger, römisch wie der Papst: der einzige konservative Revolutionär, den die Geschichte Österreichs kennt«, zum Einsatz gegen das Preußische, Protestantische, die Parvenüs mit der »falschen Krone« und den »Hinterladern«; und aus der Reihe, denen »der Taferl-Klassiker Grillparzer« zum Gegenbild dient, als einer für alle Karl Kraus, der da wieder einmal aus Scharfsinn kleinlich wird, oder aus Kleinlichkeit scharfsinnig?, und so, wie es eben Scharfsinn und Kleinsinn im Verein anzurichten pflegen, sein Gegenbild zum Zerrbild, zum Unrecht, zum Verrat seiner Sache an bewährte Wortspielerei mißbraucht: »papierne Ebenheit der Welt Grillparzers«, »Halm, dem Verwandten seiner Blutleere« ... – zu welcher Verzerrung auch gehört, es dem Dichter anzurechnen, was seine Ideologen (*nicht* seine Leser – Leser können nie und nimmer Ideologen sein) mit ihm anrichten: durch Grillparzer der »Anschluß« ...; und auch gehört, blindlings, im voraus das Abwerten im Sinn, das Vergleichen: »... Raimund, der der echtere Dichter war«, »... Nestroy, an dessen Gebiet außen weder des Meeres noch der Liebe Wellen anschlagen, in jeder Zeile mehr Lyriker, Dramatiker und Epigrammatiker ... als der ganze Grillparzer«.

Nein, Karl Kraus, nicht dieses sinnlose Entzweien des Zusammengehörenden: Franz Grillparzer *und* Ferdinand Raimund *und* Johann Nestroy, und, und ..., *und*, auf deine Weise, auch du, K. K.; denn anders als deine Nachäffer warst du ein Kämpfer, kein Schieler, warst ein Empörter, kein Aufgeblasener, kämpftest deinen im großen und ganzen gerechten, wenn auch oft kurzsichtigen Kampf allein, auf deinen eigenen Füßen, und nicht als epigonales Scheingefecht für Sold, in einem nichtsriskierenden Schwatzklüngel.

Doch außerhalb der beiden Reihen – wie sehe ich jetzt, wie sieht ein Dritter, ein Leser aktuell (vor allem der Selbstbiographie und der Tagebücher) den Franz Grillparzer?

Folgendermaßen sehe ich ihn, im gehörigen Widerspruch und Durcheinander, gemäß meinen wahrscheinlich auch ungenauen Gedächtnisfragmenten: Auf seinen, für einen damaligen Österreicher gar nicht so wenigen Reisen die Wege eher mißachtend, auf Kosten des jeweiligen Ziels (wo er dann seine Tage, so oder so, im großen und ganzen in Quarantäne verbrachte). Der angeblich mit seinem Los stets unzufriedene, grämliche Beamte, und der doch zwischen den Akten, auf und unter der Leiter, stolze Stunden der düsteren Abgeschiedenheit in Wonne erlebte. Dem der Himmel aufging angesichts der Schönheit einer Jüdin im Prager Ghetto, und der sich auf einer nächsten Reise seines großmauligen jungen Begleiters und Mündels sinnenschwaches antisemitisches Zungenrollen mit Genuß zu Gemüt führte, siehe das Tagebuch. Der unter seinem Ruhm, dessen österreichischer Abart zumindest, litt, und auf wieder einer Reise, in Boulogne-sur-mer auf das Schiff nach England wartend, allein, abseits, gleichzeitig litt unter der Namenlosigkeit, Heimatlosigkeit, Verlorenheit (im Bild sehe ich ihn dort nach hundertfünfzig Jahren noch neben dem Hafen auf einer Düne stehen, im Wind, ein anderer Januskopf – gesichtslos nach vorn zum Wasser ebenso wie zurückgewendet zu seinem Kontinent). Nie war er in Spanien, der Heimat seiner Formen, seiner Formheimat, eben deshalb? »Von der Humanität durch Nationalität zur Bestialität«: hat er diesen so beliebtgewordenen Spruch nicht gegen den Nationtraum der Tschechen gemünzt, deren Sprache für ihn bloße Mundart, nichts als Dialekt war? Bewegungsbehindert in seinen letzten Jahren durch einen Treppensturz, viel schweigend: ich stelle mir die Reglosigkeit und das Schweigen des Österreichers Grillparzer an seinem Schreibtisch in der Spiegelgasse als ein Werk vor, ausgeführt etwa von Alberto Giacometti oder Walter Pichler, und wiederhole mir dazu jene einmalige Anrede des alten Menschen in seiner Antwort auf einen Geburtstagswunsch Adalbert Stifters – nie hat Franz Grillparzer wohl sonst jemanden so tituliert –: »Edler Freund!« Und: zwischen ihm, dem begeistert-beharrlichen Schreiber, und seinem Land schien es seinerzeit noch um etwas zu gehen – vielleicht aber auch nicht.

Vor drei Tagen habe ich Franz Grillparzer tatsächlich gesehen, spät am Abend, unten in der Métrostation *Javel* am Pont Mirabeau in Paris. Er saß, allein, auf der hintersten Bank des Quais, im langen, zugeknöpften Mantel, inmitten von mehreren prallen Plastiksäcken. Aus diesen zog er, nach jeweils langem Hineinlugen, in einem fort andere Plastiksäcke, gefaltete, schlug sie auf wie Landkarten, studierte sie, erst starr, dann kopfschüttelnd, faltete sie mit Sorgfalt wieder zusammen, schichtete sie um und um, und so fort. Diese Sachen, groß und klein, turmartig, gebaucht, in schönen Abständen, links und rechts von ihm auf der Bank gereiht, erinnerten mich, unwillkürlich, an die Vasen, Kelche, Krüge und Schüsseln der Stilleben des spanischen Malers Francisco Zurbarán, so streng standen sie im Glied, wohlgeformt, ein Maß, ein Rhythmus, und der Mann in der Mitte, wie er mit ihnen hantierte, gehörte, samt seiner Gemessenheit und eigensinnigen Treue, seinem Schüttelkopf und seinem vollkommenen Auf-sich-allein-Gestelltsein dazu als eine von Zurbaráns entrückten, stark-schwachen Heiligenfiguren. Entrückt? Der Mann jenseits der Gleise – er wartete auf keinen Zug – hob in seinem Rumoren zwischendurch immer wieder den Kopf und äugte herüber zu mir; er brauchte für das, was er tat, mich, den Zuschauer; halb versteckt in den lichtschwächsten Winkel, suchte er »mich«. Von Toten, zumal mit einem lebendigen, seltsam brachliegenden Werk, läßt es sich leichter sagen: »Ich liebe ihn.« Ich liebe Franz Grillparzer, durch das, was ich von ihm erfahre an der Hand seines Werks, sehr.

Wut und Geheimnis

Jetzt wird's ernst ...

Eines ist klar, liebe Leute von der Universität Klagenfurt: Diese Ehre habe ich nicht verdient. Das sage ich ohne Koketterie. Ich habe vielleicht etwas anderes verdient, ich weiß nicht was, aber diese Sache nicht. Ich will dafür zur Ehre der Universität beiläufig etwas gesagt haben.

Was ich von der Arbeit der Universität Klagenfurt weiß und kenne, an wissenschaftlichen Ergebnissen, an Büchern, Übersetzungen, das macht nicht nur der Wissenschaft Ehre, sondern macht auch, wie aus dem Reden von Klaus Amann herauskam, dem Widerstand Ehre. Das ist für mich eine der wenigen oder vielleicht die einzige Universität (vielleicht ist das das Glück dieser Universität in Klagenfurt?) im deutschen Sprachraum, die in der Lage ist, Widerstand zu leisten. Und das tut sie. Dazu möchte ich euch Professoren beglückwünschen – weniger mich.

Es wurde oft in den letzten Jahren, auch zu Recht, gespottet, daß in meinem Geburtsort Altenmarkt oder Stara vas, wie das auf slowenisch einmal geheißen hat und wieder, immer, heißen wird, und im Begräbnisort meiner Vorfahren, Stift Griffen, eine Art von »Gedächtnisraum« für mich errichtet wurde. Das war mir auch sehr recht, weil ich gedacht hatte, das wäre die einzige Möglichkeit, daß in diesem wunderbaren Stift Griffen die verwahrlosten Räume renoviert werden könnten, und das ist – glaube ich – auch durch meinen beiläufigen, flüchtigen Namen geschehen. Ich würde mir jetzt wünschen, daß diese etwas belastende Sache mit meiner Anwesenheit hier aufgehoben wird. Diese Geschichte ist geschehen, und ich freue mich darüber, daß die Kirche ihre Räume in Stift Griffen hat renovieren können und dürfen. Ich würde mir jetzt wünschen – ich möchte das auch verlangen –, daß es weitergeht, daß diese Veranstaltungsräume in Stift Griffen weiter bestehen (wie auch immer sie genutzt werden); daß aber mein Name oder der »Gedächtnisraum« – jemand hat gesagt, das sei ein »Gedenkraum«, als ob ich schon zur Heuschrecke geworden wäre – verschwinden. Ich wünsche den Räumen alles Gute, für welchen Zweck auch immer: Singen, Grenzlandsingen, was auch immer – nur möchte ich, daß der Archivraum verschwindet! Wie ein Katalysator (ich glaube, das haben wir gelernt in Chemie), der einmal nötig war. Dann zieht man ihn heraus, die chemische Reaktion ist fertig, und der Katalysator (wobei ich mir einbilde, einer von vielen Katalysatoren gewesen zu sein) verschwindet. Den braucht man nicht mehr. So bitte ich höflich, dem zu folgen.

Ich habe bei all meinen gewaltigen öffentlichen Auftritten in den letzten Jahren immer Bücher empfohlen; was ich gelesen habe, vorgestellt. Klaus Amann hat darauf hingewiesen (ohne daß wir eine Verabredung getroffen hätten – natürlich nicht, wir sind ja keine Konspiration), was die Partisanen für Kärnten bedeutet haben oder nicht bedeutet haben; eher schmerzlich nicht bedeutet haben. Zufällig, nicht weil ich diese Würde hier bekommen sollte, kamen mir in den letzten Monaten drei Bücher von Kärntner Slowenen in die Hände und in die Seele. Eines davon kannte ich schon, *Gamsi na plazu/Gemsen auf der Lawine* von Karel Prušnik-Gašper. Ich hatte es vor zwanzig Jahren gelesen, als ich Florjan Lipuš' *Der Zögling Tjaž* übersetzte, gemeinsam mit Helga Mračnikar. Damals habe ich es auf den Inhalt hin gelesen. Als ästhetischer Mensch, der ich damals noch mehr war als heute, war ich ab und zu (muß ich gestehen) abgestoßen von der Sprache, von der Einstellung, wie – ab und zu – Menschen beschrieben werden: Das ist der Feind!, also die Gestapo oder die Nazis, oder: Man schießt die ab wie Wild. Ab und zu. Diesmal habe ich neu gelesen und würde Sie, alle gutwilligen Menschen hier in diesem Saal, ersuchen, dieses Buch als Zeugnis des Widerstands im österreichischen oder deutschsprachigen Raum, in Kärnten, zu lesen: eines kämpferischen Widerstands, eines tragischen Widerstands. Ich war die ganze Zeit erschüttert, als ich es wieder gelesen habe. Ich habe die Sprache jetzt anders gesehen als damals in der Rohübersetzung von Florjan Lipuš, herausgegeben von Lojze Wieser, der mit Prušnik-Gašper viele Gespräche geführt hat. Jedem gutwilligen Menschen würde ich ans Herz und in den Geist legen zu lesen, was durch drei Jahre Hitler-Besatzung in Kärnten passiert ist: Wie die Partisanen – Abkömmlinge von Holzfällern, Kleinbauern und Pächtern in der Nähe von Eisenkappel oder im Jauntal oder im Gailtal oder im Rosental – nicht sofort und nicht mit einer Gewalt-Idee in die Wälder und in die Berge gingen, wie langsam. Was für ein schwieriger Prozeß es war, überhaupt zu verschwinden, von den Eltern wegzugehen, die Kinder allein zu lassen. Wie zum Beispiel der Hitler-Stalin-Pakt den Widerstand verzögert hat, der viel früher hätte einsetzen können. Wie der Hitler-Stalin-Pakt alle Arbeiter und kleinen Bauern wieder entmutigt hat: Was ist da los? Wie können wir jetzt Widerstand leisten, wenn Hitler mit Stalin zusammengeht? Und so weiter. Und ganz genau: Wie Tag für Tag und Nacht für Nacht, Jahreszeit für Jahreszeit die Geschichten in den Wäldern verlaufen sind.

Und ein anderes Buch kam dann dazu; es ist vor nicht allzu langer Zeit im Drava Verlag erschienen, von Lipej Kolenik. Das ist noch interessanter: Wie der kleine Abkömmling eines Bauernhofs in Šmarjeta nad Pliberkom/St. Margarethen bei Bel... (»Belgrad« wollte ich schon sagen), bei Bleiburg als Slowene, als Soldat in Montecassino kämpfend, nach einem Heimaturlaub nicht mehr zu der deutschen Zwangsarmee zurückkehrte, sondern zu den Partisanen verschwand. Ich hätte gern gewußt: Ist das geschrieben? Ist das gesprochen? Ist das jemandem erzählt worden? Jedenfalls heißt es slowenisch viel schöner: *Mali ljudje na veliki poti* – »Kleine Leute auf einem großen Weg« –, und auf deutsch heißt es etwas moralischer *Für das Leben, gegen den Tod.* Ich würde Ihnen ungeheuer empfehlen, die Entbehrungen Tag für Tag, die große Heimatliebe der Slowenen zu jedem Dorf, zu jedem Fluß, zu jedem Licht, zu der Saualpe, zu der Koralpe, zu Kärnten, zum Maria Saaler Geläute einmal nachzulesen.

Und das dritte, das ergänzende Buch ist *Das Kind, das ich war* von Andrej Kokot, wo er beschreibt, was das Verschwinden vieler junger Leute in die Wälder mit ausgelöst hat – das ungeheuer entbehrungsreiche, grausame Verschwinden junger Leute in die Wälder, in die Berge, in die Petzen hinein, während dreier Jahre lang, sommers und winters. Das kann sich niemand vorstellen: Sie durften kein Feuer machen, denn jedes Feuer wurde gesehen, im Winter konnten sie sich nie wärmen. Das zu lesen, Wort für Wort, die Erinnerungen von Andrej Kokot, wie er als sechsjähriges Kind im April 1942 unvermutet aus seinem Dorf in der Nähe von Köstenberg/Kostanje in den Ossiacher Tauern mit seinen Eltern und seinen Geschwistern nach Deutschland in drei verschiedene Aussiedlungslager verbracht wurde! Den ganzen Krieg hat er dort, in der fürchterlichsten Umgebung, verbringen müssen, als Kind. Es hat nur die Vernichtung der KZs gefehlt. Und wie viel genauer und viel tiefer und viel unschuldiger er das schildert als der italienische Film *La vita è bella.*

Ich bitte euch, ich ersuche euch – wenn ich schon hier bin –, diese drei herrlichen, gewaltigen, geschichtsöffnenden und für die Versöhnung der Leute, die im Bereich der Drau – der Flüsse, der Täler – leben, essentiellen Bücher Wort für Wort und Satz für Satz und ohne Voreingenommenheit, langsam und mit möglicher Erschütterung und vor allem Offenheit euch zu Gemüte zu führen.

Zur gleichen Zeit kam es, wieder wie ein Zufall, daß ich ein anderes Buch des berühmten französischen Dichters René Char las, den ich auch die Ehre hatte zu übersetzen. René Char war ein Widerstandskämpfer, ein Partisan. Das hieß in Frankreich genauso und war natürlich eine Ehre. Partisan kommt von »partigiano«, vom italienischen »Teil«, bedeutet also erst Anteilnehmen und dann die Partei einer Sache zu werden. Dieser Mann beschreibt in einem berühmten Buch den Widerstand der Franzosen gegen die Nazis, gegen die Besetzung, gegen die Nazi-Besetzung: die gleichen Situationen im Maquis, im Busch, in den Wäldern, in der Kälte. Die Augenblicke, wenn man sieht, wie im Dorf die Leute erschossen werden, wie die Gestapo sie abführt. Er beschreibt das genauso wie die slowenischen Autoren, außer Kokot, der ja als Kind ausgesiedelt wurde. Und dieser Mann ist sozusagen der große Held, so wie die Résistance-Kämpfer in Frankreich die großen Helden sind. Denn sie waren es eigentlich, die dazu beigetragen haben, die Welt von diesem grausigen Hitlertum zu erlösen.

Zum ersten Mal habe ich beim Lesen von Prušnik-Gašper und Lipej Kolenik anders als ästhetisch gedacht. Zum ersten Mal war ich in Versuchung zu denken: Eigentlich sind die Dichter nicht zuständig. Man darf nicht, so wie René Char, dichterisch schreiben und immer mit Dichtung, mit Poesie kommen! Dieser krude, grausame, genaue – wie Janko Messner in dem Vorwort oder Nachwort zu Kolenik geschrieben hat – »Sekundenstil«, den Kolenik verwendet, ist fast entsprechender, als den Widerstand zu poetisieren.

Bei den Kärntner Zeugnissen (warum soll man nicht »Zeugnis« sagen? Zeugnisse, wie die Zeugnisse der Jünglinge im Feuerofen) ist alles rauh, und zugleich ist es doch nachvollziehbar: Was Ostern war, was Heimaturlaub war, was eine Zugfahrt nach Hause zum Dorf war, genauso nachvollziehbar! Und dann habe ich mir wieder gedacht: Eigentlich ein Unsinn. Zuerst, als du jung warst, hast du die Poesie den Tatsachenberichten, der kruden Historie vorgezogen. Und jetzt, als älterer Mensch, bist du versucht, wieder die kruden Tatsachengeschichten, wie die der Kärntner Partisanen, auszuspielen gegen das dichterische Sich-Ausdrücken. Das ist genauso falsch. Beides gehört zusammen. Beides sollte und muß zusammen gelesen werden. Und beides – »Fureur«, das heißt »Wut« oder »Treiben« oder »Wahnsinn«, und »Mystère«, »Geheimnis« – können Sie auf deutsch in *Zorn und Geheimnis* von René Char wunderbar nachlesen. Beides gehört zusammen, und zugleich denke ich natürlich: vielleicht ist das eine Illusion.

Sie haben hoffentlich begriffen, dass ich, wenn ich von Zusammengehörigkeit spreche, auch von uns Kärntnern spreche. Daß wir Leute hier zusammengehören. Daß endlich einmal Schluß ist. Vielleicht sollte man keine Denkmäler errichten für den und den, keine steinernen; vielleicht ist das richtig. Aber was bestehen sollte, sind die Buch-Denkmäler. Das sind die luftigsten und die lebendigsten Denkmäler. Partisanen-Denkmäler wie in St. Ruprecht bei Völkermarkt wurden gesprengt. Ich bin einmal in der Nacht fünfunddreißig Kilometer von Zell Pfarre zu Fuß gegangen in den siebziger Jahren, und überall waren Gendarmen in Angst, daß da Sprengungen stattfinden. Ich möchte Ihnen aber keine Tatsachenberichte liefern, sondern Sie beschwören oder Ihnen einfach nur vorschlagen, ganz leise vorschlagen, irgendeinmal sich die Zeit zu nehmen – denn jeder hat Zeit; die Leute, die sagen: »Ich habe keine Zeit!«, haben jede Menge Zeit –, diese Bücher zu lesen, von René Char über Lipej Kolenik über Karel Prušnik-Gašper und vor allem, als Ergänzung, das wunderbare Aussiedlungsbuch von Andrej Kokot *Das Kind, das ich war.*

Andrej Kokot beschreibt einmal eine Szene in Rastatt: Die Leute haben gehungert, wie man nur hungern kann, alle haben gehofft auf irgendwelche Pakete aus Kärnten. Wo es noch einen entfernten Verwandten oder halbwegs unbösen Nachbarn gab, schickte der dann ab und zu doch etwas zu essen: ein Paket. Und dann gab es ein Mädchen, wenn ich mich richtig erinnere, hieß es Anna, das bekam ein Paket, und alle (auf kleinere Weise kann ich mich daran vom Internat her erinnern) versammelten sich um das Paket: Was kriegt sie zu essen? Das Mädchen macht das Paket auf, und im Paket sind nur Bücher. Sie schimpft und schmeißt die Bücher auf die Erde: »Was für ein Scheißdreck, diese Bücher! Wir brauchen doch keine Bücher.« Andrej schreibt dann aber: »Meine Mutter und ich haben die Bücher gerettet und waren später heilfroh und wunderbar zufrieden, daß wir diese Bücher haben lesen können.«

Dann, ganz seltsam widersprüchlich, bei Prušnik-Gašper die Partisanen auf der Saualpe, die den fürchterlichsten Winter 1944/45 dort verbracht haben. Nichts haben die gehabt, keine Nachricht, nicht einmal Radio London haben sie hören können. Da kam ein

Entsatztrupp über die Drau. Die Partisanen hatten überhaupt keine Erfahrung mit Schwimmen, weil sie alle Bergler waren, keiner konnte schwimmen. Wie beschrieben wird, wie die über die Drau kamen, welche Angst die hatten, was für eine Angst die Drau ihnen eingeflößt hat, was für eine Angst sie hatten vor dem Ertrinken, das ist unglaublich eindringlich: Wie sie sich über die Drau, also nach Norden, über die sogenannte Sprachgrenze durchgeschlagen haben. Und da kommt dieser andere Trupp auf die Saualpe, und die Leute, die Monate und Monate auf der Saualpe waren, die haben nicht nach Würsten gefragt oder nach Brot, die haben gesagt: »Bitte, wo ist Literatur?« Die wollten Geschriebenes, gerade die Kämpfer. Die Kämpfer wollten Geschriebenes haben. Ich muß, um nicht als Fälscher dazustehen, einräumen: Sie wollten als Geschriebenes natürlich auch Artikel, Theoretisches. Sie wollten etwas zu lesen.

Und so, seltsamerweise: Die im Lager in Deutschland, in Rastatt, waren enttäuscht, daß sie Bücher, daß sie was zu lesen bekamen. Und die oben auf der Saualpe, die dort Winter wie Sommer verbracht hatten, haben gejauchzt, das war wie Brot!

Der Mensch lebt von Brot und Büchern. Darum bitte ich Sie. Nein, ich bitte um überhaupt nichts: Lesen Sie gefälligst!

Einige Anmerkungen zum Da- und zum Dort-Sein

Zuerst hätte ich gerne gewußt, von wem das Musikstück war, das gerade gespielt wurde, es hat mich sehr berührt, ich habe zuerst gedacht, diese Art Musik, sich aus dem Innersten ins Tonlicht tastend, passe zu meinen Büchern, aber dann habe ich eher umgekehrt gedacht, ich passe zu der Musik.

Ich habe Ihnen nur ein paar Aperçus anzubieten, die ich nicht richtig aufgeschrieben, sondern heute früh notiert habe, ein paar flüchtige Bemerkungen über das Da- und Dortsein und das am Rand-Sein, das im Eck-Sein, das Erscheinen, Vorhandensein, in Erscheinung-Treten, über das Überall- und Nirgends-Sein, vor allem über das Verschwinden und über die »Idioten«, wie man sie früher gesehen hat oder einst gesehen hat und wie sie vielleicht jetzt sind.

Als ich in Salzburg gelebt habe, war eines der Erlebnisse, die im Sinn von Adolf Haslinger ein bleibendes Nachdenken in mir erzeugt haben, ein Erlebnis beim Gehen, bei den Stiegl-Gleisen – ob's die noch gibt, weiß ich nicht – in Maxglan, da fuhr, glaube ich, ein- oder zweimal am Tag ein Zug, und man war nicht in Gefahr, überfahren zu werden; und ich bin sehr oft auf diesen Gleisen gegangen und an ihnen entlang.

Obwohl die meist durch eine Art von Steppe führten, standen da auch ein paar Gebäude, und an eines dieser Gebäude kann ich mich besonders erinnern, das eine Art von Garküche war oder immer noch ist, wo für Betriebe das Mittagessen oder auch für Krankenhäuser oder sogenannte Siechenheime gekocht wurde.

Und da bei dem Gehen, hinter allem, hinter allem, was eh schon »hinten« war, bei dem Gehen damals, sah ich einen jungen Menschen aus der Hintertür dieser Garküche kommen, und er sah mich vorbeigehen, und ich glaube, zum ersten Mal in seinem Leben traf er jemanden, der ihn sah, wie er bei der Arbeit war, wie er aus der Hintertür, aus dieser Verborgenheit der Arbeit in die noch größere Verborgenheit hinaustrat, und er wurde von mir Vorbeigehendem gesehen; und mein Erlebnis, wieder im Sinne von Adolf Haslinger, »die Verschränkung von innen und außen«, bestand darin, daß dieser junge Mann, der junge Koch, es wie vielleicht auch andere Menschen gebraucht hat, gesehen zu werden, gerade bei dieser seiner ungeheuer einsamen, abseitigen Arbeit. Und das hat sich bei ihm so ausgedrückt, daß er überrascht dreingeschaut hat – nicht nur überrascht darüber, daß jemand vorbeiging und ihn sah, sondern auch zutiefst erfreut.

Dies war für mich eines der nachhaltigsten Erlebnisse – ich will das jetzt nicht ideologisch ausführen –: daß Menschen bei ihrer alltäglichen, dienenden Arbeit es fast als ein zusätzliches Licht empfinden, gesehen zu werden. Und je weiter weg von allen anderen, um so mehr leben die, die gesehen werden, und die, welche sie sehen, auf.

So ähnlich erging es mir kürzlich auch in dem Pariser Vorort, in dem ich lebe: als ich am Weihnachtsabend an dem Busbahnhof vorbeikam. Es gab kaum einen Passagier, nur die Busfahrer, die immer noch ihre Strecken fuhren, mit leeren Bussen, mit abgedunkelten Bussen, und ich stieg da aus dem Zug – zugleich ist das eine Zugstation –, und ich hatte zufällig eine Einwegkamera dabei, und da war dieser einsame Busfahrer, der jetzt im dunklen Bus immer wieder aufs Plateau von Vélizy, der »Schlafstadt«, hinauffuhr, ohne Passagiere an dem Weihnachtsabend, hin und zurück. Und ich habe dann meine Kamera, wie man sagt, nicht gerade »gezückt«, aber ich habe sie halt aus der Tasche geholt, um ein Foto zu machen, und der Busfahrer hat seinen Bus eigens angehalten, für mich, in dem Gedanken, es sei richtig oder rechtens, dass er fotografiert werde, weil er an diesem Heiligen Abend gegen Mitternacht allein in seinem Bus für die Leute, die nicht gekommen sind, bereit blieb.

Nur wurde aus dem Foto nichts, als ich es entwickeln ließ, war nur der Blitz drauf, da sieht man, daß man besser schauen sollte, als Dokumente haben zu wollen oder Belege.

Das sind zwei Erlebnisse unter vielleicht Tausenden, die mich in meinem Schreibleben prägen und geprägt haben und geprägt haben werden.

Dazu gehört, wie man sagt *simili modo* (bei der Messe, bei der Wandlung, wenn zuerst die Wandlung des Brotes in den Leib Christi stattfindet und danach des Weins in das Blut, sagt man *simili modo* – in gleicher oder in ähnlicher, eigentlich in gleicher Weise) –, dazu gehört, wenn auch widersprüchlich, ein Fernseh-Erlebnis, das ich Ihnen wiedergebe:

Zur Zeit des Krieges gegen den Irak war ich in Spanien, und das spanische Fernsehen hat immer untertitelt – nicht »Krieg gegen Irak«, sondern »Krieg gegen Saddam Hussein«; es war natürlich nur gegen einen Mann, es stand nie »der Krieg gegen Irak«, und da gab es die berühmte, inzwischen fast zur Witzfigur gewordene Figur des irakischen Informationsministers, der, als die Fernsehbilder schon zeigten, wie die Invasoren oder die Amerikaner Bagdad erobert hatten, immer noch behauptete, die Amerikaner seien nicht da. Und alle Welt hat sich über diesen Mann lustig gemacht, vielleicht zu Recht.

Mein Gedanke aber ist, ob er nicht vielleicht recht hatte. War es nicht vielleicht wirklich so? Die Amerikaner waren einfach nicht da, die Amerikaner waren abwesend, die amerikanischen Soldaten, »ebony and ivory killing in perfect harmony«, waren gar nicht in Bagdad, sie *sind* nicht in Bagdad und *werden nicht in Bagdad gewesen sein.* Sie sind vielleicht nirgends da, außer bei sich zu Hause, so wie wir alle, indem wir heutzutage herumfahren, in andere Länder gehen, eigentlich gar nicht dort sind.

So hat jener irakische Informationsminister – so dachte ich zumindest – vielleicht auf seine Weise recht gehabt.

Die fremden Invasoren sind nicht da, sind nicht dagewesen, und sie werden nicht dagewesen sein.

Und so geht das weiter mit den Aperçus – mit denen ich nun freilich zu etwas anderem komme – zur Literatur –, wo ich auch keinen Boden unter den Füßen spüre manchmal, wie ich bei dem Krieg keinen Boden unter den Füßen spürte; es gibt etwas, eine Bewegung oder eine Vorstellung im heutigen Literaturgeschehen, und die Vorstellung sagt, Literatur ist auch nicht mehr da, sie ist im Abseits – oder sie ist so vermengt mit anderen Büchern oder mit dem und dem, daß man nicht mehr weiß, was ist Literatur, was ist was? Die Literatur ist schwer sichtbar geworden.

So wie – ich muß da jetzt nicht extra die Bezüge herstellen – der junge Koch im Abseits in Maxglan, so wie der Busfahrer in seinem dunklen Bus im Vorort von Paris –, und so ist sie fast verständlich, die Forderung nach einem Kanon, einem sogenannten Kanon: daß man derart in dieser fast unsichtbar gewordenen Literatur versucht, einen Rang, Ränge herzustellen. Was gehört wirklich gelesen, was sind die zehn besten Bücher oder die zehn sogenannt wesentlichen Bücher?

Meiner Meinung nach (nein, das ist keine Meinung, das ist eine Ansicht, das ist ein Blick) schafft diese Gegenbewegung zu dem vermeintlichen Verschwinden oder Verschwundensein der Literatur gerade das Gegenteil von einem gültigen Werten oder Gewichten.

Wenn man sagt, bitte sucht jetzt die zehn besten Bücher der letzten drei Jahrhunderte aus und gebt das der Schule oder wem auch immer als Gesetz, als Kanon, als Richtrohr zum Lesen, so schafft das meiner Ahnung, meiner Ansicht nach, noch mehr Verderben.

Denn z. B., wenn ein Wettbewerb entsteht, so meine Vorstellung: Erzählt mir die zehn besten Witze der Welt, und einer erzählt dann die zehn besten Witze der Welt, erscheinen plötzlich in dieser Unmenge von schönen und tiefsinnigen Witzen, wenn zehn die besten sein sollen, sind die zehn sogenannt besten gar nicht mehr witzig.

Oder auf andere Weise wurde ich vor kurzem gefragt: Hören Sie einmal, wenn Sie die Liste der zehn besten Tormänner der Welt aufstellen, wen werden Sie nennen? Und dann fing ich an zu überlegen, wer diese zehn hätten sein können, Jaschin in Rußland oder Zoff in Italien – oder wer auch immer, Sie können selbst an einen denken –, und dann fiel mir auf, je mehr man diese Tormänner beschränkt auf eine Zahl, auf fünf oder auf zehn, desto mehr verschwinden die anderen, die vielleicht auf ihre Weise genauso was zu sagen haben, oder genauso was geleistet haben, genauso interessant waren, genauso ergreifend waren, ebenso wertvoll und legendär als Tormänner wie Jaschin oder Zoff.

Es darf also, das ist meine Vorstellung, keine Liste der zehn besten Witze, der zehn besten Bücher, der zehn besten Tormänner geben, es soll das Chaos jedem überlassen bleiben; denn es gibt so viel Reichtum in der Literatur. Sogar mein eigener Verlag versucht jetzt, eine Art Kanon herauszugeben – und in diesem Kanon fehlt der »Nachsommer« von Adalbert Stifter, fehlt »Ahnung und Gegenwart« von Eichendorff, fehlen die Bücher von Robert Walser.

Kanon ist für mich eher ärgerlicher und eigentlich mörderischer fast, oder sagen wir es harmloser: totschlägerischer als das heutige Durcheinander von Literatur und Gebrauchszeug und New Age. Man soll das Chaos fast höher stellen als die Gegenbewegungen.

Um zu einer Art Schluß zu kommen: ich weiß nicht, sind Sie schon müde, sonst hätte ich Ihnen von einem anderen, einem Verschwundenen, der auch nicht zum Kanon gehört – aus meiner Übersetzung von *Ödipus in Kolonos* (Frankfurt am Main 2003,

S. 123-125) des Sophokles eine kleine Seite vorgelesen. Die handelt auch vom Verschwinden, vom Weggehen des Ödipus in ein Erdloch, oder wohin auch immer, oder in die Hölle, oder in den Himmel, niemand weiß genau, wohin der greise blinde Herumgetriebene verschwindet.

Ich habe versucht, in meiner Übersetzung nicht eigenmächtig, vielmehr aus Begeisterung und aus dem Blick für eine Parallele, die mir aufgefallen ist, eine andere große Verschwindens- oder Erscheinensgeschichte der Welt mitklingen zu lassen – und das ist die Passionsgeschichte, die Johannes erzählt von der Kreuzigung Jesu.

In dieser Passionsgeschichte des Johannes gibt es fast nur Hauptsätze, und jeder Satz ist mit einem anderen verbunden mit »und«, »und aber«: das habe ich hier versucht, hier in der Erzählung des Boten von dem Verschwinden, von dem Weggehen, und andererseits wiederum durch die Sprache des Boten, durch das Erscheinen in der Sprache des Ödipus in Kolonos zum Vorschein kommen zu lassen.

Folgend also spricht der Bote, indem er erzählt, wie Ödipus, von Theseus und seinen zwei Töchtern, Antigone und Ismene, begleitet wird, die beide aber die letzte Strecke des Weges nicht mitgehen dürfen; nur Theseus, der König von Athen, wird Zeuge – und Theseus darf dann nicht sprechen. Und der Bote erzählt folgendes:

Es ist der Augenblick, zu erstaunen. Denn als
er wegging von hier – und du weißt es, du warst
dabei –, war keins seiner Lieben ihm meh Führer,
sondern er selber war es, der uns führte, uns alle!
Als er aber hinkam zum Steilabfall, der
mit erzenen Schwellen verankert ist in dem Erdreich hier,
hielt er inne auf einem der starkverzweigten Pfade,
nah bei einem Hohlkrater, wo die Treuegelübde

des Theseus und des Perithoos für immer eingeritzt sind:
da stand er inmitten, umgeben auch vom Thorikiosfelsen,
und vom hohlen Wildbirnenbaum und vom Steingrabmal,
und da setzte er sich, und da tat er dann ab von sich die
verdreckten Gewänder, und da hieß er dann mit erhobener
Stimme die
Töchter, von irgendwoher das Quellwasser für Waschung
und Weihegüsse zu holen. Auf den Weg gemacht hin
zum Hügel, dem sichtbar gegenüberliegenden, der
flurenfreundlichen Demeter,
waren sie mit dem vom Vater Aufgetragenen binnen kurzem
zur Stelle und vollbrachten mit Waschung, und mit der
Kleidung das, was das Rechte ist. Und als er an
all den Vorgängen die Freude und auch die
Genüge fand, da donnerte der Erdtiefenzeus, und die
Mädchen,
als sie ihn hörten, erschauderten, und sie stürzten
nieder zu den Knieen des Vaters, und sie wehklagten,
und sie hörten nicht auf mit dem Auf-die-Brust-Schlagen
und mit dem langlangen Schluchzen, und er,
sowie er den jähen bitteren Schall vernimmt,
schlingt die Arme um sie, und er sagt:
»Ach Kinder, vom heutigen Tage an gibt es für euch
den Vater nicht mehr. Denn dahingeht jetzt all
das Meinige, und nie mehr werdet ihr, was mich angeht,
in der Not sein, mich ernähren zu müssen! Harte Not
war das, ihr Kinder, ich weiß es! Und ein einziges
Wort nur zeigt sich erkenntlich nun für all eure Kümmernisse!
Und zu keinem hattet größeres Lieben ihr als hier
zu dem Menschen, dessen beraubt ihr nun
den Rest eures Lebens werdet fristen müssen.«
Und so, ineinandergeschlungen, schluchzend wehklagten
sie allesamt. Und so kamen sie mit ihrem Weinen
zur Neige, und kein Laut mehr brach aus ihnen
hervor, und Schweigen war, und plötzlich schrie
jemandes Stimme ihn an, und sie erschauerten,

und die Haare stellten sich ihnen dreien mit einem Schlag auf.
Und es ruft ihn nun laut und langanhaltend der Gott:
»He du, he du, oh Ödipus, oh Schwellfußmann, was zögern wir,
zu gehen? Dein Säumen, dein Säumen, es dauert!«
Und er nun begriff, gerufen zu sein von einem Gott,
und er hieß kommen den Theseus, den Ortskönig hier,
und er sprach: »Ah, du lieber Mannskopf du hier,
gewähr mir doch, um meiner Kinder willen die
bewährte Gunst deiner Hand, und so auch ihr,
meine Kinder ihr ihm da! Und versprich, die beiden
da niemals von dir aus im Stich zu lassen, viel mehr ihnen
auf alle Zeit guten Willens zu leisten was nottut.«
Und der andere, als Mann von Edelmut, gab, ohne
sich weiter bitten zu lassen, das Versprechen und
schwur das dem Xenos. Und sowie er das geschworen hat,
berührt Ödipus auf der Stelle seine Töchter mit
seinen Blindenhänden und sagt: »Ach, Kinder ihr:
Jetzt heißt es, Edelmut zu zeigen und wegzugehen
von dem Ort hier, und verwehrt ist es auch
mit Augen oder Ohren etwas erschauen oder
von dem Untersagten erlauschen zu wollen.
Und so geht, und möglichst schnell – außer dem König, Theseus:
der bleibe und werde Zeuge des Kommenden.«
Und wir alle zusammen hörten ihn so reden und
geleiteten die Mädchen unter starkem Wehklagen weg.
Und nach kurzer Zeit aber wandten wir uns im
Weggehen um und wir nahmen den einen der
Männer nirgends mehr wahr, und den König
sich die Augen beschattend mit der Hand an der Stirn,
wie vor einer mächtigen und furchterregenden Erscheinung, die
anzuschaun unerträglich ist. Und dann aber
– ganz wenig Zeit war vergangen – sahen wir ihn
hingekniet im Gebet zur Göttin Erde und zugleich
auch zum Götterolymp, gleichlautend.
Und von welchem Geschick jener andere
ausgelöscht wurde: einer der Lebenden könnte

es mir erzählen – Theseus allein. Und nicht etwa
ein feuerflammender Götterblitz schaffte ihn fort,
und auch nicht eine im Augenblick daherpreschende
Sturmflut, vielmehr wohl ein Göttergesandter,
oder aber die lichtlose Schwelle des Landes der Toten
hatte die Güte, aufzuklaffen. Und der Mann
wurde hinweggerafft ohne Wehklage und ohne
Krankheitsschmerz, so wundersam wie noch keiner
der Sterblichen. Und falls ich durcheinanderzureden scheine,
möchte ich mit dem, welchem ich durcheinanderzureden scheine,
nichts zu schaffen haben!

Zum Schluß noch die Andeutung von zwei heutigen oder aktuellen Verschwundenen:

Das möchte ich eher in Form einer Frage formulieren und komme auf den jüngsten Krieg gegen den Irak flüchtig, wenn man da flüchtig sein kann, zurück.

Es gab dazu ein paar Berichte in den Medien über Selbstverbrennungen in Tschechien, und in diesen Berichten stand, die jungen Leute, die sich aus Protest gegen den Krieg verbrannt haben, seien nach Auskunft von Psychologen charakterschwache, psychopathische Menschen gewesen, die sich durch das Verbrennen sozusagen einen Nachruhm verschaffen wollten. Und als Erklärung wurde hinzugefügt, es habe sich meist um junge Leute gehandelt, Studenten aus den kleineren Provinzstädten, die nach Prag in die Metropole gekommen seien und dort nicht hätten Fuß fassen können.

Ich dagegen habe vom Leben und Tod jener vier oder fünf Menschen anders gelesen. Ich habe es auch anders gelesen, daß einer der jungen Studenten freundlich, zuvorkommend, sympathisch war, »aber leider etwas introvertiert«. Ich habe mir dazu meinen Teil gedacht, der, indem ich ihn andeute, nicht allein mein Teil bleiben soll. Von einem der Menschen gibt es einen Abschiedsbrief, und ich möchte, wenn »Öffentlichkeit« noch einen Sinn hat, die Frage stellen, ob dieser Abschiedsbrief nicht nur in zwei, drei Worten, wie in Zeitungen, zitiert werden, sondern von unsereinem ganz gelesen werden könnte. Wer macht uns Lesern den ganzen Brief des tschechischen Protestselbstmörders öffentlich?

Dieser junge Mensch, der sich verbrannt hat, dessen Namen und den Namen eines anderen jungen Tschechen möchte ich jetzt hier sozusagen verewigen oder in den Zug der Dauer einreihen:

Der eine junge Mann heißt Zenedek Adamec, der andere heißt Roman Mašl.

Damit sind die Namen genannt, und so bin ich bei dem Schluß, bei den »Idioten«, mit denen ich Ihnen gedroht habe: In der Antike waren ja, wie fast jeder weiß, die »Idioten« jene, die in der Polis, im Stadtstaat, nichts mit der Öffentlichkeit zu tun hatten; die nichts mit dem Gemeinwesen zu schaffen hatten.

Ich frage mich dazu jetzt, ob es heute nicht vielleicht umgekehrt ist: ob nicht vielleicht die Öffentlichkeit mehr und grundandere »Idioten« hervorruft als die Leute, die im Verborgenen, im Abseitigen, an den hinteren Stiegl-Gleisen von Maxglan oder im finsteren Autobus vom Pariser Vorort sind, tun, sich umtun und wesen.

Deswegen sage ich jetzt hier ein für alle Male: Liebe Leute, es hat mich gefreut, daß ich hier sein durfte. Aber das ist zugleich das letzte Mal, daß ich mein »Idiotentum« öffentlich zeige. Ab jetzt könnt Ihr mich vor Gericht bringen, wenn ich noch einmal im Leben öffentlich auftreten sollte.

Vielen Dank.

Zu den unverwöhnbaren Dichtern

I

Der Selbstmaßregler

Zu Karl Philipp Moritz

Kaum jemand ist in einem Buch so streng mit sich selber umgegangen wie Karl Philipp Moritz mit sich als *Anton Reiser.* Rousseau schreibt dagegen von seiner Jugend geradezu, als handele es sich um die eines verborgenen Königssohns. Wenn das Wort »Selbsterforschung« je am Platz war, dann bei Moritz. Und in seinen eigenen Lehr- und Wanderjahren der zweiten Hälfte des 18. Jahrhunderts hat er auch zum Beispiel die meinigen erforscht, die jetzt noch vor sich gehen, da ich mehr als zweieinhalbmal so alt bin wie sein Anton Reiser am Ende seines Umherirrens, und wohl auch die Wanderjahre nicht weniger nachfahrender Gesellen. Es ist eine fast schaurige Härte, nein, Schärfe gegen sich selbst in dem *Anton Reiser* (und mehr noch im *Andreas Hartknopf),* die zum Glück dann manchmal auch zum Lachen ist. Obwohl Moritz jünger war als Goethe, wirkt er als dessen älterer Bruder (ganz und gar nicht »verwahrlost«, wie G. gemeint hat), als uralt. Wie die Stimme dieses Uralten ständig eingreift in das Erzählen der eigenen Lebensgeschichte, scheint sie in der Tat die Rolle eines anderen Goethe zu spielen, eines gleich klarsichtigen, nur ohne Milde (und sei sie auch vorgemacht). Moritz, der andere Goethe, stofflicher, analytischer, illusionslos (?), läßt sich und mir aber auch schon gar nichts durchgehen. Er verklärt nichts. Aber, dachte ich beim Wiederlesen jetzt, kann die Verklärung nicht auch ein Stoff – Materie – sein? Hätte er den *Anton Reiser,* der jäh und hoffnungslos abbricht, weitergeschrieben, so hätten zur Kritik unseres Jugendwahns jene Gegenbilder, so mein Gedanke, sich dazu»gesellt«, durch die Karl Philipp Moritz als der mir so fehlende »dritte« Goethe erschiene, der er ohne seinen frühen Tod notwendig geworden wäre: bei gleichbleibender Schärfe mit der wiedergewonnenen Sehnsucht, nur eben nun im Gleichmaß von einst. Auch so bleibt er mit dem *Anton Reiser* natürlich unvergänglich, als Selbstmaßregler, bei dem zugleich zu spüren ist, daß er sich dabei nicht nur belacht, sondern auch beweint. Nur: Wann ist man im richtigen Alter, ihn zu lesen? Für die meisten ist zu fürchten, daß sie ihn entweder zu früh in die Hand nehmen oder zu spät. So ging es bei meinen zwei Malen jedenfalls mir. Recht so? Ich hätte sonst nicht weiter zu schreiben gewagt, so durchschaut hat mich Moritz in sich.

Einige Bemerkungen zu Stifter

Für Momente der Eindruck, eine Erzählung Voltaires zu lesen, geschrieben im Alter, jenseits der Ironie des »Jahrhunderts der Lichter«, lange nachher ..., so sehr ist die Durchsichtigkeit Adalbert Stifters vergleichbar jener des Autors von *Zadig* und *Candide*, und so unterschiedlich ist dabei der Ton. Für Stifter geht es weniger darum, eine gewisse blinde Weise des Weltanblickens zu kritisieren, als einen neuen Blick auf die Welt zu gestalten, einen dritten Weg, außerhalb derer der Vernunft und der ekstatischen Tänze der Unvernunft, an der Hand des Erzählens (oder des Rechenschaftgebens) der Erst-Dinge, welche, nach Stifter, das Sanfte Gesetz der Menschheit angeben.

Diese Dinge, beschrieben statt mit dem Licht der Vernunft und der Ironie, der oft so zarten, des Voltaire mit dem Licht der Jahreszeiten, bilden nicht, was im Französischen »Natures mortes« (Stilleben) heißt: es sind, im Gegenteil, Lebende Naturen, atmende. Und da schließen sie sich an an die Felder, die Wiesen, die Bäche, die Steine und die Winde der *Eklogen* und der *Georgica* des Vergil, welcher vielleicht der dem Adalbert Stifter nächste Autor ist. Ein Satz in *Turmalin* macht diese Nachbarschaft spürbar (und läßt gleichwohl Voltaire als eine Art Bruder erscheinen): »Er hatte freiwillig diese Wohnung gewählt, ... weil es seinen dichterischen Kräften, die sich nicht, sowohl im Hervorbringen, als vielleicht im Empfangen äußerte, zusagte ...« Die Dinge sind nicht umgeformt durch die Wörter, treten vielmehr mit deren Hilfe in Erscheinung, umrissen von durchsichtigen Wörtern, welche ihnen ihre Kindheitsform geben: eine hellichte und farbige Prozession zusammengehörender Dinge, rhythmisiert durch eine »Spezialität« des Stifterischen Stils, die Weglassung des Komma in der Litanei der Phänomene.

Man spricht von den »himmlischen Längen« Beethovens – und ebenso könnte man von den »himmlischen Langsamkeiten« eines

Adalbert Stifter sprechen. Die Langsamkeit der stillen und sanften Prozession seiner Dinge, Landschaften, Helden: als kehrten sie zurück, erschienen neu nach einer sehr, sehr langen Vergessenheit. »Es hat sich in vergangenen Zeiten zugetragen ...« *(Turmalin).*

Bei Stifter hat ein jedes Ding seine Zeit, nach dem Bild und dem Takt der Perioden des Alten Testaments. Und, wie in der Bibel auch, möchte das zugleich angeben: jedes Ding, für dich, der du liest, für dich, der du hörst, *soll* seine Zeit haben. Jedes Ding gibt ein Gesetz.

Urteil oder Meinung in den Erzählungen Stifters: kaum vorhanden. Und wenn es doch geschieht, lese ich dergleichen, mag ich auch mit dem Urteil einverstanden sein, als einen Fehlschritt, als eine Schwäche, einen Mißton. Und ebenso ergeht es mir bei den so seltenen Stifterischen Wortspielen, Virtuositäten, Paradoxen (so gehaßt von Nietzsche): »... folgte, daß in seinem Leben nur Anfänge ohne Fortsetzung und Fortsetzungen ohne Anfänge waren ...« *(Bergmilch).* Mit wem will Stifter da in Konkurrenz treten, Stifter der Reine?

Völliger Mangel der Hintergedanken bei Stifter. Keinerlei Doppeldeutigkeiten oder Seitenblicke. Allein die »Vordergedanken« zählen, und erzählen (sich). Von daher das (anti-historische) Erzählen von einem Weltideal, von einer idealen Welt. Hier auch noch eine andere Vergleichsmöglichkeit: mit Thomas Bernhard, einem weiteren Einwohner Oberösterreichs. Bernhard stellt, schiebt, schnellt alle nur möglichen Hintergedanken in den Vordergrund und ins Licht, jedoch mit der gleichen Inständigkeit, dem gleichen Rhythmus, dem ebensolchen Gleichmaß wie im Jahrhundert vor ihm Adalbert Stifter. Und jene Erzählungen von langen Abwesenheiten, worin sich die beiden zusammenfinden: bei Stifter jene verlassene Küche, wo »die vom Faßbinder verfertigten Holzgefäße sich aufgelöst hatten, so daß die eisernen Ringe rundum lagen«, und bei Bernhard jenes Schlüsselloch in der Eingangstür zu einem aufgegebenen Haus, das Loch verstopft von den toten Fliegen, durch welche der Schlüssel kaum durchdringt.

Viele Aktionen bei Stifter, freilich eine jede minimal, ohne anekdotischen Dreh, ohne Drama, ohne Kulmination. Also kann der Lesende sie auf der Stelle wieder vergessen, und ebenso die Erzählung gleich wiederlesen, überrascht von diesen Aktionen, wieder und wieder. Stifter und »das schweigende Leben der regelmäßigen Formen in der Stille« (Ludwig Hohl).

»Sie sagen, die Gegend sei häßlich, aber auch das ist nicht wahr, man muß sie nur gehörig anschauen.« *(Kalkstein)*

Im Jenseits der Sinne

Ein Versuch über Christian Wagner

»Es ist geschehen / Es ist getan: / Des Lebens Sorgen gehen / Mich nichts mehr an.«

Christian Wagner schrieb diese Verse als Betrachtung eines düsteren, von Tannen und Kiefern umstandenen Waldsees, gegen Ende des 19. Jahrhunderts in dem kleinen schwäbischen Dorf Warmbronn, das er jeweils, sei es in seinem Testament oder in seinen Büchern, hinter den eigenen Namen zu setzen pflegte: »Christian Wagner von Warmbronn« oder »Christian Wagner – Warmbronn«.

Der Mann, der seine Gleichgültigkeit als Geschehnis und als Tun erlebte, war zu der Zeit gut fünfzig Jahre alt, Bauer auf dem kleinen Anwesen, das er von seinen Eltern – er war der einzige Sohn – sehr früh geerbt hatte; im Winter zeitweise Holzfäller und Tagelöhner. In seiner ersten Ehe hatte er vier Kinder gezeugt, die alle noch im Säuglingsalter gestorben waren; bei der Geburt des letzten starb auch die Frau. Mit der nächsten, der eigenen Cousine, hatte Wagner vier weitere Kinder, die alle am Leben blieben; jedoch starb die zweite Ehefrau im Wahnsinn, an Nahrungsverweigerung. Ein Schwiegersohn, beim Wildern ertappt, erschoß sich. »Was gibt dem Leben erst die rechte Weihe? / Das Sterben ist's, das selbstgewählte, freie. / Der Vorsatz stolz, sich von dem Stoppelweiden- / Auftrieb der Herden einmal auszuscheiden.«

Über die Jahrzehnte – Wagner ist vor fast sechzig Jahren gestorben – ist dieser Poet eine Figur geblieben, sein Werk eine Legende: Legende auch in dem Sinn, daß dieses oft nur als Unterschrift die durch Lebenslauf und Auftritt zum Bild gefügte Person begleitet, jedenfalls in der Öffentlichkeit. Selbstverständlich gibt es die »Kenner des Werks«: keine Pedanten oder Kulturbedürftige, sondern Leute, welche lieben, was sie kennen, weil sie es kennen. Doch gerade die Tatsache, daß ein Werk Kenner (und Bekenner) namhaft machen muß, zeigt dessen ausgebliebene Weltreise ins Öffentliche. Dabei war Christian Wagner nicht etwa eine autistische Schmerzensgestalt, der man seine schönen, tiefen Inbilder nur ruckhaft entlocken kann, wie heutzutage dem Dichter Ernst Herbeck, genannt »Alexander«, sondern ein sprech-, schreib- und überhaupt äußerungsfreudiger Autor, der sich als öffentlicher Dichter verstand, als Prophet, Prediger, »Johannes-der-Täufer-Figur« für alle.

Daß seine Botschaft die Welt nicht ganz erreicht hat, liegt aber nicht nur an der letzteren: Sein Werk ist eben mehr Botschaft als Werk, das sich aus sich, für sich entfaltet, ohne Glaube, gute Meinung, Teilnahmebeteuerung (diese alle vielmehr zur Energie des freien Sprechens verwendend): Es ist weniger Entfaltung als Stellungnahme. Viele Passagen in Wagners Büchern, wenngleich, so Werner Kraft, »Zeugnisse einer selbständigen und eigentümlichen Gedankenwelt«, sind eben, indem sie nur glauben und meinen und, vor allem, in Bild, Erfindung und Ton, bloß nachbeten, eine sprachleere Masse, ein raunend schwätzender Wust. Von den zahlreichen, aber gar nicht mannigfaltigen Balladen Christian Wagners (mit Zwergen, Rittern und Jungfrauen) bleibt zum Beispiel der Eindruck, daß, wo schlechte Sprache und schlechte Phantasie sich verbinden, einfach nur schlecht gelogen wird.

Die »zehn oder zwanzig unvergänglichen Gedichte« (Robert Minder) fordern also ein Heranarbeiten durch Geduld, Zuneigung – und das schlechte Gewissen, welches in einem ziemlich reflexhaft erwacht vor der Existenz eines Bauernpoeten mit höchstens drei Rindern im Stall (Wagner hat im Lauf seines Lebens zwei Dutzend Schuldscheine unterschrieben). Es waren demnach immer nur einzelne, die sich, und dann eben fast nur für sich, die großen Gedichte Wagners erobert haben; die Gruppen (Vegetarier, Natur- und Tierfreunde, Anthroposophen) beanspruchten eher seine Person, die sie sich (warum auch nicht?) errichteten aus Zitaten. Aber auch an den Zeugnissen der einzelnen über ihn ist auffällig, wie geradezu regelmäßig das Gedichtete überstrahlt wird von der Erscheinung des Dichters: als sei es unmöglich, Wagners Gedichte zu erleben, ohne den Verfasser dazu zu sehen.

»Ich kann nicht an Sie denken, ohne Sie wieder so zu sehen, wie Sie damals ... von mir Abschied nahmen«, schrieb Hermann Hesse in einem offenen Brief zu Wagners 80. Geburtstag. »Sie standen noch einen Augenblick, mich mit Ihrem hellen Blick festhaltend, und Ihre greise, kleine Gestalt ist mir seither für immer so im Gedächtnis geblieben.« Auch Gustav Landauer redet von dem alten Mann »in seiner Bauernstube ... mit einem großartigen Glanz in den Augen«; und der Schriftsteller H. E. Blaich berichtete im Weltkrieg seinem Freund, dem Soldaten Tucholsky, von dem greisen Poeten »in seiner Stube; die Katzen steigen an ihm auf und ab wie die Engel an der Jakobsleiter; von Zeit zu Zeit zwitschert er geheimnisvoll vor sich hin und spielt mit bunten halbmetaphysischen Seifenflocken«.

Einerseits ist eine solche Bildwerdung eines Poeten sicher ein Zeichen der Verlegenheit und Herablassung; besser: einer Herablassungsgebärde aus Verlegenheit im Umgang mit dem Werk; zum andern aber hatte sich Wagner, so zeigen es alle Photos (und er wurde auffällig oft photographiert, dasitzend wie ein entdeckter Entdecker), wohl tatsächlich, indem es ihm, gerade ihm, gelang, seine Leiden in eine Form zu erheben, auch persönlich zu einem stolzen Bild aufgerichtet. »Wenn du findest, was dich lieben mag, / Hast du das Verlorne neu gefunden.«

Einem seiner späteren Verehrer, der ihn beim erstenmal nur zufällig traf, auf einem Waldweg, ohne etwas von ihm zu wissen, begegnete er als »bäuerlich anmutiger Waldgott, eigenköpfig und keineswegs auf Freundlichkeiten aus«. Und in der Tat, auch wenn man der raschen Mythologisierung nicht folgt, ist die Person Christian Wagners eine, die das üblich Menschliche schon, notgedrungen, hinter sich hat, und die Gedichte werden, indem sie (und der Autor mit ihnen) ein Maß der Leiden gefunden haben, »Lieder jenseits der Menschen« (Paul Celan); darin auch unheimlich – so wie der Mensch Wagner unheimlich wirkt: ein Schmerzmineral, selber unverletzlich, durch alle nur denkbaren Katastrophen kristallin geworden; jedoch zugleich das Auge jedes andern verletzend, der in einem solchen Kristall die eigene Zukunft voraussieht. »Darum nur sollst du es nicht erkennen, /

Dein Verlornes in dem bunten Spiel, / Daß du alles mögst das deine nennen, / Statt des wen'gen lieben künftig viel.«

Wagner, durch das Erlebnis des Verlusts, konnte von sich und den andern wollen, was er so oft »das Göttliche« nannte (»Heilge dich, Mensch!«); dieses Göttliche aber, gerade durch das Verlust-Erlebnis, war nicht das Über-Menschentum einer Machtanmaßung, sondern das Los-Sein (im täglichen Existieren) und das Los-Sagen (im Schreiben) vom Allzumenschlichen. »Stolz bleiben aufs Äußerste!« schrieb er in einem Brief an Gustav Landauer. »Stolz wie ein Gott! – Aber nicht ein Übermensch wie Nietzsche! Nicht ein Gewaltmensch wie Alexander, Cäsar, Napoleon I. – Die Eroberung der Welt; d.h. der Menschheit, muß auf friedlichem Wege zustande kommen, ... so etwa im Sinne Buddhas, durch Belehrung und Liebe, doch ohne dessen Askese. Keine Askese! Das ist's, was ich am Kirchentum so unversöhnlich hasse! Vielleicht deshalb, weil ich in meinem armseligen Nest hinten und vorne Askese bin.«

Für Wagner war die Vernunft, wie sonst für so viele, keine Maskierung, keine bloße Person-Vortäuschung; er war von ihr durchdrungen als von einer Lebensart und konnte gerade deswegen in seiner Poesie so frei schalten: Das Mystische bei ihm ist nichts als die siegreiche Wahrnehmungsfähigkeit eines befreiten, durch und durch vernünftigen Menschen; die Welt, »folgsam der mächtigen Beschwörung meines Wollens«, tut mit einem »Zeichen des Einverständnisses ihre bewußte Nähe kund«; »im Jenseits deiner Sinne«.

Am klarsten wird das Göttliche, das Christian Wagner will, in dem Vers: »Ihr seid zu groß zum Herrschen und zum Dienen« – und aus solcher Art Mystik, welche, die Vernunft in sich behütend, sich zugleich von dieser abstößt, erklärt sich auch die soziale Kraft der Wagnerschen Botschaften: Sie sind sozial aus Mystik. »Manche reißen einen großen Teil (der) Ernte an sich, aber das heißt das Glück aus der Ewigkeit heraufholen ...« Im Weltkrieg, um das Verfassen von Kriegsliedern angegangen, meinte er nur: »Das Heldentum des Nitroglyzerins erkennen wir nicht an!« In dem Aufsatz *Eindruck des entsetzlichen Weltkrieges auf friedliche*

Menschen wünschte er sich einen »Apparat für Konzentration des Willens«, der die Zerstörung aufhielte. Er verachtete die Bürger (»der Bürgersmann, der alles klein verdauen kann«), fühlte sich aber auch vom damaligen Sozialismus nicht angezogen: In der sozialdemokratischen Zeitung hatte er »im Lauf einiger Jahre nur Eines, sage ein schönes Gedicht gelesen / gefunden. – Bei diesen ist gar nichts los.« (Der Text – ein Brief an Hesse – geht weiter: »Und bei den Christlichen, den Frommen ist's fast noch weniger. Bei diesen ist Dummsein Frommsein.«)

Wagner hat sich auffällig oft, in fast allen Vorreden zu seinen Büchern, als »einfältigen«, »ungelehrten«, »armen« Landmann bezeichnet (»Doch etwas ist zu schätzen an dem Blöden: / Mit Geistern und mit Blumen kann er reden«): Dabei war er nie bescheiden, sondern nur listig, pfiffig, schlau; in manchem das »Bäuerlein« der Märchen (nur daß er, sobald er selber Märchen schrieb, nie als gute Seele im Text war: Die Verse klicken da mit der bloß mechanischen, geliehenen Phantasie des sowohl von der gebräuchlichen Kunstliteratur als auch von der üblichen Volkskunst Isolierten, und die leichtsinnigen Metamorphosen der Naturerscheinungen – Spinne/Satan; Bachstelze/flinkes Stadtmädchen – sind dann in schlechtem Sinn Predigerfloskeln).

Seine Gönner draußen in der Welt haben sich darum gesorgt, daß Wagner nicht als dichtender Bauer aufträte. »Wahrhaftig, Sie sind nie ein ›Bauerndichter‹ gewesen!« schrieb Hesse. »Sie haben nie den Stolz Ihres Handwerks, Ihrer Kaste gefühlt und besungen. Sie haben auch nie, wie die schlechteren Bauerndichter es immer tun, sich abseits Ihres Tages eine aus gelesenen Romanen genährte Phantasiewelt geschaffen ...« (Das letztere hat Wagner freilich, wenn er zu erfinden vorgab, doch getan.)

Zum andern hat gerade Hesse den schwäbischen Bauern anregen wollen, im Dialekt zu schreiben. Christian Wagner antwortete: »An Dialektdichtungen kann ich absolut keinen Geschmack finden. Freilich: unser Dialekt hat eben so gar keinen Wohlklang, und ist nach meinem Empfinden nur eine Entwürdigung, eine Profanierung der Sprache.« Hesse verstand das und meinte, der Dialekt, »zumal der schwäbische«, sei »wohl nur der groben

Komik günstig«. (Wagners Gedichte sind nie komisch; wenn er Komik will, wird er kindisch: das Kindische des Heiteren – entsprechend Novalis' *Blütenstaub*-Satz: »In heitern Seelen gibt es keinen Witz.«)

Trotzdem stehen, spärlich und immer nur als einzelne Wörter, Regionalausdrücke bei Wagner: ein Wort wie »hirndipplich« etwa: Die Bauern trinken, bis sie »hirndipplich« werden. Und wenn das bäuerliche Leben in der zweiten Hälfte des 19. Jahrhunderts auch hauptsächlich als bloßer und sehr vager Ausgangspunkt für die »Seligkeitswanderungen« erscheint, auf denen sich die »Seligkeitswandlungen« ereignen, so dient es doch häufig als irdisch-ländliche Metapher gerade in Wagners universalsten Gesängen, nicht anders als bei Hesiod, Homer und Lukrez. So heißt es etwa in dem Gedicht *Ätherfahrt* von dem Planeten Jupiter: »Der steht wohl da wie eine Weltenscheuer, / Doch ists in seiner Nähe nicht geheuer: / Es flattern um das alternde Gehäuse / Planetlein wohl, als wärens Fledermäuse. / Unfern davon ein Meteorenrasseln, / Wie Maienkäfer von den Bäumen prasseln; / Und seine Monde treten aus den Bärnen / Roßknechte sinds mit ihren Stallaternen ...«

In einem andern Gedicht bewegt ein Lied sich dahin »Wie mit langsam steifen Schritten / Ochsen treten das Geleise«. Ludwig Hohl zitierte vierzig Jahre später in seinem Argument gegen die »Dialektförderung« (»Einschmeicheln«) ein Epigramm Hölderlins: »O den Menschenkenner! er stellt sich kindisch mit Kindern, / Aber der Baum und das Kind suchet, was über ihm ist.«

Christian Wagner wollte kein Heimatdichter sein; die Bewohner seines Dorfes haben ihn auch eher als Sonderling, »Eigenbrötler«, verspottet: weder Landschaft noch soziale Zugehörigkeit waren eine Heimat für ihn; der einzige Mythos, in dem er sich wiederfand, war »das Sprechen seiner Sprache«: Diese aber hatte er erst erlangt durch den Verlust seiner Familie – in den Blumen und Faltern erschien ihm der Geist der Toten, sich auf ihn übertragend als Sprache: Wagner bekam eine Stimme, wurde eine Stimme. »Was ich geschrieben habe, war Inspiration ... Fähigkeit des Schweißhundes, fremden Fährten nachzugehen.« Und diese

Inspiration sprach sich in Versen aus, die, im Glücksfall, die natürlichsten Dinge der Welt waren. »Warum besteht eine notwendige Beziehung zwischen dem zutreffenden und dem musikalischen Wort?« schrieb Meister Flaubert an George Sand. »Warum gelangt man immer zu einem Vers, wenn man sein Denken ... zusammenpreßt?«

Manchmal freilich – und das nicht bloß in den Balladen – behauptet Wagner »die geheimnisvollen Instinkte und Ahnungen« nur im erstarrten Schema derselben: Seine »Inspiration« ist vorgetäuscht durch das gewollte (nicht einmal bemühte) Herstellen von deren Gemeinstruktur; das Ergebnis: der Rhythmus leiert in den um alles Erlebte erleichterten, dadurch zu Versatzstücken entsinnlichten Bildern. In dem schönen Poem *Mein Leid* hat Wagner selbst sein poetisches Dilemma am klarsten ausgesagt: daß seine Poesie, überhaupt erst bewegt durch den Trennungsschmerz, in Gefahr gerät, nur noch als Geschreibsel zu erscheinen, wenn der Schmerz durch die Zeit geheilt ist. »Zwar heilt die Zeit der Trennung herbsten Schmerz; / Doch ein Gedanke fällt mir schwer auf's Herz: / Ob nicht nach Jahren, trotz des Sohns Bemühn, / Am Ende möcht auch seine Lieb verglühn?« Manchen Gedichten Wagners, auch wenn sie von den »heilgen Toten« reden, fehlt die geistesgegenwärtige Liebe, welche erst eine poetische Beschwörung hervorbringen und die Gemeinsprache bewegen kann – sie gehorchen einem ein für alle Male erworbenen Glauben, wie einer grammatikalischen Regel; eine große Versmasse ist also, statt Beschwörung aus Liebe, Glaubensdeklamation.

Dieser Glaube war der an die ewige Wiedergeburt alles Lebendigen; an die Seelenwanderung. Wagner hatte ihn sich jedoch nicht angelesen: Er war, mochte er sich auch als »fiktiven Brahminen« bezeichnen, seine höchsteigene Idee, seine persönliche Erleuchtung, ihn immer mehr erfüllend mit jedem neuen, von ihm schließlich als »Schicksal« erlebten Verlust. (Er hat den Koran gelesen, aber kaum buddhistische Überlieferungen.)

Die Idee der Wiedergeburt war der einzige »Gedanke« in Christian Wagners Leben; doch da die Idee aus dem Leiden entstand und das Leid wesentlich unendlich war, reichte sie, als persönliche Religion, für sein ganzes Leben; und als poetische Energie für einige Gedichte, so selbstverständlich, in Fragen antwortend, in Verkündungen erzählend, in Predigten erinnernd, in Bildern verheißend, daß tatsächlich, in der »verhutzelten« Figur des schwäbischen Bauern (welcher Hermann Hesse einmal fragte, an welchen »Preisausschreiben« er sich mit seinen Gedichten beteiligen könnte, um Geld zu verdienen), die Idee des wie seit dem Anfang der Zeiten, durch alle Verwirrungen der Geschichte, zu allen Leuten sprechenden Weltgeists erscheint: Ideal der Poesie, ideale Poesie – deren Wirkung (wenn man für sie nur offen sein will) das tiefste soziale Erlebnis gibt: die Seelenwanderung zwischen den Lebenden.

Christian Wagner glückt diese Im-Anfang-war-das-Wort-Sprache (ja, seine großen Gedichte sind schöne Zufälle) immer dann, wenn der bloße Wiedergeburtsglaube nichts mehr zu sagen hat und die Wieder-Erscheinung im sinneslustigen Aufnehmen der Form, der Farbe, des Dufts einer Pflanze, der Bewegung eines Schmetterlings, der Stimme eines Vogels ganz gegenwärtige Vision wird. In der Aktualisierung des Trennungsschmerzes durch die sich plötzlich offenbarende Natur vergeht dem Christian Wagner alle sonstige Seelenwanderungs-Rhetorik, und »es wird das Wort«: »Antwortsagend/Fragesingend/Duft und Lieder.« Diese Lieder sind dann keine Religionsreimerei mehr, sondern Verdichtung des religiösen Erlebnisses, bei der klar wird, daß alle Weltreligionen, auch jene, über deren komplexes System wir im einzelnen vielleicht nicht informiert sind, »keine Lehre« darstellen (so Wittgenstein in den *Vermischten Bemerkungen* über das Christentum), »keine Theorie darüber, was mit der Seele des Menschen geschehen ist und geschehen wird, sondern eine Beschreibung eines tatsächlichen Vorgangs im Leben des Menschen«. (»Denn die ›Erkenntnis der Sünde‹ ist ein tatsächlicher Vorgang, und die Verzweiflung desgleichen und die Erlösung durch den Glauben desgleichen. Die, die davon sagen …, beschreiben einfach, was ihnen geschehen ist …«)

Der »ländliche Dichter« Christian Wagner (so bezeichnete er heiter sich selbst) dürfte freilich immer (tröstend-drohend) aktuell, grausam und fremd erscheinen: ewig aktuell und grausam in seiner leidenschaftlichen Idealität (die einige an den zweiten Teil des *Faust* erinnert): »Dein ist Alles, all und jede Wonne, / Wann sie aufgeht dir als eigne Sonne; / Jeder Tag, vom Licht emporgetragen, / Wann er aufgeht dir als eignes Tagen.«

Als Fremder wirkt Wagner in unserer Literatur nicht etwa, weil er »weise« ist (Wittgenstein: »Weisheit ist etwas Kaltes, und insofern Dummes«), sondern indem er so unschuldig, besser: so schuldlos wirkt. Daher kennt er auch kein Mitleid: seine Jugenderinnerungen an die anderen »Eigenbrötler« seines Dorfes sind seltsam herzlos (was er selbst für ein Problem seines Prosa-Stils hielt, der sich anhöre »wie Arbeit eines Holzhackers«).

Wagner scheint, ganz heidnisch, nie die »Erkenntnis der Sünde« gehabt zu haben, nie das Erlebnis der Schuld, den Schmerz eines Versäumnisses – Bewußtseins-Vorfälle, die zur großen Epik führen (können). Sein bewältigter Schmerz, wenn er prosaisch (und das heißt für ihn: uninspiriert) bleibt, wirkt tatsächlich als dumme Kälte eines Weisen; als grausame Harmlosigkeit – als bedingten da Abgeklärtheit und Harmlosigkeit einander.

In den Glücksmomenten seiner Sprache aber ist der Lyriker Christian Wagner den Epikern überlegen: als Schuldloser braucht er sich nicht auszubreiten wie diese. Er redet nur, »fragesingend, antwortsagend«:

Kannst du wissen, ob von deinem Hauche
Nicht Atome sind am Rosenstrauche?
Ob die Wonnen, die dahingezogen,
Nicht als Röslein wieder angeflogen?
Ob dein einstig Kindesatemholen
Dich nicht grüßt im Duft der Nachtviolen?

Zu Franz Kafka

Es gab eine Zeit, da las ich die Tagebücher von Kafka, seine Briefe, und auch das, was seine Freunde über ihn geschrieben hatten, nur aus dem Grund noch einmal durch, weil ich herausfinden wollte, ob er vielleicht Pickel gehabt hätte. Aber die Beschreibungen seiner Freunde, die Schreibgesten seiner Briefe zeigten das Gesicht eines Menschen ohne Beschädigung, ganz denen zugeneigt, an die er sich wendete.

Kafka sei schön gewesen, schrieb Max Brod, eine hohe Gestalt, ein braunes Gesicht. Trotzdem stelle ich mir immer vor, Kafka hätte als Heranwachsender Akne gehabt, schmerzhafte, eiternde Schwellungen im Gesicht und am Hals, so daß er sich schlecht rasieren konnte. Furunkel, Berührungsangst. Er fuhr einmal sogar aus dem Ausland nach Hause zurück, weil er ein Furunkel am Nacken hatte – das ist eine Tatsache. Das Ausland und die Furunkel. Nur nicht die Tatsachen verhimmeln! Denn in der unhimmlischen Wirklichkeit war Kafka schön.

Einmal wollte ich eine Geschichte schreiben, in der jemand, dadurch daß er Akne bekam, alles mit anderen Augen anzuschauen begann. Diese Geschichte sollte *AKNE* heißen. Das war vor langer Zeit, als meine Welt die Welt Kafkas war und mein Held Dr. Franz Kafka. »Alle Angeklagten sind schön.«

Wie habe ich mich in der Scham Kafkas wiedergefunden – nein, nicht wiedergefunden, sondern überhaupt erst einmal entdeckt … und dann immer wiederentdeckt. Und wie zaghaft, wie ängstlich erscheint mir diese Scham heute – wie hochmütig.

Vielleicht habe ich deswegen oft in den Belegen geschnüffelt, wie ein Privatdetektiv, ob Kafka nicht vielleicht doch mit Frauen geschlafen hat. Die Geilheit in seinen Geschichten ist ein bißchen die Geilheit des Traums, animalisch einerseits zwischen Bierpfützen unter einem Wirtshaustisch, andrerseits doch geknebelt durch die Angst, nur ja nicht das saubere Leinentuch zu beschmutzen, das die Mutter dann zu Gesicht bekommt … Ein bißchen war es ja auch die Welt eines Heranwachsenden, die Kafka beschrieb, und, was die Sexualität betraf, eine heranwachsende Welt.

Und seine Heiterkeit ist nie eine Heiterkeit für sich, sondern immer das physikalische Ergebnis eines langen Schmerzes – als ob die Todesschwerkraft so stark würde, daß sie sich umkehrte in eine himmlische Schwerelosigkeit. Diese Heiterkeit (andere sagen: Kafkas »Humor«) nur als Ergebnis eines Schmerzes ist mir fremd geworden, ja abstoßend – und doch, wenn ich an den letzten Satz aus *Der Prozeß* denke: »Es war, als sollte die Scham ihn überleben«, kommt mir vor, als ob das nicht nur ein Satz wäre, sondern eine HANDLUNG, gewaltiger als alle Handlungen, von denen ich bis jetzt gehört habe.

Wenn ich an Kafka denke und ihn vor mir sehe, habe ich das Gefühl, ich müßte ihn nur geduldig genug anschauen, vielleicht auch zwischendurch den Kopf senken, um ihn nicht zu sehr zu verletzen – und er würde nach und nach aufhören, das bloße Bild eines *Opfers* zu sein, und etwas ganz anderes werden, und davon erzählen, aber mit derselben Gewissenhaftigkeit wie vorher.

Totenstille beim Heurigen

Versuch einer Analyse mit Hilfe einer Nacherzählung von Ödön von Horváths Geschichten aus dem Wienerwald

Draußen in der Wachau, vor einem Häuschen am Fuße einer Burgruine, in der Nähe der schönen blauen Donau, während in der Luft ein Singen und Klingen ist, als verklänge irgendwo immer wieder der Walzer *Geschichten aus dem Wiener Wald* von Johann Strauß, sitzt Alfred, von dem man nur den Vornamen kennt, auf Besuch bei seiner Mutter, die ihm tief in die Augen schaut, und verzehrt mit gesegnetem Appetit Brot, Butter und saure Milch. In einer halben Stunde, sagt er, werde ihn sein Freund, der Hierlinger Ferdinand, abholen. Schon? fragt die Mutter. Leider! antwortet Alfred. »Dann iß bitte nicht die ganze sauere Milch zusammen«, sagt die Mutter.

Alfred ist nicht mehr bei der Bank, weil das keine Entfaltungsmöglichkeiten bietet. Er hat sich selbständig gemacht: Finanzierungsgeschäfte und so –. Als er das sagt, verschluckt er sich und hustet stark. »Jetzt wär ich aber fast erstickt«, sagt er. Stille. »Apropos ersticken: wo steckt denn die liebe Großmutter?« fragt Alfred.

Die Großmutter sitzt in der Küche und betet; denn sie leidet an Angst. Jetzt tritt sie mit einer Schale sauerer Milch aus dem Haus und schreit: »Frieda! Frieda!« Der Enkel hat ihr die saure Milch gestohlen. Er streckt ihr die Zunge heraus. Auch sie streckt ihm die Zunge heraus: »Bäääh!« Stille. Plötzlich schüttet sie die Schale aus, und da kommt auch schon der Hierlinger Ferdinand mit Valerie, einer Fünfzigerin im Autodreß, und Alfred macht die beiden mit seiner Mutter und seiner lieben Großmutter bekannt.

Während die Mutter dem Hierlinger Ferdinand die Burgruine zeigt, haben Alfred und Valerie eine Auseinandersetzung. Er hat sie um Geld betrogen, das sie ihm für Rennwetten gegeben hat. Die Großmutter sitzt daneben und horcht, hört aber nichts. »Du wirst mir jetzt geben, was mir gebührt«, sagt Valerie. »Siebenundzwanzig Schilling. S'il vous plaît!« Alfred gibt ihr das Geld: »Voila!« »Merci!« sagt Valerie und zählt nach.

Sie streiten. Plötzlich küßt Valerie seine Hand. »Nein, nicht so – –«, sagt Alfred. Der Hierlinger Ferdinand schreit vom Turm herunter, es sei wunderschön dort oben. Alfred ruft zurück, fixiert dann Valerie: »Was? Du weinst?« Weinerlich antwortet Valerie: »Aber keine Idee – –«

In einer stillen Straße im achten Bezirk steht Oskar vor seiner gediegenen Fleischhauerei und manikürt sich die Fingernägel, während er ab und zu einer Realschülerin zuhört, die im zweiten Stock auf einem ausgeleierten Klavier die *Geschichten aus dem Wiener Wald* von Johann Strauß spielt. Der Gehilfe Havlitschek tritt aus dem Laden, frißt eine Wurst und ist wütend; ein kleines mageres Mädchen hat nämlich seine Blutwurst getadelt; am liebsten würde er es abstechen. Oskar lächelt: »Wirklich?« Ein pensionierter Rittmeister kommt vorbei und lobt die Blutwurst. Dann geht er nebenan zu Valeries Tabak-Trafik und erkundigt sich nach der Ziehungsliste. Valerie fragt ihn schadenfroh, was er denn gewonnen hätte. »Ich habe überhaupt noch nie was gewonnen, liebe Frau Valerie«, antwortet der Rittmeister.

Nebenan erscheint der Zauberkönig, der mit Scherzartikeln, Totenköpfen usw. handelt, auf seinem Balkon und ruft zu seiner Tochter Marianne hinunter auf die Straße, wo seine Sockenhalter seien; er will zur Totenmesse für Oskars Mutter; Oskar soll sein Schwiegersohn werden. Marianne geht in den Laden, um die Sockenhalter zu suchen, und jetzt spielt die Realschülerin, die vorher aufgehört hatte zu spielen, wieder weiter: den Walzer *Über den Wellen*. Marianne findet die Sockenhalter unter der Schmutzwäsche. »Na so was!« sagt der Vater und kneift sie in die Wange.

Oskar sagt zu Marianne: »Ein Bussi, Mariann, ein Vormittagsbussi – –« Marianne gibt ihm einen Kuß, und er beißt sie. »Daß du mir immer weh tun mußt«, sagt Marianne. Stille. »Böse?« fragt Oskar. Stille. »Manchmal glaub ich schon, daß du es dir hersehnst, daß ich ein böser Mensch sein soll – –«, antwortet Marianne. »Ich weiß, daß du mich verachtest«, sagt Oskar. »Was fällt dir ein, du

Idiot!« Stille. Oskar möchte ihr die Gehirnschale herunternehmen und nachkontrollieren, ob sie ihn liebt. »Aber das kannst du nicht«, sagt Marianne.

Oskar und der Schwiegervater in spe gehen zur Totenmesse, und Marianne arrangiert die Auslage. Alfred kommt herbei, erblickt Marianne, hält an und betrachtet sie. Sie dreht sich um, erblickt ihn und ist fast fasziniert. Plötzlich erschrickt sie und läßt rasch den Sonnenvorhang hinter der Fensterscheibe herab – und der Walzer bricht wieder ab, mitten im Takt.

Valerie hat von ihrer Trafik aus alles beobachtet. »Und an so was hängt man sein Leben«, sagt sie, weniger zu Alfred. Er krault sie am Kinn. Sie schlägt ihn auf die Hand. Stille. Sie streiten wieder, und er geht weg. Sie sieht ihm nach: »Außenseiter. Luder. Bestie. Zuhälter. Mistvieh – –«

Am nächsten Sonntag machen der Zauberkönig und Marianne, Oskar, Valerie, Alfred, einige entfernte Verwandte, unter ihnen Erich aus Kassel in Preußen, und kleine weißgekleidete häßliche Kinder einen gemeinsamen Ausflug in den Wiener Wald. Man fotografiert sich mit einem Selbstauslöser, stellt sich zu einer malerischen Gruppe zusammen und löst sich dann allmählich wieder auf. Valerie ist ungehalten, weil Alfred mitgekommen ist. Oskar fotografiert die Kinder allein. »Ein Kindernarr!« sagt die Tante zu Marianne. Alfred wird vom Zauberkönig dem Neffen aus Kassel vorgestellt: »Herr von Zentner!« sagt der Zauberkönig. Erich, mit Brotbeutel und Feldflasche am Gürtel, sagt: »Sehr erfreut!«

Marianne erzählt Alfred, sie habe einmal rhythmische Gymnastik studieren wollen, aber ihr Vater halte die finanzielle Unabhängigkeit der Frau vom Mann für den letzten Schritt zum Bolschewismus. »Auch die finanzielle Abhängigkeit des Mannes von der Frau führt zu nichts Gutem«, antwortet Alfred. »Das sind halt so Naturgesetze.« »Das glaub ich nicht«, antwortet Marianne. Plötzlich sagt sie, daß es, in bezug auf Oskar, gar nicht das sei, was man so Liebe nenne. Oskar kommt herzu und führt sie weg zu einer schönen alten Baumgruppe, wo sich die ganze Gesellschaft bereits zum Picknick gelagert hat.

Der Zauberkönig gibt in einer Rede die Verlobung bekannt.

Alle gratulieren. »Heil!« sagt Erich aus Kassel. Dann lagern sich alle im Wald, Oskar singt und summt zur Laute, und alle summen mit, außer Alfred und Marianne; Alfred nähert sich nämlich Marianne. Sie schließt die Augen, und er küßt ihr lang die Hand. Oskar beobachtet das, und Alfred entfernt sich. »Er beneidet mich um dich – – ein geschmackloser Mensch«, sagt Oskar. »Wer ist denn das überhaupt?« »Ein Kunde«, antwortet Marianne.

Es wird ein Pfänderspiel gespielt, und Oskar soll etwas demonstrieren. Er stürzt sich plötzlich auf Marianne und demonstriert an ihr seine Jiu-Jitsu-Griffe. Marianne fällt zu Boden und schreit.

Später gehen alle baden. Während die Trafikantin sich hinter einem Gebüsch das Badetrikot anzieht, riecht vor dem Busch der Zauberkönig an ihrem Korsett. Valerie kommt zurück, und sie reden. Plötzlich wirft sich der Zauberkönig über sie und küßt sie. Valerie ruft: »Halt, da kommt wer!«, und sie kugeln auseinander.

Erich aus Kassel tritt auf mit einem Luftdruckgewehr, und der Zauberkönig geht sich abkühlen in der schönen blauen Donau. Die Trafikantin und Erich kommen einander näher. »Wo wohnen Sie denn?« fragt Valerie. »Ich möchte gerne ausziehen«, antwortet Erich. »Ich hätt' ein möbliertes Zimmer«, sagt Valerie. »Preiswert?« – »Geschenkt!« – »Das trifft sich ja famos!« Er will sie schießen lassen, aber sie läßt das Gewehr sinken. Es dämmert schon. Sie umarmt ihn, und er läßt sich umarmen.

An der schönen blauen Donau steht Alfred und blickt verträumt in der Dämmerung auf das andere Ufer. Marianne steigt aus dem Fluß und erkennt Alfred. Stille. Sie reden über die Natur, dann über die Natur der Menschen. »Keiner darf, wie er will«, sagt Alfred. »Und keiner will, wie er darf«, antwortet sie. Schließlich umarmt Alfred sie mit großer Gebärde, und sie wehrt sich mit keiner Faser. Alfred fragt sie, ob sie ihn vernünftig liebt; denn für Unüberlegtheiten kann er keine Verantwortung übernehmen. Marianne aber weiß jetzt, daß sie Oskar nicht heiraten wird. »Lieben ja«, sagt Alfred darauf, »aber dadurch zwei Menschen auseinanderbringen – – nein!« Jetzt fühlt sich Marianne doppelt zu ihm gehörig.

Der Zauberkönig hat alles mitangehört. Oskar erscheint und überblickt die Situation. Sie wirft ihm den Verlobungsring ins Gesicht. »Das einzige Kind!« sagt der Zauberkönig. »Das werd ich mir merken!« Oskar tritt zu Marianne und sagt: »Ich werde dich auch noch weiter lieben, du entgehst mir nicht, und ich danke dir für alles.«

In der stillen Straße im achten Bezirk scheint die Sonne ein Jahr später wie dazumal, und auch die Realschülerin im zweiten Stock spielt noch immer die *Geschichten aus dem Wiener Wald* von Johann Strauß. Oskar tritt aus seiner Fleischhauerei und sagt zu seinem Gehilfen Havlitschek: »Wir müssen heut noch die Sau abstechen. – – Stichs du, ich hab heut keinen Spaß daran.«

In einem möblierten Zimmer im achtzehnten Bezirk liegt Alfred um sieben Uhr morgens noch im Bett und raucht, während Marianne sich schon die Zähne putzt. In der Ecke steht ein Kinderwagen. Alfred ist Vertreter für eine Hautcreme, die in der wirtschaftlichen Krise niemand kauft. Jetzt sucht er seine Sokkenhalter. Marianne schaut ihn groß an und fragt: »Weißt du, was das heut für ein Datum ist?« Heute vor einem Jahr hat sie ihn zum ersten Mal gesehen. Er hatte an die Auslage geklopft, die sie gerade arrangierte, und da ließ sie plötzlich die Rouleaus herunter, weil es ihr plötzlich unheimlich geworden war. »Stimmt«, sagt Alfred. Marianne sagt: »Ich war viel allein – –.« Sie weint.

In einem kleinen Café im zweiten Bezirk spielt Alfred Billard mit dem Hierlinger Ferdinand. Marianne kommt dazu und blättert an einem Tisch in Modejournalen, während Alfred seine Partie zu Ende spielt. Der Hierlinger Ferdinand sagt: »Ich hab sie mir eigentlich anders vorgestellt.« »Wieso?« fragt Alfred. »Etwas molliger«, sagt der Hierlinger Ferdinand. »Noch molliger?« »Ich weiß nicht, warum«, sagt der Hierlinger Ferdinand. »Man macht sich ja unwillkürlich so Vorstellungen.« Er will Alfred helfen und verspricht ihm, da zum Glück das Kind bei der Mutter in der Wachau ist, Marianne mit einer Baronin bekannt zu machen, die Ballette für elegante Etablissements zusammenstellt.

Als er gegangen ist, setzt sich Alfred an Mariannes Tisch. Er bemerkt ein Amulett mit dem heiligen Antonius an ihrem Hals.

»Seit wann denn?« fragt er. »Als ich noch klein gewesen bin, und wenn ich etwas verloren hab«, antwortet Marianne, »dann hab ich nur gesagt: Heiliger Antonius, hilf mir doch! – – Und schon hab ich es wiedergefunden.«

»War das jetzt symbolisch?« fragt Alfred. »Es war nur so überhaupt«, antwortet Marianne.

Draußen in der Wachau scheint die Sonne wie dazumal – nur daß nun vor dem Häuschen ein alter Kinderwagen steht. Alfred ist zu Besuch und will von der Großmutter Geld leihen. Sie sagt: »Keinen Kreuzer! Keinen Kreuzer!« »Du alte Hex«, sagt Alfred. Stille. Die Großmutter nähert sich ihm langsam und kneift ihn in den Arm. Alfred lächelt: »Wie bitte?« Sie kneift ihn wieder, und er schüttelt sie ab, da er nun tatsächlich was spürt. Die Großmutter weint vor Wut. Alfred lacht. Sie versetzt ihm einen Hieb mit ihrem Krückstock. »Au!« sagt Alfred. Stille. Die Großmutter grinst befriedigt.

Sie sieht, daß ihm ein Knopf hängt. »Wie kann man sich nur mit so einer schlamperten Weibsperson – –«, sagt sie. Sie näht ihm den Knopf an.

Sie sagt: »Du Alfred. Wenn du dich jetzt von deinem Mariannderl trennst, dann tät ich dir was leihen – –.« Stille. »Wieso?« fragt Alfred.

In der stillen Straße im achten Bezirk will eine gnädige Frau für ihren Sohn beim Zauberkönig eine Schachtel Zinnsoldaten nachbestellen. Dem Zauberkönig ist das zu umständlich, und die gnädige Frau geht verärgert weg. »Küß die Hand! Krepier!« sagt der Zauberkönig.

Nebenan will Erich aus Kassel mit fünf Zigaretten aus der Trafik verschwinden. Valerie stellt ihn zur Rede. Er sagt, er werde seine Schulden rückerstatten, und wenn er auch hundert Jahre zahlen müßte. »Ehrensache.« Valerie starrt ihm nach: »Ehrensache. Bestie.«

Alfred erscheint bei Valerie und versucht vergeblich, sich zu versöhnen. Oskar beobachtet ihn heimlich, bis er verschwindet. Dann sagt er zu Valerie: »Ich hab sie noch immer lieb – – vielleicht stirbt das Kind – –.« »Herr Oskar!« sagt Valerie. »Wer weiß!« sagt

Oskar: »Gottes Mühlen mahlen langsam, mahlen aber furchtbar klein. Ich werd an meine Mariann denken – ich nehme jedes Leid auf mich, wen Gott liebt, den prüft er – – den straft er, den züchtigt er. Auf glühendem Rost, in kochendem Blei – –.« Der Gehilfe Havlitschek kommt aus der Fleischhauerei: »Also, was ist jetzt? Soll ich jetzt die Sau abstechen oder nicht?« »Nein, Havlitschek«, antwortet Oskar. »Ich werd sie jetzt schon selber abstechen, die Sau.«

Und die ganze Zeit spielt die Realschülerin im zweiten Stock Walzer auf dem Klavier und bricht immer wieder ab, mitten im Takt.

Im Stephansdom, vor einem Seitenaltar des heiligen Antonius, will Marianne beichten. Weil sie aber nicht bereut, daß sie ihr Kind im Zustand der Todsünde empfangen hat, verweigert ihr der Beichtvater die Absolution. Sie sagt: »Lieber Gott, ich bin im achten Bezirk geboren und hab die Bürgerschule besucht, ich bin kein schlechter Mensch – – hörst du mich? – – Was hast du mit mir vor, lieber Gott?«

Beim Heurigen, mit Schrammelmusik und Blütenregen, herrscht große weinselige Stimmung – – und mittendrin der Zauberkönig, Valerie und Erich. Alles singt:

»Es wird ein Wein sein,
Und wir werden nimmer sein,
Es wird schöne Madeln geben
Und wir werden nimmer leben – –.«

Jetzt wird's einen Augenblick totenstill beim Heurigen – aber dann singt wieder alles mit verdreifachter Kraft.

Erich bringt ein Heil auf den Heurigen an und verschüttet seinen Wein auf Valerie. »Hat er dich naß gemacht?« fragt der Zauberkönig. »Bis auf die Haut«, antwortet Valerie. »Bis auf deine Haut – –«, sagt der Zauberkönig.

Der Rittmeister erscheint und feiert mit. Mit ihm ist ein Jugendfreund seines in Sibirien vermißten Bruders gekommen, ein Amerikaner, der aus Wien ausgewandert ist. Der Zauberkönig verfällt in wehmütigen Stumpfsinn. »Wo steckt denn die Mariann?« fragt Valerie. Der Rittmeister lächelt geheimnisvoll. Der

Mister aus Amerika summt: »Donau so blau, so blau, so blau – –.« Alle summen mit und wiegen sich auf den Sitzgelegenheiten.

Es fängt zu regnen an, und der Mister schlägt vor, ins Moulinbleu zu gehen. »Halt!« sagt der Rittmeister. »Nicht ins Moulinbleu, liebe Leute! Dann schon eher ins Maxim!« Und wieder wird es einen Augenblick totenstill.

Im Maxim nehmen alle in aufgeräumtester Stimmung an den Tischen Platz. Das Tischtelephon klingelt. Der Zauberkönig nimmt ab: »Ja, hallo? – – Wie? Wer spricht? – – Was soll ich? A du Schweinderl, du herziges –«

Während er mit dem Rittmeister zur Bar geht, sprechen Valerie und der Mister über ihn. »Diese Sorte stirbt nämlich aus«, sagt Valerie. »Leider«, sagt der Mister. »Heut ist er ja leider besoffen«, sagt Valerie. »Wie Sie das wieder sagen!« sagt der Mister. »Was für ein Charme! Bei uns in Amerika ist halt alles brutaler.« Valerie fragt: »Was wiegen Sie?«

Drei nackte Mädchen stehen auf der Bühne, die erste mit einem Propeller, die zweite mit einem Globus, die dritte mit einem kleinen Zeppelin – das Publikum rast vor Beifall, schnellt von den Sitzen in die Höhe und singt die erste Strophe des Deutschlandliedes, worauf es sich wieder beruhigt.

Eine Gruppe nackter Mädchen, die sich gegenseitig niedertreten, versucht einer goldenen Kugel nachzurennen, auf der Marianne unbekleidet auf einem Bein steht. Valerie schreit gellend im finsteren Zuschauerraum, und Marianne erschrickt auf ihrer Kugel und muß herunter. Valerie schreit weiter: »Marianne!« Der Mister boxt ihr in die Brust und sagt: »Kusch!«

Die Herrschaften räumen allmählich das Lokal. Der Mister ist jetzt allein mit dem Zauberkönig. »Ich bin in einer Untergangsstimmung, Herr Mister«, sagt der Zauberkönig.

»Jetzt möcht ich Ansichtskarten schreiben, damit die Leut vor Neid zerplatzen, wenn sie durch mich selbst erfahren, wie gut daß es mir geht!« Der Mister kauft darauf einer Verkäuferin einen ganzen Stoß Ansichtskarten ab, setzt sich dann abseits und schreibt.

Marianne kommt im Bademantel herein. »Ja schämst du dich

denn gar nicht mehr?« sagt der Zauberkönig. »Nein, das kann ich mir nicht leisten, daß ich mich schäm«, sagt Marianne.

Sie sagt, ihr bleibe nur der Zug. »Was für ein Zug?« fragt der Zauberkönig. »Der Zug. Mit dem man wegfahren kann«, antwortet Marianne.

Allein mit dem Mister, fragt sie dieser um Briefmarken und bietet ihr fünfundsechzig Schilling an. »Zeigen Sie«, sagt Marianne. Er reicht ihr die Brieftasche. Sie gibt ihm die Brieftasche zurück und sagt: »Nein. Danke.« Der Mister packt sie plötzlich am Handgelenk und brüllt: »Hand aufmachen – auf!!« Marianne hat hundert Schilling darin.

Draußen in der Wachau sitzt Alfred mit seiner Großmutter vor dem Häuschen in der Abendsonne, und unweit steht der Kinderwagen. Sie sind schon mitten im Reden, und die Großmutter wirft Alfred vor, daß er ihr Geld vertan hat. »Willst mir also nicht verzeihen?« fragt Alfred. »Häng dich auf!« sagt die Großmutter. Beide strecken einander die Zunge heraus. Stille. Alfred lüftet den Strohhut und geht weg.

Die Mutter kommt aus dem Haus und beugt sich über das Kind, das hustet und einen ganz anderen Blick hat. »Für manche wärs schon besser, wenns hin wären«, sagt die Großmutter. »Möchtest du denn schon hin sein?« fragt die Mutter. Die Großmutter kreischt: »Vergleich mich nicht mit dem dort!« und deutet auf den Kinderwagen. Sie spielt wütend auf ihrer Zither ein Menuett.

Die Mutter hat gesehen, daß sie in der Nacht das Bett mit dem Kind in den Zug gestellt hat. Die Großmutter kreischt: »Das hast du geträumt!« Die Mutter sagt: »Nein, das hab ich nicht geträumt. Und wenn du zerspringst!«

In der stillen Straße im achten Bezirk sagen sich Erich aus Kassel und Valerie Lebewohl, während die Realschülerin wieder den Walzer abbricht, mitten im Takt. »Altes fünfzigjähriges Stück Scheiße – –«, sagt Erich, als er allein ist. Nebenan hat sich Alfred mit Oskar versöhnt. »Ihnen hab ich nie etwas Böses gewünscht«, sagt Oskar, »– – während die Mariann – –.« Er lächelt.

Der Zauberkönig spricht mit Valerie über den Krieg, während

er eine Zeitung durchblättert: »Krieg ist ein Naturgesetz! Akkurat wie die liebe Konkurrenz im geschäftlichen Leben!«

Valerie will ihn mit Marianne aussöhnen. »Wenn ich Großpapa wäre – – –«, sagt sie. »Ich bin aber kein Großpapa!«unterbricht sie der Zauberkönig. Er faßt sich ans Herz, und der Walzer bricht ab. »Versöhn dich doch lieber, du alter Trottel«, sagt Valerie. Der Zauberkönig will sich versöhnen. Valerie grinst befriedigt und steckt sich eine Zigarette an.

Nun versöhnt Oskar Alfred mit Valerie. »Ich brauch immer jemand, für den ich sorgen kann und muß«, sagt Alfred zu ihr, »sonst verkomm ich sofort. Für die Mariann konnt ich aber nicht sorgen, das war mein spezielles Pech – –«

»Was würdest du denn tun, wenn ich dir jetzt fünfzig Schilling leihen würde?« fragt ihn Valerie.

Marianne kommt rasch und erschrickt. »Halt! Dageblieben!« sagt Valerie. »Jetzt wird versöhnt und basta!« Oskar sagt: »Mariann! Ich verzeih dir gern alles, was du mir angetan hast – – denn lieben bereitet mehr Glück als geliebt werden – –« »Mariann! Hier wird jetzt versöhnt!« sagt Valerie. »Aber nicht mit dem!« sagt Marianne und deutet auf Alfred. »Alles oder nichts!« sagt Valerie. »Auch das ist doch nur ein Mensch!« »Mich hat man aber eingesperrt«, sagt Marianne. »Die Polizei trägt allerdings keine Glacéhandschuhe«, antwortet Oskar. »Waren es wenigstens weibliche Kriminalbeamte?« fragt Valerie. Marianne antwortet: »Teils.« Valerie: »Na also!«

Draußen in der Wachau sitzt die Großmutter in der Sonne, und die Mutter schält Erdäpfel. Der Kinderwagen ist nirgends zu sehen. Die Großmutter diktiert jetzt der Mutter einen Brief: »Wertes Fräulein! Leider müssen wir Ihnen eine für Sie recht traurige Mitteilung machen …«

Marianne kommt mit dem Zauberkönig, Valerie, Oskar und Alfred, denen sie etwas vorausgeeilt ist. Marianne wird es plötzlich unheimlich. Die Großmutter reicht ihr den Brief. Marianne nimmt ihr mechanisch den Brief ab und sieht sich scheu um. Sie liest. Der Zauberkönig hält ein Kinderspielzeug in der Hand und läutet damit. »Der Opapa ist da, der Opapa!« Marianne läßt den Brief fallen. Stille. Valerie hebt den Brief auf und liest. Jetzt schreit sie: »Maria! Tot ist er! Hin ist er, der kleine Leopold!« Sie schluchzt. Alfred schließt sie automatisch in seine Arme.

Die Großmutter hebt neugierig das Spielzeug auf, das dem Zauberkönig entfallen ist, und läutet damit. Marianne stürzt sich plötzlich lautlos auf sie und will sie mit der Zither erschlagen. Oskar drückt Marianne die Kehle zu. Marianne röchelt und läßt die Zither fallen.

Marianne sagt: »Ich hab mal Gott gefragt, was er mit mir vorhat. – Er hat es mir aber nicht gesagt, sonst wäre ich nämlich nicht mehr da – –. Er hat mir überhaupt nichts gesagt – –. Er hat mich überraschen wollen – –. Pfui!« Oskar sagt: »Mariann! Ich hab dir mal gesagt, daß ich es dir nie wünsch, daß du das durchmachen sollst, was du mir angetan hast – – und trotzdem hat dir Gott Menschen gelassen – – die dich trotzdem lieben – – und jetzt, nachdem sich alles so eingerenkt hat – –. Ich hab dir mal gesagt, Mariann, du wirst meiner Liebe nicht entgehn – –.«

Oskar gibt ihr einen Kuß auf den Mund und geht langsam mit ihr weg, während in der Luft ein Klingen und Singen ist, als spielte ein himmlisches Streichorchester die *Geschichten aus dem Wiener Wald* von Johann Strauß.

II

Zu dem Sammelband *Wochenende**

Am Wochenende ist in der Literatur das Wetter schön. In der Regel ist es Sommer, und die Leute waschen ihre Automobile oder putzen in ihren Gärten herum. Vor der Tür glimmt die Hitze (Peter Opitz). Ein Sonnenstreifen läuft durch das Stichlingsbekken (Anne Dorn). Geruch von Sonnenöl und gelüfteten Kleidern füllt die Zugabteile (Renate Rasp). Die Hemden sind blendend weiß (Martin Kurbjuhn). Es herrscht sonntägliche Ruhe (Kurt Sigel).

Dieses Wettergesetz der Literatur für das Wochenende tritt nur zurück, wenn es in der Geschichte um eine Art von Abschied geht. Fährt also die Frau von ihrem Mann fort, dann stricheln Regenspuren das Gesicht des Mannes (Sigrid Brunk). Und wenn die Wohnung nach überstürzter Flucht der Ehefrau aussieht, läßt die Erwähnung des diffusen Lichts nicht lange auf sich warten (Kurt Sigel).

Ebenso geht ein Begräbnis einem Wochenende vor, so daß es also in der Literatur bei einem Begräbnis in der Regel regnet. Der Geruch der Kränze kann sich so mit dem Geruch feuchter Kleidung vermischen (Martin Kurbjuhn).

An dem Band *Wochenende* sind alle Muster der zeitgenössischen Trivialliteratur zu erkennen. Das Wettersymbol ist dabei noch das einfachste. Daneben sind auch noch Zustandssymbole zu entdecken. Wie die Hitze ein Zeichen für Wochenende ist, so ist das Wochenende ein Zeichen für Langeweile, Nervosität. Es ist Wochenende, also ist es den Leuten langweilig. Nach dem Muster der Langeweile am Wochenende entstehen nun die Geschichten über das Wochenende.

Es ist auch noch zu beobachten, daß bestimmte Gegenstände Mustergegenstände für Geschichten über das Wochenende sind.

---

* *Wochenende.* 6 Autoren variieren ein Thema, herausgegeben von Dieter Wellershoff. Köln 1967.

So kommt in drei Geschichten des Bandes das Schwimmbad vor. Sehr oft gehören zum Wochenende auch Vorstädte, Gärten, Eisenbahnen (freilich nur auf Kurzstrecken), lachende Frauen, Sitzbänke. Die Leute sind in der Literatur am Wochenende träge, manchmal gereizt, Konflikte brechen aus. Sie sind aus der Organisation der Arbeitswelt entlassen und privat geworden (Herausgeber Dieter Wellershoff).

Das ist die Mustervorstellung vom Wochenende, und die Geschichten des Bandes sind die Programm-Musik zu dieser Mustervorstellung. Nichts Überraschendes geschieht da, auf nichts wird aufmerksam gemacht, vielmehr werden alle Vorurteile bestätigt. So ändern diese Geschichten nichts am Bewußtsein des Lesers, sondern kommen diesem entgegen, bekräftigen seine Muster, lassen alles beim alten.

Wie kommt das? Was läßt diese in Einzelheiten doch recht sensiblen Autoren auf literarische Schemata hereinfallen? Es ist die Schreibmethode, die diese Arbeiten so unergiebig macht. Ergebnisse bleiben deswegen aus, weil die literarische Methode verbraucht ist. Die Methoden des Schreibens in diesem Buch sind unreflektiert. Was so als Beschreibung der Wirklichkeit ausgegeben wird, wird unwirklich und unwirksam durch die gedankenlose Methode.

Diese Methode ist die Methode des naiven Geschichtenerzählens, des naiven Berichtens, des »handfesten« Erzählens. Kein Autor des Bandes setzt die Methode als Widerstand, keiner macht sie bewußt, alle tun so, als sei das Geschichtenerzählen die gegebene, natürliche Art der Vermittlung von Wirklichkeit. Dabei fallen sie nur wieder auf tote Muster herein. Einige der Muster lassen sich kurz aufzählen:

So bringt es die Methode mit sich, daß die meisten Sätze als bloße Füllsel dienen, um die Geschichte weiterzubringen. Ein scheinbares Idyll von logisch aufeinanderfolgenden Sätzen wird vorgeführt, von denen fast jeder nur ein impressionistischer Füllsatz ist, beliebig austauschbar, beliebig einsetzbar.

Zur Not riecht oder schmeckt es immer im rechten Moment nach etwas, damit das Idyll der zusammenhängenden Geschichte erhalten bleibt. Bei Opitz duftet der Garten, und im Schwimmbad riecht es nach nassem Holz, Kork und so weiter. Bei Sigrid Brunk riecht es unter der Brücke nach Urin, und die Morgenluft ist voll Eisenbahngeruch.

Bei Kurt Sigel riecht es zwar weniger, aber Musik vermischt sich mit Straßenlärm. Bei Renate Rasp dringt Geruch von Gebratenem und Gurkensalat aus offenen Küchenfenstern, Speichel schmeckt nach Huhn und Kräutersalz. Und der Erzähler Martin Kurbjuhn riecht in der Erinnerung das Rasierwasser des Vaters.

Überhaupt die Erinnerung! Das Wochenende ist in der Literatur auch eine Zeit der Erinnerung. Sie besonders zeigt den Leerlauf der Methode. Immer wenn eine Person in der Geschichte sich erinnert, müssen plumpe Kniffe für die Übergänge von sinnlicher Gegenwart zur Erinnerung angewendet werden. In der Regel gehen die Autoren einfach von der Vergangenheit in die Vorvergangenheit über. So wird zwar mitgeteilt, an was sich die Person erinnert, aber der viel spannendere Vorgang des Sich-Erinnerns bleibt ganz unbewältigt.

Die Rückkehr vom Innen zum Außen geschieht dann etwa wie bei Opitz durch den banalen Tricksatz: »Das Klicken der Ringe (an der Schaukel) *war* schärfer *geworden.*« Anne Dorn beendet eine Vorwegnahme in der Erzählung mit dem ebenso banalen: »Aber so weit ist es jetzt noch nicht.« Martin Kurbjuhn leitet die Erinnerung gern mit dem verbrauchten »Ich sehe« ein, während Sigrid Brunk das »Ich sehe« für ihre Zukunftsschauen verwendet.

Die Methoden sind also märchenhaft. So wirken auch die Geschichten märchenhaft unwahr. Die Autoren freilich haben die Verbrauchtheit ihrer Methoden zwar nicht erkannt, aber gespürt. In Einzelheiten haben sie aus der leerlaufenden Methode ausbrechen wollen. Das ist zu erkennen an den Stellen, an denen sie sich der Sprache bewußt werden, was aber nur zu einer verkrampften Poesie führt:

Ein Flugzeug quirlt dann die Stille auf (Opitz). Ein leerer Fensterrahmen ist mit Luft gefüllt, und jemand steigt in den Rest des Tages (Dorn). Ein Bagger reißt vor dem rotstrahlenden Himmel seine Greifer auf (Brunk). Das Licht der Stehlampe drängt weiß gegen Lider an (Sigel). Wie zwei gefüllte Gummischläuche drehen sich Beine unter einem Rock heraus (Rasp).

Die naive Methode führt weiter zu kabarettistischen Wortbildern wie Brautbildgesicht (Opitz), Zweiuhrnachtsmut (Brunk); zu schlechten Zynismen wie bei Renate Rasp, wo die Gattin für den Tod des Mannes »eine passende Verzweiflung bereithält«; zu Aphorismen wie Sigrid Brunks Spruch »Schlechtes Gewissen schlägt sich in Zärtlichkeit und Mitleid um«; schließlich zu so unsterblichen Formulierungen wie »die dunkle Masse des Waldes« (Kurbjuhn), »die schwarze Masse der Lokomotive« (Brunk), »die Knöchel, die weiß aus der Haut springen« (Sigel), »Schlitz der Augen« (Dorn).

Und woran liegt es, daß die Autoren ihre längst überholten Methoden nicht erkennen? Zwar distanzieren sie sich häufig von längst als überholt erkannten sogenannten bürgerlichen Lebensformen: Bei Kurbjuhn ist die Gestik des Pfarrers »sparsam«; vom klavierspielenden Pastor distanziert sich Opitz mit dem Satz »Mit Vorliebe bedient er sich des rechten Pedals«; Renate Rasp ironisiert Ausflügler; Anne Dorn schildert im Kino das Happy-End und distanziert sich so von den Kinobesuchern; die Heldin der Sigrid Brunk verbringt »viele Stunden am Schreibtisch und an der Staffelei«; der Held Kurt Sigels sagt »Scheiße« und »schlendert durch die Straßen«.

Aber dann gebraucht derselbe Autor für einen Geschlechtsverkehr den nahezu klassischen Trivialsatz: »Später lagen wir stumm beieinander«; und bei Sigrid Brunk heißt es: »Die Tochter war dick und gewöhnlich, aber (!) sie trug viel echten Schmuck.«

So richtet sich die Distanzierung von gedankenlosen Lebensformen in den gedankenlosen Satzformen schließlich gegen die Autoren selber.

Karin Struck: *Die Mutter*

Als Karin Struck ihr erstes Buch schrieb, das im nachhinein *Klassenliebe* genannt wurde, hat sie nicht wissen können, wie sehr man sie anhören würde. *Klassenliebe* (1973) war ein seltener Erfolg; denn es wurde nicht gelesen als ein Kunststück, vor dessen Hersteller man doch immer noch Angst oder wenigstens Fremdheit empfindet, sondern als etwas angstlösend Unhergestelltes, als an einen persönlich gerichteter Brandbrief.

Karin Strucks zweitem Buch (1975) ist sehr anzumerken, daß sie inzwischen angehört wurde: Sie ist anders geworden – indem sie schreibt wie früher. Das Höchstpersönliche von *Klassenliebe* hat sie in der *Mutter* als Rolle angenommen – das Ungearbeitete, Dahingeschriebene erscheint jetzt als hergestellt. An *Klassenliebe* war nur der hinzugefügte *Titel* schematisch; *Die Mutter* aber ist schon ein durch und durch schematisches *Buch* – das Höchstpersönliche als Schema.

Jede Einzelheit richtet sich so panisch nach dem Titel aus, daß schließlich nichts Einzelnes mehr zum Lesen freibleibt. Sogar die vielen Widersprüche, die ihr in *Klassenliebe* noch notwendig unterliefen als von ihr (wie von uns andern) erlittene, weil gesellschaftliche oder – geboren werden, sterben – existentielle, entwirren und entwirklichen sich hier, indem sie bewußt gegeneinandergestellt sind, zum bloßen Rollenspiel. Und noch die kleinen methodischen Unterschiede zum ersten Buch bezeichnen das Rollenverhalten, in das sich Karin Struck nun (von der Kritik? von den antwortenden Lesern? von sich selber?) hat verpuppen lassen; die Ansätze zur Abstraktion beschränken sich nämlich auf das Weglassen von aktuellen Namen aus dem Kulturleben: Statt, sagen wir, »Max von der Grün« schreibt sie jetzt, ihrer eigenen Rolle gehorchend, »ein Schriftsteller« oder »ein Freund«, und während im ersten Buch der *Geliebte* verschlüsselt wurde, verschlüsselt sie nun: »Der russische Schriftsteller S.«

Nur bereits als unverlierbares Kulturgut anerkannte Leute werden namentlich vorgebracht, freilich immer nur so fallengelassen in der Gedankenlosigkeitsflucht der Sätze: »Ich erinnere mich an den Beginn eines Kapitels im ›Kapital‹, darin war von Abnutzung und Verschleiß der Arbeitskraft die Rede.« Wie hier durch die völlig sinnlose Erwähnung des *Kapitals* wird immer wieder in der *Mutter* die eigene Ausdruckslosigkeit weggebetet in Formeln wie »Camus behauptet«; »James Joyce habe ...«; »die Frauen in den Filmen Bergmans«; doch es werden nur die Namen benutzt, ohne nähere Aufmerksamkeit für eine Einzelheit.

Karin Struck als Rolleninhaberin (in der *Mutter* heißt sie Nora Hanfland und wohnt mit einem Mann und zwei kleinen Kindern zur Untermiete in einem Taunusdorf) teilt auch den andern »um sie herum« nur Rollen mit längst bekannten Geschichten zu. In Karin Strucks Rollenbuch ist Nora Hanfland die erleidende Heldin; die anderen treten entweder als gestaltlose Souffleure oder Doubles der Hauptrolle auf (die Mutter, der Ehemann Heinrich, die Freundin Judith) oder als ebenso gestaltlose Widersacher, bei denen die bloße Standes- oder Berufsbezeichnung als Kennzeichen dafür genügt, daß es Bösewichte sind: »Der Vermieter«, »Der progressive junge Schriftsteller«, »Der Professor«, »Die Oberhebamme« ...

Nichts gegen eine Denunziation, die das Ergebnis von Wahrnehmungen ist – Karin Struck aber denunziert a priori, ohne Wahrnehmung, wartet mit geschlossenen Sinnen immer nur auf den einzigen Satz, der ihr die Zeitgenossen zu Angeklagten macht. Und das geschieht jeweils so vorschnell, als sei Nora Hanfland, um Heldin sein zu können, auf solche Angeklagten angewiesen: »Alles drohte zusammenzufallen, sagt die Augenärztin [von einem restaurierten Bauernhof], aber es war sehr romantisch, sagt die Augenärztin« – und sogleich erfolgt Noras Urteilsspruch: »Ja, das ist deren verkommener Begriff von ›romantisch‹.«

Eigene Namen werden den Personen nur zugeteilt, wenn die literarische Konvention schon dem Beruf des Betreffenden Sympathie vorschießt: der »Heimarbeiterin Maria Roos«, der »Bäuerin Anna Blum«, der »jungen Hebamme Marie«, von denen man übrigens auch nicht mehr erfährt als von den Namenlosen. Und die überhaupt nicht sprechen können, von denen sich die Heldin demnach weder im Vorübergehen die Lebensgeschichte erzählen lassen kann noch den einen Satz, der sie schnell zu Schurken macht (die stummen Kinder, die ausländischen Arbeiterinnen) – die werden kaum wahrgenommen, nur so erwähnt.

Die Beobachtung der Kinder etwa beschränkt sich im wesentlichen darauf, daß sie lieblich sind im Schlaf und greinen und ihren Haufen machen, wenn sie wach sind. Vor jeder Wahrnehmung steht die bloße Deklamation: »daß wir kämpfen für die Wertschätzung der Mütter, der Kinder, der Kinderreichen, daß wir Mütterlichkeit auf unsere Fahnen schreiben«. Von der Kinder-Erforscherin, die Nora werden will, gibt es, in dem Buch wenigstens, keine Belege.

Und wenn einerseits von dem Ekel der Heldin vor den Frauen in den Supermärkten die Rede ist oder vor den »körperlosen Kopfarbeitern« (es bleibt schwerlich jemand ein ganzes Buch hindurch so körperlos wie diese Nora, wie oft sie auch von Feuchtigkeit, Fruchtbarkeit und Erotik spricht) und andrerseits von ihrer »Verbundenheit mit einer hochschwangeren Türkin im Zug«, dann ist es nicht mehr weit zu dem verlogensten Selbstzeugnis des letzten Jahres, dem des Filmemachers Straschek in der Zeitschrift *Filmkritik*, dessen Essenz der Satz ist: »Ich bin höflich, stehe bei Gastarbeiterinnen in der U-Bahn auf und nenne dafür Rainer Werner F. ein ›mieses Ausbeuterschwein‹.«

Den durch Rollenzuweisung um ihr Leben betrogenen Personen entspricht auch der bloß theatralische Handlungsverlauf des Buches. Die Heldin Nora, befangen in sich selbst, will sich anderen zuwenden: Sie nennt das ihren »Gang zu den Müttern«, ist aber in Wahrheit überall nur zu Besuch. (»Nora besucht …« unterläuft der Autorin oft, ohne daß es ihr bewußt wird.) So besucht sie eine kinderreiche Frau und *läßt reden,* so wie jemand sich im Restaurant das Essen auftragen läßt, ohne Nachfragen auf das einzelne, Bezeichnende. Dann läßt sie sich von einer fünfzehnfachen Mutter aus dem Gefängnis einen Gefangenenbrief schreiben mit den üblichen Selbstrechtfertigungen, auch hier ohne Zwischenfrage auf das Unübliche hin. Von der eigenen Mutter läßt sie sich deren Lebensgeschichte erzählen, die so fernsehdokumentarisch ausdruckslos bleibt, als sei sie nicht für die Tochter Nora bestimmt, sondern umweglos für das vorliegende Buch.

In Berlin hospitiert die Heldin ein paar kurze Tage lang in einem Kreißsaal. Sie nimmt gute Handwerker wahr, aber keine Menschen. Der Chefarzt erinnert sie an Mephisto: Vorarbeiten zu einer Reportage stilisiert sie so zu Rhetorik. Sie scheint nur gekommen zu sein, um auf verräterische Ausdrücke des »Professors«, »der Medizinstudentin«, »einer Horde von Hebammenschülerinnen« zu horchen. Sie erkennt: »Diese halbherzigen Gespräche sind unmenschlich« – setzt ihre *Gänge* aber fort: Es folgt »der Gang zu den Hebammen« ... Die Freundschaft zu dem Mädchen Judith wird alsbald (die Beschreibung Judiths beschränkt sich darauf, daß ein nettes Lachen auf ihrem Gesicht ist) zu »sapphischer Liebe« entwirklicht.

Schließlich begibt sich Nora auf den Gang in die Heimat: Sie fährt mit den Eltern in deren Kinderland, ins heutige Polen. Auch dort läßt sie wieder nur dahinreden, ohne die Redenden wahrzunehmen: der Krieg, die Flucht, die Vergewaltigungen. So haben unsere Eltern seit je Geschichten erzählt, aber sind es die Geschichten unserer Eltern? Ein einziges Mal ein Blick auf den Vater: Er hat ein »ergriffenes Gesicht«. Erkünstelte Schwärmerei ersetzt die Aufmerksamkeit für ihn.

Am Schluß ist Nora wieder auf einem Gang: Als Große Mutter will sie, ihre Kinder auf dem Rücken, den kargen, ärmlichen, steinigen Taunus durchwandern, auf der Suche nach dem Volk und einem fruchtbaren Tal – aber nichts von ihrer Großen Mutter ist in ihrer Geschichte poetisch konkret geworden: Sie bleibt Propaganda, bloße Umkehrung des blödsinnigen Penisneids. In Noras theatralischer Geschichte wird selbst die Natur, in der sie gebären und selbst wiedergeboren werden will, zu einer konventionellen Bücherlandschaft.

Und Deklamation bleibt vor allem die in dem Buch ersehnte Bewußtseinslandschaft, die Poesie. Karin Struck verpaßt in ihrer eifervollen Unaufmerksamkeit, die immer sogleich auf Poetisches aus ist und deshalb so poesielos bleibt, vielleicht gerade die Momente, da während des definierten Rollenspiels in einer Art von *Versprecher* kleinwinzig und weltbewegend jene nicht definierte, noch unbekannte Geschichte erscheint, deren Aufspürung und Beschreibung die Arbeit der Literatur wäre.

In der *Mutter* wird, wie schon in Peter Schneiders *Lenz*, die unleugbare Lebensschwierigkeit der Hauptfigur entwirklicht zu beliebten, nur modischen Satzposen. Die scheinbare Lebens-Intensität der kurzen Hauptsätze Karin Strucks erweist sich beim Lesen Satz für Satz als bloße Schreib-Automatik: »Sie fühlte dann Rosa ganz *schwer* in den Armen wie einen schweren Sack. Der neugeborene Säugling war *leicht* in ihren Armen, eine Flaumfeder. *Die Vögel* morgens um fünf. Nora füttert das Kind wie ein *Kalb* …« Oder: »Die Sätze hallen gegen *Eiswände.* In *Eis* und Schnee wäre ich so heimatlos, daß ich schon wieder geborgen wäre. Heinrich sagt, die *Eiszeit*höhlen an der Lahn sind an Kiesgrubenunternehmer und Bauunternehmer verkauft und von ihnen abgerissen worden. Die Gebärmutter ist die *Alte Zeit.* Der Uterus ist ein überflüssiger Muskel, sagt der Professor. Alle *Höhlen* abreißen, sagt der Professor …« (Die Hervorhebungen stehen nicht im Original.)

Das Buch *Die Mutter* ergrimmt so, weil es pauschal propagiert, poetisch das Leben zu ändern, in jeder Einzelheit jedoch servil von den schon bekannten psychologischen, soziologischen und vor allem *poetischen* Definitionen des Menschen abhängt. Statt »die Axt für das gefrorene Meer in uns« zu sein (auch dieser Kafka-Satz ist bei Karin Struck zu bloßer Beliebtheit entwürdigt), vermehrt es das Eis in uns und zwischen dir und mir.

Jemand anderer: Hermann Lenz

Nichts vergessen ... 1965 las ich im Auftrag des Österreichischen Rundfunks *Die Augen eines Dieners* von Hermann Lenz. Ohne geübt zu sein, schrieb ich eine halbwegs geübte Kritik, in der, als ich sie vor kurzem wiederlas, nichts von dem vorkam, was ich damals mit dem Buch erlebt hatte; statt dessen ein Vergleich mit Knut Hamsun, der Zuschlag zu einer vertrauten Literaturart und damit der Zuschlag zur Literatur als etwas Vertrautem. Und trotzdem vergaß ich Hermann Lenz nicht; durch die Jahre erinnerte ich mich immer wieder an das Buch, weniger an die Geschichte und die Einzelheiten darin als an meinen Zustand, während ich es damals gelesen hatte: den Zustand einer wachsenden Ungestörtheit, der aber nicht von außen kam, sondern von dem Buch erst erzeugt wurde, und in dem schließlich – was mir nur bei wenig Literatur passiert ist – mich nicht einmal das Buch selber mehr störte.

Das war schon ein Grund, sich, wenn nötig, willentlich an *Die Augen eines Dieners* zu erinnern, und notwendig war es inzwischen öfter. Manchmal erzählte ich von Hermann Lenz, doch niemand kannte ihn; nur einmal in Graz fand jemand in einem Antiquariat die Erzählung *Die Abenteuerin* aus den fünfziger Jahren und schenkte sie mir. Ich las das Buch auf einem Flug in die USA und erinnerte mich vor allem an einen Satz, der die Tage in dem ereignislosen Leben einer Frau mit aneinandergereihten ausgeblasenen Eiern verglich.

Ein anderes Mal versuchte ich mit dem Schriftsteller Heißenbüttel, der wie Lenz in Stuttgart zu Hause ist und für den inzwischen nur noch Sachbücher und »Krimis« (Heißenbüttel) stichfest sind, über den Autor von *Die Augen eines Dieners* zu reden, aber der Autor der *Textbücher* lächelte nur: »Ach ja, der Hermann Lenz, ein guter Mensch ...«

Richtig zu lesen – nicht nur als Zufallslektüre eines aus dem Zusammenhang gerissenen Buchprodukts, sondern auch mit dem

Gefühl für den Verfasser und der Neugier auf ihn – begann ich Lenz erst vor ungefähr einem Jahr. Da hatte der Jakob Hegner Verlag, Köln, für den Herbst 1972 den Roman *Der Kutscher und der Wappenmaler* von Hermann Lenz angekündigt. Bei diesem Titel war mir, als hätte ich das Buch schon gelesen, in einem langen, begütigenden Traum. In der »Kronberger Bücherstube« wollte ich es kaufen, aber die Inhaberin sagte, diesmal hätte sie den Lenz nicht mehr bestellt. Diesmal? Ich erfuhr, daß bis jetzt jedes zweite Jahr ein Buch von Hermann Lenz erschienen sei, sie hätte auch immer ein Exemplar eingekauft, doch die seien alle liegengeblieben. Sie zeigte mir einige Bücher: *Verlassene Zimmer*, 1966; *Andere Tage*, 1968; *Im inneren Bezirk*, 1970; auch *Die Augen eines Dieners* holte sie noch aus dem Hinterzimmer. »Bei dem neuen Buch habe ich mir gedacht, das hat keinen Sinn mehr«, sagte sie.

Die Bücher, die sie mir zeigte, waren schön; das Satzbild klar wie die ersten Sätze. Ich bestellte *Der Kutscher und der Wappenmaler*, und nach zwei Tagen holte ich es ab. Ich begann zu lesen ... »Von der Alleenstraße, wo er in einem Hinterhaus logierte, fuhr der Kutscher August Kandel am siebzehnten Juni, abends gegen halb acht, zum Neuen Schloß. Er horchte auf das Hufeklappern und überlegte, wer der Reisende sein könnte, der hinter ihm, die Beine übereinandergeschlagen und zurückgelehnt, eine Zigarre rauchte, als Gepäck nur eine glasperlenbestickte Tasche bei sich hatte, die längst aus der Mode gekommen war, und leise mit sich selber sprach ...«

Es war gerade eine Jahreszeit wie auf einer Eisscholle, so bodenlos dunkel ringsherum, und manchmal hatte ich Angstzustände, daß mir beim Vorübergehen an einem leeren Zimmer die Ohren stachen, aber sobald ich *Der Kutscher und der Wappenmaler* las, hörten die Gegenstände um mich herum auf, Vorzeichen des Furchtbaren zu sein, und standen unverrückbar in dem freundlichen elektrischen Licht, in das ich nun wieder aufschauen konnte. Ich bekam vom Lesen ein Kindheitsgefühl: als ob nun endlich alle Vermißten zu Hause wären. Wenn zwischendurch die nächtliche Stille wieder mit Bedeutungen drohte, las ich einfach genauer,

Wort für Wort, und die Bedeutungen vergingen; das Buch lenkte mich nicht ab von ihnen, sondern es stärkte mich gegen sie; kaum jemals hatte ich mich so geborgen gefühlt.

Ich denke an einen Satz von Claude Simon: er schreibe, um sich später zu erinnern, wie es war zu der Zeit, als er schrieb. Und ich erinnere mich, wie es war, als ich *Der Kutscher und der Wappenmaler* las, und wie es gewesen ist, als ich das Buch zu Ende las: am frühen Morgen im Stockfinstern aufgewacht, fing ich nach einiger Zeit zu lesen an. Dann war es hell, und die Geschichte vom Kutscher August Kandel, für den der geheimnisvolle Wappenmaler hinter ihm in der Kutsche das andere Leben bedeutete, war aus.

Eine tiefgelbe Wintermorgensonne im Zimmer; die Besänftigung; nichts vergessen, dachte ich. »Goldammern flogen aus den Zweigen, der Abendhimmel dehnte sich, und falls er jetzt etwas von ihr gegen 's Fremdheitsgefühl bekommen hätte, das er zeitlebens gespürt hatte, wenn er mit jemand sprach, dann wäre er froh gewesen.«

Jetzt endlich hätte ich gern gewußt, wer Hermann Lenz war. Am Vormittag kam mit der Post ein Buch: *Der Kutscher und der Wappenmaler*; der Autor selber schickte es mir, die Druckfehler darin – es waren recht viele, wie mir aufgefallen war – hatte er eigenhändig verbessert. Ein paar Briefe hin und her; dann, im Frühling, besuchte ich Hermann Lenz in Stuttgart.

Von allen deutschen Städten, die ich kenne, habe ich mich nur in Stuttgart bedingungslos fehl am Platz gefühlt, und nicht einmal als ich mit Hermann Lenz über den Killesberg ging, verging meine gesträubte Unbehaglichkeit vor dieser Stadt, während ich doch sonst in fremden Städten nur mit Leuten zusammenzusein brauche, von denen ich nichts zu befürchten habe, und ich werde auch mit der Umgebung einverstanden. Aber in Stuttgart kam – wie Hermann Lenz das nennt – so etwas wie »Übereinstimmung« nicht zustande. Wo wir auch gingen – es herrschte ein Villenleben, zugeschnürt und erstickt, weder Stadtwirrwarr noch Naturaufatmen, eine hügelige Landschaft von Vorgärten und Naherholungs-Abtritten, wo man Mütter zu ihren Kindern sagen hört: »Noch bis zu diesem Strauch dort gehst du bitte, dann trag ich dich!«, wo Leute in Trainingsanzügen auf den Trimm-Dich-Pfaden plötzlich stoppen und genau vor dem angegebenen Kniebeuge-Piktogramm ihre zehn Kniebeugen machen und weiterrennen …

Hermann Lenz erzählte, als er einmal im Wald Anemonen gepflückt habe, sei ein Herrenreiter vorbeigeritten und habe leutselig gesagt: »Ach das gibt wohl eine Waldmeisterbowle!«

Durch die Innenstadt fuhren wir mit der Straßenbahn an den großen Kaufhäusern vorbei wie an Tunnelwänden. Dann wieder den Hügel hinauf, zurück in das Siedlungshaus an der Birkenwaldstraße, das noch der Vater von Hermann Lenz, ein Zeichenlehrer und Offizier, in den zwanziger Jahren hatte bauen lassen. »Hermann Lenz« steht an der Gartentür: so hieß der Vater auch, und es ist noch das alte Schild.

In der Nacht im Hotel war es sehr ruhig. Ich warf eine Mark ein, und die Massagevorrichtung unter dem Bett vibrierte stumpfsinnig. Als sie sich ausschaltete, lag ich wie abgeworfen und kam mir lächerlich vor. Noch bis tief in der Nacht heulten überall in der Nacht, auch weit entfernt, die Straßenbahnen, die die Hügel hinauffuhren, und in der Morgengrauenstille heulten sie schon wieder … Dieses Stuttgart! dachte ich fassungslos. Diese Straßenbahnen! Diese Villen und Straßenbahnen!

Dann fiel mir ein Bruchstück aus einem Satz ein, den die Frau von Hermann Lenz – sie stammt aus Bayern – gesagt hatte, während wir an einem Tennisplatz vorbeigingen: »Erinnern S' Ihnen …«, hatte sie gesagt und sich dann verbessert: »Erinnern Sie sich …«, und als mir das einfiel, kam doch noch so etwas wie »Übereinstimmung« zustande.

Hermann Lenz ist im Februar 1973 sechzig Jahre alt geworden. Seine Haare sind sehr dicht und weiß, und an der Kopfhaut unten sind sie so weiß, daß man sie gar nicht einzeln sehen kann. Er ist eher klein, und breit, auch das Gesicht ist breit, das rechte Auge hat eine Muskelschwäche und bleibt starr geöffnet, wenn er zum Beispiel einen Schluck Wein trinkt; am auffälligsten der wie aus Absicht fest verschlossene Mund, die fast gewaltsam, wie seit dem ersten Schrecken und der ersten Beschämung, zusammengezogenen Lippen: *Austernmund* nennt Lenz das selber in *Die Augen eines Dieners*; schon auf den Photos des Heranwachsenden dieser extra verschlossene Mund, den man erst auf den viel späteren Photos zum erstenmal ein wenig geöffnet sieht, als er mit seiner zukünftigen Frau zusammen ist, zu einem verzerrten, kläglichen, aber auch erleichterten Lächeln ... Und eine tiefe, ruhige Stimme, wenn auch nicht in sich selber ruhend wie etwa bei sogenannten Abgeklärten und Weisen, sondern hinüberschwingend zu dem, an den sie sich richtet; die nichts ausdrücklich mitteilt und äußert, sondern einem als die gerade vernehmbar werdenden Vibrationen eines sich für sich Erinnernden vorkommt; und das teilt sich dem, der zuhört, mit als ein sanftes, musikalisches Gefühl. »Für sich sein war am wichtigsten.« *(Verlassene Zimmer)*

Wenn Lenz redet, kann man hören, wie mitten im Reden auf einmal die noch ungenauen Erinnerungen einsetzen: Die Stimme wird ganz tief und weich, dann bricht der Satz ab, und Lenz stottert nur noch vor lauter Erinnern, versinkt schließlich und sagt eine Zeitlang gar nichts mehr.

Auch in seinen Büchern sind viele unvollendete Sätze, der erste Teil von *Verlassene Zimmer* beschreibt den Tod des Großvaters mit einem unvollendeten Satz. Lenz wird erst dann richtig lebhaft, wenn in der Versunkenheit die genauen Erinnerungen kommen: »Ha!« sagt er da, oder: »Ha no!« – württembergische Ausrufe –, und redet lauter und schneller vor Erinnerung. »Und weil du noch das Kleinste weißt, bist du am Leben ...« – das steht in *Andere Tage*. Nichts, was er wahrnimmt, ist nur, wie immer noch das meiste für mich, langweilig gegenwärtig; für alles gibt es eine Erinnerungsmöglichkeit: als wir durch das Feuerbachtal bei Stuttgart gingen, kam uns ein junges Paar entgegen, der Mann mit einer lila Jacke. Ich sah nur Stuttgarter Wochenendspaziergänger (siehe oben) und schaute weg; aber Hermann Lenz sagte lebhaft zu seiner Frau: »Ha, der trägt eine lila Jacke – die Biedermeierfarben kommen wieder!«

Lenz ist in Stuttgart geboren, wuchs in der Kleinstadt Künzelsau im Hohenlohischen auf, kehrte Mitte der zwanziger Jahre mit seinen Eltern und einer jüngeren Schwester nach Stuttgart zurück. Sein Großvater hatte in einem Weingärtnerdorfe bei Stuttgart (mit Absicht schreibe ich »in einem Weingärtnerdorfe« statt »in einem Weingärtnerdorf«) eine Gastwirtschaft betrieben, wo auch manchmal der »Bauerndichter« Christian Wagner aus Warmbronn einkehrte; schon im ersten Satz von *Verlassene Zimmer* kommt er vor: »Seine Frau zog einen frischen Strumpf in die Gaslampe überm ovalen Tisch ein, wo ab und an der Dichter saß, der Bauer in Warmbronn war.« Die Großmutter besaß einen Gedichtband von ihm ...

Christian Wagner, Eduard Mörike – in den letzten Büchern von Hermann Lenz sind das Ikonen, aber weltliche; man kann sich an sie halten. Ikonen: sie werden weniger zitiert; mehr beschrieben: das Bild von Mörike, der eine »Brille mit kleinen, eiförmigen Gläsern« trägt und seinen Rock so ungeschickt zugeknöpft hat, »daß auf der Brust, dort, wo bei Goethe der Ordensstern strahlte, das Hemd heraussah«, kehrt einige Male, in verschiedenen Romanen, wieder, und es wird, auch durch die Wiederholung, zu einer Beschwörung eines schlampigen Weltvertrauens gegen die mit Überordentlichkeit verkleidete Angst, die, wie Lenz sagt, »der tiefe Grund« seiner Bücher ist. (»Verkleidet«, das ist keine Metapher: der Eugen Rapp aus *Andere Tage* zieht sich, unter den Heidelberger Studenten in SA-Uniformen, sorgfältig und elegant an, läßt sich auch die Haare länger wachsen, spielt, gerade im Dritten Reich, vor Not den Dandy.)

Überhaupt die Wiederholungen: in den Büchern von Hermann Lenz gibt es, in verschiedene Geschichten eingesetzt, oft wiederkehrende Bilder: dieselben Bilder in denselben Bedeutungen. Auch die vielen Naturbeschreibungen hören, durch die fast wörtliche Wiederholung, auf, bloße Impressionen zu sein, und ordnen sich zu einem Refrain von dem jeweiligen Aufblicken aus einer Beengung, aus dem Nicht-mehr-aus-noch-ein-Wissen im Umgang mit sich selber und den anderen. »Baumkronen waren hell, und über ihnen segelte ein Bussard. Er sah die braunen Flügel mit den weißen Federn und sagte zu sich selber, nun sei es erträglich ... Das Land mit seinen dunklen Wälderflecken schien sich hier zu strecken, als ob es weiterziehe, eine Vorspiegelung der Ruhe, der Verlassenheit, die jetzt ein wenig heller war ...« (Aus der Erzählung *Der Letzte*)

Oder: »Das war dann sein tröstlicher Weg: die schmalen Straßen ausgestorben und die Wohnungen fast leer; die Straßen spiegelten weiß; in einem Garten stand ein gelbblühender Busch, und daß eine Dame auf einem Balkon saß, die Füße auf einen rotgepolsterten Schemel gelegt und zurückgelehnt las, das machte ihm eine fast wilde Freude, und er dachte: ›Das werde ich Elise erzählen‹.« *(Die Augen eines Dieners)*

Deswegen war es wichtig, von der Wintermorgensonne zu erzählen, die ins Zimmer schien ... In *Die Augen eines Dieners* sagt jemand beim Anblick eines Torgitters im stark scheinenden Mond: »Wenn wir so etwas nicht anschauen könnten, wäre es schlecht.«

Wenige, aber beschwörend wiederholte Bilder – manchmal freilich auch in verschiedener Bedeutung, vor allem bei denselben Bildern in den Büchern vor 1964 *(Die Augen eines Dieners)* und in den Büchern *danach*: vor 1964 mit literarischer Technik auch absichtlich zu *Bildern* arrangiert, mit surrealistischen Methoden aus dem Erinnerungszusammenhang abstrahiert, aus dem Erinnerungsbild ein Traumbild gemacht – danach aber, in den späten Büchern jetzt, werden diese arrangierten Traumbilder geduldig wieder aus den Arrangements befreit und, als ursprüngliche Erinnerungsbilder, zugleich beiläufiger und unliterarischer, sinnloser und zugleich sinnfälliger, geschichtlicher und zugleich gegenwärtiger. In Hermann Lenz' erster Erzählung *Das stille Haus* wird die eigene Biographie noch übertragen in das literarische Wien von Schnitzler und Hofmannsthal, mit dem Geräusch von Ballettschuhen auf dem Parkettboden eines Herrschaftshauses, und der in die eigene Dekadenz vernarrte Held hat für die Adeligen, Diplomaten und Professoren, mit denen er umgeht, Spitznamen wie »Gorgonzola«, »Kleopatra«, »Frigidaire«. Dreißig Schreibjahre danach, in *Andere Tage*, hat der dekadente Held sich in den erfolglosen Studenten Eugen Rapp zurückverwandelt, den Sohn eines württembergischen Zeichenlehrers, und auch Eugen Rapp gibt Leuten für sich Spitznamen wie »Frigidaire« und »Kleopatra«, aber das sind jetzt zwei Studentinnen, die eine mit »schlecht geschnittenen grauen Fingernägeln«, die »zuweilen im knisternden Cocktailkleide in die Universität ging« – das Stilisierte und Posierte in der Darstellung wird zur sachlichen Darstellung des Stilisierten und Posierten. »Eugen aber hoffte, mit der Zeit jegliches Ressentiment zugunsten eines sachlichen Humors bei sich zu tilgen ...«

Auch die aus der konkreten Umwelt ausgeschnittene, wie nur geträumte Blonde aus dem Erzählungsband *Spiegelhütte* (1962), die eine schwarze Lederjacke und Männerhosen trägt und Motorrad fährt in einer Totenstadt, erwacht in *Andere Tage* zu einer realen weißblonden Studentin, mit der Eugen Rapp in den Ferien am Bodensee ein wenig zusammen ist: auch sie trägt Männerhosen, schiebt die Unterlippe vor, raucht, und »im Schatten lehnt ein Motorrad, ein schweres Modell«. Nur ist sie keine mythische Totenführerin mehr, sondern eine typische »Schmach-und-Schande-Zeit-Studentin« in den Jahren vor dem Zweiten Weltkrieg, die Jus studiert, über den Bodensee ans Schweizer Ufer schwimmt und deswegen für eine Spionin gehalten wird – während vor den Badekabinen ein fetter Mann sagt: »Die ist meine Bettflasche«, und seine Frau meint, und daneben eine andere Frau im Liegestuhl liegt und weint, weil Hindenburg gestorben ist. »Der Führer habe wunderbar geredet«, sagte sie ...

Lenz studierte zuerst Theologie in Tübingen, dann, nachdem er dafür notwendige Prüfungen in Griechisch und Hebräisch nicht bestanden hatte, Kunstgeschichte, Archäologie und Germanistik in Heidelberg, später in München, brachte es auch in diesen Fächern kaum zu Prüfungen. »Es kommt doch der Krieg, was soll ich noch tun?« dachte er.

Oft war er mit dem Dichter Georg von der Vring zusammen, der in der von Le Corbusier, Mies van der Rohe und anderen geplanten Weißenhofsiedlung nahe der Birkenwaldstraße wohnte. »Geben Sie's zu, Sie schreiben doch!« sagte von der Vring eines Tages, und so erschienen 1936 in der Reihe *Blätter für Dichtung* des Heinrich Ellermann Verlags *Gedichte* von Hermann Lenz. 1938 veröffentlichte die *Neue Rundschau*, deren Herausgeber damals Karl Korn war, die lange Erzählung *Das stille Haus*, die in Buchform überarbeitet 1947 von der Deutschen Verlagsanstalt verlegt wurde. (Es ist das einzige Buch von Lenz mit einer zweiten Auflage.)

Von der Vring, der in *Andere Tage* »Herr Bitter« genannt wird, war einer der wenigen, mit denen Lenz, dem vor dem Nationalsozialismus »weit nei grauste« (auch das ein Ausdruck, der sich in seinen Büchern wiederholt), noch reden konnte – obwohl sie sich über Literatur selten verständigten. »Es kann natürlich sein [sagt Eugen Rapp zu Bitter], daß Sie etwas anderes erfahren haben als zum Beispiel Stifter, und deshalb mögen Sie sein Geschriebenes nicht. Er wußte, was Herr Bitter jetzt an ihm vermißte: die Schärfe halt. Der mag's nicht, daß du ruhig bleibst, und du bist ihm nicht aggressiv genug ... Und er schrieb in sein Tagebuch, Bitter schneide ihm in seine Fühlhörner hinein; der sei bloß ein Gerichtsvollzieher.«

Der Nationalsozialismus: die vor Grausen »innerlich abgestorbenen« Figuren bei Lenz sprechen sich in Gedanken selber mit »du« an, und daß so oft die Natur beschworen wird (nicht beschrieben!), in der allein man noch aufatmen kann, ist damals lebensnotwendig gewesen. (Wie dummdreist die Attitüde, Naturschilderungen pauschal als vergangene literarische Methode abzutun!)

»Er sah Samenflocken von Weiden übers blanke Wasser der Glems fliegen, diesen Bach, der nicht weit von der Nippenburg eine Kehre machte; der weiße Flaum nistete zwischen klebrigen Blättern in den Zweiggelenken und wurde fortgeweht. Von der Nippenburg sah er die Scheuer, einen breitbrüstigen Steinbau, herabschauen. Erich deutete hinauf und sagte: ›Dort drin würd' ich gern wohnen.‹ Dahinter ruhte eine Schicht eisenfarbener Wolken, die rosa angeleuchtet wurden, daß sie wie Fransen eines Fells aussahen, während das Licht überm Wasser gelben Metallglanz auslegte und die dunkelgrüne Spiegelung der Blätter im Bach heller machte. Ein Rest vom Blau der Luft wurde darin lebendig, und Kandel wunderte sich, weshalb er dies genau anschaute. Früher hast du's nur flüchtig gesehen, aber jetzt ... Er fragte, weshalb sie das hier – und er wischte mit der Hand über die Hügel, die sanft waren – jetzt so gerne sähen, und Erich sagte, es läge an der Zeit. ›Die drängt dich sozusagen ab. Es sitzt dir irgendwas im Nacken, und du traust niemand mehr. Wenn dir die Leut' widerlich sind, meinst du, in den Blättern und im Lufthauch sei das anders. Du kannst halt nicht aufs andere verzichten, und dir kommt's vor, als sei's nur noch in Büchern da, auf Hügeln oder alten Mauern.‹« *(Der Kutscher und der Wappenmaler)*

1939 fand Lenz in »Max Steinebachs Bücherparadies«, München, einige verramschte Bände von Prousts *Auf der Suche nach der verlorenen Zeit*, die bis 1932 noch hatten erscheinen können. Damit tröste er sich oft: daß auch Proust in seinen Büchern nichts *arrangiert* hat. Jedes Arrangement in der Literatur sei ihm zuwider, und das Unarrangierte habe er erst nach und nach von Proust gelernt.

Das Unarrangierte: keine Geschichte aus der Zeit des Nationalsozialismus – ob literarische Fiktion, Geschichtsschreibung oder Bericht – erschien mir bis jetzt so wenig im nachhinein zurechtarrangiert und so wenig von geschenktem Besserwissen verstümmelt wie *Andere Tage*. Einmal redet Eugen Rapp lange mit jemandem, der bei der SA ist, und sagt ihm alles, was er über Hitler denkt. Auf einmal legt der andere den Kopf auf die Tischkante und weint. Da tut es Eugen »scheußlich leid«, daß er ihm wegen »seiner SA« so zugesetzt hat, und er fürchtet, daß er ihm alles zerstört hat …

Den Krieg überlebte Hermann Lenz als einfacher Soldat. Nach Stuttgart zurückgekehrt, schrieb er erst einmal nur, lebte dann in den fünfziger Jahren als Sekretär des Württembergischen Schriftstellerverbands; Thomas Mann hatte zwar sein erstes Buch, aber auch vieles andere gelobt.

Lenz schrieb weiter, schreibt eine Fortsetzung von *Andere Tage*: die Geschichte des Eugen Rapp im Krieg. Die letzten Bücher wurden kaum mehr besprochen. Von *Der Kutscher und der Wappenmaler* bekam er eine Abrechnung über dreihundert verkaufte Exemplare. »Zwei bis drei Kilo Bücher habe ich geschrieben.« Der sachliche Humor … Ein wenig Geld verdient er sich mit Beschreibungen Stuttgarter Straßen und Bauwerke für das *Stuttgarter Leben*, einen Stadtanzeiger.

Ich fragte Lenz, ob er denn wirklich nie aggressiv sei. Ha! Als Kind nahm er einmal die Pistole seines Vaters in die Schule mit, um einen Lehrer zu erschießen. Der Lehrer prügelte sonst immer die Schüler mit einem langen, dünnen Rohrstock, aber gerade an diesem Tag war er sehr freundlich. Als Student ging Lenz an einem frühen Morgen durch die Schackstraße in München. Da kam Hitler in Begleitung langsam vorbeigefahren und starrte ihn an. Lenz schaute weg, ging dann auf die andere Seite. Er sah, daß das Auto umkehrte und ihm entgegenfuhr. Wenn er mich jetzt anspricht, dachte er, werde ich sagen: »Monsieur, je ne comprends rien du tout!« Aber Hitler fuhr wieder nur an ihm vorbei.

Ich fragte Lenz noch, warum er sich, auch in seinen Büchern, so oft verteidige. Ohne eigentlich zu antworten, sagte er lebhaft: »Ja, das tue ich, nicht wahr?«

Ich erzählte, wenn ich sehr lange in einem seiner Bücher gelesen hätte, käme mir gegen Ende darin auf einmal alles selbstverständlich vor, unumstößlich, aber ungezwungen, völlig ruhig, aber noch mild von der überstandenen Unruhe – und da läse ich nicht mehr, sondern empfände einfach nur Glück. »Das ist es!« sagte Lenz überrascht und doch selbstbewußt.

Als ich vor kurzem einmal für mich allein Photos anschaute, erinnerte ich mich an eine alte Aufnahme, die ich bei Lenz gesehen hatte: sie zeigte ihn, seine Braut und seine Mutter neben einer Straßenbahnhaltestelle an der Birkenwaldstraße in Stuttgart, weit weg von allem, die Straße dazwischen, vor Laubbäumen. Lenz war in Uniform, Braut und Mutter hatten ihn begleitet: er wartete da auf die Straßenbahn, um zurück an die Front zu fahren. Ich erinnerte mich an dieses Bild, weil ich selber beim Anschauen meiner Photos immer mehr ein starkes Mitgefühl für die Photographierten und eine ganz gegenwärtige Sorge um sie bekam. Mir fiel ein, daß Lenz viel Photos zum Schreiben verwendet und daß er für seine Photos eine Lupe auf dem Schreibtisch liegen hat.

Nachdem ich fast »drei Kilo« von ihm gelesen hatte, erzählte ich mehr Leuten von seinen Büchern. Gestern fragte mich jemand, dem ich auch davon erzählt hatte, was ich gerade täte. »Ich schreibe etwas über den Hermann Lenz.« – »Ah, dann werde ich vielleicht doch was von ihm lesen.« Ja, lies: *Verlassene Zimmer*, *Der Kutscher und der Wappenmaler*, und das Unarrangierteste, Selbstverständlichste von allen, *Andere Tage*.

An einem Abend ging ich mit Lenz auf der Birkenwaldstraße, und er redete von den Bauspekulationen ringsum, von den Wirklichkeitsmenschen. Endlich sagte er: »Vielleicht sind für diese Leute die Projekte nur ein Ersatz für die Träume.«

»… und in der Straße, welche glänzte, schaukelte ein Kind auf einem Fahrrad weiter, das in der Stille knackte.«

Der Krieg ist nicht vorbei

Hermann Lenz: Neue Zeit

Es gibt ein neues Buch des Schweizer Schriftstellers Paul Nizon, in dem die Titelfigur, ein junger Mensch namens Stolz, den Kriegserzählungen seines deutschen Schwiegervaters zuhört: »Die Geschichte von der Ankunft zu Hause hatte Stolz schon wiederholt gehört, und er hatte sie, wie all die anderen Kriegsgeschichten, mit gemischten Gefühlen aufgenommen.« Mit eben diesen gemischten Gefühlen haben wohl viele von uns, geduckt vielleicht unter der feierabendlichen Wein- oder Bierseligkeit unserer Väter, deren nachträglichen Tischgesprächen lauschen müssen, bis die Ohren sausten vor der Unwirklichkeit der Vergangenheit und mit dem Hören und Sehen auch der Sinn für Geschichten und die Geschichte verging. Es gibt aber ein anderes, ein altes, ein Buch aus dem neunzehnten Jahrhundert, eines anderen Schweizer Schriftstellers, den *Martin Salander* von Gottfried Keller, wo die Titelfigur nach langer Abwesenheit von der Heimat in das sich erstrekkende Land schaut und dabei erlebt, wie alle Schichten der Vergangenheit dieses In-Bild erst hervorbringen und die Gegenwart »verklären«. Und jetzt ist zu lesen das Buch *Neue Zeit* des schwäbischen Schriftstellers Hermann Lenz, welches eine lange Erzählung vom Vorkrieg und Krieg ist, wo aber die gemischten Gefühle, mit denen man die Lektüre beginnt, eigentlich schon nach dem ersten Absatz sich auflösen in die befreiende Gottfried Kellersche Verklärung: Die unerlebte Vergangenheit schwingt sich plötzlich auf in die bis dato langweilig vergehende Gegenwart, so daß diese als zukunftsmächtig – als machbar und bearbeitenswert erscheint. Das Martin-Salander-Erlebnis meint, so pathetisch wie möglich gesagt, das nüchterne Gefühl eines über-individuellen Glückes, das einen sich freuen läßt, zu einer bestimmten Zeit gemeinsam mit andern zu existieren und auch was dazutun zu können.

Das Kriegsbuch von Hermann Lenz ist das erste dieser Art,

wo der Zweite Weltkrieg nicht in eine Vorzeit verschwindet, als eine letztlich doch besonnte Vergangenheit, sondern so atemberaubend gegenwärtig wird wie Kriege für meine »unerfahrene« Generation sonst nur in den Träumen. Dabei ist *Neue Zeit* selbstverständlich auch als bloße Information lesbar: Es gibt die bummelwitzigen Redensarten des fassungslosen Untertanentums ebenso genau wieder wie Kempowskis *Tadellöser & Wolff*; beschreibt das *»Schlacht-Erlebnis«* ausführlich wie Ernst Jüngers *Auf den Marmorklippen*; gibt eher noch mehr Beispiele von den täglichen kleinen Auflehnungen der in den Krieg Entrückten als Gerd Gaisers »Sterbende Jagd« – doch bleibt *Neue Zeit* zuletzt ganz unvergleichbar mit der vor Gefühls-Ängstlichkeit flachen Schnurren-Anthologie Kempowskis (das gilt nicht für sein Zuchthaus-Buch *Im Block*), mit der (ein Wort von Lenz) »gewaltsamen Unbewegtheit« Jüngers, dessen Held der *Marmorklippen* »beschließt(!), sich nicht mehr der Furcht anheimzugeben«, und unvergleichbar auch mit den in einem Orden zur Feier des mannhaften Todes entweltlichten Gaiserschen Jagdstaffel-Typen. Die Lenzsche Kriegsgeschichte berichtigt und, vor allem, *belebt* die bei den erwähnten Autoren – und übrigens auch die in den Geschichtsschreibungsbüchern – eingesargten Informationen, indem sie diese, verzerrt, detailvergrößert, mit Zeitsprüngen, alogischem Übereinanderschieben von wechselnden Menschengesichtern, lebenden und toten, noch einmal vor uns und für uns TRÄUMT. *Neue Zeit* erscheint so gegenwärtig, weil seine epischen Mittel die eines vom Autor mit wachen Sinnen behüteten Traums sind.

Dabei ist die Geschichte, bloß nacherzählt, nicht viel anders als die so unerhört tuenden oftgehörten: Der Held ist der schwäbische Student der Kunstgeschichte Eugen Rapp, der in Lenz' vorangegangenen Büchern *Verlassene Zimmer* und *Andere Tage* ein abwesend blickendes Kind und ein beiseitestehender Heranwachsender war. (Drei Eugen Rapps gibt's übrigens im Stuttgarter Telephonbuch ...) Noch ehe der Weltkrieg gemacht wird, ist er jemand, dem es vor dem Dritten Reich »weit nei graust«; und als man ihm zuträgt, daß das Mädchen, dem er geneigt ist, eine jüdische Mutter hat, freut er sich »arg«. In den Krieg zieht er nicht, er läßt sich eher in ihn ziehen, kaum bei der Sache, doch dem sogenannt Unausweichlichen fast widerstandslos ergeben – wie er ja bis dahin immer gelebt hat. Der Frankreichfeldzug erscheint noch wie eine Wanderwoche: Bei einem Schuß in den Wald ergibt sich eine ganze Kompanie ängstlich lächelnder Franzosen; ein befristetes Geborgenheitsgefühl in einer luxemburgischen Buchhandlung, wo man in Heinrich Manns *Henri Quatre* hineingucken kann; in Südfrankreich dolmetscht man und hat mit einem baskischen Notar beim Wein ein auch nur befristetes Gemeinschaftserlebnis.

Das traumhaft Scheußliche beginnt erst in Rußland, wohin der Eugen Rapp dann verladen wird. Der Hauptteil von *Neue Zeit* beschwört den die Jahreszeiten überdauernden Stellungskrieg in den russischen Sümpfen, welchen der Gefreite Rapp, ein Student unter bayerischen und österreichischen Bauernsöhnen und Handwerkern, vor Angst und hilflosem Abscheu nur noch träumerischer geworden, so irgendwie durchstolpert. Kurz vor Kriegsende wird er im westlichen Deutschland von Amerikanern gefangengenommen und in die USA zum Zuckerrübenhacken verschifft. Das Buch endet so schmerzhaft lakonisch wie Büchners *Lenz*: Es werden nur noch die äußeren Vorgänge zitiert, als gebe es in dem Eugen Rapp nichts Inneres mehr – als sei in einem etwas unheilbar zerstört. Es häufen sich dann die Zeitwörter der Leideform: »Er bekam eine Spritze ... er ließ es geschehen ... dann wurde er im Auto weggefahren ...« Der letzte Absatz beschreibt die Rückkehr in das »nach Leichen riechende Europa« mit drei kurzen Sätzen: »Er ging in Le Havre vom Schiff. Einer hielt ihn fest und sagte: ›Oh, nice ring!‹ Dann stieß er Eugens Hand beiseite: ›Broken stone!‹«

Was diese in der Nacherzählung vertraut anmutende Kriegsgeschichte so wehtuend unvertraut macht, ist Hermann Lenz' »eigener Blick«: ein Blick, der nichts im voraus weiß und deshalb, statt versklavender Definitionen, befreiende, sachliche VISIONEN vom Leben der Menschen erreicht. Und dieser eigene Blick – das genau macht *Neue Zeit* uns Nachkommen gegenwärtig – erscheint fast völlig objektiviert in der Struktur der Erzählung. Die

Grammatik der einzelnen Sätze entspricht auf eine wahrhaft unerhörte Weise den Empfindungen des angstvoll mit andern durch den Krieg taumelnden, sich an die bedrohte jüdische Freundin erinnernden, sich nach einem Aus-Blick in die trügerisch freie Natur sehnenden Eugen Rapp. Mitten in den Sätzen springt auf diese Weise die Zeit um, wechseln die Orte, werden Gesichter vertauscht, versinkt ein Anblick vor einer Erinnerung, vergeht die Erinnerung vor einem Droh-Geräusch, wird das Geräusch verdrängt durch das Sich-Versenken in eine Photographie. »Diese Zeit war eine flach machende Zeit, und sonderbar sah jeder aus, der sich in einer solchen reckte, groß hinstellte wie beispielsweise Major Maier, dieser lange schmale Kerl mit großer Nase und nervös zuckenden Händen, während der breite Baresel bloß ein bißchen auf die Seite grinste ... und seine Frau auf einem Bildchen ansah, eine mit großem Mund, eine in einem Gärtnerschurz, die Rettiche aus kargem Boden zog ... sie schaute gebückt von der Seite her, anders als die Margret Schmöller, auf deren Seidenkleid ein Halsgehänge glänzte, als wäre es der Orden vom Goldenen Vlies.«

Der ehemalige Kunstgeschichtestudent Hermann Lenz sieht die im Krieg verlorenen Menschen wie gruppiert zu schmerzlichen Abschiedsbildern. Und in der Tat hat seine Prosa viel von der Technik klassischer Bildbeschreibungen – nur daß das äußerlich Technische an diesen bei Lenz ganz innerlich (existentiell) geworden ist, zu einem Lebensgefühl: Menschen und Landschaften als Bildbeschreibungen sind Auswirkungen des Existenz-Schocks durch den Krieg, wo mit dem verlorenen Zeitgefühl auch die anderen Menschen von einem weggerückt werden. Lenz' Roman ist ein Epos vom verlorenen Zeitgefühl und von den dadurch zerstörten Beziehungen. Dem Eugen Rapp, der während des ganzen Krieges keine Uhr bei sich hat, doch andrerseits einmal lange in die tickende Pendeluhr des noch wie im Frieden ruhenden Elternhauses versinkt, erscheinen denn auch, je länger es Krieg ist, selbst die ihm Liebsten immer entfernter, als ob alles »aus grauem Stoff« sei; »also ungefähr wie Wespennester; so dieses Weiche, das an den Fingerspitzen wie ein Pulver oder wie Asche samtig war.«

Solche Bild-Beschreibungen entrücken zum Beispiel den Vater, der ebenfalls, und zwar gern, Soldat geworden ist (und beim Abschied seine Frau militärisch grüßt, weil er sich in Uniform nicht mehr zu winken traut!); die Mutter, die ihrem Sohn »Portugal-Haarwasser« für den Urlaub aufspart und heimlich den Londoner Sender hört; und auch die Freundin, die als Halbjüdin zuletzt Münchner Straßenbahnen schrubben muß – als seien die alle schon lang nicht mehr da, und es gäbe nur noch diese letzten Bilder von ihnen.

Sogar die Natur wird im Krieg erlebt, als seien die Wälder, der Schnee, die Bäche bloße Überbleibsel einer anderen Epoche – stetig unter die Weltoberfläche sinkende ALTERTÜMER. »Das Himmelblau war wie angelaufenes Glas. Es blühten die Weißdornhecken ... kahle Büsche waren unterlegt mit frischem Gras. Ein schwarzerdiges Gärtchen zeigte schmale Pflaumenbäume, hinter den Zäunen waren Wiesen bis zum Fluß gestreckt ...« Und dem Eugen Rapp persönlich scheint es gegen Ende, »als ob er sich nun selber sähe, etwa in einem Stahlstich auf stockfleckigem Papier, weil doch der Himmel weißlich war und Regenwolken hatte«.

Die Menschen in *Neue Zeit* wirken so verklärt wie geliebte Tote, von denen man ja viele genauere Einzelheiten weiß als zu ihren Lebzeiten (für das Gesicht eines toten Russen wird einmal wirklich das Wort »verklärt« gewählt), und dem entspricht auch, daß, je näher die Leute dem Tode rücken, desto öfter in dem Buch ihre Namen umgestellt erscheinen, als stünden sie schon auf bayerischen oder österreichischen Grabsteinen: Steinhilber Georg, Kahler Willi – und selbst der Eugen Rapp nennt sich immer mehr Rapp Eugen ... So selbstverständlich (freilich nicht gewohnt!) sind die Totenstilleben schließlich geworden (»Vor dem Blockhaus lag ein Gefallener, wässrig gedunsen unter seiner Uniform; auch fehlte ihm der Kopf« – »Die Toten hatten grünlich gleißende Helme mit geschlossenem Visier bis übers Kinn, und diese Helme lösten sich immer wieder in brausende Fliegenschwärme auf«), daß endlich sogar die Beschreibung der noch Lebendigen so beginnt, als wären es in einer Traumlandschaft verlorene Leichname: »Und er ging vom Bataillonsstab weg, sah wiederum braunrote

Kiefernnadeln, einen verfilzten Belag zwischen Wurzeln, welche Knochen glichen, sah das niedere Blockhaus ... vor dem einer, der eine schwarze Hornbrille trug ...« – nein, nicht verwest, sondern (man ist fast überrascht) sich den Oberkörper wäscht und also noch übrig ist ...

Neue Zeit ist aber kein Lobpreis eines apathischen Stoizismus – es beschreibt vielmehr, wie durch die Umstände solche Erstarrungen entstehen, und es zeigt korrigierend immer wieder des Eugen Rapp monumentale Ausbrüche aus der unheimlichen Biedermeierlichkeit: eben noch hat er sich, kleinklein, bei der Beschreibung eines fesch gebräunten Reserve-Offiziers aufgehalten, als der gewaltige nächste Absatz folgt: »Wenig später, am Freitag, dem zwölften August neunzehnhundertachtunddreißig, dachte er, es gebe keinen Gott, es existiere nur der Glaube an denselben; weil jetzt viele Synagogen zerstört wurden und tags zuvor, also am elften August neunzehnhundertachtunddreißig, die Nürnberger Synagoge abgerissen worden war ...«

Und Jahre danach, gleich nach einer eher kläglichen Beschwörung des Stoikers Marc Aurel, gesteht der Rapp Eugen lakonisch ein, daß er »ratlos und verzweifelt« ist. (Es ist das einzige Mal im Buch, und überhaupt im Werk des Hermann Lenz, daß dieses Wort gewagt wird.) Und auf der folgenden Buchseite (223) steht plötzlich, in Klammer!, der kleinste und allermächtigste Auflehnungssatz: »... und Erlösung gab es keine«; beharrend wiederholt auf der nächsten Seite: »Und, wie gesagt, Erlösung gab es keine.«

Eine Schwäche in dem sonst so unauflösbar dichten poetischen System des Buches ist allerdings offenkundig: die Schilderung der Machthaber; das Bild Hitlers. Dieser tritt auf als Unvermeidbarer, Unausweichlicher, vor dem es einem weit hinein graust, dem man sich aber, wie dem sogenannten Schicksal, zu fügen hat. Das eindeutig Fatalistische schwächt manchmal, vor allem zu Beginn, das undeutbar Poetische. Daß Machthaber schwitzen, »kellergesichtig« sind, eine Tolle in der bleichen Stirn kleben haben – und daß Eugen Rapp ihnen gegenüber jemand ist, der allein stapft, »wie es ihm zukam«, das mag für damals zugetroffen haben; aber es ist schade (und dabei traurig bezeichnend für den nachwirkenden Schaden, den das Dritte Reich auch bei seinen Verächtern angerichtet hat), daß es jetzt, noch immer, den eigenen Blick des Hermann Lenz und damit dessen Sprache lähmt. (Wer, selbst der stärkste Hasser, wüßte nicht, wie viele kleine Gedanken und Taten ihm im Lauf eines unscheinbaren bürgerlichen Tages passieren, die aber doch im Keim mit den großen Gedankenlosigkeiten und Untaten des A. Hitler identisch sind?)

Wahr erscheint freilich einem Nachgeborenen, daß Hitler und die übrigen Machthaber, sobald der Krieg den Eugen Rapp wirklich aus der Fassung bringt und er nur »ganz nebulos« merkt, daß er noch lebt, in der Erzählung kaum mehr vorkommen: als gäbe es sie in diesen nichtendenwollenden Todes-Schrecken alle nicht mehr, sondern nur noch die staubigen Landstraßen, die Sümpfe, den wispernden Schnee und manchmal ein die fremdgewordene Weltgegend erweiterndes Licht, in welchem der Soldat Eugen Rapp jahrelang mit anderen, ebenso Ratlosen und Verzweifelten, kreuz und quer durch Europa »taumelt«, »stolpert«, »sich aufrappelt«, »wegrutscht«, »weiterwackelt«, »sich flach macht« und »weiterschlampt« ... Und das wie schon ewige angstvolle Dahintorkeln schließt am Ende so viele Einzelheiten aus unseren sogenannten friedlichen Leben mit ein, daß dieses Kriegsbuch ganz ungeplant zu einer ebenso sanften wie machtvollen Gegenwartsgeschichte wird.

Mit *Verlassene Zimmer*, *Andere Tage* und *Neue Zeit* gibt es jetzt drei Bücher über die erste Jahrhunderthälfte im südlichen Deutschland, die ein poetischer Geschichtsunterricht sind, voller Anmut, voller Würde.

Zu *Jung und Alt* von Hermann Lenz

Bei aller Unauffälligkeit, weil Feingliedrigkeit, der Satzgestik waren die Bücher von Hermann Lenz, besonders die autobiographisch gewirkten (zuletzt *Seltsamer Abschied,* 1988), doch immer Dramengeschichten: etwa vom Ins-Abseits-Geraten der Einzelnen zu Beginn der nationalsozialistischen Gewaltherrschaft in *Andere Tage*; vom Stolpern und Beiseiteschlurfen des zum gemeinen Soldaten entfremdeten jungen Dichters, sechs Jahre lang, in einem fortwährend fast ohne Atemhol-Zwischenräume verlebten Krieg *(Neue Zeit);* vom Nicht-mehr-Zurückfinden des Vereinzelten *(Tagebuch vom Leben und Überleben, Der Fremdling)* im Nachkrieg; oder dann »bloß« vom Vertriebenwerden aus angestammtem Haus und gewohntem Lebensgang des Altgewordenen eben im *Seltsamen Abschied.* Die Erzählung *Jung und Alt* jetzt aber ist ein Buch, wie es ähnlich Flaubert vorschwebte (und nicht nur ihm): fast aus nichts. Zwar gibt es in der Geschichte immer noch Dramen (besser: Konflikte), doch viele Konflikte – ein unsteter Jugendlicher als Autoknacker, eine sich sorgende Mutter als die Frau zwischen den Jahren, ein alter Maler als der von der Geliebten getrennte Einsame – werden in *Jung und Alt* nicht *aus-*, sondern nur beiläufig *vor*getragen, und sind, sozusagen, die Nebenhandlung. Die Hauptgeschichte, der schönste Teil des Buches, geht um jenes »fast nichts«. Fast nichts? Sind die Steine, das Gras, die verrosteten Konservenbüchsen und verbogenen Schlüssel, welche die Zentral-Figur, der Maler Robert Roß, sieht und mit Hilfe von Licht und Farben auf die Leinwand (oder auch auf »Lindenholz«) überträgt, denn nichts? Nein, oder mit den Worten der über den Maler sinnierenden Haushälterin-Schwester: »Der … holt aus sich heraus, was sich in ihm gespiegelt hat. Zum Beispiel welke Blätter, Maulwurfshaufen und ein Stück vom Fluß. Darin ist alles, und später macht er daraus seine Bilder.«

Freilich wird im Erzählen die Haupthandlung – die Übergänge vom Licht in die Farben, der Wechsel von Nah und Fern, die Augenblicke von reinem Dasein – immer wieder verdrängt von dem Beiwerk des bloß Thematischen (*Jung und Alt*), des nichts als Stofflichen, sich zur Form nur mühsam Lichtenden, und manchmal hat sich der hier von dem Buch berichtende Leser gefragt, ob solch Beiwerk nicht bloßer Vorwand für das daraus dann hervorbrechende Licht- und Weite-Erzählen sei? Wenn auch vielleicht ein notwendiger?

Sicher ist, daß der fremde Blick des Hermann Lenz auf die heutige Zeit (in Stuttgart, Rom oder im Bayerischen Wald) zugleich ein befremdeter, scharfer, zuweilen auch nicht ganz gerechter ist. Zwar hat er viel von den Jüngeren gesehen und gehört und sich auch das jeweils die Gestalten wie Situationen Bezeichnende gemerkt, doch läßt er es an manchen Stellen nicht bei den Seh- und Hörbildern bewenden, sondern zäunt diese ein mit Meinung, Urteil und sogar Vorurteil. Dergleichen würde das Lesen seines Buches, welches im übrigen Geduld nicht erfordert, sondern sie erzeugt, nicht stören, hätte es die Geradheit und jene »Strenge«, wie sie der Maler in der Erzählung von seinem eigenen Leben und seinen Bildern wiederholt fordert: »... ließ er sich vom strengen Leben nicht abbringen«; »... denn für ihn waren Strenge und Frische wichtig«. So aber scheint der Erzähler dem Leser eher beiseite, verdeckt, hintenherum zu urteilen und zu verurteilen, und vor allem ohne epische Leidenschaft und Notwendigkeit; nicht daß man sich zu den geschilderten Sachverhalten immer die Thomas Bernhardschen »abscheulich«, »grauenhaft« oder »entsetzlich« wünschte – doch ist ein Wort wie »merkwürdig« für etwas, wovor es dem Erzähler in Wahrheit schaudert, dann sowohl zu wenig – als auch zu viel. Lieber Hermann Lenz, möchte der Leser dann sagen, schimpfe und schmähe, wenn dir schon danach ist, die gegenwärtigen Verhältnisse einmal nicht fußnotenhaft, beiläufig, von hintenherum, sondern aus dem Herzensgrund, mit eben der tiefen, weithinausschwingenden Stimme, welche du auch für den Hauptstrang deiner Erzählwerke hast! Du bist ja zornig, zorniger als die meisten, die bloß so auftreten, und du kannst es auch zeigen – also zeig es beizeiten, statt bloß so weiter herumzumosern (nichts gegen Hans M.!) von bleichen, bartverwachsenen Jugendlichen in lärmenden Diskos und von Hochhaus-Zyklopenfüßen.

Allerdings ist dieses Verlangen des Lesers nach Entschiedenheit bei Hermann Lenz, jedenfalls in dessen Hauptsache, dem Sichvertiefen »ins einzelne und Kleine«, auch ein Unsinn; denn jenes Grundwort, das bei Thomas Bernhard zuletzt »naturgemäß« hieß, ist bei ihm das »sozusagen«, und das »Sozusagen« ist an einer Stelle sogar bezeichnet als seine erzählerische Glaubenssache: »... denn alles, was Robert anging, war immer ›sozusagen‹, also nicht ganz sicher«. Oder an einer anderen Stelle, umschrieben: »Robert wollte nichts (von sich) erzählen, weil's ihm lieber war, wenn ein Zwischenraum blieb.«

Also zur Hauptsache von *Jung und Alt* – dem Lob des »ereignislosen Lebens«, in dem dafür, wenn man sich, im Gehen, Schauen, in .der Arbeit des Schreibens und Malens, »absinken« ließ in sich selber, das »Durchsichtigwerden«, zum Beispiel eines Parfümfläschchens aus der Römerzeit, sich ereignete, und das Land sich dehnte zum »stillstehenden Augenblick«, mit dem das Wort »merkwürdig« vielleicht wieder seinen ursprünglichen Sinn bekam: »Hohes und gebleichtes Gras erschien als ein dichtes Gespinst, goldschimmernd. Merkwürdig, dieses Gelb der Nähe und darüber das Dunkelblau des Waldes, der ferngerückt war und aussah, als wäre er von der Luft ausgewaschen worden ...«

Aber: derartiges Preisen des Abseits, der Stille, der kleinen Dinge – kennen wir es nicht schon von altesher: aus dem Lob der *ataraxia,* der Unerschütterlichkeit, der Gemütsruhe, bei Epikur, der Geduld und des Für-Sich-Seins bei (wie immer der große Gewährsmann des Hermann Lenz) Marc Aurel, dem Psalmenton des Sanften Gesetzes bei Adalbert Stifter? Gehört es nicht schon fast zu einem fertigen, geschlossenen Weltbild, unzugänglich dem Durchlässe öffnenden, freien Erzählen – so mit diesem sogar im unvereinbaren Widerspruch? – Und das nun ist die Kunst des Hermann Lenz, in *Jung und Alt* noch freier und entstofflichter als in den früheren Büchern: daß er solchen Widerspruch auflöst und fruchtbar werden läßt, in einer ganz eigentümlichen Ordnung der Sätze, in einer Erzählfolge, wie sie bei keinem anderen Schriftsteller zu finden ist. Und diese besondere Form der Geschichte ist es vor allem, die den Leser hier gedrängt hat, etwas von der Weise des Buches weiterzugeben.

Noch am wenigsten besonders erscheint zunächst der Wechsel der Erzählperspektive von Kapitel zu Kapitel: Das Geschehen einmal gespiegelt in den Augen der »Frau zwischen den Jahren«, dann des alternden Malers, dann dessen bärbeißig-fürsorglicher Schwester – man glaubt darin eine Methode wiederzuerkennen, frei nach Dos Passos' *Manhattan Transfer* und William Faulkners *As I Lay Dying*. Doch schon da verliert sich sehr bald der Eindruck des Methodischen; was Sequenz und Schnitt ähnelte, erweist sich als selbstverständliches, durch Einfühlung sich ereignendes Hinübergleiten des einen Blicks in den andern, nicht als Schreibtechnik, sondern als die alltägliche Osmose »draußen« in der Natur, entsprechend etwa jenem Erzähl-Gedanken (niemals steht bei Lenz ein Gedanke, als endgültig, in der Gegenwart!): »Nur Natürliches war (!) des Nachdenkens oder des Einfühlens würdig …«

Weit »merkwürdiger« freilich als derartiger Blick-Wechsel erschien dem Leser die Feinstruktur der Erzählsätze, und noch merkwürdiger der Absätze. Diese Struktur ist so seltsam, weil sie den Unterschied klarmacht zwischen dem Stoiker als Philosophen und dem Stoiker als Künstler. Nicht Leitsätze für andere stellt der letztere auf, vielmehr redet er sich selber möglichst gut und gewissenhaft zu, bedacht, daß er eben kein allgemeines »Gesetz« erlebt, sondern einen von ihm allein, für ihn allein, zu bedenkenden Augenblick, der aber immer ein großer ist, nämlich »Ein Augenblick deines Lebens«. Und »dann war es ihm zumute, als bedeute auch ein Stein im Weg für ihn etwas Außergewöhnliches. Ein flaches Keupersandsteinstück, unter dem ein Laufkäfer mit grüngoldenem Leib verschwand.«

Erstaunlichkeit dieser Erzählart: Erzählt wird dabei, was gerade, im Augenblick, da ist; das pure Dasein der Dinge läßt sich sehen als ereignishaft – und so gehen die dem entsprechenden Sätze: »Baumkronen regten sich als [nicht ›wie‹ – kein *Vergleich*, sondern eins ver*tritt* das andre] Schattenspiele. Das Neue Schloß war hell gestreckt, der Anlagensee spiegelte. Das Landtagsgebäude war ein dunkler Glaswürfel auf Stelzen, während das Tal, weit geöffnet und erfüllt von Mondlichtdunst, sich ringsum über dunklen Bäumen dehnte. Das war nicht weit vom alten Brunnen, auf dessen Obelisk ein Adler glänzte.« Oder auch in der sonderbaren, »unerhörten« Struktur mancher Einzelsätze: »In einer langen und hohen Parkmauer war das Tor geöffnet.« – »Der Kühler hatte Regentropfen.« – »Ein schwerer Eichentisch war rund.«

Ähnlich merkwürdig oder erstaunlich, sooft die Struktur solcher Satz-Augenblicke der reinen Gegenwärtigkeit sich noch weiter öffnet, weiter ausspannt, nämlich zwischen Innen und Außen, Bewußtsein und Außenwelt, und zwar wieder nicht methodisch, sondern als der natürliche Atemvorgang, gemäß der Reflexion des Malers Roß: »Er hatte Mühe, Innen und Außen auszubalancieren, während andere … Geschehnisse brauchen, die sie wach hielten.« Und so sehen diese Von-innen-nach-außen-Sätze dann zum Beispiel aus: »Er grübelte … dachte, es könnte einmal so weit kommen, daß Farbe und Licht ineinanderschmolzen, Licht zu Farbe wurde, sozusagen, als der Boden vom nahenden Zug zitterte.« Oder: »Freilich, Wunder ist es keines, daß sich Livia aus der Misere deines Lebens entfernt hat, sagte Robert zu sich selber, während immer noch die Haselnußbüsche dort über den Frauenbergweg hingen …«

Ebenso wie *Jung und Alt* könnte diese Augenblicks-Geschichte demnach auch »Innen und Außen«, oder »Nah und Fern«, oder »Damals und Jetzt« heißen. Und am erstaunlichsten wirken dann ja jene Absätze, worin alle diese Gegensätze sich zu einem einzigen, zwanglosen, weitausholenden Erzählen zusammenfinden und alle die stoischen Einzelbilder ineinander übergehen, zitternd, sich »regend«, sich »rührend« (häufige Lenz-Wörter). Wenn da zwischen den Sätzen überhaupt noch ein »weil« oder »denn« oder »um zu« steht, dann ist es das kindliche oder volksmundhafte, etwa: »Ende Oktober und Anfang November wollte er am Feuerbacher Weg den Schlehenbusch besuchen, um sich von seinen Früchten den Mund gerben zu lassen, denn so gehörte es sich für den Spätherbst, während jetzt der Sommer angefangen hatte.« – »Und er malte schon für sich, während er hinaussah, auf den Straßenasphalt blickte, stehenblieb und emporschaute zur Milchstraße, die er immer suchte, wenn er im September hier war. Wobei das Wort ›Milchstraße‹ nicht ganz das Richtige war, weil diese Sterne dort an Sand erinnerten, der weggeschwemmt werden konnte, sozusagen; doch währte es noch eine Weile.«

Zwar finden sich schon in den früheren Büchern von Hermann Lenz solche wahrhaft weltumspannenden, dabei ganz ungezwungenen Satzfolgen – in *Jung und Alt* geschieht dabei aber manchmal noch etwas Zusätzliches: etwas herzhaft Pathetisches, Verkünderisches, wie es ein Fünfundsiebzigjähriger nicht bloß sich erlauben, sondern auch seinen Lesern zumuten darf – derartiges Lesen ist *gesund,* jedenfalls für den berichtenden Leser hier. »Die Kaffeekanne war so wichtig wie jedes Möbelstück, wie die Ofenwärme und wie das, was die Großmutter hernach in der Küche tat; denn alles gehörte zusammen … Und Ottilie dachte …, so sei auch in den Bildern ihres Bruders alles drin, selbst wenn er nur ein rostiges Schloß male oder seine Hand, die sich unter Herbstblätter schiebe. Und sie erinnerte sich eines Bildes mit Gräsern und Steinen am Flußufer, einem herabhängenden Ast überm Wasser bei hellem Licht, ungefähr im Juni. Und auf dem Wasserschimmer war ein Lichtflecken gelegen … Das Wasser mit dem Schimmern des Lichts hinter dem Gras aber und weil ein herabhängender Weidenast mit lanzettförmigen … Blättchen so gemalt war, als ob er sich bewege wie die Schnur einer Peitsche …: dies alles weckte das Gefühl, das Irdische bedeute etwas Anderes, und es lohne sich zu spüren: du bist auf der Welt.«

Und am Schluß dann jene Sätze, die sich, in wunderbarer Selbstverständlichkeit, aneinanderreihen mit einem bloßen »Und«, und deren Zeitwörter allein »war« und »hatte« sein können; wobei jedes »Und« ein noch tieferes Atemholen, ein noch weiteres Hinaus-ins-Land-Schwingen ist (das »Und« nicht entliehen der Bibel, sondern das höchsteigene des in Ehren altgewordenen Erzählers), und das »War« und »Hatte« die Fülle des Seins, auch *Tätigseins,* ausdrücken. »Die Wiesen waren … verwildert und hatten hohes, vergilbtes Gras … Weitergehen und dabei ins Gras eindringen, ins Wasser, das sich wegzieht von dir selber. Und er merkte, wie selten es gelang, im Stein zu sein ... sich hineinzustehlen in das Moos. Wenn dein Gefühl sich dorthin verflüchtigt hat, ist auch dein Leib sauber samt dem Inneren des Kopfes. Und er gedachte seines Leibes ...«

Das einzige, was in der Mitte dieser Erzählung schließlich handelt (oder *wirkt*): die Farben und das Licht. Violettes Licht flog draußen über dunkle Wolken ...« – »Am stärksten freilich war das Licht. Jetzt war es jung, jetzt im Juni. Draußen streifte es vorbei ...« – Was *be*wirkt aber *Jung und Alt*? könnte nun noch die Frage sein. – Die Antwort nehme ich aus einer Buchzeile: »Und alle drei spürten, wie sie zusammengehörten ... und wie sie dankbar waren fürs Lebensgeschenk« – die kleine Erzählung, samt notwendigem und weniger notwendigem Beiwerk, hat im Leser jene fastvergessene Dankbarkeit geweckt, zum mindesten für ein paar gesunde Augenblicke.

Hermann Lenz, der Epiker des »und«, »bei« und »mit«

Rede zur Verleihung des Europäischen Literaturpreises

Vorhin, als Alfred Brendel Schubert gespielt hat, kam mir in den Sinn die Zeit vor fast zwanzig Jahren, da Hermann Lenz und Hanne Lenz in München zu zweit gegen Mitternacht immer Radio gehört haben, unter anderem sicher auch Brendel, und ich, als Spätheimkehrer in ihrem Haus wohnend, mit zugehört habe. Und als ich jetzt lauschte, oder immer mehr ins Lauschen geriet, kams mir vor, als sei es gar nicht der Tag hier, sondern es sei die Zeit zurückgekommen damals vor fast zwanzig Jahren, 1979, in der Mannheimer Straße in München, und es sei tief in der Nacht und wir drei, Hanne und Hermann und ich, säßen jetzt wie damals, bei der Radiomusik. Es war mir fast lieb, mir vorzustellen, was Alfred Brendel gerade spielte, käme es aus dem Radio dort, gegen Mitternacht. Und jetzt der sogenannte Preis für Europäische Literatur: ich habe dem Hermann geschrieben, vor einiger Zeit, Europäische Literatur und Europäischer Literaturpreis seien seltsame Wörter, und ich könnte mir bei ihm eher einen Preis fürs »am Wegrand Sitzen« oder »am Wiesenrand Sitzen« oder »am Waldrand Sitzen« vorstellen. Aber dafür bekommt man ja keinen Preis, und Hermann Lenz sitzt ja nicht einmal, wie Walther von der Vogelweide, auf einem Stein, er sitzt immer auf ebener Erde, und das entspricht vielleicht auch seinen Büchern.

Vor über dreißig Jahren habe ich zum ersten Mal, lieber Hermann, ein Buch von dir gelesen, das waren *Die Augen eines Dieners.* Das Buch erschien damals im Hegner Verlag, und es hatte einen wunderbaren Umschlag, eine Art Rautenmuster, und der paßte auch zu deinen Büchern, dem ewigen Ornament in deinen Büchern, das da erzählt wird. Und ich wußte damals nicht, wer dieser Hermann Lenz ist. *Die Augen eines Dieners* ist ein Roman, der in Österreich spielt, in einer vergangenen Epoche, und ich hielt den Autor – es wurde im Klappentext nicht gesagt, wer der Autor war –, als ich seinerzeit, vielleicht 1963, das Buch als Student, für den österreichischen Rundfunk in Graz, besprechen oder mich seiner annehmen sollte: ich hielt den Autor, Hermann Lenz, für einen Österreicher und dachte, was ist das für ein Österreicher, so einen Österreicher, wie der da schreibt, habe ich noch nie gelesen. Denn es war eine große Sachkunde da, historisch, dinglich, und zugleich war es, im Gegensatz zu dem, was ich bisher von der österreichischen Literatur kannte, eine völlig gereinigte Welt, wobei ich dachte, wie kann ein Österreicher so, *fast* ohne Meinung, ohne Geschimpfe, ohne Urteil und Aburteilungen schreiben? Und erst viel später habe ich erfahren, oder es kam mir unter, daß du aus Baden-Württemberg stammst. Und dann habe ich über die mehr als dreißig Jahre, fast fünfunddreißig Jahre, alle deine Bücher gelesen und war freudig gespannt auf jedes neue Buch, war nicht nur gespannt, eher nicht gespannt, nein, bedürftig. Bedürftig dessen, was du schreibst, und wie du die Welt ausbreitest, und habe dann im Lauf der Jahre, auch zweimal, etwas begangen, was ich jetzt bedauere, im Bezug auf das, was du gemacht oder geschrieben hast, oder was du gelebt und geschrieben hast, oder umgekehrt: das ergänzt sich ja beides bei dir. Meine zwei »Vergehen«: Im alltäglichen Leben, wo wir uns später getroffen haben, habe ich fast zu oft dir vorgehalten oder dir Ratschläge gegeben, was du machen könntest. Und dazu ist mir jetzt vordringlich geworden jener Satz, mit dem du in einem deiner Bücher den Dichter Georg Bitter erwähnst, hinter dem, glaube ich, sich Georg von der Vring versteckt: dieser Dichter, der weitaus ältere Dichter in diesem Fall, war dem jungen Hermann Lenz eine Art von Mentor, und Lenz sagt dazu in einem seiner Bücher etwa: »Der Mann kritisiert mich gut, sagt das Rechte, aber er schneidet mir die Fühler ab.« Und dieses Bild von der Schnecke, das, anders als bei Günter Grass, bei Hermann Lenz kein politisches Bild ist, kommt ja oft und oft in deinen Büchern vor, auch in deinen Gedichten: daß die Schnecke, sagst du einmal, glaube ich, deine Schwester ist oder Freundin. Jedenfalls erzählst du ein Gedicht, ich glaube, das kann man sagen: deine Gedichte sind oft auch Erzählungen, kurze – erzählst du ein Gedicht, wo du zu der Schnecke sprichst unten im Gras und beschreibst dazu die Larve eines Käfers, die aber schon diese Schneidefühler hat. Diese Schneider oder Käferscheren bedrohen die Schnecke und schneiden in die Schnecke hinein, und da sagst du: »Bleib tief unter der Erde, Schnecke, Schwester Schnecke.« Das zweite Vergehen handelt von etwas Geschriebenem, was ja meist schwerwiegender ist als das gesprochene Wort, denn dieses geht oft in den Wind und zum Wind hinaus und verschwindet. In meinem ersten Aufsatz oder in meiner ersten Impression von deinen Büchern habe ich auch Stuttgart vorkommen lassen, deine Geburtsstadt, und habe gewettert, oder eher gelästert, gegen Stuttgart, gegen die Straßenbahnen in der Nacht, die kreischen, gegen den Talkessel, in den Stuttgart eingezwängt ist, und das, so habe ich im nachhinein gedacht, vor allem als ich die Bücher von Hermann Lenz dann mehr las und inniger las, war doch eine Art von – um das Wort Ungerechtigkeit zu vermeiden – Ahnungslosigkeit meinerseits; denn ich hab später Stuttgart kennengelernt und kann sagen, daß durch die Bücher von Hermann Lenz, wie durch keine deutsche Literatur, zumindest nach dem Zweiten Weltkrieg, Deutschland als Topographie, als Fluß, Berge, Tal, Hügel, Lichtsystem, mir Leser nahegekommen ist. Es gibt keinen Autor, der Deutschland so verlockend macht, als eine Art Raum zu leben, Familie zu haben, Liebe zu fühlen, Geschichte zu suchen. Vielleicht, an manchen Stellen, kommt es bei Arno Schmidt vor, der von Hermann Lenz ein geschätzter Autor ist, aber bei Arno Schmidt ist es wieder was anderes; da drängen die Personen sich auf eine andere Weise vor die Landschaft, als es bei Hermann Lenz der Fall ist. Bei Hermann Lenz sind Personen sozusagen die Durchlässigkeiten, die energischen, sprachlich energischen Durchlässigkeiten *für* die Landschaft, und die Landschaft wiederum führt zurück zu den Menschen. So, wie du einmal in wieder einem Gedicht etwa sagst: »Wenn Du mit dem Rucksack gehst und wanderst, dann grüßt Du jeden Falter, der Dir begegnet, als Menschen«. Und umgekehrt. Das habe ich im Lauf unserer Bekanntschaft bedauert: dir die Fühler beschneiden zu wollen, oder jedenfalls dir nahe getreten zu sein, denn deine große Stärke ist die Fühlung. Nicht jedoch habe ich bedauert, daß ich einmal in einer Rezension über eins deiner Bücher, *Jung und Alt*, glaube ich, geschrieben habe, daß Hermann Lenz an manchen Stellen, vor allem was die Gesellschaft der Bundesrepublik nach dem Zweiten Weltkrieg oder noch später betrifft, statt zu kritisieren und statt sich zu entflammen, nur »mosert«. Das habe ich nicht bedauert, denn es gibt manche Stellen bei Hermann Lenz, wo er einfach »brummelt« oder »mosert«, und solche Stellen gehören wahrscheinlich auch zur Epik, zur modernen wie ewigen. An anderen Stellen wieder wettert er, wobei eine Unterscheidung zu machen ist zwischen diesem »Wettern« und dem »Mosern«.

Hermann Lenz setzt richtig groß ein als Epiker, für mich zumindest, mit dem Buch *Verlassene Zimmer*. Da ist die Energie der verlassenen Zimmer: die Energie, die epische Energie, das sozusagen Sagenhafte der Vorfahren, das übergeht in das Erlebte, die Erinnerung der Kindheit, Künzelsau, Stuttgart. Epische Energie oder Schwung durch die Sagenhaftigkeit der Ahnen und die eigene, kleinste Kindheit. Der zweite Band dieser langandauernden Geschichte einer Familie, eines Menschen, auch des Landes Baden-Württemberg, erst einer Monarchie, dann einer Republik, dann Teil einer Diktatur, und dann wieder Republik. Die Bücher *Andere Tage. Neue Zeit. Tagebuch vom Leben und Überleben.* In *Andere Tage* kommt die epische Energie weniger aus der Sagenhaftigkeit, weniger aus der ersten Kindheit als aus der Ahnung, aus der Bedrückung, der Vorzeit des Dritten Reiches. Die ganze Kraft der *Anderen Tage* schweigt daher aus Ahnung und Bedrükkung, und diese halten das Buch zusammen, machen es weit und spannend, und auch beängstigend. Dann: *Neue Zeit* als Buch der Diktatur, die Bedrohung ganz wirklich, das Buch als Chronik der Bedrohung, der Diktatur; es ist eingetreten, was erahnt war, und da hat die Epik einen wieder anderen Schwung. Und vor allem in diesem dritten Buch, *Die neue Zeit,* welches erzählt die Erlebnisse des Hermann Lenz im Zweiten Weltkrieg, als einfacher Soldat in Rußland und dann bis zur Gefangenschaft in Kalifornien, da kommt jenes »Wettern« des Hermann Lenz manchmal durch, wunderbar, in einer Weise, wie das, glaube ich, kein deutschsprachiger Autor schafft, nah an der biblischen Geschichte in manchen Absätzen. Und dann der Nachkrieg; und da fängt das epische Problem nicht nur des Hermann Lenz an, sondern von uns allen, auch der ganzen sogenannten deutschen oder mitteleuropäischen Literatur. Die Energie, die in *Verlassene Zimmer* die Sagenhaftigkeit war, in *Andere Tage* die Ahnung, Bedrohtheit, in *Neue Zeit* die gegenwärtige Bedrückung und Diktatur, der Skandal der Politik, sie ist nicht mehr da, und so kommt es zum Beispiel mit dem *Tagebuch vom Leben und Überleben* und den folgenden Büchern zu einem epischen Problem, und dieses dauert bis jetzt an in den Büchern von Hermann Lenz. Aber das Interessante an Literatur heutzutage ist ja, daß ein Autor anschaulich macht, was so ein Problem ist, zugleich eines des Existierens in der Gesellschaft und Historie. Und in den folgenden Büchern wird die Brüchigkeit, die epische Brüchigkeit fortgesetzt und wird anschaulich das Problem des epischen Schreibens heutzutage. Es ist weder die Bedrückung der Diktaturmacht da, noch sind die Kindheit und die Vorfahren präsent genug, als daß man sozusagen sie wiederholen könnte, wie in *Verlassene Zimmer* – und was bleibt? Es ist auch keine Ahnung mehr da von einer neuen Zeit, die kommen wird, vielleicht gottlob. Die Bedrohung, die da ist, auf uns heute wartet, ist unbestimmt, ist unfaßbar. Ist es Bedrohung, frage ich; ich weiß es nicht. Und was also jetzt? Wo ziehe ich jetzt die Wucht her zum Epos, nach dem Krieg, in der bundesrepublikanischen Gesellschaft, aber auch in anderen Gesellschaften? Und dieses epische Problem, sehr zeitgenössisch, kann man sehr schön nachlesen bei Hermann Lenz.

Gestern nachmittag hat es geregnet, und ich hatte das Bedürfnis, Hermann, deine Gedichte zur Hand zu nehmen, und dann hat sich dabei etwas sehr Seltsames ereignet: das was man europäische Literatur genannt hat, auf der Einladung zu deiner Feier, zeigt sich am stärksten, kommt mir vor, in deinen Gedichten. Erst einmal vielleicht in der Sammlung, die *Zeitlebens* sich nennt, und dann vielleicht noch mehr an jenen Gedichten, die in der Edition *Petrarca* gesammelt sind. Es zeigt sich da etwas, das du, der du ausdrücklich sagst, du habest nicht viel erlebt, du seist nicht über die Grenzen Deutschlands viel hinausgekommen, außer vielleicht, wie du andeutest, im Krieg, da kamst du bis Leningrad und San Francisco, aber unter nicht gerade touristischen Umständen – es zeigt sich da, daß gerade du, der eher ansässig war, nicht ortsverbunden, aber ortsverwebt vielleicht, daß gerade du Vorläufer, Vorgänger, Verwandte hast in der großen europäischen Literatur. In der Anrufung zum Beispiel eines Vogels, des *Pirols* mit seinem gelben Bauch und den schwarzen Flügeln, der Gräser, der Himmel, womit immer der Mensch damit gemeint ist, oder mitspielt, gibt es keinen europäischen Dichter, mit dem du so vergleichbar wärst wie mit dem Spanier Antonio Machado. Oder manche deiner Gedichte sind klar vergleichbar mit den Sinnsprüchen eines Martial vor 2000 Jahren in Rom. Du hast den Rhythmus, ohne den je gesucht zu haben, der römischen alten Dichter. Und in anderen deiner Gedichte kommen die japanischen Dichter vor, und insofern bist du mehr als europäisch. Ich weiß im übrigen auch gar nicht, schon lang nicht mehr, was europäisch heißen soll. Die Ideologie von Europa entspricht dir nicht, und es entspricht dem Hermann Lenz überhaupt keine Ideologie. Und noch etwas Auffälliges, wo wir zum Abschluß das Epische und das Lyrische von Hermann Lenz verbinden oder zusammen sehen könnten: Er ist als Autor ein unerhört formal aufregender Autor, und so wundert es mich, daß er nie Schule gemacht hat. Dazu könnte Hermann sagen: Ja, ich hab dazu doch ein Gedicht auf die Lehrlinge geschrieben, wo ich selber mit meinen weißen Haaren mich verwandt fühle mit ihnen, obwohl sie, während ich die Stille suche, die Befreiung im Geschrei suchen. Und doch: Obwohl er sich selber als Lehrling sieht, kann ich sagen: ja, warum hat er keine Schule gemacht? Denn gerade die lebenslänglichen Lehrlinge, als Schreiber, sind sie nicht dazu prädestiniert, Schule zu machen?

Ich will andeuten, was formal so interessant ist, nur andeuten, keine Abhandlung vornehmen, das ist die Aufgabe der Germanisten, diese haben ihren Platz und sind als Überlieferer und Aufspürer richtig und wichtig. Andeuten: Du hast eine schreiberische Art, die ganz von dir, aus deinem eigenen Blick kommt. In deiner

Rede, weder in der Lyrik noch in der Epik, machst du niemals Bedingungssätze, es kommen da fast allein Sätze vor, die verbunden sind durch ein »und«. Und wenn es einmal eine andere Verbindung gibt, dann ist es kaum ein »weil«, höchstens ein »während«. Oder kommen zeitweise zwei Erscheinungen zusammen, die sonst nie zusammengehörten. Aber du verbindest sie durch diese Zeitkonjunktion des »während«.

Man müßte da lange, lange zitieren, oder auch, wie du die Umstandswörter verwendest. Ein üblicher Schreiber würde zum Beispiel sagen: »Die Hügel lagern hellblau, hellblaue Hügel lagern.« Du allerdings machst das Adjektiv fast immer zum Adverb (Umstandswort). Nicht: »Hellblaue Hügel lagern«, sondern: »Es lagern Hügel hellblau.« Und so geht es von der Lyrik zur Epik und immer weiter. Ich will da nicht drüber philosophieren, ich gebe es nur ahnungsweise zur Kenntnis.

Und kaum je kommen bei dir Metaphern vor. Was in einer üblichen Literatur ein »Wie-Vergleich« wäre, erscheint bei dir fast nicht. Das Verglichene wird von dir immer als gleichstarke Wirklichkeit erzählt. Statt »wie« sagst du jeweils »als«. Nicht »wie ein Leuchten«, nicht »wie ein Schaum«, sondern »*als* ein Leuchten«, »*als* ein Schaum«. Das finde ich sehr einleuchtend, denn das Auge, das Auge des Erlebenden, vergleicht nie. Es sieht im Weltinnenraumsmoment immer zwei Dinge in einem. Es sieht die Wolken »als ein Leuchten« und nicht »wie ein Leuchten«. Und daraus schwebt auf jene unarrangierte, eben schwebende Literatur, die seit je des Hermann Lenz Ideal war. Deine Literatur ist dabei aber völlig diszipliniert, völlig gegenwärtig, völlig wach, obwohl das Wort von Thomas Mann »träumerisch«, ein »träumerisches Talent«, das er zu dir gesagt hat, vor dem Zweiten Weltkrieg, auch zustimmt, auch zutrifft, wobei man es abwandeln könnte zu »Traumvermesser«, so wie du es ja auch in einem deiner Gedichte andeutest. Das Werk von Hermann Lenz ist nicht träumerisch, sondern eine Traumvermessung. Und wenn da einmal ein »Wie-Vergleich« vorkommt, dann hat dieser Vergleich immer mit Gedächtnis, mit Erinnerung zu tun. So wie dich zum Beispiel in einem Sommergedicht das Geräusch eines Vogels, vor dem Gewitter glaube ich, im Laub, so leise das Vogelgeräusch!, auf den Vergleich bringt: »wie die Erinnerung an das Wetzen einer Sense«.

Hermann Lenz ist nie maximenhaft. Du sagst höchstens »lautlos dasein« oder: »manches war lautlos zu haben«. Und das ist wie eine Poetik, ein Haus verfertigt mit Wörtern: wie es in einem Gedicht wieder heißt – nur daß du als Autor nichts berührst, anders als ein Handarbeiter, du berührst die Wörter nicht, und baust doch ein Haus. Aus diesem Lautlosen kommt das Weite deiner Literatur, das Epische. Das Lautlose und das Weite gehören zusammen. Deine häufigsten Wörter sind »und«, dein »Hauptwort« ist das Verbindungswort »und«. Und dein häufigstes Beiwort ist »bei«. Nicht »wegen«, nicht »mittels«, nicht »durch«, sondern »bei«. Ein bißchen weniger häufig kommt vor »mit«. Und aus »bei«, »mit«, »und«, aus diesen deinen häufigsten Wörtern, könnte man fast ein Lied gewinnen.

Ja, vor allem, wenn man deine Gedichte liest, deine Erzählgedichte, lieber Hermann, kann man nicht umhin, an Musik zu denken. Und man wundert sich, daß bis jetzt niemand daraus ein Lied komponiert hat. Denn die Gedichte des Hermann Lenz sind lautlos und halten genau ein an der Schwelle zur Musik. Ja: Man wundert sich, daß ein Komponist wie etwa Wolfgang Rihm sich dieser Gedichte, als »neuer Lieder des 20. Jahrhunderts«, bis jetzt nicht angenommen hat.

Grabrede auf Hermann Lenz

Das sollen keine Trauerworte sein. Es kommt dazu, daß man bei jeder Trauerveranstaltung die Vorstellung hat, daß die Toten uns Lebende sehen, und als eine Art Gaukler sehen. Die Toten, so meine Vorstellung, sehen uns Lebende als Gaukler.

Wir haben das Problem, über Hermann Lenz als Schriftsteller zu sprechen. Andererseits ist es wahr, daß wie bei wenigen Schreibern bei ihm Leben und Schriftstellertum eins geworden sind. Trotzdem hätte ich mir gewünscht, daß einer seiner Kameraden oder Freunde oder Mitschüler aus der Zeit, als er noch Knabe und dann später Soldat war, hier uns etwas zu ihm, zu Hermann Lenz, zu seiner Art, erzählt hätte. So wie z. B. vorhin der Pfarrer hier auf dem Friedhof sagte, er sei Hermann Lenz nie persönlich vorgestellt worden, aber er habe ihn oft im Englischen Garten auf seine seltsame Art vorbeigehen sehen, oder in der Ungererstraße.

Es gibt zwei Sätze oder Sprüche von Hermann Lenz, die mir nicht aus dem Sinn gehen. Der eine betrifft seine Existenz, der andere seine Art zu schreiben. Siegfried Unseld hat den einen schon erwähnt, der ungefähr so geht: »Wenn du nur durchkommst.« Das war auf die Existenz bezogen. Aber ohne dieses drohende Verlierertum – das ist vielleicht nicht das Wort –, ohne dieses Nicht-Sieger-sein-wollen, das die ganze Existenz von Hermann Lenz bestimmt hat, wäre er vielleicht nicht so wunderbar, so exemplarisch fast, durchgekommen. Ohne die Schicksalsbestimmtheit oder ohne seinen Fatalismus hätte er sein herrliches und zugleich überhaupt-nicht-von-sich-hermachendes Werk nicht schaffen können. Und der zweite Spruch von Hermann Lenz, der mir nicht aus dem Kopf geht: Sooft ich ihn gefragt habe: »Hermann, schreibst du heute ... wirst du morgen schreiben?«, winkte er ab und sagte, um das Wort »Schreiben« zu vermeiden: »Ach, ich geh' probieren.« Und das ist eine Art stehender Spruch auch für mich selber geworden, daß ich, um im Bewußtsein das Wort

»Schreiben« oder »Kunstmachen« zu vermeiden, mir sage, »ich geh' probieren«. Oder wie Hermann Lenz manchmal auch formuliert hat, er gehe zum »Kritzeln« statt zum Schreiben. Dabei hat dieser Mensch vielleicht in diesem Jahrhundert jene deutsche Prosa dahergekritzelt oder durchprobiert, die die Menschheitsträume verbindet mit dem nüchternsten Chronistentum. Er ist etwas ganz anderes gewesen als ein Vordenker. Er ist, wenn man seine Bücher liest, Satz für Satz, ein Voratmer geworden. Es ist in wenig anderer deutscher Prosa dieses Jahrhunderts ein derartiger komplizierter, feiner, unauffälliger, tiefer und bildhaltiger Atem zu finden wie bei Hermann Lenz. Für mich bleibt er mein Voratmer.

Womit ich beim Wind bin. Es gibt im Alten Testament eine Stelle, wo von einem Propheten und dem Wind erzählt wird: Jene berühmte Stelle, wo der Prophet abseits der Menschheit auf die Botschaft wartet. Und dann kommt zuerst ein Sturm, dann ein Donner usw. Und in all diesen Lauten, Geräuschen oder im Krach fehlt die Botschaft oder die Stimme, wie auch immer, des Gottes. Da schweigt Gott. Und am Ende der Geräuschreihe stellt sich ein ganz Leichtes ein, ein Hauch, dieser oder jener übersetzt das mit »Säuseln«, was inzwischen ein etwas ambivalentes Wort ist, eher ein Sausen, ein Hauch: ein Hauch fast unwahrnehmbar, in der Wüste. Und der Prophet hört aus diesem Hauch die Stimme des Gottes, jedenfalls die Stimme, die etwas zu ihm sagt. Ich zitiere das auch deswegen, weil in all den Beschreibungen der Szene nie erzählt wird, wie sie weitergeht: Denn der Prophet hört aus dem Hauch des Windes nicht etwa nur Sanftes. Der Gott, der in dem Hauch des Windes spricht, ist kein sanfter Gott. Der Gott, der »hauchend spricht«, ist auf Zorn und Rache aus. Und entsprechend kam mir vor, der Hauch, dem Hermann Lenz mit seinem Erzählen, mit seiner Prosa gefolgt ist, sei nicht nur auf Sanftmut aus, sondern auch auf Wut und Zorn. Hermann Lenz hat, fast versteckt und doch offenbar, in seinen Büchern etwas von einem zornigen, alttestamentarischen, beileibe nicht Gott, aber Sprecher.

Liebe Hanne Lenz, ich habe vor ein paar Jahren mit der Frau eines großen Übersetzers gesprochen. Dieser Mann, Ralph Manheim hieß und heißt er, ist in dem Alter gestorben, in dem Hermann gestorben ist. Manheims Frau besuchte mich, und es war schon Jahre nach dem Tod ihres Mannes. Und sie erzählte – ich brauche es dir nicht zu sagen, ich deute es nur an –, sie erzählte, der Mann, mit dem sie ihr Leben verbracht hat, den sie geliebt hat und der sie geliebt hat, der sei auch nun, da sie allein sei – hier auf dem Friedhof bist du, Hanne, nicht allein, vielleicht bedauerst du das, vielleicht sehnst du dich danach allein zu sein – ihr Mann also, so erzählte jene Frau, sei nach seinem Tod um so mehr im Haus, im Garten, ständig sprechend-liebend um sie herum. Dem entspricht, wie seltsam es war, heute in der Zeitung zu lesen, daß zur gleichen Zeit, da, ich wage das Wort, unser Hermann Lenz zu Grabe getragen werden sollte, auf verschiedenen Münchener Friedhöfen nicht wenige etwa gleichaltrige Männer und Frauen zu Grabe getragen, beerdigt werden. Es war und ist laut Zeitungsanzeigen heute früh kein Dichter darunter. Diese Totengesellschaft, so wie ich die Anzeigen gelesen habe, hatte etwas von der Lebendengesellschaft seiner Jugend: Es waren die Todesanzeigen von Handwerkern, Handwerkersöhnen, von Lehrern, von Hausfrauen, die zur gleichen Zeit, und das paßt zu Hermann Lenz und seinen Büchern, mit ihm von dieser Welt gegangen sind. Und in der Folge wünschte ich mir fast, daß nun, da der Schriftsteller Hermann Lenz tot ist, seine Literatur nicht nur als Literatur dastehe, sondern übergehe in Musik. Und wünschte mir, entsprechend den Anfangssätzen von *Verlassene Zimmer*, daß jetzt der Geiger Sarasate zur Jahrhundertwende, nach der Melodie von *Verlassene Zimmer* wieder aufspielen sollte. Und ich erinnere mich zuletzt an das herrliche Verbum am Anfang von *Verlassene Zimmer* (nie hat man gesagt, »wie« Hermann Lenz geschrieben hat und daß es sein »Wie« ist, die Sprache, das einzelne Wort, was sein Überdauern ausmacht). Und so ist meine Erinnerung an jenen Eingangssatz der *Verlassenen Zimmer*, den ich, bis auf das entscheidende Verb, hier nur ungefähr zitiere: »Er ließ es aus den Saiten krachen.«

Gegen den tiefen Schlaf

Nicolas Borns Roman Die erdabgewandte Seite der Geschichte

Auf der erdabgewandten Seite der Geschichte treiben die menschlichen Wesen, so scheint jedenfalls dem vernunftbraven Sehzentrum der Blick ins Universum dieses Buches, system- und perspektivelos, der Schwerkraft enthoben mangels einer dauernden gewichtigen Überzeugtheit, aus allem möglichen Gleichgewicht geraten durch die Unübersehbarkeit des jede Sicherheit und Ordnung verhöhnenden Durcheinanders, in der großen Kälte der Unsolidarität, der trüben Finsternis der Vernunftsunfähigkeit als manchmal zufällig aufeinanderschlagende und dann wieder für sich wegschnellende Einzeller umher.

Es ist eine Erzählung fast ohne Übereinkünfte mit dem Lesenden, auch ohne Distanz zu ihm, mit Sätzen, die gleich ganz nahe kommen, als gäbe es in diesem von jeder Botschaft entstörten Universum die gewohnten literarischen Entfernungen nicht mehr. So ist der Lesende, der hier eher als der Betroffene bezeichnet werden kann, zunächst versucht, von sich aus in die Distanz auszuweichen, sich an Daten zu halten, sich mit Informationen zu versorgen, welche ihn das von der erdzugewandten Kommunikationsgesellschaft besorgte Dahindämmern bis zum Programmschluß fortsetzen lassen.

Die erdabgewandte Seite der Geschichte ist Nicolas Borns zweiter Roman. Born, der bis jetzt vor allem Gedichte geschrieben hat, ist zeitweilig Herausgeber des *Literaturmagazins* in der Reihe *das neue buch* (Rowohlt). 1937 in Duisburg geboren; vor der Existenz als freier Schriftsteller Chemograph im Ruhrgebiet. *Die erdabgewandte Seite der Geschichte* ist ein Liebesroman: Er erzählt von der unmöglich gewordenen Liebe zwischen einer Schallplattenagentin und einem Schriftsteller und von den andauernden Liebes-Bemühungen des Schriftstellers zu seiner im Lauf der Erzählung heranwachsenden Tochter; es ist auch der

Roman einer Generation, der vom (bloß fingierten?) Jahr 1968, die zumindest das Gefühl braucht, so was wie eine Generation zu sein, und sich jetzt als die »enttäuschte« bezeichnet (enttäuscht von sich selber?); und schließlich ist Borns Roman ein besonders radikales oder (weil man auf der erdzugekehrten Seite der Empfangsbereitschaft Superlative braucht) das bis jetzt radikalste Beispiel des Trends der »Neuen Subjektivität« oder »Neuen Innerlichkeit«, von besonders Stimmungsabhängigen als »Neueste Stimmung im Westen« bezeichnet. Die erwünschte Distanz wäre hergestellt – aber wo gibt es dann noch Überlebende?

Zurück ins Reich der Funkstille, ohne geregelte Empfangsfrequenz.

Die Geschichte des Schriftstellers, die von diesem persönlich erzählt wird, setzt ein wie eine Fortsetzungs-Geschichte, mit schon eingeführten Helden: »Den Brief an meine Tochter Ursel zerriß ich wieder und ging nach draußen. Ich wollte es am Abend noch einmal versuchen ...« Daß der Autor erklärt, Ursel sei seine Tochter, ist nur wie eine Erinnerung an die letzte Folge, die man kennt, ohne sie gelesen zu haben. (»Fortsetzungsgeschichte« ist auch im Verlauf Borns Ausdruck dafür, was sein Held erleben muß.)

Der Schriftsteller, auf der Straße gehend, ist beschwingt und übermütig; die Umwelt strahlt von seinen Gefühlen wider, erscheint ihm anthropomorph in seiner »hellwachen« Weltoffenheit: »freundlich wehende Vorhänge«, »stolze Häusergeschichten«. Das ist keine übliche verbiesterte, beleidigte, verschlossene Schriftstellerfigur, die fröstelnd und mit Verachtung für sich und alles andre durch die eisige Welt der großen Städte (in diesem Fall: West-Berlin) irrt, sondern ein, jedenfalls zeitweise, »arglistiger«, »durchtriebener« Bursche, mit einer »Menge Gutmütigkeit«. Es ist die Stimmung der großen Romane Raymond Chandlers, mit der die Geschichte einsetzt: ein heiterer Tag, innen und außen, eine gut verbrachte Nacht, kein schwieriger Fall in der Arbeit, ein bißchen Geld auf dem Konto, eine Frau, schön wie eine Erscheinung, die dir durch die Augen in deine schon vergessene Seele blickt – aber du hast Zeit und wartest auf die nächste. So ist auch die Sprache dieses Anfangs: heiter, westküstenhaft, und viele Menschen, die darin Platz finden, selbst eine Frau, die eine Einkaufskarre hinter sich herzieht, »blicklos wie jemand, der in einer Tasse rührt«.

Diese Heiterkeit der Präzision hilft auch später, wenn die Hauptpersonen den Morgenschwung ihrer Gefühle verloren haben, wenigstens der Aufzeichnung ihrer Geschichte weiter. Allein in seinem Zimmer, ist der Schriftsteller gleich »nicht mehr so zuversichtlich ... Ich empfand Schadenfreude über mich selber, aber so, als könnte ich mir damit helfen. Was heißt das, sagte ich mir eigensinnig, das Vorhin war so wirklich wie das Jetzt«.

Dieser Mann ist keine definierbare Gestalt, und das macht seine Heillosigkeit, seine Unzugehörigkeit aus, aber auch seine Kraft und Herrlichkeit. Viele Impulse seines Wesens versuchen zwar immer wieder, ihn zu einer definierbaren Gestalt kurzzuschließen, zu einem sozial Empörten (einem »Linken«, grob gesprochen); zu einem Metaphysiker, der nur für sich und seine dann endlich befreiten alles umfassenden Blicke auf Fremde und Fremdes existieren will; zu einem Arbeitsmenschen, der aufgehen will in einer schweren, erschöpfenden Arbeit und in den Massen; zu einem bloßen Familienmann, der mit einer Frau und einem Kind nur noch in einer Wohnhöhle sitzen und Bier trinken will, während im Fernsehen ein Film aus einer deutschen Familienserie läuft, wo der Vater am Tisch sitzt und Zeitung liest, »während die Mutter die Kinder in Schach hielt«, und ein junger Mann »einsam und tödlich gekränkt durch einen Wald« läuft ... Aber all diese Ansätze von Figuren, von denen die eine im Verlauf der Geschichte immer wieder in die andre hinüberspielt (und gerade das dauernde Changieren der Figur, die unfreiwillige Umspring-Existenz macht die Geschichte identifizierbar), sind nur voreinander flüchtende Teil-Erscheinungen eines Wesens, das nicht bloß Anstoß nimmt an der Qualität all der Tatsachen, die seine Welt ausmachen, sondern an den Tatsachen der Welt höchstselbst. Nicht erst, wie etwas ist oder wird, sondern schon, daß es überhaupt existiert, macht für diesen Mann die »Verletzung«, das »Unrecht« aus: daß etwa seiner Tochter beim Radfahren ein Fuß in die Speichen gerät, empfindet er als »ein gemeines Unrecht«, und die Tatsache, daß ein Freund in einem Gespräch einen Vortrag in Kopenhagen erwähnt, nennt er fast schon verstiegen »eine hinterhältige Machenschaft«.

Er lebt manchmal euphorisch gern, »eine rauchende und dröhnende Figur« mit dazwischen wie weiblichen Zügen (er will seiner Freundin »mit Krallen ins Gesicht fahren«, fühlt sich »wie eine beschwipste Blondine«), listig und frech, dann wieder pathetisch ernst, bleibt aber unversöhnt mit dem Unrecht, daß man sterben muß.

Er wehrt sich, indem er, immer wieder, die bloß noch medizinisch-technischen Existenzen des öffentlichen Lebens »draußen« mit wortstarkem Hohn, oder nur noch stumm in seinem Zimmer, wo keine Zeit mehr sich zu ereignen scheint, boykottiert. »Boykott« ist ein wichtiges Antriebswort seiner Geschichte, die auch »Der Boykott« heißen könnte – keiner freilich nach Art des Oblomow, der im Bett bleibt, oder nach Art des traditionellen Anarchisten, für den es in der weltweiten Kapital-Gesellschaft nur noch verzerrte, oft gar nicht mehr freiwillige, das eigene freie Menschenbild verratende Auftrittsmöglichkeiten gibt – sondern als jeweils nur zufällige, unplanbare und gerade so als Glück empfundene schriftstellerische Apotheose eines je einzelnen, ohne Eigentum, gegen jeden Gemeinschaftsschwindel: »Unerträglich war mir das undeutliche Gefühl, mich in einer Gemeinschaft kennenzulernen und mich gleichmäßig auf die Gemeinschaft zu verteilen ... Gleichgesinnte hatten uns auch nichts zu bieten; wir wollten, glaube ich, von Gleichgesinnten nicht einmal eine Ahnung haben.«

Durch diesen gar nicht mutwilligen, vielmehr notwehrähnlichen Boykott bringt sich der Mann freilich auch um so was wie eine Geschichte: Was ihm nacheinander zustößt, erfährt er als immer das gleiche phantastische Durcheinander, das er am Ende des Buches nicht einmal routinierter aufnimmt als zwischendrin (das wäre ja schon eine Geschichte, eine Entwicklung), sondern einfach nur müder, und vielleicht ein bißchen würdevoller, aber nur aus Müdigkeit. (Auf der erdabgewandten Seite gibt es keine Geschichte.)

Es sind Jahre vergangen im Verlauf seiner Umtriebe – seine Tochter ist vom Kind zum jungen Mädchen geworden, das sich nicht mehr umarmen läßt –, und doch meint man schließlich, es hätten sich nur ein paar aufreibende Tage und Nächte überstürzt, nach denen man zwar, wieder wie bei Chandler, keine Geschichte zurückbehalten, doch, manchmal aus allzugroßer Nähe, »ein paar Leuten beim Leben zugeschaut« hat.

Wenn einmal vergehende Zeit in dem Buch durchscheint, dann nur in der Form wechselnder Jahres-Zeiten: hinter den heftigen Tag- und Nacht-Aktionen (oder -gelähmtheiten) der Menschen fallen die Blätter, bricht der diesige Nebel des Frühwinters herein, und dann ist das Laub an den Bäumen schon wieder so »dunkel und dicht, daß (an den Häusern) nur noch kleine Partien der Fassaden zu sehen waren, wie Zierleisten an Särgen«.

Ansonsten ist die (seltene) Erwähnung der offiziellen Zeit in dem Buch paradoxerweise ein Signal des Lebensstillstands, der Gefangenschaft, der die Menschen zu Dingen verödenden Entfremdung, als Symptom immer wieder tickend in den Momenten und an den Orten geplanter, vorausbestimmter Gemeinschaft: bei einer organisierten Demonstration etwa, wo dann alles sich in Dinge auflöst und es »nichts Ganzes« mehr gibt an den Leuten, heißt es einleitend, fast komisch im Gegensatz zu dem sonstigen Zeitdurcheinander: »Ich war *am Mittag* schon an der Oper vorbeigegangen«, und bei der Beschreibung eines anderen Gemeinschaftsortes, eines Krankenhauses, liest man fast als Ironie den Satz: »Am Sonnabend, meinem *vierten Tag*, wurde das zweite Bett belegt ...«

Die Erzählung wird linear, wenn es zur Beschreibung von Orten kommt, wo »die eigene, innere Zeit«, die man gegen die offizielle halten kann, »ausgelöscht« ist. Gemeinschaft kann da nicht *entstehen* – weil ihre Entstehung schon *vorausgesetzt* ist, und aus dem spannenden Wirrwarr löst sich ein entspanntes Nacheinander der täglichen Funktionen, »die fröhliche Krankheit zum Tode«, wo das lebende (und schreibende) Ich nur noch als (schwach registrierender) Mitläufer auftritt.

Die »innere Sprache« des Autors (wie Born das nennt), der er sonst »eine präzise Ungenauigkeit« zutraut, wird in solchen ruhigen Zeitläuften, wo die Verwicklungen mit der Welt sich in die öde Harmonie einer (nicht seiner) Geschichte auflösen, ganz äußerlich, wie etwas erst später Nachgeliefertes, und flüchtet sich, die Verzweiflung über die Marionettenexistenz an solchen Gemeinschaftsorten vertuschend, in einen analytischen Gestus (»ich merkte«, »ich sah, wie«, »mir fiel auf, daß«), der zwar manchmal, etwa in der Demonstrationsbeschreibung, zu Ergebnissen führt, die aber, im Vergleich zur sonstigen präzisen Ungenauigkeit der Erzählung, als ein Verrat an dem Lebensdurcheinander erscheinen, weil es Ergebnisse sind. »Mir fiel auf, daß er (ein Kranführer als Bettnachbar im Krankenhaus), wenn er von zu Hause sprach, auch wie von einer Baustelle sprach. Ob Küche, Garage oder Garten, in allem sah er die Ordnungsprinzipien einer aufgeräumten Baustelle ...« Das ist zum Glück ein sehr einzelnes Satzpaar aus der erd*zu*gewandten Seite der Geschichte: ganz richtig, ordentlich analytisch, wie das von einem Schriftsteller verlangt wird, und eher trivial.

Der Entpersönlichung eines Wesens in dieser einen möglichen Extremsituation (der bloß formellen, nicht erlebten Gemeinschaft) entspricht also eine unpersönliche (sich freilich bei Born immer noch wehrende) Sprache; der ungleich kälteren, wohl viel schmerzhafteren Wesenslosigkeit in der anderen möglichen Extremsituation, dem völlig beziehungslosen, von jeder Außenwelt abgetrennten Alleinsein, in dem sich der Held – und da erscheint er in der Tat heldenhafter und identifizierbarer als in den Kollektivveranstaltungen – des öfteren »ohne Hoffnung« und »todgeweiht« verliert, antwortet jedoch keine verfügbare, besserwisserisch analysierende Sprache mehr. Und genau hier setzt die zu einem kleineren Teil im Leeren fuchtelnde, dazwischen auch nur schlenkernd versierte, aber im ganzen über das Durcheinander doch triumphierende, glorreiche Arbeit des Schriftstellers Nicolas Born ein.

Im Leeren fuchtelnd erscheint der Schriftstellerheld, vermittelt durch eine ebensolche Sprache, wenn es in der erwähnten Isolation nicht einmal etwas von ihm selber mehr gibt, er diese völlige

Leere aber aufdonnert durch eine pausenlos rollende Erwähnung eines Phantom-Ich und seiner behaupteten Gefühle, die in diesem Vakuum jedoch zu Gefühligkeiten schrumpfen: ein Beispiel ist die seitenlang hingezogene Beschreibung vom Aufenthalt des Helden in der Wohnung seiner Freundin, wo er eigentlich nur ist, um ihr für woanders ein paar Sachen zu holen, und doch sich gleich »eine Fremde« auftut, und ihm über dem Anblick einer rissig getrockneten Seife »flau« wird, und er die Vorhänge nicht aufzieht, »aus Angst, meine Anwesenheit zu verstärken«, und einige Tüten glattstreicht, »als ob ich dagegen protestieren wollte«, und die Schranktüren offenläßt »als Zeichen meiner eiligen Zerstreutheit« und »wie ein ferngesteuertes Ungeheuer seinen Auftrag erfüllt«. Es sind die seltenen Passagen, wo in der Sprache nur noch das wesenlose Ich Platz verdrängt, ein Niemand mit den Ich-Ansprüchen einer abgelebten Bourgeoisie-Kultur.

Bloß *versierte Schlenker* (um schon in der Kleinlichkeit wenigstens gründlich zu sein) verniedlichen zwischendurch die fast monumentale Sprache, wenn die handelnden und leidenden Personen einer bloßen Montage aus pointierten Sätzen ausgeliefert werden, die den Eindruck geben, sie seien aus einem ganz unstatthaften, anderen Bereich, dem progressiven Kulturbetrieb, bezogen und in das Lebensdurcheinander der Erzählung als Aha-Erlebnismöglichkeiten eingesetzt worden: »Meine Fragen waren Geldfragen.« – »Im Laufe der Jahre wurden all ihre Möglichkeiten zu Unmöglichkeiten, all ihre Vorteile zu Nachteilen« (Die Freundin). »Sprechend mit vollem Mund zahlte er für den vollen Mund mit Sprechen« (Ein Freund). In diesen Zusammenhang gehören auch die überflüssigen Pflichtübungssätze, in denen das beliebte Fiktionsspiel gespielt wird, die Personen der Handlung seien nur erfunden: »Vielleicht würde ich eine Frau erfinden und sie Maria nennen. Ein Kind von mir könnte ich Ursel nennen.«

Den schließlichen *Triumph* des Buches besorgt jedoch keine laute oder leise Hoffnung auf Lösung des Durcheinanders, sondern, und das ist ein ganz selbstverständliches Paradox, »der schmetternde unaufhörliche Witz dieser Art von Verzweiflung« (der Novalis-Satz aus dem *Blütenstaub* wird einmal auch ausführlich zitiert). Es ändert sich kaum etwas im Gang der Begebenheiten (es geschah eine halbherzige Trennung von der Freundin Maria, eine ebenso halbherzige, in vielem nur als gewollt erscheinende Annäherung an das Kind Ursel, das es bald nur noch als eine fremde Frau geben wird, bei welcher ein Zusammenleben und eine Liebe für immer versäumt wurden) – und doch hat sich schließlich sogar mehr ereignet als bloß eine *Änderung* der tristen Abläufe: Diese wurden vielmehr – und das ist das selbstverständliche Paradox der geglückten Literatur – mit Hilfe des »Witzes« der Sprache *ersetzt* durch ein dingfestes Modell poetischer Sätze, welches die Tristheit und Hoffnungslosigkeit der Begebenheiten aufhebt und sie zugleich in sich aufgehoben bewahrt. Einfach gesagt: Borns Buch beschreibt oder entwirft keine Utopie (wenn es jemals einen Pessimismus, keinen fatalistischen, selbstgenügsam stoischen, sondern einen immer wieder protestierenden, wütenden gegeben hat, dann hier): zur Utopie wird vielmehr seine Sprache.

Über diese (erst einmal pauschale) Feststellung könnte man mit sich selber noch einmal ins Streiten kommen, was die Passagen betrifft, in denen der Schriftsteller die Liebes- und Haßkämpfe, den »Körperwahn« des Paares beschreibt: diese Beschreibungen sind zwar genau, vieles ist sozusagen wiederzuerkennen, »wie im Leben«; doch gerade der Wiedererkennungseffekt, der (jedenfalls manchmal) durch einen photonaturalistisch und fast sklavisch sich auf den Gang der Ereignisse einlassenden Erzählablauf entsteht, hindert vielleicht, in bezug auf dieses Paar, aber auch auf jedes noch mögliche Paar eine Neuerkenntnis, überhaupt eine Neuigkeit. Errichtet nicht die bloße Wiedergabe hier eine Art vierter Wand vor dem Leser, so daß der sich in seinem eigenen Zimmer wiederfindet, Gefangener der sogenannten Realität, während er mit dem Buch doch gerade dabei war, woandershin zu kommen? Rührt daher die (meine) Klaustrophobie bei der Beschreibung dieser beiden (mir) allzu lebensecht Dahinprivatisierenden?

Unbestreitbar wird aber das Glück an dem tristen Stoff, wenn der Held (wie Philip Marlowe, der ja auch am besten ist, wenn er sich in keine privaten Affären einläßt) sich allein weiß, vergessen von allen – versunken die Kindheit, versunken die Eltern –, und doch nicht vergessener als all die Fremden dicht herum, für die er dann, sich ganz an sie verlierend, dabei doch die Kraft des Blikkes und der Sprache gerade aus der Erfahrung eigenen Unglücks, ehemals an ihm selber begangenen Un*rechts* beziehend, ein elegisches, böses, gewalttätiges Pathos aufbringt, »wie es aus dem Anschaun des eigenen Lebens kam« (Doderer).

Das ist die Beschreibung einer Stadt im Ruhrgebiet, die großartige, beschwörende Abfeier ihrer Menschen: »Die ganze Stadt glomm nur schwach durch Nebel und Dämmerung, und es kam mir vor, als geschähe hier auch nichts mehr. Ein paar Körper bewegten sich in der Dunkelheit wie nichtswürdiges, an zufälligen Rändern und Kanten entlangkrabbelndes Ungeziefer ... Hinter den Scheiben eines Schnellrestaurants, dessen Eingang von einer Jalousie verschlossen war, konnte man in der schwachen Nachtbeleuchtung Hocker und hohe Eßtische erkennen. Ebenso waren die Schaufensterpuppen nur schwach beleuchtet zu ihrer Sicherheit: wie wirkliche, wirklich gewordene Gespenster hielten sie inne in ihrem Leben, in einer Phase ihrer Bewegung, ihres Gehens, ihrer unheimlich verbindlichen Abwesenheit. Gleichzeitig erschienen sie aber wirklicher und faßbarer zu sein als ihre Kopien, die sich an den Fassaden entlangdrückten und sich und allen auch die Verlassenheit verschwiegen ...«

Das ist die Beschreibung des Brandenburger Tors, das der Schriftsteller seinem Kind vergeblich klarmachen will: »Es war kalt, und eine Geschichte kam mir zu dem Anblick gar nicht in den Sinn, höchstens etwas Starres, Gefrorenes, das öde war und nichts mehr bedeutete. Kahles Buschwerk, einzeln parkende, wirklich verlassen aussehende Autos, eine klare, milchige graue Luft, die unbeweglich schien, ein paar Wachfiguren, die schon erfroren auf Befehl. Das Leben, wenn es Leben gab, war zurückgedrängt in die Büsche. Und die Geschichte, wenn sie je stattgefunden hatte, war zugefroren in den Weihern und Tümpeln des Tiergartens. Wie ein Peitschenknall riß das Eis. Ein Japsen toter Seelen ...«

Hier, in der leidenschaftlichen Klage über zukunftslose Wesen in einem Weltraum, der zu einer einzigen toten Ecke leergeräumt ist – das ist nicht bloß eine Stimmung des Buchs, sondern seine Existenzgrundlage –, erstrahlt die präzise Ungenauigkeit der Bornschen Sprache am reinsten und glücklichsten und zeigt, altes Paradox, in ihrem poetischen Schein die Perspektive auf eine Zukunft, in der es auch für die an den Rändern krabbelnden Leute wieder Möglichkeiten gibt: Die Klage war keine Totenklage.

Um den Schriftsteller im Buch macht man sich nach all dem keine Sorgen mehr; will sich auch keine machen: er erscheint ohnedies zuletzt als eine unverwüstliche Figur, wie Marlowe, Uwe Seeler oder Berti Vogts; viel unverwüstlicher, weil er geeicht ist dadurch, daß ihm alles Menschliche immer ziemlich bekannt war.

»Restlos ging das Geheimnis der Wesen auf in Beton« (aus einem Gedicht Borns über Leute in einer Fußgängerzone): Die Leistung dieses Buches ist (über alle routinierte »Sozialverzücktheit« hinaus, die »das letzte Geheimnis« aus uns herauswäscht »wie einen Dreck«) die Re-Poetisierung, also die Wiederherstellung der Sorge, des Mitgefühls, der Gemeinsamkeit in der Entferntheit mit Hilfe einer Sprache, die, selber ohne Geheimnistuerei, auf dem Geheimnis der Wesen beharrt, gegen den mechanistischen Herrschaftsapparat der sie zu Tode definierenden Schreibtischtäter; es trägt bei zur Rehabilitierung der Literatur.

Nicolas Born, ratloser Liebhaber

I

Nicolas Born war oder ist ein von Grund auf unruhiger Dichter, er ist einer der seltenen, bei denen die Unruhe rein und hochherzig eingegangen oder übergegangen ist in das Gedicht, bei denen die Unruhe Form des Gedichts wurde, weltoffene Nervosität statt in sich verschlossene, herzlose Genervtheit. Nervosität als eine Art ratloser Nächstenliebe.

Er ist auch der einzige von den Dichtern, die ich kenne, der seine Leser oder Zuhörer anreden konnte; sich schreibend oder sprechend direkt, ohne altväterische Ironie, ihnen zuwenden konnte. Eine meiner tiefsten Erinnerungen an ihn ist eine unerhörte Begebenheit, aus dem Jahr seines Todes, die er uns, einigen seiner Freunde, schön fassungslos erzählt hat. Er erzählte da, wie er erstmals im Leben als Redner drankommen sollte, vor zehntausend Leuten bei einer Kundgebung gegen das sogenannte Entsorgungslager bei Gorleben, nach dem Auftritt fortschrittlicher Politiker und anderer Protesterfahrener, sozusagen als der ortsansässige Dichter, und wie er da auf einmal, ohne Vorsatz, die Massen anreden konnte mit »Brüder und Schwestern«, und wie ihm und den Zuhörern das so neu wie selbstverständlich und ergreifend gewesen sei. Aber noch im Erzählen war er ganz Staunen über seine Anrede, und wir, seine Freunde, staunten mit. Solche Wendungen bestimmen ja auch den Tonfall seiner Gedichte.

Mit seinem Tod ist mir Nicolas Born zur Instanz geworden. Natürlich hatten wir, sooft wir uns trafen, übers Schreiben geredet, ich eher, jedenfalls anfangs, unwillig, er immer dringlich, beharrlich, geradezu lästig manchmal. Aber keiner hatte sich dabei vom anderen dreinreden lassen. Mit Instanz meine ich also: jetzt lasse ich mir vom toten Nicolas Born, Freund, Freunddichter, zu dem, was ich tue, dreinreden. Der tote Dichter bewahrt mich vor Selbstzufriedenheit, vor überhaupt jeder Art von Zufriedenheit.

Das geschieht mir sonst von kaum einem meiner Toten. Und trotzdem fehlt mir das Reden mit dem lebendigen Born, dem aus Fleisch und Blut, dem wortsuchenden Fuchtler – es fehlt mir sehr. Phantomschmerz.

Vor ein paar Tagen sprach mich in der Pariser Métro ein Fremder an, der sich dann als Kulturredakteur einer deutschen Zeitung *ent-* und dann *ver*puppte. Er zeigte sich eingeweiht in die Veranstaltung für Born hier, und es entfuhr ihm dabei zu Nicolas Born die im übrigen nicht einmal böswillige Bemerkung: »Der ist auch schon fast vergessen.« Seltsam berührte mich jedes Wort an diesem Satz: das »der«, das »auch«, das »schon«, das »fast«, das »ist vergessen«. Am seltsamsten vielleicht das fehlende Subjekt des Vergessens: der VERGESSER. *Wer* hat da denn fast vergessen? Wir, seine Zuhörer und Leser? Oder irgendwelche in- und ausländischen Kulturdezernenten, Germanisten, Lektoren oder das Feuilleton? Oder gar die Geschichte? Und was ist die Geschichte? Und wer verkörpert sie? Viele Fragen könnten hier anknüpfen, die aber immer peinlicher würden und damit nur der Grammatik nach noch Fragen wären. So begnüge ich mich mit jener Frage »nach Apollinaire«, die Nicolas Born seinem Gedichtbuch *Das Auge des Entdeckers* vorangestellt hat: »Und da so viele Welten vergessen werden / Wer sind sie die die großen vergessen ...«

II
Kleine Chronik des Märchens eines Lebens
(an Hand der Gedichte von Nicolas Born)

1

1965, in einer großen Stadt des Ruhrgebiets, sagen wir, Essen: Ein junger, dabei schon gestandener Mann, der sein Leben, seine Umwelt, seine Ansprüche an wen? – an sich selber, die andern, die Geschichte (ja), schon seit er Bilder sehen, bedenken, träumen kann, zu prägen gedrängt ist durch das Schreiben, vor allem durch das Schreiben von Gedichten. In diesen Gedichten wird er durch die etwa vierzehn Jahre Daseins, die ihm noch bleiben, zugleich mit den Bildern seines persönlichen Umkreises wie keiner seiner Zeit- und Raumgenossen auch den Verlauf der Epoche feinausgeprägt hinterlassen – in Gedichten, seltsamerweise alle entstanden bei Gelegenheit, im Vorübergehen: »… und mach Liebe wie Gedichte nebenbei.«

Dieser junge Mann der zweiten Hälfte der sechziger Jahre, so ist an den Gedichten aus der Zeit zu sehen, möchte kein Einzelgänger sein, sondern in der Menge gehen, endlich gemeinsam aufbrechen: die Grundstimmung seiner Gedichte ist die des Aufbruchs, in der Wir-Form. »Die Luft geht uns nicht aus / wenn wir wandern wenn wir wandern«. – »wir gehen zusammen los / wir kommen zusammen an.« Dabei ist der zum Gemeinschaftsaufbruch Drängende weder ein Anfänger noch ein Zielbewußter (oder einer, der das Wir-Ziel weiß): »Der Wahrheiten müde loben wir wieder die Gärten.« Und zwischendurch – vielleicht der Hauptzug seines Wesens – staunt er auch nur, entrückt aus Zeit, Epoche wie Geschichte in die Wandelbilder des Tagtäglichen, des Jahraus-Jahrein, wie in diesem Vorwinter-Bild: »Bald werden / die oberen Knöpfe geschlossen. / Die Hunde streunen / die Autos parken länger im Dunkeln. / Über den ersten Schnee gehen alte Damen / an der Seite alter Herren. / Merkwürdig ist der Winter / bevor er kommt.« In seiner Art des so beiläufigen wie einprägsamen Vorübergehens skizziert der junge Mann auch immer wieder Selbstbildnisse: »Ich mein Ärgernis / mit Haarausfall und wunden Füßen / einssechsundachtzig und Beamtensohn / … Mein Gesicht verkommen / vorteilhaft im Schummerlicht / und bei ernsten Gesprächen. / … die Rücksichtslosigkeit mit der / ich höflich bin.« Dieser junge Mensch aber hat sich in keiner Weise je beschieden (sonst hätten sich nie auch die Gedichte ereignet), er kennt sogar seinen Wert »eine Spur zu genau«, und schon in den frühesten der Poeme kann er unversehens auffordern, anherrschen, befehlen, mit der lakonischen Gestik des geborenen Gebieters – welcher freilich nichts als sein wie der Mitleute Wohl will. »Eine besonders schöne Blume / ein besonders schönes Wetter / öffne die Fenster die Fenster«. Und im Weitergehen kann dieses kleine Gedicht sich sogar selbstverständlich den Blick in eine nahe und erfreuliche Zukunftsstunde erlauben, voraussehend für diesen winzigen Augenblick, und ruhig und liebevoll vorhersagen: »heute Nacht werden die Lampen heller brennen / eine gute Nachricht trifft ein / oder lieber Besuch«.

2

Solch verkündende Momente fallen dem inzwischen über Dreißigjährigen, aufgebrochen aus seinem Ruhrgebiet in das große offene Berlin nach 1968, zwar immer wieder zu, aber weder irgendein Propheten- noch sogenanntes überkommenes Dichtertum können ihn je im geringsten erfüllen: dazu ist es erst einmal nicht die Zeit, und dann ist er dazu auch nicht der Mann – ein ganz anderer Mann ist er, einer, der sich erfüllt nur sieht im Lieben, im Geliebtwerden und der entsprechenden, nebenbei sich begebenden Ausprägung im Gedicht *Ich bin mir nicht genug* – also: »Du rufst hallo ins Ebbegebirge / ich ruf hallo ins Lennetal / ... uns nicht / aus den Augen verlieren.« Und mächtig kommt dann aus dem Gedächtnis das Wehmutsgedicht *Eine Liebe* daher: »In Köln-Knapsack küßte ich eine Frau / unter einer Brücke 1963. / Wie ihr Gesicht war / so mag ich Gesichter / ... Wir verabredeten uns auf einen Zufall. / So bald komme ich nicht mehr nach / Köln-Knapsack.«

Eine sehr große Familie erscheint mit der Zeit in den Gedichten des gemeinschaftssehnsüchtigen Mannes: die Frauen, die Freunde und dann schon die Kinder, von denen er eines schlicht anreden kann, anders als die Frauen sogar Zeile für Zeile, durch das ganze Gedicht hindurch, »du«, »dir«, »deine«, »wir«. »Kind / ich weiß nicht was ich / mit dir anfangen soll / überall stehen mir im Weg / deine roten blauen und gelben Würfel / ich bin zu alt / deine Geschichten noch zu verstehn / ... eines Tages bist du so krumm wie ich / dann wissen wir beide nicht was / wir mit uns anfangen sollen / ... / aber / vorläufig stehen wir zusammen auf / haben zusammen eine Erkältung...«

Und je größer, in Zeit und Raum, die Entfernung von der Geburts- und Kindheitsgegend, desto einprägsamer der Blick, auf Vater und Mutter, das Haus der Eltern; im Festhalten dieses Blicks verstärkt sich die kindliche Verantwortlichkeit, auch Treubesorgtheit: Beim Vaterhaus, »da steht nicht nur keine Linde / aber wer hinkommt / findet's schön grün / ... So große Söhne kommen / an Weihnachten / in ihren Autos die Frauen / winken schon und schnallen sich ab / ... Das Dach ist undicht / die Wanduhr tut es noch / auf der Fensterbank liegen Zeitungen / der letzten drei Tage«. Und der spät aus dem Krieg heimgekehrte Vater, »Februar 47 es war hell und kalt / die Pappelallee knüppelhart gefroren. / Am Friedhof nahm er die Mütze ab / er hob die Hand / er grüßte von unten herauf / ein schmaler älterer Mann. / Als er im Haus war sah es so aus / als nähme er sich eine Frau / sie sahen sich an er umarmte sie / sie riß sich los und weinte am Schrank ...«

3

Mit der Zeit aber, Anfang der siebziger Jahre, und mit einem Wohnort zwischendurch in Übersee, erweitert sich dem Mann, dem Gedichtschreiber, der Kreis der Angehörigen, über die Verwandten, Freunde, Bekannten hinaus zu jener Menge hin, die ja schon des jungen Menschen Traumziel gewesen ist. Das »Wir«, das er in den Gedichten dieser Zeit prägt, ist nicht mehr das der Paare und der Kumpane, sondern jenes des *Sprechers*, wenn nicht für alle, so doch für die vielen, und daß er nun so auftritt, kann er sich erlauben, denn er hat, anders als ein politischer Agitator, für die vielen keine sie einpferchende Doktrin oder Strategie, sondern ein sie zusammenbringendes, rhythmisierendes, die einzelnen dabei klar auseinanderhaltendes Bild. »EINE WELT / in der jeder jeder ist – / Klingt das nicht vertraut? / Könnte das nicht von jedem sein?« Und beglaubigt wird der Sprecher dieser Gedichtphase auch noch dadurch, daß er von Poem zu Poem jeweils *mit* im Bild ist; daß er nicht vom Podest herab spricht, sondern mitten in der Menge geht, Teil von ihr. Er ist, für die Gedichtaugenblicke, zugleich jeder andere, geht sogar über auf die Gegenstände: »Ich war mein Vater / und der Gegenstand / den er 1960 / nach mir warf ...«

In jener, wie sich zeigt, doch nur kurzen Lebensperiode geht der Gedichtemann durch die Weltgeschichte sozusagen mit einem dritten Auge, für welches er den immerwiederkehrenden Ausdruck »Das Auge des Entdeckers« prägt. Was aber tut das Auge des Entdeckers? Es tut *nichts*, gemäß dem vorangegangenen: Dieses Gedicht fängt »an mit nichts / was wichtig wäre / es ist gern geschrieben … / es ist leer / … es macht / nichts …« Und trotzdem übt das zusätzliche Auge eine Wirkung aus – es ist in der Tat zu dem üblichen Blick auf die Menge, auf »uns«, der uns öffnende Zusatz, so: »für das Auge des Entdeckers sind wir doch mehr / als nur wir selber …«, und so: »Ich wünsche ein Buch in das ihr alle [also doch alle!] vorn hineingehen / und hinten herauskommen könnt …«

Die kurze Zeit, da der Mann sieht und das Gesehene aufschreibt mit dem Auge des Entdeckers, ist seine Hoch-, seine Vermählungszeit. Vermählt erscheinen, wenigstens episodisch, Einzelner und alle, Augenblick (des Gedichts) und Geschichte. Keine anderen Poeme aus jenen Jahren und unseren Breiten gibt es, die eine ähnliche Sehnsucht, ein ähnliches Heimweh nach Geschichte, gemeinsamer, heller, täglich neu aufbrechender wecken als die mit dem Blick des Entdeckers – Geschichtsappetit sogar bei einem eingeschworenen Geschichte-Muffel (wie dem an der Chronik dieser Gedichte hier sich Versuchenden zum Beispiel). Es handelt sich da, einleuchtend durch die Umspannkraft der Bilder, wirklich einmal um »das Märchen unseres Lebens«, für das es, jedenfalls seinerzeit, 1970-1972, galt, »die Nerven und das System […] auf Traum vor[zu]bereiten«, und selbst die Frühstücke des einzelnen ereigneten sich, es war einmal, aber im Gedicht ist es *wieder*, »in der Geschichte«. Denn: »Ist es eine Wohltat allein zu sein / … ohne das Auge des Entdeckers das sieht wie's schmeckt / ohne das geübte Ohr der Menge?«

Damals, jetzt, in seiner Hochzeit mit der Weltgeschichte, schrieb der Fünfunddreißigjährige zuletzt ein, zwei Gedichte, von denen gesagt werden kann, sie seien »visionär«; visionär freilich nicht, indem sie in eine historische Zukunft blicken, vielmehr in eine erweiterte, augenblicks unerhört-mögliche Gegenwart – das größtmögliche Vibrieren der Gedichtworte, eben durch die größtmögliche Spannweite des gesehenen Bilds, geschah dann im letzten Poem vom *Auge des Entdeckers*, vom »Erscheinen eines jeden in der Menge«: »... Was ist eine Tatsache wert die unteilbar ist / was ist ein Universum ohne dein Beben / ohne dein Erscheinen vor leeren Sitzreihen? // Die Menge geht auf der Erde / und nichts vergeht in der Menge / auf dem Rücken summender Webstühle / erreichen wir den großen Widerspruch: / das Erscheinen eines jeden in der Menge.«

4

Und kam danach bei dem Gedichtmann, dem diese kleine Chronik hier gewidmet ist, jener große Katzenjammer der Mittsiebziger Jahre, mit Geschichts- und Stadtflucht, so wie er angezeigt scheint in der Überschrift seiner letzten Poem-Sammlung *Keiner für sich, alle für niemand*? Nein, das Märchen des Lebens setzte sich, Gedicht für Gedicht, fort, wenn auch nicht mehr erzählt vom Entdecker, vom Dritten, sondern, wie noch nie in seinem Lebenslauf, vom einzelnen, vereinzelten, alleinigen: stotternd, ruckhaft, verwirrt, und doch immer noch Märchen – Märchen *meines*, des aus der allgemeinen Geschichte geratenen einzelnen Lebens.

Allerdings erschien in den Gedichten jetzt keine Menge mehr, die mit dem Sprecher mitvibrierte: »Vom Fenster aus seh ich die Menge / eingehn in die Hallen, in die rieselnde Maschine / geplünderte Gesichter, der Morgen leergemacht / keiner mehr für sich, alle für niemand ...« Und das »wir« von ehedem? Und die Vorfahren? Und die Wege? »wir sind jetzt kaltgestellt, Vorfahrn von nichts. / Vertraute Wege sind weg / in irgendwelchen Zielen abgefangen ...« War der Gedichte-Geschichtsschreiber jener Jahre überhaupt noch ein Sprecher, einer mit einem Auftreten, einer Richtung, mit Wendungen in den weiten Umkreis? Gehörte zum Sprechersein nicht die Perspektive, hin zu einer Menge wie zu einer gemeinsamen Zukunftsaussicht? Eine solche Perspektive war nun nicht mehr, »ich war nie so zufällig«, »Mit uns macht die Geschichte Schluß. / Am genauesten sieht man sie wenn der Zug / langsam entlangfährt an den Rückseiten der Städte / Lagerhallen Höfe, die Kehrseite der Wäsche und der Blumenfenster / die erdabgewandte Seite der Geschichte.« Was tun, ohne Menge, ohne Geschichte? Der Sprecher, zu seiner Zeit mit all den Angehörigen im Licht des Gedichts, entdeckte sich nach und nach allein und verwandelte sich zurück in den Schreiber, und der durfte, nach den enthusiastischen Träumen von der einigen Menge, »ich« schreiben: »In der Nacht war ich zu müde gewesen / den Schlafanzug anzuziehen. Der Schlafanzug / rührte mich im Hellen, so leer, so geräuschlos und / ohne Meinung hing er am Stuhl. / Ich dachte daran, meine irrenden und geknickten Bilder / ziellos in die Luft hinauszusprechen, Verse / so matt und ängstlich und unvollkommen wie / der Körper den ich trage.« Nein, das war da nicht mehr das Auge des Entdeckers, für das wir doch mehr waren als wir selber – das Auge der Mittsiebziger Jahre sah, nicht im aufbruchsgestimmten, sondern wehen Enthusiasmus (aber weiterhin Enthusiasmus, ohne diesen kein Gedicht!) vor allem sich selber, am schmerzhaftesten vielleicht in dem Gedicht *Bahnhof Lüneburg, 30. April 1976*, mit den Zeilen: »Diesige Helligkeit schwebt ein, ohne jede Härte wie / – ich muß mich zusammennehmen – die weiche Hand mit der Äthermaske. / Welch ein Morgen und welch ein Auge darin. / Wie verlassen und müde ich bin. / Wie krank und verwohnt ein Schnellzug vorbeiweht.«

Solch Auge des Ich-Selbst, mit sich alleingelassen, war in dieser Lebens-Dichtens-Phase eher unsteten Aufenthalts, einmal hier, einmal dort, zusammenzuckend, starrend, weit sich öffnend kreuz und quer durch Europa, Gedicht für Gedicht aber weiter entdeckerisch, so wie *Im Zug Athen–Patras* die Entdeckung der Kleinheit, der Kleinigkeit, des kleinen Lebens sich ausprägt: »... und / der einzelne Olivenbaum / silberne Helligkeit, großer Sinn / kleinen Lebens, wie schwer verstehe ich. / Grüne Zitrone auf dem Sitz neben mir / hat wieviel mit meinem Leben zu tun. / Schatten des Zuges, Schatten des Esels, / viele dürre helle Bäume, kleine Schatten / in die Welt gesetzt, / kleine Liedchen, summt.«

Bei aller Unstetigkeit aber zeigten sich zwischendurch schon ein Zentrum, ein Wohn- und Schreibsitz, eine Möglichkeit des Verweilens und des fortdauernden sprachlichen Eingreifens des Ich-Selbst, auf dem Weg über das Erzählen. So etwas wie Örtlichkeit oder Ländlichkeit begann zu erscheinen in den Gedichten, ein festes weitgestrecktes Raumbild, beschworen auch nicht mehr von dem Schreiber für sich allein, sondern, neu – das Gedicht als Weckruf – einem Kind, und wieder ging es dabei um Kleines, eine *Kleine Zeichnung*: »Siehst du, Kind, wilde Kastanien / auf dem Wellblechdach, das Auto / klarsichtverpackt, hartgefroren, / das faulige bereifte Laub, siehst du / Gestalten … / Saftige Erde, eingefrorner Kahn / du schaust verdutzt aus deinem Wollzeug / das feucht vom Atem ist. / Schöne Abendröte, Stöcke rubbeln / weite gefrorene Seele, dauerndes Erzählen. / … Kind, halt mal! // Aufblitzende Kufe. / Ich sehe nichts, bin nicht da / Zündhölzer flammen auf überm Eis.«

Hier also zeigt es sich schon an, das Übergehen jenes Ich-Selbst (»bin nicht da«) ins Raumbild (»Zündhölzer flammen auf überm Eis«), und danach – es war bereits der *Dienstag, 16. August 77* – die Aufregung, die Verwirrung, die neue Begeisterung wieder einer Verwandlung, welche einsetzte mit dem alten plötzlichen Nichtmehrwissen warum, wo, wie, wohin des Dichters, mit der Sprachlosigkeit, mit dem Stottern, dem Stammeln und zuletzt Klartext-Sprechen, das alles reportiert in einer dramatischen und doch erkenntnisklaren Folge: »Lag oder stand ich da auf meinem Zimmer / wußte nicht mehr / gerade jetzt konnte nicht mehr, nicht mehr sagen was / vor Nichtkönnen, heller Sonne, Nicht-mehr-wissen / was selbst ist oder war / … stotternd kam ich / auf mein Bett, hab nicht gewußt // was muß getan werden? Da kämmte ich mein Haar / kämmte, rote Ziegeldächer, mir war dann schön mit / Zigarillo im Mundwinkel, wußte aber nicht / vor Nicht-mehr-können, konnte nicht wollen mehr. / … Da lag ich da, wo's nicht mehr weiter weiß, verstreut / vor weiter Wissenschaft … / … Gedanke rot / und grün war da und wieder weg bevor ich wußte, war es / Reise, war es nichts oder Bücherlesen / war es Mutters Geburtstag? / Ein Stück Seife neu war in der Hand, Zitronenfalter flog / aus der Welt auf mich. / … Um halb sieben nach Hause gefahren zu Frau und Kindern. / Unterwegs die Häuser alle hatten weiße Fenster.«

5

Jenes große Gedicht war zuletzt schon übergegangen ins Notat, und alles, was auf diesen Übergang im Leben des Gedichtemannes noch folgte, Ende November 1977, waren, zumindest dem Titel nach, pure Notizen: *Ein paar Notizen aus dem Elbholz*, jenem Auengebiet, das schon skizziert erscheint in der *Kleinen Zeichnung*. Die Gedichtform, die den Lebenslauf des jungen Mannes über ein Jahrzehnt lang geprägt hatte – stand sie nicht mehr offen, und galt sie für den Mann in mittleren Jahren, den seßhaft Gewordenen (fern von den Metropolen), den mit der Menge entzweiten, nicht mehr? Jedenfalls gab es, für diese letzten Schreibmonate, jenes »dauernde Erzählen« nicht mehr; wurde, auf den Wanderungen durch das Elbholz, das Ich-allein der Vorjahre zwischendrin schon angesprochen mit »du«: »Du gehst als gingst du unter Freunden / du gehst mit tiefen Schritten durch dich selbst«. Eine Art Rückkehr hatte sich mit dem Notizen-Macher jetzt begeben, wie sie schon Bild geworden war in den Zeilen eines Noch-gerade-Gedichts aus der Spanne zuvor: »Die ruhenden / flüchtig überteerten Straßenbahnschienen – / wieder ein Warten auf alte Zeiten / wie Rückkehr zum Handschriftlichen.«

In der Tat waren die Notizen aus dem Elbholz geprägt von der Handschriftlichkeit – als eine Rückkehr dahin aber gebärdeten sie sich in Wahrheit an keiner Stelle. Sie bedeuteten für den Aufschreibenden vielmehr einen Anfang – nun erst, nicht schon vor fünfzehn Jahren in seinem Stammland, hatte er sich (der Trennungsschmerz von der vertrauten Gedichtform ist Notiz für Notiz zu spüren) in einen Anfänger verwandelt: der Geher und Kritzler im vorwinterlichen Elbholz war nun einmal so jemand wie der vielzitierte »blutige Anfänger«: Keine große Zugehörigkeit mehr, keine Geschichte mehr, kein Ich-selbst mehr, kein rhapsodischer Gedichtschwung mehr. Zugleich war solch Anfang doch wieder bezeichnet von Entdeckungen – woher sonst die regelmäßigen »sofort«, »augenblicklich«, »plötzlich«, womit immer neu die Notizen anheben. Anheben? Ja, und in diesem Anheben schwang in den scheinbaren Notaten, ließ der Leser sie nur auf sich einwirken, wenn auch fragmenthaft, der alte, der unverwüstliche Gedichtton mit, tönend freilich statt von der einst ersehnten gemeinsamen Geschichte eher von einer japanischen Allgegenwart: »Alles nicht aus Ideen gemacht, schwarzes / nasses Geäst der geschmähten Eichen / rumpelt am Himmel«. Und dann: »Hier bin ich wo die gestanzten Horizonte / nicht sind – eiskalter Bleistift / zum Jauchzen fehlt uns innere Stimme«. Und dann: »Nichts zu sehen / – das Elbholz braucht diese Momente / der Leere und Versunkenheit. / Kleine Luftblasen platzen an den Gummistiefeln«. Und zum Schluß: »Die ganz ruhige Luft am Nachmittag. / Es wird bald dunkel, das Land hinter dem Strom / wie eine gespannte Sehne«.

Notizen? Gedichte? Mittel-Dinge – aber keineswegs jedes so wie die eben zitierten Beispiele in Ruhe, sondern immer wieder auch auf dem Sprung, bereit wie seit je zum Aufbruch. So bildeten sie alle zusammen sozusagen Schwelleninschriften (manche auch bloße Schwellenkritzeleien) – Aufzeichnungen eines Menschen, der sich einerseits sein endliches Ansässiggewordensein klarmachte (»Die Zufriedenheit, heimzukommen danach / kann ich nur hier spüren«), andrerseits seine neue Verantwortlichkeit, für diesen besonderen Raum: der Notat-Dichter als der Raumverantwortliche (»In ihrer [der Landvermesser] Optik / ist alles zu schade, um nur dazusein. / Gelbe Helme, gelbe Plastikmäntel – haßerfüllt / blicke ich ihnen entgegen wie der einzig / Einheimische«). Und in der Mitte der Schwelleninschriften wiederholte sich, in einer anderen Version, seltsam das Paradox oder der »große Widerspruch«, den es zur Zeit des Auges des Entdeckers zu »erreichen« galt (»das Erscheinen eines jeden in der Menge«): Im Elbholz, damals an der Jahreswende 1977/78, jetzt, bei den Dingen »Selbstgespräche mit allem hier«, so daß im Verlauf dann auch einmal gesagt werden konnte: »Wenn ich sterbe will ich allein sein / nicht mich berühren, nichts verwischen / kein Wort …«

Wenn die Notat-Gedichte aus dem Elbholz nicht mehr vibrierten wie alle die früheren, so waren sie doch bestimmt von einer weiterhin sucherischen, weiterhin entdeckerischen Zittrigkeit, welche vielleicht mehr noch den Zugang (zum von ihr hingetupften Raum) öffnete als die vergangene Vibration. »Dünnes Land, die Schwebe haltend und / das tragende Wasser tragend«, und die »Seelen der Bäume, Vögel / alles von mir genommen und ausgestellt«.

6

Am 7. Dezember 1980, genau ein Jahr nach dem Tod Nicolas Borns, besuchte ich an einem bitterkalten Schnee-Abend sein Grab auf einem Friedhof an der Elbe. »Die Pappelallee knüppelhart gefroren ...«, »das Gras im Reif quietscht«. Ich glaubte im finsteren Frost das Klicken des Wassers am vereisten Stromufer zu hören. Danach war ich der einzige im Nachtbus, an den, bis über die Fenster und das Dach hinauf, die Schneeschwaden brandeten. Zwei Tage später, bei Paris, hörte ich in den Frühnachrichten von der Ermordung John Lennons, und das einzige, was ich da denken konnte war »Lieber John Lennon«. Lieber Nicolas.

Ein Gruß an Ludwig Hohl

Ludwig Hohl: Wie die Verehrung weitergeben, ohne sie zu verraten? Denn die Verehrung ist etwas Kostbares. Sie ist ein Bedürfnis. Doch es ist auch ein Bedürfnis, sie weiterzugeben. Mißglückt das, so ereignet sich ein Verrat, der verantwortungslos ist gegenüber dem Verehrten.

Zunächst einmal: kurz sein.

Nein, Ludwig Hohl ist kein misanthropischer Einzelgänger oder Eigenbrötler »in einem Kellerloch« (das stimmt alles nicht), sondern ein heiterer, auch verschmitzter Geist auf einer hohen, hellen Etage, der für uns zuständig ist; dem ich hier und da widerspreche, aber dem ich aufs Wort glauben kann; und der mich, seinen Leser, in dem tonlosen Gescharre, das (wohl seit jeher) als Literatur umläuft, als Geist und als Stimme erschüttert hat. – Denn nichts ist erschütternder als einer, der zum Geist durchgedrungen ist, ihn in der Arbeit *hervorkehrt* und als Form an uns *weitergibt.*

Indem ich das sage, wende ich mich nicht an die hier versammelte Gesellschaft (denn ich weiß nicht, an wen ich mich da wende, und habe auch keiner Versammlung etwas zu sagen), sondern an den Schriftsteller Ludwig Hohl, der sicher keine Rede zu seiner Arbeit will – aber es doch vielleicht braucht und jedenfalls einen Anspruch darauf hat, daß ihm, der lebenslang »seinem Freund, dem Menschen, einen Brief« geschrieben hat, der erwartete »Leser im ernstesten Sinn« – d. h., so wie ich das verstanden habe: der *vom Lesen zum Ernst Befreite* – sein Zeichen gibt.

Der Petrarca-Preis ist ein Zeichen der Dankbarkeit für einen, den Nicolas Born »das erstaunliche Beispiel eines Schriftstellerlebens« genannt hat, einen »Zuchtmeister der Selbstverwirklichung«, der uns zeige, »wie viele Dinge es immer noch gibt, wie viele Gestalten und Verwandlungen, und wie oft ein bewußter aufmerksamer Körper noch auf Widerstand trifft, wenn andere schon im Leeren gehen«; der einem beibringe, sich zu »beweisen«, seinen »genauesten Ausdruck zu finden ..., und im genauesten Sinne Eindruck zu machen auf die Welt«. Nicolas Born ist zu glauben: Ludwig Hohls Werk, wie heutzutage kaum noch eines, läßt sich, ohne Voraussetzung oder Übereinkunft, *nehmen* und *lesen.* Es ist so unerhört wie selbstverständlich. Es muß nicht entdeckt, empfohlen oder durch Interpretieren nahegebracht werden, sondern steht frei zur Lektüre, wie eine in die Natur gehörende und diese erst beseelende Menschenschrift. – Und indem es Satz für Satz zur *Freude* hinführt, ist es das, was der Philosoph als das *Gute* versteht.

Der Gruß, der Gedanke, der Gedankengruß, der herzliche Gedanke schwingt sich von hier nach Genf, in die *rue David Dufour*; zu dem Café an der Ecke der Straße, zu der nahen Mündung des Flusses *Arve* in die *Rhône* (wovon die ganze Gegend den Namen *Jonction* hat), und *nebenhinaus* – nach Ludwig Hohl »die Richtung des Geistes« – zu dem Bild van Ruisdaels im Musée des Beaux Arts, wo vor *Egmond an der See* die kleinen biblischen Gestalten nachts gegen den Sturm durch die holländischen Dünen wandern: zu dem »schweigenden Leben der regelmäßigen Formen in der Stille«, und zu dem strengen und kompetenten Geist in der Mitte.

Zeit für eure Toten!

Eine Skizze zu den Büchern Gerhard Meiers

Für den Anfang probieren wir einen Vergleich der Bücher Gerhard Meiers mit dem, was, bald hundertfünfzig Jahre vor seiner Zeit, Adalbert Stifter geschrieben hat: Sanft ist das Erzählen Meiers wie dasjenige Stifters, umkreisend, kreisend, wiederholend, variierend, an der Hand, in Verfolg, im Blick, im Erlauschen, auf den Spuren der sogenannt kleinen Dinge und der Dinge der Natur, und wie bei Stifter sind die Bücher Gerhard Meiers am Ende Erzählungen von einem Gesetz, das freilich an keiner Stelle diktiert wird, sondern allein durchscheint und musterhaft sich zeigt, eben als pure Erzählung, in deren Gegenständen sowohl als auch in deren Art, deren Tonfall, auch deren Ton- und noch mehr Bild*sprüngen.* Doch anders als bei Stifter ist das Gesetz, von dem Meier seit nun schon langem erzählt, nicht bloß jenes sanfte, das vom Rauschen der Bäume und vom Glänzen des Himmels ausgeht: Gerhard Meiers Gesetzes-Erzählungen sind zusätzlich solche vom entschiedenen, zornigen, ja harten *Verneinen* sehr zahlreicher Gegenstände – Bauten, Maschinen – und Strukturen – politischer, gesellschaftlicher – des zeitgenössischen Lebens; so schroff ist manchmal das Widerspiel des Bejahens und des Verneinens, daß die Bücher aus ihrem Gleichgewicht gerieten, wäre nicht immer auch die poetische Gerechtigkeit im Spiel: das Gleichmaß, der Gleichmut und der Abstand des Erzählens.

Vom »Wir« zum »Ich«: Was erfahre ich, nachdem wir den Vergleich der Gesetzes-Erzählungen Meiers mit denen Stifters versucht haben, als das vom ersteren erzählte Gesetz? – Ohne mir je etwas aufzudrängen, steckt mich dieses an – was für eine gesunde, gesund machende Ansteckung! – mit einer von Satzspirale zu Satzspirale sich fast unmerklich fortspinnenden Lebenslehre. Satzspirale: Am Ende erscheint jedes Buch Gerhard Meiers, und all sein Bücherwerk zusammen, als eine einzige, einheitliche

Spirale, verknüpft aus zusammengehörigen, sich wiederholenden Sätzen, wobei gerade die winzigen Zusätze, Änderungen, Nuancen, Neuigkeiten ins Freie, in die Weite hinauskreisen, vom schnurgeraden Kanal oder von der stickenden Frau in der Stube hinaus auf die Schlachtfelder von Borodino, auf den Baikalsee oder in den Weltraum, zum Sternbild der »Jagdhunde«, oder auch nur zum Fenster hinaus, wo es schneit. Und das Gesunde an der so ansteckenden Lebenslehre des Erzählers Gerhard Meier ist mir, daß sie nie wörtlich vom »ganzen Leben« erzählt, sondern, bezeichnend für jedes seiner Bücher, jeweils nur von einem Tag: vom Morgen, vom Mittag, vom Abend, von der Nacht. Sogar von meinen schwierigsten Stunden, denen des langen Nachmittags, gibt sie mir Beispiele, die mir meine Anfälle und Zustände von Sinnlosigkeit zu dieser Tageszeit, schon durch das pure Lesen und auf der Spiralspur der Sätze Bleiben, gegenstandslos machen. Gerhard Meiers Erzählwerk (wie »Kraftwerk«, »Uhrwerk«, »Baumwerk«, »Bergwerk«) belebt mir den einzelnen, den jetzigen, den heutigen Tag, indem es, Buch für Buch, jeweils von so einem erfüllten oder jedenfalls bestandenen oder von einem einheitlichen Lebensgefühl durchwehten Tagesgeschehen erzählt.

Dieses Geschehen, nach Meiers erzählter Lehre, setzt sich weniger zusammen aus Haupt- und Staatsaktionen, Heldentaten, gewaltigen Entschlüssen, Aufbrüchen als aus der stillen Festlichkeit, mit der sich die tagtäglichen Vorgänge, Abläufe, Wege, Handreichungen demjenigen zusammenfügen, welcher sie begleitet mit seiner Geistesgegenwart, seiner Bedächtigkeit, mit größtmöglichem Auge und Ohr, wodurch die Kleinigkeiten des jeweiligen Tags in einen Reigen geraten mit den auf solche Weise »reanimierten« aus den Erinnerungen, mit diesen gemeinsam auftanzend zum Weltentag, ebenso wie der kleine Hauch jetzt im Gras mittels Meiers Erzählspiralen immer wieder zum oft zitierten »Weltenwind« werden kann. Das Fest eines jeden friedlichen Tages – davon geben mir die Sätze Meiers einen Schein: das Fest des Besuchs eines Freundes, das Fest des gemeinsamen Redens, des gemeinsamen Spazierengehens, des Sitzens und Schauens, des Kaffeetrinkens, des Lesens, des Gemäldebetrachtens – aber auch schon die Festlichkeit des bloßen Lichts, der fließenden Bäche, des Blauens der fernen Jura-Kalkberge, des Nachtwerdens, des Sternaufgehens; das Fest, das Ereignis der puren Räume: »gut im Raum« erscheinen mir, und ich Lesender mit ihnen, die Menschen in den so belebend handlungslosen Büchern Meiers – so als sei das Ausschwingenlassen des Raums Handlung genug –, wobei es mir fast wie eine Regel vorkommt, es seien die Frauen sozusagen »besser im Raum« *allein*, die Männer dagegen *zu zweit*, als Freunde, und, auch anders als die Frauen (die sitzenden, innen, inmitten), als *Gehende*, außen, an den Rändern der Meierschen Städte und Dörfer.

Aber als das größte der offenbaren Geheimnisse vom *Schnurgeraden Kanal* über *Die Ballade vom Schneien* bis zum *Land der Winde* wirken auf mich Meiers immerfort ins Licht der Erzählung rückende Gestorbene. Diese sind gleichsam die Protagonisten, mehr noch, die Urheber der Meierschen und so auch meiner, des Lesers, Räume; ohne sie, die Toten, als Lichtumrisse auf den Straßen und Matten, als Festprozession dort, so wie als Hauch »hinter den Sternen«, erschiene nicht jenes größere Leben im Lauf unseres – zurück zum »Wir« – so unscheinbaren Alltags. Müßten wir also Meiers Erzählen übersetzen in einen sogenannten Lehrsatz oder, warum nicht für einmal?, in eine Maxime oder gar Parole, die gälte für das Beleben und Würdigen unseres von Verzweiflung, Stumpfsinn, Enge bedrohten Tagesablaufs, so wäre das am ehesten vielleicht ein »Zeit für die Toten! Ihr sollt euch Zeit lassen; innehalten; euch ins Leere wenden, um die Verstorbenen mitwirken zu lassen an eurem Tag!« Das ist die Meiersche Gewißheit, und sie wäre ein Ärgernis, stünde sie da als so eine feste Parole, statt, wie sie es Wort für Wort tut, dahinzuzittern in der Form der Erzählung. Auch als zitternde Erzählung ist solche Gewißheit natürlich ein Ärgernis – nur verschließt unsereinen dieses nicht, sondern öffnet, weiter und weiter, entsprechend den Spiralen seiner Sätze.

Zu Herbert Achternbusch

Haltung oder Entfaltung: Achternbuschs Unwille (sich) zu entfalten – statt dessen die Konstruktion einer (»richtigen«, anders auch gar nicht möglichen) *Haltung*. Die Gefahr einer Haltung in der Literatur: daß man sich schreibend von vornherein so im Recht glaubt, daß man nichts mehr »von sich zu geben« braucht; Haltung des Vor-Verständnisses mit mir Lesendem: »Dir brauche ich ja nichts zu erzählen!«

Wenn man nichts entfalten mag, müssen aber die Sätze lauter Trümpfe sein: Auftrumpfliteratur.

Langer Schmerz des Lebens: daraus kann, wenn eine Person nur als Redefigur sich äußern will, eine Lebenshaltung der selbstbetörten Geschmerztheit, auch eine lebenslange Schreibhaltung werden.

Abgesicherter, von andern abgesegneter Trotz: »Ich schreibe, was mir paßt.« Ist eine solche Art Freiheit nicht auch ein Trick?

Von daher wird Achternbusch jedenfalls verständlich als Beispielfigur für gewisse Zeitungsschriftsteller, die da eine gegängelte Zweitexistenz von sich selber tagtraumhaft ein bißchen im sogenannten Freien herumtollen sehen, in Scheingefechten durchspielend, was sie dann »anarchistische Schreibweise« nennen: ihre Zweitwohnung (manchmal auch meine).

Dazu gehört: ja kein Pathos über ein paar Sätze hinaus: wo's gefährlich wird, rasch ein Witz herbeigezogen (Geheiligter Karl Valentin) – so hält der stolze Achternbusch als Zeichen der Ergebung die Kehle hin (denen, die das Meinen haben).

Pathos würde den genauesten Mut in der Kunst verlangen; der Witz sticht in den fliegensollenden Ballon, bevor er ganz aufgeblasen ist (und sich vielleicht so lächerlich machen könnte).

Sorgfältig erarbeitete, auffällige Sätze – die freilich oft mit Feuerzungen reden; letzte Schreie in einem Doppelsinn. Mein Vertrauen zu Achternbuschs absolutem Modebewußtsein (wie zu absolutem Gehör): weil ich weiß, daß ein solches Bewußtsein das schärfste, klarste, auch das erbarmungsloseste, asozialste sein kann – er ist da tatsächlich »am weitesten«, und »Mode« ist nur der Medienname. (Trotzdem meine Wunschvorstellung, daß die Sätze der Kunst, damit mit ihnen eine Menschenmöglichkeit erscheinen kann, in genauer Unauffälligkeit vergehen sollten; man müßte sie erleben ohne den Impuls, sie sich merken zu wollen.)

Betreibt Achternbusch nicht nur ein ständiges *»tabula rasa«* mit den abgelebten *»topoi«* des Trivialen, die er dabei doch weiterbenutzt (als hätten sie noch Mythenkraft)? Selten: der Mut zu einer andern, unerhörten Erfindung, weil eine solche, vor allem durch die Dauer, pathetisch wirken muß – jedenfalls Ansprüche macht (und solcherart lästig werden könnte).

Die sogenannte freie Literatur Achternbuschs gibt doch vielleicht nur der allgemeinen Phantasiererei eine solche Vorgabe, daß man sie gar nicht mehr mit einem tatsächlich-möglichen Leben zu vergleichen braucht – und sie auf diese Weise (weil eben die Anstrengung des ständigen Einholversuchs fehlt) nie als strengerer, verbindlicher Phantasieversuch umfassend werden kann.

Achternbuschs Grundkonzept demnach: die täglichen Jammertal-Situationen, interessant und lustig gemacht durch ein, zwei ausgefallene, üblicherweise in diesen Situationen nicht vorkommende Details: bloße Phantasie-Pantomime durch Tischrücken mit typischen Situationen, bis sie als Slapstick gleichsam letztmals aufzucken – statt daß vielleicht eine Phantasie geduldig eben nicht den grotesken Zuckungen nachgäbe, sondern unerhört alltägliche Situationen erfände, in denen wir (oft) lebenden Toten allesamt wiederauferstehen (mein Leserbekenntnis).

Doch bei Achternbusch: Im bloßen Ausleiern der Tagträume und zudem in der Anpassung an deren Sprunghaftigkeit ein Nachgeben vor der Unmöglichkeit, anders als in solchen Tagträumen dahinzusiechen; kein Beflügeln der Wünsche zu sich entfaltenden Vorstellungen: Wünsche als bloße Stoßseufzer. (Dabei weiß Achternbusch es besser – wie nur je ein Dichtersmann: Warum gibt er sich trotzdem zufrieden mit Lokalteilphantasien? Von denen er verständlicherweise ausgehen muß.)

Ergebnis: Sklavische – bei Achternbusch eher sklavisch tuende (siehe oben: Kehle hinhalten) – Ergebenheit in die Kulturpropaganda, daß keiner mehr zu einer Gestalt werden kann, sondern wir alle nur noch schadhaft durchlässig seien für das bunte Allerlei und schon Illustrierte: Gestaltunfähige, Wesenlose, Bauchrednerexistenzen. – Leistet nicht Achternbusch einen bloß rhetorischen, im Wortsinn subkulturellen Widerstand gegen die Nachrichtenwelt, aus der kein Haupt mehr herausragen darf?

Oder sind seine Travestien der Plastikmythen ein Widerstand? (Ich jedenfalls will diese Mythen, die nichts von mir mehr umgreifen, nicht einmal mehr travestiert sehen.)

Andrerseits (und das ist seine immer stärker werdende Kraft): Seine Durchbrüche manchmal durch die Ergebenheitsadressen an die definierte Welt: und dann doch wieder ein Sich-Aufspielen mit dem Ernst der Sekunde: »Wieder ein vehementer Text!« (stimmt schon), statt neue Gestalten in einer andern Landschaft: wovon zu lesen mein Wunsch ist, seit meinem Menschengedenken.

So aber wird die eigne Person, indem nämlich Leben und Schreiben zu eins das andre betörenden Haltungen geraten, auch nur zu einer Art Parteibüro organisiert (wo Widerstand geduldet wird, aber nichts mehr in Frage stellt). Achternbuschs Direktive für einen neuen Text: wieder eine Unorganisiertheit, gefälligst! (Gefällige Unorganisiertheit) Halten wir dagegen die Konstruktionen hoch (Petrarca, oder die Konstruktion eines Sommertags)!

Dabei weiß Achternbusch das meiste wirklich besser, er tut nicht nur so. Aber er tut auch so – und das macht seine Sachen oft nur schlau.

Er ist intelligenter als »wir« – und erniedrigt diese durchdringende (seine durchschauende) Intelligenz zu schön schnellen Sätzen, die sogleich mauern: sich rasch als bloße Haltung aufrichten – und solch eine Haltung, sage jetzt ich, ist beim Lesen kein Abenteuer – wenn sie auch (»anarchistische Schreibweise«) gerade Abenteuerliches suggeriert. Der Autor zu oft als sein eigener Kumpan (bei Schnaps, Bier und Bayern): das ist natürlich wieder schlau, aber auch ein Verrat.

»Ich legte das kranke Kind in mein Bett. Bevor sie einschlief, steckte sie immer den rechten Zeigefinger in den Mund und suchte mit der linken Hand den Saum ihres Unterhemds, den sie um die Hand wand. Leicht schlief sie ein, wenn sie vorher weinte.«

Nicht oft geschieht es (auch hier nicht: »Beschreibung eines Kindes: Kitsch; Beschreibung eines kranken Kindes: noch kitschiger«, und so weiter), daß nach einem solchen, zugegeben gefährlichen, Gestaltversuch nicht der Witz, nicht das Sich-Blöd-Stellen, nicht der Sprung zu was ganz anderm folgt. Daß der Achternbusch es aushält, es nicht unter seiner Würde empfindet, jemanden zu beschreiben (auch sich), bis hin zu unscheinbaren Sätzen, die nur noch ganz ferner liefen (gerade bis dahin) – und dann bei dem so Beschriebenen zu bleiben: (sicher gewollte) Seltenheit. (Die großen Ausnahmen: »Die Stunde des Todes«, »Blutentnahme«.)

Virtuose Ausflüchte vor dem Ernst (sagen wir hier ruhig einmal: vor der Kunst): »Literarischer Anarchismus.«

Im durchgehaltenen Ernst ist er groß; wäre er groß. Also Forderung nach dem Durchbruch des Missouri!

Als jemand, der schreibt, beneide ich ihn oft: für die Sätze im Schwarzen, aus dem Stand geschossen.

Als Leser gebe ich ihm manchmal verdrossen, in einem Aufblicken woandershin (auch nur in Bäume, auf eine Straße) gesammelter weiterlesend, unrecht: Und es handelt sich hier um Recht und Unrecht. Also habe vielleicht ich unrecht.

»›Das Leben! Das Leben! Wie feierlich Sie reden! Zum Kotzen!‹« sagte Kajetan.

»Zum Kotzen«, wiederholte ich unbeirrt …, »nun gut.«

Des Privatdetektivs eigener Fall

Über Peter Stephan Jungk und seinen Roman Tigor

Daß ich zu Peter Stephan Jungks Buch *Tigor* etwas schreibe, ist ein Freundschaftsdienst. Aber wer sagt, daß von einem Freundschaftsdienst nicht auch ein Dritter etwas haben kann – im Fall hier dieser und jener Leser?

Ich kenne Peter Jungk fast schon seit seinen Kindes- oder wenigstens Halbwüchsigen-Beinen: Der damals etwa Sechzehnjährige, ironischer Schüler einer Rudolf-Steiner-Schule, gehätscheltes, freilich um so weniger umhegtes Einzelkind, schrieb bereits, jedoch nicht darauflos, sondern fühlbar aus sich heraus, blumig Unverständliches, das mir aber glaubhaft erschien durch seinen Rhythmus, auch das Abbrechen immer im richtigen Moment, Zeugnisse eines Zungenredens, eines einsamen (daher statt des Redens das Schreiben). Der Heranwachsende spielte auch in seinen Texten immer noch Kind und gab sich überhaupt als »Kind für Kinder«; als das »große Kind« für alle möglichen kleineren; und diese Haltung, kommt mir vor, geht bis heute, da er bald vierzig wird, durch sein Leben, und ebenso sein Schreiben – wenngleich das Kindspielen und mit Kindern Spielen des Erwachsenen namens Tigor in Jungks Roman jetzt dramatisch geworden ist, ein oft beklemmender Erzähltanz am Rand der Verlorenheit: Der Buchheld Tigor spielt im Lauf der Begebenheiten geradezu zwanghaft Kind, plappert wie ein Kind, versteckt sich wie ein Kind, stellt kindgleich Sachen an, bricht nach Kinderweise auch immer wieder seine eben angefangenen Spiele ab – ohne sein Kindspielen und mit Kindern Spielen geriete er aus seiner letztmöglichen Wirklichkeit (und als Tigor schließlich sozusagen Ernst macht und aus dem Spielkreis tritt, geht er in der Tat am Ende ja verloren).

Tigor ist Peter Jungks viertes Buch; es ist, in meinen Augen, sein erstes, worin er sich ausfaltet – entfaltet; das Buch hat Flügel, und wenn es auch eher zerschlissene, zusammengestümperte und -geschusterte sind, nicht wenig Diebsgut und Billigware darin eingeflochten, und wenn sie auch nicht gar weit und hoch tragen, ihr Aufschwung nicht reicht für den von Tigor so ersehnten Gipfel des Ararat: Flügel hat das Buch doch, gerade in seiner stellenweisen Kümmerlichkeit berührende und bewegende.

Das heißt nun freilich nicht, daß die drei vorangegangenen Bücher Jungks weniger der Rede und des Lesens wert sind: Nein, ein jedes von ihnen hat eine Notwendigkeit und eine Art. Das erste, über zehn Jahre alt, mit dem Titel *Stechpalmenwald*, erzählt gleichsam im Vorbeigehen, streiflichtförmig, von der Hollywood-Landschaft, wo der junge Autor eine Zeitlang Filmstudent war. »Hollywood«, das ist die »Stechpalme«, und so wirkt auch das kleine Buch: Aus dem ungreifbaren, unzugänglichen Hollywood wird ein greifbarer, anschaulicher, nach allen Seiten sich öffnender Stechpalmenwald. Ebenso eigensinnig ist dann auch die Erzählung, oder ist es ein Selbst-Bericht?, *Rundgang*, die in Wahrheit mehrere Rundgänge in der Stadt Jerusalem skizziert, oder nachzieht?, oder projektiert, wohin ein etwa dreißigjähriger, kosmopolitisch aufgewachsener Jude aufgebrochen ist, um sich dort, gehend, fragend, lernend, lesend, auch nichtstuend und schlicht im Kreise irrend, eine mit den Jahren doch mehr und mehr entbehrte Angehörigkeit, zu einem Volk? einer Sprache? einer Schrift? einer Erdlandschaft?, anzueignen. Das dritte Buch Peter Jungks ist, sozusagen logisch, ein fast selbstloses und dabei eine gewaltige und, für einmal ist ein sonst eher blödsinniges Wort am Platz, »mannhafte« Leistung: Es ist seine Biographie Franz Werfels, das Ergebnis einer mehrjährigen, verbohrten, verzweifelten, belustigten und dabei stetig gewissenhaften Spurensuche, eine zugleich geographische, geologische, archäologische und philologische Forschungsarbeit, mit gehörig vielen Abweichungen und Zerstreuungen, allesamt geführt mit zunehmend leichter Hand, so daß der Leser von dem Autor am Ende ein Gefühl wie von jenem Privatdetektiv hat, welcher zu Beginn eher lustlos einen ihm kümmerlich erscheinenden Auftrag angegangen ist und dann an dessen Hand, mehr und mehr begeistert, nicht nur eine einzelne Stadt, sondern einen ganzen Weltkreis umrundet.

Viel von dieser Bewegung des Suchens, dem jähen Abbrechen, dem Zickzack von Ort zu Ort, von einem Akteur zum andern, der Sprunghaftigkeit, ist auch jetzt im *Tigor,* Peter Jungks erstem »Roman«, zu erleben. Nur ist an die Stelle der Figur des Franz Werfel hier ein leerer Umriß gerückt, besser gesagt etwas Chimärisches, welches an der einen Stelle vielleicht die Gestalt einer Lichtung in einem Gebirgswald, an der andern die einer Frau, dann die einer Gruppe von Arbeitsfreunden, endlich eben die des Arche-Noah-Berges Ararat an der Grenze zwischen Armenien und der Türkei annimmt. »Chimäre« soll auch besagen: Die einzelnen Gestalten, Figuren, Bilder sind jeweils ohne Bestand, wechseln von Augenblick zu Augenblick, von Kapitel zu Kapitel.

Denkbar, daß derartiges, jähes, so grundloses wie unerklärtes Umspringen und auch Sichverflüchtigen der jeweiligen Leitbilder einen Leser des Buchs am Mitgehen und Mitspielen hindert: Mich Leser hat das Chimärische, einmal Halluzinatorische, dann wieder jämmerlich Leere des *Tigor* eher auf die Sprünge gebracht.

Tigor, das ist der Name des seltsamen Helden, eines Mathematikers altösterreichisch-triestinischer Abstammung, welcher an einer amerikanischen Universität lehrt und bei einem Kongreß eben in seinem Triest den Zusammenbruch seiner Formel und damit auch seiner Lebensform erlebt. Der Vierzigjährige hat erkannt, daß sein »Modell einer Schneeflockenkonstante«, von ihm konstruiert schon als Jungem, unrichtig ist; recht haben vielmehr die neuangekommenen Chaosforscher. Und er erkennt damit zugleich, daß er gescheitert ist, denn die Mathematik, wie er sie sieht, ist eine »Kinderwissenschaft«, nur Fastkinder hätten da Entdeckungen zu vollbringen; bereits ein Dreißigjähriger ohne mathematische Spur sei für immer aus dem Spiel.

So verschwindet nun Tigor aus seiner gewohnten Welt, zunächst in die Wildnis. Er verbringt einige Tage mutterseelenallein hoch über jeder Zivilisation auf einer Lichtung eines Südtiroler Berghangs, im Experiment, möglichst lange ohne Dach überm Kopf, im Freien, zu leben. Es ist, so erzählt er selbst, der erste Schritt, der in seiner Existenz rein aus eigenem Antrieb geschieht; Tigor ist sozusagen der Detektiv, der sich den Auftrag höchstselbst erteilt. Er schläft in einem Daunensack und lebt von Baumrinden, Gräsern, Brennesseln; auch eine Quelle ist zur Hand.

Wie die späteren Begebenheiten, so ist bereits diese erste aus Tigors neuem Leben, endlich auf eigene Faust, »fern der Mutter«, und nicht bloß ihr, einerseits romantische Idee, andererseits spürbare Tatsächlichkeit, greifbar, anschaulich: So hat seine ganze Geschichte die Struktur eines Abenteuerromans, indessen die einzelnen Partikel geradezu dokumentarisch echt, persönlich gesehen, gehört, geschmeckt wirken; und die seltsame Spannung zwischen diesen beiden, den ideellen Fertigteilen und den unentwegten authentischen Einzelfakten, macht stellenweise auch eines der Vergnügen beim Lesen aus (kann dabei freilich an anderen Stellen wieder abfallen ins Flachland eines gigantischen Comicstrip).

So weiß Tigor zu erzählen, daß die Innenschicht der Baumrindennahrung dort in seinem »Pflanzenzimmer« nach Minze schmeckte, die Kleeblätter nach Zitrone, und wie ihm der Urin brannte auf seine Nesselmahlzeiten. Wie weiland Thoreaus Naturheld Walden will Tigor in der Wildnis Vorarbeit leisten für ein Leben jenseits der Zivilisation, mit den bloßen Händen auf Fischfang gehend, aus den Silexsteinen Feuer schlagend. Nur als er sofort anfängt, in der Lichtung Steine zu einem Obdach aufzuschichten, geschieht das bei Waldens Nachkömmling gegen dessen Absicht (freier Himmel), instinktiv, kreatürlich (so bricht er den Bau auch bewußt ab), und der Nachahmer entwickelt sich keineswegs zum Helden, sondern flieht schon bald, nach sieben Tagen (immerhin!) aus der Natur, in Sterbensangst, so wie er zuvor dem Kongreßhaus entwichen ist, wechselt jäh die Szenerie, wie dann ja auch die anschließenden. Eben noch beim fanatischen Umgraben, tiefer und tiefer ins Erdreich, seiner Robinson-Lichtung, nimmt er als Sonderling jetzt Platz vor einer Seezunge am Küchentisch des Nobelrestaurants von Belluno und hält mit dem Schwadronieren von seinem Abenteuer die jugendlichen Kellner von der Arbeit ab, hat ein paar Leseaugenblicke danach schon

Platz oder Unterschlupf genommen in der Wohnung seines geliebten alten Onkels – allein von dessen Anwesenheit hatte einst das Kind sich beschenkt gefühlt – im Herzen der Lichterstadt Paris, und nach diesem erneuten Abruptwechsel könnte manch ein Leser sich schon fragen, was denn mit jenen »zähen Neubeginnflügeln« geschehen sei, welche Tigor in seinem Pflanzenzimmer angeblich gewachsen waren.

Und wieder schlägt der flüchtige Mathematiker einen sonderbaren Haken: Er wird Bühnenarbeiter, im Pariser Odeonstheater beim Luxemburggarten. Und hier scheint er zunächst auch in Sicherheit. Die schwere körperliche Arbeit, entrückt dem Tageslicht, wie in einem Bergwerk, im Verein mit ähnlich verlorenen Genossen, von denen einige mit der Zeit zu Tigors Freunden werden, führt zu einer namenlosen Brüderlichkeit, welche der ohne Geschwister aufgewachsene Held seinen Lebtag lang entbehrt hat. Hier, am Rand der großen Bühne, und dabei doch völlig im Abseits, fühlt Tigor sich mehr und mehr an seinem Platz. Die Welt der Bühnenwerkleute wird mit großen Augen gesehen und steht so, meines Wissens jedenfalls, zum ersten Mal im Buch. Dieses, in seinem langen Mittelteil da, spielt auch, trotz des stetig künstlichen Lichts, in vielen Farben und bekommt zudem, in der teilnahmsvollen Schilderung der mit im Abseits Tätigen, eine brüchige, dabei um so glaubhaftere Herzlichkeit (als entspräche solche Brüchigkeit dem leibhaften Herzfehler des Protagonisten: Er ist mit einem »Loch im Herzen« geboren).

Noch wohliger wird es um ihn, als er noch weiter, ins äußerste Abseits jener nächtlichen Theaterwelt gerät: Von den Parterre-Arbeitern wird er hinauf zum letzten Plafond, zu den von allem zentralen Geschehen am weitesten entrückten Schnürboden-Leuten, den *cintriers*, verbannt; in jenem Finis terrae, in der Gesellschaft ehemaliger Seeleute, die fortgesetzt ihre Knoten knüpfen und Leser und Philosophen sind, spüre ich Tigor zu Hause. Dieser Teil des Buchs, bei allen Burlesken, ist voll des schönen Gleichmaßes, erlöst von der sonstigen, manchmal auch aufreizend unernsten Sprunghaftigkeit. Eine Episode gibt die andre, eine jede zugleich innig gefühlt – gesehen – niedergeschrieben, und so auch nie zu lang oder zu kurz: rhythmisches Erzählen. Bezeichnend für solch episodische Heimatlichkeit ist auch, daß der Held hier in der Zivilisation, zum Beispiel im Jardin du Luxembourg, die Vögel »weit aufmerksamer« beobachten kann, »als ihm dies im Hochwald je gelungen war«. Und die Kinder, die er hier sieht, verfolgt er nicht zwanghaft, sondern, wie in früheren Zeiten, sie spielen durch sein Blickfeld.

Doch immer noch treibt ihn manchmal die Unruhe, und er nimmt nachts ein Taxi zur Atlantikküste, oder er kratzt mitten im Park beim Theater den Boden auf, gräbt, wie zuvor in der Wildnis, mit bloßen Händen die Erde um, reicht hinein bis zu den Ellenbogen. Inzwischen aber war ihm schon bei der Arbeit der Kreislauf zusammengebrochen, im Delirium hatte er von Holzsplittern im Eis des Bergs Ararat phantasiert, der zu Hilfe geholte Arzt war entsprechend ein Armenier gewesen – ist nicht auch »Tigor« ein Name aus der Region? –, und der hatte ihn dann auf die Reise dorthin geschickt, in die »Hoffnung«, aus »Sehnsucht«. Und wieder fällt in der Geschichte das Wort vom »Neubeginn« im Land von Noahs Arche, freilich nicht mehr bloß eines einzelnen; allgemein.

Die Reise nun aber, mit welcher Tigors Abenteuer endlich ganz ernst werden sollte, führt ihn, gleich schon mit dem Antritt, eher in die Unwirklichkeit. Sämtliche Orte, Personen, ob in Moskau oder dann in Erewan oder bei den armenischen Klöstern am Ararat-Fuß, werden zwar bildhaft, jedoch zugleich Zerrbilder, possenhaft selbst der vernebelte heilige Berg. Das ist immer noch amüsante Lektüre, nur ist, wie eine gute französische Redensart das besagt, »das Herz nicht mehr dabei«.

Da wirken dann auch die auftretenden Kinder nur noch flink herbeizitiert, verlieren ihre Gegenwärtigkeit zugunsten literarischer Reminiszenzen, so daß jenes eine Mädchen, welches Tigor sofort an Alice im Wunderland erinnert, ihn mit Recht beschimpft, denn sie will nichts als, jetzt!, geküßt werden (was auch geschieht, »so behutsam, wie er noch niemals eine Frau geküßt hatte«). Freilich ist das nicht einmal Episode, so abrupt, so unvermittelt, so »unrhythmisch« fällt das Kind, wie inzwischen auch die anderen Figuren, aus dem Buch. Da wünschte ich Leser mir den flüchtigen Helden zurück unter seine Schnürbodenmänner in Paris, und daß seine Geschichte mit denen dort, so jäh abgebrochen, weiterginge.

Statt dessen nimmt gegen Ende des Romans die Vereinzelung, nicht allein Tigors, sondern auch der Szenerien, noch zu. Kann sein, daß ein anderer Leser das als die Wahrheit der Erzählung empfindet. Ich freilich habe das Weggehen Tigors von seinen Leuten – immer wieder –, seinen Aufbruch schließlich, nach einer grotesken Weltreise an den türkischen Bergfuß jenseits der feindlichen Grenze, in die Menschenleere, gipfelwärts, als ein Verlassen, gar ein mutwilliges, bedauert, so wie es für mich am Schluß ein ebenso mutwilliges Verlassen des Autors, begangen an seinem Helden, war, den Tigor im Gletscher umkommen zu lassen. Hoffentlich bist du, Peter Jungk, nach Paul Nizon und seinem *Stolz* usw. usf., der letzte, der seinen Buchbruder auf der letzten Seite zum einsamen Erfrieren verdammt. Denn wie heißt doch ein bekanntes Grundgesetz der Kunst? »Rette deinen Helden« (so er in der Tat einer ist).

»Bedauert« habe ich Leser, wie gesagt, solch leichtfertige Auskehr des Buchs *Tigor* und wollte eben damit andeuten, wie beteiligt ich bis dorthin war. Denn ähnlich wie einer seiner Theaterfreunde vom »Odéon« hatte ich mich an des Helden »Gegenwart, an sein angenehm unruhiges Wesen gewöhnt«; vielleicht auch wegen der Art, in der von ihm erzählt wurde: eine Sprache von anmutiger, das heißt hell entschlossener Banalität – kaum ein Satz, welcher als ganzer zum Zitieren verlockte –, im Verein mit einem traumwandlerisch sicheren Abbrechen der Szenen jeweils im richtigen Moment, einem großen Sprung woandershin, wodurch die Erzählung weithin vibriert von jener Elektrizität der Leerstellen, welche ihr das Geheimnis geben; das seine Abenteuerkraft freilich dann endgültig verliert mit dem windigen Aufbruch in die Gletscherregion.

Ob demnach nicht die Fragmente von Noahs Arche, statt in der Natur, besser fortgesetzt zu suchen gewesen wären oben auf dem Schnürboden des Pariser Theaters, im Kreis der Arbeitsfreunde – »mit den Kameraden im Finstern zu flüstern, ließ ihm Schauer über Nacken und Rücken laufen«? Im Unterholz des Stechpalmenwalds, im Rundgang auf den Hügeln ergiebiger als gipfelwärts?

So mitgegangen, lieber Autor, bin ich ja mit deinem flickenhaften Helden, daß ich ihn mir, statt von einem zwitterhaften, mitteleuropäisch-armenischen Namen in die Irre geschickt, geleitet gewünscht hätte von einem klar jüdischen und ihn mir jetzt, statt in einer irdischen Eisdecke verscharrt, auf einem Stern der Ungeborenen neu zur Welt, in ein neues Buch gekommen wünsche. Bis dahin gebührt freilich auch dem Buch *Tigor* allein, mitsamt seinem unbeholfenen Flügelschlagen – nicht meine Bewunderung, nein, etwas weit mehr einem Schreibwerk Entsprechendes: meine Achtung und meine distanzierte Zuneigung.

Wie ein Letzter ein Erster; Lob eines »Kritikers«

Zu Helmut Färber

Vor jedem Worte-Machen zu etwas, das mich auf die Beine gebracht hat, ist da der Gedankenzwist, ob es nicht richtiger wäre, die Sache auf sich beruhen und so in Ruhe blühen zu lassen. Und in der Sache Helmut Färber ist solcher Zwiespalt besonders wirksam. Ich habe zu kämpfen mit einem Widerstreben, öffentlich vom Werk dieses Mannes zu reden. Das hat einmal allein schon zu tun mit der Person, welche jede Art von auf-sich-gerichtetem Ritus sich vom Leib zu fächeln scheint. (Dazu gehört, daß Helmut Färber mit allen seinen Sinnen eben ein Ritenerforscher ist.) Und dann sind es auch die Sachen, ist es die Arbeit des bestimmten Menschen daselbst. Sie spricht derart für sich allein und strahlt überdies eine solche Gewissenhaftigkeit aus, daß ein jeder Zusatz, wie etwa der meine hier, mit der Gefahr sowohl des Drumherumredens als auch der Oberflächlichkeit oder Sprunghaftigkeit zu tun bekommt. Andrerseits ist Drumherumreden vielleicht doch etwas anderes als Zerreden, und Oberflächlichkeit von Fall zu Fall etwas anderes als Seichtheit, und Sprunghaftigkeit nicht ganz gleichzusetzen mit Schlamperei. Und überdies will – stärkerer Antrieb als der, die nun dreißig Jahre der Taten Helmut Färbers einfach schweigend auf mich einwirken zu lassen – zu diesem endlich einmal auch was gesagt sein.

Wer ist Helmut Färber? Beim Lesen bin ich ihm zuerst begegnet als einem Filmkritiker, Mitte der sechziger Jahre, in der *Süddeutschen Zeitung* und der Monatszeitschrift *Filmkritik*. Zu Filmen, gleich welchen, eine solch feine und zugleich bodenständige Sprache zu Gesicht zu bekommen, und das auch noch in einer Tageszeitung, das hat mich damals wachgestoßen, fürs Filmeanschauen, aber auch für das Tun und Schreiben, und ich weiß es, nicht nur mich. Oft waren das nur ein paar Zeilen im

Lokalfeuilleton, wofür Helmut Färber, bei einem Zeilenhonorar von einer (1) DM, vielleicht zwischen 8 und 10 Mark ausbezahlt bekam. Eine dieser Filmbesprechungen ging zum Beispiel so:

»*Stern des Südens*. Das wäre schön: Man wäre eben noch in München über den Karlsplatz gegangen, dann in den Stachus-Filmpalast und befände sich plötzlich, wiewohl noch am Karlsplatz, zugleich im fernen Afrika und erlebte dort die abenteuerliche Suche nach dem verschwundenen Diamanten *Stern des Südens*. Das wäre schön und könnte geschehen durch einen Film, wenn in ihm sichtbar würden zum Beispiel:

Sand; Weite; das Gehen durch den Busch; Herauskommen aus dem Wald; Ermüdung; Schatten; wie eine geflochtene Hängebrücke sich bewegt. Wer nicht filmen mag, wie sie sich bewegt, muß, damit er auch etwas hat, filmen, wie sie kaputtgeht. Wie dieser Film …

Liaodschaidschigi, das ist der Titel einer Sammlung von Erzählungen aus dem chinesischen 17. Jahrhundert und heißt zu deutsch: Seltsame Geschichten, aufgezeichnet im Studio der beschaulichen Muße. Es *könnte* den Film geben, der so hieße. Seltsame Geschichten, gefilmt im Studio der beschaulichen Muße.« *(Ohne Datum, irgendwann in den sechziger Jahren?)*

Oder so:

»*Erpressung durch Scorpio* (City) … Nur müde soll man werden und sich gewöhnen an schlechte Büros und Filme. Aber man muß es nicht. Es gäbe etwas, das unterhaltend und anders ist, wirklich phantastische Abenteuer- und Liebesgeschichten: jetzt gerade gibt es im Insel-Verlag eine sehr schöne, nicht teure Ausgabe der Erzählungen aus 1001 Nacht. Wer abends in diesen Geschichten läse, täte sogar noch etwas für die Filmindustrie; denn manchmal fiele ihm dabei vielleicht ein, wie Filme sein könnten, wie sie bloß nicht sind.« *(31. 10. 68)*

Oder so, unter der Überschrift »Marktbericht«:

»*Woody und seine Freunde* (Royal-Theater). Witzzeichenfilme, zusammengehauen, Produkte üblicher Abfallproduktion. Kindern soll man lieber Märchen erzählen und die Donald-Duck-Sonderhefte (*im Zeitungsdruck dann von Redakteurshand verändert zu:* oder notfalls die Donald-Duck-Sonderhefte) kaufen. – Mehr ist zu dieser Chose nicht zu sagen: wer bei nichtvorhandenen Filmen als Kritiker jedesmal wieder pflichtbewußt herumredet, verfehlt seinen Beruf und demoralisiert die Leute, die Kritiken lesen und denen ich zu dienen hoffe, indem ich ihnen sage: ›auf dem Elisabethmarkt, an einem bestimmten Stand in der zweiten Reihe, gibt es besonders schöne Artischocken.‹« *(15. 7. 68)*

Oder aber so, als Ausschnitt zitiert, unter der Überschrift »Dracula und Adalbert Stifter«:

»*Wie schmeckt das Blut von Dracula* ... Im Wald ist alles stumm. Kein Vogel. Der Wind bewegt die Zweige und in zitternden Linien das Wasser des Waldteichs. Auch er ist lautlos. Wie ein Wild, horchend und blickend, den Jäger spürt, der es töten wird, so spürt in solchen Bildern die Natur des 19. Jahrhunderts den Tod voraus, den das 20. ihr bereitet hat. Graf Dracula, der plötzlich zwischen den Bäumen steht, im schwarzen Mantel, aschfahl, gezeichnet vom endlosen Martyrium der Langeweile, ist eine der letzten Wunschfiguren des bürgerlichen Europa und als Wunschfigur ein so aufrichtiges Geständnis, daß die Todeserzählungen Thomas Manns davor für mich als Peinlichkeiten erkennbar werden. Und Adalbert Stifters Wahrhaftigkeit wird ganz deutlich.« *(Sept. 1970)*

Oder aber so – ich möchte weiter zitieren, wenn auch wieder nur einen Ausschnitt:

»*Donald Duck als Sonntagsjäger* (Mohren) ... Außerdem gibt es Donald Duck, unter anderem in kurzen Filmen wie diesen. Hier ist er unsympathischer, bösartiger, eindimensionaler [als in den Comicsheften] vorhanden, mehr nur als motorisches Prinzip. Diese Filme sind kleine Maschinen, die sich in wahnsinniger

Geschwindigkeit verwandeln und zerstören – es steckt viel Spezialistenintelligenz darin. Das Material, aus dem sie bestehen, ist eine von keiner Hoffnung mehr erreichte, eine sozusagen gegenstandslose und deshalb sich auf alle Gegenstände wie ein Geier stürzende Phantasie.

Mehr als zwei dieser aufschlußreichen Filme hält man in wachem Zustand hintereinander nicht aus. Zu sehen sind an die zehn.« *(Ohne Datum)*

Gar zu selten, für mich jedenfalls, erschienen in der Zeitung regelrechte, längere Filmartikel von Helmut Färber, und sie waren mir immer gar zu schnell zuende. Auch sie hatten das Kürzelhafte seiner Anmerkungen und bestanden wie diese aus lauter Abweichungen, so leichten wie ernsten, die Sache ins Weite oder Rechte rückenden. Zwischendurch berichtete er etwa noch von einem Science-Fiction-Filmfestival in Triest, das dort im Süden nächtlich draußen im Burghof stattfand, wenn dann in dem Geschriebenen auch kein einziger Film vorkam, dafür der Mond über der Leinwand und vor allem, ausführlich beschrieben, ein Schaufenster in der Triester Innenstadt mit phantastischen Weltraumfiguren, geknetet, händisch, aus Marzipan, samt Nachtbeleuchtung.

Nicht nur Filme erzählte Helmut Färber einem damals vor in der Zeitung. Als gelernter Drucker, dann Kunsthistoriker, befaßte er sich auch mit Büchern, und zwar auf eine ganz neue, ein Beispiel gebende Art (nur wurde seinem Beispiel dann kaum gefolgt). Erst einmal ließ er die Bücher in der Hauptsache durch ein immer gerechtes, »aufschlußreiches« Zitieren für oder von sich selber sprechen und unterbrach sie gleichsam bloß mit seinen bescheidenen, bildhaften, andeutenden Zwischentiteln. Und dann bestimmte er, der Verfasser, auch noch die Typographie jeweils der Artikel, verantwortete deren Aussehen, hatte den Rhythmus von Text und Illustration ganz in seiner Hand. So wunderbar licht und tiefgründig zu lesende Absätze, so ein schönes Mit-, In- und Auseinander von Bildern und Lettern wie seinerzeit Ende der sechziger, Anfang der siebziger Jahre bisweilen in einer Wochenendausgabe der *Süddeutschen Zeitung*, standen wohl weder vorher noch nachher je in einem Journal. Solche Seiten, von dem Drucker, Kunstwissenschaftler und Schreiber (im altägyptischen Sinn) Helmut Färber entworfen und praktiziert zugleich, waren, ob es um den Nachdruck eines Warenhauskatalogs von vor dem Ersten Weltkrieg ging oder ein Schlüsselbuch zur Eroberung des amerikanischen Westens, ein zauberisches Aufblättern zu einer Welt, in welcher Zeitung und Buch einmal als zwei durchaus benachbarte Gärten aufblitzten.

Mehr umfassend, auch gleichmäßiger, war Helmut Färber zu jener Epoche zu lesen in der Zeitschrift *Filmkritik*. Deren Ruhm wird einmal jemand andrer verkünden. Zusammen etwa mit dem mürrischen oder schüchternen Enno Patalas als dem Herausgeber der ihre Filme umspielenden Frieda Grafe, dem zwanglos eleganten, dabei großäugigen Uwe Nettelbeck, dem anmutig-zornigen, St. Georg-haften (entsprechend sein Schreibstil) Filmliebhaber Herbert Linder, veröffentlichte da Helmut Färber, ungefähr von 1964 bis seine immer grundsätzlichen, dabei immer die Schwebe einhaltenden Aufsätze zu *Die Rote Wüste* von Michelangelo Antonioni, zu *Die Verachtung* von Jean-Luc Godard, zu den *amerikanischen Western*, zu Buñuel (nein, das konnte noch in der *SZ* stehen), seinen *Versuch über Hitchcock* und, ein Vorbild nicht nur für jede Kritik, sondern überhaupt fürs Schreiben und Machen, seine Beschreibung (in dieser begriffen die Deutung) von Straubs *Die Chronik der Anna Magdalena Bach*.

In den Jahrzehnten seither hat sich das Schreiben über Filme von Grund auf verändert. Zeitschriften wie die *Filmkritik* gibt es nicht mehr. *Les Cahiers du Cinéma* in Frankreich werden zwar weiter publiziert, aber selbst da hat die Haltung zu den Filmen und dem Kino sich wesentlich verwandelt. Wie bei einem jeden Produkt scheint es die Regel auch für die Filme geworden zu sein, daß diese erst existieren durch diejenigen, die dazu etwas sagen und zugleich auch noch das Sagen haben, die Schalt- oder Schalterstellen, die Veröffentlicher oder eher Öffentlichkeitsagenten. Höchstens als Rhetorikfloskel käme in deren Suada ein Zeitwort wie Helmut Färbers »dienen« vor. Mit dem, was sie tun, sowohl einem Werk als auch einem Publikum zu dienen, hielten sie für ein Ansinnen aus einer Urzeit. In ihrem Selbstverständnis sind sie, die öffentlichen Meiner zu einer Sache, deren Macher, und nicht etwa der Regisseur oder die Mannschaft des Films. Die Cineasten, das sind sie, und nicht Robert Altman oder Ken Loach oder Abbas Kiarostami. Bedenklich ist das mit so vielen der jetzigen Filmkritiker, denen die eigene Intelligenz so viel mehr gilt als die Gedanklichkeit oder die Denkhaltung, die so andersartige Intelligenz in ihrem jeweiligen Gegenstand. In ihrem Schreiben über Filme mit nichts unterwegs als mit ihrem lieblosen Scharfsinn, wirken solche Schalterleute zunächst fast wohltuend frech, dann zerstörerisch dumm; und zuletzt nur noch haltlos hysterisch. Es ist vielleicht nicht so schlimm, und doch ist es schlimm: es ist das falsche Gewicht. Helmut Färber hat dergleichen, mehr analytisch und umfassend, in einem seiner letzten Aufsätze für die *Filmkritik*, im Septemberheft 1975, gewaltig angedeutet *(Einige Notizen über amerikanische Western)*:

»... man sieht [in den Western], wie verschiedene Leute sich verhalten, und sieht sie handeln ... Das Bewußtsein *hier* behält von den Western nicht dies, Verhalten und Handeln, sondern erzeugt Prinzipien von Verhalten und Handeln. Diese Umwandlung von Verhalten und Handeln in Prinzipien und Standpunkt geschieht durch intellektuelle Leute ... dieses Verwischen des Unterschiedes zwischen Handeln und Standpunkt, Sehen und Meinen ist die Ware, die sie besser verkaufen als alle ihre anderen ... Sie stellt ein reichliches Leben her, ... große Eindrücke, wo nichts davon da ist. Diese Ware ist für [diese] Leute nicht nur die verkäuflichste, sie ist die einzige, die ihnen eine weitere Teilnahme am Wirtschaftsleben sichert ... Sie läßt die riesigen Entbehrungen, die es auferlegt, verschwinden, und trägt dazu bei, daß Unruhe und Unzufriedenheiten sich weniger in Handlungen als in Standpunkten ausdrücken.«

Immer wieder hat Helmut Färber diese bestimmte, so gegenstands- wie blicklose Intelligenz kritisiert, und immer doch eher, bei allem Zorn, beiläufig und nebenbei. Seine höchsteigene Intelligenz galt hauptsächlich den Dingen und Werken, denen er zugeneigt war. Sein Scharfsinn ist insbesondere einer, der aus dem Enthusiasmus kommt: Hand in Hand mit diesem zeitigt er im Schreiben die so spezifisch Färber'sche Melodie, die Bildlichkeit, die Gegenständlichkeit. Helmut Färber ist ein märchenhafter Filmkritiker und Satz für Satz auch noch etwas anderes. Umgekehrt hat er bei all den Filmen und Autoren, die er erfreut begrüßte – freudiges sachgerechtes Begrüßen, so könnte der gemeinsame Nenner seiner Artikel heißen –, keinmal das Maß verlassen; ist nie durch Überschwang unglaubwürdig; bleibt immer zugleich der nüchterne Unterscheider, der Kritiker; seine Strenge, paradoxes Verb für dieses Substantiv, spielt verläßlich mit, es ist da oft eine barmherzige Strenge. Wie vielfältig und gewissermaßen geleitschützerisch fächert er die Struktur etwa von Godards *Le Mépris* einem zum Lesen auf, wie nennt er das ausdrücklich Kulissenhafte des Films »ein wunderbar erleichterndes Vergnügen ...«, wie goetheisch angemessen gewunden wird des Kritikers Sprache, wenn er auf Godards »Weise des Zitierens« kommt, »die einen so freundlich stimmt, die den Betrachter aufs Schönste veranlaßt, sich beständig umzustellen« – und doch gehört zu solchem Gruß auch die ihn beschließende Einwendung, so: »Die Weise des Zitierens sollte die Blicke nicht trüben für die Dürftigkeit des Zitierten. Denn mit dem Hölderlin etwa, der laut Godard keine Bedeutungen gesucht habe, da ist es eben so eine Sache. Daß Hölderlin keine Bedeutungen gesucht hat, wie beispielsweise Leo Krell sie haben will, mit dessen Literaturgeschichte seit Jahren an Höheren Schulen die Liebe zur Literatur bekämpft wird, darüber ist nicht zu reden ... Es fragt sich nur, ob Ahnungslosigkeit wirklich jene Alternative ist, als die sie in *Le Mépris* erscheint ... [Godards] Romantisieren fehlt, um ... Friedrich von Hardenberg zu zitieren, die beste Pointe: ›Verwandlung des Fremden in ein Eigenes, Zueignung ist also das unaufhörliche Geschäft des Geistes‹.« – Und so weisen auch die meisten anderen Begleitschreiben Helmut Färbers ihr Maß an Bedenken angesichts des Gegenstands ihrer Zuneigung, bei Antonioni ebenso wie bei Hitchcock und Walt Disney (zum *Dschungelbuch*: »Disneys Phantasie hatte sich von den Filmen weg auf anderes gerichtet. Und sie kann nicht seinen Tod überleben ... Darum sind die Elefanten und Geier so schlecht den Elefanten und Raben aus *Dumbo* nachgemacht ... Selbst wenn die singende, hypnotisierte Schlange ... lustig dreinschaut, schaut sie nicht mehr so lustig wie das Krokodil in *Peter Pan*«). – Ganz ohne Einschränkung übermittelt Färber einem, nach den Pionieren wie Griffith und Eisenstein, eigentlich nur drei Regisseure: Yasujiro Ozu, John Ford, Jean-Marie Straub. Aber auch da bleibt er, und das ist seine Kunst, mit der Ergriffenheit rein bei der Sache. Bei Ozus *Ukigusa* (Schwankendes Schilf) so:

»Es ist die Form, die Ozus Episoden in reine Wahrheit verwandelt. Unbewegt, unverwandt stehen die Bilder ... Immer wieder geben Bilder, vollkommen ohne Bewegung, sekundenlang stillstehend, auch optisch Pausen. Aber dies sind nicht Pausen, in denen Leere einbricht, sondern Momente der Sammlung. Ozus Bilder wären nicht denkbar ohne die japanische Architektur. Ihre rechtwinkligen, flächenhaften Holzgerüste und -rahmen, fast immer bildparallel gesehen, entfernen jegliche Zufälligkeit. Ihrer Ordnung sind die Personen eingeschrieben, genau frontal, oder genau im Profil ... Was Ozus Menschen höchstens von Ferne ahnen und was man zerstören würde, wenn man es zu behaupten wagte, vermag diese Form zu vergegenwärtigen: daß Resignation zu tun hat mit Überwindung.« (Und dann erst erlaubt sich Färber, zu sagen:) »*Schwankendes Schilf* ist einer der schönsten Filme, die in den letzten Jahren in München zu sehen waren. Es ist die Schönheit jenes Übergangs, an dem man, wie Ernst Bloch gesagt hat, ›nicht mehr weiß: ist hier Klage oder Trost‹.« (Das hat der Kritiker zuvor schon selber sozusagen sachdienlicher formuliert:) »[Ozu] beschreibt Episoden mit einer Ruhe, die sich nicht erbittern läßt.« (So hat es im übrigen bis heute auch Helmut Färber gehalten.)

Zu John Ford hier nur Färbers Rahmensätze, fundamental. Die des Anfangs: »Man kann sich eine spätere Zeit vorstellen, die das 20. Jahrhundert um eine Sprache beneidet, die es dann nicht mehr gibt: um den Film. Menschen werden beklagen, daß wir diese Sprache kaum mehr zu gebrauchen wußten.« Und die des Endes: »Nur bei einem sehr guten Film hat man Lust, zu beschreiben. Beschreiben ist etwas ganz anderes als Nacherzählen. Und für Leser, die finden, hier sei über einen Film dies und jenes gesagt, aber nicht recht, was er insgesamt ist: Ein schöner Film, den man nicht nur von außen ansehen kann, man kann in ihm herumgehen!« (Ich glaube, das ist in dem Schrifttum H. F.s das bisher einzige Rufzeichen.)

Und dann noch Helmut Färber zu Straub-Huillet *Die Chronik der Anna Magdalena Bach*. Es ist das pur Kritik in Gestalt eben jener Beschreibung. Und Beschreibung heißt Formerforschung, Einstellung um Einstellung, und deren sprachliche Nachzeichnung; kontrapunktiert durch äußerst bedachtes, gegenstandsgemäß ausgewähltes Zitieren. Urteil, Kommentar, Zuschauerreaktion keinmal vordringlich, vielmehr höchstens als eine Weise des Mitgehens mit dem Film, und dann auch nur in Ausnahmsmomenten, spärlichen, und dafür umso glaubhafter, etwa: »... so bleibt im ganzen Film kein Bild, kein Wort, kein Augenblick für sich, Besitz. Jedes wird, anderes und durch anderes sich verwandelnd, vollkommener es selbst, und Sprache, wie es freilich noch kein Film gewesen ist, auch durch Eisenstein noch nicht. Sprache, die zugleich Handeln ist. [Ähnliches sagt Färber von der Sprache in den Western.] Bach hat seine Zeit nicht versäumt, die Chronik der Anna Magdalena Bach wird gegen Ende immer rascher, die Zeit des Lebens, im Film gemessen durch die Musik, ist erfüllt, und der Film erreicht eine Ruhe, wie er am Ende des Eingangschors der Matthäuspassion jenes Bild eines Sonnenaufgangs an einem Meer erreicht, durch welches alle gefilmten Sonnenauf- und -untergänge wider den Geist nicht mehr da sind.« Oder so erlaubt sich der Kritiker zu der Einstellung, wo Bachs Frau ihrem Mann »ganz kurz die Hand auf die Schulter (legt)«, dann sein ebenso kurzes »erscheint jenes einzige sichtbarste Zeichen der Liebe«. Die Regel der Kritik aber bleibt »die Beschreibung«; der Film erweckt diese im Zuschauer/Kritiker auf das natürlichste, als den Konvoi, welchen er sowohl braucht als auch verdient; das Zuschauen allein genügt nicht; das unterscheidende Beschreiben will hinzutreten: die von dem Gegenstand durchdrungene, ergriffene, mächtig erschütterte, zugleich vor ihm in den Abstand tretende und vernünftige Kritik.

So las ich Helmut Färber immer eben als jemand noch anderen als einen Kritiker. Es ist heute auch der Augenblick, zu sagen, wie seine Schriften mir Schubs um Schubs gegeben haben, sowohl auf die eigenen Augen und das Herz zu bauen, als auch dabei nicht den Sprachverstand zu verraten. Ohne ihn hätte ich zum Beispiel den »Kurzen Brief zum langen Abschied« nicht geschrieben, oder jedenfalls wer weiß wie. Und ich bin nicht der einzige, der von seinem Tun und Auslassen (das zählt genauso) etwas gehabt hat. Ich begehe keinen Verrat, wenn ich sage, daß seine Weise des Arbeitens (oder, im Sinn der amerikanischen Westernfilme, sein Verhalten) für die Anfänge von Wim Wenders, der im übrigen eine Zeitlang damals für die *Süddeutsche* neben Färber Filmkritiken schrieb, so etwas wie – wenn es das gäbe – eine Bildergabel war. Und das von Helmut Färber, statt der ausgedienten Regelästhetik, für die Kritik frei nach Friedrich Schlegel vorgeschlagene »Spiel der Mitteilung und Annäherung«, von ihm selber befolgt in einem immer noch leuchtenden Ring von Beispielen, hat, kommt mir vor, doch diesen und jenen jüngeren Kritiker auf einen frischen Weg gebracht: ich denke etwa an Benjamin Heinrichs' so erfreulichen Aufsatz zu Stan Laurel & Oliver Hardy, auf welche Färbers Forderung zutrifft, Filmkritiken sollten, »was sie finden und fordern«, auch selber sein.

Helmut Färber ist dabei freilich ein grundanderer als du und ich; ein ganz eigener, auch eigensinniger; der formulierte Eigensinn. Zugleich ist er universell. Wenn er sagt: »Was heute Kritiken des Argumentierens zu viel tun, an Nähe des Beobachtens gebricht es ihnen«, so redet er nicht einem zeitenthobenen reinen Sehen das Wort. Daß ein Werk sich sehen läßt, macht zwar überhaupt für ihn erst seine Kritikwürdigkeit aus, aber die Zeitumstände müssen in der Betrachtung mit dabeisein; Kritik ist für ihn: Verstehen *und* Historik. Insofern beharrt Färber für sich auf der

Wissenschaftlichkeit. Was ihn dabei von einem Filmwissenschaftler wie Siegfried Kracauer unterscheidet, ist sein entgegengesetztes Gewichten – entsprechend wie er selbst von Kracauer sagt: »Er trifft den Zeitgeist eines Werks, nicht den Geist.« In seinem Grundlagenerforschen wie auch seiner Art des Gewichtens ist Helmut Färber am ehesten der Bruder Walter Benjamins; ebenso in dem fragmentarischen Charakter manch seiner Sachen – »es ist keine Schande, wenn jemand zu einem Film sieben einzelne Gedanken einfallen« –, und in dem anmutigen Einssein von Begrifflichkeit und Anschauung (bei Färbers Sprache, kommt mir vor, noch vollkommener, sowohl erdiger wie luftiger, und wohl nicht nur wegen seiner Abstammung aus Regensburg und von Karl Valentin; bei ihm käme niemand in Versuchung, von einer »Sprachbehandlung« zu reden, wie leider ich doch gar zu oft bei Benjamin: Färber läßt die Sprache handeln, aus einem Universal- oder, s. o., Westerner- oder Poeten-Instinkt, und desgleichen weiß er spürbar weit mehr, als er sagt, indes sein Vorfahrbruder jeweils so ziemlich alles sagt, was er weiß, und manchmal noch mehr).

In Wahrheit ist Helmut Färber mit gar niemand zu vergleichen. Es ist noch eine Dimension an ihm, welche ihn nicht nur von den Kritikern jetzt der neunziger Jahre unterscheidet, sondern auch von seinen Vorgängern und ebenso seinen Mitspielern seinerzeit in der *Filmkritik*. Sein Blick war, und zwar von Beginn, mitbestimmt von der Technik und dem Handwerk des Kinos. Er hat neben den Filmen auch Filmlehrbücher aus Hollywood besprochen, zum Beispiel eine Skizze mitgezeigt, wie bei einem Indianerpfeil zwei Kameras und zwei Pfeile die Bilderfolge Abschuß–Treffer herbeizaubern, und zugleich an den wesensverschiedenen Techniklehren aus zwei Büchern, deren Erscheinen nur um ein paar Jahre auseinander war, beiläufig belegt, wie sich eine große Krise der Filmgesellschaften auch auf die Drehregeln auswirkte: das später erschienene Lehrbuch bestand allein aus Ratschlägen zum Zeit- und Materialeinsparen, aber ohne das vorige wäre das nicht so erkennbar gewesen. Helmut Färbers Beschäftigung mit dem Handwerkszeug der Filme ist keine flüchtige Neugier, sondern ein beständiges Interesse, ein beharrliches Bei-der-Sache-Bleiben, ein Teil seines Verstehens, welches er auch darum so fruchten lassen kann wie, jedenfalls im Deutschen, kein zweiter. Wie wäre es zu wünschen, würden die Leute, die heutzutage was zu Filmen sagen, bei den treusorglich liebevollen Beschreibungen, Auflistungen, Archivierungen, Archäologisierungen Färbers, der tausend Apparate, Gerätschaften, Helferdinge, Helfermenschen für einen einzigen Film jahrlang zur Schule gehen; wie würden ihre blödlässigen ahnungslosen Kintoppvisagen, wie würde ihre von keinerlei Augenzeugenschaft beleckte Cineastenhoffart »sich umformen« (ein häufiges Wort bei Färber) in etwas ganz anderes, welche sie erst zum Kritikmachen in meines Freundes Sinn befähigte: »wachrufen die Selbsterkenntnis des Kunstwerks«.

Es kam dann etwa Mitte der siebziger Jahre die Zeit, da das störrische und dabei doch so sachgerechte wie belebende Deutsch Helmut Färbers nicht mehr zusammenging mit dem Zeitungsdeutsch, nicht einmal dem der spielfreudigen *Süddeutschen*. Und nicht viel später, Anfang der Achtziger?, gab es auch die formenbedachte *Filmkritik* nicht mehr. Färber verlor die für seine Lebensarbeit wesentliche Öffentlichkeit. Das hieß jedoch nicht, daß er, anders als er sich einmal selber bezichtigte, »kleinmütig« oder gar kleingläubig wurde. Schon sehr früh hatte er sich geäußert, die Sache der Filmkritiker werde es mehr und mehr, nach dem Ende des flüchtigen Zusammengehens von Kapitalismus und Phantasie (Hollywood bis in die sechziger Jahre), Filme zu beschreiben, welche es noch nicht gibt. Und das hat er in der Folge auch unternommen, auf eine Weise, auf die nicht »paradox«, vielmehr das alte »dialektisch« zutrifft: Erst einmal hat er sich auf das Lehren konzentriert, an den Filmhochschulen von München und Berlin, ein Lehren allerdings, das, im Gegensatz zu dem von ihm schon lang zornig kritisierten, fast allein aus dem Forschen und die Schüler dabei Zusehen-Lassen bestand; und dann hat er die künftigen Filme evoziert allein an der Hand der Formenbeschreibungen einiger der wegweisenden frühen und noch früheren samt deren Zeitgeschichte. Einzelnen weit zurückliegenden Filmen galten nun ganze Bücher. Und das sind bis jetzt, nach einem Band »Baukunst und Film. Aus der Geschichte des Sehens« (1977), zwei: Das erste heißt: »Mizoguchi Kenji, *Saikaku ichidni onna* (Das Leben der Frau Oharu ...). Filmbeschreibung ...« (1986). Und das zweite, erschienen 1992, ebenfalls »Verlag und Vertrieb: Helmut Färber, Fendstraße 4, München 40«: *A Corner in Wheat* von D.W. GRIFFITH, 1909, *Eine Kritik*.

Hier muß jetzt ein Sprung sein. *Baukunst und Film*, wie auch die buchlange Bild- und Wortwiedergabe und sanft aufschlüsselnde Beschreibung des japanischen Films, beides für den, der vom Wissen nicht ein Ohrensausen, sondern ein Beseelen und Sinne Erwecken erwartet, sind, kurz gesagt, dementsprechend zu lesen, zu beäugen, zu buchstabieren, zu studieren. Nur werden andere anderswo sich darüber, wie es sich gehört, äußern und sollten das auch beizeiten tun: ein verändertes Schreiben über Filme wird auch den und jenen neuen Film ermöglichen. Das gilt ebenso für das 131-Seiten-Buch, mit den stahlstichhaft intensiven Abbildungen sämtlicher Einstellungen, des 15 Minuten und 56 Sekunden kurzen Stummfilms von Griffith. Dieses letztere muß ich aber doch streifen, um besser anzudeuten, wer sein Verfasser Helmut Färber ist. Der Sehdenker, der Bewahrer, der Projektionist (in einem ganz speziellen Filmvorführraum), als der er mir immer vorkam und als der er denen, die lesen, in Zukunft auch ins Licht treten wird, ist in dem Buch da schon nah an der Entfaltung. Zu der Beschreibung des Films tritt hier, im Gegensatz zu der Mizoguchi-Sache, siehe auch den Untertitel, »eine Kritik«. Und was für eine Kritik ist das! Am Beispiel der Erörterung jenes kühnen Pionierfilms greift der Kritiker, beschreibend, vergleichend, unterscheidend, verweisend und insbesondere vorausweisend, aus in den Weltfilm, in Analogie zu Griffith, welcher eine einzelne Geschichte als »Weltgeschehen« erzählt. Ich möchte dazu wieder nur zitieren aus der Kritik (die Beschreibung des Films geht bis S. 50 – die Kritik von S. 55-93; danach »Anhang«: Daten; Anmerkungen; Überlieferungen und Versionen des Films, Anzeigen – Branchen – Presse; Verbot in Deutschland 1912; Zeitpolitisches; Kamera, Photographie, Technisches).

»Das Merkwürdige an so vielem Schreiben über Griffith ist, daß es, immer interessiert an dem, was die Filmindustrie von

Griffith gebrauchen konnte, diese Zerstörung [durch die FI] wiederholt.« (S. 55)

»Indem [in den Anfangsbildern] die Arbeit des Säens so lange gezeigt wird, viel länger als nötig ist, um sie zu verstehen, wird etwas Feierliches in ihr sichtbar … / Das ist nicht nur der ›loyale aufrechte Freibauer‹ der populistischen Rhetorik damals in den USA.« (S. 57)

»Für den ganzen Film ist mit diesem Anfang im Freien ein Maß gegeben. Er bestimmt den Rhythmus … Er bestimmt die Stilhöhe. Die Monumentalität dieses Anfangs bleibt den ganzen Film hindurch gegenwärtig als ein gehaltener Ton.« (S. 58)

»Von [der Ausbeutung, wie hier durch die Weizenspekulation] läßt sich nicht erzählen, weil mit jeglichem Erzählen sogleich ihr der Anschein eines menschlichen Verhältnisses angefälscht ist … Im üblichen Fall entsteht die übliche Lüge der sozialkritischen Filme. / In A CORNER IN WHEAT bleiben Bauer, Spekulanten und Hungernde einander so unbekannt, wie sie in Wirklichkeit es sind.« (S. 62)

»Bauer, Spekulant, Hungernde: das Einzelne, … durch kein Erzählen zu verbinden, für sich allein nicht verständlich – wird erst erkennbar als zusammenhängend durch den Film selbst.« (S. 63)

[Zu der berühmten Einstellung der anstehenden Hungernden in dem Bäckerladen, wie sie ohne Brot bleiben und dann, über 12 Sekunden lang, »mit einemmal vollkommen reglos stehen, das ganze Bild völlig reglos«:] »Wie der Zusammenhang zwischen Bauern, Weizenkönig und Leuten im Bäckerladen nicht innerhalb einer dargestellten Wirklichkeit gegeben ist, sondern erst der Film selbst ihn herstellt, so wird hier … die Sprachlosigkeit der Menschen zu der des Films selber: es ist die Erzählung …: es ist der Film selbst, der hier, angesichts der Ungeheuerlichkeit, aussetzt, verstummt, innehält.« (S. 73)

[Und dann, um zu zeigen, wie sich das Erzählen des Films ganz im Gegensatz zu seinen Pionieren entwickelt hat:] »Bei Griffith entsteht … Erzählung … aus den einzelnen Aufnahmen. / So entsteht sie auch nach jetziger Konvention; nur ist bei dieser eine Absicht … hinzugekommen: Erzählung … soll entstehen …, als sei sie von sich aus vorhanden: die Illusion soll sich bilden, es würde nicht durch den Film eine Wirklichkeit hergestellt, sondern es sei eine Wirklichkeit für sich gegeben und gleichsam bloß gefilmt worden.« (S. 82)

»… das Erzählen durch Wirklichkeitsillusion … [ist] in den Filmindustrien und durch sie zum absolut geltenden … Prinzip geworden. Die Folge war eine Ausschließung aller der anderen kinematographischen Möglichkeiten. / Es ist, als hätte damit der Film … seine Bestimmung verfehlt, ganz zu der Kunst des 20. Jahrhunderts zu werden, wie er es hätte werden sollen. / Erst nunmehr ist für den Film eine Trennung entstanden von anonymer Überlieferung, Mythologie, Unterhaltung, Volkserzählung, und Experiment, Avantgarde, Kunst auf einer anderen Seite. Die Filmindustrien haben sich selbst zum Film überhaupt bestimmt und alles außerhalb von sich zum Nicht-Film und für unfilmisch, bis in das einzelne Bewußtsein hinein.« (S. 84/85)

»Das Singuläre dieses Films [*A Corner* …] ist, daß aus der kinematographischen Weltwahrnehmung und -darstellung die Abhandlung entsteht, die das Wahrgenommene, Dargestellte erhellt. Es ist, mit anderen Worten, bei Griffith das Darstellen mit dem Formulieren verbunden.« (S. 87)

[Zum Schluß des Films:] »Der Bauer säend, allein …; kein Pferdegespann, kein Knecht … Dies kann eine Bedeutung in sich schließen des Sinnes: kein Knecht mehr zu halten, die Pferde verkauft … Aber bei dem Film, wie er ist, hat solcher hinzugedachte Handlungssinn etwas von einer Verminderung eines Weltgeschehens zu doch bloß einer einzelnen Geschichte. Was zu sehen ist, ist heftiger [schon vorher hat Färber einer Szene »antikische

Heftigkeit« zugesprochen] ...: Was am Anfang war als ein Leben, ist zerstört. Die Welt ist zerstört. Was der Film hier zuletzt vom Anfang noch einmal herstellt, ist das langsame ruhige Zeitmaß, der weite Raum, und darin der eine Mensch, wie ein erster, ein letzter ...: Wiederkehr des Anfangs und die Unmöglichkeit der Wiederkehr.« (S. 91)

[Und zuletzt:] »Der Film ist einzeln geblieben; daß er so kühn erscheint, spricht gegen die Filmgeschichte.« (S. 93)

Einen Sehdenker habe ich Helmut Färber nach dem allen genannt, und wieder ist er dann auch noch jemand anderer; mehr? weniger? Mir scheint, mehr, in dem er, in den richtigen Schreibmomenten, weniger ist, oder weniger tut. (Und so kommen wir zurück zu Francesco Petrarca, oder Hermann Lenz, oder Gerhard Meier, oder zu den Gebrüdern Grimm, zu den Märchen, zu Donald Duck und zu den Gedichten.) Seltsam schon, wie sich mir beim Wiederlesen der Sachen Helmut Färbers die Art oder Unart des Unterstreichens umgeformt hat in ein Punktieren: Ich bin dazu übergegangen, oft und oft unter jedes einzelne Wort seiner Sätze und Absätze einen oder mehrere Punkte zu setzen. Das kam daher, daß ich die Wörter einmal ganz an ihrem Platz spürte, und auch mit den richtigen Zwischenräumen und Leerstellen. In dem Punkte-Setzen bin ich, der Leser, an dieser Prosa, zugleich mit dem Erkennen und Eine-Lehre-Erfahren, ins Skandieren gekommen – also das Umgekehrte zu Färbers Griffith-Satz, wonach dort aus der Weltwahrnehmung die Abhandlung entsteht: anhand der Abhandlung erlebte ich ein »Zurückübersetzen« (auch so ein Färber-Wort) in ein gleichsam taktangebendes Wahrnehmen. Gedanken, Bild und Gedicht werden bei diesem Wissenschaftler eins, zeitweise, und auch so vorübergehend, wie das eben der Fall ist und sich wohl auch gehört.

An einer Arbeit Helmut Färbers zeigt sich das tagklar, und von der möchte ich zuletzt ein bißchen was anklingen lassen. Denn ich habe noch nicht genug offenbar gemacht, wie der Autor immer sozusagen induktiv vorgeht, von einem Einzelnen zu einem Ganzen (ähnlich dem beschriebenen Verfahren in dem Griffith-Film), nach Goethes Maß, dichterisch, ein Urheber wenn nur je einer. Im Jahr 1988 haben die *Akzente* einen langen Text Färbers publiziert, mit dem Titel *Das Grau und das Jetzt*, Aufzeichnungen aus den Jahren 1986-87, vor und zurück derart offen, daß zugleich klar wird, sie kommen aus einem weit größeren Zusammenhang. Aber auch so hängt der Ausschnitt zusammen, in einer leichten und dabei starken Verknüpfung: Festigkeit vereint mit Durchlässigkeit, dichterische Prosa. Es geht hier nicht mehr nur um gemachte oder Kunst-Gegenstände; die Betrachtung und Darstellung bewegt sich organisch hin und her zwischen Filmen, Gemälden, Bauten und Natur-, Straßen-, Menschen-Bildern. Es sind geordnete und zugleich einander den Atem weitergebende Notizen, oder wie es in den Anfangssätzen heißt: »Daß alles Geschriebene ebenso raumherstellend und ebenso atmend sein möge wie ein Schweigen. / Daß das Geschriebene gut sei, die Anschauungsenergie zu erhöhen.« Es ist eine »Wahrheitsform« (wieder so ein Färber- oder Goethe-Wort), welche in der Literatur, scheint mir, noch auf ihre Zukunft wartet. Angesetzt dazu haben erst wenige, vor allem Walter Benjamin und Botho Strauß. Wo man aber etwa in Benjamins *Moskauer Tagebuch* bei all den frischen Ortsbeschreibungen viel andernorts schon Vorgedachtes liest und daneben des Schreibers Hektik und Fast-Verzweiflung spürt (er habe Journal geführt, sagt man, nur jeweils in Selbstmordnähe), läßt Färber sein Gewußtes meistens – nicht immer – verschwinden im freien Anschauen, und statt der Gejagtheit spricht aus seinen Sätzen das Gleichmaß der Trauer, einer freilich monumentalen. Und von Botho Strauß scheidet ihn einmal schon, daß seine Notate noch nicht erweitert zum Buch erschienen sind – was sehr wünschenswert wäre –; dann auch ihr Mangel an Allüre, oder Sprachprotzentum; und dann ihre Ortsfestigkeit an der Stelle des Orte-Flirrens (siehe »raumherstellend«). Die Sprache handelt vor allem in Paris, in einer ganz neuartigen Gemeinsamkeit von Innen- und Außenräumen, Erde und Unterirdischem, Jetzt und den Jahrtausenden. Nur unter sehr vielen anderen kommen in *Das*

Grau und das Jetzt die Filme vor. (»Menschheitsgeschichtlich, erkenntnisgeschichtlich ist die Kinematographie ein sehr kurzer Augenblick ...; doch sie ist ein Blitz; eine vielleicht letzte, jedenfalls gänzlich unerwartete neue Möglichkeit des Zusammenwirkens von Erkenntnis und Erfahrung.« – »Kino ... Film: bestehend aus Licht *und* Dunkel. / Video: Lichtmaterie verschiedener Helligkeit ... Ende der Perspektive: (Das Videobild ist gegenüber dem Filmbild unräumlich.) / Ende der Tafelmalerei.«) Und aus dem vielen anderen möchte ich jetzt nur noch zitieren.

»Die Menschen Rembrandts: bei allen, auch Christus, ist zu sehen, zu spüren, daß sie aus Lehm geformt sind ... Die Menschen haben inmitten der Schöpfung etwas Verlorenes, sie sind nicht das Ziel, die Mitte. Hütten im Wasserland, Behausungen, halb noch Erdhöhlen. Die ganze Welt ist noch nicht aus einem Dämmer herausgetreten ..., und das höchste befreiende Menschliche ist nicht die Tat, sondern ein Sinnen.«

»Erkenntnis, das Schreiben – oft behindert, gefährdet durch den Erkenntnisgestus, der Satz durch die vorausgefühlte, gewohnte, gleichbleibenwollende Satzmelodie, der Gedanke durch die Gedankenform, die Anschauung durch die Sprache, ...«

»Frage, jetzt, wie die offenbaren und geheimen Kräfte der Zerstörung und die geheimen der Erinnerung (und Wiedergeburt) sich gegeneinander verhalten. Aufgabe der Geschichtsforscher jetzt: das Unbekannte, gerade das *nicht* Erklärbare, *nicht* Ableitbare zu bemerken; Geringfügigstes kann sich *später*, was nur ein Kratzer, ein Sprung, eine abermaligste Wiederholung zu sein schien, kann sich als ein erstes, erst später verständlich werdendes Zeichen erweisen.«

»Und alle die greisenhaft verzweiflungsvoll häßlichen Hunde in den Straßen von Paris, alle wie nackt, wirklich die verkümmerten Wiedergeburten dieser Drachen [auf zwei St.-Georgs- und St.-Michaels-Darstellungen von Raffael]. Irgendwann sind ihnen die Flügel verkümmert oder wurden ihnen abgeschnitten ... Ihre letzte Handlung und Rache ehe sie aussterben: daß sie unaufhörlich ihre abgehauenen Drachenschwänze in den Straßen hinterlassen ... Aber die alten Mensch-Hunde-Paare ... die letzten Mischwesen, arm, hinfällig, elend.«

»Der Wunsch, die Liebe dazu, daß etwas dauere. Viele Möglichkeiten ihn durch eingeschränktes Sehen sich zeitweise zu erfüllen. Wirklich aber erst, wenn alle Angst, selbst aller Schmerz vor der Vergänglichkeit ausgestanden ist, umgedacht. / Es ist alles möglich. / Es ist alles unbekannt.«

»Jetzt, die einzige rettende Farbe, die heilende, wiedererweckende, ist das Grau.«

»Mühe, Unvermögen, doch zuletzt auch ein Unbedürfnis, selber die Benjaminischen Zukunftserwartungen zu empfinden. Es ist in Wirklichkeit auch bei B. nicht Erwartung, sondern der Erwartungs*gedanke* ... / Nichts windiger, katastrophaler, zerstückelnder, als derzeit intendierte Synthesen. / Deshalb allein fortarbeiten ...) Daß gelänge: Zugleich von Enthusiasmus und Trauer.«

»In Amerika haben auf eine bestimmte Weise die Farben eine andere Existenz. *Alle* Farben sind farbigste Farben. Der Widerspruch, der Konflikt zwischen künstlichen und natürlichen Farben besteht nicht. Alle Farben sind *Bunt*farben, können nichts anderes sein. Im Jahr 1945 wurde ein Gartencafé in einer deutschen Stadt zum Star-Club für die amerikanischen Soldaten hergerichtet und dafür als erstes der hölzerne Gartenzaun in Orange-Lila und Gelbtürkis gestrichen. Alle amerikanischen Farben sind *wie von sich aus* Reklamefarben, ohne dies eigens und ohne nur dies zu sein. Erst die törichte Roheit des europäischen Verlangens, auch Europa so amerikanisch farbig zu sehen, ergibt den ausschließlichen ›Reklamecharakter der Kultur‹ ... / Bei Godard sind auch die Farben zitiert.« [In dem Aufsatz zu Antonionis *Il Deserto Rosso* von 1965 hieß es: »Hier hat jede Farbe etwas von einer Entscheidung ... Die Farbigkeit ist Antonionis ›Formuliertes‹.«]

»Ein Grau kann häßlich sein, starr, blind, tot, aber es gibt keines, das lügt. / Fleckiges Betongrau. Gebleichtes, geblichenes, unmerklich silbriges Grau der Bretterwände von Feldscheunen. Das stumpfe Ölfarbblechgrau eines Fußgängerstegs über Bahngleise. Das mit reglosen trübweißen Splitterpunkten durchsetzte Asphaltgrau eines Bahnsteigbodens, an den Kanten rostfleckig von den Zügen. / Weltgrau, Himmelsgrau, Schilfgrau, die rettende Farbe, Sehensfarbe, das Augenlicht.«

»Die Menschen haben seit längerem in vielem Einzelnen damit begonnen, sich selbst nicht mehr als Naturlebewesen zu begreifen, ihr eigenes Natursein nicht mehr zu wollen, es zu hassen. Sie schicken sich an ..., ohne die Natur auszukommen, sie wegzulassen, zu verlassen, aufzugeben. Da sie bei diesem Unternehmen so viel zerstören, hat die Vorstellung von einer Erde wieder ohne Menschen etwas unendlich Erleichterndes, Erlösendes. Darüber möchte einer weinen, und hinausgehen und sich nicht mehr bewegen, in ein Stück Moorwiese, ein Bachufer, einen Stein auf dem Grund sich zu verwandeln.«

»Seitengasse beim Boulevard de Clichy ..., ein Haufen Leute zusammenstehend um einen ..., der mit schreiender Rede seinen Feinden droht, in Unterwäsche auf die Straße gerannt, Gesicht und Schulter blutüberströmt. Ein Stück weiter in der selben Straße Leute zusammenstehend, aber sie warten, die Kinder vom Kindergarten abzuholen.«

»Im Jardin du Luxembourg war doch noch ein Kind gewesen, das Kastanien gesammelt hatte, und einmal vormittags gingen in der Rue Réaumur zwei kleine Jungen, mit Eifer einander erzählend, und führten sich dabei an der Hand.«

[Und die letzte Notiz:] »Nach langem *Banshun* von Ozu wiedergesehen, dann auch *Soshun. / Später Frühling. / Früher Frühling.* / Und mit einemmal war zu den Filmen und den Titeln von Ozu ein andrer seit langem geliebter Titel in den Sinn gekommen, als mit ihnen zusammengehörig, und jetzt für die Dauer ihnen verbunden:

Verlassene Zimmer.« (Womit endlich wieder auf unser aller Hermann Lenz hingewiesen wird.)

Mit Helmut Färber ehren wir jemand ganz Seltenen: einen Lehrer, einen Forscher, einen Erstbesteiger, einen Kritiker – das will er zuletzt und von Anfang an doch wieder sein –, welcher zugleich, wie nur je ein großer Dichter, ein universaler Mensch, einer von allen ist.

Eine gewaltige Sehnsucht

Zu Arnold Stadler

Der Nicolas-Born-Preis innerhalb des Petrarca-Preises hat eine etwas gewundene Geschichte. Wenn ich hier die Bücher Arnold Stadlers umkreise, gehört diese Geschichte dazu. Nach dem Tod unseres Freundes Nicolas Born, einige Jahre später, hatten wir den Entschluß gefaßt, ihm zum Gedächtnis einen Preis zu stiften, der vielleicht einem Jüngeren als uns in der Jury gebühren könnte. Dann kam es einige Jahre später dazu, daß Hubert Burdas Sohn Felix gut eingriff in die Geschichte und dachte, er könnte mit seinen Altersgenossen den Preis in die Hand nehmen und seinen Generationsgenossen, wem auch immer, den Preis zusprechen. Das ging dann aus den und jenen Gründen nicht mehr gut, und so kam der Nicolas-Born-Preis auf uns vier zurück. Was mir zum Beispiel recht war, denn auf diese Weise wurde ich dazu gebracht, mehr, als ich es sonst tat, die Bücher der Schreiber, die jünger sind als ich, zu lesen.

Denn überhaupt scheint mir, daß nicht nur zwischen den Generationen der Leser, sondern auch überhaupt im Gedächtnis der Bücher in den letzten zehn Jahren eine Art Bruch entstanden ist. Es gibt zumindest die Gefahr, die Tradition – ich meine nicht die Tradition in bezug auf ein neunzehntes oder achtzehntes Jahrhundert, nicht die Tradition in bezug auf die Klassik verschwindet, sondern die Tradition in bezug auf uns, auf die Autoren, die jetzt, in diesem Jahrhundert, gelebt haben und immer noch leben –, die Gefahr, solche Tradition könnte verschwinden. Es ist fast schmerzhaft und erschreckend zu bemerken, daß in der Aufnahme der heutigen Bücher nicht mehr gewußt wird, was der und der Autor, von dem das und das Buch daliegt, vorher gemacht hat. Es ist aus vielen Kritiken zu entnehmen, daß der Rezensent das Wissen über den Autor nicht mehr aus dem Lesen bezieht, sondern aus Daten, aus dem Lexikon. Und auch deswegen scheint mir, daß der Nicolas-Born-Preis über ein paar Jahre lang diesem Traditionsverlust, den ich bemerke oder mir nur einbilde, ein wenig entgegengewirkt habe.

Vor ein paar Tagen ging ich mit Helmut Färber spazieren, und er sagte, es sei Ende der fünfziger, Anfang der sechziger Jahre wirklich ein Bruch in der Gegenwart eingetreten, die Kinder, die in den vierziger oder fünfziger Jahren aufgewachsen waren, auch noch Anfang der sechziger Jahre, hätten ein vollkommen anderes Erleben der Dinge, als die späteren Generationen es haben – und nicht nur, natürlich auch, wegen der veränderten Geräte, Maschinen, Automaten und so weiter. Und auch mir scheint es, daß fast ein Übergang oder eben Bruch entstanden ist zwischen einem Mittelalter und einer vielleicht anderen Neuzeit. Autoren wie Arnold Stadler und ich, das merkt man vielleicht an unser beider Bücher, haben noch eine gemeinsame Kindheit, die nicht ausschließlich bestimmt war von Mechanismen, von Maschinen: Es gab noch Fragmente eines anderen Daseins; und wenn es auch nur Fragmente waren, so haben solche Fragmente – Fragmente der nicht-mechanischen Dinge und der nicht-mechanischen Verhaltensweise – doch in uns eine Art Schein hinterlassen, welche die Autoren, kommt mir vor, die in den sechziger Jahren geboren sind, auf diese Weise nicht mehr haben. Es ist da ein gewaltiger Bruch, nicht nur über die Jahrzehnte, sondern vielleicht über die Jahrhunderte entstanden, so daß gerade vielleicht meine Generation – und die Generation von Alfred Kolleritsch – noch lesen kann, was die nach uns geschrieben haben, ein Jahrzehnt nach uns, daß danach das Lesen aber schon schwierig wird. Wie Lars Gustafsson vorhin gesagt hat; die Vorgänge im Gehirn seien so kompliziert zu übersetzen; nun, inzwischen ist es, daß nicht nur die Vorgänge im Gehirn in die Sprache kompliziert zu übersetzen sind, sondern die Bücher, die geschrieben werden, nur kompliziert für den Leser zu verstehen sind. Der Leser muß für die Bücher, die heute von den Jüngeren geschriebenen Bücher, einen großen Übersetzungs- oder Schall- oder Empfangsraum in sich haben, um sie in seine Art zu sehen noch übertragen zu können.

Ich will nur ein paar Fragmente von mir geben zu Arnold Stadler hier. Mir kam es, als ich seine drei Bücher – mehr sind es bisher nicht, und die sind alle nicht sehr dick – las und sie wieder las, vor, daß das Wort vom »Zerpflücken« ein gewisses Recht hat. So wollte ich Ihnen, die Sie vielleicht die Bücher Stadlers nicht gelesen haben, nur ein paar Eindrücke weitergeben. Ich dachte dabei an Gerhard Meier, der mir gestern gesagt hat, er sei sehr gespannt, zu erfahren, wer dieser Arnold Stadler sei, er habe nichts von ihm gelesen, und da dachte ich, eigentlich sei doch sehr viel Vergleichbares, Ähnliches zwischen den Büchern von Gerhard Meier, von Hermann Lenz und dem vielleicht dreißig, vierzig Jahre jüngeren Arnold Stadler, und zugleich überlegte ich, wie könnte ich dem Gerhard Meier erzählen oder ihn ahnen lassen, was der Arnold Stadler gemacht hat.

Bei Arnold Stadler, lieber Gerhard Meier, ist ein Grundzug das Licht, genau wie in deinen Büchern. Nur ist die Grammatik völlig anders. Arnold Stadlers Bücher bestehen fast ausschließlich aus Hauptsätzen; sehr kurze Sätze, die deinen geschwungenen, spiraligen Sätzen völlig widersprechen. Es ist ein ähnlicher Blick, aber der Blick, in Sprache übersetzt, wird zu einer ganz anderen Form. Und so dachte ich mir, Arnold, als ich deine Bücher wieder las, daß das Problem deiner Bücher – mit »Problem« meine ich nicht einen Mangel, sondern Problem ist für mich etwas Schönes: wo ich im Lesen kein Problem habe, lese ich nicht gern oder da gibt mir das Lesen nichts zu denken –, also: das Problem deiner Bücher sei eines zwischen Mündlichkeit und Schriftlichkeit. Es ist fast, als ob die Bücher, die du geschrieben hast, keine Schrift mehr bräuchten, zeitweise. Es ist, als ob sie das Mündliche wieder erreicht hätten, von dem, wie man sagt, alles ausgegangen sei, so daß das Lesen, das erstmalige Lesen das Problem darstellt. Man sagt manchmal von einem Buch, es vertrage ein mehrmaliges Lesen nicht. Deine Bücher aber, kommt mir vor, vertragen, für Leute, die anfangen, sie zu lesen, ein *einmaliges* Lesen nicht.

Erst beim zweiten Lesen kommt es zum Lesen. Beim ersten Lesen ist es, als ob – und deswegen verstehe ich auch deinen Freund Martin Walser, daß er so schön auf dich eingegangen ist – ein

Mündlicher, fast ein Darsteller schreibt, kein Schreiber, sondern ein Darsteller. Deine Literatur hat etwas Schauspielerhaftes aufs erste Lesen, und das kann das Lesen zu einem Problem machen.

Es muß vielleicht ein bißchen erzählt werden – ich werde nicht lange reden –, wo Arnold Stadler aufgewachsen ist. Ich kenne die Gegend nicht, ich war nur einmal in Freiburg im Breisgau, was vielleicht die Zentralstadt seiner Jugend war, als Kleinstadt aber war der Kindheitshauptort Meßkirch, und ich muß sagen, nach dem zweimaligen Lesen seiner Bücher kommt von denen mehr Anziehung, in die Gegend von Meßkirch zu gehen, als von dem, was – Verzeihung, Alfred Kolleritsch, du Philosophen-Verehrer – Heidegger geschrieben hat. Es stehen da genaue Bilder aus der Jugend Arnold Stadlers, es sind im Grund Bücher aus der Kindheit und der Jugend, die dreimal in verschiedenen Varianten eine ähnliche Welt mit verschiedenen Dingen darstellen. Ich habe mich hingezogen gefühlt zu dieser Welt, die doch zwischendurch mit einer großen Grausamkeit dargestellt ist in den Büchern Arnold Stadlers: hingezogen gefühlt wie zum Beispiel zu der Kleinstadt Künzelsau, die Hermann Lenz darstellt in den Büchern aus seiner Jugend und Kindheit.

Es ist zugleich zu spüren, daß Arnold Stadler Theologie studiert hat in München und später in Rom. Für mich, der ich auch ein Seminarist war, war jemand, der direkt nach Rom ging zum Priesterstudium, der Kaiser. So einen sah man von weitem überhaupt nur in Farben. Wie er auch selber schreibt: als er als junger Mensch in Rom in seiner Seminaristenkleidung ging, wurde er für einen Kardinal gehalten. Die Leute hinter ihm sagten, so jung und schon Kardinal. Das ist eine Erinnerung aus meiner Seminarzeit: die Leute, die nach Rom gingen, kamen dann zurück und wurden Bischöfe. Arnold Stadler ist aber Schriftsteller oder Schreiber geworden.

Es spielt ungeheuer viel Vergangenheit, um nicht zu sagen Bildung, mit in seinen Büchern. Lassen wir Thomas von Aquin und alle Scholastiker oder wen auch immer aus der Theologie und Philosophie beiseite: man spürt, seine Sprache und sein Blick sind durch die große abendländische Landschaft der Zeichen und vielleicht weniger Wunder hindurchgegangen. Aber mit nichts davon trumpft Stadler in seinen Erzählungen auf. All seine drei Bücher, auch wenn sie *wissen*, sind Bücher eines Kindes. Nie hebt er sich in den Stand des Wissenden, des großen Erzählers; er bleibt bei dem, was er als Kind war, kritisiert sich als Kind; und es ist fast erschreckend, wie streng er nicht nur mit der Geschichte seiner Gegend ist, sondern vor allem mit sich selber. Das Bezeichnende, scheint mir, Arnold Stadler, deiner Bücher ist einerseits eine gewaltige Sehnsucht. Aber genauso bezeichnend ist die Ernüchterung, die das andere Problem des Lesens deiner Bücher darstellt. Die ungeheure Sehnsucht des Kindes und demgegenüber das andere Kind, das da über die Sehnsucht schreibt, das fast ernüchtert, ja, enttäuscht – mehr noch als ernüchtert, eben enttäuscht ist. Ich kann mich erinnern, als ich ein junger Mensch war, kam ich in eine Landgegend, wo ein Lehrer mir seinen Freund beschrieb, der sich das Leben genommen hat. Er sprach von diesem Freund, der auf dem Totenbett lag, und sagte von ihm, der immer ein großer Sehnsüchtiger gewesen sei: »Wie hat er enttäuscht ausgesehen auf seinem Totenbett!« Die Enttäuschung im Gesicht eines Toten. Nun ist Arnold Stadlers Prosa freilich keine Prosa eines Toten, aber es ist eine ungeheure Verzweiflung darin, die mich – nicht erschreckt, dafür jedoch manchmal empört. Und zwar deswegen, weil sie sehr oft ins Lustige übergeht. Das könnte auch – sage ich jetzt wieder zu dir, Gerhard Meier, um dir die Stadler-Bücher ein bißchen näherzubringen – jemanden wie dich stören; denn in manchen Sätzen hört man, vor allem am Ende der Absätze, eine Pointe, die die Offenheit der Absätze zuschließt; so als sei der, der schreibt, betroffen über die Offenheit, die von ihm ausgeht, und mache jetzt den Absatz mit einem Schlüssel *zu*, mit einer Pointe, mit einem Witz oder, noch schlimmer, mit etwas, was man halblustig nennen könnte. – Es ist aber, um wiederum aufs zweite Lesen zurückzukommen, dem nicht so! Mir scheint, es komme zu der Sehnsucht und zu der Enttäuschung noch etwas Drittes hinzu, und das ist: eine gewaltige Scham – nicht Beschämung, aber Scham, die kafkasche Scham, die ihn dazu bringt, die Absätze und sogar auch die Enden der Bücher zuzusperren mit einer Art Lustigkeit, die man wieder für Momente mit der in Martin Walsers Prosa verwechseln könnte. *Ich* habe sie aber anders gelesen.

Es ist etwas Wunderbares beim mehrmaligen Lesen dieser drei kleinen Bücher. Die Bücher fangen sehr klein an, fast pointillistisch, fast als ob Arnold Stadler sein Thema gleich zu Beginn abschwächen wollte. »Hört mir bitte nicht zu.« In dem Sinn: er fängt nicht an wie Homer – jetzt kommt her, Leute, und hört die große Geschichte an –, sondern er fängt an mit kleinen, fast lästigen Sachen, die ablenken sollen von dem, was er der Welt zu sagen hat. Ja, der Welt.

Es fängt also winzig klein an – und wird immer weiter. Man darf von den Barrieren, die der Herr Autor Stadler selber errichtet, sich nicht abhalten lassen, das Abenteuer des Lesers suchen zu gehen im Lauf all seiner Bücher. Das erste Stadler-Buch heißt *Ich war einmal*, das zweite ist die Geschichte seiner Forschungsreise nach Südamerika, die *Feuerland* heißt, das dritte hat einen so komplizierten Titel, daß der am Anfang auch Probleme macht: es heißt *Mein Hund, meine Sau, mein Leben*. Aber in sämtlichen dieser Bücher, spätestens nach ein, zwei kleinen Kapiteln, kommt ein großes Kapitel, wo Arnold Stadler, fast gegen seinen Vorsatz, gegen die Zwänge, oder gegen seine Scham – Scham ist ja kein Zwang –, zum Epiker wird. Wo er weit wird wie ein Kontinent. (Damit meine ich nicht nur das südamerikanische Buch.) Wo er auf eine ähnliche Weise weit wird, wie gerade vorhin auf der Busfahrt durch die Alpilles hier zwischen St. Rémy und Arles die Landschaft uns weit wurde: man denkt sich hier im Hochgebirge, und so denkt man sich auch im Lesen Stadlers lange, lange in den Alpilles – das Gebirge! die Weite! Aber dann plötzlich, wie in den kleinen Alpen hier, wie bei Arnold Stadler, kommt ein Durchblick, und man sieht, wie klein-klein alles ist. Das scheint mir das Charakteristische seiner Bücher: das Hochgebirge, das Weite, das Epische – und zwischendurch, wie in dem »Gebirge«, das wir gerade durchquert haben, sieht man plötzlich, wie nah doch die Niederungen sind. Das weite Gebirge *und* das ganz Kleine, fast Schäbige, Kranke, Selbstkritische, überhaupt Kritische gegen die anderen: sie liegen ganz nah beieinander. Und es ist auch das Bezeichnende in seinen Büchern, daß die Kapitel, wie aus einer Kraftvergeudung in der Mitte, wo das große Epos schon ganz nah schien, gegen Ende immer kürzer werden, als ob der ansatzweise große Atem aufhört; als ob jemand fast weggeht aus dem Bild; als ob jemand sich aus dem Bild hinaustritt sogar, mit einem Fußtritt sozusagen. Es ist eine große Liebe und zugleich ein großer Widerwille gegen sich selber und gegen die Welt in dem Schreiben Stadlers zu spüren – beide zusammen ungeheuer spannend, sowie man lesend sich einläßt – und einlassen auf ein Buch muß man sich heutzutage immer; hier aber *kann* man sich auch einlassen.

Und es ist seltsam, Arnold Stadler, in deinem letzten Buch, der Geschichte von deinem geliebten Hund, von deinem geliebten Schwein und von deiner geliebten Welt: seltsam, dort wo du am Schluß sagst, *die Mutter fehlt* – wo doch in deinen Büchern fürchterliche Verwandte vorkommen, noch und noch, aber Mutter und Vater fast nie. Ja, seltsam: am Ende dieses letzten Buches (und sage ich wieder zu Gerhard Meier) kommt, wie zum ersten Mal, das Wort Mutter vor, unter Fragezeichen. Und da fragt sich Arnold Stadler weiter, ob er nicht ganz anders, ganz neu, von ganz anderen Leuten erzählen sollte? Und vorher sagte er ungefähr so: Eigentlich ist nur Liebe in mir – und statt der Liebe erzähle ich blöde Geschichten. Und da, in diesem Schluß, den du »Nachspiel« nennst, deines dritten Buches, kommen auch zum ersten Mal längere Sätze vor, fast komplizierte Sätze. Und in denen ich mich als Leser behütet gefühlt habe. Und ich würde hier gern einen Absatz, wenn dir das nicht unrecht ist, aus diesem »Nachspiel« vorlesen:

»Immer noch habe ich die Hoffnung auf eine schönere Fortsetzung, an anderem Ort? Wer weiß.

Mit ganz anderen Menschen als am Anfang: gewiß. Die Hebamme? Sie hat mich mit einer Zange ins Leben geholt Sie hat mich mit einer Schere von meiner Mutter getrennt. Sie hat mich zum ersten Mal gewogen. Die Kindergartenschwester Maria Radigundis? Ihre Haare unter einem Schleier, nie gesehen. Ihre Sommerspossen? Von denen durfte ein Kind nicht reden – – – – Die Mutter?

Mit ganz anderen Menschen als am Anfang …

Wir gehen tausendfach durch den Kaufhof. Wir tragen uns mit uns herum und geben den Glauben, daß alles gut wird – so sagen meine Kronzeugen: die Hebamme, die Kindergartenschwester, der Arzt beim Abstellen der Geräte, der Priester bei der Letzten Ölung –, nie ganz auf, ungeachtet dessen, was wir ein Leben lang sagen und denken, und ganz gegen jegliche Vernunft. Mit ganz anderen Menschen um uns herum als am Anfang, ist am Ende einzig unser Glaube, daß alles gut wird, der alte. Anfangsmenschen, Zwischenzeitmenschen, Endmenschen, von denen wir *es* (daß alles gut wird) noch einmal gesagt bekommen, ob wir es noch hören oder nicht – – – und dann versickern wir, anders und unbeschreibbarer als das Wasser im Sand oder der Sand selbst.

Mich verlangte nach einer oberschwäbischen Seele, einer *warmen Seele*, einer Speckseele mit geröstetem Speck, zwischen den beiden Seelenteilen, die meinen Hunger gestillt hätte.«

Danke, Arnold Stadler, für dieses Lesen, für dieses Lesen-*Können*.

Josef W. Janker oder
Die Selbstverschränkung der Autor-Kreatur

Rede zum Hermann-Lenz-Preis 1999

Seltsam, oder auch nicht seltsam, wie Einzelbilder oder für sich stehende Schnappschüsse (gibt es das Wort noch?), fernweg in der Tiefe der Jahre einmal wahrgenommen bloß so im Vorübergehen, zuzeiten, in der Regel sehr viel später, unversehens in einem Zusammenhang erscheinen, einem nie geahnten, nie für möglich gehaltenen, erstaunlichen – oder eben seltsamen. So geschah es mir gerade bei der versuchten Vorstellung eines etwa gemeinsamen Grundes oder einer Grundhaltung oder eines Dachbegriffs, eher Dach-Bildes, bei den in den letzten Monaten ziemlich vollständig gelesenen, fast übervollständig gesammelten Haupt- und Gelegenheitsarbeiten (zusätzlich eines ganzen Briefbands) des Schriftstellers, Soldaten, Zimmermanns, Kinoplatzanweisers usw. Josef W. Janker. Beim Be- oder Herbeidenken eines vielleicht Gemeinsamen an den Janker-Schriften kam mir nämlich auf einmal ein Foto in den Sinn, vor langer Zeit aufgeschnappt (»Schnapp*blicke*« entsprechend »Schnapp*schüssen*«) wohl beim Durchblättern einer Illustrierten.

Dieses Foto zeigte einen Affen – einen kleinen, keinen Menschenaffen – in der baumlosen afrikanischen Savanne, einem Ort, wo der Affe eigentlich gar nicht hingehörte. Und er war da auf der Flucht. Ein Löwe war hinter ihm her. Genauer: Flucht und Verfolgung, davon handelten die paar vorausgegangenen Schnappschüsse. Jenes eine Bild erzählte vielmehr den Moment, da der Löwe den Affen, von Vor-Aufnahme zu Vor-Aufnahme nähergekommen, endlich gestellt hat. Oder vielmehr war es der kleine Affe selber, der sich stellte. Mitten im Lauf hielt er ein. Er legte sich aber nicht etwa ins Steppengras und kauerte sich zusammen, sondern wendete sich dem Löwen entgegen und fletschte diesen buchstäblich an – aus dem stummen Bild die Halluzination seines so fürchterlichen wie kläglichen Geschreis.

Einprägsamer noch freilich seine Körperhaltung unmittelbar vor dem schon lässig die Pranke hebenden Löwen: ein einziges Sich-Verrenken, jede einzelne seiner Affengliedmaßen wie mit der anderen vertauscht. Zugleich aber kein bloßes wirres Durcheinander, sondern eine Art von Ordnung so in Erwartung des Totschlags; weniger also ein formlos-panisches Sich-Verrenken als ein Sich-Verschränken, geradezu geometrisch, eine Summe von ineinander verschachtelten Formen, die insgesamt eine einzige, zwar komplizierte, dabei berechenbare und vor allem überschaubare, antichaotische, anschau- und nachvollziehbare Form ergaben, etwas wie eine Letter.

Und diese sicher jahrzehntealte Momentaufnahme der sich angesichts ihres Endes, als sei das der letztmögliche Ausweg, zu einer befremdlichen Form verschränkenden Kreatur hat jetzt ihren Zusammenhang, bei Josef W. Janker? Ja. Im Weltbild dieses Schreibers? In seiner Grundstimmung? Vielleicht, vielleicht auch nicht. Gewisser jedenfalls, und jedenfalls nachweislicher, oder nacherzählbarer, oder belegbarer, in seiner Schreibart: in Jankers Grammatik, in seiner Statik und Statuarik, in seinen Wort- und Satzstellungen. Aber gab es damals in der Illustrierten nicht noch jenen allerletzten Schnappschuß, wo der Löwe den erschlagenen Affen, ein formlos gewordenes Häufchen, zerfleischt? Mag sein. Nur gehört das nicht mehr in diesen, den nun zu belegenden Josef-Janker-Zusammenhang.

Und was, noch so eine Wieder-Entdeckung, eines fast nur durch die Fürsprache Heinrich Bölls vor Jahrzehnten für kurze Zeit über seine oberschwäbische Region hinausgekommenen Halbvergessenen und selbst seinerzeit kaum in ein allgemeineres Gedächtnis Gedrungenen?

Nein, Josef W. Janker soll hier nicht wiederentdeckt oder überhaupt entdeckt werden – verständlicher allgemeiner Argwohn vor heutigen Entdeckergesten –, sondern erst einmal schlicht in seiner schreiberischen Arbeit, und nicht bloß als schreibender Zimmermann oder Kartenabreißer, gewürdigt sein. Aber ist dieser heute etwa 77jährige nicht schon genug gewürdigt, seinerzeit eben durch Heinrich Böll, fast die ganze Zeit, freilich eher als Briefschreiber, von seinem hinter den Drumlinhügeln, am Bodenseewasser, angesiedelten Nachbarn Martin Walser oder in dem ausführlichen, eingehenden Nachwort von Manfred Bosch zu den Gesammelten Werken, Verlag Robert Gessler, Friedrichshafen 1988, und zuletzt und zuerst von seinem anderen Nachbarn, und Freund (Seltenheit), dem Peter Hamm aus Weingarten, ich weiß nicht wie viele Kilometer nordwärts von Jankers Geburts- und immer noch Wohnort Ravensburg? Ja, aber die Jankerische Prosa kann nicht genug gewürdigt werden. Sie würdigen? Ihr eher ihren Platz zuweisen; denn sie hat ihren Platz. Oder diesen Platz eher nur andeuten, aus der Distanz umreißen, im Anklang an die Haltung des Kinoplatzanweisers Mertens in Jankers zweitem und bisher letztem Roman *Der Umschuler*:

Ein nicht zu hastiges Ausscheren seiner rechten Hand bei gleichzeitiger Zurücknahme seiner linken Schulter. Berufsberater, die sich zwischen zwei Lungenzügen in Menschenkenntnis üben, mögen in ihm einen Hilfspolizisten auf Zeit sehen ... Pantomimisch veranlagte Soziologen sehen in ihm vielleicht den künftigen Museumswärter ... Ein gewitzter Verhaltensforscher wertete seine Gesten möglicherweise als Ausdruck »mißglückter Kampfvermeidung«.

»Ausdruck mißglückter Kampfvermeidung«: andere Formel für die Selbstverschränkung der todgeweihten Kreatur; anschaulichere und vor allem weiterführende Formel: denn sie umreißt nicht nur den lebenslangen Janker-Helden Mertens, sondern auch die Prosa selber. Hauptsächlich soll so von den drei Erzählbüchern Jankers hier, fragmentarisch, die Rede sein: dem in den fünfziger Jahren erschienenen Weltkriegsroman *Zwischen zwei Feuern*, dem nachfolgenden, das Kriegsende samt Flucht und den unmittelbaren Nachkrieg samt Gefangenschaft behandelnden Bericht- und Tagebuchband *Mit dem Rücken zur Wand* und eben dem Roman *Der Umschuler*, Ende der sechziger Jahre, Josef Jankers letzter größerer Veröffentlichung. Diese drei eher schmalen Werke sind eine, wie man früher einmal zu sagen pflegte, sperrige Lektüre. Aber sie sind, wie eh und je – und es braucht dazu kein »unvermindert aktuell« oder »wieder aktuell« herangezogen zu werden –, eine Lektüre, etwas zum Lesen, wenn je etwas, und es sind geformte, umgeformte Stoffe, eben »Werke«, d.h. unabnutzbar.

Sperrig: womit wir schon wieder bei der »Verschränkung« sind. Josef Jankers drei größere Prosasachen entbehren fast völlig gleichwelchen epischen Ausholens oder des entsprechenden vielbemühten Atems oder bloß nur Luftdurchlassens. Janker ist, bis auf, allerdings gewaltig feine, linde Kurzsequenzen, kein Epiker. Er ist nicht einmal im landläufigen Sinne ein Erzähler. Zwar schildert er. Aber seine Schilderungen sind in der Regel sozusagen luftdicht verfugt, meist allein schon durch die häufigste Jankersche Grammatikfigur: einander gleichsam in den Schwanz beißende oder wie Dachfirstziegel dicht auf dicht aufeinanderhockende, ineinandergeschobene, ineinanderverschachtelte Partizipien des Perfekts und des Präsens; dazu als vielleicht zweithäufigste Figur das hauptwörtlich gebrauchte Zeitwort: »Ablängen von Schalhölzern mit Kettensägen ... Bündigschlagen von Balken auf Abbundplätzen ... Sich-Festfressen von Dübelbohrern in Spiegelästen« usw.

Oder es fehlen die Zeitwörter bei Jankers Romanen überhaupt: »Für einen Laib Brot die Gegenleistung von siebzehn Arbeitsstunden, zugebracht ...« – Notate, eher, Werkbucheintragungen mehr als Erzählungen; und keine Spur, nicht einmal ein Spuren-Element, vom Beschwören des Imperfekts oder bloß einem mehr oder weniger weiten Ausholen, wie es, mehr, bei Hermann Lenz nachzulesen ist und, weniger, aber immerhin (kein Urteil!), bei Heinrich Böll. Jankers Romanprosa, im Sujet, auch in den jeweiligen Helden, doch so ähnlich den zwei erwähnten Mitschreibern, läßt kaum je in einem Satz ein episches Woher und Wohin mitschwingen, Satz um Satz geht jeweils gleich in ein *medias res*, wie aus dem Stand wird gesagt, was jeweils Sache ist, ohne einen Horizont dazu, zumindest ohne Ferne, ohne Vergangenheit, ohne Zukunft. Jankers Sätze gehen *in medias res*, »reden aus dem Stand«? Nein, sie stürzen, entstürzen dem Autor, von diesem oft nur notdürftig geordnet und wie pedantisch dichtgemacht: weniger epische Raumflucht als Arbeitsbaracke (diese aber, wie anzudeuten sein wird, spezieller Ehren wert).

Fast gar zu auf der Hand liegend, eine Ursache solcherart Prosa in Jankers Vorleben als Zimmermann zu sehen, in dem Sinn so vieler Sätze des *Umschulers*, wie etwa: »Fieberhaft entwarf er Dachverfallungen, hielt sie über den schraffierten Grundriß, verglich die Abweichung des Neigungswinkels mit den ... Schulbuchwerten« usw. Zu solchem Erklären paßte aber jener andere Janker-Satz: »Er beherrschte Formeln, mit denen man zerstörte.« Ein anderer Grund für solche Eigenart von *Zwischen zwei Feuern, Mit dem Rücken zur Wand* und *Der Umschuler* ist zulässiger, auch, weil der Autor persönlich, in seinen Briefen, oder sogar in den Werken selber, ihn immer wieder anführt: der Zweite Weltkrieg, den Josef Janker, wie Heinrich Böll und Hermann Lenz, nur erheblich jünger als die beiden, vor allem in Rußland mitmachte: »Ich besitze keine Erfahrungen, die nicht durch ihn (den Krieg) geprägt sind« (*Der Umschuler*, S. 60). Ja, Janker ist der deutschsprachige Autor, der vom Krieg geprägt ist wie kein anderer, auch in den Nachkriegserfahrungen, die für ihn noch zwanzig Jahre nach Kriegsende keinen Moment lang reine Friedenserfahrungen werden können: der Krieg funkt ständig mit, jeder Hohlweg bedeutet weiter »Hinterhalt«; in jeder einzelnen Schreib-Satzhaltung: »Verschränkung«...

Warum gerade bei diesem Autor, bei dieser Person, diesem Einzelwesen solch beinah lückenlos durch Leben wie Schreiben sich ziehende, fest in sich verschränkte Gesten und Stilfiguren der »mißglückten Kampfvermeidung«? An *Zwischen zwei Feuern*, seinem ersten Buch, dem Ostfrontbericht, vermittelt sich einem forschungsfreudigen Leser der Fall Janker – ein solcher, wenn auch kein klinischer oder gar krimineller, ist er, in gewisser Hinsicht (siehe *Entstürzende Prosa*) – vielleicht am besten. *Zwischen zwei Feuern* ist weniger Kriegsberichterstattung als eine Art Erzählfries: eine Truppe von immergleichen Soldaten, Pionieren, bewegt sich ostwärts, wird eher bewegt, liegt, steht, stirbt dort jahrlang in Sümpfen und Bächen an der vordersten Front, umgeben von russischen oder ukrainischen Ortsnamen, »Krasny Kutok«, »Tomorowka«, »Graiworon«; die Truppenglieder bezeichnenderweise jeweils mit ihrem bloßen Familiennamen genannt, »Brielitz«, »Liebschner«, »Prossnitzer«, »Kopitz« ... – nicht einmal ein Anhauch jener Zärtlichkeit, mit der immerhin Hermann Lenz sein in ähnlichen Sümpfen lagerndes erzähltes Ich »Eugen Rapp« nennt.

Zwar schmerzt, ja schimmert auch in dem Fries Josef Jankers so ein Ich durch, obgleich nur wie in einem Astloch erspäht, eine Figur etwa namens »Gerlacher«, »Gerlacher«, der, »im Koordinatenkreuz der sowjetischen Artillerie« liegend, Drumlinhügel betrachtet, »wie er sie aus dem vorderen Allgäu kannte«, und dann denkt: »Bis nach Hause war es noch ein weiter Weg.« Aber diesen einen vornamenlosen Gerlacher, einen geheimen Dichter, läßt Janker, wie die meisten andern im Trupp, elend sterben, und wie die andern ist ihm nur eine der etwa fünfzehn Episoden oder Stationen in dem Gruppenfries gewidmet, wobei jeweils einer die Vordergrundfigur bildet, wobei zu fürchten ist, er sei nur an der Reihe des Totumfallens ...

Im Gegensatz wieder zu den Kriegsbüchern Heinrich Bölls ist die Prosa Jankers, und das gilt noch stärker für die zum Nachkrieg dann, bezeichnet durch einen vollkommenen Mangel an Milde. Jankers Kindheitskatholizismus, zwar immer wieder von ihm zitiert, prägt keinen einzigen seiner Sätze, seiner »Läufe«. Seine Friese – auch die zwei anderen Erzählbücher haben die charakteristische Fries-Form – sind gänzlich illusionslos, und keinerlei katholisches oder sonstreligiöses Hintergrundleuchten wirkt in ihnen mit. Zwar sind die Einzelstationen jeweils Läufe. Aber kein Lauf geht dann in der nächsten Station weiter, und so bestehen die drei Bücher Jankers rein aus Blöcken, ab und zu leuchtenden, doch nirgends ein Licht, welches weiterweist.

Auch die Natur ist kein Ausweg, und nicht bloß für das nackte Kriegsbuch *Zwischen zwei Feuern* gilt, daß jene Landschaft vollkommen ist, welche »Deckungsmöglichkeit« bietet. Die Sonne ist eine »Purpurqualle«, ein Hohlweg ist nichts als ein möglicher »Hinterhalt«, statt »im Morgenwerden« heißt es bei Janker auch noch im Nachkrieg »im ersten Büchsenlicht« oder »mausohrige Frühe«, eine mondlose Nacht wird auf immer das Beiwort »hellhörig« tragen, »zur Zeit der zweiten Schneeschmelze« werden diese Pioniere, selbst die zwei, drei Überlebenden aus der Truppe, noch als Alte in den russischen Sümpfen liegen und daheim im Allgäu oder in Sachsen, wenn sie aus ihren Häusern im Frieden treten, bis an ihr Lebensende den Hals einziehen wie einst beim Verlassen ihrer Kriegsunterstände, und »die Kindheit« wird ihnen und dem Josef Janker für ewig eine »Luftspiegelung über einem versiegelten Abgrund« bleiben; wie leben, woraufhin leben, wenn Janker weiß, daß der Tod ihn »verschmäht« hat? Ja, so steht es wörtlich einmal bei ihm: er *weiß*, »welche Verrenkung es mich kostet, auch nur ein Zerrbild einer Landschaft zu erkennen«.

Seltsames, oder auch gar nicht seltsames, Paradox solcher kriegsgeprägten Ohnmacht: der Ohnmächtige wird zum Chronisten, oder, wie Janker sich selbst einmal nennt, zum »hilflosen Chronisten«: der Hilflose wird tätig, schreibt, *zeichnet* (besseres Wort für die Jankersche Prosa) auf. Anders wieder als Hermann Lenz, der schon vor dem Krieg schrieb, ist Janker gerade durch ihn zum Schreiben gekommen. Und für dieses Schreiben paßt durchgehend der Satz aus *Zwischen zwei Feuern*: »Die Ohnmacht (liebt) es, Gesichter zu schneiden.« Bis zur letzten Seite des *Umschulers* entspricht Jankers Prosa der Erdlandschaft als »Zerrbild«, und das macht sie so einmalig.

Nicht ganz unverständlich, daß seinerzeit, vor allem beim Erscheinen von *Mit dem Rücken zur Wand*, einige Rezensenten vor Josef Jankers Zerrsätzen zurückwichen: nicht gleich auf den ersten Leseblick wird ja klar, daß zum Beispiel scheinbare Stilblüten wie »Die jungen Pioniere waren feldmarschmäßig angetreten« oder »gefiel sich in weinerlichem Selbstmitleid« oder »das Perlfeuer der Flak zeichnet lebhafte Wolkenmuster« (usw.) bewußtes Nach- und demnach Hinwegäffen des Kriegssprachschmutzes sein wollen. In der Regel aber wird dieses Nachäffen so grotesk übersteigert, daß es, um einmal einen heutigen Schreiber mit Janker zu vergleichen, an Elfriede Jelinek erinnert, so etwa, als es von einem im Kampf Fallenden, dem Forschesten von allen, heißt: »Befriedigt sah er (sich selber zu), wie sein Körper in vorbildlicher, langsamer, schraubender Bewegung zu Boden glitt«, oder: »Die von zimperlichen Genossen angewinselte Kälte ... dämpfte empfindlich seinen kämpferischen Elan«, oder: »Den völkischen Kollaps in glänzender körperlicher Verfassung überstehend, mogelte sich unser Jüngling mit dem Wikinger-Blick durch drei Steckrüben-Winter« (ein Zerrsatz aus dem späteren *Umschuler*).

Was Janker freilich klar von der erwähnten Jelinek unterscheidet: er, oder sein Ich, oder sein Selbst, ist in jedem der Sätze gänzlich mitverfangen, mitverstrickt und mitverschränkt, entsprechend etwa einer Stelle aus *Zwischen zwei Feuern*:

»... fragte Hartwick: Woran er denn erkenne, daß es mit einem Pappenheimer bergab ginge? Kopitz, seinen Kopf um eine volle Gewindelänge höherschraubend (als wäre nur mit einem bis aufs äußerste gereckten Hals solch schlichte Weisheit zu produzieren), sagte: Wenn er Mitleid verspüre, wo es keinerlei Grund für Mitleid gebe!«

Eine andere denkbare Kritik an Jankers Arbeit (ich weiß nicht, ob sie seinerzeit stattgefunden hat), und diese wäre momentweise, textweise, sogar fundiert: daß der Autor vor allem in seinem Zwischenbuch *Mit dem Rücken zur Wand*, seinen Erzähl- und Notiz-Blöcken auf der Schwelle zwischen Krieg und Frieden, das ihn bestimmende Trauma (jedes Friedensbild vom Kriegsbild eingeschwärzt, verdoppelt, schwarz umrandet, gesplittert, eben die Doppelbelichtungen »Hohlweg/Minenfalle«, »Amsel im Gebüsch/Flattermine«) zu einem Schema macht und es so zu einem Text verflacht.

Von solch einer Gefahr bedroht ist zum Beispiel der perfekteste Text, den Janker je geschrieben hat, die »Offerte einer Kapitulation« in dem Buch *Mit dem Rücken zur Wand*: der ehemalige Soldat Mertens, weder »Eugen« noch »Hans«, schlicht »Mertens«, wie ab jetzt bis zum *Umschuler* Jankers ewiger Nachkriegsmann, durchstreift als Vertreter mit einem Musterkoffer ein »vom Krieg verschont gebliebenes Dorf ... mitten auf einer großen, schwer zugänglichen Lichtung«. Ist er ein Heimkehrer? Sein Koffer spricht »gegen diese Vermutung, weil es nicht üblich ist, mit einem Koffer aus dem Krieg heimzukehren«.

Jedenfalls: je tiefer Mertens in das dem Anschein nach verlassene Dorf eindringt, desto stärker werden die Anblicke dort überlagert von Kriegsbildern, »splitterndes Chaos«, »Zeit ... außer Kraft gesetzt«: Hausdurchsuchung oder Kundenwerbung? Wäschestücke mit dem »Aussehen von Leichen«. Dösen des Waldes »in Schläfrigkeit und Heimtücke«. Im Koffer die Kollektion: »Munitionsgurte«, keine Stoffe; oder doch?: »Schießbaumwolle« – wobei nun spätestens, als handle es sich um ein Kapitel in einem weiland *nouveau roman*, das Schema, die Machart, die Mache durchschlägt ...

Das nächste und letzte Kapitel von *Mit dem Rücken zur Wand* aber zeigt Josef Jankers Befreiung, erst einmal von der Schießbaumwollen-Webart, dann aber auch von seiner Kriegsverfangenschaft. In der Geschichte *Das Vorzimmer*, ausnahmsweise in der Ich-Form erzählt, gewinnt der Autor die Freiheit der Sprache, ohne Spur von Schematismus, und zwar gerade im Bewußtsein des vollkommenen Eingesperrtseins ins Kriegserlebnis: wie Büchner klar, wie Robert Walser unentschlüsselbar.

»Die Warnung: Augen auf! bedeutet nicht immer: Feindeinsicht! Wintergefahren lauern auch auf den Straßen ... Ohne mich in den Ruf eines vaterlandslosen Gesellen bringen zu wollen, sage ich doch mit Festigkeit, daß der Krieg beendet ist, zumindest nicht mehr mit Vorrang behandelt wird ... Unter irgend einem Aktenzeichen mag er vermerkt sein als der große Sorgenbrecher ... Das Geplänkel, das ich irrtümlich mit Gewehrfeuer verwechselte, scheint doch nur das Geklapper von Schreibmaschinen zu sein ... Ich werde nicht zum Gläubigen, indem ich das Paternoster meiner Albdrücke herunterleiere ... Für jedes Kind, was rede ich? für jede Waise will ich einmal mit meiner Prothese gegen die Täfelung schlagen ... Name: unbekannt! Vorname: unbekannt!

Eltern: unbekannt! besondere Kennzeichen: keine –! … Ich weine doch nicht etwa?«

(Ich habe das ein wenig frei zusammenmontiert; doch das entspricht auch der frei phantasierenden Erzählung.)

Die mit dem *Vorzimmer* gewonnene Freiheit des Erzählens hat Josef Janker im Romanbuch vom *Umschuler* von Anfang bis Ende durchgehalten bzw. wahr gemacht. Wieder seltsames, oder nicht seltsames, Paradox: der lebenslang Kriegsgefangene, die arme Kreatur J. J., endlich damit einverstanden, schreibt sich frei, zugleich gefangen bleibend, Kreatur und Autor in einem.

Der Umschuler ein Meisterwerk? Gottlob nein. Ein Meisterstück? Am ehesten vielleicht ein Meisterstückwerk, parallel zur Natur und Geschichte des Autors. Hier dazu nur ein paar lückenhafte Andeutungen. Herr Mertens im Nachkriegs-Fries, in jeder Sequenz aber die Hauptgestalt, nur jedesmal verwandelt: jetzt Schreiber, jetzt Ehemann und Familienvater, jetzt Bauarbeiter, jetzt Kinoangestellter (»sein bewegungsarmes Stehen«, s. Edward Hoppers Platzanweiserin-Gemälde), am Ende freilich unversehens wieder – also immer noch nicht, selbst von den russischen Kanonieren nicht, »gründlich ausgeschwefelt« – im »handfesten Gemetzel«, die Welt wie eh ein »Schußfeld«.

Gründlich ausgeschwefelt dafür scheint im *Umschuler* Jankers Prosa. Kaum ein Erzählhauch mehr? Nur noch Registratur? Wie das dann aber täuscht – jähe Momente eines Aufschwungs, wo Janker das Epische streift wie noch nie (so ein Streifen nachwirkender als ein Ins-Volle-Greifen ?), und das bringt dann das ganze Buch ins Schwingen: seine »durch Albdrücke gespeiste und durch Tagträume wachgehaltene Phantasie … dieser verunsicherte Katholik, dieser lernbegierige Umschuler liebt ja Mystifikationen. Zum Teufel mit ihm …« Dazu hier nur ein einziger solcher epischer Licht- (ja, Licht-)Blick:

»Er [Mertens als Nachkriegszimmermann] entwirrte in einem Augenblick der Entkrampfung … das Geflecht pythagoräischer Lehrsätze und Logarithmen … Er löste sich … aus dem Klammer-Verhau gezogener Wurzeln, setzte den Dreierschritt zweier Katheten und einer Hypotenuse glücklich um in praktikable Abbundwerte ... Er stieg ins Holz ein wie ein Altgeselle, mit der richtigen Mischung aus traumtänzerischer Wurstigkeit und schierem Respekt ... Er handhabte sicher die Streichlehre samt der Backenschmiege, bestimmte wie im Schlaf die Schnittschrägen für die ungleiche Abgratung ... Im Verlauf einer knappen Stunde hatte er ... die vier großmächtigen Walmhölzer angerissen und mit dem Bundzeichen versehen ... arbeitete sich warm aus purer Lust an Zugaben. Ohne sich beim Kapo abzumelden, schloß er sein Handwerkszeug ein, überquerte völlig entspannt den Schulhof, drehte sich nicht einmal um, weil erstmals für ihn kein Gegner auf Lauer lag. Auf eine fahrende Straßenbahn der Linie 7 aufspringend [immer noch die Mittelwörter!], blickte er gefaßt in ein reglos hergewandtes Gesicht, das hinter der Scheibe im Fließband schön belaubter Pappeln sich langsam entfernt.«

Schlüsselworte dieses »Blocks«, nein, dieser einmal epischen *Passage*: »traumtänzerisch«, »wie im Schlaf« – Schlüsselworte, *Auf*schlußworte.

Kriegsversehrtenprosa? Zimmermannsprosa? Musterkofferprosa? Kartenabreißerprosa? Meine Annäherung ans Werk und an den Werkzeugkasten Josef Jankers war arg lückenhaft. Die Lücken schließen? Nein, zuletzt vollends lückenhaft werden. Und auch keine Gründe mehr suchen für die so besondere Jankersche Schreibweise, das Punktuelle, das Schnappschußhafte, die schöne, vertrauenserweckende Ununterscheidbarkeit zwischen Virtuosität und Ungeschick, oder, wie er selber das nennt, »meine Wortlosigkeit, die sich als Stil formt« – vor allem auch den vom Autor persönlich angegebenen Grund, den Krieg, vergessen, vielleicht andere Gründe – mehr erfinden als finden, zum Beispiel in einer der häufigsten Eigencharakterisierungen, der »Stimmschwäche«: »Ich bin weisungsbefugt, aber stimmschwach.« Oder warum nicht in Jankers immer wieder auftauchendem Nichtschwimmertum: zwanzig Kilometer vom großen Bodensee entfernt, und lebenslanger Nichtschwimmer (noch etwas, was ihn von Hermann

Lenz unterscheidet). Oder sein brüchiges ewiges, ewigbrüchiges »Mitleid«: so als der Soldat etwa aus vorbeifahrendem Auto flüchtig KZ-Häftlinge wahrnimmt: »Zum Glück für ihn war sein Fahrzeug schneller als sein Mitleid«; »die Willkür seines Mitleids hatte ihn zum Gesetzesbrecher gemacht«.

Am liebsten freilich sähe ich, oder, wie Gerhard Meier vielleicht schriebe, »beliebte« ich als den Grund der Gründe für Josef W. Jankers Wortlosigkeits-Stilistik zu denken jene in sämtlichen Büchern stetig vorkommenden *Drumlin*hügel, vom Eiszeitgletscher einst zugeschliffene Erdformen, die sowohl Horizont wie auch Schranke bilden zwischen des Autors Heimatgegend und dem Bodensee, schützend vor dem gefürchteten Wasser und zugleich von dem wohl doch auch ersehnten aussperrend. Als hoffnungsvoll-hoffnungslosen Romantiker, so beliebe ich mir den Josef Zanker schon vor dem Krieg und vor dem ersten Schreibsatz vorzustellen, und von einem Romantiker kann kein episches Ausholen, keine Eigenwelt kommen (Hermann Lenz war kein Romantiker).

Statt dessen bei Josef W. Janker eher ein ständiges Reagieren und fintenreiches Sich-Zurücknehmen, eben ein Werk der großen Selbstverschränkung, gemacht aus Sätzen, die fast sämtlich vorletzte Augenblicke, siehe der Affe vor dem Löwen, darstellen; Sätze als Wehr (gegen den letzten Augenblick), und insofern ist dieser Chronist (seiner selbst und anderer) doch nicht so »hilflos«. Er hat – sich aus Not verschränkende Kreatur und aber auch den Zustand getreu nachspielender Autor oder Urheber – gefruchtet und genützt und nützt und fruchtet, anderen vielleicht sogar mehr als sich selber.

Josef W. Jankers Werk – zu dem mir das Beiwort »rechtschaffen« am geeignetsten erscheint – ist aller Ehren wert, d. h. weniger dieses oder jenes Preises als des forschenden, nachziehenden Lesens; was ein ganz spezielles Vergnügen sein kann.

Zu Ralf Rothmann

Rede zum Hermann-Lenz-Preis 2001

Es ist so viel dinglicher und natürlicher, nach Musik zu sprechen, anzufangen: es ist dann ein Raum vorhanden, durch Musik geschaffen. Heute aber muß ich ohne Musik beginnen. Wir werden sehen, ob so etwas herauskommt.

Es gibt bei Ralf Rothmann irgendwo, ich glaube in *Flieh, mein Freund!*, einen Satz, der so ähnlich geht: Auffallen heißt sterben, oder »Auffallen hieß für ihn sterben«. Und ich habe in meiner Leservorstellung diesen Satz, der eigentlich auf einen Jugendlichen oder Zwanzigjährigen bezogen ist, auch auf den Autor bezogen. Auffallen heißt für ihn sterben, und ich möchte deswegen möglichst um ihn herumreden und ihn verschonen, der Mittelpunkt einer Laudatio, oder wie immer man das nennt, zu werden.

Es gab einmal, und es gibt ihn natürlich immer noch, einen Westschweizer Autor, von Friedhelm Kemp übersetzt, namens Charles-Albert Cingria. Und dieser Autor ist bezeichnet dadurch, daß seine Novellen von einem Absatz zum anderen von was anderem handeln. Er bleibt sozusagen nie beim Thema. Er umspielt die Ausgangsposition und springt von Absatz zu Absatz zu einer anderen Geschichte und kommt kaum je zu der Anfangsgeschichte zurück. Aus einer Geschichte, die einen Rhythmus hat, als würde daraus ein Roman entwickelt, werden unversehens tausend kleine Novellen. Und ich dachte mir, vielleicht könnte dieses Verfahren von Cingria eine Art Vorbild sein für diese kurze Rede zu Ralf Rothmann.

Ralf Rothmanns Prosa und Gedichte, scheint mir, haben viele Probleme, zeigen vielfältige Probleme des Schreibens. Nur sind diese Probleme nicht mit einer Negativität beladen, sondern es sind fruchtbare Probleme. Autoren, denen wir in unseren zwanzig Jahren Preise gegeben haben, wie Arnold Stadler, der den

Nicolas-Born-Preis bekommen hat, Barbara Honigmann, die den gleichnamigen Preis bekam, sind vielleicht mit der Prosa und den Gedichten von Ralf Rothmann fruchtbar zu vergleichen, alle drei erzählen oder dichten fruchtbar problematisch.

Barbara Honigmann zum Beispiel, in allen ihren Erzählungen, spricht, als ob das nicht geschrieben wäre; sie schreibt, und zugleich ist es eine Art Schreibform des mündlichen Erzählens, als Methode benützt, zum Schreiben. Man liest ein Buch und hört all die Zeit ein Ich mit relativ unverstellter Stimme sprechen. Während Arnold Stadler auch als Ich spricht, aber diese Stimme spielt. So wie Arnold Stadler uns erzählt hat, er habe eine Zeit seines Lebens als Begräbnis-Redner sein Geld verdient, ich glaube in Freiburg auf dem Friedhof, so haben seine Bücher etwas von der Raumzeit nach den Begräbnissen: das Begräbnis ist vorbei, er hat die Pflicht als Redner erfüllt und kann in seinen Büchern als Nachbegräbnis-Redner auftreten. Dadurch sind seine Bücher einerseits bitter, und zugleich haben sie die Heiterkeit der Situation, die Beerdigung ist vorbei. Mehr oder weniger.

Ralf Rothmann spricht fast in all seinen Büchern nicht mit verstellter Stimme, aber es ist eine verstellte Sprache, es ist eine Schreibsprache, die wie bei Barbara Honigmann mit der mündlichen Rede als Grundlage des Schreibens sehr fruchtbar arbeitet, und die zugleich aber eine Sprache verwendet, die, wie soll ich sagen, absichtlich mit unreinen Elementen arbeitet. Früher mal hat man im Feuilleton eine Floskel verwendet: »... ein schmutziger kleiner Film«, das war eine Lobesformel. Ralf Rothmanns Sprache ist schmutzig, immer wieder, aber nicht schmutzig mit der Absicht des Schmutzes, nein, es ist die mit Absicht verschmutzte Sprache auf der Suche nach der Reinheit. Und insofern, wenn es Marx oder sonstwen noch gäbe, würde man sein Verfahren dialektisch nennen.

Ich will jetzt diese verschmutzte Sprache nicht lange zitieren, ich empfehle Ihnen nur, seine Bücher von Anfang an, und sie sind auch durch den Gegensatz oder Widerpart zwischen Schmutz und Reinheit so spannend zu lesen, vom *Windfisch* und *Stier*, *Wäldernacht*, *Flieh, mein Freund!* bis zum letzten Prosa-Buch, das erschienen ist bei Suhrkamp, *Milch und Kohle*. Es ist das Bezeichnende daran die verstellte Sprache, die, als ob die Verstellung durch Schmutz, durch Wörter, die eigentlich Jargon bedeuten oder die, fast könnte man sagen, pornographisch aussehen, als ob diese Verstellung erst im Hintergrund die Ahnung oder am Ende des Tunnels das Licht einer Purifikation erzeugen sollte.

Das kommt ja manchmal auch im sogenannten Alltagsleben vor, mir geht es jedenfalls so: ich höre zufälligen Leuten zu, die an einem Nebentisch oder im Zugabteil, weniger an Flughäfen, da wird ja kaum mehr richtig gesprochen, etwas von sich geben, eine Sprache von sich geben, und diese Sprache kann einen am Anfang ungemein nerven. Fast jede Sprache, die man zufällig aufschnappt, fängt an, so daß man denkt, aha, da spricht der und der, den kennt man, man hat sofort die Vorstellung, das ist der Typus A, B oder C, in dem Sinn wie Ralf Rothmann in einem seiner Bücher sagt, das ist »Onkel Umsatz« oder das ist der Zahnarzt So-und-so. Und dann freilich geht es mir immer wieder, je länger ich manchmal Leuten mit künstlicher oder mit schmutziger Sprache am Nebentisch zuhöre, geht es mir in Glücksmomenten so, daß innerhalb dieser verstellten, verschmutzten, dreckigen Sprache etwas anderes vor sich geht, eine Energie zu spüren ist, die auf etwas ganz anderes aus ist als das Schmutzige. Und ich spüre dann die Existenz dessen, der da redet, mit der Zeit, mit der Geduld des Zuhörens.

Und auf eine unvergleichlich höhere und spannendere Weise, als es so beim zufälligen Zuhören manchmal passieren kann, beruhen die Bücher Ralf Rothmanns fast ausgeklügelt auf dieser Technik. Man denkt am Anfang, was ist das bloß für ein Buch, was ist das bloß für eine Schreibe, und nach einiger Zeit merkt man, daß hinter dieser Schreibe die Schrift abläuft, die man sich immer ersehnt hat. Als ob heutzutage die Reinheit nicht durch den Vorsatz, jetzt rein, rein, rein zu schreiben, mehr möglich wäre. Und dadurch, scheint mir, ist Ralf Rothmann ein bezeichnender oder vielleicht überhaupt der bezeichnende Autor seiner Schreibgeneration. Aber Sie können natürlich auch den und jenen anderen Autor zur fruchtbaren Auseinandersetzung dazu benennen. Aber heute sprechen wir, oder umschreiben wir die Schreibweise Rothmanns, oder lenken wir ab von Ralf Rothmann und seiner Arbeit.

Ich habe vor einiger Zeit ein Buch aus dem neuen Verlag Jung & Jung in Salzburg gelesen, eines kurdischen Autors, der in Berlin lebt. Dieser Autor heißt Sherko Fatah. Unter Ihnen sitzt ein Journalist oder ein Literatur-Wissenschaftler, der mich in Passau auf dem Schiff angesprochen hat, und der alle meine Hinweise auf Lektüre, wo auch immer ich die gemacht hatte, kannte und ihnen nachging. Und deswegen spreche ich auch von dem kurdisch-deutschen Autor Sherko Fatah, wo sitzt der Mann aus Landshut? – Sherko Fatah hat ein Buch geschrieben, mit dem Titel *Im Grenzland*, einen Roman, worin der Autor von einem Schmuggler erzählt, der seinen Sohn sucht, verlorengegangen für die islamische Bewegung, an der türkisch-islamischen Grenze. Und das ist ein Buch, welches im Chronikstil geschrieben ist, sozusagen schwerfällig, mit langen verschachtelten Sätzen. Und deswegen spreche ich über das Buch. Dieser Autor ist im Sinne von Jorge Luis Borges ein entschieden eintöniger Autor. So wie Borges sagt: »Ich bin entschieden monoton.« Und das Faszinierende an dem Buch *Im Grenzland* von Sherko Fatah ist, daß er nie aus einem angefangenen Ton herausgeht. Von Alpha bis Omega wird eine tragische universelle Geschichte klein, klein, fast in Tonlosigkeit vorgetragen, nicht einmal Monotonie ist es, sondern an der Grenze zur Tonlosigkeit wird die Geschichte erzählt. Wenn Sie wollen, können Sie wieder hier einen Gegensatz zu den vielen, ungeheuer vielen Tönen, Stimmlagen, Jargons, Ausdrucksweisen aus dem Ruhrgebiet, aus Berlin, aus Mexiko, aus Griechenland, in den Büchern von Ralf Rothmann sehen. Ich hoffe, lieber Landshuter Leser, ich habe Ihnen damit gedient, und Sie besorgen sich das Buch in Landshut, oder wo auch immer.

Und dann gibt es noch einen Autor, der stammt wie Ralf Rothmann aus dem Ruhrgebiet. Dieser Autor war ein großer Verehrer von Hermann Lenz und hat zwei oder drei Bücher geschrieben, die, warum nicht, im Heyne Verlag erschienen sind. Dieser Autor ist einerseits ein großer Verehrer von Hermann Lenz und hat ihn auch besucht, war zwei-, dreimal bei ihm, und andererseits ist er der größte Verehrer von Buddy Holly. Und aus diesen zwei Polen, Buddy Holly und Hermann Lenz, bestehen eigentlich alle seine Bücher. Der Autor heißt Wolfgang Welt, und sein Buch heißt *Buddy Holly und ich*. Ich glaube, das ist sein wirklicher Name, und er arbeitet als Nachtportier im Bochumer Schauspielhaus. Sein Buch über Buddy Holly und Hermann Lenz wird im Herbst im berühmten Heyne Verlag erscheinen.

Damit bin ich schon fast am Ende. Ich habe zuvor meine Mitjuroren und alle, die hier waren, die von Ralf Rothmann eine Ahnung hatten oder sogar was gelesen hatten, gefragt, wie es ihnen gegangen sei mit der Lektüre von Ralf Rothmann. Und da kamen einige Stimmen, die ich Ihnen nicht vorenthalten darf: Maria Herkner, die sich kümmert um unsere Organisation, um die Schecks, die wünscht sich von Ralf Rothmann, daß er »noch poetischer« wird. Ich habe zuerst verstanden, daß sie wünscht, daß er überhaupt poetisch werden möge, nein sie will, er soll *noch* poetischer werden. Frau Ruth Lohmer-Sinkel dagegen meint, was ihr am meisten nachgehe an den Büchern von Ralf Rothmann, das seien die Mütter. Und ihre Lieblingsmutter sei jene in dem Buch *Flieh, mein Freund!*, und sie wünsche sich, daß einer erzählt, wie seltsam die Mütter in den Büchern von Ralf Rothmann sind. Dazu muß man sagen, daß alle Erzählbücher von Ralf in der Welt der Heranwachsenden, in der Welt der Leute vor zwanzig, im Ruhrgebiet, handeln, oder zeitweise auch in Berlin. Und das Bestimmende ist jeweils eine seltsam freie erotische Mutter, in Szenen, die oft an den Inzest grenzen, oder vielleicht auch wirklich davon erzählen. Jedenfalls: Ruth interessiert sich am meisten für die Mütter. Mir wiederum, um mich einzuschalten, ist aufgefallen gerade die Tatsache, daß alle diese Erzählungen und Romane in der Welt der Heranwachsenden hausen und abhausen, und daß nie ein Held ein Erwachsener ist. Mir ist auch aufgefallen, daß vielleicht nur in der Heranwachsenden-Gesellschaft, wo Ralf Rothmann aufgewachsen ist – er hat die Schule nur bis 14 besucht, wurde dann Arbeiter im Ruhrgebiet –, daß in dieser Gesellschaft nur die Welt der Heranwachsenden eine Art von Gemeinschaft war. Und daß später, als alle diese Jungen 18, 19, 20 wurden, jeder für sich allein war, daß es dann keine auch noch so feindselige Gemeinschaft mehr gab. Diese Tatsache vermag vielleicht zu erklären sein, daß ab da, indem es weder eine feindselige, noch liebevolle, noch freundschaftliche Gemeinschaft mehr gegeben hat, auch keine zusammenhängende größere Erzählung mehr möglich war.

Wenn man zu Ralf Rothmanns Büchern sonst noch Parallelen denken könnte, so nicht nur an die ersten Romane von Maxim Gorki, wo einer in einem proletarischen Milieu seinen Platz sucht und nicht findet, sondern auch an den *Fänger im Roggen* von Salinger. Aber mehr noch und noch sprach-, blick- und rhythmusverwandter sind die Romane von Thomas Wolfe. Ich meine nicht Tom Wolfe, sondern Thomas Wolfe mit *Schau heimwärts, Engel.* Eine Familiengeschichte, wo viel Hoffnungslosigkeit, Todesnähe, Jenseitstraum herrschen, wo zugleich aber das Bestimmende die Sehnsucht ist. In den schlimmsten Situationen, so wie der Held in *Schau heimwärts, Engel*, wenn in der Familie es drunter und drüber geht, so schaut auch der Held Ralf Rothmanns in der Wohnküche in den leersten Winkel und sagt: Nun, mein lieber Engel, nun schau, nun hör dir dies an, was mit mir und den Meinen vor sich geht.

Diese Wendung zu dem Engel in der leeren Wohnküche, oder Wohnzimmerecke, ist die eigentliche Bewegung der Prosa, der epischen, der zunehmend epischen, von Ralf Rothmann. »Zunehmend episch« in dem Sinn wie Hermann Lenz' Romane ab 50 zunehmend von verlassenen Zimmern handeln. Auch *Milch und Kohle* und viele Gedichte von Ralf Rothmann handeln »zunehmend episch« von verlassenen, mehr und mehr von verlassenen Zimmern. Und das ist sozusagen das kommunizierende Gefäß zu der epischen, nach *Spiegelhütte* zunehmend episch werdenden Prosa des Hermann Lenz. Und auch deswegen, glaube ich, gehören die beiden ungezwungen zusammen. Und vor allem bei all dem Sprach-Schmutz, bei dem nützlichen, fruchtbaren, düngerhaften Schmutz der Sprache von Ralf Rothmann, wird am Ende jedesmal klar, daß es um Liebe geht, daß es um Sehnsucht geht, und daß diese verlassenen Zimmer – es können ja auch verlassene Zelte sein, oder verlassene Steppen oder Jurten –, daß die verlassenen Sphären oder arabisch, *aflak*, die Kraftquellen jedes poetischen, auf Zukunft gerichteten Schreibens sind und sein werden.

Gurken und Kiefern, Äpfel und Schnee

Laudatio zum Hermann-Lenz-Preis an Jürgen Becker

Es ist schwer geworden, etwas zu einem Buch zu sagen, zu den Büchern überhaupt, zu einem Autor, zur Literatur; anders schwer; problematisch – ohne daß es im voraus eine Zuversicht gibt, das Problem könnte im Bereden der Bücher sich als fruchtbar erweisen. Ein fast allgemeines öffentliches Loben geht ja um, was die Literatur betrifft, inbegriffen die neuere und auch die neueste, die sogenannten Neuerscheinungen.

Es hagelt, knattert, bimmelt, schalmeit in den Zeitungs- und mehr noch in den Fernsehbesprechungen von Lobeswärtern wie »großartig«, »wunderbar«, »epochal«, »Meisterwerk«, »durchgelesen in einem Zug«. Doch solch ein Loben, auch wenn es, anders als in quicken TV-Verlautbarungen, mit Begeisterung und Sorgfalt – kein Widerspruch –, wie immer noch da und dort auf den Literaturseiten, schriftlich begründet und glaubhaft gemacht wird: solch ein Loben, es wirkt kaum mehr, es zieht kaum mehr, es, so stichhaltig es immer wieder daherkommt, sticht nicht recht. Es bleibt gegenwärtig gar oft ein gespenstisches Lob, ein Lobesgespenst, und die Neuerscheinungen, so von Lobscheinwerfern angestrahlt sie auch sein mögen, erscheinen, ohne zu erscheinen. Jeden Tag ein oder mehrere Literaturpreise, und jeden Tag wenigstens eine da und dort gedruckte Laudatio.

Seltsames Geheimnis: das Lob für ein Buch, für einen Autor, für seine Bücher zum richtigen Zeitpunkt, am richtigen Ort – gar zu selten scheint sich solches inzwischen einzustellen. Wenn ich dabei zum Beispiel an die Hermann-Lenz-Preisträger in den Jahren vor Jürgen Becker denke, dann sehe ich Josef W. Janker ebenso wenig gelesen wie eh und je, zittriger und verlassener denn je, tapfer aber dabei wie nur ein Janker, vor dem Bodensee stehen; sehe Johannes Kühn in seinem Dorf, von dessen Rändern bis in die nicht vorhandene Mitte verstärkt, die saarländische Schwermut verkörpern; sehe Ralf Rothmann nicht nur fern vom Ruhrgebiet, den Preis damals in Passau weniger als ein Fest für seine Romane als ein Buchdeckelschließen und so noch vermehrte persönliche Klaustrophobie erleben; sehe ich Erich Wolfgang Skwara sich stärker noch als vorher am Pazifischen Ozean von San Diego über die Verkaufszahlen seiner Bücher die Haare raufen; sehe ich Joseph Zoderer, unbedankt von den deutschen Lesern nach wie vor, weiterhin verdammt, sein Heil in seinem Südtirol und, mehr noch, südlich von Rovereto suchen; sehe ich Walter Kappacher wie seit Ewigkeiten aus seiner Dachwohnung in Obertrum bei Salzburg Ausschau nach mehr als nur dem einen und dem anderen Leser halten, stoisch zwar, aber auch ein klein wenig bitter; sehe ich Franz Weinzettl, für dessen Aufnahme in die Bibliothek Suhrkamp der Lenz-Preis und mein Vorschlag nicht stark oder stichhaltig genug waren.

»Ein Keil Wildgänse am Himmel,
kurz vor dem Dunkelwerden ...«

So vermeide ich bei Jürgen Becker jetzt vorderhand das Lob und spiele den Kritiker, beginne oder spiele mit ein paar Einwänden: Lieber Jürgen Becker! In deinen Büchern, von *Erzählen bis Ostende* über *Aus der Geschichte der Trennungen*, *Schnee in den Ardennen* bis zu den *Folgenden Seiten* (dem Buch für den kommenden Herbst jetzt), wird entschieden zu wenig gegangen und zu viel gefahren. Wenn der sonderbare Held, ob er nun Johann heißt oder Jörn Winter, einmal geht, dann höchstens zu seinem Auto oder über die Straße zu dem und jenem Gasthaus, sei es in West- oder Ostdeutschland. Nicht einmal richtig Stiegen steigen läßt du ihn. Mehr Gehen statt Fahren, so der Kritiker hier, hätte dich vielleicht bewahrt vor Ausdrücken wie »akustische Phänomene«, »rekapitulieren«, »der nächste Punkt der Tagesordnung«.

Aber halt, Kritiker: Finden sich nicht in *Erzählen bis Ostende* Sätze wie: »Johann ging viel in seiner Freizeit spazieren, und er hatte einen Instinkt für Straßen und Gegenden, in denen er fast keinen Menschen sah?« Und wie kann jemand, der nur fährt, einen Absatz schreiben wie den da: »Ein Keil Wildgänse am Himmel, kurz vor dem Dunkelwerden … Ein müder Mann steigt die Treppe hoch [na also!], zu müde, um die Gegend zu verlassen … Wildgänse waren doch Vögel der Jugend; und es waren die alten Männer, die knarrend in den Holzstuben verschwanden. Wer spricht jetzt? So lange die Abende kalt bleiben, kann man in den Vorortstraßen Stimmen verstehen.«

Aber weiter im Kritikspiel: Sag, Jürgen, wie hältst du's mit der Liebe? Kaum wo in deiner Prosa erzählst du eine Liebesgeschichte, außer vielleicht ein paar Liebeleien deines Halbwüchsigen Jörn im Erfurt des Kriegs und des Nachkriegs. Und wohin führt ein Erzählen ohne ein Liebesdrama? Schwerlich bis nach Ostende, ja nicht einmal in den Schnee der Ardennen. Aber halt ein, Kritiker, auch hier: Wenn schon nicht gerade Geschichten der Vereinigungen die Bücher Jürgen Beckers durchziehen, so umso stärker die Geschichten der Trennungen, zusammen mit den Geschichten der Versäumnisse, wodurch, was Liebe meint (meinen als »minnen«), umso einschneidender eine Lesespur hinterläßt. Ah, und war das denn keine Liebesgeschichte, die zwischen Mutter und Sohn in einem von Beckers Hauptbüchern, eben *Aus der Geschichte der Trennungen*? »Die Mutter war der einzige Mensch, dem ich ein paar Tagträume anvertraute«; und: »Sie musterte ihr Gesicht in einem kleinen Taschenspiegel, den sie plötzlich in der einen Hand hielt; … genauso plötzlich stand in der anderen Hand die goldschwarze Hülse mit der hochgedrehten dunkelroten Kuppe, die sie sorgsam mehrere Male über die geöffneten Lippen führte, dann kniff sie zweimal ihren Mund ein, der Jörn wie ein ovaler roter Mond vorkam, und reckte ein bißchen das Kinn vor. Im Garten sonnte sich die Mutter im Liegestuhl; manchmal durfte ihr der Junge die Schultern, den Hals mit Niveacreme einreiben; dann hielt sie die Augen geschlossen.« Und zuletzt »das gnadenlose Licht« beim Abschied von der Mutter, welcher der geschiedene Ehemann das Zusammensein mit dem Sohn untersagt hat, gefolgt bald danach von dem Ertrinkungstod der Frau, wohl einem Selbstmord, in einem See nah der polnischen Grenze. Wer weiß: alle Jürgen-Becker-Texte geheime Liebesgeschichten?

»So bewegte ich mich über Eis, über sehr dünnes Eis ...«

Ein letztes Mal jetzt noch »der Kritiker«: Zu dessen Rolle gehört es, oder hat es gehört, sein Sich-Mokieren, Ablehnen, Nichtverstehen einzuleiten mit einem »Ich gestehe«. Ich hier habe aber im Ernst etwas zu gestehen: Vor mehr als vierzig Jahren habe ich, als Student, für den Österreichischen Rundfunk eine Kritik zu Jürgen Beckers Buch *Felder* geschrieben. Meine Erinnerung sagt, daß ich den Band der edition suhrkamp seinerzeit zwar nicht kurzweg abgetan, aber doch eher achtlos behandelt habe. Und das kam in etwa so: Es war damals gegen die Mitte der sechziger Jahre, und nicht nur in Graz, im Kreis um die *manuskripte*, es war das die Zeit der Konkreten Poesie. Und obwohl mit meinen Prosaanfängen nicht zu dem Kreis gezählt, war ich, weniger als Leser denn als Betrachter und Hörer, hypnotisiert von den puren Formen, streng und rein oberflächlichen, strikt nichts Inhaltliches bedeutenden Anordnungen, Konstruktionen, Permutationen, den Rhythmen dieser meist herrischen Wortsetzungen. Jürgen Beckers erste Buchtexte muteten mich, im Vergleich etwa zu denen Franz Mons, Eugen Gomringers und Konrad Bayers, zu wenig rhythmisch, zu wenig durchorganisiert, auch zu inhaltsbezogen an – mich, der ich doch selber nur von Inhalten, von Tiefenbildern ausging – und vor allem nicht »suggestiv« (tut mir leid für das Wort) genug, in dem Sinn, wie ich zu der Zeit den Jazz und die Konkrete Poesie als parallele Suggestionen hörte. Heute freilich weiß ich, daß sowohl *Felder* wie *Ränder* nichts zu schaffen haben mit gleichwelcher Schulpoesie oder Poesieschule. Ohne die Texte eigens wiederzulesen, ist mir klar, daß es sich vor allem um Risse handelt, keiner Formenwelt angehörig als der des Jürgen Becker höchst- wie tiefstpersönlich, um Umrisse einer Eigenwelt ohne jede verfügbare, gereihte, serielle, rhythmisierbare Form oder Vorform, Umrisse, gekennzeichnet durch eine Art, wie nur Jürgen Becker sie hat: sein spezielles Zögern, das, eins der von ihm häufigstgebrauchten Wörter auch, all seine Bücher durchzieht, so wie die »Äpfel«, der »Schnee«, die »Gurken aus dem Spreewald« und die »Kiefern im Märkischen Sand«. All seine Bücher haben den Grundzug eines zögernden Umreißens, und besonders jetzt wieder das vorerst letzte, *Die folgenden Seiten*.

Auch die Kritik »unrhythmisch« würde ich nun zurücknehmen, tat das schon insgeheim beim Lesen später von songähnlichen Seiten im *Ostende*-Buch: »Den ganzen Tag glaubte ich mir kein Wort ... An den Worten, an den Mustern lag es nicht, es lag an mir, der den ganzen Tag nicht zurecht kam mit einer Gewohnheit, die alle Nachdenklichkeit ersetzte. Ich war auch an diesem Tag nicht besonders nachdenklich ... aber es war ein harter Tag, ich glaubte mir kein Wort. Meine einzige Hoffnung dabei war, daß niemand es merkte, und als der Tag so gut wie herum war, hatte ich eigentlich auch schon die Gewißheit, daß es wirklich niemand gemerkt hatte. So bewegte ich mich über Eis, über sehr dünnes Eis, und am Abend dieses Tages war ich dann auch soweit, daß ich nur noch atmete.«

Und ich weiß heute auch, daß es vielleicht so etwas wie eine Konkrete Poesie gab, oder gibt, aber keine vorgestanzten Konkreten Poeten. Wissen tue ich das durch das Weiterlesen, das, hm, zögernde der Bücher Jürgen Beckers, und fast stärker noch durch das Jüngst-Lesen der Briefe von Carlfriedrich Claus, den ich mir damals als den sozusagen ostdeutschen Vertreter des weltweiten Claus vorstellte. Es sind das – jetzt gebrauche auch ich das Wort – wunderbare Briefe zwischen dem Schriftbildträumer Claus und dem älteren Malerfreund A. Wigand, und die Parallelität zwischen den Sätzen und vor allem den An-Sätzen Beckers und Claus' traf mich so anders als die behauptete zwischen Konkreter Poesie und einem gewissen Jazz. Carlfriedrich Claus: »Den Blick füllen mit alter Schrift und Schrift-Figur. (Die Abbild ist: der inneren Figur einer Phase des großen Experiments: Natur- wie Mensch-Werdung.) Innewerden der: noch nicht abgelaufenen Subjekt- und Objekt-Erläuterungen.« Und Jürgen Becker, zwanzig Jahre später im Zug nach Ostende, unterwegs zum »zweiten Leben« (wie

Doderer das Leben des Erzählers genannt hat): »Im Gefüge der möglichen Geschichten bewegen sich Körper und Dinge, die vom Erzählbaren ablenken, es aufhalten oder verdrängen, es rührt ja an die Sperre, die dazwischen steht, etwa zwischen dem Aufruhr des Farnkrauts und der Reaktion der Sinne.«

Konkrete Poeten? Oder doch eher Mystiker? Nein, das wäre eine andere Falle, die Hauptwort-, die Substantivfalle. Bleiben wir bei den Verben, den Zeitwörtern. Beide, Claus wie Becker, sie schreiben, sie umreißen, umzirkeln, spiralisieren, ob in Schriftbildern oder rein in der Schrift. (Und vielleicht wäre es auch an der Zeit, etwa Gomringer und Franz Mon unter einem freieren Aspekt zu lesen, zu beäugen.)

»Das Erzählen darf nicht aufhören, muß immer wieder neu anfangen …«

Jenes »zweite Leben«, von Doderer in seinen Tagebüchern immer wieder beschworen, Jürgen Becker hat es, nach einer jahrzehntelangen, langwierigen, zögernden »Verwandlung« zu seiner und unserer, der Prosa-Leser, Sache gemacht in dem von ihm so genanten Journalroman *Schnee in den Ardennen*. Doderer hat gesagt, Prosa entstehe »auf einem Boden, wo kein Halm des Mitteilungsbedürfnisses mehr sprießt«. Sie sei »Mitteilung ohne Mitteilungsdrang … also ein Ausdruck. Da die Welt als solche überhaupt dichterisch ist: so hat der Schreibende nur immer den jeweils richtigen Abstand und Blickpunkt zu finden, und schon umgibt ihn als Atmosphäre der Geruch des Schöpfers. Mit dem ersten völlig uninteressierten Blicke auf alles, wie es ist, beginnt seine Sendung, schlägt der erste Takt der endlich eignen Symphonie.«

Solche Sätze umreißen in meinen Augen Beckers *Schnee in den Ardennen* fast, zum Glück nur fast, vollständig, Haus und Hof, und ebenso das Wie von Haus und Hof, den Schnee, und sein Wie, die Äpfel, und ihr Wie. »Nebendraußen«, das wäre ein anderes, ein Hermann-Lenz-Wort, für jenes zweite Leben, das des

Erzählers. Und was erzählt, umreißt, konturiert der? Zum Beispiel das völlig unversehrte Obst unter einem Apfelbaum mitten im Winter. Ein selten benutztes Zimmer im Haus. Die Hoflampe, die bei Wind auf den Bewegungsmelder reagiert (vor 20 Jahren war sie einfach nur die Hoflampe). Die Totenglocken nachmittags um drei. Die anhaltende Bombenerwartung beim Blick zum Himmel. Das verschiedene Verhalten der verschiedenen Vögel, Meise, Specht, Häher, Star, Elstern, Krähen. Das Summen des Teekessels und die Sirenen, »plötzlich«, im Krieg. Das allmähliche Verschwinden des Wortes »plötzlich«.

Es ist zu lernen aus den Büchern Jürgen Beckers – aber keine Angst vor diesem Lernen: denn der Schreiber, der Autor, ist selbst dabei ein unentwegt Lernender. So ist statt »Lernen« vielleicht eher das Wort »Einsicht« am Platz, und zu solchem Hauptwort gehört in der Tat einmal das Zeitwort »gewinnen«, wie überhaupt das Lesen seiner Bücher, im Gegensatz zu so vielen Büchern, ein Zeitgewinn ist – Lesen als Zeit gewinnen: Zeichen der Literatur. Wenn Lernen bei Jürgen Becker, dann ein begütigendes. Es ist nämlich – ohne Angst auch vor diesem Wort – das Herz im Spiel, in dem Sinn der Formel, wiederum Carlfriedrich Claus, vom Herzen als dem »Impulskern«, zur »Resurrektion« von Mensch wie Natur, zur »Natur- wie Menschwerdung«, wozu ein Antwortsatz seines Malerfreundes Wigand paßt: »Paula Modersohn hatte keine leichte Hand, aber ein brennendes Herz.« Und in ähnlicher Weise schafft die Prosa Jürgen Beckers zuletzt noch etwas anderes als ein Mitsehen, ein Mitlernen, eine Einsicht: den Einklang.

Und zuletzt drängt es mich anzufügen, daß ich aus Jürgen Beckers Prosa Einsicht gewonnen habe, kennengelernt habe eine Liebe, eine andere Liebe zu Deutschland, mit Betonung auf »Land«, auf »Länder«, eine zögernde, herzhafte, sorgsame Liebe, zu den Chausseen im Osten, zu dem Bergischen Land im Westen, eine schmerzhafte, kindliche, untröstliche Liebe, die so gar nichts im Sinn hat mit dem »Stolz auf Deutschland«, eine, ja, Heimatliebe, die beim Lesen sogar Lust auf das deutsche Essen und Trinken machen kann, auf »Spiegeleier mit Bratkartoffeln«, auf einen

»Batzen Leberwurst«, »Gurken« (aus dem Spreewald, genannt »Spreelinge«), einen »Korb voll Brot«.

So!, wie Siegfried Unseld sagte, um die Übergänge in seinem Reden zu markieren. So! Und jetzt laßt uns hier an den Rändern, nah den Feldern, weitab von den Zentren, den Sommer feiern, und mit ihm den Jörn Winter alias Jürgen Becker. Das Fest soll verpuffen. Das Erzählen nicht. »Es darf nicht aufhören, man muß es immer wieder anfangen, dieses Sprechen, dieses Erzählen, und ich hoffe ...« Und was mich angeht, so hätte ich das »ich hoffe« vor den drei Punkten ersetzt durch ein: »Ich bin zuversichtlich ...«

III

Als ich *Verstörung* von Thomas Bernhard las

Nachdem ich auf dem Hauptbahnhof in Hannover angekommen war, rief ich die Nummer des Bekannten an, den ich aufsuchen wollte. Es meldete sich niemand. Weil ich aber auf jeden Fall über Nacht in Hannover bleiben wollte, beschloß ich, zu warten und später dieselbe Nummer noch einmal anzurufen. Dann kaufte ich eine Zeitung und ging mit meinem kleinen Gepäck die Treppe hinauf in das Bahnhofscafé von Hannover. Ich bestellte etwas zu trinken und las ein wenig in der Zeitung. Ich war recht müde, aber das Buch ließ mir keine Ruhe.

Die Krankenbesuche des Arztes, bei denen ihn sein Sohn begleitet, hatte ich schon hinter mir, nur der Besuch bei dem Fürsten von Saurau auf der Burg Hochgobernitz stand noch aus. Vater und Sohn gingen unten von der Schlucht, wo sie kurz in der Mühle gewesen waren, auf dem gefährlichen Steig zur Burg hinauf. Es war nicht ratsam, sich umzuschauen. Was sie vorher gesehen hatten, waren *Vor*zeichen gewesen: ein Totschläger, noch nicht eingefangen, trieb sich in der Gegend herum, in allen Häusern, in denen die beiden bisher gewesen waren, lagen oder liefen elend Sterbende herum, in einem Nebenbau der Mühle waren tote Vögel aufgereiht, der Hund des Müllers rannte, gefährlich in seiner Verstörung, zwischen den verfaulenden Müllersleuten hin und her, alle lebenden Wesen schienen vollkommen ihrem Nervensystem unterworfen. Dem Erzähler, dem jungen Studenten der Montanistik in Leoben, erschien, an der Seite seines Vaters, Leoben allmählich schon als die Außenwelt, alle wurden immer mehr voneinander abgeschieden, ein Kranker, kurz vor seinem Tod, zeichnete »im Gehen Erstickte«. Alle Personen gestanden etwas: der Vater gab zu, hieß es.

Kurz bevor die beiden die Burg des Fürsten erreichten, besuchten sie noch in einem Vorhaus den verrückten jungen Krainer, dem sein Kopf viel zu eng war und der daran war, durch die Veränderungen an seinem Körper die Sprache gänzlich zu verlieren.

Früher hatte er harmonische Musik komponiert, jetzt, so sagte seine Schwester, sei seine Musik entsetzlich.

Als die beiden auf der Burg ankamen, ging der Blick tatsächlich Hunderte von Kilometern weit.

Sie sahen den Fürsten auf der äußeren Burgmauer, sie trafen ihn auf der innern. Er begrüßte sie, ohne stehenzubleiben. Sie schlossen sich ihm an. Er setzte sein Selbstgespräch, das er schon den ganzen Tag lang führte, sogleich mit ihnen fort. Dem Fürsten war es in jedem Augenblick natürlich, daß die Welt auseinanderbricht. Er redete immer von sich selber wie von der ganzen Welt und von der ganzen Welt wie von sich selber. Der Vater hatte dem Studenten schon gesagt, der Fürst sei total wahnsinnig, auch die Müllersburschen unten hatten erzählt, daß der Fürst Unglaubliches rede.

Der Fürst redete wie zur Lebensrettung. Er wiederholte viele Sätze wieder und wieder, wobei er nur immer die Worte umstellte. Seinen endlosen Verallgemeinerungen schloß er plötzlich den Satz an: Diese riesige Mure! Diese riesige Mure! Der Fürst sagte nicht, daß er verzweifelt sei, er sagte: Diese riesige Mure! Alle Namen, selbst die Ortsnamen, waren für den Fürsten Verzweiflungsnamen.

Schon am Vormittag hatte er drei Bewerber um den Verwalterposten zu Besuch gehabt, von denen er wieder den einen mit Wörtern quälen konnte. Er fand im Gespräch heraus, welche Wörter der Bewerber nicht ertragen konnte, und verwendete diese Wörter immer wieder, etwa Maulwurf, Leinwand, Bergmann, Strafanstalt. Qualvoll reagierte der Bewerber auf diese Wörter.

Welche Wörter auch der Fürst gegenüber seinen Zuhörern gebrauchte, es waren Empfindlichkeitswörter, Qualwörter. Ich las, wie der Fürst seinen Besuchern stundenlang von den Bewerbern erzählte, wobei er immerfort vom Anschaulichen der konkreten Angaben über die Personen – einer lebte in einer Landschaft, die so finster war, daß sie Selbstmorde schon wieder ausschloß, und seine Kleidung war so adrett, daß sie wohl immer an einer Tür hing, in einem Kasten – zu den sich immer wiederholenden abstrahierenden Unanschaulichkeiten übersprang, die aber gerade den redenden Fürsten anschaulich machten. Der Fürst war besessen vom Reden, er sprach, so sagte er, aus Angst zu ersticken.

Er redete viel in Gemeinplätzen, aber gerade die Häufung der Gemeinplätze zeigte seine hellhörige Verfinsterung. Er kümmerte sich nicht um eine Logik der grammatikalischen Modelle, er konnte sagen, daß Selbstgespräche genauso sinnlos seien wie Gespräche, wenn auch viel weniger sinnlos, er konnte sagen: er ist durchaus vernünftig, aber ohne die geringste Vernunft, er konnte den Satz sagen: »Moser sagte, aber er getraute sich nicht zu sagen ...« – ich las, wie der Fürst die eigenen Satzmodelle immerfort umkehrte, wie er, sprechend, die Auflösung aller Begriffe möglich machte.

Was er von der Außenwelt erwähnte, war nur ein Zeichen seiner Innenwelt. Der Fürst sprach nicht in Metaphern, sondern in Zeichen. Das Hochwasser, von dem er sprach, ver*glich* er nicht mit seinem Innern, sondern das Hochwasser, das es tatsächlich gegeben hatte, vor einigen Wochen, *war* sein Inneres, und das Lusthaus, in dem einst sein toter Vater aufgebahrt worden war und das sonst zu Theateraufführungen diente, *war* das, was in seinem Kopf vor sich ging, und selbst, wenn der Fürst über die Postzustellung in der Landschaft Bundau sprach, die katastrophal sei, meinte er damit sein katastrophales Inneres. Die Namen für die Dinge und Vorgänge, so erkannte ich, waren nur Zeichen für seine Zustände. Die Ortsnamen Köflach und Stiwoll standen für Verstörtheit und Verzweiflung. Die Landwirtschaft, sagte zum Beispiel der Fürst, ist ein Irrtum: er sprach, als ob die Landwirtschaft eine Lebenshaltung wäre.

Jeder Mensch hat seine Ache, sagt der Fürst mit der Banalität der Verstörten, Wahnsinnigen, und schon ist die Ache, die *wirklich* durch die Schlucht fließt, nur ein anderes Wort für Irrsinn geworden. Ich erinnerte mich beim Lesen, daß schon vorher ein anderer Kranker zu dem Arzt gesagt hatte, nur seine Besuche hinderten ihn, die »Konsequenz Hauenstein« zu ziehen: der Kranke hauste in der Ortschaft Hauenstein, er gebrauchte aber das Wort Hauenstein für das Wort Selbstmord.

Der Fürst sprach mit einem grammatikalischen Irrsinn, er bildete neue Wörter, wie es bei Schizophrenen üblich ist, und er fügte manierierte Fremdwörter ein: auch deren Gebrauch war wie der Gebrauch der ständig wechselnden Phrasen über die Menschen ein Zeichen seiner Verstörung. Der Fürst dachte in Selbstmordmöglichkeiten. Es interessierte ihn nicht, wer als erster auf dem Mond sein, sondern wer als erster die Erde durchqueren würde. Auf der Burg herrschten die Naturgesetze des Saurauschen Denkens.

Es ist immer deine Geschichte, die dir erzählt wird, sagt der Fürst. Nichts auf der Welt war ihm erträglich. Wenn ihm etwas doch beinahe erträglich war, sagte er: am wenigsten unerträglich, oder er sagte: das Lesen ist noch das erträglichste Ekel. Wenn er von einem Normalzustand berichtete, mußte er erst das Schlimme, das für *ihn* der Normalzustand ist, verneinen. Wenn sein Kopf einmal ruhig war, sagt der Fürst: ohne den geringsten Schwächezustand. Sein Sprechen war ein Krankheitsbericht.

Nachdem die drei auf der inneren Burgmauer zu gehen angefangen hatten, setzten sie ihren Rundgang auf der äußeren Burgmauer fort. Sie gingen immer schneller, und es wurde dunkler. Der Fürst redete weiter, um die Geräusche in seinem Kopf zu übertönen. Er unterstrich gleichsam jedes Wort, er gebrauchte jedes Wort, nicht nur die Eigenschaftswörter, in den Superlativen: sein Sohn, der nach seinem Tod die Burg übernehmen sollte, würde ALLES GANZ VERFAULEN lassen.

Wie viele Wahnsinnige verglich der Fürst die Vorgänge oft mit Theatervorgängen. Er geriet von einer Sprechweise in die andre, von einer philosophischen etwa in eine juristische: alle Handlungen sind strafbare Handlungen, sagte er. Dann gebrauchte er, der nur noch Zeitungen las, freilich nur alte, auf einmal Zeitungswendungen: von seinem tot aufgefundenen Vater sagte er, der »Unglückliche« sei mit durchschossenem Kopf aufgefunden worden. Der Fürst sprach in fremden Sprechweisen, die aber insgesamt seine eigne Sprechweise waren: selbst die fremden Sprechzustände waren Verstörungszeichen.

Auf den Burgmauern ertrug er noch am besten sein Alleinsein.

Zwischendurch fragte er ganz schnell und achtlos den Arzt:

Haben Sie meine Pillen mit? Ist es sehr anstrengend für Sie, heraufzukommen? Was macht Ihr Sohn? und fuhr dann, ohne eine Antwort abzuwarten, in seinem Selbstgespräch fort. Der Sohn hörte zu.

Der Fürst wollte jeden durch sein eigenes Gehirn führen, »bis ihm übel wird«.

Folgendes erzählte er dazu von einem Gespräch, das er vor kurzem mit dem Arzt geführt hatte: der Fürst hatte vom Hochwasser reden wollen, der Arzt aber vom kürzlich aufgeführten Schauspiel: »Je intensiver ich über das Hochwasser redete, sagte der Fürst zum Studenten, desto mehr war Ihr Herr Vater vom Hochwasser abgelenkt, und zwar durch das Schauspiel ... in dem Augenblick, in welchem ich angefangen habe, von dem Hochwasser zu reden, hat Ihr Herr Vater vom Schauspiel zu reden angefangen. Ihr Herr Vater war, je mehr ich mich mit dem Hochwasser beschäftigte, mehr und mehr mit dem Schauspiel beschäftigt. Ich redete vom Hochwasser und er redete vom Schauspiel. Mein Vater sagte: Ich habe immer gedacht, du mußt vom Hochwasser reden, habe aber vom Schauspiel geredet. Der Saurau sagte: Ich habe aber vom Hochwasser und nicht vom Schauspiel geredet, denn von was sonst hätte *ich* an diesem Tag reden sollen, wenn nicht vom Hochwasser! Und Ihr Herr Vater hat an nichts anderes als an das Schauspiel *gedacht.* Wie ich mehr und mehr mit dem Hochwasser beschäftigt gewesen bin, war Ihr Herr Vater mehr und mehr mit dem Schauspiel beschäftigt, und in dem Grade, in welchem ich, vom Hochwasser sprechend, von Ihrem Vater, der vom Schauspiel sprach, irritiert gewesen bin, ist Ihr Herr Vater, vom Schauspiel sprechend, von mir, der ich nur vom Hochwasser sprach, irritiert gewesen ... Immer wieder hörte ich Ihren Herrn Vater, in meine endlose Hochwasserrederei hinein, das Schauspiel kommentieren. Das ist die unglaubliche Auffälligkeit gewesen, sagte der Fürst, daß ich nämlich mit dem Fortschreiten der Zeit immer mehr und von nichts anderem mehr als vom Hochwasser gesprochen habe, Ihr Herr Vater von nichts anderem mehr als vom Schauspiel. Und immer lauter hat Ihr Herr Vater vom Schauspiel gesprochen, und immer lauter ich vom Hochwasser.

Laut, gleich laut, gleichzeitig gleich laut, haben wir beide, Ihr Herr Vater von einem ungeheuerlichen Schauspiel, ich von einem ungeheuerlichen Hochwasser, gesprochen. Und dann, sagte der Fürst, ist eine Periode eingetreten, da haben wir beide nur noch ausschließlich vom Hochwasser gesprochen, und darauf eine, in welcher nur noch vom Schauspiel die Rede gewesen ist. Aber während wir da beide vom Schauspiel redeten, habe ich doch nur an das Hochwasser gedacht, und während wir vom Hochwasser redeten, Ihr Herr Vater nur an das Schauspiel ... Redeten wir vom Hochwasser, so dachte ich, daß Ihr Herr Vater vom Schauspiel reden will, redeten wir vom Schauspiel, wollte ich von nichts als vom Hochwasser reden ... Wenn wir vom Schauspiel redeten, sagte mein Vater, so riefen Sie, Fürst, andauernd Hohe Kosten! oder Ungeheure Kosten! aus, während ich, wenn wir vom Hochwasser redeten, ununterbrochen solche Wörter wie das Wort Schnürboden, Mimik, Exaltation, Marionettismus sagte. Im Grunde aber, sagt der Fürst, haben wir an dem Tag, gleich wovon, doch nur über das Hochwasser gesprochen.«

Ich war inzwischen aus dem Bahnhofscafé weggegangen und hatte noch einmal angerufen. Wieder meldete sich niemand. Beim Sprechen, sagte der Fürst, könne er wenigstens mißverstanden werden. Es war recht dunkel geworden. Ich ging in einen Park in der Nähe der Hannoverschen Oper und las dort beim Laternenschein weiter. Der Fürst konnte die beiden nicht ins Haus führen, weil alles in Unordnung war. Ich war dann aufgestanden und hatte in einer Gaststätte, zur Musik eines Stehgeigers, weitergelesen. Ich hatte noch einige Male vergebens angerufen. Ich hatte etwas getrunken und weitergelesen. Der Fürst war ganz gegen die Wirklichkeit konstruiert. Er erfror von innen heraus. Ich las und las und las ...

Zu Wolfgang Bauer, *Magic Afternoon*

»Es ist ein großes Unbehagen!« heißt es in Oswald Wieners *Die Verbesserung von Mitteleuropa.*

In Wolfgang Bauers Stück *Magic Afternoon* ist die Bühne, die ein Wohnzimmer so genau abbildet, daß sie es mehr vorstellt als darstellt, nicht in »genialer, nicht in angenehmer, sondern in nervöser Unordnung«. Die handelnden Personen handeln nicht, sie lassen ihre Nerven agieren. Das Stück handelt von Nervenschwankungen.

Vor einigen Jahren habe ich auf einer ziemlich großen Bühne, einer Opernbühne, das Stück *Die Physiker* von Friedrich Dürrenmatt gesehen. Was ich von dem Stück behalten habe: Eine Frau ist erwürgt oder erdrosselt worden und liegt nun während eines ganzen Aktes oder einer ganzen Szene auf der Bühne unter dem Vorhang, mit dem sie wohl erdrosselt worden ist: Was geht in der Schauspielerin, die unter dem Vorhang liegt, vor sich?

Und dann: in einer Szene verläßt die Irrenärztin den Raum, das heißt, die Bühne, nachdem sie irgendwie gehandelt hat und irgendwas gesagt hat; nun aber, wie erwähnt, ist die Bühne sehr groß, und die Schauspielerin hat ihr letztes Wort regie- oder stückgemäß ziemlich weit weg vom Ausgang der Bühne gesagt: Jetzt geht sie ab, und nichts geschieht als das Abgehen, das ziemlich lang dauert: Was geht in der Frau, die über diese große Bühne abgeht, vor sich? Kann ihr Bewußtsein bei den letzten Worten bleiben, die sie gesagt hat?

Welche Schwankungen ihres Bewußtseins treten bei diesem langen Abgang ein? Welche Störungen ihrer Nerven machen sie bei diesem langen Gehen verwirrt? – Von ähnlichen Störungen und Sprüngen handelt Wolfgang Bauers Stück.

Wolfgang Bauers Stück ist der Fall einer derart genauen Abbildung nicht realer, aber doch möglicher Vorgänge in der Wirklichkeit, daß sich gerade kein photographisches Idyll ergibt, sondern eine Art von Halluzination des Zuschauers vor lauter Übergenauigkeit: Die Abbildung erweist sich als Ausdruck der Verwirrtheit und Verstörtheit.

In anderen Stücken, wie etwa in dem weit überschätzten *Gerettet* von Edward Bond, dient die Genauigkeit der Vorgänge nur der Verdeutlichung des theatralischen Modells, bei Bond etwa der Verdeutlichung eines Bildes von Verhaltensweisen Jugendlicher, die unter diesen und jenen gesellschaftlichen Bedingungen existieren – eine Handbewegung eines Jugendlichen gehört zur alten realistischen Typologie, die Musik ist pure Stimmungsmusik, nicht anders als bei Hollywoodfilmen, die stumme Szene am Schluß, in der ein Stuhl repariert wird, hat etwas aufdringlich Theatralisches, verläßt sich auf theatralische Bedeutungen: Wir wissen, so ein Vorgang jetzt hat, in diesem realistischen Stück, etwas vage, wenn auch nicht eindeutig Versöhnliches, bedeutet ein Vielleicht – aber dieses »nicht eindeutig Versöhnliche, aber vielleicht doch Raum für irgendeine Hoffnung Lassende« ist schlimm eindeutig genug.

Bei Wolfgang Bauer dienen solche Vorgänge nicht der Theatergeschichte, sie sind die Theatergeschichte; und das, was im handelsüblichen Realismus die Geschichte ist, auf die es ankommt – der Ernst des Lebens und was sich daraus für Probleme ergeben –, ist in *Magic Afternoon* nur noch Spiel, Requisit zum Spiel.

Der Ernst des Lebens wird in Bauers Stück auch nur in Hochdeutsch erwähnt, während das übliche Stück in leicht österreichischem Dialekt vor sich geht. »Bei dir verblöde ich immer mehr«, sagt ein Mädchen zu ihrem Freund in gespreiztem Schriftdeutsch. Ähnlich wie die Figuren Nestroys können die Figuren Bauers den Ernst des Lebens nur noch in Hochdeutsch fassen.

Auch Qualtingers »Herr Karl«, wenn er vorgibt, ernsthaft zu werden, spricht in allgemeinen reichsdeutschen Wendungen, während er doch nur ernsthaft und ehrlich ist (ehrlich hinterhältig), wenn er im Dialekt redet. »Das Leben ist wie das Zigarettenrauchen«, formuliert plötzlich mitten im schönsten Reden eine Figur Bauers, es wirkt wie eine Flucht aus der Ernsthaftigkeit und Schwierigkeit der Nervenschwankungen, des Stotterns, der Aggressionen in ein höhnisches Theaterformulieren, in verzweifelt dumme Gemeinplätze.

In der Regel sind die Pausen bei Bauer keine Bedeutungspausen, sondern »Schnaufpausen«; an einer Stelle in *Magic Afternoon* ist dieses Wort auch verwendet. Die Akteure verschnaufen, die Nerven werden plötzlich still. Dann heißt es wieder von einem Akteur: »Er kriegt plötzlich einen Aufschwung« – Nervenbewegungen.

Die Vorgänge auf der Bühne bilden die Geschichte dieses Stükkes, das, wenn es sorgfältig und geradezu parodistisch genau inszeniert wird, den Zuschauer halluzinieren muß: der Vorgang des Telephonbuchblätterns dient nicht der Geschichte, sondern ist für sich selber theatralisch wie sonst nur in guten Boulevardstücken, es ist Thema. An einer Stelle steht die Anweisung: »Die Zigarette fällt ihm zweimal aus der Hand« – aus solchen Vorgängen besteht das Stück, und es ist zum Glück so langsam, daß wir endlich auf diese Vorgänge im Theater aufmerksam werden.

Jemand ruft an, er hat falsch gewählt: In jedem anderen Stück hätte das eine Bedeutung, vielleicht etwas Metaphysisches, in Bauers Stück aber ist das möglich, es ist selbstverständlich, es hat keine Bedeutung über sich hinaus, es ist für sich allein spannend. Das zu bemerken, kann im Theater aufregend sein.

Und dann die Musik: Ich habe noch kein Theaterstück und keinen Film gesehen, wo Musikstücke ähnlich wichtig waren. Daß der Akteur gerade an dieser Stelle die Platte auflegt, das ist geradeso wichtig wie das zweimalige Herunterfallen der Zigarette, und auch, daß es gerade diese Platte ist, mit diesem Anfang.

Unvergeßlich ist mir die Szene von der Uraufführung des Stückes in Hannover, als die zwei männlichen Akteure mitten im »ernsthaften« Reden aufhören und auf die Platte horchen, die gerade läuft. Und dann warten sie beide auf die gleiche Stelle in der Nummer, auf den Übergang; sie strecken beide den Arm aus und werden so immer stiller: – jetzt kommt die Stelle, sie seufzen, lassen die Arme sinken.

Schon lang nicht mehr habe ich einen theatralischen Vorgang von ähnlicher Schönheit gesehen. Wer das liest, möge zum Beispiel von den Rolling Stones *Their Satanic Majesties Request* auflegen, Seite 1, jetzt gleich, die erste Nummer, *Sing this all together.* Haben Sie die Platte aufgelegt? So, und jetzt warten Sie auf den Übergang zur zweiten Nummer, »citadel« ...

Haben Sie das gehört?

Zu G. F. Jonke, *Geometrischer Heimatroman**

Über John Fords Film *Lost Patrol* schrieb ein Kritiker, sehr gute Filme könne man nur beschreiben. Das Buch, das ich gerade gelesen habe, ist kein sehr gutes Buch, auch kein wertvolles Buch, mit dem Zeitungen um Abonnenten werben – aber man kann so viele Erfahrungen damit machen, daß man Lust hat, die Erfahrungen zu beschreiben.

Zwei Personen, zueinander sprechende Personen, »Figuren«, haben sich in einer Schmiede versteckt, »die Wangen eng an die Mauern gepreßt«, und wollen, wie sie es in wiederkehrenden Sätzen formulieren, über den einmal leeren, dann bevölkerten, einmal trockenen, dann überschwemmten, einmal mit Bäumen bewachsenen, dann wieder baumlosen Dorfplatz gehen.

Zwei Personen sprechen, aus dem Sprechen ergibt sich ein beliebiges Wort, das Reizwort »Schmiede«, das Reizwort »Dorfplatz«, aus den Wörtern »Schmiede« und »Dorfplatz« ergeben sich beliebige Sätze mit diesen Wörtern, aus den Sätzen ergeben sich Geschichten, dem Dorfplatz folgt das Wort »Dorf«, dem Dorf folgen die Wörter »Bürgermeister«, »Lehrer«, »Pfarrer« – »die Welt der Dinge schreibt der Welt der Personen das Muster vor«, besser noch: Die Welt der Sätze schreibt der Welt der Personen und Dinge Muster vor.

Zu den Wörtern, die das Wort »Dorf« nach sich zieht, werden aber die Geschichten nicht herbeiphantasiert, sondern in automatischen Sätzen herbeizitiert. Im Wort »Bürgermeister« stecken schon automatische Sätze mit diesem Wort: »Der Bürgermeister ist der erste Mann im Dorf, er regelt alles zum Wohl des Dorfes, er muß sehr viel schreiben. Gott sei Dank aber hat er eine hübsche Sekretärin, die Tochter des Bauern Huber, die ihm sehr viel Arbeit abnimmt ...«

Auch in Schulaufsätzen kann man nachprüfen, daß den Wör-

* G. F. Jonke, *Geometrischer Heimatroman*, Frankfurt a. M. 1969.

tern als Reflexe fertige Sätze entsprechen – ein Weltbild, in dem vorgegeben wird, daß Sätze gerade gebildet werden, in dem aber diese Sätze schon lange vorgebildet sind: Das ist das Modell des *Geometrischen Heimatromans*, die Geometrie der Sätze sorgt für den geometrischen Ort der sprechenden Personen.

Zu jedem Wort gibt es eine fertige Geschichte: Das wird in dem Buch deutlich gemacht, indem diese fertigen Geschichten enervierend ausführlich, mit Wiederholungen, Übertreibungen, Abweichungen vorgeführt werden – die Sätze erweisen sich als Repertoirevorstellung: »Die Brunnenwinde trägt das Seil ... dreht man nach rechts, wird das Seil hochgezogen, und der Kübel voll Wasser kommt von unten herauf; dreht man nach links wird ... der Kübel hinunterbefördert, um neues Wasser aus der Tiefe zu schöpfen ...«

Die Sätze repetieren Selbstverständliches, aber gerade, indem sie es repetieren – möglichst umständlich, in einer möglichst komplizierten Syntax –, machen sie das immer Selbstverständliche lächerlich. Zu dem Buch gehören auch Zeichnungen, die das, was schon mit den beschreibenden Sätzen ganz sinnfällig war (ein Zelt, ein Boot), dadurch, daß sie es »unnötigerweise« auch noch darstellen, wieder der Sinnfälligkeit entziehen: Schriftsprache und Zeichnung, beide erweisen sich seltsam als einander widersprechende (nicht einander illustrierende) semantische Systeme.

Werden ausnahmsweise einmal nicht die aus Wörtern sich von selber ergebenden Sätze repetiert, so werden sie doch ausführlich negiert: »Die Leute sagen, der Mann (ein Artist) sei weder auf einem Pferd noch auf einem Esel, noch auf einem ... irgendwie anders gearteten Tragtier ... geritten, er soll auch auf keinem von irgendwelchen Tieren gezogenen Wagen gefahren sein, noch sei er in einer Sänfte getragen worden, sondern ...«

Ein ähnliches »Entkräftungs«-Prinzip findet sich im *Warren-Report* über die Ermordung John F. Kennedys, der seitenlang aus Sätzen besteht, in denen niemand jemanden über einen Zaun springen sah, in denen kein Mann sich auf der Überführung versteckt hielt, in denen niemand jemanden sah, der über die Schienen lief, in denen niemand Pulverdampf zwischen den Büschen sah, in denen niemand jemanden sah, der jemandem ein Zeichen gab: So wird Übliches, indem es in Sätzen zitiert, aber verneint wird, unheimlich. Noch ein Beispiel bei Jonke: »nein die klinke der pfarrhaustür ist nicht niedergedrückt worden der türflügel ist nicht aufgegangen der pfarrer ist nicht mit wehenden gewändern herbeigelaufen gekommen ...« Die Automatik der Vorstellungen, die Automatik des in fertigen Sätzen stagnierenden Bewußtseins wird in Spielsätzen deutlich.

Wenn Jonke nicht Spielsätze wiedergibt, wenn er nicht Sätze vor den Lesenden zitiert, dann wird auch sogleich seine Geschichte, indem sie zu »seiner« Geschichte wird, beliebig: Die Episode mit den Vögeln, die das Dorf überfallen und den Verputz von den Häusern fressen, wirkt ärgerlich erfunden; wenn der Autor Phantasie beweisen will, wirken seine Sätze (weil sie nicht sich selber vorzeigen, sondern über sich hinaus etwas aussagen wollen) metaphorisch; mit einer bekannten Metapher gesagt: *In ein volles Glas wird Wasser gegossen.*

Sonst aber machen die Sätze immer deutlich, daß das, was man bis jetzt als Leser für die unschuldige Wirklichkeit gehalten hat, von Syntax Vorgeformtes ist. Wenn der Autor über Gegenstände redet, merkt er, daß er, redend, der Gegenstand von Sätzen ist. Und deutlich wird, daß Sätze obrigkeitliche Sätze sind, daß die Welt der Sätze eine hierarchische Ordnung normiert. Jonke zeigt das, indem er einen Satz erst einmal wie einen unschuldigen Abbildsatz vorstellt, der scheinbar zeigt, *wie es ist*, dann aber mit einem einfachen syntaktischen Dreh vorführt, daß an diesen Satz Bedingungen geknüpft sind, daß diesen Bedingungen wieder andere Bedingungen vorausgehen usw. Seine Sätze verwandeln sich dabei von sonnigen Aussagesätzen in immer kompliziertere Bedingungssätze:

1. Die Stierweide ist umzäunt. Der Wanderer kann seinen Weg ins Dorf ruhig fortsetzen. 2. Sollte aber der Stier im Zaun eine schwache Stelle ausfindig machen ... so soll der Wanderer sich nicht aus der Ruhe bringen lassen. 3. Gelingt es dem Wanderer, Säbel und Pistole rechtzeitig aus dem Rucksack zu bekommen,

wird er leichtes Spiel haben. 4. Wenn er den Stier ins Hirn trifft, braucht er nicht weiter zu schießen. 5. Wenn aber …

Man kann sich denken, wie die Bedingungssätze weiterlaufen. Die Sprache erweist sich als ein System von Verhaltensregeln. Jonke greift nun diese Verhaltensregeln nicht in der »gesellschaftskritischen« Weise an – wobei er sich doch diesen Regeln der linken Kitsch-Literatur unterwerfen müßte –, sondern er spielt diese Sätze gegeneinander aus, er läßt sie sich selber vorzeigen, verwendet sie als Spielmaterial. In den Schnitten zwischen den Sätzen zeigt sich die Arbeit des Autors, lohnt sich die Arbeit des Lesenden. Die Sätze werden offen, man kann sie anschauen, gebannt wie die Kinder im Dorf von der für sie dämonischen Bewegung des Mörtels im Sandkasten.

Mit diesem Buch kann man also Erfahrungen machen. Erfahrungen zu machen, bereitet Vergnügen: Es ist ein vergnügliches Buch. Kein neuer Film von Godard, kein neuer Film von Straub im Kino – man könnte wieder zu lesen anfangen. Unverständlich, daß der Verlag nur 3000 Stück gedruckt hat: Liegt das an den zum Großteil versteinerten Buchhändlern, die den Leuten nur abstumpfende Sachbücher andrehen? Ein mögliches Publikum für dieses Buch ist da. (Der Rowohlt Verlag gar hat von dem Buch, das von allen Büchern der letzten Jahre vielleicht am meisten in Bewegung setzen wird, von Oswald Wieners *Die Verbesserung von Mitteleuropa,* nur 2500 Exemplare gedruckt! Ein jämmerliches Alibi!)

Eine Chance also, nicht nur *beim* Lesen, sondern auch *am* Lesen Vergnügen zu haben! Es könnte einem mit dem Buch ergehen, wie es in einer der *Drei Erzählungen* Flauberts dem Tyrannen ergeht, der nach den Mühen und Plagen des Tages vor dem Palast verstockt auf der Terrasse sitzt: »Der Mond ging auf. Besänftigung zog in sein Herz.«

Zu Alfred Kolleritsch

Alfred Kolleritsch hat lang gebraucht, bis er anfing, den Roman *Die Pfirsichtöter* zu schreiben. Aber dann ist das Schreiben, glaube ich, etwas ganz Selbstverständliches und schließlich Unaufschiebbares geworden. Aufgeschoben hat er dann nur, leider, die Veröffentlichung.

Vorher hatte er vor allem Gedichte geschrieben, die, ausrufend, zitierend, verhöhnend, auf die politischen und religiösen Monster in der steirisch-österreichischen Landschaft hinwiesen. Die Gedichte waren mehr Vorwegnahmen von Taten, die man sich in dieser Landschaft nicht leisten konnte. Aber sogar über die Gedichte gab's manchmal eine Aufregung wie über ein Delikt.

Die philosophische Sprache, in der Lyrik noch als natürliche Ausdrucks- und Verständigungsform verwendet, als Umgangssprache, in der etwas mitgeteilt wird, wird in den *Pfirsichtötern* auf ein allgemeines Modell philosophischer Sprache abstrahiert: es wird nicht mehr philosophiert, sondern der historisch gewordene Sprachschatz der Philosophie wird gesammelt, montiert und innerhalb mehrerer Erzählungen zu Poesie verwertet. Trotz des Zitierens philosophischer Grundmodelle sind aber *Die Pfirsichtöter* keine Parodie auf philosophisches Vokabular – dieses wird vielmehr geprüft auf seine Brauchbarkeit, als literarisches Modell vom Leben bestimmter Menschen zu einer bestimmten Zeit in einer bestimmten Landschaft zu erzählen.

Alfred Kolleritsch ist ein freundlicher Mensch mit einem ziemlich bösen Blick. Mit diesem bösen Blick für die ihn umgebenden Zustände und der Freundlichkeit für die einzelnen Leute hat er auch sein Buch geschrieben.

Der tiefe Atem

(Rede zur Petrarca-Preis-Verleihung über den Gedichtband Einübung in das Vermeidbare*)*

Es wird schwierig sein, lieber Alfred Kolleritsch, sich dir, wie du es verdient hast, zu eröffnen, über die Kundgebung reiner Freude hinaus, darüber, daß du das Gewaltige geschafft hast, im Verlaufe deines Unterwegsseins mit den Gedichten, Sätze schreibend Dinge zu sagen. Erst den Atem beraubend, dann ihn ändernd, dann vertiefend, ist in deinem Buch der Prozeß zu verfolgen von der schamhaft tändelnden Schriftstellerhaltung unseres ausgehenden Jahrhunderts zurück (und voraus) zum schamlosen Ernst des archaischen Zungenredners; »klösterlich«, »mönchisch« nannte Nicolas Born, in einem einleuchtenden Paradox, deine mit Feuerzungen redenden Liebespoeme: im Zustand der Liebe als einer Gnade: »Daß du da bist; / daß ich da bin, und die glühende, / schmelzende Grenze zwischen uns.«

Die Begeisterung über deine Gedichte schließt nicht die Analyse aus, macht vielmehr erst die Lust zu derselben. In deiner so selbstverständlichen, nicht gewollten, sondern sich dringend ergebenden philosophischen Sprache entdeckt man sich selber als Philosophen wieder – seit der Kindheit war man Philosoph. – Das ist deine sanft-unabsichtliche Lehre.

Zu Beginn seines Abenteuers mit vorliegenden Gedichten gibt Herr Kolleritsch ein Bild von sich als das eines ziemlich zeitgenössischen Schriftstellerbastards; Lehrer, Literaturzeitschriftherausgeber, Verfasser eines Gedichtbandes und zweier Romane, in denen das eingeübte Sprachspiel der studierten Philosophie, wenn man kleinlich sein will, »vielleicht doch an manchen Stellen noch ein wenig ...« usw. Eine ähnliche, nun aber eingestandene Zaghaftigkeit leitet auch die »Einübung in das Vermeidbare« ein: »Meinen Einfällen vertraue ich nicht ...«

Die Sprache des Beginns ist noch nicht ganz zum Sprechen befreit, sondern gehorcht teilweise so gefinkelt wie mutlos einem aktuellen Schreibkodex: »Das Finden reizvoller / als das Suchen, / das gefundene Fressen / angenehmer als der Hunger. – ... ich halte mich hin, / aber wie ein Saugnapf.« – Wortspiele, die sich, als naheliegend, bloß mechanisch einstellen; der nicht vermiedene Magnetismus der »Gedicht-Sprache«: als starte unser Autor trickreich mit einem Idiom, das er selber gar zu gut versteht. (»Ich sage zu mir«, heißt es im ersten Gedicht: Ein verzagtes Selbstgespräch.) Es schreibt noch der Sklave eines Vorverständigungssystems, an das die Identität notgedrungen zeitweise verkauft wurde. »Das Innere von früher war geborgt«: so die Anfangs-Einsicht. Auch in der Grammatik wird niemand angeredet in diesem ersten Gebilde: nur das Ich, das mit sich von sich spricht, sattsam bekannt. Die herrschende Stimmung des Beginns (so wie die allzu lang schon herrschende Stimmung dieser Jahrzehnte): ALLES IST BLOSS WIEDERHOLUNG.

Doch dann, schon im zweiten Text, gleich die Wucht eines ungeklärten, mystischen Zeitsprungs: »Seither ist alles anders. / Ich ging einen Schritt über mich hinaus.« Und die jähe Folge: Erstmals, als Erscheinung, das wunderbare Du in den Gedichten, diese für alles Kommende mit der Kraft des Zusammenhangs, dem Stolz einer Geschichte, dem Pathos eines Gesangs befeuernd: das Du erscheint, weil es geliebt wird.

»Du hast mir die Todesanzeige gezeigt. / Ich strich dir das Haar ins Gesicht.«

Und zugleich der Klang vom ewigen Selbstzweifel des Liebenden: »Unnahbar, zu unnahbar bin ich. / Nimm dieses glänzende Stück Eisen / und schlage die Wände ein.«

Das ist deine Wucht, Alfred Kolleritsch: das zeitgenössische Bewußtsein der Schwächlichkeit, der bloßen Wiederholung der Geschichten erfaßt zu haben – und zugleich ergriffen sein von der unerhörten Begebenheit du, welches dir eine Sprache gibt, in der du es neu erfindest, dabei doch auf der dauernden, nicht nur aktuellen Zwiegespaltenheit der Wesen bestehend.

Zu solcher Gespaltenheit paßt, daß der Autor im heiligen Zustand der Liebe überall Feinde sehen muß; es ist ein Buch, in dem es von Feind-Vokabeln wimmelt: »Die Nominalistenhorde rät mir / zu schreiben. / Du bleibst das ›Besondere‹.« – »Das unbewegliche Widerspruchsgesindel / braucht eine andere Bühne« – »Abköche, / die nicht lieben, / daß wir Speisen genießen.« Und selbst die Bilder personifiziert zu Feindlichem: »Sie fielen auf mich, / eine Rotte, / sie trug dich fort.« – Bis schließlich in der Sehnsucht nach der abwesenden Geliebten alles nur noch als »feindlich im Kreis« stehend erscheint.

Hektisch beschwört der Liebende andrerseits in seiner Isolation die Freundschaften: »Der Freund, / dem ich mein Leben als Atemschaum zeigte.« – »Diese Gedichte waren Vorwegnahmen / von Taten, schrieb ein Freund.« – Und doch treiben endlich »Freund und Feind ... / auf dem Scherbenberg, wo die Straßen enden«; stehen »draußen« und halten »die Welt auf Distanz«.

Das Ich der Gedichte ist jedoch nicht distanzlos, sondern, für eine Zeitlang, die Welt geworden: das macht allein zuerst seine Größe aus – und dann auch, daß es seine Rückfälle in seine Meinung von sich als etwas von der Geschichte zu Ende Definiertes (die Wiederholungsvorstellung) nicht wegdichtet: immer wieder redest du von einem bloßen »Spiel«, von »Bühne«, von »Vorhängen«, von der »beweglichen Tragödie«. – »Diesem Schmerz sehe ich wie einem Tänzer zu, / der ungelenken Marionette. / Der Bühnenstaub fliegt auf, altes, zerbröseltes Theater.«

Im Fortgang deiner Gedicht-Geschichte allerdings (ja, die Gedichte sind auch als eine Entwicklung zu lesen) sagst du immer öfter: »Das Spiel ist aus«, »das Spiel war aus«. – »Du bist stumm, / ein beendetes Spiel.« – Wenn ich zu dir auf die Bühne komme, / ist das Spiel aus. / Wir gehen hinaus. / Wo das Meer ist, / könnte ich schwimmen, / wären wir eins geblieben.«

Die *Einübung in das Vermeidbare* ist eine Erzählung vom abenteuerlichen Verlauf einer Liebe: es wird also auch erzählt von der Angst dabei: vom Zeichensehen in der Angst, und wie, wenn die Liebe nicht mehr beantwortet wird, erst recht das Leiden an der Abwesenheit der Zeichen einsetzt: »Der Zeichenfresser sprach die Mauerschau. / Und die Bäume sind kahl geworden, / eine nutzlose Wahrnehmung: / noch dein Name im Ohr.« Und in der endgültigen Verlassenheit: »Niemand löschte das Zeichen von ihr. / Auch das Zeichen hatte sie mitgenommen.«

Dieser Angst im Ausnahmezustand der Liebe entspricht weiter die Reiselust, ein Wegfahrzwang: als vertrügen sich das Ereignis Liebe und der angestammte Wohnort nicht: »... im Fluchtkleid, / ein Sandkorn, / ein Körnchen für Rom, für Venedig, Paris.«

In seiner idealen Liebeserzählung (ideal, weil ohne den Erdenrest einer Individual-Story) gelangt Kolleritsch danach an jenen mythologischen Ort, wo der Sprechende sich und die Geliebte als Personen einer ewigen Handlung, als »ewige Dritte« sieht, als »er und sie«, und es wird deutlich, daß dies keine Distanznahme im Schreiben erst ist, sondern eine natürliche Station im Verlauf einer solchen Weltfahrt: was zuvor, episodisch, schon »wir beide« hieß, wenn auch »mit Schlinggewächsen ins Fremde«, zerfällt zwischenzeitlich in zwei ganz fremde Personen: »Sie nahm ihn als abgetrocknete Haut von den Lippen / und soll gesagt haben, / ›das ist die Erinnerung‹.«

Eine Station weiter zeigen die Gedichte wohl wieder die Ansprache-Gebärde – aber die geschieht tatsächlich schon in der Erinnerung (in der freilich noch »deine Gegenwart siedet«): der Liebende und Verlassene sieht sich als jemanden, der *einst* zur Geliebten gesprochen hat: »Er sagte, / käme die Sonne, / ich würde nicht umschauen, / ich ginge dir nach.«

»Später« – so die nächste Station – »blieb die Erinnerung aus, / Mückenschwärme zeigten an, / wo sie war ... / sie lachte über den Abbruch der Mauerschau.« Der Verlassene, nach dem ersten Jammer (»dem Feuergefühl hinter den Rippen«), beklagt sich jedoch nicht, sondern besinnt sich: nicht trist und rhetorisch allein wie am Anfang, sondern in einer stolzen Trauer alleingeblieben, erscheint er von der Verlassenheit wie erleuchtet. Er besinnt sich auf seine Herkunft, seine Landschaft, seine Vorfahren, wird »Sohn« und »Enkel« von Heroen, deren Leben – und mit diesem das eigene – nun, nach dem Verlust, ohne Anstrengung in ihm auferstehen kann: es materialisiert sich hier in der Sprache das »Gegenfest«, vergleichbar dem, das der Vater, das Jahr über ein Fürstendiener, am Ende des Jahres, in der Silvesternacht gegen die

Herrschaft hielt. Die Gegenwart bedeutet zwar »Ungenießbarkeit« (»Ich wollte kochen, / aber ich konnte nicht kochen ... / den Wein trank ich mit. / Ich merkte, daß ich kalt war, / verschluckt von den Beispielen vergangener Tage«), doch aus der Vision der anders unseligen Generationen vor ihm gewinnt der Verlassene, »den Kreisgang hinter der eigenen Haut« übend, eine neue epische Sprache, und damit die Würde eines, der eine Geschichte hat.

Die letzte Station ist eine stolze Apotheose des poetischen Redens, welches dem Helden – so darf man ihn jetzt nennen – im Verlauf seines Abenteuers gelungen ist. Er hat die Geduld gewonnen, »durch alles hindurch alles beim Namen zu nennen«: die Fähigkeit zum Epischen auch, als Zukunftsversprechen.

Seine Sprache strahlt nun von der »kühnen Macht, Abschied zu nehmen«, ohne die Metaphorik des Anfangs, ohne dessen Zitierzwang (»Dein Gesicht verbot das Zitieren«): »Vielleicht war die Luft leichter. / Dieser Abschied, sagtest du, ›ist die Begrüßung für immer ...‹« Und triumphierend steht es dann da: »eine Lust zu natürlichen Zeichen / tritt die Metapher ins Erdreich, / es ist die Hoffnung, / alles anders zu sehen: / die Welt wie eine gemeinsame Arbeit, / in der die Gefühle verteilt sind, / auch die Beobachtung, daß es weitergeht.« – Das Ich des Ausklangs schließlich, weil etwas durch eine Passion Gewonnenes, kann seine Feinde mit einer erhabenen Geste abwehren: »Es soll leiser werden um uns, / sagst du / andre sagen, / es sei eine Schande: ich zu sagen, / laut wie der geschwängerte Wagner.« Und zu guter Letzt, als gewaltig sanfte Nachschrift: »Etwas Warmes, fast Heißes / taucht auf, / die Liebe dazu, / daß man es so gesagt hat.«

Lieber Alfred Kolleritsch, du, in deinem Beruf und dem täglichen Leben so vorsichtig wie listig, hast es, in der überraschenden, und schließlich überwältigenden Ganzheit eines Gefühls, welches durch das Buch hin triumphiert, auch in der Klage, geschafft, mit den guten alten Wörtern kühn und lieblich, umzugehen, als kompetenter Sprecher, wie dein Chomsky das nennt, oder als »einer, der gewaltige Dinge weiß«, wie es in der Odyssee klingt. Zwar meldest du dich dazwischen noch als mißtrauischer Zeitgenosse:

»Das Gefühl lauert. / Es macht sich in Deinem Fortgang breit, / ein bedenklicher Anlaß zu schreiben« – doch gerade dieses Mißtrauen stiftet mit die Authentizität deines Werks. Ja: deine Verse setzen, gegen die Zeitgenossen, gegen dich selber, den Ernst eines Werks, welches uns, die wir diesen Preis zu vergeben hatten, zuerst verstummen ließ; dann still begeisterte, dann ziemlich laut glücklich machte: Es war die Bescherung einer unverhofft lebendigen Zeit, ähnlich der Momente damals, als wir, bei der Lektüre der Gedichte Ernst Meisters, »es plötzlich wußten«.

Der Sinn des Petrarca-Preises, vor einem Jahr fast vergessen in der Überfrequenz eines bloß mondänen, nicht einmal neugierigen Dabeiseins und der Demagogie eines verelendeten Journalismus, ist mit diesen Gedichten wieder selbstverständlich da. Das Bedeutende an deiner Poesie ist, daß sie, alle Schutzsysteme wegdenkend und wegsprechend, mich zwingend fragt: Wer bist du, der das liest? Und: Wie konntest du dich vergessen? (Das ist ihre, so erwachsene wie kindliche Philosophie ...) – Und gibst mir dann höchst selbst diese erlösende Antwort: »Feldein kommen Namen für dich. / Wunderbar schwer zu überzeugen, / stehle ich mich zu Sätzen zusammen, / in ihnen öffnest du deine Augen.«

Das ist es: Auch der Lesende wird das Geliebte dieser Gedichte.

Mein lieber Freund (so fangen sonst allzuoft Drohungen an), sei bedankt für die durch deine sprechenden Dinge lebendig gewordene Zeit. Den andern empfehle ich, einen Tag mit der *Einübung in das Vermeidbare* zu verbringen. Denn: »Die Freunde sind Ritter, / die Rüstungen glitzern, / auf einmal rasseln die Brücken herab.«

Österreich und die Schriftsteller (am Beispiel Franz Nabls)

Dem Gedächtnis an Alfred Holzinger

1

In Österreich ist der Umgang mit den Schriftstellern sehr äußerlich – das heißt, man wird als Schriftsteller nur dann eine öffentliche Person, wenn auch die Privatperson interessant wird oder sich interessant macht. Und interessant für die Öffentlichkeit ist man dann nicht als Schriftsteller, als jemand, der für andere die verdrängten und unterdrückten Wünsche und Befürchtungen seiner Epoche oder auch nur seiner gehüpften wie gesprungenen Tage formuliert, sondern als eines unter vielen bekannten Gesichtern aus Presse und Fernsehen. Für die Öffentlichkeit ist er austauschbar mit einem Kammersänger, einer Skifahrerin, einem Diskussionsleiter und der Schimpansin Judy aus *Daktari* – man umwieselt ihn als eine Figur aus der Schauwelt, egal, welche Art von Arbeit ihn in diese Schießbudenumgebung ausgesetzt hat, in der er sich fremd fühlt und die er doch ein bißchen auch zu brauchen glaubt, weil er das, was er schreibt, zur öffentlichen Sache machen will. Aber die öffentliche Sache, das ist dann eben nur er und nicht einmal er selber, sondern zum Beispiel seine schmutzigen Fingernägel oder sein offenes Hemd ... Der hysterische Patriotismus eines kleinen Landes formalisiert alle verschiedenen einzelnen zu EXPORTARTIKELN, zu BOTSCHAFTERN DES LANDES draußen in der Welt, ohne sich um irgendeinen Inhalt zu scheren. »Österreicher im Ausland« heißen die Rubriken in den Zeitungen, und da werden dann, wie in Heimatblättern die Leistungen der heimischen Eisstockschützen im Nachbardorf, die Taten und Untaten des Kulturexports vorquinkeliert. Aber die Schriftsteller als eine Gruppe bestimmter Staatsbürger, an deren Arbeit man das eigene Leben ablesen, auslegen und anders sehen könnte, gibt es nicht im österreichischen Bewußtsein. Und auch die verehrten Schriftsteller von früher sind nur noch Zitatfiguren und Reliquien. Man benutzt ihre Namen, um sie gegen die jetzigen, die man nicht kennt, auszuspielen oder um einen der jetzigen, indem man ihn schnell mit ihnen vergleicht, ebenfalls als Reliquie einzufrieren. Das austriakische Gerede von Tradition ist das Gestammel von Geschichtslosen. Geschichte: das selbstverständliche Hineinwirken eines Bewußtseins von früher in meines jetzt, die Neugier, Ferdinand Kürnberger oder Marie von Ebner-Eschenbach so zu lesen, wie man in eine alte Vorstadtstraße kommt, die sich seit langem nicht geändert hat, wo man aber die Kondensstreifen der Düsenflugzeuge am Himmel sieht oder aus den Häusern am hellichten Tag die Fernseher mit einem »Messeprogramm« laufen hört ... Die Tradition dagegen: das Abstauben eines Museumsgegenstands durch einen stumpfsinnigen Museumsdiener. (Lieben Museumsdiener die Bilder, die sie bewachen? Wer hat schon eines mit nach Hause genommen?) Für diese geschichtslose Traditionshuberei ist sicher der Nationalsozialismus verantwortlich, der aus den Gegenständen der Geschichte, an denen man vernünftig sich selber begreifen konnte, begrifflose, verdinglichte Monumente der Tradition machte. Und schuld daran ist auch die Zirkelhuberei der österreichischen Schriftsteller, wobei immer ein Zirkel einen Poeten für sich in Anspruch nimmt, worauf der andere Zirkel den Poeten auch schon nicht mehr zur Kenntnis nimmt.

In keinem Land treten die Schriftsteller einander so sehr als Feinde gegenüber wie in Österreich. Und wenn schon einmal ein paar befreundet sind, dann bilden sie, statt ihr Wahrnehmungsvermögen als einzelne freizuhalten, gleich eine Gruppe und treten als *Gang* mit einem genormten Wahrnehmungsschema auf, das vielleicht für eine politische Partei angemessen ist, nicht aber für Schriftsteller, für die es keine vorgegebene Erkenntnis, nichts Selbstverständliches, nichts in den Mund Gelegtes und bereits zu Ende Gedachtes geben darf. So stellt sich die österreichische Literatur nicht als eine Gruppe freier Schriftsteller dar, die, freundlich und vernünftig, vielleicht auch ein bißchen neidisch

– warum nicht? –, schreibend eine mögliche Lebensform in der Gesellschaft vorführen, sondern eher als ein animalisches Gewimmel von Erniedrigten und Beleidigten. Fast zu Recht nimmt die Öffentlichkeit dann eben nur das Gewimmel wahr. Es mußte zum Beispiel Franz Nabl, ein wichtiger österreichischer Schriftsteller (*Ödhof*, *Die Ortliebschen Frauen*), nahezu neunzig Jahre alt werden, damit er als Schriftsteller aus der Gruppe heraus, die ihn in raunenden und raunzenden Literaturgeschichten von uns jüngeren Autoren abschirmte, auf uns zutrat und auch einer von uns wurde. Ich selber hielt Nabl, nach dem, was man über ihn schrieb und sagte, für einen, der jemandem wie mir nichts mitzuteilen hatte, vor allem nichts mitteilen wollte. Freilich wirkte das, was ich vor Jahren von ihm gelesen hatte, geheimnisvoll, wie ohne mich, nach und wurde immer stärker. Ich dachte oft an ihn und war bedrückt, daß die, die jemanden verehrten – seine »Anhänger« –, ihn auch so behüteten, daß sein Werk fast erstickte. In der Erzählung *Der kurze Brief zum langen Abschied* zitierte ich ihn dann unverschämt aus der Erinnerung, indem ich meine eigene Kindererfahrung beschrieb, die Umwelt würde auf einmal platzen und die Umgebung, das Wetter, die Sonne usw. wären plötzlich ein Ungeheuer – das aber, erinnerte ich mich, war auch das Grunderlebnis Franz Nabls ... Vor ein paar Monaten sah ich ihn dann selber, in seinem Haus in Graz mit der schönen, im Lauf der Zeit hell abgeschrubbten Holztreppe. Wir tranken viel Vogelbeerschnaps, bis ich in seinem Garten ins Gras fiel. Auf seinem Balkon las ich die Vorlesungen, die er 1933 in Graz über moderne Literatur gehalten hatte, und staunte über die Freundlichkeit und die Selbstlosigkeit, mit der er auch Autoren, die ihm fremd sein mußten, zu Recht kommen ließ. Ich betrachtete Franz Nabl und wurde lebhaft vor diesem alten Menschen, obwohl ich vorher Angst gehabt hatte, ich könnte nichts sagen. Ich redete sehr viel und wurde eigenartig stolz auf ihn, als ich daran dachte, daß er sein ganzes Leben als Schriftsteller verbracht hatte und daß er jetzt voll Güte und Würde mir zuhörte und mit mir anstieß. Er hatte meinen Freunden und mir die bequemsten Sessel angeboten und saß selber auf einem Hocker ohne Lehne. Zuerst wollte ich ablehnen, aber dann fand ich es recht, ich weiß nicht, ob das jemand versteht. Wir sollten uns an die einzelnen Schriftsteller halten und an ihre Arbeiten.

Franz Nabls Größe und Kleinlichkeit

An dem Schriftsteller Franz Nabl, der Anfang 1974, über 90 Jahre alt, in Graz gestorben ist, zeigt sich exemplarisch der lebenslängliche Zwiespalt eines schreibenden Menschen, der von Anfang an alles, was der Fall ist – das vorinterpretierte System von Tatsachen, das als »Welt« auftritt – entwirklichend fremd erlebt –, und doch diese seine vernünftige Befremdung immer wieder von dem kleinlichen Normen-System entkräften läßt.

Von Nabl zu reden, bedeutet aber zuerst, jemanden, der im eigenen Land ein Begriff ist, dem Ausland begreiflich zu machen. »Das eigene Land« meint hier Philologen, deren Existenz in eine Rolle – die eines Philologen – entrückt ist, sowie Heimatbewohner, deren erklärte Liebe zur Heimat nur Reflex ist: der Angst und des Ekels vor jedem Fremden; »Ausland« in diesem Bild wären die andern, die lesend Lebenden, hoffentlich noch Undefinierbaren. Zwei Fragen sind demnach denkbar: Wo liest man nun die Bücher Franz Nabls im Original – im »eigenen Land« oder, paradoxerweise, im »Ausland«? Und: Handelt es sich etwa gar nicht um ein Paradox, und die Welt der auf philologische Rituale und Heimat-Propaganda spezialisierten Existenzen wäre eben nicht Franz Nabls eigenes Land? – Es soll, und zwar im *einzelnen*, gezeigt werden, daß Nabls Werk darauf nie im *ganzen* eine Antwort gibt und daß diese Fragen also nicht bloß rhetorisch waren. Nabl ist über neunzig Jahre alt geworden und hat fast siebzig Jahre mit dem Schreiben zugebracht: die Widersprüche in seinen Büchern sind aber nicht, wie üblich, Widersprüche von Buch zu Buch oder von einer Lebenszeit zur andern; sie ergeben sich nicht *nach*einander, werden also nicht erst im Rückblick feststellbar, als Phasen, Perioden usw., sondern simultan erlebt, im selben Buch, mitten im Satz, und auch nicht von verschiedenen Figuren, sondern vom Autor höchst allein. Sie wechseln zudem nicht von der Jugend zum Alter – bleiben dieselben über 70 Schreibjahre und 90 Lebensjahre.

Nabls Erstlings-Buch, *Hans Jäckels erstes Liebesjahr* (veröffentlicht 1908 auf die Empfehlung Arthur Schnitzlers im Berliner Egon Fleischel-Verlag), zeigt bereits, in einer frühzeitig ding- und wortfest gewordenen, im Lauf der langen Jahre auch nie mehr dem Autor fragwürdig erscheinenden »klassischen« Schreibweise, alle poetische Großartigkeit, aber auch, und zwar gleichzeitig, alle poesielose, unbarmherzige Kleinlichkeit, die beide gemeinsam noch sowohl das befreiend Erstaunliche als auch das ärgerlich Beschränkte des 50 Jahre später, 1958 bei der Deutschen Verlagsanstalt Stuttgart, erschienenen Erzählungsbandes »Johannes Krantz« ausmachen. – Hans Jäckel, ein junger Student der Rechte, fährt am Ferienende vom väterlichen Gut nach Wien zurück. In der Stadt »überkam ihn wieder jenes wunderbare Gefühl der Freude an allem Neuen und Unbekannten. . . und als ihn an der Straßenecke ein Wagen beinahe niedergestoßen hätte, da empfand er fast eine Art Dankbarkeit für dieses ungewohnte, köstliche Erschrecken«. Als ein Fremder und Neugieriger trifft er auf eine Welt von Schnitzlerschen Figuren: den in Zynismen redenden Arzt-Freund, die verheirateten Frauen, denen »der Ehebruch in die Augen geschrieben« ist, das blasse, doch kecke Wiener Mädel, das in einem Handarbeiten-Geschäft arbeitet. Hans Jäckel lebt freilich nicht in dieser Welt, anders als die Personen Schnitzlers, die mit ihrer Lebensart umgekehrt diese Welt erst stiften; er tut nur so mit und zerstört, indem er nur spielt, unernst und unbeherrscht, das zur Existenzform gewordene Spiel der andern. Nachdem zum Beispiel das Wiener Mädel seine Geliebte geworden ist, vergißt er sie, jedoch, und hier beginnt der Unterschied zwischen Nabl und Schnitzler, auch von der weiteren Geschichte wird sie fast vergessen.

Hans Jäckel ist einerseits ein titanischer Held, dem ist, »als müßte er eine unmenschliche Arbeit verrichten, die ihn bis zum äußersten erschöpfte«, andrerseits doch manchmal ein völlig Erlebnisunfähiger, dem nach der Erfüllung jener Sehnsüchte, welche für ihn schon die eigentlichen Erlebnisse waren, alles »blind und häßlich« wird. Was ihn vor allem von einer harmonischen oder bloß selbstverständlichen Existenz trennt, sind die Zustände der Fremdheit, die ihn oft plötzlich ergreifen: zuerst, als er eines Tages allein auf einer Wiese sitzt, »die schon von Kindheit an sein Lieblingsplatz gewesen war. Er saß, wie immer, hart am Waldrand, zwischen einigen alten, mächtigen Haselstauden. Es war ein heißer Sommertag, die Sonne brannte vom wolkenlosen, blauen Himmel, und in einiger Entfernung flimmerte die Luft über den Gräsern wie in tausend kleinen, durchsichtigen Wellen ... Hans Jäckel fühlte sich glücklich und gesund. Mit einem Mal überkam ihn aber ein ganz seltsames, unbekanntes Weh. Angstvoll blickte er um sich, und das helle, freundliche Bild, das ihm von frühester Jugend an so vertraut gewesen war, erschien ihm plötzlich fremd und neu. Er kannte die Haselstauden, unter denen er saß, und doch war ihm zumute, als hätte er sie noch nie in seinem Leben gesehen ... Da erfüllte ihn ein namenloses Bangen. Er sprang auf und lief, so schnell er konnte, nach Hause.« Später erleidet er diese Zustände auch in der Gesellschaft andrer, und er fürchtet sich davor, weil es ein Fremdheitsgefühl ist, welches ihm die anderen nicht einmal »fremd und *neu*«, sondern »fremd wie etwas, das ich ausgeschöpft habe, das mir nichts mehr geben kann« erscheinen läßt. Aus diesen beiden extremen Erlebnisweisen – dem titanisch Hochfahrenden in der Freude und der schmerzhaften Gleichgültigkeit in der Fremdheit – erklärt sich die Sehnsucht Jäckels nach dem, was er am Schluß selber »Mannheit« nennt, in der sich »unser Leib der Seele anschmiegen« wird. Der stille, ernste Mann, ohne *Leidenschaften,* aber mit weltharmonischen *Gefühlen*, wie ihn der poetisch eine künftige Wirklichkeit vorbereitende Entwurf Adalbert Stifters im *Nachsommer* beschrieb und noch früher jener Goethes in den *Wahlverwandtschaften*, ist in dem ersten Buch des 25jährigen Nabl bereits beschworen, als ein rettendes Gegenbild zu den als kindisch empfundenen Zuständen der Fremdheit und des Titanismus, und erscheint später in Nabls großen Romanen als Person der Handlung: zuerst als *Neben*figur (des sich überhebenden Helden Johannes Arlet Bruder Heinrich im *Ödhof*, 1911), dann als am *Ende* geläuterte *Haupt*figur (der, von der Lebensgleichgültigkeit und der Sinnlosigkeit geheilte Felix in *Die Galgenfrist*, 1921) und schließlich als schon am Buch-

Anfang gefestigt auftretender *Held*: dessen weiteres Leben, ungefährdet von Extremen, harmonisch GEPLANT werden kann (der Sektionsrat Erich von Groiß in *Ein Mann von gestern*, 1929) – oder der sich, wie der Schriftsteller Johannes Krantz, noch einmal aufs Spiel setzt und dabei am Schluß sich und die Welt verliert. Verschieden von diesen Projekten einer poetischen, das Selbst*erlebte* als allgemein erleb*bar* herausarbeitenden Autobiographie ist in Nabls Werk nur der Roman *Die Ortliebschen Frauen*, 1917, sein am wenigsten von einem Gegen-Weltbild beschränktes, ohne den sonst so häufigen biedermännischen Tadel für die Zustände seiner Figuren einfach frei erzählendes und dadurch auch unheimlichstes Buch – das von der Unheimlichkeit, indem es ohne moralisierende Begrenzung die menschlichen Lebens-Unformen darlegt, zugleich wieder befreit.

Das Unheimliche an den anderen Büchern Nabls ist jedoch nicht befreiend: es beklemmt. Denn in ihnen wird seltsamerweise als (unmännliche) Schwäche, als Ausschweifung, ja, als Krankhaftigkeit von dem Autor persönlich gerügt, was als Lebensnot, Sterbenslangeweile und berserkerhaftes Allmachtsgefühl doch von der frühesten Jugend bis ins Alter das höchsteigene Daseinsproblem und Schreibthema Franz Nabls war! Beklemmend, wie viel dieser Schriftsteller von sich (und damit von uns andern) wußte und wie borniert streng er sich in seinen Figuren immer wieder als »abseitig« und abnorm hinstellte – als sei er auf diese Eigen-Zensur angewiesen, um sich seiner Befindlichkeit nicht schämen zu müssen: Kafkas monumentale Existenz-Scham, die Schande, zu leben und zu sterben, war die seine, doch er hat davon nicht unverschämt geschrieben wie jener – sie war ihm peinlich. Während er sie als ein freier Schriftsteller darstellte, tat er in der Rolle des unfreien Zensors sie gleichzeitig ab, und zwar in den sprachlosen Formeln des Zeitgeistes. Franz Nabl ist jemand gewesen, der alle jene Zustände in uns, die dem natürlichen und doch nur inszenierten Lauf der Welt widersprechen, ganz ernst nahm und sie dabei engstirnig verachtete, der sie so genau beschrieb, nur um ihnen *ab*zuschwören, – und schließlich ein gutes Menschenleben lang allein von ihnen schrieb. Dieser Zwiespalt zwischen der entfesselten Phantasie und dem phantasielos dösenden Zeitgeist, zwischen dem SOHN, der immer wieder zum ersten Mal die Augen aufschlägt, und dem tyrannisch stumpfsinnigen VATER, macht die meisten seiner Bücher so großartig wie krämerhaft, so undefinierbar poetisch wie definierbar beschränkt. Hans Jäckel schon hatte seine Einigkeit mit der Welt als »gesund« bezeichnet, die Zustände der Befremdung aber als »tückisch«, als »Anfälle«, die ihn »völlig aus der Bahn seiner sichern Erkenntnis« hinauswerfen, und das Freisein davon war ihm gleichbedeutend mit »Männlichkeit«. Von dieser männlichen Welt aber gibt es im späteren Werk Nabls – und das unterscheidet ihn von Goethe und Stifter – keinen poetischen Entwurf, keinen Satz für Satz und Bild für Bild konstruierten Lebensvorschlag, wie die als allegorischer Daseinsgarten angelegten Gegenden in den *Wahlverwandtschaften*, in *Wilhelm Meisters Wanderjahre*, oder den Rosenhain des *Nachsommer*: statt dessen bloß, als Zeichen eines sogenannten Erwachsen-Seins, in die Konflikte der Bücher eingestreute Schilderungen sogenannt männlicher leiblicher Genüsse einerseits (grotesk häufig die Erwähnung einer angerauchten Zigarette oder Pfeife oder bestimmter Weinmarken) und andrerseits die zu Männlichkeits-Ritualen fetischisierten Freizeitbeschäftigungen wie das JAGEN (Johannes Arlet im *Ödhof*), das WANDERN und BERGSTEIGEN (von Groiß in *Ein Mann von gestern*), das FISCHEN (in fast allen Nabl-Büchern).

Doch gerade daß Nabl nirgends ein Bild- und Wortsystem für ein mögliches Leben gelingt, daß ihm jeder noch so verzweifelte Versuch dazu in Wort und Bild zu einer Propagierung biedersinniger Hobbys mißrät, macht, im Verein mit und im Widerspruch zu den authentischen Bewußtseinsnöten seiner Figuren, das für dieses Jahrhundert und für heute Bezeichnende, von jedem von uns Erlebbare, weil sprachlos täglich Erlebte seiner Schreibarbeit aus. Geängstigt und beschämt von seinen unmännlichen Anfällen ist Nabl zeitlebens auf das interesselose Wohlgefallen an der Welt aus – doch was er an seinen mehr positiv gemeinten Helden dann als solches ausgibt, sind nur deren selbstgefällige Interessen, mit denen sich eine panische (panisch aus Angst vor dem Rückfall in die »Krankhaftigkeiten«) Teilnahmslosigkeit an allem Menschlichen, Geschichtlichen, im aristotelischen Sinn Politischen maskiert. Deswegen auch erscheint die Welt gerade in den letzten Werken Nabls eingeschränkt zur menschenlosen *Natur* (die Fauna und Flora wird kennerisch und immer wieder mit Hinweisen auf diese Kennerschaft beschrieben) – während bei Goethe und noch bei Stifter umgekehrt die Naturbeschreibung eine Plan-Skizze zu einer erweiterten und verbesserten *Menschenwelt* darstellt. Bei den beiden Klassikern ist die angelegte und bearbeitete Natur eine zum Lebens-Spiel errichtete Welt-Bühne; Nabls Natur aber wird kaum mehr bearbeitet – und sie ist menschenleer: höchstens Wanderer, Jäger und Angler gehen in ihr ihren hoffnungslosen Weltvergessens-Riten nach. Die Blicke von Nabls Helden, die sich mit freiem Willen von den anderen abwenden, unterwerfen sich so gerade dem jeweiligen, die kleinsten Tatsachen des täglichen Lebens normenden politischen Unwesen, als wäre dieses das SCHICKSAL: kaum je erwähnt Nabl ein politisches Ereignis – und doch sind diese Ereignisse oft vorweggenommen in erschrekkend reflexhaften Wahrnehmungsentstellungen. (»Seine Stimme war scharf und hart wie vor vielen Jahren, als er seinen Soldaten Befehle erteilt hatte«, heißt so einer der vielen Reflexe – aus der Erzählung *Der Fund*, 1937.)

Franz Nabl ist mit den Nationalsozialisten nie recht eins gewesen (*Die Ortliebschen Frauen* mußte so umbenannt werden, weil der ursprüngliche Titel *Das Grab des Lebendigen* in dem Hitlerreich als eine Symbolik für das allgemeine Leben erschien, und im *Ödhof* findet sich eine sehr gerechte Beschreibung eines vom ganzen Dorfe erniedrigten Handelsjuden) – aber seine manchmal menschenverachtende Natur machte ihn doch, gerade in den mikroskopischen und primären Regungen, anfällig für die von der Macht-Politik bereits vorgenormten Tatsachen. (In einer Vorlesungsreihe an der Universität Graz im Sommer 1933 hat er Hermann Hesse und sogar Thomas Mann und Arthur Schnitzler gepriesen – und buchstäblich im gleichen Atem die nationalsozialistisch gestimmten Hans Grimm, E. G. Kolbenheyer und Hermann Burte, dessen 1911 erschienenen Roman *Wiltfeber*, worin gegen den »Gott der jüdischen Erzväter« »das uralte Hakenkreuz« in den Sand gezeichnet wird, er erstaunt lobend als Prophetie erwähnt.) Will man dem vielleicht großen, kleinlichen Schriftsteller Franz Nabl gerecht werden, so kann man nicht verschweigen, daß das selbstherrlich Titanische, und zwar domestiziert zu einem nur noch der herrschenden Moral nachsprechenden Eigendünkel!, von Anfang an in seinen Werken das Urteil über die existentiellen Konflikte vorwegzunehmen versucht, zum Glück allerdings meist vergebens; denn die kleinste dargestellte Einzelheit straft alle konventiondeklamierenden Eingriffe Lügen.

Solche Bevormundungen – eigentlich mehr in allen Büchern formelhaft wiederkehrende BEANSTANDUNGEN – betreffen besonders die Sexualität sowie den Blick des in der Regel »herrenhaften« Helden auf das sogenannte Volk. Formeln wie »Gemeinheit«, »nackter Taumel«, »Raserei« (meist in Gesellschaft von »fragwürdigem, lichtscheuem Gesindel«, »schamlosen«, »zudringlichen« »Frauenzimmern«) werden stereotyp angebracht vom *Hans Jäckel* an bis zum *Johannes Krantz*: und doch entkräftet jeweils die ausführliche und schließlich verstehende Darstellung des Sexuellen, zumindest in den langen Romanen, immer wieder die präjudizierende Wortwahl.

Das »Volk« allerdings, die kleinen Leute, scheint Nabl nur *allzu* gut gekannt zu haben, jedoch nicht gut – und so hat er es, außer in den *Ortliebschen Frauen*, im Untertitel »Studie aus dem kleinbürgerlichen Leben« genannt, als etwas Schlechtes fast immer schlecht beschrieben. Die Bauern und Kleinbürger sind bei ihm, so wie sie eben sind, wenn jemand von einem Herrenhof sie schildert: geldgierig und stumpfsinnig. Nabl hat die Welt der verkommenen Städter und beschränkten Bauern vor allem im *Ödhof* und in der *Galgenfrist* mit großem Wissen wiedergegeben – doch eben nur wiedergegeben, mit Verachtung für das, was sie, von seinem Standort aus, sind, und, anders als der sonst durchaus vergleichbare Faulkner, ohne Vision davon, was sie sein könnten: sie bleiben Menschen, die – so eine wiederkehrende Wendung – »tiefer stehen«, »niedrig« sind. Ihre sogenannt guten Eigenschaften sind denn auch jene, mit denen Patrone in Ewigkeit Dienende kennzeichnen: Fleiß, Verläßlichkeit, Selbstbeschränkung; ihre schlechten entsprechend »Tücke«, »Herumgelümmel«, »Aufsässigkeit«.

Eine grammatische Hilfskonstruktion, von Nabl im Erzählverlauf auffallend oft verwendet, verdeutlicht seine, vor allem in den Nebenfiguren, oft schematische Moral-Hierarchie besonders: um ein Hauptwort nicht zu wiederholen, setzt er, wie man es für Schulaufsätze gelernt hat, ein Synonym ein: schreibt zum Beispiel statt noch einmal »Schlange« – »Giftwurm«. Bezeichnend für Nabls ab und zu rollenhaft verdinglichte Weltbetrachtung erscheint diese Stilfigur, wenn er sie auf Menschen anwendet: wenn also jemand (noch harmloses Exempel) etwa im Gespräch mit dem Bürgermeister »der junge Mann«, im Gespräch mit einem Sekretär »Schriftleiter« und zusammen mit der Tochter des Bürgermeisters »Verlobter« genannt wird; oder wenn in der Erzählung von einer kranken Frau, weil vorher gerade das Wort »Frau« vorkam, im anschließenden Satz; mit dem Arzt als Subjekt, nun von der »tapferen Pflegebefohlenen« die Rede ist. Offen rollenzuweisend aber wird diese scheinbar bloß formale Umständlichkeit zum Beispiel in der zu den Johannes-Krantz-Novellen gehörenden Erzählung »Der Tag eines Knaben«, wo der zarte Sinn des heranwachsenden Helden aus dem Gutshof, kaum daß er mit einem Gleichaltrigen aus einer anderen Umwelt zusammentrifft, auch schon in Pseudo-Synonymen gegen diesen ausgespielt wird: »An der Achtung und Liebe des *Anton Zwinz* war ihm (dem Knaben) nichts gelegen, und um die albernen Scherze, die der *Holzknechtssohn* mit den halbwüchsigen Dirnen trieb, brauchte er sich nicht zu bekümmern ...« Schon im *Ödhof*, 35 Jahre vorher, war in einer Parallel-Episode, die das Zusammentreffen des sensiblen »Knaben« Heinz Arlet mit einem »Burschen« beschreibt, dieser Holzknechtssohn von Satz zu Satz wechselnd als »Bub«, dann als »Kerl«, schließlich als »Hinkender« aufgetreten.

Warum enden fast alle Erzählungen Nabls, anders als die langen Romane, melodramatisch: mit Selbstmord, Mord, Unfalltod oder wenigstens unheilbarer Trennung? Ist nicht auch daran der zensurierende Eingriff eines entpersönlichten und zugleich doch tief eingefleischten Sittensystems in eine zu unsystematischen Wahrnehmungen befähigte Schriftstellerpersönlichkeit zu erkennen? Denn der Anfang der Erzählungen zeigt in der Regel jemanden, der durch einen Blick oder ein Wort aus dem ihm (in seiner Klasse, seinem Beruf) vorgegebenen Lauf der Welt gerät; das Ende jedoch stellt gewaltsam – wenn benötigt, ohne den Betroffenen – den Lauf der Welt wieder her. Deutlich zeigt das die Erzählung *Die Augen*, 1919: Ein Mädchen, Verkäuferin in einem Bahnhofskiosk an der äußeren Grenze Wiens, erwidert eines Tages »aus einem ihr kaum bewußten Gefühl des Zwanges heraus« den Blick eines Mannes aus einem Zug. Von diesem Augenblick an will sie das ihr vorbestimmte Leben nicht mehr ertragen und löst sich von ihrem Verlobten. Sie trifft den Mann aus dem Zug und läßt sich in selbstverständlicher Liebe mit ihm ein. – Bis dahin ist es eine Erzählung von einer existentiellen Emanzipation – dann aber schreitet das Melodrama ein wie zu einer Amtshandlung: Als das Mädchen erfährt, der Mann habe beim ersten Mal gar nicht sie angeschaut, vielmehr abergläubisch eine Ankündigungstafel neben ihr zu entziffern versucht, kommt sie sich ENTEHRT vor und flieht. Bei dem Anblick einer »mit nachlässiger Auffälligkeit gekleideten Frauensperson« auf der Straße muß sie schon daran denken, daß sie »in ein paar Jahren vielleicht geradeso durch die Gassen streifen« wird – und vor der Haustür dann wird sie von ihrem ehemaligen Verlobten erschossen ... Das Melodramatische scheint bei Nabl die Selbstbestrafung zu sein für eine Poesie, die sich anmaßt, auch Lebensform zu werden. Wer nach der eigenen Vorstellung statt nach der vor-definierten eines Systems leben will, ist am Schluß nicht mehr am Platz: er ertränkt sich zum Beispiel wie der junge Musiker im *Tag der Erkenntnis*, nachdem ihm die Frau ausgeredet worden ist, mit der er sein wollte; und im seltenen Überlebensfall »schleppt man sein Leben nebeneinander fort«, so wie das Paar nach dem Ehebruch in *Der Teufel an der Wand*, welches, und zwar für immer, »ein Gefühl des Unreinen« voneinander abstößt ...

Rar ist Nabls Kritik an solchen moralpolizeilichen Melodramenschlüssen: ein Mann und eine Frau, die einander lieben, haben einen Vogel nach seinem Ruf unter sich den »Vogel Tscheap« genannt. Dieses Wort ist auch ein Symbol für die Innigkeit ihrer Zuneigung – und eines Tages, als der Mann das Wort aus dem Mund eines Dritten hört, der zeitweise ein harmloser Begleiter der beiden war, verläßt er die Geliebte (und stirbt am bösen Fieber in der Türkei): hier weiß der Held selbst, wie lächerlich er handelt – und kann doch nicht anders, als das von der Frau wohl gedankenlos ausgeplauderte Wort als Verrat an seiner Liebe zu erleiden. (Ein ähnliches poetisches Gleichgewicht zwischen einer menschenleeren Normenwelt und der Kritik daran führt die Erzählung *Charakter* vor.)

Es gibt jedoch in Franz Nabls vom Anfang bis zum Ende so zwiespältigem Werk (und das zeitabhängig-zeitlos Exemplarische an diesem Zwiespalt wurde bis jetzt zu zeigen versucht), wie bereits erwähnt, eine Arbeit, in welcher gegen all die unzivilisierte Fremdheit und den ebenso unzivilisierten Überschwang weder jene zur Apathie ausgeheilte Männlichkeit der langen Romane noch die Schlußkatastrophen der Erzählungen zu Hilfe kommen müssen: in seinem Meisterstück *Die Ortliebschen Frauen* ist, was sonst so oft Einschreiten des Autors gegen seine Personen war, *Gegenstand der Handlung* geworden.

Diese Geschichte macht Lust zum Nacherzählen, wie sonst nur eine Fabel: Anton Ortlieb, dem Sohn eines Herrschaftsgärtners, gelingt es, eine höhere Schule zu absolvieren und Beamter zu werden. Mit fünfunddreißig Jahren heiratet er die ältliche Tochter einer armen Beamtenwitwe und führt mit ihr eine Ehe, so pflichtgemäß, wie er den Kanzleidienst verrichtet. Im Laufe der Zeit gebärt »ihm« die Frau drei Kinder, erst zwei Töchter, dann einen Sohn, denen allen, während sie heranwachsen, die Welt außerhalb ihres Heims als etwas abstoßend Fremdes erscheint. Die Familie lebt ausschließlich füreinander und will nichts kennen als die eigensten Verhältnisse – und doch ist keiner dem andern gegenüber zu einer Äußerung von Liebe oder Zärtlichkeit fähig. Gerade weil es niemals zu einer körperlichen Berührung zwischen ihnen kommt, die ihre Gefühle befreien würde, sperren sie sich immer dichter und ängstlicher von allem ab. Besonders die beiden Mädchen leben für nichts als für die eigene Wohnung: das einzige Spiel, das sie gelernt haben, sind die Hausarbeiten. Als der Vater unerwartet stirbt, schließen sich die Ortliebschen Frauen mit dem heranwachsenden Sohn Walter, dessen Fuß ein wenig verkrüppelt ist, nur noch furchtsamer zusammen. Die älteste Tochter Josefine wird allmählich die Wortführerin. Indem die Familie nur noch eifriger zu putzen und auszubessern anfängt, verteidigt sie sich gegen die eklige Welt. Nach ein paar Jahren droht jedoch die erste Veränderung: der Besitzer einer Tierhandlung macht der jüngeren Tochter Anna einen Heiratsantrag und rührt in ihr plötzlich an die Vorstellung von einem anderen Leben. Aber schon als sie der Mutter und Schwester, beim Nähen übrigens, ankündigt, daß sie ihnen etwas mitteilen will, »strömte eine feindselige Zurückhaltung von ihnen aus«. Der Antrag des Mannes wird sofort als Verrücktheit und Unverschämtheit bezeichnet: jeder andere ist für sie ein WILDfremder. Es gelingt leicht, Anna den Tierhändler und alle sonstigen Männer für immer auszureden, und Josefine beginnt als Zeichen ihres Sieges denn auch »als erste wieder zu nähen«. Als später der Bruder Walter vor einem Großbürgermädchen musiziert, das sich von ihm gönnerisch erfreuen läßt, statt »sich selber eine Freude zu gewinnen«, ist es von neuem Josefine, die ihn, da er aus der selbstzufriedenen Ruhe zu geraten droht, eifersüchtig heimholt – und das Großbürgermädchen richtet Walter nur noch aus der Ferne einen Gruß aus ... Sein Lautenspiel aber gefällt einer hübschen Schauspielschülerin im selben Haus so, daß sie ihn zu sich lädt, wo er ihr und ihren Kumpanen das Herz rührt. In der Geselligkeit spürt Walter erstmals eine ungeschickte Seligkeit und ein zukunftssicheres Gefühl. Er tanzt mit seinem Klumpfuß und wird geküßt; er ist beklommen vor dem weiblichen Körper, nicht aus Widerwillen, sondern aus »Überraschung«. Josefine jedoch spürt ihn sogleich auf und ruft mit einem »entsetzlich wehklagenden Laut« seinen Namen. Kurz danach denkt Walter über dieses Erlebnis schon wie über ein Unrecht, das er an seiner Familie begangen hat. Sie ziehen alle weg aufs Land, und die früheren Formen stellen sich bald nach dem Umzug wieder ein. Walter ist nun ganz »ohne Regung des eigenen Willens« – so ergibt sich eine Art von Zufriedenheit. Als freilich Josefine hört, daß er den täglichen Weg zur Arbeit in die Bank gemeinsam mit einer Kollegin geht, ist ihr klar, daß »Walter nicht mehr anders wird«. Für sie steht außerhalb der Familie sein Leben auf dem Spiel, und »mit fast heiterer Entschlossenheit« verschließt sie ihn mit Hilfe der willenlosen Schwester und dem Mitwissen der sterbenden Mutter, um ihn vor dem Unglück, das jeder fremde Mensch für ihn bedeuten muß, zu bewahren, lebendig im Keller. »Ein unfolgsames Kind sperrt man doch auch manchmal ein, nicht?« Ohne sein Zutun entdeckt man einige Zeit. später das »Grab des Lebendigen«. Josefine, für die Glück nur das war, »was er bei uns findet«, erhängt sich. Mit der gutmütigen Anna, die im Gerichtsprozeß freigesprochen wird, zieht Walter in die Hauptstadt zurück, wo es den Geschwistern schließlich gelingt, in Stille und Harmlosigkeit ein »anspruchsloses, eigenes Leben« zu führen. – Das einzige Mal ganz von der eigenen Biographie und deren Rechtfertigung gegenüber einer verständnislosen Vaterautorität absehend, befreit sich Nabl hier aus der Selbstbeschränkung, indem er von der Beschränkung eines Menschen durch andre eine ausführliche Geschichte erzählt – und sie nicht mehr aus einer bloß maschinellen Moral persönlich praktiziert.

Zu Klaus Hoffer: *Halbwegs. Bei den Bieresch 1*

Die Handlung des Buches *Halbwegs* spielt in der Gegenwart, freilich ohne die täglichen Aktualitäten; die jüngste Historie wird nur aufgezählt: in »Narben«, oder in Gegenständen wie »Wehrmachtspistolen«. Der Ort der Handlung ist der Osten eines »Reiches«, ein flacher und öder Landstrich mit kontinentalem Klima: »Das viele Festland hier! Es ist eine Krankheit. Man hält in all dieser Tageshitze und Nachtkälte die Sinnlosigkeit nicht aus.« Immerhin fließen in dieser Ödnis Bäche; trotz der anfangs beklagten Unwegsamkeit wird dann stets auf (wenn auch holprigen) Wegen gegangen; und es wächst auch »ein wenig Wein«, im Süden sogar Bambus.

Der Held ist der Erzähler, ein junger Bursche namens Hans (er wird später umgetauft werden), der vor dem die Geschichte auslösenden Ereignis mit seiner Mutter und den Geschwistern in einer unbenannten Großstadt, »draußen«, gelebt hat. Das Ereignis ist der jähe Tod des Onkels, eines Landbriefträgers: »Ein Brauch ... hieß den ältesten, am nächsten stehenden männlichen Angehörigen für die Dauer eines Jahres in die Kleider des Verstorbenen schlüpfen ...«

Hans wird von der Mutter im Autobus nach »Wien« gebracht, erbricht sich auf der Fahrt in den Schoß der Frau und wird dann allein in den Zug nach Osten gesetzt.

Die Welt der »Bieresch« in dem Dorfe »Zick«, wo er ankommt, erscheint handfest. Alles und jeder hat einen Namen, oft auch mehrere, die freilich zusammen selten einen Reim ergeben. Von einem Traum hat *Halbwegs* also einzig eine episodische Ungereimtheit, die jedoch nur beiläufig, ohne sich jeweils vorzuzeigen, in die Geschichte hineinspielt, solcherart eine leicht fertige Alptraum-Literatur vermeidend.

Der Dorfbahnhof, scheinbar eine bloß für Hans zusammengeschobene Baracke, erweitert sich mit dem Eintritt des Helden zu einem ansehnlichen, geräumigen Gebäude, mit einem »Milchglasvordach« und sogar einer »kleinen Loge«; und Vergleichbares geschieht dann mit der flachen Landschaft, durch die Hans mit seiner Tante (sie hat ihn vom Zug abgeholt) auf einer »hellen, breiten Straße« auf das Stunden entfernte Dorf zugeht: Der Weg dahin neigt sich erst leicht und wird dann »stark abschüssig«; vor den Gehenden streckt sich die Landschaft endlos bis zum Horizont, aber im Umdrehen erblickt der Erzähler hinter sich einen steilen Bergrücken. (Und auch im weiteren Verlauf wird die Ebene oft gebirgig, und es ist viel von »oben« und »unten« die Rede.)

Es begibt sich jedoch weiter nichts Unerhörtes, jedenfalls nichts vorschnell Unheimliches: Hans wird in die Dorfgemeinschaft eingeführt, durch lehrhafte Diskurse verschiedener Ureinwohner, die zugleich die Stationen seiner Geschichte bilden. War zu Beginn noch von einer »barbarischen Bevölkerung« die Rede, so zeigt sich nun, daß die Bieresch zwar schäbig hausen, viel trinken und einander nur Schlechtes nachsagen, aber eine menschheitsalte, zuweilen auch den Ausübenden selber unverständliche Gesprächskultur pflegen. Das heißt, sie parlieren nicht genügsam vor sich hin, sondern sind redend stetig auf etwas aus, auf alles: auf die Erlösung – die für sie bedeutet, daß jeder seiner Wege gehen kann.

»Zumindest ein einziges Mal in unserer langen Geschichte hätte es gelingen müssen, das Puzzle zu legen! ... und wir würden nicht mehr, Abend für Abend, auf diesen häßlichen, harten, unbequemen Gasthausstühlen herumhocken und rätseln.« – Die Bieresch sind eine vorchristliche Gemeinschaft, auch in ihrem Glauben an die »Schuld des Opfers«.

Aber die Geschichte krümmt sich an keiner Stelle zur Parabel. Sie zweigt jeweils rechtzeitig ab in ein unzugehöriges Bild oder einfach in blödelndes Kauderwelsch. Es stellt sich auch heraus, daß Hans kein »Fremder« in dem Dorf ist, sondern als Kind da die Ferien verbrachte, von denen ihm die üblichen Landerinnerungen eines Städters geblieben sind, welche immer wieder als ironisch-naive Malereien die sophistische Suada der Dorfredner durchkreuzen.

Damit ist nicht gesagt, daß das Volk der Bieresch eigentlich nur ein Spiegelgespräch führt: Es wird Hans so lange erzählt, geklagt und berichtet, bis er zum Teilnehmer der Stammes-Geschichte geworden ist; er ist nicht deren »Opfer«, wie die Anlage noch vermuten ließ, sondern ihr »Leser«.

Die uralte Bieresch-Welt gestattet dem Leser freilich nicht, sie zu überfliegen: sie verlangt (und ermöglicht zugleich) das Lesen als Arbeit. Das sinnliche Bild für die bedächtig-schöne Pflichtlektüre, auf die Hans (und mit ihm sein Doppelgänger, der Leser seiner Abenteuer) sich einläßt, ist von Anfang an jenes in der Flachlandschaft einzig vorkommende Gefährt, die schwere hölzerne »Scheibtruhe«, mit der die Tante den Neffen von der Eisenbahn abholt und in der sie sich dann auch von diesem, ihm dabei den Einführungsvortrag in die Dorfweisheit haltend, den langen Weg nach Hause kutschieren läßt.

Es gehört zu dem Symbolspiel von *Halbwegs*, daß der Ankömmling das ungefüge Ding zunächst an einem Bach stehen läßt, ihm in seiner Ungeschicklichkeit gar die Handgriffe abbricht (und dergleichen mehr) – am folgenden Morgen aber mit der Truhe die Post ausführt und sich von da an nur noch mit ihr durch die Gegend bewegt: einen toten Hund zum »Wasenmeister« karrt und am Ende einen anderen, lebendigen Hund heimwärts schiebt.

Die Scheibtruhe gibt zugleich das Erzähltempo an; Hans soll, wie gesagt, ein Jahr bei den Bieresch bleiben – aber als die Geschichte »halbwegs« erzählt ist (»Wird fortgesetzt« heißt die letzte Anmerkung), ist seit seiner Ankunft gerade ein einziger Tag vergangen.

Und doch hat er in dieser kurzen Zeit neben der Tante im Bett gelegen, Freundschaft geschlossen mit dem traurigen Mesner des Dorfes – ein Kirchengebäude kommt dabei nie vor –, ist von einem billardspielenden Gemischtwarenhändler namens »Inga« oder »Und Umgekehrt« vor dem Spieltisch über den »Abgrund der Fläche« belehrt worden (die »Schlüsselszene« der Geschichte) und erhält zur vorläufigen Auskehr denselben vielnamigen Mann als seinen »Vater« vorgestellt.

Ja, Hans, der lesende Held (und mit ihm der Mitleser), befindet sich in einem zeitlichen und räumlichen Labyrinth. Dieses ist aber – und das macht die Erzählung erst »lesenswert« – kein beschränktes, fatalistisches Schicksalsgefängnis, sondern ein weltweiter, luftiger, zuweilen sogar fröhlicher Jahrmarkt der tief- und auch blödsinnigsten menschlichen Ideen. Jene, ohne Atempause vorgetragen von den tapfer formulierenden (oder auch nur besoffen plappernden) »Biereschek«, widersprechen einander, heben einander auf, lenken oft auch ab in das bloße »Gerede« – und führen so zwar ständig im Kreis, doch niemals zu »nichts« und zur Hoffnungs- und Sprachlosigkeit.

Jeder Bieresch für sich ist ein zänkischer, besserwisserischer Philosoph, aber insgesamt bilden sie alle ein unverdrossen lebenswilliges Gottesvolk, bei dem auch dem zwangsanwesenden Burschen Hans (schon an seinem ersten Tag!) jener Glücksmoment möglich wird, da er die Einwohner »mit fliegenden Haaren auf den schmalen Bänken vor ihren Hütten« sitzen sieht, »die sich wie Schiffskiele in den blauen Himmel darüber bohrten«, und überhaupt das Gefühl hat, »als wären allen Dingen mit einem Male Haare gewachsen, durch die ich mit meinen Fingern fahren wollte«: diese Haare werden noch oft durch seine Geschichte wehen.

Gewiß: er behauptet noch bei Gelegenheit, die Dorfbewohner »zu hassen«; doch seinem Mitleser ist das Geschwätz der Kunstfiguren-Sippschaft schon bald lieb geworden, und er hat das Volk der Bieresch als seinesgleichen ins Herz geschlossen. Ist der Eifer, mit dem sie füreinander (und auch für den Neuankömmling) unter Stottern und Stammeln fortwährend »sprechende Namen« suchen, nicht ein Ausdruck von Zuneigung?

Halbwegs ist mit vielen Zitaten erzählt; die Quellen sind auf der letzten Buchseite angeführt. Von allen da erwähnten Autoren ist Jorge Luis Borges jedoch der einzige, mit dem Klaus Hoffer in einen Vergleich paßt: wie der argentinische Meister spielt der nicht halb so alte österreichische Geselle die Völkermythen gegeneinander aus und schwindelt andere (persönliche und frei erfundene) dazwischen, um so den menschlichen Erdenwandel darzustellen.

Hoffer versucht, nach mitteleuropäischer Manier finsterer zu sein (was ihm zum Glück der Geschichte nicht recht gelingt); ist in den Details oft auch plumper als Borges; aber wie dieser erreicht er es, dem mit mannigfaltigen Lehrbildern von Gott und der Welt freundlich traktierten Leser die Todesverfallenheit auszureden, mit nicht zu kurzer Nachwirkung. Nichts mehr erscheint dann unmöglich, auch nicht die ewige Seligkeit. – Und so gehört es sich für die Poesie, seit Beginn der Zeiten.

Einwenden und Hochhalten

Rede auf Gustav Januš

Lieber würde ich die Maultrommel schlagen oder die Mundharmonika blasen als über Literatur reden. Und lieber würde ich über Literatur reden als über das gegenwärtige Geschäft, den gegenwärtigen Umgang, den gegenwärtigen Handel mit der Literatur. Aber gerade von dem Letzteren soll aus Anlaß der Verleihung des Petrarca-Preises 1984 an den österreichischen Dichter slowenischer Sprache, Gustav Januš, auch einmal die Rede sein. Ich schwinge mich also auf und beginne meine Ehrung des Poeten – denn diese soll bei allem doch die Hauptsache sein – mit einer kurzen Beschreibung meiner Sicht der gegenwärtigen deutschen Literaturszenerie.

Ich sehe dort, wo einmal vielleicht Leidenschaft, Liebe, Erschütterung, Ernst, Zorn und heiterer, genauer Streit spielten, ein finsteres, jämmerliches, schamloses, beschämendes Geschiebe, Gedränge und Gerempel von Machthaberei, Schlagworten in jedem Sinn, Begrifferücken, Spiegelfechterei, Spitzfindelei – mit einem Wort: den so totalen wie totalitären Vordergrund, welcher nicht einmal beklagenswert ist, bloß zu verachten. Die Verachtung freilich sträubt sich gegen den Ausdruck, drängt zum Verschweigen und will doch nicht tatenlos bleiben: das ist ihr und das ist mein Problem. So sind die nun folgenden Worte ein Tatversuch.

Ich habe gerade das Wort »totalitär« gebraucht. Zuvor erschien auch das Wort »spielen«: es hätten vielleicht einmal im Reden über Literatur Leidenschaft, Liebe undsoweiter gespielt. Eine der Gewohnheiten nun des heutigen Feuilletons ist es, die unterdrückten, verfolgten, zum Schweigen gezwungenen Künstler in den totalitären Staaten jenen in den sogenannten freien Ländern gegenüberzustellen. Um kein Spielen handelt es sich da, vielmehr um ein bloßes Ausspielen. In der sogenannt freien Welt geht es, jedenfalls was die Literatur betrifft, auch totalitär zu, wenngleich auf eine andere Weise als in der augenfälligen Kerkerwelt. Die Verfolgung, die Unterdrückung, die Korrumpierung, das Mundtotmachen, das Totmachen von Schriftstellern geschieht hier – ich kann nicht sagen: »bei uns« – nur heuchlerischer, heimtückischer, gauklerischer und, wenn sich das Wort steigern ließe: faustrechthafter. Fast tagtäglich nimmt es sich in der Zeitung, welche sich so viel darauf einbildet, der Literatur einen besonderen Raum zu geben, ein junger oder alter Wicht, der weder ein so schönes Wort wie »jung« oder »alt« je verdienen wird, heraus, mit ein paar vollkommen vordergründigen, Satz für Satz durchschau- und vorhersehbaren Standardkniffen ein Buch, wie es auch sei, in ein Nicht-Buch zu zerkrümeln, vergleichbar mit einem Kerl, der, ohne zu wissen, was er tut, ein Stück Brot zerkrümelt, bis es nicht mehr Brot ist, und dafür auch noch bezahlt und dafür vielleicht auch noch in seiner Abendkneipe belobigt wird: »Den hast du aber prachtvoll fertiggemacht!« »Ein angerissenes Streichholz genügt, den Strand anzuzünden, an welchem gerade ein Buch umkam«, steht bei dem französischen Dichter René Char. Hört auf, von der Bücherverbrennung der Nationalsozialisten zu reden – ihr tut das gleiche immer noch, auf eure Weise, unauffälliger, aber genauso vorsätzlich, und kommt dazu straflos davon. Der sogenannte »Raum«, den jene Zeitung »für Deutschland« angeblich den Büchern gibt, ist das Gegenteil von einem Raum: Er ist ein stickiges, luftloses Henkerstübchen, vollgepfercht mit bieder-wahnsinnigen Unholden und ihren ehrsüchtigen, selbstversessenen Mietlingen. Kritiker zu sein könnte ein guter, lehrreicher, Vergnügen bescherender Beruf sein; eine genaue, erzählende, aufschlüsselnde und wiederum verschlüsselnde Besprechung eines Buches, ob mit Liebe oder mit Zorn verfaßt, zu lesen, hat mir schon oft Freude gemacht, oft das Hirn zum Glühen gebracht, ja mich sogar gerührt und begeistert. Aber es gibt schon lange kaum Kritiker mehr – nur noch gutbezahlte Angestellte, die sich aufspielen, und immer für sich selber, und immer gegen jemand andern; und die hellen Streitspiele sind zum bloßen Gegeneinander-Ausspielen verkümmert. Lest, Leute, daraufhin in dem besagten Machtblatt eine sogenannte Buchkritik: in fast jedem Fall wird da weder ein

Buch sichtbar, noch wird eine Besprechung zur Lehre, sondern, Satz um Satz, das Ausspielen, dieses gegen jenen, jenes gegen diesen, zum Skandal: der totale, totalitäre Vordergrund. Würde das Wünschen helfen, so wäre folgendes mein Wunsch: eine Wiederholung, eine Erneuerung, eine Wiederbelebung der Haltung Walter Benjamins.

Statt dessen wird, vorgeblich als ein Ereignis literarischer Rührigkeit, schon seit geraumer Zeit einmal im Jahr in einer südlichen Stadt meines Heimatlandes Österreich das minderwertigste, schändlichste, menschenunwürdigste Spektakel abgehalten; im Namen und unter dem Zeichen der Kultur betreibt in Klagenfurt, jener Stadt, wo in allen Straßen, auf allen Plätzen, unter jedem Baum, immer noch und für immer die unschuldig-wissenden Augen der Ingeborg Bachmann aufgeschlagen sind, alljährlich, eingeladen und bezahlt von jener Behörde, bei der einst meine Mutter sich Füße und Seele wundlaufen mußte, um sich von Amtszimmer zu Amtszimmer ein kleines Darlehen für den Bau der dringendst nötigen Wohnung zu erbetteln, ein Trupp gravitätisch-nichtsnutziger Barbaren, vor denen ein paar arme, eifrige, beflissene Talente erzittern wie damals die gesamte Kärntner Bevölkerung vor den Türken, statt der Kulturerneuerung, -wiederholung, -weiterführung vielmehr einen finsterlich-grausig-legalisierten Akt der Kultur-Abtreibung. Die so oft nostalgisch heraufbeschworene, selige Gruppe 47 schon war vielmehr ein unseliges Übel, in dem die Literatur beschnitten wurde zu einem Flachding aus Meinung, Trend, Jargon und Sprachpolizei; für immer wird unverzeihlich bleiben, daß der deutsche Epiker Hermann Lenz und der deutsche Lyriker Ernst Meister – für mich ebenbürtig der Ingeborg Bachmann und dem Paul Celan – von den Ausschließungs- oder Einlaßverwehrungsriten jener sitzriesigen Kleinbürger, aus denen sich die Gruppe vor allem rekrutierte, um das Gelesenwerden, um jede Antwort, um ihr Recht betrogen worden sind. Und betrogen worden sind auch wir, die Leser. Dafür wird es nie eine Lossprechung gehen.

Ein Wettbewerb der Körper kann etwas sehr Schönes sein – ein Weitsprung, der dem nächsten folgt, wobei auch der Zuschauer in sich den Weitsprung erlebt. Ein Wettbewerb der Rede schon ist fragwürdiger, angewiesen auf Suggestion, immer behaftet mit dem Makel des Nachgeschmacks. Ein Wettbewerb des Geistes, der Poesie, der Form jedoch ist niedrig und erniedrigend, sofern er nicht, wie im antiken Griechenland, vom Volk selbst entschieden wird: da hätte auch ich Lust, teilzunehmen und mit der Sprache meinen Weitsprung zu zeigen, mich zu freuen am Sieg, und mich zufriedenzugeben damit, der Besiegte zu sein. Wo aber ist bei dem erwähnten Wettbewerb das Volk? Gibt es heutzutage ein für dergleichen Dinge waches, zuständiges Volk? Der Trupp der aus ihren Kümmerlöchern herbeigereisten Feder- und Mikrophonfuchser jedenfalls, nach ihren Floskeln, Spruchtafeln und geheucheltem Ernst zu schließen, ist nur noch die Verhöhnung jener Volk-Idee: und ihre weinenden oder glückstrahlenden Opfer werden danach zwar immer weiterschreiben, aber alles, was sie schreiben werden, wird gezeichnet sein von dem unrechten, unzulässigen Wettbewerbsverhalten. Sie werden immer nur Talente bleiben. Ein Spruch, von einem der selbsternannten Kunstschöffen selber verbrochen, verdeutlicht vielleicht die ganze Szenerie: »Einmal im Jahr ist Klagenfurt die Hauptstadt der Literatur.« Und das ist die Literatur heute?

Zum Bild – nicht zum Inbild, sondern zum Punkt- und Zerrbild – ist mir der Stand unserer westlichen Kultur-»betrachtung« einmal, vor Jahren, in New York geworden, als ich in einer Menschenschlange vor einem Kino wartete: Alle meine Vordermänner und -frauen hatten die gefaltete Zeitung mit dem Kinoteil unter dem Arm, und genau an den Falten waren untereinander die Sterne gereiht, mit denen die Kritiker die laufenden Filme von Manhattan bedacht hatten; der Film, auf den wir alle warteten, hatte dreieinhalb Sterne. Dazu passen die Annoncen wie: »Dieses Buch wurde von siebenunddreißig namhaften deutschen Kritikern auf die erste Stelle der Bestenliste des Südwest- oder Nordostfunks gesetzt.« Sogar mein lieber eigener Verlag ziert ein ausländisches Buch schon mit der Schleife: »Wurde von fünfzehn bedeutenden schwedischen Kritikern zum Buch des Jahres gewählt.« (Ich habe von diesem Buch nicht einmal die Plastikstrumpfhose, die jetzt alle Bücher verschweißt, entfernt.) Ebenso hörte ich in einem Gespräch mit einem eigentlich verständigen, offenen, lesenden Menschen eine seltsame Platzanweisung für die gegenwärtige Literatur der verschiedenen Erdländer: An erster Stelle stünde die südamerikanische Literatur, dann folge aber schon die deutsche; worauf ich fragte, welches Land nun an der dritten Stelle läge, worauf wir wenigstens lachten. Es gibt keine Weltliteratur mehr.

Damit bin ich nun, endlich, beim Übergang zu dem österreichischen slowenischen Dichter Gustav Januš und zu dem Petrarca-Preis, den wir in diesem Jahr zum vorerst letzten Male verleihen. Es ist der Hauptpunkt, aber ich werde mich kurz halten. In unserem Jahrzehnt läuft ja auch eine beliebte Klagerei um – Klagerei verhält sich zu Klage wie Liebelei zu Liebe –, es gebe keine epochale, bedeutende, welthaltige (und wie die Halbwörter alle heißen) Literatur mehr. Ich bin in der schönen, manchmal anstrengenden Lage, viel von dem zu lesen, was heutzutage geschrieben wird; es wird mir auch, von ganz Unbekannten, Manuskript um Manuskript geschickt, und ich bemühe mich, nicht nur darin zu blättern, und immer wieder habe ich dabei die Empfindung, daß das Formen, das Fassenwollen, kurz, das Schreiben in der Menschheit blüht wie je, oder: kurz vor der Blüte steht – wie je. Oft ist mir bei meiner eigenen Arbeit ein Mann aus der Bibel in den Sinn gekommen, den ich mir dann, als den Patron für uns Schriftsteller, oder überhaupt für die Künstler, dachte. Man möge ruhig darüber lachen: es ist Johannes der Täufer. So wie er meinte, nach ihm käme der Größere, so empfinde auch ich immer, es nicht zu schaffen, doch einer, oder nicht bloß einer, würde auftreten, nicht nach mir, sondern vielleicht schon jetzt, und schreibend sagen, was der Fall ist: einfacher, dringlicher, erlösend. Und diese Empfindung schmerzt mich keinen Augenblick lang; sie tröstet mich.

Wie bin ich überhaupt auf die österreichische slowenische Literatur gekommen, welche an der südlichen Grenze des deutschen Sprachraumes, in Südkärnten, ein eigenes Sprachland bildet? Ich stamme selber aus dem ländlichen Südkärnten, und meine Mutter wie meine Großeltern waren Slowenen, wie Gustav Januš ein Slowene ist. Es sind nur unsere Täler verschieden: er kommt aus dem Rosental, ich komme aus dem Jauntal. Ich habe in der Schule ungern, weil gezwungen, die slowenische Sprache gelernt und bald wieder vergessen. Die slowenischen Gottesdienste in der Heimatkirche waren, durch ihre Inbrunst, ihren musikalischen Atem und ihr heiteres Gepränge, die einzigen bisher, bei denen ich einen Begriff von dem Wort »Gottesdienst« bekam; die Litaneien waren kein Geleier, sondern wirkliche, begeisterte wie trauervolle Anrufe. Vor einem Jahrfünft, nach Österreich zurückgekehrt, war ich entschlossen die slowenische Sprache neu zu lernen, und ich wollte das nicht mit dem Gerüst der Grammatik tun, sondern mit Hilfe des Hauses der Literatur. Und als ich die ersten Sätze des Romans *Der Zögling Tjaž* des Kärntner slowenischen Epikers Florjan Lipuš las, war ich auch tatsächlich zuhause, so wie ich in der Literatur meines Heimatstaates noch keinmal zuhause gewesen war: »Dočakel si, da greš skozi vas. Vse počitnice nisi hodil skozi tako na veliko, kot greš danes.« – »Endlich gehst du durchs Dorf. All die Ferientage bist du nicht so großartig hindurchgegangen wie heute.« – Und ähnlich erging es mir, als ich mich, viel später, und eher zuerst im Spiel, an einer Übersetzung der Gedichte von Gustav Januš versuchte: »Skozi okna / hišna vrata / sem stopil v sobo, / prižgal luč / in sedel na klop. / Bil sem sam ...« – »Durch die enge / Haustür / bin ich ins Zimmer getreten, / habe das Licht eingeschaltet / und mich auf die Bank gesetzt. / Bin allein gewesen. / Der Stuhl, / manchmal Platz der Mutter, / ist leer gewesen. / Ich habe ihn zum Zimmer hinaus getragen, / im Bewußtsein, / daß es für die Mutter / kein Heimkommen mehr geben wird, / weil sie im Vorjahr gestorben ist / und jetzt draußen liegt, / auf dem Friedhof.« Und dann, nach diesem Gedicht, das der Zwanzigjährige schrieb, ein Gedicht des Fünfundvierzigjährigen: »Kakor večno domotožje / privre iz spomina / prilika o izgubljeni sin ...« »Wie ein immerwährendes Heimweh / entströmt dem Gedächtnis / das Gleichnis vom verlorenen Sohn ...«

Was ist es, das mich, über jeden Lebensgrund hinaus, eine solche Zuneigung hat fassen lassen zu dieser slowenischen Sprache?

Ich weiß ja, daß jede Sprache schön ist, auch jene, die der sogenannte Volksmund (das Wort sollte es nur noch als Schimpfwort geben) verspottet.

Aus dem Slowenischen höre ich jedoch noch einen Zusatz zu all dem Schönen und Lieblichen jeder Sprache heraus. Vielleicht ist es die Fülle der dinglichen Wörter, das heißt der Wörter, die zugleich die Melodie, die Farbe, die Form, die Fruchtigkeit des jeweiligen Dinges wiedergeben. Und es handelt sich immer um die sogenannt kleinen, die ländlichen, die natürlichen Dinge, auch der Menschennatur. Ich nenne ein paar Beispiele. Im letzten Zitat steht das Wort »domotožje«; es bedeutet »Heimweh«. Dieses »domotožje« nun ist zusammengefügt aus den Wörtern »dom« (Haus, Heim) und »tožba« (die Klage). Das Wort für »Trauer« ist »žalost«. Das Wort für »Freude« ist »radost«. Das Wort für »Sehnsucht« ist »hrepenenje«. Das Wort für »Leben«, sehr häufig bei Gustav Januš, ist »življenje«. Das Dingwort für »Apfel« ist »jabolko«, das für die Maulbeere »murva«, das für die Himbeere »malina«. Dabei darf nicht verschwiegen werden, daß die slowenische Sprache, was die Begriffe, Abstraktionen, amtlichen Wörter betrifft, im Gegensatz zu den gerade erwähnten von einer häßlichen, fast absurden Künstlichkeit ist: die Amtswörter sind nämlich jeweils wörtliche Entsprechungen zum Deutschen; es hat sie im Slowenischen nie gegeben; denn die Slowenen waren immer nur ein Volk (»Volksgruppe« nennen die österreichischen Behörden das widersinnig, und wir anderen plappern es nach – als ob »Volk« und »Gruppe« je zueinanderkommen könnten) – sie waren nur ein Volk, und nie ein Staat.

Was finde ich in den Gedichten des Gustav Januš, über die Dingwörter hinaus? Es ist vielleicht das Absichtslose, Willen-lose; das Eigen-Mächtige. Die herrschende Literatur unseres Jahrhunderts besteht fast nur aus Leuten, welche von der Welt, dem Dasein, der menschlichen Existenz eine Meinung haben. Die Stärksten dieser Schriftsteller haben eine starke, gewissenhafte, sinnenhafte Meinung, aber es bleibt doch eine Meinung. Franz Kafkas beliebtes »Gib's auf!« ist nichts als Meinung. Samuel Becketts Spruch vom Geborenwerden über dem offenen Grab, über dem wir kurz erglänzen, ist nichts als Meinung. Ciorans Leier vom Unglück, geboren zu sein, ist nichts als (schon schlechtere) Meinung. Sogar Rilkes wunderbarer Vers vom Schönen, das nur des Schrecklichen Anfang sei, wird leider mißbraucht als Meinung; so wie ich auch nicht einverstanden sein kann mit der Bemerkung meines geliebten Walker Percy aus dem *Kinogeher*: »Die Schönheit ist ein Biest.« Da überzeugt mich doch weit mehr die kleine Bemerkung eines Kindes im Gedränge eines großen Bahnhofs, wo Erwachsener und Kind unversehens des Schnees auf dem Bahnhofsglasdache gewahr wurden und das Kind, auf den Ausruf des Erwachsenen: »Wie schön!« sagte: »Das Schöne sieht man so schlecht.«

Ja, das Schöne sieht man schlecht; aber Gustav Januš ist ihm in all seinen Gedichten auf der Spur. Es gibt kein Gedicht von ihm, das etwas behauptet oder meint. Seine Poeme sind, so könnte man sagen – und das ist es auch, was das Poetische an ihnen ausmacht –, das *reine Hin und Her*. (Gustav Januš hat im übrigen, soviel ich weiß, noch nie eine einzige Prosazeile geschrieben.) Das reine Hin und Her: Die Schwebe, der Widerstreit, das Dialektische (Verzeihung für dieses Wort). Insofern beschreiben seine Gedichte nicht nur Augenblicke, so wie es die japanischen haikus tun (mit denen Januš' Sprache trotzdem viel gemein hat), sondern ganze Tagesläufe: Das Hin und Her der langen Tage Reise in die Nacht, und zur Nacht hinaus. Und indem jedes Gedicht ein Tageslauf ist, zeigen die Gedichte zusammen einen Lebenslauf; nein – nicht nur einen, sondern viele Lebensläufe, oder einfach nur seinen, meinen und deinen. Wir nennen Gustav Januš einen Dichter, weil er an keiner Stelle meint, sondern stetig sachlich sagt. »Was einer allein denkt, ist bloße Meinung«, sagte einer vor Sokrates. Gustav Januš denkt, schreibend, nicht allein. »HEIMISCHER ACKER: Die Glocke hat in mir / die Erinnerung geweckt / an den heimischen Acker, wo / mich der Vater hingeführt hat, / die Sonne anzuschauen, / an den Acker, wo / er mir nahegebracht hat, / daß dieser Früchte trägt / und den Bedürftigen / Nahrung gibt. Er hat mir gesagt, ich / sollte ihm zugeneigt sein, / so wie die Erde / ihren Lebensformen / zugeneigt ist. / Ich bin befremdet gewesen. / War noch ein Kind.«

Und nun bin ich zurück bei den Gedichten, der Maultrommel, der Mundharmonika. Ein Vers in einem kleinen Gedicht von Nicolas Born lautet: »Summt, kleine Liedchen, summt.«

Prosa als Hintergrund(aus)leuchten

Versuchen zu umschreiben, was Walter Kappacher ist oder gemacht hat, und in dem er es gemacht hat, was er ist. Ich habe vor einiger Zeit jemanden getroffen, der wie Walter Kappacher in der Gegend von Salzburg lebt, und dieser Mensch aus Salzburg hat mich, als das Gespräch auf Kappacher kam, etwas bedenklich angeschaut: Er hatte nämlich von dem Preis hier erfahren. Und ich habe mich herausgefordert gefühlt, nicht etwa Kappacher zu verteidigen, sondern von seinen Büchern zu erzählen, von dem, was die Melodie oder den Rhythmus seiner Prosa ausmacht. Und ungeschickterweise kam mir dazu das von außen her schwierigste Buch von Walter Kappacher in den Sinn, *Silberpfeile.* Schon der Titel mit dem Umschlag, wo, glaube ich, ein Rennwagen abgebildet ist – schon der Titel *Silberpfeile* und ein Rennwagen auf dem Umschlag machten es schwierig, von dem Buch zu reden. Und das kommt dann auch von der Hauptperson, einem greisen Ingenieur, der unter Hitler bei den Automobilbauten mitgewirkt hat und der einer jener Ingenieure war, welche Bernd Rosemeyer, den vielleicht schon mythischen Rennfahrer betreut haben, damit dessen Rennwagen noch schneller würde, und der auch Zeuge wurde des tödlichen Unfalls – war das 1937 herum, oder 38? –, dem Bernd Rosemeyer zum Opfer fiel (ich erzähle das aus dem Gedächtnis). Und diesem bedenklich mich zu Kappacher anschauenden Mann versuchte ich, die Geschichte wiederzugeben, in der es darum geht, daß der Autor, so sein Plan, vor allem die Geschichte dieses Mannes, dieses Ingenieurs, der dahinsiecht in einem Altersheim in Salzburg, erzählen wollte. Und daß aber, je länger er mit dieser Geschichte unterwegs war, etwas ganz anderes als die Geschichte allein dieses Mannes, des pensionierten Ingenieurs, ihm beim Schreiben in die schöne, wahre Quere kam. Die zweite Person der Geschichte *Silberpfeile* ist nämlich ein Motor-Journalist, der für eine einschlägige Zeitschrift arbeitet. Dessen Lebensgefährtin ist gerade abwesend, in Amerika, und er wartet die ganze Zeit auf die Rückkehr dieser Frau. Das gibt der Geschichte, seiner Begegnung mit dem Ingenieur, einen seltsamen Hintergrund, weil der Leser, oder jedenfalls ich, Leser, sich am Anfang weniger für die Geschichte des Nazi-Ingenieurs interessiert, als dafür, wann denn die Frau endlich wieder zu dem Erzähler zurückkommt. Über dreißig, vierzig Seiten werden, wie so oft bei Walter Kappacher, die Motoren, die Pleuelstangen, Ventile, und wie macht man das und jenes am Rennauto noch windschlüpfriger und dergleichen erzählt, und man denkt dabei: Wann, o Himmel, kommt denn endlich die Geliebte des Journalisten zurück, diese Geschichte würde man doch viel lieber erzählt bekommen. Doch allmählich verlieren die *Silberpfeile* dann das, was auf dem Titelbild und auch im Titel des Romans suggeriert wird, und es kommt eine ganz andere Geschichte zum Vorschein – und das ist das Unerhörte an dem Roman. Und zwar entpuppt sich der fragliche Ingenieur als jemand, der nach Rosemeyers Tod, gegen Kriegsende, in Oberösterreich auf dem Gelände der heutigen Brauerei von Zipf notgedrungen, mehr und mehr gegen seinen Willen, an der Konstruktion der V 2 mitgewirkt hat, jener Rakete, mit welcher die Deutschen noch im letzten Moment den Krieg gewinnen wollten. Und der Erzähler, und das ist das Seltsame, man spürt es, scheint von der eigenen Geschichte, von deren Wendung, selber überrascht, und mit ihm auch Waller Kappacher. Als ob er gar nicht geplant hätte, diese Weiterung in den Horror zu erzählen (obwohl das wahrscheinlich gar nicht stimmt). Und dadurch wird die Geschichte unerhört. Die Schilderung dann der Landschaft und der Leute, der Bauern, von Zipf, dann der Opfer, der in den Minen »zuhauf« Ums-Leben-Kommenden, der Verbrennenden, dazu der Einheimischen, die nicht reden dürfen über das, was da im Untergrund der Landschaft als Inferno vor sich geht, das macht die Geschichte aus. Ja, solch eine Geschichte hat Österreich nötig, und so eine Geschichte wie Walter Kappacher sie von den Zwangsarbeitern im Untergrund auf dem heutigen idyllischen Biergelände erzählt, die muß gelesen werden, heute und morgen, auch wenn die Gefahr besteht, wie gesagt, durch die Verschlungenheit der Erzählführung und das

Unlustmachende des Anfangs mit Autobestandteilslitaneien und Rennwagen, vielleicht nach dreißig Seiten nicht weiterzulesen. Doch das, was dann passiert, ist eine Expedition des Schreibens, wie man sie sich abenteuerlicher nicht wünschen kann. Und sie ist dabei so unauffällig erzählt, wie eigentlich nur Robert Walser das gekonnt hat. Nur ist das Unauffällige bei Walter Kappacher etwas völlig Unverspieltes – bei Robert Walser ist das Unauffällige zugleich Spiel. Wenn Walter Kappacher zum Beispiel schreibt: »Der Park war spät abends noch stark frequentiert«, dann hätte Robert Walser wahrscheinlich geschrieben: »Der Park, wie man so sagte, war noch stark ...« und so weiter. Walter Kappacher ist ein vollkommen unspielerischer Autor, das ist das Bezeichnende an ihm. Es kommt kein Element von Spiel vor. Es ist, wenn einmal ein Superlativ am Platz ist, der ernsthafteste Autor, den ich kenne. Und zugleich das Paradox: es ist ein beiläufiger Ernst. Es wird an keiner Stelle der Ernst als Ernst eingesetzt. Doch in dieser Beiläufigkeit der Kappacherschen Prosa, wirkt dann doch ein Element von Spiel mit – die Beiläufigkeit als Spiel.

Ich habe fünf, sechs Romane von Walter Kappacher gelesen, der erste davon mit dem Titel *Morgen.* Und alle seine Bücher sind Varianten; Varianten des Dichters als junger Mann. Aber solche Varianten wie bei ihm hat es noch nie gegeben. Dieser Dichter fängt an als Motornarr und wird dann auch, das ist seine erste Lebensstation, Lehrjunge in einer Werkstätte. Und so wie er, wie Walter Kappacher die Motoren beschreibt, verlieren die alles Bedrohende oder bloß Technische; es ist etwas Liebevolles in dem Erzählen von Motoren. Und das glaubt man ihm, mit dem Lesen, daß Motoren »sprechen«; man sagt ja auch in der Umgangssprache: »Dieser Motor hat einen Spruch.« Es kommt einmal sogar das Wort »Gesang« für einen der von den Jungen gewarteten Motoren vor. Und er beschreibt den »gurgelnden Viertakt« beim Umschalten der Rennmotorräder in einer Haarnadelkurve. Und es ist zum Staunen, wie einem Leser, wie mir hier, der ja selber damit überhaupt nichts zu schaffen hat, das Ich, das Walter Kappacher vorstellt, sich durch das Lesen ins eigene Ich verwandelt. Ich, der ich kaum Motoren erfahren habe, erfahre diese als schön

Vertrautes, und das ist Lesen für mich. Für manche Lesemomente denkt man darum freilich auch: »Mensch, warum legt der Autor nicht endlich einmal los? Warum bleibt die Prosa immer im Hintergrund?« Aber dieser Hintergrund des Walter Kappacher ist wie man vom Weltall sagt, ein Hintergrundleuchten, es ist ein besonderer, ein leuchtender Hintergrund. Und dann wieder fragt man sich als Leser: Warum nur gibt es keine Horizonte bei Walter Kappacher? Fast der einzige ein wenig fernere Horizont ist der Blick in Salzburg auf den Kapuzinerberg, mitten in der Stadt, keinmal weitet sich der Blick etwa bis Maria Plain, die Kirche draußen im Land, die wünschte ich mir manchmal als Horizont. Die Horizonte sind anders als bei Hermann Lenz, fast nicht vorhanden, außer die Meter-, Zentimeter- und auch bloß Millimeterabstände in den Maschinen, oder im Büro, wo er in seiner zweiten Phase dann arbeitet. Seltsam, all die Bücher Walter Kappachers haben etwas von diesem Hintergrundleuchten. Eine Beiläufigkeit, bei der mir auch der Vergleich mit einer Oper, die fast nur aus Rezitativen besteht, in den Sinn kam. Und dann gibt es in jedem seiner Bücher – das rettet sie nicht nur, sondern hebt sie hoch und gibt ihnen Licht – ein, zwei Läufe oder Passagen, oder Arien, wo der Autor sein Innerstes ausschwingen läßt. Und ich möchte Ihnen eine dieser Aufschwünge vorlesen, aus dem Buch *Ein Amateur,* und damit zeigen, wie Kappacher aus den Anläufen, die zu Arien werden, sich wieder zurückzieht, in das Alltägliche, in das völlige Hintergrundschreiben. Auch die Seltsamkeit der Übergänge: von der Lust am Fahren, an den Motoren, die Übergänge oder Furten zum Lesen, zur Kunst, Musik, Literatur. Wie einer, der in Motoren vernarrt ist, zugleich das Lesen liebt. Ein unerhörter Held also. Solche Zusammenführungen machen aus Walter Kappacher einen einmaligen Autor. Ein Beispiel: »Einmal kam ihm auf einer Kuppe, als die Tachonadel auf 120 stand und er zu fliegen meinte, auf seiner Straßenseite ein Wagen entgegen, der die in Richtung Stadt fahrende Kolonne überholte. Simon [so heißt der Held in *Ein Amateur]* rettete sich, indem er auf die schneebedeckte Wiese auswich, und konnte so einen Sturz gerade noch verhindern. Das schnelle Fahren bei äußerster Konzentration auf die

Strecke, Streckenbegrenzung, exaktes Schalten und Bremsen, war für ihn ein Herausgleiten aus der Monotonie des Alltags; wenn er vor dem Firmengebäude von der heißgelaufenen Maschine stieg, fühlte er sich gestärkt, als kehre er heim von einem fernen gelobten Land. Immer öfter, wenn auch nicht ganz so intensiv, empfand er dieses Gefühl – mehr er selbst zu sein, indem er außer sich geriet – auch beim Rezitieren von Dramentexten, manchmal beim Lesen, oder beim Gehen …« Alles gehört bei Walter Kappacher demnach zusammen, das Rasen, das Gehen, das Lesen, das Rezitieren von Torquato Tasso, von Shakespearschen Dramen, die Musik von Gluck. Der Held, der Werkstattlehrling, erfährt so einen sprunghaften, überraschenden und zuletzt gerade deshalb einleuchtenden, »buchwürdigen« Lebenslauf: Die erste Station seines Lebens ist die Mechanikerlehre, seine zweite auf einmal die Schauspielschule – es wird gar nicht begründet warum, es steht sehr oft bei Walter Kappacher »auf einmal« – »auf einmal« will Simon Schauspieler werden. Und »auf einmal« hat er all das wieder satt. Und »auf einmal« fängt er an zu schreiben. Es gibt keine Begründung, und das ist auch das, was den Leser frei macht zum Lesen, und frei hält im Lesen. Dazu noch ein Beispiel eines dieser essentiellen, arienähnlichen Momente in seinen Büchern: Als der Held oberhalb der Felsenreitschule in Salzburg auf einem Steg mitten im Wald steht und einem Musikstück von Christoph Willibald Gluck lauscht. Er hört die Musik von unten heraufkommen, aus der Felsenreitschule, aus der Tiefe. Und er steht da oben, und es ist ihm, als er auf der Stiege steht, »diese Töne gälten allein ihm. Komm! Komm! schienen die aufgeregten Tonfolgen zu locken, ehe sie zu einem Chorgesang überleiteten. Er hatte damals, als er sich in einem jähen Schwindel mit beiden Händen am Gitter festhalten mußte, nichts von der ehemaligen Sommerreitschule gewußt, die seit den dreißiger Jahren als Aufführungsstätte der Festspiele genutzt wurde. […] Mit einer wilden Freude war Simon damals, [nachdem er die Musik gehört hatte – auch ein sehr seltenes Wort – »wilde Freude« bei Walter Kappacher], als dann ein junges Paar, die Frau trug ihr Baby und eine Einkaufstasche, der Mann den Kinderwagen, ebenfalls am Treppenabsatz stehenblieben und horchten, weiter hinaufgestiegen, gesprungen, bis zu dem schmalen Plateau mit den beiden Kastanienbäumen und der Bank, die seither sein Platz war. Zum ersten Mal war er an der Mauer über dem Toscanini-Hof stehengeblieben und hatte auf die Altstadt hinuntergeschaut, und ihm war gewesen, als hätten die Formen der Bauwerke, der Kirchen, der Dächer, der hügeligen Landschaft dahinter [also doch ein Horizont] etwas mit der Musik zu tun, die er eben gehört hatte.«

Als der Roman *Morgen* erschienen ist, vor fast schon dreißig Jahren, hat Martin Walser eine so mitfühlende wie mitgehende Rezension geschrieben, worin er an einer Stelle ungefähr schrieb: »In Walter Kappacher hat unsere Lebensart einen ernsthaften Feind gefunden.« Ich finde aber, daß dieser Satz zuletzt, trotz seiner Eingängigkeit, nicht zutrifft. Walter Kappacher ist nicht der Feind unserer Lebensart, nein, in all seinen Erzählungen ist er der Feind seiner eigenen Lebensart. Der Autor hebt sich nie einen Moment lang heraus aus den anderen. Er ist wie die anderen, die Leute in der Werkstätte, die Leute im Büro, die Leute in der Schauspielschule, von denen er erzählt. Er ist, und das macht auch das Öffnende seiner Bücher aus, er ist sein eigener Feind. Er erzählt sich als sein eigener Widersacher. Er hält, um wieder einmal mit Ibsen zu kommen, nicht gerade Gerichtstag über sich selbst, aber er ist, was noch fundamentaler wirken kann, nicht einverstanden mit seinem Leben. Und das bis jetzt, scheint mir, in all seinen Büchern. Er ist mit sich wie auch mit den anderen zu keinem Ende gekommen.

Ich will vieles offenlassen, hier nicht all seine Bücher erzählen. Heute in den Feuilletons, und wo auch immer, gibt es mehr und mehr Überschriften zu neuen wie alten Büchern und Autoren wie: der »große Autor«; das »großartige Buch«; dieser «wunderbare Roman«. Jedes dritte Buch ist »wunderbar«, »großartig«, jeder zweite Autor ist »groß«. Und gerade die Verfasser solcher Beiwörter beklagen am nächsten Tag wieder den Zustand der Literatur. Bei Walter Kappacher würde ich nie sagen, er sei ein »großer Autor«, ein »großer Schriftsteller«. Es genügt, glaube ich, zu sagen, daß er etwas ganz Seltenes oder selten Gewordenes ist: Er ist Schriftsteller, er ist Autor, er ist ein Urheber (Ur-Heber). Das ist gar nicht so selbstverständlich. Inwiefern ist er Schriftsteller? Gegenläufig zu vielem, nicht allem, was heute geschrieben wird, tut und schafft er etwas: Er macht nicht die Conférence des Zeitgeistes oder die Conférence der neuesten Dinge oder eher Produkte; er ist kein Alleinunterhalter, wie nicht wenige der heutigen Schreiber, die dem Leser so unernst etwas vorspielen, daß diesem, dem Leser, selber nichts mehr zu spielen übrigbleibt. Allzuviel heute Geschriebenes ist eine Art Alleinunterhaltung. Walter Kappacher dagegen schafft und tut, und, vor allem, vorerzählt (nicht nacherzählt), läßt mich, den Leser, den Anderen, den anderen Menschen sehen. Und er läßt mich den anderen Menschen sehen zusätzlich als den Fremden – etwas, was wir inzwischen wieder beinahe vergessen haben. Und deswegen ist er – »groß« oder »großartig« oder »wunderbar« gestrichen – Schriftsteller, ein Seltener. Ich habe gerade die Tagebücher des Malers Oskar Schlemmer aus den zwanziger Jahren gelesen. Schlemmer hatte mit sich als Maler vergleichbare Probleme mit uns Heutigen, ob Schreibern oder Malern: Soll man noch schreiben/malen? Oder soll man photographieren? Oder soll man mündlich werden? Oder machen wir wie heute Installationen? Das Malen ist zu Ende, fürchtet Schlemmer schon vor achtzig Jahren, und sagt dann doch sehr wehmütig an einer Stelle, nachdem er sich in seiner Zeit am Bauhaus für eine lange Episode von den Farben und Formen abgekehrt hat. Ungefähr zitiert: »Ach, ich möchte doch zum Malen zurückkehren, denn der und der hatte recht, als er sagte: Als wir noch gemalt haben, als wir noch Maler waren, da waren wir noch bessere Menschen.« Und so sehe ich auch die Bücher Walter Kappachers: Er schreibt, seine Erzählungen sind in der Tat und Wort für Wort *geschrieben*, und deswegen sind auch wir, die Leser, bessere Menschen.

Mißglückte Heimat

Vor ein paar Jahren habe ich ein Buch gelesen, das mir dann nachgegangen ist und heute immer noch nachgeht. Nicht wenig anderes habe ich in der Zwischenzeit gelesen. Aber sehr wenig geht mir so nach, so stark, so bewegend, so still, so fordernd. Mir ist, als sei das meiste sonstige nur dem Anschein nach ein Buch gewesen, ein »Buch« allein von außen. Und mir ist, als habe es darin rein gar nichts zum Lesen gegeben. Von jenem einen Buch dagegen ist mir, schon sinnlich, das Ding, der Gegenstand, die Räumlichkeit, die Zeitlichkeit »Buch« im Gedächtnis geblieben, samt Gewicht, Geruch und Tönung der Seiten, Um- und Zurückblättern, Zurückgehen vom Ende zum Anfang, Wind zwischen den Seiten, und vor allem Innehalten nicht nur von Kapitel zu Kapitel, sondern von Absatz zu Absatz, Satz zu Satz – Innehalten, Aufschauen, Nachsinnen, Weitergehen. Jenes Buch war etwas zum Lesen – kein »Leseerlebnis«, sondern das umfassende Erlebnis Lesen.

Dabei, hm, habe ich den Titel des Buches vergessen. Ich könnte nun aufstehen und nachschauen gehen. Aber meine Vorstellung – zuerst Vorstellung, dann Plan – ist es, davon allein aus der Erinnerung zu erzählen. Was weiß ich derart noch, was habe ich behalten, und, vor allem, was von dem Buch kommt mir beim Zurückdenken frisch in den Sinn? Georg Pichler ist der Verfasser, der Enkel von Jugoslawien- oder Balkandeutschen, die mit dem Ende des Zweiten Weltkriegs vor den siegreichen Tito-Partisanen aus ihrer jahrhundertealten Heimat am Fluß Save, im Grenzland zwischen Kroatien und Bosnien, nach Norden, in ihrem Fall nach Österreich, geflüchtet sind. In meiner Erinnerung ist es die Geschichte dieser Großeltern, vor allem des Großvaters, von dem das Buch – seine Frau längst tot, die Kinder fern – so etwas wie den Sterbetag erzählt, der zugleich, außen wie innen, ein letzter Wandertag des alten Mannes in der Obersteiermark, seiner zweiten Heimat – Heimat? –, ist, kreuz und quer im Niemandsland oben auf einer stillgelegten Zeche, wo der Vertriebene, einst auf dem Balkan ein Eisenbahner, Lokführer, als Kohlenbergmann nach dem Krieg seinen zweiten Beruf – Beruf? – ausgeübt hat. Aber jetzt an seinem Sterbewandertag gibt die vorzeiten so hoffnungsvolle und selbstbewußte Zeche von Fohnsdorf bei Judenburg – das wirtschaftliche Zentrum der gesamten Region – schon lange keine Arbeit mehr her, für niemanden mehr.

Was ich von den Rückbesinnungen (nicht -blenden) des einsamen alten Flüchtlings behalten habe: die Momente der Nachbarschaftlichkeit zwischen den verschiedenen Völkern am Ufer des breiten Flusses Save – wohl daher der Familienname Flusser? –, wirksam, wenn auch schwächer und schwächer, selbst im Krieg unter der Nazi-Besatzung, Nachbarschaftlichkeit sogar zwischen den serbokroatisch Sprechenden und den Deutschsprechenden, die, trotz der langen Dauer im anderen Sprachbereich, ihr angestammtes Idiom erhalten und gepflegt hatten – eine Nachbarschaftlichkeit, die sich nach der Ansiedlung im doch deutschsprachigen Österreich über all die Nachkriegsjahre nicht einmal in Ansätzen zeigte: keinerlei Ansässigkeits- oder gar Beheimatetsein-Gefühl; bis an sein Lebensende wurde der vom Eisenbahner zum Bergmann Gewordene, mit seiner Frau, aufgrund seines für die obersteirischen Ansässigen gar fremden Deutsch als Unzugehöriger behandelt, oder verhöhnt, oder schlicht übersehen (dabei wäre doch gerade in einer Bergwerksgegend, Schema: Solidarität, gar Verschworenheit der Untertagarbeiter, zu erwarten gewesen, ein Wegfallen all der sonstigen kleinlichen Regional- und Sprachfärbungsgrenzen?). Was ich vom früheren Leben des Vertriebenen noch behalten habe: seine abenteuerliche Fahrt in der sozusagen eigenen Lokomotive bei Kriegsende, nordwärts auf der zum Teil zerstörten, zum Teil gesperrten, immer wieder bombardierten Schienenstrecke in einer Art Hasen-Zickzack über Grenzen und Demarkationslinien, würdig der stoischen Geistesgegenwart eines Buster Keaton in dessen Film *Der General* (Name von Busters Lok) – nur daß der Lokführer in Georg Pichlers Ahnengeschichte so keine Heldentat zugunsten anderer, seiner Leute, seiner Partei, seiner Volksgruppe, begeht, vielmehr gerade nur den eigenen Kopf rettet, und daß, was von solcher Flucht erzählt wird, nirgends eine Filmrasanz bekommt, geschweige denn eine Komik: die Lokirrfahrt erscheint als stilles, fast schwerfälliges Nachziehen einer panischen Episode aus einer unfaßbaren Vergangenheit, begleitet im Zurückdenken am Sterbetag höchstens von einem leisen Staunen; und schon gar nicht zum Staunen – so habe ich es jedenfalls behalten –, daß die Lok bei ihrem Stillstand zuletzt – war das irgendwo auf einem Hinternebengütergleis der steirischen Hauptstadt Graz? – dem Mann, samt Familie, eine Zeitlang als Unterkunft, als Flüchtlingswohnstätte gedient hat. Behalten habe ich auch, aber vielleicht täusche ich mich da, ein all die Jahrzehnte im fremden Österreich den zum Kohlenbergmann Umgeschulten zeitweise sacht anstupsendes Heimweh, weniger nach dem Lokführerberuf als nach seinem Stammland im Süden, an der breiten Save, mitten auf dem sogenannten Balkan – oder, wenn kein Heimweh, so doch ein stetes hauchfeines Rückbesinnen, verbunden mit Neugier, wie es inzwischen dort zugehe. (Solcherart Rückbesinnen bestimmt auch die Abfolge der Erzählsätze?) Andere Heimatlichkeit, flüchtige, zeitweise unten tief in den Braunkohleschächten? Vielleicht – wenn auch die Stammarbeiter den Neuankömmling an dessen erstem Werktag mit gewaltiger Roheit und Grausamkeit behandelten, etwa indem sie, nach meiner Erinnerung, den Ahnungslosen mit einem überschnellen, einem Blitz-Lift aus Hunderten Metern Tiefe zurück an die Erdoberfläche schießen ließen, wobei er zu sterben glaubte. Heimatlichkeit, eine gewisse, jedenfalls als Sportwart des zwischendurch sogar in der ersten österreichischen Liga spielenden Werksportvereins – in einem legendären, im Buch liebevoll mitgehend (nicht -reißend) geschilderten Match um Sieg und Klassenerhalt betrogen –, doch sogar da, im Ordnen der Schuhe, Trikots, der Bälle, das Beiseitegeschobenwerden durch das so gar nicht einheimische Deutsch …

Was mir vom letzten Tag der Flusser-Lebenswanderung im Leser-Gedächtnis geblieben ist (wenn ich mich täusche, soll es mir genauso recht sein): der Rundgang des alten Menschen um und durch das einstige Werksgelände, das zu einer Art unfruchtbarer und vor allem nutzloser Steppe geworden ist – Rundgang, der ein Irrgang ist, aber ein freiwilliger, bedächtiger, Bilder erzeugender, ein Krebsgang, rückwärts, der aber nicht nur rückwärts führt – die Vergangenheit mehr als bloße Vergangenheit. Und im nachhinein ist mir, als ob er auf diesem Gang keiner Menschenseele begegnet, insbesondere mit niemandem ins Gespräch kommt als mit sich selber und seinen Toten und/oder Entfernten. Die Oberfläche des ehemaligen Bergwerks, samt Ruinen, verrostetem Metall der Fördertürme usw. ist zu einem ganz anderen Labyrinth geworden, als es vorher die unterirdischen Stollen und Schächte waren. Selbst der Fluß – die Mur –, die Auen, die Wiesen, überhaupt die ganze savannenhafte Natur erscheint unter einem künstlichen Himmel als etwas Fragmentarisches, Unzusammengehöriges. Der Fußballplatz, wenn man ihn überhaupt noch so nennen kann, ist der typisch verschlammte, verwachsene, bucklige der untersten Spielklasse; die Wirtshäuser (oder das einzige) haben etwas Barackenhaftes, die paar Gäste etwas Geisterhaftes. Die Einheimischen sind sich und einander noch fremder geworden, und nicht bloß durch die Arbeitslosigkeit, als der alte Dazugeschneite da auf seiner Sterberunde: alle haben sie verloren. Alles. Alle sind sie, obwohl zuhause, heimatlos. Aber er umspinnt das Verlorene wenigstens mit der Erinnerung, während die Einheimischen gar nichts mehr haben, auch nicht die Kriegserzählungen, mit denen sie einst das Terrain behaupteten und die Grenzen markierten. Im Vergleich zu ihnen – und auch ohne Vergleich – ist Flusser, der Staatenlose, ein Held. Ein Held warum? Ein Held, weil er etwas zu erzählen hat. Er ist »der Held der Erzählung«, und das genügt für das Buch als Heldentum.

Nachgehen, über die Jahre, tut mir das Buch Georg Pichlers freilich vor allem durch die Art, wie darin von dem letzten Gang des Ahnherrn erzählt wird. Die Folge der Sätze und Absätze ist mir als eine wuchtige im Gedächtnis, stellenweise auch als schleppende, schwerfällige, von Erzählschritt zu Erzählschritt sich verlangsamende, triftig auch holpernde, stolpernde, für Momente fast »hinfällige«. Ohne besonderes Nachahmen wird so die tapsende, immer wieder zum Atemholen innehaltende, vom

Aus-sich-Herausgehen ins In-sich-Hineingehen usw. wechselnde Schrittweise des siechen Helden spürbar. Der den Großvater erzählende Enkel – so sehe ich ihn jedenfalls – liest jenem (ja, es ist ein Schreiben, das, wenn nur je eines, aus einem Lesen entspringt) lange nach dessen Ableben etwas wie eine stille Messe; ein tonloses Toten-Requiem. Ans Düster-Licht gekommen ist dabei ein Buch, das zunächst mehr aus Körper zu bestehen scheint denn aus Text, und das zuletzt, gerade durch das Nachbilden des müden, schweren, dabei hellwachen Alten-Körpers reiner Text, pure Textur eines (des) Lebens wird so unendlich fern von jener Flapsigkeit – »Postmoderne« genannt? – in gar vielen Heute-Büchern, die, indem sie den Raum verflapsen und das Dasein zur Conférence erniedrigen, Un-Bücher heißen müssen.

Mit dem Requiem von der mißglückten Heimat schien mir die Geschichte von Georg Pichler jedoch noch nicht zu Ende erzählt. Und auch jetzt fehlt mir – nicht etwa eine Fortsetzung, vielmehr etwas wie ein Zurückgehen, ein weitausholendes, vielgliedriges, vielstimmiges, heraus aus dem Sterbe-Labyrinth und hinaus in ein Land, ein ganz anderes. Und es muß dabei nicht unbedingt, nach der düsteren Totenmesse, um eine Auferstehung gehen. Oder doch?

Fürs erste bleibt: dieses Buch da, mir unvergessen, möge auch noch dem und jenem unvergeßlich werden.

IV

Die privaten Weltkriege der Patricia Highsmith

Die 53jährige Amerikanerin Patricia Highsmith bewohnt allein mit zwei Katzen (für die es eine Katzentür gibt) ein Haus in dem Dorf Montcourt ungefähr 80 Kilometer südlich von Paris, wo sich nach all den Satellitenstädten endlich eine Art von Landschaft zu strecken beginnt: die Felder des Departements Seine-et-Marne, um diese Jahreszeit voll von dicken, schwarzen Kolkraben. »Miss Highsmith«, wie sie in ihren englischen Klappentexten genannt wird, ist eher klein und bewegt sich meistens ein wenig vorgebeugt, aber ihre Füße sind groß (Schuhnummer 40) und die Hände sehr kräftig, vor allem die leicht nach hinten gekrümmten Daumen, wohl wegen der Zimmermannsarbeiten, für die sie sich im ersten Stock ihres Hauses eine Werkstatt eingerichtet hat.

Seit 1950 (*Zwei Fremde im Zug*, das von Hitchcock nach einem Drehbuch von Raymond Chandler verfilmt wurde – 6800 Dollar hat sie dafür bekommen) veröffentlichte sie 15 Romane und einen Band mit Erzählungen; zwei ihrer Manuskripte blieben ungedruckt; das erste, »eine seltsame stilistische Mischung aus Thomas Wolfe und Marcel Proust«, wie sie sagt, verwarf sie selbst; das andere, mit dem Titel *The Traffic of Jacob's Ladder*, 1952, wurde von ihrem amerikanischen Verlag zurückgewiesen und ging verloren.

Patricia Highsmith ist berühmt: Graham Greene hat ein Vorwort zu ihrem Erzählungsband »Eleven« verfaßt, in dem er meinte, daß wir an den »irrationalen Charakteren« ihrer Bücher erführen, wie »unglaublich rational« die Charaktere in den meisten anderen Büchern seien, »flach wie mathematische Symbole«. In Frankreich hat René Clément aus ihrem erfolgreichsten Roman, *Der talentierte Mr. Ripley*, mit *Plein soleil* einen erfolgreichen flachen Film gemacht.

In der Bundesrepublik, zumindest seit der Diogenes Verlag ihre Bücher als Hardcover-Ausgaben, in der Übersetzung von Anne

Uhde, herausbringt, wird sie viel, schnell und manchmal auch sorgfältig rezensiert, und die Filmemacher hier, wenn sie schon kein Geld für die Rechte haben, verfilmen Patricia Highsmith auf ihre eigene Weise, Werner Schroeter zum Beispiel, indem er in *Argila* und *Eika Katappa* seine Figuren Sätze aus »Der Schrei der Eule« sprechen läßt (»Ich sah Hans eine Treppe herunterkommen / Er war sehr abgemagert / In kurzen Hosen / Es war mein kleiner Bruder, der gestorben war«), oder Wim Wenders, der in einem seiner Filme ein Kino zeigt, welches gerade *Das Zittern des Fälschers* auf dem Programm hat – das aber, bis jetzt jedenfalls, nur ein Highsmith-Buchtitel ist ... So braucht man sich nicht als Wegbereiter aufzuspielen, wenn man sagt, daß man beim Lesen ihrer Bücher, so verzweifelt und ohne Hoffnung diese auch sein mochten, das Gefühl hatte, im Schutz einer großen Schriftstellerin zu sein.

»Große Schriftstellerin«, das ist ein leicht fertiges Wort – schwierig zu belegen. Wenige ihrer Sätze sind nämlich so zitierbar wie etwa Sätze aus Gedichten; die meisten beschreiben nur, was jemand tut oder sieht, in der simpelstmöglichen Form, oder geben Dialoge wieder. Auch die Gefühlsbeschreibungen sind wie Berichte von einer einfachen Bewegung oder einem Innehalten in einem übersichtlichen *Außen*raum. »In diesem Moment haßte er alle hinter sich.« – »Er wurde plötzlich traurig.« – »Es war Eifersucht, die David vom Schlafen abhielt, ihn von einem zerwühlten Bett aus dem finsteren, stillen boardinghouse hinaus auf die Straße trieb ...« Mit diesem letzten Satz beginnt *Der süße Wahn*: Wenigstens die *Titel* ihrer Bücher – *Der Schrei der Eule*, *Das Zittern des Fälschers*, *Tiefe Wasser* könnten Gedichtzitate sein; und übrigens stammt *Der süße Wahn* wirklich aus einem Gedicht, von – Patricia Highsmith. (»Um die Titel zu finden, muß ich in einer poetischen Stimmung sein«, sagt sie selber.)

Diesen Poem-Titeln folgen allerdings die prosaischsten Beschreibungssätze, »nicht schön, aber genau« (Patricia Highsmith), und also – schön. Am Anfang von *Der Schrei der Eule* sitzt Robert, der Held des Romans (ein Mann um die Dreißig wie fast alle Helden der Highsmith), in einem Lehnstuhl und liest ein Taschenbuch über amerikanische Bäume. »Die klare, faktische Prosa erfrischte ihn«, heißt es. »Er wendete die Seiten mit Vergnügen ...« Man kann sicher sein, daß sich Patricia Highsmith da über ihre eigene Arbeitsmethode geäußert hat – wenn es bei ihr auch um die Bewußtseinssprünge von Menschen geht, statt um die Rinde von Bäumen. Eine Seite später, in demselben Buch, denkt ein Mädchen über Dostojewskis *Die Dämonen* nach, die sie gerade liest und zum Teil nicht versteht: »Aber sie bezweifelte nicht, daß, wenn sie das Buch zu Ende hätte, oder ein paar Tage danach, sie eines Abends in der Badewanne sitzen oder das Geschirr abwaschen würde, und es würde alles klar und unausweichlich werden.«

Auf den ersten Blick unterscheidet sich die faktische, fast metaphernfreie Prosa der Highsmith wenig von dem Großteil der amerikanischen Romanliteratur, in der sympathischerweise die Schriftsteller am Ende eines Arbeitstages die Worte zählen, die sie geschafft haben: Sie ist handwerklich bestimmt, ein Satz wird an den anderen gefügt. Und doch erscheint bei ihr dieses Handwerk nicht, wie bei so vielen Amerikanern (etwa Hemingway oder James M. Cain), als höchstpersönliche Stilattitüde, sondern als ein Mittel, die Aufmerksamkeit von den Sätzen völlig auf die seltsamen und doch, gerade durch die stillose, nichts *erklärende* Sprache, ganz selbstverständlichen Handlungen der Personen hinzulenken.

In den *Zwei Gesichtern des Januars* trifft der junge Amerikaner Rydal Keener in einem Hotelflur auf einen Mann, der einen Toten hinter sich herschleift. Ohne zu überlegen, faßt er den Leichnam unter den Schultern und trägt ihn mit dem Mann in einen Lagerraum – und so beginnt eine Geschichte, die unglaublich und einleuchtend zugleich ist ... (»Ohne zu überlegen« – das steht nicht bei der Highsmith. Ihr wäre so ein Nebensatz ein überflüssiger Kommentar!)

In *Tiefe Wasser* sagt Vic van Allen zu einem Liebhaber seiner Frau unversehens, einen früheren Galan hätte er bereits ermordet – obwohl das nicht wahr ist. Und aus diesem dahergeredeten Satz ergibt sich die klar beschriebene, letztlich tödliche Verwicklung. Als Vic sich einige Zeit darauf mit dem nächsten Liebhaber in einem Swimmingpool befindet, hat er Lust (wie viele von uns immer nur »Lust zu etwas« haben, ohne etwas wirklich zu tun), ihn unterzutauchen, »und eben als er daran dachte, schwamm Vic auf ihn zu ...«

Seit Dostojewski hat kein Schriftsteller dem durchschnittlichen Leser so viel freundlichen Kundendienst erwiesen mit Mitteilungen über die Körpergröße des jeweiligen Helden, seine Augenfarbe, seine Berufstätigkeit, seine Hobbys, seinen bisherigen Lebenslauf. Spätestens nach zwanzig Seiten, mögen die Romane noch so rätselhaft anfangen, sind alle äußeren Verhältnisse geklärt, so, als hätte ein unsichtbarer Leser dazwischengefragt: »Wie sieht der eigentlich aus?« (»Er war ein schlanker, dunkelhaariger Mann, ruhig, mit langsamen Bewegungen«) oder: »Was hält er denn vom Leben?« (»Er glaubte, daß die Welt keinen Sinn hätte ... und daß die menschlichen Errungenschaften ... kosmische Witze wären, wie die Menschen selber ...«) oder: »Leben seine Eltern noch?« (»Seine Eltern waren gestorben, zuerst seine Mutter kurz nach seiner Geburt, und dann sein Vater, als Carter fünf war, aber da hatte ihn sein liebevoller, kinderloser, umgänglicher Onkel Tom zu sich nach New York genommen«).

So erfährt man aus den Büchern der Highsmith, im Gegensatz zu vieler zeitgenössischer Literatur, wie aus einer mündlichen Erzählung alle äußeren Daten über ihre Helden (»old-fashioned« nennt sie selber ihren Stil) und wird doch nichts verstehen, wenn man die Handlungen der Akteure an den üblichen Alltags-Welttheorien mißt. (Warum ruft Ray in *Venedig kann sehr kalt sein*, als er auf offener Straße plötzlich angeschossen wird, nicht die Polizei, sondern läßt sich ins Hotel fahren und betrachtet von seinem Zimmer aus, einen Drink in der Hand, das Panorama von Rom? – Warum geht der Schriftsteller im Roman *Das Zittern des Fälschers* nicht nachsehen, als er in der Nacht seine Schreibmaschine aus dem Haus gegen den Kopf eines draußen lauernden Arabers geworfen hat, ja fragt nicht einmal nach ihm, als der Araber am nächsten Tag nicht mehr auftaucht?)

Die Romane der Highsmith sind einleuchtend geheimnisvoll

und dabei so einfach wie Erzählungen in Liedern; Entsprechungen nicht nur zu den Storys, sondern auch zu dem Lebensgefühl in vielen neuen amerikanischen Songs sind leicht festzustellen. Paul Simons *Duncan* geht zum Beispiel so: »Das Paar nebenan / will wohl einen Preis gewinnen / Sie tun's schon die ganze Nacht / und ich versuch ein bißchen zu schlafen / aber diese Motelwände sind billig / Lincoln Duncan heiß ich / und hier ist mein Song: / Mein Vater war ein Fischer / Meine Mutter war des Fischers Freundin / und ich wurde geboren in der Langeweile / und im Fisch-Eintopf ...«

Mit diesem Lied, dessen Sätze man ähnlich fast alle bei der Highsmith wiederfinden könnte, sind zugleich auch deren hoffnungsschwache und doch lebenswütige Helden beschrieben, von dem selbstmordbestimmten Maler Theodore in *Ein Spiel für die Lebenden* bis zu dem leukämiekranken Bilderrahmenhändler Jonathan in ihrem letzten Buch, *Ripley's Game*. Einen anderen Typus ihrer Akteure bezeichnet exakt Randy Newmans Südstaatenlied *Birmingham*: »Ich habe eine Frau, habe eine Familie / verdien' mein Geld mit meinen Händen / bin ein Walzarbeiter in einer Stahlfabrik / in der Stadt Birmingham / Mein Daddy war ein Friseur / ... Meine Frau heißt Mary / aber man nennt sie Marie / Wir leben in einem Dreizimmer-Haus / mit einem Pfefferbaum ...« Und plötzlich: »Hab einen großen schwarzen Hund / und der heißt Dan / lebt in meinem Hinterhof in Birmingham / und ist der böseste Hund von Alabam' / Faß sie, Dan!«

Diese beiden Akteurstypen treten in den Büchern der Highsmith entweder als Paar auf, das einander bekämpft und doch nicht voneinander kann (meist wegen einer Frau), oder sie sind, häufiger, vereinigt in ein und derselben Person: friedliebend, weltoffen – und unversehens sprachlos gewalttätig, in einem persönlichen Weltkrieg gegen alle. »Weltkrieg«: Ihre Erlebnisse werden von der Autorin von Anfang an so ernst genommen wie sonst Staatsaktionen von den Geschichtsschreibern, so daß sie in der Tat als »private Weltgeschichte« erscheinen (ein Ausdruck Kafkas in einem Brief an Ottla), und zwar nicht nur wegen der häufigen Erwähnung des Datums und des Vergehens der Zeit – »Am

2. Mai bekam Robert einen Brief ...« – »Hazel und Timmie waren verreist für drei Wochen und zwei Tage ...« – »Ihr Flugzeug sollte landen um 19.10 ... Um 19.30 hatten sich seine Gedanken völlig verändert ...«, was man bei der Highsmith gerade wie in Historienbüchern mit dem Gedanken liest: Ah, da hat der Krieg noch nicht begonnen! ...

Die Gewalt »dann endlich« in den Romanen der Patricia Highsmith wird fast nie mit Vorsatz ausgeübt. Wo sie geplant ist, oder unumgänglich, wie vor allem in den ersten beiden Ripley-Büchern, wirkt sie, gerade als In-die-Tat-Umsetzen von bereits Vorausbedachtem, seltsam unwirklich, marionettenhaft. (Deshalb sind diese Bücher wohl auch ihre schwächsten.) Sonst aber geschieht die Gewalt in der Regel einfach so, wie sich die Sätze aneinanderreihen – sie passiert, meist ohne Waffe, mit den bloßen Fäusten, und der den anderen schlägt, will nie mit dem ersten Schlag töten, weiß in der Regel nicht einmal nach dem Ende des Kampfes, daß der andere tot ist. Die Gewalttätigkeit war vielleicht sogar gegen niemand Besonderen gerichtet, sondern nur das Ausleben einer lange beschriebenen Enttäuschung.

Diese Enttäuschung der Helden über eine mörderische Umwelt, in der man seine doch vernünftigen Leidenschaften nicht verwirklichen kann, hat so lang angedauert, daß endlich die Gewalt als letzte vernünftige Leidenschaft übrigbleibt. Sie wird denn auch weniger mit Wut ausgeübt als aus einem elementaren Ekel. Weil keine noch so kleine Vorgeschichte dieses Ekels weggelassen ist, liest man die Romane wirklich als private Weltgeschichten, aus der Sicht von Betroffenen.

Patricia Highsmith schreibt aus der Sicht von Betroffenen für die Betroffenen: Sie sammelt so viele Einzelheiten aus deren (aus meinem, aus unserem) Leben, als gälte es, ihnen (uns) ein stichfestes Alibi zum Weiterleben zu besorgen. Viele ihrer Helden, auch wenn sie jemand umgebracht haben, bleiben denn auch ungeschoren: »Wir werden nicht aufhören, Sie zu beobachten, Carter«, sagt zwar der Polizist in *Die gläserne Zelle*; aber der folgende Satz ist schon der Schluß-Satz: »›Oh, ich weiß das‹, sagte Carter. ›Ich weiß.‹«

So könnte man in ihrer Prosa Modelle zu Alibis für die unfreiwillige Gewalt sehen, allerdings zu sinnlich-glaubhaften, im Gegensatz zu all den Gewalt-Theorien, und das Wort »Alibi-Duktus« beschriebe gleichzeitig die formale Methode ihrer Bücher: »Ich ging von der Rainbow Bar sofort nach Hause. Ich duschte und schlummerte ein bißchen. Um sieben herum ging ich weg, um etwas zu essen. Dann schaute ich einen Film an …«

»Im Schutz einer großen Schriftstellerin«, wurde anfangs gesagt, und ich meine das immer noch nicht erklärt zu haben. Aber ich kann dafür dieses Schutzgefühl beschreiben, das ich oft gegen Ende ihrer Bücher empfand, auch wenn schon die Katastrophe bevorstand: Es war, nach so viel Zeit, die man mit so viel faktischen Sätzen aus der eigenen Umwelt zugebracht hatte, die Gewißheit, daß jemand schreibend *aufpaßt, wie er lebt.*

Und erlösend selbstverständlich kann die Highsmith denn auch am Schluß von der Strenge der Beschreibungen lassen: Nicht gewollt, sondern wie kreatürlich ausgeatmet, oft in einem Absatz für sich, stehen dann die bis dahin so gemiedenen poetischen Sätze da, in einem ruhigen, stolzen Pathos. »Er lächelte in Wilsons grimmiges, ärgerliches Die-Welt-schuldet-mir-meinen-Lebensunterhalt-Gesicht, das ein Widerschein von dem kleinen, trüben Gehirn dahinter war, und Vic verfluchte es und alles, wofür es stand. Still, und mit einem Lächeln, und mit dem, was von ihm übrig war, verfluchte er es.« So endet zum Beispiel *Tiefe Wasser* … Und bevor sich David Kelsey im *Süßen Wahn* von einem Hochhaus fallen läßt, erfolgt der fast unübertragbare Absatz: »Nothing was true but the fatigue of life and the eternal disappointment.«

Von denen, die schreibend, filmschauspielend usw. mit Gewalt umgehen, sagt man oft, sie seien persönlich »sanft«, »gutmütig«, »täten keiner Fliege etwas zuleide« … Patricia Highsmith »persönlich«, als hätte man sie allzuoft und doch nie ernsthaft danach gefragt, beeilt sich, auch ohne Frage, zu erklären, daß sie noch nie jemandem den Tod gewünscht habe.

Daß in ihren Büchern fast immer jemand ums Leben käme, sei »eine Gewohnheit« von ihr … Sie ist in Texas geboren. Ihre Mutter verließ den Vater kurz nach der Entbindung und zog mit einem anderen Mann zusammen, der Reklame in den Branchentelephonbüchern für Wäschereien, Fuhrunternehmen usw. zeichnete. Patricia Highsmith haßte diesen Stiefvater. Eine Zeitlang lebte sie bei ihrer Großmutter in Texas; dann kam sie nach New York zu ihrer Mutter. Weil sie einen Südstaatenakzent hatte, sprach sie dort fast nur mit schwarzen Kindern. An der Highschool nahm sie als einziges Mädchen an einem Zimmermannskurs teil. Mit ihrem ersten verdienten Geld (Comic-Texte) zog sie sofort in ein eigenes Appartement. Von ihrer Mutter – obwohl doch alle ihre Bücher von der Selbstverständlichkeit der Unlogik handeln – spricht sie ein wenig ungehalten als von jemand »Unlogischem«. Als ihr selber auffällt, daß die Familiensituation ihrer Kindheit (zwei Männer, eine »unlogische« Frau) der Grundkonstellation vieler ihrer Romane entspricht, sagt sie: »Ach, diese Geschichten mit den Eltern – sie sind so langweilig und hören doch nie auf ...« Einmal lebte sie mit einem Mann zusammen, einen Monat lang. Auch Freunde könne sie höchstens ein paar Tage ertragen; dann brauchte sie wieder das Alleinsein, die Beschäftigung im Garten, »for day-dreaming«: Ohne Zeit für Tagträume sei sie unfähig, mit jemand ernsthaft zu verkehren ...

Auch die Helden ihrer Bücher sprechen oft von »Tagträumen«: »Tom arbeitete gelegentlich im Garten ... Es war eine körperliche Betätigung, und er konnte dabei tagträumen« (*Ripley Under Ground*). – »Sie ging gleich zu Bett, weil sie im Dunkeln liegen und denken wollte« (*Als die Flotte im Hafen lag*) ... Und sobald ihre Helden an den lebenswichtigen Tagträumen gehindert werden, beginnen sie sich zu wehren gegen die Abtötung ihrer Phantasie. (Und dann erfährt man, daß Patricia Highsmith doch zumindest einmal jemandem den Tod gewünscht hat.) Ein Bild von ihr: An einem düsteren Nachmittag (in fast all ihren Büchern steht irgendwo der Satz: »Die Dämmerung brach schnell herein«) zu lange aufgehalten, beginnt sie in dem großen, sehr kalten Wohnraum von Montcourt gebückt, die Hände auf dem Rücken, auf und ab zu gehen, richtet sich nur auf, wenn sie hin und wieder niesen muß, und einmal packt sie die greinende Katze am Hals, wobei sie, wie erstickt von der fremden Anwesenheit, fast wirklich zudrückt, und setzt das Tier dann doch behutsam woandershin.

Langsam im Schatten: der Dichter Philippe Jaccottet

Die Wahl des Petrarca-Preisträgers für das Jahr 1988 hatte, neben den üblichen Varianten, eine Besonderheit: Keiner von uns vieren, die wir die sogenannte Jury bilden, weder Peter Hamm noch Alfred Kolleritsch, weder Michael Krüger noch ich, kannte den Dichter Philippe Jaccottet, auf den, nach der gemeinsamen Lektüre, bald die Wahl gefallen war, in Person. Ich zum Beispiel wußte nur aus einer kleinen Bemerkung eines französischen Freunds, Jaccottet lebe, nebenher im Brotberuf eines Übersetzers – warum hat übrigens dieses Wort »Brotberuf« solch einen unschönen Beiklang? –, in dem Dorf eines südöstlichen Departements, zurückgezogen, hell entschlossen (wieder solch ein Ausdruck, diesmal aber mit einem guten Beiklang, und passend im übrigen für das Werk Philippe Jaccottets), also »hell entschlossen«, sich von keiner, gleich welcher, Veranstaltung der Literaturwelt von seinem Ort, seinem Garten, seinem Haus und seinem Fenster abbringen zu lassen. Nun bin ich gleich nach der Wahl Jaccottets, bevor dieser noch gefragt werden konnte, ob er den Petrarca-Preis annehme, vom Vorsitzenden unserer Viererbande, als die ich uns gerne sähe, freilich nur, was diesen ohnehin befristeten Preis betrifft, zum Laudator bestimmt worden. Im ersten Schrecken war ich einverstanden, aber mir war bald mulmig zumute, aus dem angeführten Grund, und auch, weil vor Jahren, als ich, ausgeschickt nach L'Isle-sur-la-Sorgue in der gleichen Angelegenheit zu René Char, endlich, ohnedies mutlos und wohl in mir gar nicht entsprechendem Gesandten-Tonfall, unser Ansinnen vorbrachte, der argwöhnisch-gütige Dichter mir gleich ins Wort fiel und nur kurz meinte, wie schade es sei, daß ich ihm inmitten eines so freundschaftlichen Gesprächs von nichts als Dingen, Bildern und Wörtern auf einmal mit diesem Preiszeug käme. Noch heute trage ich an jener jähen Grämlichkeit und Enttäuschtheit im Gesicht René Chars, nach der ich mich, wenn auch nur für Momente, als unerwünschter Besuch fühlen mußte. So war es diesmal eine Erleichterung, als wir über einen Vermittler erfuhren, daß Philippe Jaccottet zumindest nichts *gegen* unseren Preis hatte; allerdings sogleich wieder die Bedenken, kam sein Einverständnis nicht eher aus einer Art *Amor fati* oder aus der Höflichkeit des Weisen als aus der besonderen Person? Hier wurde nun zum ersten Mal die Frage nach dem uns unbekannten Menschen Philippe Jaccottet gestellt, und zwar an einen Mann, der an dem Tag der Wahl später noch dazukam und, wie sich herausstellte, mit dem Dichter manchmal Umgang hatte. Wir hätten vielleicht nicht fragen sollen; denn die Antwort, im übrigen bestimmt von scheuer Begeisterung für den, um den es ging, widersprach oder, genauer gesagt, verengte das Bild, das, jedenfalls in mir, bei der Lektüre der Poeme und Prosastücke Jaccottets ohne meinen Willen entstanden war. Das vordringlichste der Charakteristika, welche der Gefragte gebrauchte, war nämlich: »Ein Zen-Mönch.« Unsere schematischen Zen-Mönch-Vorstellungen und die wohl nicht viel wahrhaftigeren Impressionen einmal beiseite: Es ist mir noch nie recht gelungen, einen *Künstler* sozusagen hauptpersönlich als einen buddhistischen Mönch zu sehen (als einen christlichen freilich noch weniger, weder Hieronymus Bosch noch Hugo van der Goes – nicht einmal den Fra Angelico).

Zwar gehörte jener japanische Cineast, dem es vielleicht als dem einzigen gelungen ist, Stille im Film nicht als Ankündigung einer Bedrohung oder als Nachhall einer Katastrophe, sondern als die größere oder große Gegenwart erscheinen zu lassen, Yasuhiru Ozu, extern einer Klosterbruderschaft an, aber all seine Familienszenen (die auch darum so universell und gegenwärtig wirken, weil sie frei oder leer von jeglicher Szene sind) werden in der Regel geerdet durch das immerwiederkehrende Trinken des Saké, und ebenso ist es bei dem japanischen Erzählmeister Yasushi Inoue, auch er angeblich Angehöriger von etwas wie einem dritten Zen-Orden und gewiß einer der ganz seltenen, dem der Leser die Erleuchtungen nachleben und nachdenken kann, indem sie bildhaft an den Sinnendingen, dem Mond, den Azaleen, dem bei dem eigenen Feuerwerk sich keinmal zum Himmel hebenden Kopf eines Feuerwerkers, erfahren und mit keiner anderen Absicht, als davon gewissenhaft zu berichten, niedergeschrieben sind: Bei allem Filigranen, allem Abstandhalten und -wahren, sind bis heute kaum so welt- und körperverstrickte Mann-Frau-Geschichten erzählt worden wie etwa im *Stierkampf*, in der *Eiswand* oder in den *Höhlen von Dun-Huang* dieses Zenbuddhisten Iasushi Inoue, der als Hauptperson eben doch Schriftsteller ist ...

Doch nun habe ich, im Versuch eitler Annäherung an die Person Philippe Jaccottet, gerade auf meinem Umweg über die beiden japanischen Künstler, ein wenig von der Leichtigkeit des Anfangs verloren. Vielleicht eine kleine Glosse als Brücke dahin zurück und auch zurück zu uns nach Europa: Vor Jahren las ich ein paar Kriminalromane eines niederländischen Schriftstellers. Und in dessen Biographie war angegeben, er habe als junger Mann eine Zeitlang als eine Art Novize in einem japanischen Kloster gelebt (schon wieder bin ich da!); seine Weltsicht und seine Schreibweise seien von jenen fernöstlichen Erfahrungen beeinflußt. Der Leser schlug die Bücher, auch das zweite und dritte, mit Neugier auf und war am Ende ein jedes Mal enttäuscht, beim letzten dann gar ergrimmt. Das zuletzt Empörende an all den Geschichten war weniger, daß sie keine wie auch immer beschaffene »Weltsicht« offenbarten, sondern eher, daß sie eine Sicht oder auch nur den Blick auf gleichwelche Welt verstellten, verstümmelten, ablenkten und vernichteten, weil die Dialogsätze pausenlos Witze, die erzählenden ein Springen von Bild zu Bild, und die reflektierenden jeweils lückenlos Glied einer Begründung zu sein hatten. Die Folge: im Witzzwang Verlust der menschlichen Körperlichkeit; im Bildzwang Wegblenden der Einzel-Dinge und Verlust jeder Räumlichkeit; im Beweiszwang und Psychologisieren der übliche Kleinkrieg gegen das stille offene Denken der Phantasie. Vielleicht bin ich mit solch einem Satz auch schon nah an diesen Zwängen und helfe mir jetzt heraus mit einem Satz von Philippe Jaccottet: »Vielleicht ist Stille nur ein anderer Name für Raum.«

Ja, und nun kann ich endlich ganz zu dem kommen, um den es hier geht, obwohl das Wesentliche an ihm schon bei der Betrachtung der beiden japanischen Meister mitspielte, und auf andere Weise, als das Gegenbild, in der Kritik an der Vorgehensweise des holländischen Schriftstellers. Was Jaccottet in den etwa vierzig Jahren seiner dichterischen Arbeit geschaffen hat, ist nämlich gerade ein Gewährenlassen, Zur-Geltung-Bringen und In-Schwebe-Halten: der Räume, der Dinge, der Stille und vor allem des uns umgebenden Lichts (in Abwandlung einer im *Spaziergang unter den Bäumen* als Beispiel höchster, das heißt bilderloser Kunst zitierten Gedichtzeile Hölderlins: »Und mit Gerüchen umgaben Bäum' uns«). Wie aber schafft Philippe Jaccottet solch ein Gerechtwerden, solche – in seiner angemessen lakonischen Sprache – *justesse*, angesichts seiner Welt, die bei ihm einmal »die Welt der wunderbaren Ungewißheit« heißt? Was ist seine Weise?

Als Hauptantrieb seiner poetischen Aktivität erscheint mir ein energisches Sich-Nichteinmischen in den Gegenstand, ein entschlossenes In-Ruhe-Lassen (auch um die eigene »ewige Unruhe« zu stillen). Der Ausgangsort eines jeden seiner Texte ist das: »Höre! Schaue! Schweige!« Hör das Schrillen der Schwalben über den Häusern. Heb den Kopf zu ihrem Kurven im Himmel. Entsprich mit deinen Sätzen und Strophen dem Schweigen, das beides in dir erzeugt, und das doch gerade der Anfang zu deinem Schreiben ist. Der Dichter Jaccottet hat, wie er es im *Spaziergang unter den Bäumen* einmal ausdrückt, als »Entzifferer« angefangen, ist aber im Lauf der Jahre oder Jahrzehnte davon abgegangen und zum bloßen »Diener des Sichtbaren« geworden: »das bloße Nennen der sichtbaren Dinge, in einem Schwebezustand zwischen Anspannung und Abgelöstheit, (welches) von meinem Geist zur Welt hin ein unsichtbares Netz knüpfte ..., dank dessen die Welt, indem sie aufhörte, mir feindlich zu sein oder auch nur sich zu entziehen, mir Beistand, Aufenthalt und Schatz wurde.« Die reinen Namen also? Nein, »das Gebet des Namens«, wie Jaccottet dazu einen indischen Dichter des siebzehnten Jahrhunderts zum Zeugen beruft.

Hier ist jetzt ein letzter kleiner Umweg angebracht, in dem Sinn jenes Satzes wieder aus dem *Spaziergang*, der lichtesten aller Poetiken dieses Jahrhunderts: »Ich mußte weitermachen, durfte keinen Umweg unbegangen lassen.« Es ist, auch in den ernsten Zeitungen, üblich geworden, von – gleichwie – öffentlichen Personen so etwas wie Psychogramme umlaufen zu lassen. Meister des journalistischen Metiers fingern da ihrer Leserschaft mit geübten Griffen aus der Alltagspsychologie die Charakterzüge eines gerade aktuellen Menschen auf. Das hat sich längst eingebürgert bei Politikern und Sportlern, ist in der jüngsten Zeit aber auch eine Methode bei Kulturjournalisten geworden, gegenüber – sagen wir einmal für diese vielfältigen Leute, für die ich keinen Namen habe – »unsereinem«. Wie fragwürdig dergleichen auch ist, so kann es doch hin und wieder recht sein, wenn die Person einmal die Hauptsache ist, sei es in ihrer Art des Auftritts oder ihrem Abtreten, dem Tod. Unrecht jedoch (ein sehr mildes Wort) wird daraus, sowie ein derartiges Psychogrammieren losgeht auf die einzelne Arbeit. Dieser – wie es mir jedenfalls vorkommt – neumoderne Feuilletonistenzug ersetzt die Kritik an der Sache vollständig durch das Psychologisieren, welches ausschließlich ein *Psychiatrisieren* ist, exekutiert von selbsternannten Gerichtsgutachtern, und ausschließlich in der Absicht, die jeweilige Person als Schuldigen, als Delinquenten erscheinen zu lassen und seine Sache, statt als das aus ihm Hervorgekehrte, von ihm Erarbeitete, als bloßes Beweisstück, als ein nur das Gericht angehendes corpus delicti. »XY hat dieses Ding nur deswegen gedreht, weil er … « (folgt das psychiatrische Gutachten). Was da eingerissen ist, betrifft mich, wann immer ich darauf stoße, auch wenn es um andere geht, schmerzhafter als zum Beispiel jene eselige Brücke »Leben – Werk« in dem beliebten Mozartfilm, wenn das Gezeter der dummen Künstler-Schwiegermutter übergeht in die schrillen Töne der Königin der Nacht: Hier geschieht, unter dem Vorwand der Aufklärung, fortgesetzt Tabuverletzung, und dieses verletzte Tabu, auch wenn ich selber nicht betroffen bin, verwundet etwas tief in mir, und revoltiert mich, mag ich mir auch immer wieder vorsagen, daß es statt dessen Teil der Arbeit von unsereinem wäre, solch ein Tabu förmlich wiedereinzusetzen und, ja, frisch zu weihen.

So habe ich jedenfalls, über diesen Umweg, versucht, mir ein Psychogramm vorzuspielen, wie es solch ein neuer Meister der Seelenkunde, allein aufgrund der »einschlägigen« Lektüre, gegen die ihn (und uns) unbekannte Person des Philippe Jaccottet ausstellen könnte. Nein, da ist nichts zu versuchen, dieses Spiel bleibt für mich ein Verbotenes; und außerdem würde es durch die Arbeit Jaccottets, Zeile für Zeile, schon im Ansatz entkräftet: das Zaghafte oder Zagende, das so jemand da herauslesen könnte, hat doch – und das macht das Spiel gleich unmöglich – jedesmal seine Form und erscheint dergestalt gewendet und aufgehoben in etwas Allgemeines, Gesetzmäßiges – das vermeintliche Zagen als jenes sanft-gebieterische Zögern und Sichzeitnehmen des Poeten, als eine durch die Schrift erst geschaffene Haltung des Abstands, der Scheu und der Geduld – wenn das »Zagheit« sein soll, so habe ich mir beim Lesen der Gedichte einmal gedacht, dann ist es eine wunderbare. »Reden ist also schwer, wenn es Suchen ist ... was suchen?« heißt es in einem, und in einem anderen: »Suchen wir eher außer der Reichweite ...«

Und ebenso unmöglich wäre es, aus den Büchern Jaccottets etwa das Konterfei eines schwärmerischen Individuums herauszuzerren; die Satzteile, welche zu solch einem Verdacht den Anlaß gäben, könnten allein grammatikalisch gar nicht so dastehen ohne den ergänzenden, widersprechenden, vielleicht selbstkritischen, jedenfalls ernüchternden anderen Satzteil. Und wieder wird durch die poetische Sprache das Als-ob-Schwärmerische, das Als-ob-Persönliche gelichtet und gelüftet, zum Beispiel oder zum Gleichnis: in diesem Fall zu Beispielen für die uns vielleicht allen gemeinen Momente des Aufschwungs, durchkreuzt schon im Erleben von der »ewigen Enttäuschung« (wie das Patricia Highsmith genannt hat). »Ich empfand das Glück einer Neugeburt, aber ich war nicht weise genug, sie geheimzuhalten« – so steht es im *Spaziergang unter den Bäumen*.

Und schließlich: »Entlarvt« oder »verrät« – beliebte Kulturseitenwörter – sich dieser Jaccottet in seinen Texten nicht als ein völlig passives Individuum, welches Tag und Nacht, sommers und winters, nichts tut, als aus seinem Fenster zu schauen, welches einmal gar zu »unserem Schatz« stilisiert wird, nichts tut, als auf die Vögel, den Wind und die Bäume zu hören? Gerade daß er, laut eigenen Angaben, einmal kurz vor die Tür tritt, um Holz zu hacken! Und was heißt *La promenade sous les arbres*? Als wir uns das Buch dieses Titels vornahmen, ist uns kein einziges Mal die Vergegenwärtigung eines richtigen Spaziergangs unter die Augen gekommen! Muß da nicht der Verdacht geäußert werden, daß dieser Kontemplationist und Ich-Sager nicht einmal aktiv-gewandert ist, sondern einfach so mit den Augen, und mit der Hand über bloßes Papier?

Jetzt aber im Ernst: Philippe Jaccottet hat es, anders als die meisten von uns, durch seine zarteste Aktivität, jene des Formgebens – Ruck der Begeisterung von der Sache und langausdauerndes Maßnehmen –, erreicht, daß die von ihm geschaffenen Dinge von der Person des Poeten, des Machers, kein Bild, nicht einmal einen Umriß oder einen Schatten geben. Vollkommen übergegangen in Sprache, ist er der unsichtbare Dritte, und lehrt, ohne es zu wollen, den Lesenden anhand der Probleme, von denen er so vollkommen spricht, und der Fragen, die er so durchlässig stellt, was der Künstler oder, warum nicht, Dichter in seiner Arbeit ist: *der gesetzmäßige Mensch*, ohne Stimmungen und ohne Launen.

An einem Vergleich mit jenem anderen, der immer wieder zu Jaccottets Vorfahren gezählt wird, sei das kurz verdeutlicht: Senancour und dessen *Oberman*. Ich denke, daß die scheinbaren Gemeinsamkeiten geradezu Gegensätze sind. Jenes Ich namens Oberman ist ein empfindsamer Einzelner, der Sprecher bei Jaccottet aber ein empfindlicher Allgemeiner, und ich bestehe auf dem Unterschied zwischen Empfindsamkeit und Empfindlichkeit, mag das auf den ersten Blick auch spitzfindig wirken. Oberman überläßt sich seinen Launen und wird dadurch zum Typus, abhängig von den jeweiligen Landschaften, den Jahreszeiten und besonders dem Licht – in einer unteren Spielart: dem Wetter; und sein Autor gibt diesen zahllosen Stimmungssprüngen seines zweiten Ich unter einem jetzt wolkenlosen, jetzt bewölkten Himmel jedesmal fast eifrig nach. Auch bei Jaccottet meldet sich immer wieder dieses zweite, lichtabhängige Ich, zum Beispiel in den folgenden Zeilen der »Gedanken unter den Wolken«: »Es ist wahr, all diese Tage hat man kaum die Sonne gesehen, / unter so viele Wolken zu hoffen, ist weniger leicht ...« Dann jedoch, anders als Oberman, erkennt er seine Abhängigkeit, und die Tätigkeit des Gedichtes wird es, sich davon loszusagen; der Laune abzuschwören: »Wie wenig Kraft müssen wir haben / daß wir aufgeben, nur weil die Sonne fehlt ... / Wie kindisch müssen wir geblieben sein / uns vom Blau des Himmels gerettet zu glauben / und bestraft von dem Gewitter oder der Nacht.« Es gibt geradezu eine Regel der drei Schritte in den Poemen Jaccottets, vor allem den späteren: Lobpreis des sichtbaren, äußeren Lichts; Einverständnis mit der Nacht und Finsternis; Anruf des unsichtbaren Lichts: »Das Wasser, das man nicht trinken wird, das Licht / das diese zu schwachen Augen nicht werden sehen können, / ich habe den Gedanken daran noch nicht verloren ...« Ebenso wird man, anders als bei Oberman, von dem Sprecher Jaccottets nie auch nur einen Ansatz des Jammerns, des Sich-Beschwerens, Sich-Beklagens finden; mag es um das Altern gehen, oder um einen geliebten sterbenden Menschen: die Stimme, die spricht, bleibt sozusagen ohne jeden Tonfall, ohne Schwankung, ist die der Klage selbst, *de profundis*, wie etwa zu jenem alten Sterbenden: »In dem / wieder zu groß gewordenen Bett, / Kind ohne die Zuflucht zu den Tränen.« Man könnte demnach den bei Philippe Jaccottet am Ende immer das Wort Behaltenden, den Akteur, den an der Sprache Tätigen, anders als Senancours zweites Ich Oberman, das »Dritte Ich« nennen – eben der Künstler als der gesetzmäßige, von Launen freigedachte allgemeine Mensch.

Aber es sind doch aus den Texten zwei Rückschlüsse möglich (und hier *nötig*) – nicht auf die Besonderheiten des Individuums, sondern des Künstlers Philippe Jaccottet: der eine kommt aus der Geographie, der andre aus der Historie (der Künste), und recht bedacht, gehören beide zusammen. Jaccottet ist Schweizer, geboren im Kanton Waadt, aufgewachsen in Lausanne am Genfer See – von daher vielleicht die Vergleiche mit Senancour? Jedenfalls hat seine Poesie gemeinsame Wesenszüge mit einigen großen Schweizer Autoren dieses Jahrhunderts. So fiel mir bei dem, was mir als seine »wunderbare Zagheit« erschienen ist (besser wäre wohl das Wort »Zögern«), immer wieder die freilich mit grundanderer *Gebärde* auftretende Bedächtigkeit Ludwig Hohls ein und vor allem dessen Verwerfen des schreiberischen »Übermuts«. (Nur kein Übermut – der war für Hohl geradezu ein Dichtfrevel.) Keine einzige sozusagen übermütige Stelle ist auch bei Jaccottet zu finden, höchstens »ein nicht immer sicherer, doch von Begeisterung beflügelter Gang«, der, gemäß einer anderen Gedichtzeile, vielleicht um einen Schritt vorankommt, indem er, nach und nach, »den Schmerz vermischt mit dem Licht«, von dem wir aber, so in jener Klage um den Sterbenden, nicht erwarten sollen, daß er »das Licht vermählt mit diesem Eisen«. Wie verschieden ist solche Haltung doch zu der unseres alten Goethe, dessen *West-östlicher Divan* eine Gedichtzeile daraus fast zum Motto haben könnte: »Denn Dichten ist ein Übermut.« Freilich: auf die Frage dazu einmal das großartig-verschmitzte Abwinken und Lossprechen Ludwig Hohls von der Übermutssünde (»der Weimarer hatte seine Bedingungen, und ich hatte eben die meinen«), und eine entsprechende Antwort stelle ich mir auch von Philippe Jaccottet vor, wenn auch wieder mit grundanderer Gebärde, vielleicht nur einem kleinen Blick oder einem leichten Lächeln: »Ist mein ›Ich habe mich leicht erhalten, / damit die Barke weniger einsinkt‹ nicht mein spezieller Übermut?« – Der andere Schweizer, der mir bei Jaccottet in den Sinn kommt: Robert Walser, nicht nur wegen der Leichtigkeit, sondern vor allem, Verzeihung für den Ausdruck, eines vergleichbaren Spielverderbertums. So wie Walser die Schönheit, oder – ein Wort Jaccottets – »Schöngestaffeltheit«, der Landschaft oder überhaupt der Welt aufleben läßt, in seinem zweiten Schritt da aber den Teufel oder das Robert Walsersche »Teufelchen« hineinsetzt, so tut es Jaccottet, aufgewachsen, wie es einmal im *Spaziergang* heißt, unterm »katholischen Himmel«, in einer Art dichterischen Pflichtbewußtseins, mit Alter und Tod: *sein* zweiter Schritt nach dem Lobpreis des Lichts ist sehr oft das »memento mori«, etwa nach dem »Wie sollte ich hoffen, so viel

Kraft je nach Gebühr zu begrüßen?« das »unvorstellbare Entsetzen des kleinen aschfahlen Mannes, dem der Schmerz mit jeder Sekunde einen Tropfen seines Blutes entzog«. Unvollständig aber bliebe das Werk beider Dichter ohne den folgenden dritten Schritt hinaus ins Offene, welches für mich am reinsten oder rein zeichenhaft sich einmal bei Jaccottet durch bloße Grammatik, in einem wunderbaren Futurum exactum ausprägt: »Trotzdem werden wir im Vorbeigehen noch gehört haben / jene Rufe der Vögel unter den Wolken.«

Und die historische Besonderheit des Künstlers Jaccottet? Sie zeigt sich klar in einem ständigen Zurücknehmen der Begeisterungen, von dem »Natürlich kommt dem keinerlei Wahrheit zu« über das »Wort in die Luft gesprochen« bis zu dem letzten Satz der *Promenade*: »Nur die klägliche Sorge um Leib und Leben hindert mich, ein wahrer Dichter zu sein.« Dazu tritt, ebenso ständig, das noch größere Problem: die Frage eines, der sich als Angehörigen und Abhängigen dieser Epoche sieht, nach seinem *Recht* überhaupt zur dichterischen Arbeit: »Ich müßte also entscheiden, ob ich wirklich ein Recht hatte ... von einer Mondnacht, zu reden«, oder es spricht »der Andere«: »Ich frage mich manchmal, ob es recht ist, die Bäume so zu lieben, wie du es tust, und ob du dabei nicht auf Abwege gerätst.« – Hier sei von Rilkes, des ein halbes Jahrhundert vor Jaccottet Geborenen, ohnehin schon schwankendem und darum so inständig oder trotzig verfochtenem Dichtertum eher abgesehen; als Beispielfigur für einen historischen Wandel drängt sich mehr noch Francis Ponge auf, der um ein Vierteljahrhundert ältere, zweifellose Lehrmeister – zumindest was den ersten Teil des *Spaziergangs unter den Bäumen* betrifft.

Beiden, Ponge und Jaccottet, gemeinsam ist jeweils der Ausgangspunkt: das Ergriffensein von einem Gegenstand. Wo aber Ponge diesen dann mit Ausdrücken bestürmt und mit Varianten umspielt, geht Jaccottet, um seiner Sache gerecht zu werden, methodisch, langsam und vor allem gleichmäßig auf Abstand, setzt alles daran, durchlässig zu bleiben und, wie es einmal steht, »dem äußeren Licht keinen Widerstand zu leisten«. (Wohlgemerkt, die Unterschiede beider Schreibhaltungen in der historischen Zeit sind gewaltig, aber sie *trennen* nicht, im Gegenteil.) Das Ergebnis bei Ponge: in der Regel am Ende ein kindlich-stolzes, anmutig ironisches Auftreten, bei dem die Stimme des Dichters sich in ein Instrument verwandelt hat, in meiner Vorstellung eine (kleine) Trompete, die hin und wieder in Trauer gestopft wirkt, aber öfter noch schmettert; Jaccottet aber ist, nach einem Spruch von Borges, »entschieden eintönig« geblieben: seine Stimme beginnt und endet als die zittrige, fragende Menschenstimme der Psalmen, »mild, übergänglich« (JWvG), und Ponge würde, wieder in meiner Vorstellung, für den Autor solcher Durchlaß-Formen spielerisch die Wörter »*pay*sagiste« und »*pas*sagiste« zu einem einzigen zusammenziehen wollen; einmal gut, daß, was mich immer verwundert hat, es im Französischen kein Verb für unser »schweigen« gibt: mit der Umschreibung »*faire silence*« sagt Jaccottet an einer Stelle selber, was seine Position in seiner Zeit ist.

(Nebenbei: die Forderung, das Auftreten, die Rolle, die wortsichere, bedächtige Frechheit oder Aufsässigkeit, die *instrumentierte* Rechtssuche, ob mit Posaune oder Mundharmonika – sie leben hoch! Bei Uwe Kolbe etwa, dreißig Jahre nach Jaccottet geboren, wird, und sei es auch von den Rändern her, wohin in der Jetztzeit der Ort des Dichters vollends gerückt scheint, wieder poetisch aufgetreten und aufgespielt.)

Der Künstler als der gesetzmäßige Mensch, in dem Sinn, wie es im *Spaziergang* heißt: »Das Wunderbare jedenfalls ist, daß die Arbeit des Dichters ... denselben Gesetzen zu gehorchen scheint wie unsere Lebensführung.« Aber, zuletzt: Ist er nicht auch, wo seine Sprache dem Ding entspricht, gesetz*geberisch* (natürlich immer ohne Absicht, ohne Imperative, ohne Sollensformen)? So wurde, der das fragt, etwa vom Lesen der Zeile »In mir sind versammelt die Wege der Durchsichtigkeit« angerufen, von dem Buch aufzublicken und in dem hohen Gras eines Maigartens nach solchen Wegen Ausschau zu halten ... »Dieses Heute wird nur Reines sagen.«

Der junge John Keats hat die Wirkung der Poesie in einem Brief lapidar so benannt: »Das menschliche Leben und seine (verfeinerte) Wiederholung im Geist«, oder, heute gesagt, Jaccottet variiert die schön gestaffelte Welt in durchlässig gefügter Sprache noch einmal, und noch einmal ... Solch ein wunderbares »Noch einmal« oder »Schon einmal« des Erlebnisses wäre auch die folgende Entsprechung (nicht Übersetzung) des *Spaziergangs unter den Bäumen*: Sie steht ganz am Anfang, geradezu als Stichwort, eines zweitausendjährigen Gedichts, das zwar nicht mit Altern und Tod, aber mit Heimatlosigkeit, dem Vertriebensein an die Ränder, anhebt, Vergils erster Ekloge: LENTUS IN UMBRA steht da als Entsprechung für *La promenade sous les arbres* – »langsam im Schatten«; wird, wer dieser Inschrift nachgeht, nicht noch einmal so langsam im Schatten?

So also zeigt sich unsereinem Philippe Jaccottets gesetzmäßiges Schreibleben: Von der Abwehr derjenigen Bilder, »die ... dem (bewußten oder unbewußten) Verlangen entspringen, dem ersten Glied des Vergleichs sich zu entziehen, es zu verbergen oder es zu verfremden«, über jene anderen Bilder, deren »Gegenteil«, hin zu der Sehnsucht, überhaupt ohne jedes Bild »einfach die Tür aufzustoßen«, mit den Gegenständen schlicht mitzusprechen, zurück zum Geltenlassen jener Gegenteil-Bilder; dem: »Fähren oder Engel des Seins, / setzen sie den Raum neu instand.« Zumindest eins solcher Bilder des unbekannten Menschen Jaccottet kam mir beim Lesen seiner Bücher in den Sinn, ohne daß es durch den Text selbst irgendwie vorstellbar würde: der noch junge Dichter tastet sich da mit einem seiner Lehrer, oder vielleicht mit dem älteren Dichter Gustave Roud, durch den dunklen Vorraum der jahrtausendalten Klosterkirche von Romainmôtier nördlich von Lausanne vor in das gerade ein wenig lichtere Hauptschiff, was aber genügen wird für seine Art von hellem Entschlossensein.

Und dazugesagt gehört noch, daß all das ein ziemlich lyrischer Prosaist von einem eher prosaischen Lyriker zusammenphantasiert hat, ein wieder gewaltiger, aber hoffentlich nicht trennender Unterschied. (So hat sich der erstere zu den Phänomenen der schöngestaffelten Welt einmal mozartisch vorgenommen: »Nimm alles ganz ernst und halt dich bei nichts auf«, und so endet eins der späten Gedichte des letzteren, in der Übertragung seines »Sichtbarkeitsdiener«-Gefährten Friedhelm Kemp: »Ich gehe, ich staune, und mehr zu sagen, ist mir verwehrt.«)

Und jetzt laßt uns alle hier von unserer »ewigen Unruhe« für eine Zeitlang – wie das ja der Hauptsinn dieses Preises ist – ausruhen, auf der Klippe von Duino, der zwar gewiß nicht beständig sonnigen, durch den Geist, der einst am Werk war, jedoch gewiß beständig ein wenig lichteren. »Commune dolor« war Petrarcas feinere Wiederholung für den Karfreitag – in den paar kurzen Zwischenzeiten aber: commune laetitia, oder frei nach des Petrarca-Preisträgers wunderbar zaghaftem *Nocheinmal*: »Für eine Zeitlang noch ist man im Kokon des Lichts.«

Das plötzliche Nichtmehrwissen des Dichters

Wie nur die Liebe, welche die Gedichte Jan Skácels auf mich Leser übertragen – vollkommen schweigsame und im Schweigen ganz ihr Genüge findende Augenblicke der Zuneigung über die Gedichte hinaus zu den Dingen der Welt –, hinüberbringen ins Reden, in die Worte einer sogenannten Laudatio?

Sachlich – nicht *bleiben* (denn sachlich bin ich nicht von vornherein), sondern *werden*; sich an die Sachen, die Wörtlichkeiten der einzelnen Gedichte, halten; und dann sachlich sagen – es zumindest versuchen, auch wenn dabei zugleich schon wieder eine Empfindung dazwischen spielt: die Empfindung beim Lesen von Jan Skácels Gedichten wie die von wärmendem Sommergras unter den bloßen Sohlen. So beruhigend, begütigend, erdend wirken seine Gedichte – mag in diesem Sommergras auch so manche Stechbiene sein; denn, nach Skácel:

der dichter setzt
zur wehr sich wie die biene
und schenkt das eigene sterben
dem den er verletzt.

Ich habe nicht alle der in etwa vier Jahrzehnten entstandenen Gedichte Skácels lesen können, und alle die, die ich las, nahm ich, bis auf eines, nicht im originalen Tschechischen auf, sondern in der, scheint mir, märchenhaft glücklichen deutschen Übersetzung Reiner Kunzes: Doch haben die hundert und mehr mich beseelenden und mich ihren Gegenständen einverleibenden Skácel-Poeme (ja, nicht der *Leser* hat *sie* sich einverleibt, sondern umgekehrt) genügt, der Poetik des großen tschechischen Dichters innezuwerden. Es ist eine Poetik, die sich nie schließt zu einer Kette von Sätzen; sie zeigt sich jeweils nur in einem einzelnen Satz, beiläufig, im Verlauf des Gedichts, als bloßer Hauch, ist selbst, als Hauch, pur Gedicht.

Diese so offene Poetik möchte und darf auch ich hier nicht zusammenfügen, geschweige denn definieren, ich kann nur ein paar einzelne solcher Anhauche aufzählen:

erfindbar sind gedichte nicht
es gibt sie ohne uns   irgendwo seit
irgendwo hinter   sie sind dort in ewigkeit
der dichter findet das gedicht

Oder:

aufrecht gehn gedichte die erwachsen sind
vierzeiler aber wie meine hier
kommen auf allen vieren zu mir
wie lämmer und esel   oder wie ein Kind

Und:

laß schon sein   räum im gedicht
für immer auf wie eh und je

Und:

Jener deren muse nicht betteln geht von tür zu tür
sind schon einige hier bei uns

Und:

Und wie musik beenden oder ein gedicht
ohne eine kleine menschliche lüge

Und dann:

Und mein durst mein weißer
wird die wörter an den fingern abzählen
wird zählen auf daß ich meine tagesdosis
nicht überschreite

Und dann:

Und der dichter bittet unterdessen um ein wort
um ein wort nicht wie blei
um ein wörtchen hirserund

und spart das wort sich ab vom mund

Und nicht zuletzt:

Die gegenwart des gedichts ist angedeutet
durch leichte trauer
Von nichtsehen zu nichtsehen teilt es sich uns mit

Und *nicht* zuletzt:

Doch erinnere ich mich dann von neuem,
und zum kaffee sage ich bereits die verse her,
bedächtig, mühsam, damit sie dauern ...

In unseren deutschsprachigen Breiten ist Jan Skácel vor allem mit zwei Dichtern verglichen worden: mit Georg Trakl und Peter Huchel. Keiner dieser beiden Vergleiche hat mir beim bedächtigen Lesen der Gedichte Skácels auch nur im geringsten eingeleuchtet. Trotzdem, glaube ich, können sie fruchtbar werden, wenn sie ihr Gewicht verlagern vom Vergleichen auf das Unterscheiden. So sehe ich zwar hier und da bei Jan Skácel eine Hommage auf Trakl, oder eine anmutig-heitere Reverenz, wie etwa:

und trommle
wie mein weißes gefühl mir befahl

oder:

und im quaken der frösche
grünte die nacht,

oder, ganz klar da:

Gern hab ich den augenblick,
da der hyazinthenschrei der kinder den abend aufweckt –

aber nirgends so etwas wie einen Einfluß, ja nicht einmal eine Verwandtschaft, oder höchstens eine Verwandtschaft in dem Sinn, daß man Skácel einen in die Außenwelt, die Natur, die Landschaft entkommenen Trakl nennen könnte, ausgestattet auch mit der Dankbarkeit eines so Davongekommenen.

Doch sonst nur Unterschiede: Während bei Trakl die Farbenzeichen für die Dinge – fast keins seiner Gedichte ohne wenigstens drei, vier Farbwörter – aus der Empfindung, dem Traum, der Vision des Dichters kommen, läßt Skácel – auch seine Poeme oft sozusagen mehrfarbig – an seinen Dingen in der Regel deren reale Farben erscheinen, auch wenn es die besonderen eines besonderen Augenblicks sind: Seine »blauen Vögel« sind in dem dichtenden Moment wirklich blau; die Trauernden hinter dem Sarg erscheinen augenblicksweise wirklich »in purpur gekleidet«, und sein immer wiederkehrendes Gold wird dem Leser durch das Gedicht aus dem Gedächtnis gehoben auch als das seine; seine Goldwahrnehmungen von den Dingen der Kinder zeigen sich dank des Gedichts als die allerwirklichsten:

... die hitze senkrecht, der dorfplatz mit der kamille,
träge schatten,
als streckten blaue hunde
über dem goldenen rinnsal jauche
alle vier von sich

Ja, so war es!; und genauso war es auch, wenn die Kälbchen zur Welt kamen:

Wehmütig muht zuweilen die kuh
und blickt sich um
mit augen, blauer als achat.

Milchquellen rasseln an melkkübel,
im luftzug wehn goldene saiten des mistes ...

Nein, so *war* es nicht bloß, so *ist* es auch, und so wird es sein, immer und überall. Pointiert könnte man demnach sagen: Trakl gibt den Dingen Farben, während die Dinge auf den Jan Skácel und mich, den Leser (wir beide neu die Kinderaugen öffnend), ihre Farben übergehen lassen – dort das Farbengeben, hier das Übergehen der Farben auf den, der einfach schaut. (Oder in einer anderen Zuspitzung: Trakl, der Farbenbedrückte, Skácel, der Farbenfrohe.) Wie aber schaut Jan Skácel, in was für einer Haltung empfängt er die »auf allen vieren« auf ihn zukommenden Gedicht-Dinge?

Ich hatte als Leser dazu ein Bild für alle: Ein Großer, ein Erwachsener, in der Hocke, an einem mährischen Wiesenrand, die vielfarbigen Wiesenblumen, winzig klein wie »Herrn Mozarts winzig kleine nachtmusik«, nah vor Augen, wieder im Kindesabstand, so daß ein endloses musikalisches Übergehen einsetzt auf den Schauenden, das Schwarz des Wiesenknopfs, das Gelb des Hahnenfuß, das Blau der Kornblume ...: Und tatsächlich werden ja bei Jan Skácel die Farbendinge oft auch noch *hör*bar, so wie einmal »die rose zu besuch« zu ihm sagt:

Über deinen augen hast du einen raben,
daß er dir nicht fortfliegt,
trauriger, du ...

oder ein andermal:

Wir tranken und hielten uns ans wort des weines,
des beim wort genommenen,

und wie, als einmal aus dem bitteren Dorn die Schlehenblüte ans Licht trat, »mit einemmal ein ton erklang«.

Jan Skácel hat eins seiner Gedichte Peter Huchel gewidmet. Es heißt *Znorovy nachts*, nach dem Geburtsdorf Skácels in Südmähren, und ist eins der wenigen Skácel-Gedichte, in denen, wenn auch nur für eine kurze Zwischenstrophe, die Historie sich aufspielt:

> Znorovy nachts. Zwischen den scheunen
> berühren alle bäume die dächer.
> Hierher kehrten brave söhne zurück, geschmückt mit
> einer träne,
> und die stolzen
> gingen in ketten, stolz,
> eine garbe haar in der stirn.

Dann aber folgt sofort die Wendung zurück in die eigene Geschichte, zurück in die alltäglichen Dinge, die Jahreszeit, die Landschaft, die Natur:

> Auch ich ging, als führten sie mich ab,
> stieß pferdemist weg
> und wehmut.

Im Unterschied zu Huchel ist Skácel die Natur nicht die Zuflucht im Exil, das Trostbild und zugleich, ambivalent, paranoisch geradezu, das Wiedergängerbild des Monstrums Geschichte, sondern sie bleibt, trotz aller Zwischenspiele, das erste, die erste Welt, die große, die weite. Deswegen sind seine Gedichte wohl immer wieder durchzittert von Wehmut, von Bitternis, ja Zorn,

> Auch wenn die rosen laut blühen würden
> und das wasser ans ufer baden ginge
> gäbe es nach ihrem willen – dem der henker – keine kindheit
> keine gegend mit der hohlen freiheit der halme

doch ganz und gar ohne die Huchelsche Schwermut; auch für die Dinge der Trauer gilt für das Gedicht Jan Skácels das »sursum corda!« – ohne das »Empor die Herzen!« hebt bei ihm kein Gedicht an; erst mit dieser Aufforderung an sich selbst, Aufhebung der Schwermut, öffnet sich der Raum für das Gedicht.

Also, Jan Skácel zusammen mit der Daseinsliebe und Zukunftssehnsucht und dem Geschichtsvertrauen Friedrich Hölderlins? Ich stelle mir vor, der tschechische Dichter unseres zwanzigsten Jahrhunderts, bei diesem Vergleich, er lächelt, traurig und heiter. Und er hat dafür ja auch schon die Worte gefunden; in mindestens zwei Gedichten, einem, das *Leben* heißt und so geht:

Nirgends wohne es sich besser
als auf den neckarwiesen am Rhein
rief Hölderlin aus und ungestüm
trank er auf den sieg der niederlage grünen wein

Doch er selbst wollte in den Kaukasus

Die ebenen wissen aber sprechen nicht
und führen uns stets zu den nächstliegenden bergen

Und von dort müssen wir zurückkehren
Mein schöner dichter und bruder
auf was für rührseligkeit haben wir da geschworen

und das zweite, das *In der mitte des sommers* heißt und so geht:

Vollkommen ist's
wie der sommer sich über die dämmerung beugt
An dünnen ästen makellose vogelbeeren
und außerhalb des gewichts der zeit
Der august so nah wie die distel am weg
Die tage um einen fußbreit kürzer
…
Sicherheit überkommt
Und wunderschön das überflüssigsein der klage

Man könnte lang noch verfolgen, wie Skácel im Gegensatz zu dem deutschen Heldenjüngling, von der Verzweiflung durch die Desillusion nie bedroht war, weil er seine Illusionen – hoch sie! –

eben nie und nimmer verschwendete für die Hoffnung auf eine neue Wende der Geschichte und so in der Hälfte des Lebens mit Sprachlosigkeit geschlagen wurde vor den im Eiswind klirrenden Fahnen; solch weiteres Verfolgen aber überlasse ich andern.

Wer ist nun Jan Skácel? Wo kommen seine herrlichen Gedichte her? Was ist ihre Abstammung? Mit wem sind sie verwandt? Stehen sie ganz für sich? Was haben sie womit gemeinsam? Klar ist nur: Jedes Kind könnte sie begreifen – vor allem die Kinder –, sie brauchen keine Vergleiche, und doch wird meine Lust, darüber zu reden und die Gedichte weiterzugeben, begleitet, ohne daß ich darauf aus bin, von Vergleichslust, Erinnerungen, Bildern, Klängen.

So kamen mir durch Skácel die Sagen der Kindheit neu in den Sinn, die Sagen nicht nur meiner persönlichen, sondern unserer gemeinsamen mitteleuropäischen Kindheit, die Sagen, Märchen und Fabeln aus der, wie die Gedichte es offenbaren, immer noch, auch jetzt gegen Ende des zwanzigsten Jahrhunderts, fortbestehenden und weiterwirkenden Kindheit der mitteleuropäischen Völker, wo im frischen alten Animismus die Wurzeln der Bäume tief unten in der Erde nachts ebenso aufleben wie im Finstern der Weinkeller in den Fässern »die sonne aus dem vorvorletzten jahr«, während an der Straße »die weiße staubwehe schläft« und der Fluß einen Vers »flucht, wenn er so über die steine / nachts, im dunkeln, stolpert«.

Oder Skácels Gedichte wecken in mir Leser neu den Psalmenklang, aber nicht den vertikalen, gerichtet hinauf zum Himmel, sondern einen, der durch die Ebenen hin zum Horizont geht und diesen umkreist; ja, jedes der Gedichte, wie sonst nur die große Musik, eröffnet in mir einen Rundblick, und dazu paßt, daß ihre häufigste Form das Rondo ist, das Reigenartige. Oder – und jetzt kommt ein kleiner Sprung – es hört der Leser manche Zeilen plötzlich gesungen, nein, nicht nur von Dietrich Fischer-Dieskau, sondern auch, Verzeihung, von John Lennon, wie zum Beispiel in dem *Gespräch* hier, das mich an *Norwegian Wood* erinnert:

Wie geht dir's, mein lieber?

Wie dem bäumchen,
an das sie das lamm banden,
damit's nicht in den schwarzen wald läuft,
dem bösen wolf in die fänge.

Und wie geht's meiner lieben?

Wie der weißen birke,
die sich im wind neigt,
neigt, neigt.

Und wieder Verzeihung, wenn ich das

Über den wassern, ach, über den wassern
erhob sich ein vogel ins blau.
Keiner weiß wie, keiner weiß, wann
der vogel sich über die wasser erhob,
über den drahtverhau ...

als Country & Western-Song höre, gesungen vom blutjungen Bob Dylan, frisch angekommen in Manhattan aus dem Seengebiet von Minnesota; und ein letztes Mal Nachsicht, wenn zu Skácels Kindheitsgedicht mit der Strophe

Die sonntage silbern und dunkelbraun die freitage
Mitten in der woche lag der mittwoch
und der dienstag fand fast nicht statt

unwillkürlich in mir jenes Sechziger-Jahre-Lied mitspielt, gesungen von den Easybeats, mit dem Titel *Friday on My Mind*.

Seltsam nur, daß bei dem allen gerade einer sich nie dazugesellte, seltsam und für einmal auch erleichternd: der, nach dem dieser Preis hier benannt ist, Petrarca – oder jetzt, im Nachdenken, doch; denn die meisten Gedichte Skácels sind, mag das Wort auch fehlen, Liebesgedichte, Gedichte der liebenden Verehrung der, seiner, Frau. *Brief von ihr* heißt so ein Gedicht:

Ich fuhr mit dem letzten bus vom platz.
Der abend war drückend und trostlos
wie leeres wasser ...

Um wenigstens ein bißchen aufzuatmen,
entschloß ich mich, zuvor
aus tiefster seele zu seufzen.

Damit mir hier etwas laut zurückbleibt.

Und auch die Sonettform kommt vor bei Jan Skácel, freilich, ganz zeitgenössisch, mit fehlenden Zeilen, an deren Stelle nur Striche stehen:

– – – – – – –
und weil wir schon bald alt
und wie die häuser sein werden von vögeln
fand ich für uns eine landschaft

Das tiefste Bild aber, das mir durch die Poesie Jan Skácels entgegenleuchtet, ist das folgende: Einmal war ich für sehr lange Zeit weit weg von Europa. Irgendwo in Japan dann hörte ich an einem Abend, vor allem von begeisterten, jungen und älteren Hausmusikanten gespielt, das letzte Streichquintett Mozarts. Einige der Zuhörer, wie üblich bei den nimmer- und immermüden Japanern, waren sofort eingeschlafen. Ich aber wurde immer wacher und hatte, vollkommen übergegangen in die Musik, einen von Takt zu Takt mich mehr ergreifenden Traum: Die Mozartsche Musik, voll Wehmut, Trauer, zugleich Gelöstheit und Einverständnis mit dem menschlichen Sterblichsein, ließ mich in einem klaren, plastischen Halbdunkel dort weit weg in Japan zum ersten Mal das von mir bis dahin als bloße Ideologie abgelehnte Mitteleuropa sehen, mit einem einzigen, tschechischen, österreichischen, ungarischen, bayrischen, slowenischen Volk in dieser Landschaft, zu den heiteren Mollklängen einen Reigen tanzend, damals im achtzehnten Jahrhundert wie auch jetzt hier vor meinen Augen in Kyoto, einen Reigen, welchem nichts fehlte zum allervollkommensten, dem Dankgebet. Zum ersten Mal geschah es mir dort, fernab, daß ich mich von meiner mitteleuropäischen Heimat gewiegt fühlte und zu den Menschen da in dem Reigen gehörte, innigen, zarten wie nirgends sonst, geschlagen dabei, ganz anders als so viele andere Völker, mit der lebenslangen Unerfülltheit und also Sehnsucht und Verlorenheit, wie sie ideal in dieser Musik spielten, entsprechend den Skácelschen Zeilen:

Sieh, flinke mauerschwalben nehmen Brünn ein
und eine ungebührliche sehnsucht nimmt beim ellenbogen.

Und ist es dabei nötig, hinzuzufügen, daß jene Wiege Mitteleuropa nicht nur süß, sondern zugleich schmerzend war, wieder entsprechend den Zeilen Skácels:

Wer jetzt die stille berührt gibt der wiege
vergebens schwung   sie hat keinen boden mehr

Jan Skácels Gedichte wiederholen mir, Zeile für Zeile frisch, das Mozartsche (wie Schubertsche) Wachtraumbild des anderen, unideologischen, märchenhaften und so um so realeren, des *geltenden* Mitteleuropa. Wie im Rondo der *Häuser in Pavlov*

die alten hab ich gern,
die ältesten,
die von musik unterkellerten ...

sind sie allesamt unterkellert von Musik. Und wie in dem Gedicht *März* sehe ich sie in meinem Traumbild allesamt auf der Fiedel spielen:

Vom wald kommt ins dorf der frühling.
Unterm arm trägt er die fiedel,
das uralte instrument aus dreierlei holz.

Dann, eines abends, erklingt in den gärten ein lied.

Und bis tief in die nacht und auf einer einzigen saite
wird der unbekannte musikant uns
diese einfache sache erzählen.

Und allesamt wiederholen Skácels Gedichte mir das, auch wenn sie von Verrat, bösen Jägern, grausamen Lämmern handeln,

in der ortschaft mit dem schönsten namen der welt
...
In der gemeinde Fiedel.

Aber zuletzt habe ich für Jan Skácel weder Vergleiche noch Bilder mehr nötig. Nur noch die Gedichte, für sich, sind mir übrig, in denen nie ein Begründungswort, nie ein relativierendes Einräumungswort, kein »Weil«, kein »Obwohl« steht, immer nur die uralten »Und«, »Dann«, »Wenn« und »Als«, Gedichte, die jeweils zugleich Erzählungen sind, Erzählungen, die wiederum all mein vorlautes Fragen beantworten mit dem erleuchtenden Unsinn der jahrtausendalten chinesischen *koâns*:

Und sein kann's, einer fragt dich auf der straße,
wann, meister, schreiben Sie ein funkelnagelneues buch?
Und du wirst sagen, wenn's mal regnet,
wenn ein schöner schlamm sein wird.

Und trotzdem läßt sich etwas wie das Wesen, der Ursprung der Gedichte Jan Skácels andeuten. Also: Erzählungen von wissenschaftlichen Entdeckungen haben ihren Angelpunkt in der Regel in einer Wendung wie: »Plötzlich wußte ich ... « Der Angelpunkt des Skácelschen Gedichts dagegen ist, wie ausdrücklich in dem Gedicht *Steigbügel*:

… und ich beklommen, dem weinen nah,
und weiß plötzlich nicht …

das plötzliche Nicht-Wissen, das plötzliche Nicht-mehr-Wissen; jenes plötzliche Nichtwissen erschien mir beim Lesen, ebenso plötzlich, als der Ursprung eines jeden Skácel-Gedichts. Und so bleibt es, ein für allemal: Das Finden des Dichters, *seine* Art des Entdeckens als ein plötzliches Nichtmehrwissen, *und* ein Übergehen ins Bild, in die Farbe, den Takt.

Brief an Iasushi Inoue

Tokyo, 14. März 1988

Sehr geehrter, lieber Herr Iasushi Inoue,
da es mir nicht möglich ist, Sie zu sehen, möchte ich versuchen, Ihnen am Tag meiner Abreise aus Tokyo einen Brief zu schreiben. (Ich wollte Ihnen schon seit Jahren einen Brief schreiben, aus Österreich, welches mein Heimatland ist.) Ich glaube, alle Ihre Bücher, die ins Deutsche übersetzt sind, gelesen zu haben, und hier in Japan habe ich noch drei Ihrer Erzählungen auf englisch gelesen, von dem Bilderfälscher, dem Berg, wo die Alten ausgesetzt werden, und vom »Vollmond«. – Das Einmalige an Ihrem Werk ist für mich – die mir nächsten Bücher sind *Das Tempeldach* und *Dun-Huang* –, daß jede Geschichte eine Vision zeigt, und daß ich im Lesen, anders als sonst Visionen in Büchern anderer Autoren, der Vision immer folgen und ihr glauben kann: diese Bilder sind von Ihnen erlebt, und Sie haben die einfachste und luftigste Sprache dafür, die ich je gefunden habe. Ihren Erleuchtungen *brauche* ich nicht erst zu glauben, sie sind *da* im Buch, als Fakten: die Vorstellung, wie der Bilderfälscher den weiten Weg zu seiner weggelaufenen Frau macht, um ihr vom Tod des Malers zu erzählen, und wie er das Feuerwerk in Gang setzt, mit gesenktem Kopf, ohne selber sein Werk anzusehen; die junge Witwe, die beim Anblick des Vollmonds plötzlich begreift, daß sie jemanden liebt; der Erzähler, der plötzlich merkt, daß es nicht seine Mutter ist, um die er Angst hat bei der Vorstellung, sie werde ausgesetzt auf den öden Berg, sondern daß er Angst hat um sich selber, er selber sieht sich ausgesetzt. – Es gibt noch einen andern japanischen Künstler, der mir so viel bedeutet wie Sie, lieber Herr Inoue: das ist der Filmregisseur Ozu. Aber Ozu ist nicht mehr am Leben, und ich kann ihm nicht danken. So danke ich Ihnen, und neben Ihnen, im Leeren, auch Ozu. Ich wünsche sehr, bald wieder etwas von Ihnen zu lesen. Einen schönen Frühling!

Wir-Erzähler und Ich-Erzähler: Zu John Berger

Einmal im Jahr, fast regelmäßig seit fünfzehn Jahren, treffen sich ein paar verstreute Ich, Du, Er, Sie und Es, und werden zur episodischen Gruppe um ein Fest zu feiern, das Petrarca-Preis heißt, und nicht immer, aber immer wieder ist solch eine seltene Festlichkeit dann auch gelungen, und zeitweise blieb das Danach dem einen und dem anderen der Gruppe als die Verkörperung oder Erfüllung eben jenes Jahres: wie mir zum Beispiel jener Junitag 1976 in Arquà Petrarca mit Ernst Meister, oder jener andere Junifeiertag 1989 mit Jan Skácel bei Lucca. Für eine kleine Zeit waren da die Verstreuten so glücklich wie selbstverständlich, so rein wie wortlos vereint, und das war auch schon das ganze Fest: Große Zeit! es gibt so etwas also auch heutzutage noch, diese und jene Stunde lang, und die verfliegt nicht, wie eine bloße Stimmung. Diesmal jedoch gibt es, für mich wenigstens, ein paar Hindernisse auf dem Weg zum Fest, vielleicht. (Wie gut, daß einem für den Augenblick solch ein »vielleicht« ins Wort fällt.) Da aber das Spielverderben hier nicht in Frage kommt und ich, wie hoffentlich du, er, sie auch, Fest-bedürftig bin, ja mit den Jahren mehr und mehr, will ich die Hindernisse, meine, benennen – in der Vorstellung, allein so ein Benennen könnte den Festweg lichten. Das wird ein schwieriges Fest; vielleicht auch nicht.

Ohne Zweifel zeigen die Sätze der Bücher John Bergers, dem Peter Hamm, Alfred Kolleritsch, Michael Krüger und ich in diesem Jahr den Petrarca-Preis zugesprochen haben, die Gestik eines Meisters. Nur – abgesehen, für dieses eine Mal, davon, daß, zumindest im Poetischen, von dem hier das Feiern ausstrahlen soll, die Meister-Gebärden den Leser oder Hörer eher aussperren aus dem Buch: John Bergers Arbeit steht, kommt mir vor, von Grund auf im Gegensatz zu der Haltung Francesco Petrarcas und auch seiner Geisteskinder in der bisherigen Reihe des Preises. Vielleicht. Jedenfalls tritt Berger von Anfang an, etwa seit seinem Roman

G, als ein Wir-Erzähler auf, und hat solch ein Zungenreden, der Autor als Sprecher, in einem einzigen gemeinsamen, einigenden Rhythmus, seiner wechselnden Figuren, beibehalten bis zu dem jüngsten epischen Durchlauf: *Flieder und Flagge*. Wenn die Petrarca-Preisträger vor ihm Erzähler waren, dann eben nicht Wir-, sondern Ich-Erzähler (eingeschlossen der Namengeber selber); was nicht heißt, ihr Ich verstelle sozusagen das Zentrum, nein, es ist vielmehr der Brennpunkt, die mit dem Verlauf des Erzählens sich als Person durchsichtig schaffende Energie, durch welche die Erscheinungen aufleuchten und wodurch sich am Ende, wenn sich der Kreis schließt, mit einem einzelnen Auf-der-Welt-Sein gleichsam die Welt selbst erzählt.

Noch deutlicher wird der Unterschied wohl an den Poeten der Reihe, jenen, die, statt zu erzählen, rein in Gedichten, oft stammelnd, sagen, »sachlich« (nach Rilke): nicht einmal »Einzelkämpfer« oder »Einzelspieler« wie etwa für solche Ich-Erzähler, wäre der Ausdruck für sie, sondern »Psalmisten«: so allein sind sie, nicht mehr, wie im Alten Testament, bloß mit dem Himmel, sondern auch mit den Dingen, daß, sowie sie sich an diese richten, ihre Stimme – allerseltsamste Wirkung – unversehens universell tönt. John Berger dagegen, auch wenn er in seinen Büchern zwischendurch vom Erzählen läßt und ein Gedicht spricht (hier zumindest verwandt der Weise von *Aus dem Leben eines Taugenichts* oder *Ahnung und Gegenwart* Joseph von Eichendorffs), weiß, oder will?, sich dabei niemals allein; er ist immer der Sprecher, der spokesman: einer Gruppe, die sich nicht erst episodisch fügt aus dem Text, sondern von vornherein feststand, oder auch bloß eines Paares von Mann und Frau, und ebenso das Paar als im voraus sichere Sache, nicht erst im Ereignis des jeweiligen Gedichts.

John Berger versteht sich mit Leidenschaft als Sprecher, Mitgeher für die anderen, die Frauen, die einsamen Dörfler in Savoyen, die in die Metropolen verschlagenen (»immigrierten«, sagt er) Landmenschen; spricht jemand, gleichwie, »allein von sich«, wie er einmal notiert nach einem Fernsehgespräch mit dem Schauspieler Bruno Ganz, reagiert er gereizt, ja empört; ein leuchtendes

Beispiel gegen dergleichen ist ihm dann ein Dichter wie Leopardi, welcher in seiner poetischen Arbeit alles darangesetzt habe, von der Armseligkeit wie Selbstfeier des einzelnen Ich abzusehen. Dabei, als Sprecher für die vielen – oder sollte ich gerecht bleiben und sagen: »*von* den vielen«? –, sieht sich John Berger freilich nicht als einen Chronisten, sondern als jemand, den er von diesem ausdrücklich unterscheidet, den er auch höher schätzt: eben als Erzähler, als Erzähler vom »Wir«, bis in die Träume mitspielend und verschworen mit seinen Helden, als die europäische Entsprechung zu García Márquez, an Hand dessen *Chronik eines angekündigten Todes* Berger seine Entscheidung für den anteilnehmenden, rhythmischen Mit-Erzähler, gegen die mit den bloßen Sichtbarkeits-Tatsachen gestikulierenden Chronisten-Popanze begründet. John Berger ist nie allein in seiner Arbeit; er ist der Freund seiner Helden, und er bezeichnet diese auch wiederum ausdrücklich als seine Freunde, ob es seine Freunde, die Frauen, sind (welche bei ihm in der Regel »Hafen« und »Quellen« für alle die verlorenen Mannkinder und Kindermänner spielen), oder »meine Freunde, die bergamaskischen Holzfäller«.

Und hier zeigt sich danach ein nächstes Hindernis für ein ganz unbeschwertes Preisfest, vielleicht. John Berger, der Wir-Erzähler, indem er so tiefsinnig eingeht auf seine Gestalten, läßt diese immer wieder denken, träumen, fühlen oder sagen, was beim Lesen nicht als ein Eingehen, sondern eher als ein Eingriff oder eine Zutat erlebt werden kann; zu einer sonderbaren Bewunderung geradezu genötigt von dem Erzähler, werde ich aus dem Lesen gerissen, welches bei den Büchern Bergers hin und wieder ein reines Schauen werden kann (hoch Bergers Augen!), und muß mich fragen: Woher weiß der Erzähler das? Wie schafft er es, die Gedanken einer Stallmagd zu lesen, die geheimen Wünsche eines Almknechts? Wie kommt es, daß diese einsamen Häusler einer Gebirgsgegend plötzliche Dinge sagen, die alle Einsilbigkeit der Leute Knut Hamsuns (als deren Nachfolger oder -zügler die Typen des John Berger sonst immer wieder dünken) Lügen lehren mit ihren Feuerzungen wie einst im pfingstlichen Jerusalem und weiland in den ursozialistischen Katakombenstuben? Die häufigste Frage aber, die mein Lesen unterbrach, war jeweils ein: »Wie kann er das wissen? Wie kann er das sagen?«, und das waren die Momente, wo in mir der Leser John Bergers, und mit ihm seines Schutzheiligen Walter Benjamin, in Streit kam mit dem Leser Ludwig Wittgensteins, eines Heiligen einmal, der, statt Schutzformeln zu geben, ins Schweigen aussetzt. (Was kann man sagen? Wer spricht jetzt da? Ist das hier die Stimme des Holzfällers aus Bergamo oder die Stimme des Londoner Kunsterziehers J. B.?)

Es gilt nun, auch für das fragliche Fest, diesen Widerstreit fruchtbar zu machen, und das Verdienst John Bergers ist eben, daß das möglich scheint – vielleicht so: Etwa dreißig Jahre vor seiner Zeit gab es in Slowenien einen Mann, der von den Menschen auf dem Land vergleichbare Geschichten schrieb. Er verstand sich als Marxist, hatte einige Zeit in österreichischen Gefängnissen verbracht, eine andere Zeit im französischen Exil, und sein Schriftstellername war Prežihov Voranc. Seine Romane heißen zum Beispiel *Die Brandalm* und *Dober dob* und handeln, in der Nachfolge des späten Maxim Gorki, klar parteiisch, von den Kämpfen zwischen Slawen und Deutschen, dem Knechts- und Herrenvolk, auch zwischen Volks- und Sprachtreuen und Verrätern, in dem erst noch österreichisch, dann, durch die Abstimmung von 1920, jugoslawischen Tal, in dem Voranc, getauft als »Lovro Kuhar«, geboren ist, oder vom Zwangssoldatentum der slowenischen Burschen für das Habsburgerreich an der Karstfront im Ersten Weltkrieg. Diese Bücher, die eine ganz andere Geschichte schreiben, als unsereiner sie aus der Schule oder den einheimischen Chroniken erfuhr – deswegen sind sie auf immer lehrreich –, sind voll bedenkenloser Typisierungen, erträglich freilich dadurch, daß diese meistens enthusiastisch, gebildet aus Empörung und Kampf, selbst Teil des Kampfes sind.

Von den Bösen hier zu schweigen, entsprechen die Guten bei dem slowenischen Erzähler genau jenem Schema – bei John Bergers Dorfgeschichten, viel friedlicher und auch dezenter, etwa in dem Mann zu finden, der, nach einem Fabrikunfall ohne Beine, ein Zeitungsgeschäft betreibt und den reaktionären *Figaro*, versteckt ganz hinten unter den anderen Blättern, nur auf ausdrückliches Nachfragen und mit viel Verachtung für den Käufer herausrückt ... Später dann dichtet Voranc, der Kampf ist überstanden, seinen Dörflern nichts mehr an, er schreibt nur noch ihre Geschichten auf. Trotzdem tritt er nicht zurück in die Chronistenrolle, sondern bleibt der Erzähler: seine Sätze beben, wieder ähnlich denen John Bergers, von Teilnahme und, vor allem, von Selbsterlebtem. Es sind, frei von Parteiung jetzt, Erzählungen von der Mühsal der Landarbeiter, aber auch vom Stolz und der Freude dabei, und vor allem davon, wie durch die gemeinsame Arbeit Bruder und Schwester mit Vater und Mutter zur Familie werden. *Maiglöckchen* und *Wildwüchslinge*, so heißen etwa diese Bücher (deutsch im Drava-Verlag), und sie erzählen leichthändig und bringen die Dinge in die Schwebe, wie sonst nur ein Lied. Das kommt vielleicht daher, daß es jeweils Dinge sind, welche schon das Kind wahrgenommen hat, und vor allem das Kind. Sie sind nicht später, in der Mitte des Lebens, dazugekommen, sondern waren vom ersten Augenblick an Teil des Wahrnehmenden. So wie Stifters Erinnerung die Wälder seiner Kindheit als dunkle Flecken im Kind selbst, nicht außerhalb dieses erlebte, so entsinnt sich Voranc der Wegkreuzung im Wald, wo er als Kind an einem Ostertag zwei anderen Kindern aus zwei anderen Richtungen begegnete, wie eines eigenen Körperteils, und er kann sich so auch erlauben, zum Ausklang so eines Erzählens von nichts als einem Ort, einem gemeinsamen Dasitzen, einem Seiner-Wege-Gehen einen Liedsatz zu schreiben wie »Damals waren wir Kinder mit Sonne in den Augen«.

Auch Prežihov Voranc ist also ein Wir-Erzähler, und John Bergers Musizieren (das ist kein unrichtiges Wort für sein Schreiben) mit den Landdingen ist ein vergleichbares – wenn auch ganz und gar nicht ähnliches. Der Unterschied zwischen den beiden Weisen besteht, so scheint es mir, darin, daß der eine von Kind an die Dinge in sich hat, und der andere erst als Erwachsener sie hat sich erobern müssen (daher auch der so grundverschiedene Stil). Dazu kommt, daß es, nicht nur auf dem Lande natürlich, Dinge gibt, die sichtbar werden – und fürs Leben auch bleiben – einzig den Kindheitssinnen, einem später Dazugekommenen, auch wenn er sie wahrnimmt, bedeuten sie nichts, sind sie der Rede nicht wert, erzählen ihm vor allem keine Geschichte. So, auch wenn der Zugezogene meint, mit der Zeit dann zusammenzuwachsen mit den Alteingesessenen, werden, wenn sie sich gemeinsam besinnen und ins Erzählen geraten, vielleicht ganz verschiedene Dinge ein Gewicht bekommen: für den Spätergekommenen wird es der so besondere Sternenhimmel der Gegend sein, die bestimmte Felswand, die Blumen der Almen – für die Kinder des Ortes dagegen etwa ein Sonnenfleck auf der Friedhofsmauer, den das Kind an einem Herbsttag sah, als es dem Blick der Großmutter folgte, wie sie sich kurz aufrichtete von ihrer Arbeit auf dem Buchweizenfeld, oder die Kuhle unten hinter den Zweigen der Tannen, die man »Korb« nannte und wo, weil es dort nicht so kalt war, das Wild überwinterte (und man selber vom Schulweg ausruhte), oder die von Jahr zu Jahr und von Haus zu Haus wechselnden Farben der Krusten des Osterbrots. Auf den ersten Blick erscheinen die beiden Erzählweisen zwar einstimmig, und doch ist dann ein Unterschied zwischen dem Blick hauptsächlich auf die augenfälligen, und dem hauptsächlich auf die unauffälligen Dinge: jene, die Umriß und Gestalt annehmen nur dem, der schon als Kind mit ihnen zusammen war. Und selbstverständlich urteile ich damit nicht, sondern zeige zwei Möglichkeiten, von Menschendingen zu erzählen, feiere die eine nicht auf Kosten, sondern mit Hilfe der anderen, freue mich, Leser, gerade an solcher Zweistimmigkeit. (Und eine dritte Stimme gehört vielleicht noch zu diesem Landfest, zum Beispiel jene Philippe Jaccottets, welche die Dinge, statt sie, so oder so, zu erzählen, jenseits von Erwachsenen- und Kindertum, in ihrem ewigen Jetzt! beschreibt, das Brennen der Kirschen tief im Laubinnern jetzt!, das dem Wechsel von Wind und Licht trotzende Grün der Quittenblätter mit dem unantastbaren Weiß der Quittenblüten, den gebüschgrünen Quellspiegel, auch alles das, mit Jaccottet und seinem *Cahier de verdure*, stimmt zu dem Fest. Was zählt an den drei so unterschiedlichen Weisen, ist der ihnen gemeinsame Enthusiasmus.)

John Berger, der Wir-Erzähler. Das Besondere an seinen Büchern aber ist – was ihren Reiz ausmacht über alles nur Politische hinaus, ihnen doch den universellen Ansatz gibt –, daß er zwischendurch auch Erzähler seines Ich wird, und zwar manchmal sogar des Ich ohne Rollenspiel, kein Sprecher und Anwalt der anderen mehr, nicht mehr ihr selbsternannter Geschichtenschreiber, sondern des nackten kindlichen unbewaffneten, weder von Begriffen noch von Wissen starrenden Ich-selbst. Es ist das der John Berger, welcher nichts tut als gehen und sehen, und um darüber zu schreiben, braucht er keine Ideologie mehr, auch nicht die des »Erzählers«, er schreibt es einfach nieder, hin, auf, daneben, nebenhin, hintan oder dazwischen. Und es ist das ein Geher und Schauer, wie er selber einmal sagt, »mit gesenktem Kopf«, auf den Straßen und Wegen ganz Europas, ob er nur die Farbe des Staubs der Feldwege in Savoyen hintupft oder die Eigentümlichkeit des Asphalts einer jugoslawischen Straße skizziert. Dieser wunderbar anonyme Ich-Erzähler, anders als sein zeitweiliger Meister, der Wir-Redner J.B., welcher vorspielt, einen Reim schier auf alles zu haben, macht sich, frei wie er ist, unbewegt den Blick auf seine Wanderfüße, einen Reim auf gar nichts mehr.

Und hier trifft John Berger sich mit jenen anderen Petrarca-Einzelgehern, deren Wahlspruch Rolf Dieter Brinkmanns, des ersten Preisträgers, Romantitel sein könnte: *Keiner weiß mehr.* Mit Berger, der da rüstig und mutterseelenallein durch die spanische Savanne streift, tapert eben jener Brinkmann in wilder Begriffsstutzigkeit über die Via Appia, geht Ernst Meister mit schwerem Haupt in seinem Zimmer von Hagen auf und ab, wendet sich Sarah Kirsch, ganz stumme Erwartung, in die Heiden des Nordens, läßt Herbert Achternbusch auf einem Moränenhügel der Voralpen sich den Nachtwind ins Gesicht blasen, verschwindet Alfred Kolleritsch mit eingezogenem Kopf, philosophische Urlaute ausstoßend, in den Windischen Büheln, tritt Zbigniew Herbert, skeptisch die ewige Morgenluft witternd, mit heraushängendem Hemd und einer frischen Packung Zigaretten aus dem Drugstore von St.-Germain-des-Prés, weicht Gerhard Meier auf seinem Rundweg durch Niederbipp, am Fuße des Jura, unter wortlosen Verwünschungen einem Hund aus und knüpft danach unverzüglich an seine Ballade vom Wind und vom Schneien an, weiß Tomas Tranströmer, jäh aufgewacht in der Finsternis eines schwedischen Parkplatzes, nicht mehr, wer er ist, begegnet Ilse Aichinger den Jägern an den Flanken des Unterbergs mit ihrem klar gemurmelten Gegenzauber, sieht Ludwig Hohl bei einem nächtlichen Weg an der Donau in einem Holzstoß das Schweigen der regelmäßigen Formen in der Stille, rezitiert auf einem grünen Wiesenpfad unterhalb der Karawanken Gustav Januš sein periodisches System der Elemente des Tages, bedenkt beim Gehen durch sein hohenlohisches Künzelsau Hermann Lenz die Dächer und Gräser mit den Augen eines Schülers und zugleich eines guten Schützen, wandeln Paul Wührs Blicke auf den Wellen des Trasimener Sees und buchstabieren sich dort die Silben zusammen für das Stammeln der nächsten zornig-enthusiastischen Weltpredigt. Den John Berger mit dem zur Erde, zum »farbigen Abglanz«, an dem »wir die Welt haben«, gehefteten Blick, sehe ich in diesem Zug gehen nicht als den Anführer, nicht als den Wortführer: Er geht als einer unter vielen, er geht mit, unauffällig. Auffällig an seinen Schritten, den Geh- wie den Schreibschritten, ist vielleicht einer von fünfzig,wie bei seinen Mitgehern auch; auf diesen einen Schritt kommt es aber vielleicht an.

Ich, du und wir wollen uns freuen, John Berger zuzuschauen bei seinem Weiter- und Weitergehen.

Die Hexenmeisterin. Zu Marguerite Duras

Lange Zeit habe ich Marguerite Duras in ihren Schriften und Filmen als Meister (Meisterin?) der Zwischenräume gesehen. Ihr Schreiben und ihre Filme hatten mir Räume geöffnet und errichtet, Räume zwischen den Wesen und den Dingen und wieder den Wesen: geöffnet, errichtet, mehr noch, indem Duras sie öffnete, hat sie mich angezogen, in den Bann gezogen, mich den Leser, den Zuschauer.

Später, vielleicht mit *India Song* und dem *Liebhaber* (dem Buch), fühlte ich mich von ihrem Werk eher ausgeschlossen denn angezogen. Es schien mir, als hätte Marguerite Duras eine sensible und gefährliche Stelle überschritten: Sie hat die Zwischenräume nicht mehr frei gelassen. Sie hat sie gefüllt, hat diese magnetischen Felder mit Erklärungen gefüllt, mit Litaneien, mit dem Rauschen der Elemente (dem Wind, dem Meer), mit Liedern. Indem sie ihre Magie der Leere mit der expliziten Magie der Formen verdoppelte, hat die Duras dieser Zeit vielleicht wirklich den Raum verdoppelt, verdreifacht, vervielfacht, aber es war nur ihr Raum, ihr privater Raum; für mich, den Leser und Zuschauer, blieb nichts mehr: Raum Null. Ich hoffte immer, daß mir der Raum wieder geöffnet würde, wie in *Nathalie Granger*, *Der Lastwagen*, *Die Kinder*, *Die Krankheit Tod*. Statt dessen: *Der Liebhaber*. Dennoch sage ich mir heute, daß mein Eindruck (oder mein Gefühl) mich vielleicht getäuscht hat. Ich sage mir (in manchen Augenblicken): hat Marguerite Duras, indem sie die Schwelle zwischen dem geregelten Spiel der Literatur und des Kinos und dem dunklen Spiel der Magie und der Hexerei überschritt, nicht einen Weg eingeschlagen, der einstmals für alle, die mit Worten und Bildern arbeiteten, der natürlichste, der ursprünglichste gewesen ist?

Muß man nicht anerkennen, daß die Magie der Hexenmeisterin Duras immer die eines Erzählers (einer Erzählerin?) bleibt und daß diese Magie sich niemals in »Dämonismus« oder in Demagogie z. B. eines Politikers wandelt? Existiert nicht ein wesentlicher Unterschied zwischen dieser kindlichen Magierin und all diesen so erwachsenen Dämonen? Ich frage mich heute vor allem: ist nicht gerade dies das Geheimnis des beispiellosen Erfolgs von Marguerite Duras?: hat sie nicht am Ende diese Übereinkunft mit der Magie gefunden, ohne sie unaufhörlich zu kontrollieren, zu reglementieren oder sogar zurückzuweisen oder zu leugnen, so wie die meisten von uns, ihre »Mitstreiter«?

Dennoch lebt dieser magische Tanz auch in uns. Hat es mit Angst oder Schüchternheit zu tun, wenn die Geschichten von uns anderen es so schwer haben, ein Publikum anzurühren? Marguerite Duras oder der Sieg eines Künstlers des 20. Jahrhunderts über die Skrupel, sich der ewigen Magie zu bedienen? Ein heilsames Beispiel, das auch uns befreien könnte, uns andere. Letzte Frage: Dieses Spiel mit der Magie, befreit es oder zerstört es? Warum läuft es, funktioniert es, vibriert es immer mit Worten, mit Büchern, aber von Mal zu Mal weniger mit Bildern?

Aus dem Französischen von Jacqueline Ahrend.

Dies und das zu den unverwöhnbaren Dichtern

(statt eines Nachworts zu den Gedichten von Miodrag Pavlović)

Ein Phänomen der heutigen Zeit? nur dieser?: der Typus des verwöhnten Dichters, des arrivierten? Einmal ausgewählt von einer Öffentlichkeitsinstanz als ein Auserwählter, oder »Götterliebling«, tritt er sein Lebtag lang als solcher auf, als Gastpoet von San Francisco bis Venedig, von Johannesburg bis Stockholm; als Poetiklehrer von Campus eins bis Campus hundert; bedichtet nicht bloß eine jede seiner Gratisgaststätten, sondern weiß darüber hinaus zu jeder noch so fernen Weltlage was zu sagen; gibt sich, als poeta doctus etc., nicht bloß souverän, sondern spielt auch, ganz Teil und Ausgeburt der Instanzen, die ihn ausgewählt haben, vor diesen und innerhalb dieser den Universellen, oder eher den Eigentümer aller je aktuellen Themen. Statt sich wie andere Dichter von den Problemen mit Menschen, Dingen, Orten überwältigen zu lassen, bemächtigen sich diese verwöhnten Dichter dessen, was jeweils Sache ist – sind eher Annektierer.

Der serbische Dichter Miodrag Pavlović gehört zu den anderen Dichtern, den nicht bloß unverwöhnten, sondern unverwöhnbaren Dichtern – ohne freilich mit seinesgleichen eine Reihe, Riege oder Konferenzgruppe zu bilden. Seinesgleichen, das sind zum Beispiel: Paul Celan, Ilse Aichinger, René Char, Antonio Machado und vor allem, gerade in der gegensätzlichen Grundeinstellung, der Pole Zbigniew Herbert. Herbert: die vertrauenserweckende Trockenheit seiner Poesie; das Ja-ja, Nein-nein des Moralisten (so hat er sich selbst bezeichnet). Miodrag Pavlović: die anders Vertrauen erweckende Rhapsodik – obwohl er sich zwischendurch von ihr verabschiedet – seiner Gedichte: das über ein halbes Jahrhundert, trotz sich verändernder Rhythmik und Stimme, sich behauptende Enthusiastische. Früh enttäuscht –

wenn man psychologisch argumentieren wollte, etwa durch die Bomben auf Belgrad 1941 und dann 1944 –, doch unverdrossen ausholend in den Zeiten – der Balkangeschichte – und den Räumen – dem Balkan als dem ewigen tragischen Zwischenraum. Eine begeisterte Enttäuschtheit, wild, schön – unverbesserlich; eine fruchtbare Desillusion – wobei doch eins der häufigsten Worte bei Pavlović die »Hoffnung« bleibt (oder sollte man das serbokroatische »nada« mit »Zuversicht« übersetzen?), mit dem zugehörigen Beiwort »groß« (als Gruß an Ilse Aichinger). Und wie alle die unverwöhnbaren Dichter tritt auch Pavlović niemals als ein Offizieller auf – selbst im eigenen Land ist er der zittrige, fragende, immer wieder beinahe bettelnde Gast. (»Im Traum bin ich Bettler geworden ...«) Universell: das sind er und seinesgleichen. So universell wie untröstlich. Poetikvorlesungen? Ja, aber nur von seinesgleichen, im stillen Lesen. Und zum Glück wird seinesgleichen ja auch nie zum regelrechten und regelversessenen Poetikdozenten, samt – Stuhl, bestellt werden.

Noch einmal zusammengesehen das Werk von Miodrag Pavlović mit dem Zbigniew Herberts, doch nicht in der Gegensätzlichkeit jetzt – in der Übereinstimmung: das »Cave Musicam!«, Hüte dich vor der Musik, Nietzsches, und dafür, bei aller Musikalität, das Beharren beider Poeten auf den Bildern, auf dem Malen, dem Bild, dem Gesetz des Bildes; dem unerkennbaren Gesetz im Bild: »Das Inbild der Schönheit wird Gnosis.«

Was für eine herzliche Einladung in der Gedichtzeile: »Kommt doch auch einmal zu uns / unser Lied ist ein schöner Schrei« Gast, der einlädt in sein geliebtes Gastland. Und natürlich ist das Zwischenraumland Serbien gemeint, und damit auch dessen Hauptstadt Belgrad, БЕОГРАД; Pavlović' Stadt. Verhaßte, an- und eingeschwärzte Stadt in aller Welt? Und wie kommt es aber, daß kaum eine Stadt auf der Welt heutzutage wohl so überzeugend geliebt wird, geliebt werden kann, nicht nur von Miodrag Pavlović, sondern von vielen, vielen, Einheimischen wie Fremden, am stärksten überzeugend und ansteckend aber von diesem ganz und gar nicht verwöhnten Dichter? – weil auch die Stadt, der Ort, das Land ganz und gar nicht verwöhnt sind, und es auch verachten, sich je verwöhnen zu lassen? Wie schrieb die Dichterin Desanka Maksimović aus dem Dorf Brankovina bei Valjevo (kein Gegensatz Stadt – Land!), eine Vorläuferin dieses Vorläufers wieder eines Vorläufers?: »Unser Land wird nicht verlorengehen.«

Der Käfer auf der Pestsäule

Wohlmeinender, bedürftiger Leser: mit dem Buch *Krabat oder Die Verwandlung der Welt* ist dir eine fast unzugängliche Lektüre vorzuschlagen. Nur daß das so vielgebrauchte Wörtchen »fast« dabei vielleicht einmal seinen Platz hat. Die Fast-Unzugänglichkeit dieses Epos oder epischen Märchens könnte nämlich das eine und das andere abenteuerliche Leserherz umso mehr auf den Weg bringen – selbst wenn solch ein Weg statt ins Offene eher im Kreis herumführt. Kreis: das bezeichnet nicht allein den Schlußabsatz der Geschichte, welcher deren Anfangs- oder Anhebe-Sätze beinah wortwörtlich wiederaufnimmt, sondern den ganzen Erzählverlauf. Und im Unterschied zu jenem den Beginn wiederholenden Ende, das einen Pfeil hinaus ins Freie, etwas wie eine aus dem Kreis ausscherende Spirale vorstellt (und vorspielt), muß dieser »Krabat« wohl zwischen solch Ansatz und Ausklang fast durchgehend – noch einmal das »fast« – als Labyrinth, ein nicht und nicht an die Luft führendes, erlebt werden. Und keineswegs unbegreiflich so mittendrin etwa der Aufschrei des Lesers, der sich da nicht bloß im Kreis, sondern auch an der Nase herumgeführt wähnt. Jurij Brězans Anverwandlung der sorbischen Krabat-Sage ist eine Zumutung, eine mannigfaltige.

Dabei steht der Haupteingang in das Buch geradezu sperrangelweit offen. Dieses Tor ist seine Thematik, eine heute, mehr als ein Vierteljahrhundert nach dem Erscheinen des *Krabat,* noch ungleich gängigere: Soll und darf, zugunsten einer nicht nur besseren, sondern endgültig kriegsvergessenen Welt, eingegriffen werden in die Gene, die Erbbotschaften der Menschen? Das jedenfalls ist die Frage, welche sich das ganze Erzählwerk hindurch dessen Helden, dem »weltberühmten Biologen« Jan Serbin, stellt. Und jedenfalls war es solche Thematik, die dafür sorgte, daß der *Krabat* seinerzeit in der DDR in eine langandauernde Diskussion geriet. Noch bis über die Mitte der achtziger Jahre etwa, ein

Jahrzehnt nach der Erstveröffentlichung, wurde in der Zeitschrift *Sinn und Form* schön hin- und hergestritten, ob Brĕzans episches Fragenstellen willkommen sei als nützliche Warnung oder, weniger schön von seiten mancher wissenschaftlicher Experten, abzutun sei als – zusammen übrigens mit der *Kassandra* der Christa Wolf – »typisch sachunkundiger Schriftsteller-Pessimismus«.

Einem Leser hat derartiges Erörtern aber wohl schon damals kaum in, geschweige denn durch die Geschichte geholfen. Und heute wird ihn der Wink mit der sogenannten unverminderten, ja verstärkten Aktualität womöglich noch weniger auf den Weg bringen. Der Leser, den dieses Buch, gleich mit den ersten Sätzen, anspricht und in sich hineinzieht, ist ein anderer. »Genau im Mittelpunkt unseres Kontinents – wie viele hierzulande irrtümlich glauben, also auch der Welt – entspringt die Satkula, ein Bach, der sieben Dörfer durchfließt und dann auf den Fluß trifft, der ihn schluckt. Wie die Atlanten, so kennt auch das Meer den Bach nicht, aber es wäre ein anderes Meer, nähme es nicht auch das Wasser der Satkula auf ...« Jenem anderen Leser muß dabei nicht unbedingt der Anfang der *Blechtrommel* von Günter Grass in den Sinn kommen, wo die breite Weichsel nicht bloß durch ihr Polen, sondern darüber hinaus durch die Zeiten, Vergangenheit, Zukunft und vor allem Gegenwart, strömt. Doch wenn ihm mit dem Anfang des *Krabat* auch die Anfangssätze der *Blechtrommel* mitschwingen, dann wird er zugleich mit dem zwanglosen, weder von Aktualität noch von Diskussion bestimmten Weiterlesen ins ebenso zwanglose Vergleichen kommen – in eine Art des erweiterten Lesens, welches ihn für Krabats/Jan Serbins Abenteuer offen macht, oder überhaupt offen, wie das eben fast allein solch ein Lesen schafft. Und im unwillkürlichen Vergleichen des Sorben-Epos vom Zauberer oder Weltverwandler Krabat mit dem Deutschen-Epos vom glaszerschreienden Blechtrommler wirst du, Leser, in ein ebenso unwillkürliches, in ein freies Unterscheiden kommen. Da die Weichsel, der schiff- und floßbare Strom, der die Geschichte einleitet – dort die Satkula, der schmale Bach, den selbst die Kinder überspringen können. Und im Verlauf des Fort- und Fortlesens von Krabats Welt-, vor allem aber Selbstverwandlungen werden sich dem Leser regelrechte Schätze derartiger Vergleichbarkeiten und Unterschiede zeigen, an deren Hand ihm schön beiläufig Erkenntnisse wie Kenntnisse zuteilwerden, oder, anders gesagt, schlicht die Augen aufgehen. So wird das geographische Bild, das er sich etwa im voraus von der Landschaft des Buchs gemacht hat, ähnlich dem Danzig des Günter Grass schon nach ein paar Leseschritten – nicht überlagert, vielmehr ausgeweitet und vertieft und, insbesondere, verwandelt, in ein grundverschiedenes Bild: die Lausitz, das jahrtausendalte sorbische, slawische Siedlungsgebiet an der tschechischen und weiter nordwärts auch polnischen Grenze, erscheint nicht mehr bloß als das ländliche, kargdörfliche Dreieck ungefähr zwischen den Städten Kamenz im Westen, Bautzen im Süden, Cottbus im Norden, sondern darüber hinaus als was? Ja, als was bloß? Denn nichts an der Geographie wird in Krabats Geschichte verändert, und auch die Historie – selbst wenn Brĕzans Erzählen unvermittelt hin- und herspringt zwischen dem Mittelalter, dem Dreißigjährigen Krieg, den Napoleonischen Kriegen und dem Jetzt, als der bloßen Oberflächenzeit der Handlung – ist, zumindest den Daten nach, nicht umgeschrieben. Als was also erscheint gleich auf den ersten Seiten die von Bächen, Teichen, Steinbrüchen, Granitfindlingen, Heidefläche bestimmte Lausitzer Gegend? Wie das Grass'sche Danzig als eine Enklave, und gleich wie jenes als Weltweite – als eine weltweite Enklave, nicht anders im übrigen als das Zweistromland, in welchem der König Gilgamesch einst auf Unsterblichkeit aus war (und immer noch darauf aus ist), das Delta-Land am Mississippi des William Faulkner, das abgelegene Südfrankreich des Jean Giono, das Višegrad des Ivo Andrić, das Überall-Lüttich (selbst, samt dem Fluß Schelde, nach Amerika übertragen) des Georges Simenon.

Danzig wie Lausitz, Lausitz wie Danzig: im natürlichen Wunder der Buchstaben gelüftet und entgrenzt zum Leseland. Und das hat das den beiden Schreibern vergleichbare Ausholen gemacht; und der Rhythmus. Brĕzans Rhythmus: obwohl er, der Sorbe, mit der slawischen Vater-und-Muttersprache, seine Prosa – es mag geraten werden, warum – im zweiten Lauf auch deutsch schreibt, ist es, als seien in der deutschen Version seine Silben, Wortanfänge und insbesondere die Endungen slawisch, und als schwängen mit der »Satkula«, statt »Lausitz«, »Bautzen«, »Cottbus«, »Kamenz«, Absatz für Absatz »Łužica«, »Budyšin«, »Chošebuz«, »Kamjenc« (übrigens der Geburtsort Lessings) mit.

Etliche Seiten lang wird derartiges Vergleichen, Unterscheiden, Verstehen, Begreifen in dem Leser sich ganz von selber weiterereignen. So wird er, ohne eine Extrabegründung zu brauchen, begreifen, daß das sorbische Epos, anders als das deutsche, in einem Hinterland spielt, an Bächen statt an einem Fluß – obwohl der Oberlauf der Spree die Stadt Bautzen streift und die Dresdener Elbe zur Heimat gehört –, und fern vom Meer – obwohl das Böhmen im Rücken ja laut Shakespeares *Wintermärchen* am Meer, einem noch dazu sagenhaft wilden, liegt; und auch wenn er weder jemals in Danzig noch in der oberen Lausitz gewesen ist, wird er an den sich wiederholenden, litaneihaften Erzählsätzen hier wie dort begreifen, wie der Katholizismus hier wie dort, ob praktiziert oder nicht, vordringlich in der Gestalt der Muttergottes beiden Geschichten eigentümliche Bewegungen, und seien das auch bloß Schlenker, und Bilder, und seien das auch bloß Umrisse oder Zitate, zuträgt; und er wird unterscheiden, anders: die Unterschiede *sehen*, zwischen den zwei Erzählräumen – dem, Randlage hin oder her, hafenstädtisch kosmopolitischen bei Grass und dem dörflich-kleinstädtischen, einerseits von Aufschneiderei, andrerseits von Biedersinn bedrohten bei Jurij Brězan – und nicht unterscheiden wirst du, Leser, zwischen etwas, das den beiden Buchanfängen in deinen Augen so ziemlich gleichermaßen innewohnt, dich davon vielmehr mitnehmen und beleben lassen: einer ansteckenden, erheiternden Frechheit.

Irgendwann oder -wo bei der Lektüre freilich, ob im vierten Kapitel von den achtzehn des *Krabat* oder sogar schon im ersten, wird in dem Leser mit dem Buch wohl kein Vergleichsbuch mehr mitspielen. Keine *Blechtrommel* mehr, überhaupt kein anderes

Buch mehr. Nur noch das, was da, Seite für Seite, vorliegt. Und mit Verlaub: indem, fürs erste jedenfalls, keine anderen Geschichten und Erzählweisen mehr mitzuspielen scheinen, scheint auch das Spiel selber, das Hauptspiel, die Geschichte vom *Krabat* unterbrochen, oder zumindest gefährdet. Woher kommt das? Vom abrupten Hin- und Herspringen der Geschehnisse zwischen den Zeiten, nicht nur Jahren, sondern Jahrhunderten? Vom traumhaften Ortewechsel nicht nur von Kapitel zu Kapitel, sondern von Absatz zu Absatz, und nicht bloß innerhalb der eingangs so innig-mächtig beschworenen Bachdörfer-Insellandschaft, sondern zwischen fast sämtlichen Erdteilen, von einem Pferderücken in der Lužica zu einem Fensterplatz in einem Flugzeug von Amerika nach Stockholm, von Indien über Florenz nach Lappland und wieder zurück vor eine alte Pestsäule inmitten eines steinigen sorbischen Ackers? Vom unablässigen Um- und Zurückgetauftwerden der Protagonisten, die derart, kaum vertraut, wieder unvertraut werden: Krabat, der jetzt Jan Serbin heißt, seine Liebste Smjala von der Satkula, die unversehens als käufliche Fremde namens Aiku auf einer schwedischen Schäreninsel auftaucht, sein ewiger Widersacher durch die Jahrhunderte, der deutsche (dann preußische) Landvogt oder Burgherr oder Graf Reissenberg, der in der Gegenwartshandlung – unvermittelt jeweils dazwischengeblendet – den Gegenspieler des Biologen Jan Serbin verkörpert, den brachial für eine Genmanipulation fechtenden Wissenschaftler mit dem eher undeutschen Namen »Lorenco Ceballo«?

Wie auch immer: die Lesestrecke quer durch diesen *Krabat*, am Anfang eine lichte weite Gerade, zeigt sich mit der Zeit mehr und mehr unterbrochen. Zunehmend Spiegelungen, welche eher zu narren scheinen, als daß sie die Geschichte etwa beleuchten oder plastischer machen. Und mitten in dem (erklärten) Labyrinth sind dann vielleicht Kapitel zu bestehen, die, indem sie dem wohlmeinenden Leser jeden Raum, selbst den der Träume, und damit den Boden unter den Füßen entziehen, als Prüfungsschranken erlebt werden können, ihn in den Helden (na ja) eines Märchens verwandelnd: er muß da durch; er will da durch? Es sind das Kapitel, in denen vor lauter Parabel- und vor allem Umspringbildern keine Welt mehr habhaft wird, oder wenn, so die versunkene, altdeutsche, jedenfalls gar unsorbische zum Beispiel der Phantasien eines E.T.A. Hoffmann, oder die in Auerbachs Keller, oder die der Schildbürger.

Was den Leser dann bei seiner Sache bleiben läßt, ist wiederum weniger die Thematik als die Eigenart der Krabat-Figur. Es braucht dazu nicht vorausgewußt zu werden, daß der Krabat seit Jahrhunderten die klassische Sagenfigur des sorbischen Volkes ist – sein allgegenwärtiges, unsterbliches (dabei dann und wann sterbendes), die Dinge, die Menschen und sich selber in einem fort verzauberndes Luftwesen wird schon auf den ersten Seiten des Brězanschen Kunst-Epos nicht allein erzählt, sondern zugleich klar als das Formprinzip des Erzählens. Es schadet der Lektüre freilich nicht, zu wissen, daß der Krabat wohl einen historischen Kern hat: ein »Krabat«, ein Kroate, sei ein Söldnerführer gewesen, ein gar tüchtiger und treuer, im Dienst eines sächsischen Landesfürsten, welcher ihm zuletzt als Dank ein Schloß samt Ländereien bei den Sorben, den »slawischen Brüdern« des Kroaten, überlassen habe – legendär die Wohltaten dieses Schloßherrn, und vollends in Legende und Sage übergegangen danach der »andere Krabat«, Zauberlehrling bei einem bösen Zaubermüller und nach dessen Vernichtung der große und gute Zauberer kreuz und quer durch das Sorbengebiet. Und es könnte das Lesen sogar befruchten, daß der Volksheld der Sorben kein Einheimischer ist, sondern ein Dahergelaufener, ein Fremder, ein Legionär – wenn nicht gerade vom Balkan, so doch, sagen wir, von einer dalmatinischen Insel.

Die Umspringfigur dieses Krabat, im Verein mit den Luftsprüngen und dem Zauberwind der Sagen: die andere Leselogik. Bloß wird wohl auch die stellen- und seitenweise kein Licht mehr aufgehen lassen. Wie hell aber beleuchtet ein in dem Buch ständig variiertes Bild solch mögliches Dilemma. Es ist ein bewegtes Bild, wie aus einem Film – wie überhaupt man den ganzen *Krabat* sich als einen Film vorstellen kann –, und es handelt von einer Pestsäule, mitten in einem Feld, »der Sockel aus heimischem Granit, der runde, sich nach oben verjüngende Schaft aus rotem schwedischen Porphyr, den das Eis hergebracht hat damals, als es unser Hügelchen zusammenschob, der Bildwürfel schließlich ist aus Gneis ... Ich ging zu der Säule ... Ein rotgepunkteter Käfer, der aufwärts strebend den rauhen Granit überwunden hatte und nun vom glatten Porphyr abglitt, versuchte immer wieder emporzuklimmen. Ich sah dem Käfer zu, der nicht an das unersteigbare Glatte glaubte, und machte mir ein Bild, daß das Glatte geschaffen sei, um unbesteigbar zu sein für einen Kriechkäfer. Ein Bild, wie alles ein Bild ist – ein Abbild, wahr oder unwahr und immer neue Bilder hervorrufend, unendliche Endlichkeiten von Bildern, bis daß das letzte sich umbildet zu einer Linie, schwarz in schwarz, woran jeder Gedanke abgleitet ...«

P. S.: Diese und jene porphyrglatten Strecken im *Krabat* aufrauhen oder erden helfen, könnten dir, wohlmeinender Leser – letzter Vorschlag – zwei andere Bücher von Jurij Brĕzan: die Autobiographie *Mein Stück Zeit* (»Er war nicht mutig, aber immer stärker als seine Furcht.«) und, vor allem, der Roman *Bild des Vaters*. »(Der Vater) hatte fröhliche Augen, so wenigstens schien es. In Wahrheit war ihm feierlich zumute, als ob ich mit der Seele in einem Ameisenhaufen säße, dachte er; es machte ihm die Augen glänzen.«

P. P. S.: Und zum Einhören in den Tonfall und Rhythmus des Sorbischen im *Krabat* etwa die CD *Jurij Brĕzan čita swoje powĕdki* (J. B. liest seine Geschichten), Domowina Verlag, Budyšin 2003.

EIDOLA / Kleine Bildchen

»Es schneit / Aus einer schwarzen Wolke / Schneeweiß.« – – »Die Tagesküken / Machten sich bekannt / Mit dem ersten Frühlingsregen.« – – »Hundert gehorsame Soldaten / Begeben sich in den Schlafsaal / Zu Beginn einer mondhellen Nacht // Ungehorsame Träume.« – – »Das Weiß der Taube / Verliert sich in den weißen Wolken. // Verschneiter Tag.« – – »Im Spiel des Kindes mit der Großmutter / Ist wer verliert / Immer die Großmutter.« – –

Undefinierbares Land, das alle diese in drei, höchstens vier Zeilen aufblitzenden kurzen Gedichtbilder sehen lassen. Und doch lassen sie, wie nur je Augenblicksgedichte, ein Land sehen – etwas wie das Land »Land« –, ein gerade in der gleich wieder verschwundenen Kleinheit der Bilder sich auftuendes, ein grenzenloses. Und ebenso ist es eine undefinierbare Zeit, in der diese kleinen Bilder spielen – und gerade solch unbestimmbare Zeit ist es auch, die die Bildchen überhaupt zum Spielen, in den flüchtigen Drei- und Vierschritt der Verse, des Rhythmus bringt. (Bestimmbar sind höchstens die Jahreszeiten; doch auch da ergibt sich kein eindeutiger Verlauf, und der scheinbare Frühling-Sommer-Herbst-Winter-Kreis trügt, der Kreis schließt sich mitnichten.) Nicht ganz abwegig freilich, wenn einem bei dem Land, an Hand der Gedichtformen – obwohl die dem Haiku eigenen Siebzehnsilben da und dort dem Abbas Kiarostami sicher ohne Absicht »unterlaufen« sind –, Japan einfällt, und bei der Zeit das Jahrhundert des heimat- und ortlosen Wanderpoeten Bashō, »unser« sechzehntes. In der Tat könnten Kiarostamis Gedichte als ein Mitreden, eine Art Sekundieren zu Bashōs einstiger poetischer Reisechronik in das Hinterland (*Auf schmalen Pfaden durchs Hinterland*) gelesen werden, und das nicht nur wegen der immer wiederkehrenden Schnee- und Schneiensbilder. Auch Kiarostami evoziert eine einsame Reise. Nur ist, anders als bei Bashō, die Strecke, die dabei zurückgelegt wird, keine mit gleichwelchem gebräuchlichen

Raum- und Zeitmaß auslotbare; es fehlen auch alle bei dem alten Japaner die Gedichte vorbereitenden und weiterführenden Ortsbeschreibungen, Datumsangaben, Zwischenerzählungen und Chroniken in Prosa. Und trotzdem erscheinen der Wanderer nordwärts durch Nippon und der eher auf der Stelle und im Kreis sich bewegende Kiarostamische dann als ein und derselbe, mit dem Augenblick in dem sehr lange ohne Person, ohne ein Ich, ohne persönliches Auge dahinziehenden Bilderreigen, da unversehens doch ein klares »Ich« mittut oder mitleidet, das von diesem Augenblick an während der ganzen Bild-für-Bild-Reise, selbst wenn es immer wieder unsichtbar-subjektlos wird, Subjekt, Auge, Autor bleibt. Solches Dazutreten des »Ich« geschieht zwar spät, fast schon im letzten Drittel der Reise, wirkt dann aber umso nachdrücklicher – verstärkt auch das Vertrauen des Lesers in die Reise. »Wenn ich es recht bedenke / Verstehe ich nicht / Warum die Hände derer mit leeren Händen / Verhornt sind.« – – »Wenn der Vollmond aufgeht / Im Osten / Steigt mein Liebesgefühl / Ein wenig.« – – »Meine Schuhe werden naß / Im Durchwandern / Des Kleefelds.« Und so treffen der japanische Wanderer aus dem 16. Jahrhundert und der so ganz anders aufgebrochene iranische Wanderer aus dem 20./21. – »seinem«, gerechnet von des Propheten Flucht nach Medina, ungefähr auch 16. Jahrhundert – gegen Ende ihrer beider Wanderschaften doch zusammen, in dem abgewandelten Sinne jenes Bashō-Zweizeilers: »Hauslos zwischen Himmel und Erde: / *Zwei* Wanderer.«

Ungleich größer noch zeigt sich dem ersten Lese-Augenschein der Abstand oder Unterschied dieser zyklischen, eher noch spiralisierenden Gedichtgespinste zu jenen der Vorwanderer-Vorgänger im eigenen Land, dem Iran, oder Persien. Und trotzdem ist die Erbschaft Gebilde für Gebilde zu spüren, und dieser Spur zu folgen kann das Lesen noch fruchtbarer machen. Solch ein Ahnherr muß ja nicht der alte (für uns Deutschsprachige) Goethesche Hafis sein – obwohl er genauso in Betracht kommt wie die hier, als zwei unter herzerfrischend vielen, so kurz wie ehrerbietig zum Vergleich gestreiften beiden anderen: Omar Khayyam, etwa kurz nach der ersten Jahrtausendwende, und, vielleicht ein gutes Jahrhundert später, Dschalal Ud-Din Rumi. Nichts, gar nichts von dem Philosophieren, in der Nachfolge der alten Griechen, vor allem Platons, in den Vierzeilern Omar Khayyams scheint zunächst auf die Poesie Kiarostamis übergegangen zu sein, weder die Auflehnung gegen den Himmel über uns Eintagsgeschöpfen noch die Sehnsucht nach der Konstruktion einer neuen Welt (»Hätte ich, wie die Vorsehung, die Gewalt über den Himmel, / Ich hätte diesen vernichtet. / Und ich hätte eine neue Welt erbaut / In welcher der freie Mensch seine Sehnsüchte verwirklichte nach seinem Belieben«). – Und auch nichts mehr übrig scheint bei Abbas Kiarostami von des Meisters (Mawlana) Dschalal Ud-Din (= etwa »Groß-im-Glauben«) Rumi religiöser Inbrunst, welche, im Gedicht, der Gazele (dem »Umspinnen«, »Werben«), als einer aus dem begeistert-ergriffenen (zugleich auch erheiterten) Atemrhythmus aufsteigenden Anbetung, in jedem noch so kleinen Anblick ein göttliches Anwesendsein und Wirken feiert und hochleben läßt, in dem Sinne des »... Er war nicht auf dem Kreuz ... / Er war nicht auf den Gipfeln, und nicht im Tal / ... Ich suchte weiter bis hin zur Kaaba. / Er war nicht an dem Ort ... / Ich reiste bis zur Stelle der Zwei Bogenschußlängen ... / Er fand sich dort nicht. / Ich vertiefte den Blick in mein eigenes Herz: / Und da, da sah ich Ihn ...« – Und doch, und doch: Vertieft der Leser den Blick ins Herz der Gedichte Kiarostamis und zugleich ins eigene Herz, so kann ihm nicht verborgen bleiben, wie und *daß* auch der ewigkeitsungläubige Omar Khayyam und der heutige Augenblicksfesthalter, daß auch der erste aller tanzenden Derwische, der Mawlana Rumi, und der jeweils nach dem ersten, spätestens vierten Schritt wieder von der Tanzfläche Abtretende der Gedichte hier paarweise Wanderer sind. Was bei Khayyam und, versteht sich, bei Hafis, der »Wein« (in der Regel ganz irdisch, ohne Hintersinn) ist, das ist bei Abbas Kiarostami zum Beispiel der »Wind«, das ist zum Beispiel »das Mondlicht«, das ist zum Beispiel der »Regen«, und in gleicher Weise der »Tau«, ein »Apfel«, ein »angespitzter Bleistift«, ein »verwaistes Gleis«. Und was bei Rumi jener verstorbene Freund ist, in dem er das Göttliche als das Allernächste erfuhr, das wird bei Kiarostami, allerdings als fern-fernes Echo, angestreift etwa in dem »Der Mond / Leuchtet auf nassem Buchsbaum / Einen Augenblick nach dem Regen«, in dem »Der Fata Morgana auf der Spur / Erreichte ich Wasser / Ohne Durst«, in dem »Weinen überfällt mich unerbittlich / Wenn für Weinen / Nicht Raum ist«, in dem »Nicht Ost / Nicht West / Nicht Nord / Nicht Süd / Hier wo ich stehe« (da ist die Parallelspur zu Rumi fast deutlich?), in dem »Die Kleeblätter halten / Versteckt in sich / Den Tau der Morgenfrühe«, in dem »Mitten in der schwarzgewandeten Trauergemeinde / Starrt das Kind / Auf die Kakipflaume«, in dem »Am Grab des Heiligen / Dachte ich an tausend Dinge. / Als ich heraustrat / Lag Schnee«, und zuletzt in dem »Vergebt mir meine Sünden / Und vergeßt sie / Aber nicht so / Daß ich sie restlos vergesse« ... Fernes, gar leises Echo? Umso ferner und leiser so ein Echo, umso vernehmlicher? Umso mehr aufhorchen lassend? Umso mehr magnetisierend? Und so wie Kiarostamis Gazelenbruchstücke als ein fast erstarrtes – insofern zeitgenössisches, heutiges? – Wiederholen der weit ausschwingenden Gazelen Rumis gelesen-erlebt werden können, als ein zeitgemäßes, nicht bloß iranisches, Umspinnen und Werben, so zeigen sie sich auch andererseits klar als die Nachbilder, nebelhafte, im Erscheinen schon verblassende, zu den noch philosophisch auftrumpfenden seinerzeitigen Welt-Bildern des Omar Khayyam? Was bei diesem »der Sarg des Nichts«, in den »wir fallen«, ist bei unserem Zeitgenossen der »Schlüssel« geworden, der »Lautlos / Vom Hals einer Bäuerin im Reisfeld (fällt)«? Und Khayyam wie Kiarostami aber gleichermaßen Erben der antiken Griechen, was deren so bescheidenen wie grundlegenden Glauben – in dem Philosophie und Religion zusammentreffen – an die Bilder angeht, an die zwischen dem Herzen der Dinge und dem des sie Erblikkenden hin- und herfunkenden Augenblicks-Bildchen, die von unseren hellenischen Vorfahren mit zärtlichem Staunen *eidola* genannten, die Verkleinerungs- oder eben Zärtlichkeitsform von *eidon*, Bild. Glaube? Glaube und Wissen in einem.

Die Frage jetzt: Wie dieses Gedichtbuch, mit nichts als eidola, nichts als »Bilderlein«, lesen? Es in einem durchlesen? Nach einem jeden eidolon mit dem Lesen aufhören, innehalten, um sich und/oder in sich schauen? Oder jeweils nach ein paar, nach mehreren dieser Erd- wie Luftaufnahmen? Erst am nächsten Tag weiterlesen, am übernächsten? Nach Sommeranfang? Nach Herbstende? Und nun kommt auch hier ein Ich ins Spiel: Ich, ich weiß es nicht. Ich habe nicht herausbekommen, in welchem Rhythmus, mit welchen Pausen die Haiku-Gazelen Kiarostamis zu lesen wären. Oder vielleicht doch, einmal: als ich an einem sonnigen windigen Frühlingstag mit der ganzen Sammlung, noch nicht dem fertigen (übersetzten) Buch, sondern dem Packen der losen einzelnen Blätter im Garten saß und über eine Leseordnung nachsann. Unversehens kam da ein heftiger Windstoß, und obwohl der Gedichte-Stapel mit einem Stein beschwert war, stoben im Nu sämtliche Blätter weg vom Tisch, in den hintersten Winkel des Gartens. Beim Zusammensuchen der Seiten waren diese dann im heillosen Durcheinander – das aber, als ich dabei unwillkürlich wieder ins Lesen kam, gar nicht so heillos war. Das windverwehte Durcheinander bescherte eine Lesemöglichkeit, nicht die einzige gewiß, jedoch eine diesem Buch jedenfalls nicht widersprechende. (Was nicht etwa heißen soll, daß ein anderer Leser es in einzelne Blätter zerschneidet und dem Wind aussetzt. Oder doch?)

Im letzten Frühjahr oder Winter sah ich einen Kurzfilm von Abbas Kiarostami, gedreht in einer einzigen Einstellung – so kommt es mir jetzt vor –, die vielleicht zwanzig Minuten dauerte, am Ufer des Kaspischen Meers, hoch im Norden Irans. Zu sehen waren allein die ziemlich sanft anrollenden Wellen, in diesen dann ein Holzstück, vom Meer einmal angeschwemmt an den Ufersand, dann wieder weggetragen ins Wasser, undsoweiter, und sofort. Nach einer so langen wie kurzen Zeit brach das Stück Holz – »unversehens« – auseinander, und nun waren es zwei Hölzchen, die miteinander schaukelten. Und am Ende trieb eins davon weg, auf die Hohe See hinaus. Und das war der ganze Film.

»Der schwarze Rabe / Beäugt sich verwundert / In der verschneiten Steppe.« – – »Prasseln des Hagels / Auf das winzige Spatzenei …« – – »Der kleine Apfel / Kreiselt / Im Gewirbel des kleinen Wasserfalls.« – – »Der Blinde / Fragt das Schulkind / Nach der Uhrzeit.« – – »Die zerbrochene Trinkflasche / Randvoll / Mit Frühlingsregen.« – – »Seit Jahren / Irre ich umher / Wie ein Strohhalm / Zwischen den Jahreszeiten.« (Du auch?) – – »Stets unvollendet / Bleiben meine Gespräche mit mir selbst.« (Deine auch?) – – »Meine Schuhe werden naß / Im Durchwandern / des Kleefelds.« (Meine auch.) – – »Eine schwangere Frau / Weint lautlos / Im Bett eines schlafenden Mannes« …

Das kurze – aber nicht kleine – Gedicht Nicolas Borns *Im Zug Athen–Patras* endet mit der Zeile: »kleine Liedchen, summt.« – – Kleine Bildchen, fliegt …

Zum Geleit
Das Meer – Die Insel – Das Schiff

»Und so möchte ich jetzt den Geist der Starkmut an die Spitze stellen, denn mehr als alle anmutige Geistigkeit, höher als aller Zauber ist ein starkes und tapferes Herz ... die Quelle allen Schöpfertums kommt aus dem tapferen Herzen.«

(Marja Grólmusec, Zuchthaus Waldheim, 1940)

Seltsame Lebensumwege, seltsame Seitenwege, besonders jene, die mich auf den Weg nach Bautzen oder Budyšin, nach Radibor oder Radwor, nach Kamenz alias Kamjenc, nach Nebelschütz alias Njebjelčicy, nach Räckelwitz oder Worklecy – ins Land der Sorben, in die Lausitz oder Łužica, und zu den sorbischen Schriften brachten. Wer erinnert sich an Wolfgang Ebert? Glossenschreiber, warmherzig-satirischer (das gibt es), vormals für »Die Zeit«, vor allem freilich Schöpfer des »Bellheim«, einer Slapstickfigur rein aus Sprache, ein jedes der mit diesem Bellheim dahertanzenden wie -stolpernden Prosastückchen eine würdige Parallele zu den Chaplin-Kurzfilmen und mehr noch denen des in den ärgsten Verwicklungen keine Miene, dafür aber sämtliche Gliedmaßen verziehenden Buster Keaton; Verfasser eines seiner herrisch-schußligen russischen Mutter gewidmeten Romans namens *Warum ist das Porzellan so nervös?* (oder: *Das Porzellan war so nervös?*). Kaum einen kindlicheren, nein, zutraulicheren Menschen konnte man sich vorstellen als diesen inzwischen seligen Wolfgang Ebert. Und so zutraulich und erwartungsvoll begegnete der um einiges Ältere auch (sogar) mir, gleichmäßig durch eine Jahrzehnte währende Bekanntschaft. Sämtliche seiner Liebsten und Gefährtinnen hatten demgemäß unsereinem, dem Bekanntenkreis, nahgebracht zu werden. Auf diese Weise fand ich mich, vor mehr als einem Vierteljahrhundert, in München war's, erstmals mit einer Frau aus dem bis dahin eher legendären Sorbenland an einem Tisch. Ich sah jene Frau erst viel später einmal wieder – eben in der sorbischen »Kapitale« Bautzen/Budyšin. Doch die kurze Begegnung verwandelte sich mir in ein nachhaltiges Zeichen, gab mir ja seinerzeit meine slawische Herkunft von der Mutter her, von der slowenischen Minderheit im »deutschösterreichischen« Kärnten, zunehmend zu denken (nein, sie hatte mir seit je – vielleicht weniger zu denken als zu sinnen gegeben).

Wieder ein Jahrzehnt danach begegnete ich erstmals einem Sorben-Autor; der jedenfalls seine Gedichte, zum Unterschied von der Prosa, in seiner sorbischen Sprache schrieb. Das war freilich nicht in seiner Stammgegend, sondern bei einem Schreibertreffen im slowenischen Karst um Lipica (oberhalb von Triest), damals noch Jugoslawien. Der Name des Dichters: Jurij Koch. Und als er dann tief unten in der Karsthöhle von Vilenica (in etwa: Feen- oder Weiße-Frau-Höhle) in der Reihe der tschechischen, polnischen, kroatischen, serbischen und einheimischen Poeten eins seiner Gedichte rezitierte, hörte ich erstmals Tonfall und Klang des Sorbischen. Die Sprache ließ sich so vertraut vernehmen, daß ich sie auf Anhieb zu verstehen glaubte. Das kam aber nicht vordringlich von der überraschenden phonetischen Ähnlichkeit mit dem örtlich-Slawischen des Karstes, dem Slowenischen. Zwar schienen die beiden Idiome in ihren Akzentuierungen, und insbesondere in ihrem Ausschwingenlassen der Vokale, etwas wie einem dunklen, ruhigen, wie privaten (»unter vier Augen«) Dehnen – so im Gegensatz zum hellen Selbstlauteschmettern, einem eher wie öffentlichen, etwa des Italienischen –, einander entschieden vergleichbarer als jede Spielform sonst des Slawischen. Aber jene unmittelbare Vertrautheit der sorbischen Laute und Silbenfälle kam mehr noch von etwas Drittem. Von was? Dieses Dritte kann ich bis heute nicht bestimmen, jedenfalls nicht präzise. Beim näheren Hinhören damals wurden mir nämlich nur einzelne Wörter verständlich, und das freilich nicht, weil ich die dem Anschein nach so nahverwandte Sprache meiner mütterlichen Vorfahren nur gar mangelhaft innehatte: auch den eingeborenen Slowenen ging es wie mir, auch sie meinten bloß, zu verstehen, auch sie erahnten höchstens einen Zusammenhang. Jenes Vertrautklingen des Sorbischen in dem anderen Land rührte, das läßt sich immerhin vielleicht andeuten, von dem erwähnten Zimmer- oder Kammer- oder eher Kammerwinkelton her, welcher spürbar nicht allein die Eigenart des einzelnen Sprechers dort war. Solche Weise des Beiseitesprechens, zwischen Selbstgespräch und individueller Zuwendung, machte sich hörbar sozusagen als das Hauptohrenmerk, was das Sorbische betraf, und es unterschied sich auch darin von den anderen slawischen Sprachen, daß es mir für jede Art von Verlautbarung ungeeignet erschien. Es war ein Gedicht, das Jurij Koch seinerzeit unten in der Karstgrotte vortrug. Doch das Gedicht hatte in der ihm eigenen Sprache, selbst wenn es nichts erzählte, den Atem einer Erzählung. Und dieser Atem war es wohl, der uns auf einzelne verständliche Wörter beschränkten Zuhörern trotzdem den, einen anderen Zusammenhang hörbar machte, oder vielleicht auch bloß vorgaukelte – aber immerhin. Und immerhin habe ich solches nicht nur jenes eine Mal mit einem sorbischen »Sprecher« erlebt, sondern dann auch in der Folgezeit, bis zuletzt ein Gedicht und/oder Sprachzeugnis aus der Lausitz (siehe *Das Meer – Die Insel – Das Schiff*), aus den Jahrhunderten vor Gutenberg bis zur Internetjetztzeit, mir Hand in Hand unter vier Augen etwas erzählten.

Das heißt nun freilich nicht, daß, bei aller Zurückgenommenheit der sorbischen Sprache, die Schriften der Sorben, der Dichter, der Naturkundler, der Linguisten sich begnügten mit gleichwelchem stillen Stuben- oder Sonstwo-Winkel. Zwar sind fast alle von ihnen »Stille im Land« (muß das denn unbedingt eine Schmähformel sein?). Aber diese Stillen propagieren keineswegs das Stillbleiben, noch halten sie je still. Die so vielen und so mannigfaltigen sorbischen Schreiber sind durchweg, ebenso wie von der Stille (der Landschaft, der Sprache), bestimmt und bewegt von Zorn, von Aktionsbedürfnis, von Drang nach Rettung – und nicht allein des jeweiligen Ich-Selbst: bewegt von »Wir!«-Gefühl. Es gehört auch zum sorbischen Witz, daß sich der, na ja, Nationaldichter der Łužica (»national« im Sinne Herders) im 19. Jahrhundert, der ungestüme, quer durchs Land die Gedichtfackel wie keiner vor ihm (und aber einige nach ihm) schwingende Jakub Bart den Beinamen »Ćišinski«, der Stille, gegeben hat, und daß einer seiner Nachfahren Anfang des 20. Jahrhunderts, aus der Erfahrung des I. Weltkriegs in allen Ländern Europas weniger fremd als in seinem Deutschland, – Jakub Lorenc (Großvater von Kito Lorenc) sich als Verfasser sorbischer Schriften »Zaleški«, etwa Hinterwäldler, nennt – ein Hinterwäldler, der schreibend-aufschreit (das gibt es), der still-aufschreit (das gibt es): »Ich … hasse diejenigen …, die ihn [meinen Bruder] dazu zwangen, für ein falsches Vaterland zu kämpfen und zu sterben«, so wie: »Und allen Völkern Europas soll die Erlösung kommen!« (»A wšitkim narodam Europy njech přińdźe wumóženje!«)

Auch in Jurij Koch, dem ersten mir begegneten sorbischen Autor, sah ich dann ja, als ich dies und jenes, auf deutsch, von ihm las, mochten im Duktus selbst der Übersetzung auch die ursprüngliche Stille und Kammertonart fortbestehen, jemand so Zornigen wie Streitbaren. War er doch der wütend-sarkastische Wort- und Schriftführer derer, die, noch tief in den Zeiten der Deutschen Demokratischen Republik, kämpften für die Erhaltung der niedersorbischen Dörfer, bedroht vom massiven Braunkohleabbau – ein Kampf, der heute, lang nach der Wiedervereinigung (siehe das Dorf Horno, dessen Bewohner allesamt freiwilligst zwangumgesiedelt wurden und werden), so ziemlich verloren erscheint. Und ebenso erwies sich, ein Jahrzehnt später, meine nächste Begegnung mit einem sorbischen Worttatmenschen, der Dichterin Róža Domašcyna, als eine, welche mir die mehr oder weniger typische, vielleicht auch täuschende sorbische Stille (nur auf den ersten Blick zu verwechseln mit den so oft träumerisch zurückgezogenen Gedichten der slowenischen Minderheit in Kärnten) als eine Spielart des Beharrens, ja der Unabhängigkeitserklärung nahebrachte. In der Erinnerung jetzt sehe ich die Poetin auftreten – in Weimar war es –, auftreten in der sorbischen Tracht, oder zumindest in einer Andeutung dessen, und wenn mein Gedächtnis mich trügt, soll mir das recht sein: die Folklore, und insbesondere wohl die sorbische, ist ja wohl auch noch anderes als »bloß Folklore«.

Eine eigentümliche Souveränität strahlte dadurch, und nicht allein dadurch, von der Domašcyna aus, eine nicht gerade staatliche, aber auch nicht bloß individuelle; etwas wie eine ungezwungene, ruhige Repräsentanz, eher »undeutsch«. Und als ich danach im stillen einige ihrer Poeme las, fiel mir auch da als Hauptzug (oder, in ihrem Wort: »Hauptflöz«) das still und klar Widerständische, eine von einer starken Trauer betriebene Selbst- und Rechte-Beharrung auf. Die Kampfspielart der Róža Domašcyna, unterschieden von jener etwa des Jurij Koch: das beinahe herrische, oder eben souveräne Verteidigen und Ins-Licht-Halten der eigenen, der Landessprache, siehe vor allem das Gedicht, welches mit den entgegengesetzten Geschlechtern von sorbischen und deutschen Substantiva spielt – Existenz spielt: »Die tödin [sorb. »Tod«: smjerć, weiblich] kommt: die sprache verröchelt / ich benenne noch einmal die dinge / ... die sonne gelegt in die wasser der flüssin ... // jede sprache verendet mit einem menschen ... / aber wortflöz ist erdflöz / ist das liegende und das hangende / an überhängen und bruchstellen / nistet die füchsin ...« Und hier, im Sichneigen zur Landes- und, ja, Volkssprache trifft sie sich stillkämpferisch auch mit jenem ihrer poetischen Vorfahren, mit Jurij Chěžka, dessen Gedicht *Zelene Zet* (Das grüne Zet) – als *Das grüne G* übrigens von ihr ins Deutsche übertragen –, indem es allein aus dem speziellen sorbischen Konsonanten rhythmische Weltbilder, eben Dichtung, gewinnt, gleichsam für den Augenblick, die Drehscheibe der Łužica-Poesie, von den Anfängen bis jetzt, behauptet. Woher wohl solche sorbische Eigenständigkeit, ähnlich der eines von Anfang an Verwaisten, sehr früh auf sich selber Gestellten? Weil es für die Sorben, wieder anders als etwa für die Slowenen in Kärnten, nie ein Mutterland wie das Slowenien südlich der Karawanken, mit einer regelrechten Hauptstadt, Ljubljana, gab? (Das tschechische Prag, obwohl epochenweise eine Art Schutz- und/oder Leit-Macht, kam ebenso wie das polnische Warschau, allein durch die nichtidentische Sprache, als »Mutterland« nie in Frage.) Weil das deutsche Meer rings um die sorbische Insel, fast allezeit alles andere als ein rechter, lebenlassender, fördernder Vormund war? Wie auch immer: Eigenständigkeit und, wie diese die Sorbenlyrik fast durchweg mitprägend, eine gewisse Jähheit, geradezu ein lyrischer Jähzorn, Gedichte immer wieder in der Form eines stillen, gegliederten Aufschreis (kein bloßes Wortspiel ist das): »Nur keine Einmischung!« (meine Zeilen hier sind auf das Gegenteil einer Einmischung aus). Jähheit, die der Bedrängtheit eines kleinen Volks entspringt? Aber gibt es das, ein »kleines« Volk?

Inzwischen bin ich mehrere Male im Gebiet und im Land der Sorben gewesen. Keine Autorentreffen mehr waren der Anlaß, und wenn, dann nichtöffentliche, »unter vier Augen«, höchstens hier und dort ein kleiner Hund dabei. Im Weiler Horni Hajnk (etwa »Oberer Jäger«) habe ich mit Jurij Brězan aus seinem Waldrandhaus durch die mächtigen Gartenbäume durch auf eine Art Heidesteppe geschaut. In Budyšin hat Benedikt Dyrlich bedauert, nach der »Wende« oder Wiedervereinigung für vier Jahre in den sächsischen Landtag gewählt, seine anfänglichen Gedichtaufbrüche so zaghaft weitergeführt zu haben. Ebenso in Budyšin hat mich Beno Budar, Vater ein unbekannter ukrainischer Soldat, durch den Dom St. Petri geführt, dessen Schiff zweigeteilt ist für die Katholiken und für die Protestanten. Und jüngst erst hat mir Kito Lorenc am Bach von Wuježk, seinem Wohndorf, mehr von der Struga, seinem Kindheitsbach, der ihn einst auf die Gedichtsprünge gebracht hatte, erzählt: »Die Prosa dazu steht mir noch bevor!«, und ich bin dann mit dem Herausgeber, Nachdichter und in *erster Linie* (oder Zeile) Dichter auf dem novemberdüsteren »Heiligen Berg der Sorben«, dem Granitrücken Richtung Böhmen, auf dem Czorneboh gewesen – eigentlich wohl »Schwarze Seite«, »Schwarze Flanke«, im Volkswillen aber »Schwarzer Gott«-Berg.

Und nicht wenig habe ich mich auch allein durch die Łužica bewegt. Die Oberlausitz ist ein zum Kreuz- und Quer- und vor allem Weit-Wandern verlockendes Täler- und Hügelland. (Die Niederlausitz steht noch bevor.) Führer: detaillierte Karten, usw., aber ebenso diese und jene sorbischen Schriften durch die Jahrhunderte, Schriftlichkeit, ohne welche die Lausitzer Sorben wie ihr einstiges Brudervolk in der Lüneburger Heide – der letzte Slawisch-Sprecher dort belegt im 18. Jahrhundert – längst im deutschen Meer untergegangen wären. Die Briefe der sorbischen Lehrerin Marja Grólmusec zum Beispiel, mit 48 Jahren 1944 im Frauenkonzentrationslager Ravensbrück gestorben, haben mich auf den (Fuß)Weg nach Radibor/Radwor gebracht, das edle Dorf mit dem Weiße-Kreuze-Friedhof (und einem anders erbaulichen Gasthof), wo diese sorbische Schwester der Simone Weil sich zum Widerstand gegen das Hitlertum entschloß – aus ihren Gefängnisbriefen an die Schwester: »... der ganze holde Weihnachtszauber aller Völker und Länder gilt nur für die Glücklichen. Mir gilt er gar nichts mehr, wenn ich nicht mehr bei Dir und in unserem Dorf bin. Aber das Wort von der Verjüngung der greisenhaften Menschheit, das die missa in aurora so sehnsuchtsvoll spricht, das gilt für alle, ob sie daheim oder verbannt sind ... und wird auch weitergelten, solange sich Menschen und Völker sehnen. Das semper et ubique der Messe hat nicht nur einen religiösen Sinn. Es hat darüber hinaus noch den Sinn, daß es uns immer wieder zum Ganzen führt ...«

Auszüge aus diesen herrlichen Briefen finden sich in jener anderen sorbischen Anthologie, welche Kito Lorenc schon 1981 unter dem Titel *Serbska čitanka/Sorbisches Lesebuch* im Verlag Philipp Reclam jun. zu Leipzig herausgegeben hat. Und mit ein Grund, daß ich hier daraus zitiere: der Wunsch oder das Bedürfnis nach einem *Dritten,* einem sorbischen Prosabuch, in dem, und das nicht bloß als Unter- und Beiton zu den Gedichten, auch die pěša rěč (sorb. für Prosa: zu-Fuß-, Fußgängersprache) aufspielt, etwa, als ein anderes Lesebuch-Beispiel hier noch, die Bienentheologie des sorbischen Priester-Gelehrten Hadam Bohachwal Šěrach aus dem 18. Jahrhundert: »Zu keiner Zeit kann man mehr verschiedene Töne hören als zur Schwarm-Zeit. Des Abends vor den Schwärmen hört man ein starkes Gesause, und viel helle durchdringende Töne. Das Gemurmele rührt von denen Arbeits-Bienen her, die ... auf ewig voneinander Abschied nehmen; die hellen Töne aber von denen Königinnen, da die ältere die jüngere aus dem Stocke jagt ...«

Fragmentarisch ist alles, was ich im letzten Vierteljahrhundert vom Land der Sorben wie auch deren Schrifttum erfahren habe, und fragmentarisch wird es auch bleiben. So reich und vielfältig die von mir bis heute gelesenen Schriftzeugnisse sind: die Landschaft der Łužica, für den, der in ihr gegangen oder, sagen wir, als Osterreiter durch sie geritten ist (siehe »Folklore ist nicht nur Folklore«), ruft, vor allem in der Weite und Leere ihrer Bachtäler, noch nach mehr – nach unendlich mehr.

Die Lausitz ein Phantasieland? Ja; wenn auch nicht im Sinn des Phantastischen oder Sagenhaften, irgendeines schlafenden Königs oder Herrn der Ringe, vielmehr Phantasie als – an der Hand vielleicht gerade des Fragmentarischen – die wohl den stärksten Anstoß gebende, oder auch bloß (»bloß«?) schubkräftigste, kräftig anschubsende Stufe der Wirklichkeit; gewiß aber deren höchste wie hellste.

V

Der Verleger wird gebraucht

Der Verleger ist da, auch wenn er verreist ist. Ein Manuskript liest er nicht bloß, sondern zieht sich damit zurück. Danach läßt er dem Autor seine Illusionen, oder er macht sie ihm. Er schreibt: »Der Verleger freut sich, ein publikationsfähiges Manuskript in Händen zu haben«; oder: »Dieses Buch wird seine Leser finden«; oder er sagt am Telefon: »Dein bestes Buch«; oder gar: »Meisterwerk!« (Dieses Wort hat er zunächst durch eine Schweigeminute vorbereitet.) Der Verleger vermittelt dem Autor, wie einzig er, der Autor, sei. Dabei ist einzig nur er, der Verleger. Er ist das verkörperte Prinzip Wirklichkeit und zugleich ein großer Spieler. Er kann überraschen. Er kann hören und überhören. Er kann sich gut erinnern und so tun, als habe er vergessen. Er kann (mannhaft) begeistert sein und (kindlich) verletzt sein. Und er kann vor allem lesen. Der Verleger wird gebraucht.

Zeit mit Siegfried Unseld (ohne Zeitwörter)

1965, August

Nach der Annahme der *Hornissen* Fahrt zum Verlag. Vorstellung beim Verleger, in seinem Büro am Grüneburgweg in Frankfurt. Ich übernächtig, an keiner der Autobahnraststätten zwischen München und F. ein Zimmer frei. »Verleger«? Unwissenheit des Zweiundzwanzigjährigen. Siegfried Unseld nicht nur im Dastehen mitten im Raum gar übermächtig. (Übernächtig/übermächtig). Riesengesicht. Und was für dunkle Augen – ich für deren Schönheit erst mit den Jahrzehnten offen. Und was für ein riesiger blauer Pickel auf der Riesenwange: bei meiner Erwähnung dessen fast vier Jahrzehnte später ein entschiedenes Kopfschütteln. Er seinerzeit: »Sie, Schriftsteller? Keine Chance, höchstens mit Theaterstücken.«

1971, November

Im unfertigen Neubau der Siedlung am Rand von Kronberg im Taunus die Nachricht vom Freitod (?) meiner Mutter, überbracht von der Botin aus dem Verlag in Frankfurt (Haus noch ohne Fernsprechleitung). Empfangen dann vom Verleger in seinem Haus in der Klettenbergstraße. Empfangen? Ja, durch sein ganz gegenwärtiges Schweigen, spürbar beim Telefonieren dort mit meiner Schwester in Österreich; Siegfried Unselds Schweigen zu den Trauerlauten hier und dort, Schweigen in meinem Rücken, an meinem Rücken. (Die Karte für den Abendflug nach Wien von seiner Sekretärin schon bereitgestellt.)

1972, 1973, die Jahreszeiten alle

Immer wieder Besuche des Verlegers beim Autor. Dieser inzwischen allein mit seinem auf noch wackligen Beinen stehenden Kind im Kronberger Haus; Haus? eher – bekannte Geschichte? – Mittelding zwischen Rohbau und Ruine. Die Besuche vielleicht auch verknüpft mit einer Geliebten in der Nachbarschaft, und gewiß mit dem nahen Königstein, dem letzten Wohnsitz Peter Suhrkamps, des »Königmachers« für Siegfried Unseld. Davon abgesehen: Wieder das stille Dasitzen des Gastes; alle die Sitzgelegenheiten in der Wohneinheit entschieden zu beengt und zu niedrig für ihn; bedenklicher Blick auf den sträflich selbstisolierten Autor, aus Siegfrieds Gesicht mit der Zeit dabei doch weniger Übermacht als Ruhe und Einverständnis ausstrahlend. Und einmal dann, tief in der Taunusnacht der Spruch, vielleicht als Tadel oder Warnung gedacht, von mir jedoch ganz anders aufgenommen: »Keiner meiner Autoren so einsamlebend wie du!« Anders aufgenommen? Mit einer Art Stolz. Und wieso? Wegen der Stimmschwingung in der vermeintlichen Besorgtheit. Gutheißung also? Nein, Feststellung, pure.

1978, November

Ich (oder der gemeinhin »Ich« Genannte) im 21. Stockwerk eines Hotels in New York, inzwischen Appartmenthaus geworden (die Rezeption unten später wiedererkannt im Film *Gloria* von John Cassavetes, Gena Rowlands da Unterschlupf suchend für sich und ein von Killern verfolgtes Nachbarkind). Name des Hotels: »Adams Hotel«, gut passend zu der den Anfang der Anfänge suchenden Erzählung *Langsame Heimkehr*, mein Thema, nein, mein Vorwurf (= mein Problem) in jenen Schreibermonaten; ich dazu am Tisch dort sitzend dafür (fast) Tag und Nacht. Besuch des Verlegers in meinem Schreibgemach. Ich während seines Aufenthalts in Manhattan ein Rendezvous unter vielen; recht so; er, wie auch ich, mit den Gedanken woanders. Dann aber: die ungeheure Witterung Siegfried Unselds. Diesmal freilich eine besondere: Witterung wie die eines alten Soldaten, des Unheils. Unheil wo? Um mich herum, den Autor. Der Autor im Ruch der Verlorenheit. Der Autor am Verlorengehen. Ein Ruch? Ja, eine Art Geruch, vielleicht vom Schweiß der Fast-Verlassenheit, oder der Kläglichkeit. Von Siegfried Unseld kein Wort mehr, jede Art Trost eine Verharmlosung, den endgültigen Fall noch beschleunigend? Statt dessen: Flucht – Flucht, Fersengeld des Verlegers, wortlos, vor mir, dem vom Kippen Bedrohten. Und ich dann?

Von solcher Flucht entsetzt, und dann sogleich bitter-erheitert. Zuerst wie verraten; und dann einverstanden, sich so auf sich zurückgeworfen zu sehen; und zuletzt so gestärkt (und bestärkt), episodisch jedenfalls, für die Folgenacht, und in der Folge immer wieder.

1965-2003

Augenblicke um Augenblicke des gemeinsamen Gehens. Zugleich kein Zusammengehen: Siegfried Unseld zu schwer und zu wuchtig fürs Gehen; nicht gemacht für solch eine Bewegungsart? Sein Schweißgesicht auch nur nach ein paar Schritten gemeinsam. Leicht nur im Schwimmen? Seine Stimme jedenfalls, die Bücher betreffend, die eines Schwimmers, übers Wasser her, tief und dabei schwerelos. So doch die Illusion des Zusammengehens? Illusion?

November 2002

Eine Woche nach Siegfried Unselds Begräbnis vor seinem Grab. Im weiten Umkreis um dieses herum noch die Spuren der Begräbnisgäste im Boden, sich überschneidende Fußabdrücke im Gras und halbgefrorenen Schlamm: »Ganz Deutschland«. Und in einer jener Nächte nach Siegfrieds Tod seine Erscheinung im Traum. Erscheinung? Ja. Erscheinung wie? Nichts als sein Gesicht, so nah wie nie »im Leben«. Die Augen dunkel wie eh und je; die Erscheinung konzentriert in den schwarzen Augen, diese eine Art Drohung ausstrahlend? Nein, eher eine Mahnung, und vor allem Wachsamkeit, in dem Sinn von – und hier also doch ein Zeitwort –: »Ich wache.« Wundersame Drohung.

2003

Immer noch seine Stimme im Ohr; zeitweise sie auch am Telefon, bei dessen Läuten, unwillkürlich erwartend. Stimme des Schwimmers, leichthin übers Wasser kommend, immer wieder.

Vom Singular und vom Plural

Rede zur Verleihung des Siegfried-Unseld-Preises am 28. September 2004 im Holzhausenpark

Als erwogen wurde, daß diese Preisverleihung öffentlich stattfinden sollte, und ich mich erfolgreich dagegen gewehrt habe, wurde dann bemerkt: privat, das hieße doch, es könne auch festlich sein. Vielleicht, je privater, desto festlicher. Und so sind wir, Verlegerin und Autoren und Verlagsmitarbeiter, nun hier im Holzhausenpark so privat wie festlich versammelt. Ich habe mir dazu sogar in Paris einen neuen Anzug gekauft und eine Krawatte und Schuhe von John Lobb.

Ich habe Schwierigkeiten, Mittelpunkt eines Festes zu sein. Dazu fällt mir eine Bemerkung Goethes, zu Kanzler Müller, ein, als der Dichter einmal sehr krank war. Das war nicht lang vor seinem Tod, und in seinem Haus war an ein Fest gedacht, er war ja ein Mann der Feste, er als Mittelpunkt, und vielleicht auch verschwunden im Mittelpunkt. Goethe konnte also nicht teilnehmen, und danach sagte er ungefähr zum Kanzler: »Ach, hoffentlich habe ich euch mit meinem Kranksein nicht das Fest verdorben.«

Vor ein paar Tagen war meine Tochter auf einem Fest, einem Tauffest in einem Nachbarvorort. Und ich stellte mir mein Kind im Garten vor, mit anderen Kindern beim Fest, und die Vorstellung: ich allein in meinem Garten und das Kind in einem anderen Garten beim Fest, das war mir Fest genug. Der ganze Tag ist für mich ein Fest, wenn andere die Feste feiern.

Ich wollte ein paar Fragmente äußern zu dem Verhältnis Verleger–Autoren. Keine Dithyrambe anstimmen, sondern erzählen von meinen kritischen Momenten, so daß vielleicht diese Momente, indem sie erzählt werden, das Blatt freimachen für die großen Momente, die über das Kritische hinausgehen.

Es gab Perioden in meinem Schreiber-Leben, die nicht gerade Krisen waren mit Siegfried Unseld, als dem Verleger, aber vielleicht doch Übergänge, Engstellen, Furten, Schwellen.

Als die erste Periode erscheint mir jetzt die Zeit, da ich sehr jung war, etwa von 1965 bis vielleicht 1972. Eine Zeit, da, vielleicht auch dadurch, daß ich die Jugend in Österreich verbracht habe, die Sprache, das Sprechen, das Sein, das Sichgeben hier in Deutschland mich befremdeten. Ich brauchte sieben Jahre, um – wie man in der Umgangssprache sagt – »warm« zu werden mit Siegfried. Es war eine Zeit der Befremdung. Sogar, als ich meine ersten sogenannten Erfolge hatte, mit *Kaspar* oder *Die Angst des Tormanns beim Elfmeter*, war eine Distanz da, von der ich mir inzwischen einbilde, ich sei der Verantwortliche gewesen, indem ich mich nicht habe wahrnehmen lassen. Ich bildete mir freilich damals ein, vom Verleger nicht wahrgenommen zu werden. Inzwischen denke ich, man müsse sich auch wahrnehmen lassen – und dann erst komme die Wahrnehmung durch den anderen.

Das hat sich dann geändert. Zum ersten Mal fühlte ich mich von Siegfried Unseld wahrgenommen, als ich allein lebte in Kronberg im Taunus mit meinem Kind. Da kam er manchmal am Abend und hat »nach mir geschaut«. Zum ersten Mal sah ich mich da gesehen, wenn auch zunächst in einer skeptischen, in einer fragenden Weise: »Was machst du da allein, so weit weg von den Städten? Ein Schriftsteller gehört in die Städte oder gehört unter die Leute«, und so fort. Aber gerade dieser skeptische Blick, dieses bedenkliche Angeschautwerden hat mich für den Verleger geöffnet. Belebend: Zum erstenmal durch diesen besonderen Menschen sich angeschaut zu spüren, skeptisch, dabei mit großen Augen, ohne Sprechen. Was vorher ein Hindernis war, war ja immer wieder die Verlegersprache, die Sprechsprache. Ich meine da nicht Siegfried Unselds Geschriebenes: wir sehen in den Briefen, die Rainer Weiss herausgegeben hat, daß die geschriebene Sprache des Verlegers manchmal exemplarisch sein kann. Aber das Problem Autor – Verleger, die Sprechsprache dabei hatte in den ersten Jahren mich gehindert, und einzig sein Schreiben, mancher Brief, hatte mich hingezogen zu ihm über die frühen Jahre.

Und dann die zweite Krise, die vielleicht keine eigene war. Es war eine öffentliche Krise, seinerzeit mit der Gründung des Verlags der Autoren, als wir jüngeren Leute, mit Karlheinz Braun, einen Theaterverlag gegründet haben und wir selber die Gesellschafter dieses Verlages wurden. Wir Jungen waren von Brauns Enthusiasmus magnetisiert. Es war nicht nur Ideologie, daß wir Gesellschafter werden wollten. Für mich aber kam es dann zur Krise mit dem neuen Verlag, als ich merkte, daß, wenn Autoren Macht haben, vor allem bei Entscheidungen über Anstellung und Entlassung eines Menschen, daß es noch eine viel schlimmere Macht sein kann, als wenn ein Mensch allein entscheidet. Ich habe noch nie so grausame Menschen erlebt wie Autoren im Kollektiv. Ich habe nie ein ZK erlebt, aber nicht wenige Autoren gebärdeten sich wie bei einer ZK-Versammlung in dem Sinn »mit dem Daumen nach unten«, und das war für mich ein Grund, zurückzugehen in den Suhrkamp Verlag. Das kam von dem Schock durch die Autoren, wie die sich ändern, wenn sie ein Kollektiv werden und Macht haben. Das heißt aber nicht, daß ich ins patriarchalische System zurückgekehrt bin wie in einen Schoß. Das also war die zweite Krise.

Die dritte war eine Krise, die nicht mit Autoren im Plural zusammenhängt, sondern mit mir als Autor im Singular. Das geschah zur Zeit der Arbeit an *Mein Jahr in der Niemandsbucht*, als ich in einer Überempfindlichkeit die Beziehung Verleger – Öffentlichkeit – Autor nicht mehr im Gleichgewicht sah. Mir erschienen die Verlage, erschien sogar mein Verlag gar zu sehr im Sklavendienst der Zeitungen, der Feuilletons, usw., versklavt von deren Machtspielen. Ich betrat das Haus des Verlegers, und der Stuhl, auf dem ich saß, war in meinem Wahn oder Nichtwahn noch heiß von dem Kritiker, der fünf Minuten vorher da war, auf Vernichten aus. Das hat mich gestört in meinem idiotischen Idealismus, den ich damals noch hatte und den ich, verschoben, vielleicht immer noch habe, und so kam es zu einer dritten, individuellen Krise, wo ich fast – zum Glück gibt's das Wort »fast« –, fast den Verlag verlassen hätte. Ich habe vor kurzer Zeit einen Brief gefunden, den ich irgendwo auf einer Wanderung im Freien geschrieben habe: »Ich verlasse den Verlag«, und so ganz biblisch drei Seiten voll. Zum Glück bin ich dann weitergewandert, und der Brief hat sich dann in die Jackentasche verstrickt über die Jahre und ist nie abgeschickt worden ...

Das waren schwierige Momente, vielleicht bloß in der Einbildung, aber gerade diese Momente haben im Gegenzug die Furten, die Übergänge, die Schwellen geschaffen und danach eine Harmonie, die bis zum Ende, bis zu Siegfried Unselds Tod, gehalten, ja, sich verstärkt, sich erwärmt hat. Rainer Weiss hat aus dem Briefwechselband einen Brief vorgelesen, zur Zeit der *Stunde der wahren Empfindung*, wo ich gekränkt erscheine über einen Satz von Siegfried Unseld über das Buch: »Dieses Buch wird seine Leser finden.« Aber wenn es so war, kam das nicht aus dem Inhalt des Satzes, sondern aus dessen Sprache. Und dagegen habe ich in einem Briefchen protestiert. Und dazu dann Siegfried Unseld: »Wir haben verschiedene Sensibilitäten.« Und das stimmte. Über zwanzig Jahre waren – ich sage das jetzt im Imperfekt – die Sensibilitäten durchaus verschieden. Und es war recht so.

Das Verhältnis von Autor und Verleger ist von Natur aus kein Freundverhältnis. Aber die letzten zehn Jahre haben die Sensibiliäten sich angenähert und haben sich fast, und nicht nur durch die sogenannte Zusammenarbeit, einander berührt, brüderlich, ja brüderlich. Eine seltsame Sache, die letzten zehn Jahre unseres Sich-Zusammentuns. Seltsam: denn der Verleger braucht den Autor, im Singular, nicht, der Verleger braucht die Autoren im Plural. Das ist auch das Schöne und das Richtige daran. Während dagegen der Autor den Verleger im Singular, als Singular braucht. Das ist ein exemplarisches und zugleich nicht lösbares Verhältnis. Der Autor erwartet den Singular, und der Verleger lebt und arbeitet im Plural. Und deswegen erscheint mir eben das Verhältnis Autor-Verleger ist ein exemplarisches Verhältnis für den Umgang zwischen Menschen in unserer Zeit. Oder war so ein Verhältnis nicht seit jeher exemplarisch, eher als der Mythos »Freund«?

Ich komme zum Schluß. Ein »großer Kritiker« hat zum Tod von Siegfried Unseld ungefähr folgenden Satz von sich gegeben: »*Ich* liebe die Literatur, er hat die Bücher geliebt.« Da habe ich gedacht: Naja. Und eben dazu möchte ich einen Brief, den ich vor kurzem gefunden habe, beim Aufstöbern der Briefe von Hermann Lenz an mich, zitieren. Da eben fiel mir ein handschriftlicher Brief von Siegfried Unseld in die Hände, geschrieben vom Bodensee, aus der Klinik Buchinger:

Überlingen, am 30.7.97

Lieber Peter,
wie der Apotheker von Taxham in seinem »Iwain« habe auch ich jeden Abend in Deinem wirklichen großen Buch »In einer dunklen Nacht« gelesen. Jetzt zum dritten Mal. Und immer wurde mir Neues aufgeschlüsselt. Du stimmst den Leser poetisch in die Geschichte ein, in die Zeit, da die Geschichte spielt, der Schlag an des Apothekers Kopf, der sich dann in »neuem Zustand« befindet, die Zwischenzeit, der Rabe (wie schön!). Der Apotheker ist zur Reise bereit: »... die Hände am Steuer, vor der Abfahrt noch eine Seite im Epos gelesen. Kein Wind bis jetzt an dem dunklen Tag: dafür das Wehen aus dem Buch«! Dann die Reise, das Epos, die Stummheit. Die Liebe zwischen Apotheker und der »Siegerin«. Eine Liebesgeschichte! Merkwürdige Dinge ereignen sich, Raum und Zeit gehorchen wie im Traum anderen Gesetzen. Dann Santa Fe wo der Apotheker den verstoßenen Sohn erkennt. Dann das Größte des Buches, der Gang durch die Steppe, die Steppenlandschaft, Wiederbegegnung mit der »Siegerin«. Überwindung der Stummheit. Die »Begeisterung vom Dasein«, die auch den Leser erfaßt. Diese Steppenwanderung ist vielleicht das Schönste, das ich von Dir kenne, ich danke Dir.

Gegen Ende klärt sich ja auch das oft Rätselhafte der Erzählkonstruktion. Der Apotheker erklärt dem Ich-Erzähler: »Keiner soll Herr dieser Geschichte sein.« Der Apotheker ist der Erzähler, die »Ich« genannte Person ist der Schreiber, der Aufschreiber dieser Geschichte. »Der mir diese Geschichte erzählt hat«. Und wir erfahren, warum sie aufgeschrieben wird. »Die Geschichte selber will es so«. Ursprüngliches Erzählen. Indem eine Person etwas erlebt, sie diese Geschichte sich selbst erzählt und in der schriftlichen Form so angelegt ist, daß sie für den bestimmt ist, der sie erlebt hat, dadurch erhält sie Wahrheit und Allgemeingültigkeit. Diese Erzählhaltung zeigst Du Satz für Satz und gibst am Ende den Schlüssel zur Entzifferung. Nochmals, Peter, Dir ist ein großes Buch gelungen. 33 Abende Leseglück.

Herzlich Dein Siegfried

Siegfried Unseld war ein Leser, wenn je einer ein Leser war: das wollte ich übermitteln.

Vom Übersetzen

Vom Übersetzen: Bilder, Bruchstücke, ein paar Namen

Für Fabjan Hafner zu seinem Petrarca-Übersetzerpreis

Als ich zu lesen anfing, die kleingedruckten Namen der Übersetzer, von denen nichts sonst bekannt war, als ein magischer Zusatz zu den fremdländischen Romanen: Sigismund von Radecki (bei Dostojewski), Guido M. Meister (bei Camus), Georg Goyert (bei Joyce), Helmut M. Braem (bei William Faulkner), Helmut Scheffel (bei Michel Butor), Elmar Tophoven (bei Samuel Bekkett, Alain Robbe-Grillet) ... Vorstellung dieser Männer: ernsthafte, von der Welt zurückgezogene, ganz im Dienst der Sache stehende, unsichtbare Würdenträger. Umso klangvoller für den beginnenden Leser die bloßen Namen.

Seltsames Zusammentreffen später: der Vermittler meines ersten Manuskripts an einen Verlag war ein Übersetzer. Der leibhaftige Mann entsprach ganz und gar nicht meinem Übersetzer-Bild: Statt ein schweigsamer bloßer Umriß zu sein, beherrschte er die Szene; nicht die Leisheit eines Dieners, sondern das Schmettern eines Kämpfers (und er hatte auch tatsächlich am Spanischen Bürgerkrieg teilgenommen).

Jahre danach als Gast bei einem Übersetzertreffen, wo die fremdsprachigen Versionen eines meiner Bücher durchgesprochen wurden. Die Übersetzer dann als Gruppe, die einzelnen gesichtslos, aber anders, als ich es mir einst vorgestellte hatte, zugleich würdevoll, doch anders als in meiner Vorstellung.

Im Lauf der Jahre dann freilich die Begegnung mit den einzelnen Übersetzern, Begegnungen auch mit Vereinzelten, darin selbstbewußt (kindlicher als die meisten andern Alleinarbeiter, kindlich wie wohl nur noch der und jener Schuster oder Schneider, wenn er aus seinem Hinterzimmer kommt, mit von seiner Kleinarbeit belebten Augen). Es waren Begegnungen, wo der Übersetzer, statt der großen des Schreibers, seine wohltuenden

Kleinfragen stellte, zu Wörtern, Dingen und vor allem Orten: das Entscheidende, jedenfalls beim Prosa-Übersetzen, schien das richtige Wiedergeben der Erzähl-Orte, der Winkel, der Ortsbegrenzungen, der Übergänge zu sein. Mit diesen Fragen vergingen Stunden, die Autor und Übersetzer immer wieder als ein zusätzliches, gemeinsames Buch erlebten, worin Möglichkeit und Unmöglichkeit des Übersetzens von einer Sprache in eine andere, und schließlich das freche Für-möglich-Erklären auch der Unmöglichkeiten, sich miteinander verbanden.

Eher zufällig, absichtslos, dann ein eigener Übersetzungsversuch: zwar einige Absätze nur, begonnen eher zum Spaß oder Zeitvertreib, aus Flauberts *Un cœur simple* (oder doch mit einer Absicht: eine Ahnung von dieser Tätigkeit zu bekommen, weil die Heldin einer geplanten Geschichte eben Übersetzerin sein sollte) – dann aber unversehens die Entdeckung: mit solcher Suche nach Entsprechung, in Wörtern, Strukturen, Rhythmen, nicht nur etwas nachzuziehen oder wiederzugeben, sondern etwas zu schaffen, ja, am Werk zu sein, und zwar Satz für Satz, Absatz für Absatz, stetig, ein Gefühl, das sich beim ursprünglichen Schreiben (oder wie man das nennen sollte) nur sporadisch oder im nachhinein einstellte. Müßte ich ein Verb finden für solches Tätigsein, es hieße »lichten«, oder »gliedern«, oder besser noch: »heben«.

Danach die Zeit, da man selber ein Übersetzer war. Nun konnte man von sich ebensowenig als von einem »Übersetzer« reden wie von einem Schriftsteller; höchstens, so wie »Ich habe geschrieben«: »Ich habe übersetzt«. Von derartigem Übersetzen, das fast immer meine eigene Wahl war und mit dem ich nie jemand andern eine Arbeit wegnahm, habe ich mich in der Regel geschützt gefühlt – als hätte ich dabei so etwas wie einen Schutzmantel an. So wie ich mich an jenes »Heben« machte, setzte die Ruhe ein. Das eigene Schreiben konnte jedesmal neu von Ungewißheit begleitet sein, im Übersetzen nahm ich im Stuhl meinen Platz ein. Den Schreibenden sah ich manchmal als den eher unsteten »lover«, den Übersetzenden als den unbeirrbaren Freund. »I don't want a lover, I just need a friend«, so singt das Mädchen der Gruppe

»Texas«, aber das könnte auch das Lied der vom Schreiben umworbenen Frau Welt sein. Für mein Übersetzen war es freilich die Bedingung, daß ich jeweils mit dem Text mitspielen konnte; diese Art Mitspielen, sozusagen unsichtbar, hinter der Bühne, erschien mir zeitweise als die gleichmäßigste, zudem am reinsten teilnehmende Lebensform. Möglichkeit und Paradox des Übersetzenden: Mitspielend, läßt er sich aus dem Spiel; er wird sein Selbstspiel los, indem er mitspielt.

Und dann, und jetzt, von den paar Übersetzenden, die ich kenne, Bilder bei ihrem Tätigsein, die sich aneinanderreihen und im Gedächtnis zu einem Zug werden, Augenblicksskulpturen aus Luft: der eine, eine ausführliche Skizze anfertigend von der Sache, die der Autor gemeint hat; der andere, nach einer langen Reise einquartiert in einem kümmerlichen Zimmer am Spielort eines Buchs, um da am Fenster stehend zu überprüfen, ob die Sonne zu Frühlingsanfang tatsächlich, wie beschrieben, zwischen jenen beiden Berggipfeln untergeht; noch ein anderer, bei jedem Verständnisstocken mit seinem schweren Kopf zum Bücherregal gehend und dort ausrufend: »Oh, Autor, was hast du da nur wieder verfaßt, dieser Satz, das kann doch nicht dein Ernst sein!«; und am Schluß geradezu ein Wappenbild vom Übersetzer: eine wie windschiefe Gestalt, die mit der einen Hand schreibt, das Blatt neben dem Original auf den Knien, und mit der anderen das schwerstmögliche Wörterbuch hebt oder gar über den Kopf stemmt, Skulptur einer bisher unbekannten, im verborgenen praktizierten Athletikdisziplin; die ägyptischen Schreiber, lässig im Schneidersitz, hatten es, zumindest dem Anschein ihrer Bildnisse nach, ungleich leichter als unsere Übersetzer in ihrer Grundfigur, der Verrenkung.

Übersetzen: im Zentrum des Geschehens; Schreiben: am Rand, mit dem fortwährenden Versuch, sich einem Zentrum zu nähern, das ungewiß bleibt – bleiben muß? Und dann, und doch: im Lauf der Übersetzenszeit, mit der selbstbewußten Vorstellung, sich im Aufschreiben, dem Fügen der Worte und Sätze immer nur stetig vorwärts zu bewegen, zugleich auch ein Bedürfnis, den Schutzmantel abzuwerfen, der zwischendurch ebenso ein Sklavenkettenhemd war; wieviel Kraft nahm das Übersetzen, das, anders als die ständige Verausgabung des unmittelbaren Schreibens, nicht als Schwade des Neuen auf einen kommt; Bedürfnis, den gewissen Ort zu verlassen und sich auszusetzen dem Himmel-Hölle-Spiel des ursprünglichen Schreibens, mit dem luziferischen »Das bin jetzt ich«. Bedürfnis, Sehnsucht? Drang? Trieb? – nach jenem triumphalen Selbstbewußtsein im Scheitern, statt immer nur der Verstehende, der auf das Spiel des anderen ideal Eingehende zu bleiben; Aufkündigung der sicheren Freundschaft für die Unbedingtheit des Wahnsinns der Liebe: weg, hinaus aus der Übersetzerheimeligkeit in die Wildnis des Schreibens, Tastens, Spurens, wo man »in seinem Element« ist, ein Element, das dem Übersetzenden doch fehlt, gefehlt hat? Weg mit dem sicheren gesenkten Blick auf das Vorhandene, das Buch, zurück zu dem Blick in Augenhöhe, wo vielleicht nichts ist, vielleicht aber auch hin und wieder nicht nichts. Mitten im Schreiben sind wir mitten im Tod, aber auch mitten im Leben, wie bei nichts sonst vielleicht. Also nieder mit dem Übersetzen? Vielleicht so: am Anfang und am Ende die unstete, zögernde Linkshändigkeit des Schreibens, dazwischen die stetige, ruhige Rechtshändigkeit des Übersetzens und danach, darüber, daneben, die Freihändigkeit des Nichtstuns.

Das Summen des Übersetzers

Für Ralph Manheim

Mein englischer Übersetzer Ralph Manheim ist am 26. September 1992, 85½ Jahre alt, in Cambridge gestorben. Ich sage: »mein« Übersetzer, obwohl er der Welt, mindestens, ebenso gut im Gedächtnis bleiben wird als der Übersetzer des Günter Grass, der Stücke Bertolt Brechts, der Korrespondenz zwischen Freud und Jung, der Grimmschen Märchen!, Heideggers ...; aus dem Französischen: Célines, Tourniers, Simenons; aus dem Serbokroatischen (belassen wir's bei dieser Bezeichnung): des Danilo Kiš ... Ralph Manheim war für mich der »meine«, einmal, weil ich stolz war, solch einen Übersetzer zu haben – meine sämtlichen Prosabücher, vom *Kurzen Brief zum langen Abschied* an bis jetzt zu den erzählerischen *Versuchen*, sind auf englisch von ihm –, und dann wegen der so herzlichen wie nicht selten mürrischen Distanz, die Ralph und mich über die Wörterarbeit miteinander verband. Gerade, was ihm fremd an meinen Sachen war (insbesondere die religiöse – oder hysterische? – Ortssuche der *Langsamen Heimkehr*), hat ihn, den jüdischen Kosmopoliten, Frauen- und Gartenmenschen nicht abgestoßen, sondern gereizt, es dingfest zu machen, in seinem wunderbar trockenen, dabei beweglichen und leichten, geradezu zeichnerischen Englisch; kam mein Deutsch ihm da auch verschroben und manchmal sogar verstiegen vor (er hat es mich liebevoll ironisch wissen lassen), so hat Ralph Manheim wohl doch eine Dringlichkeit und gewisse Wahrhaftigkeit, bilde ich mir ein, herausgewittert und das, mit noch und noch Freiheiten und doch treu, in ein allernatürlichstes Angelsächsisch übertragen, in seiner Sprache las ich meine Bücher ohne ihr umwegereiches, sucherisches Deutsch immer wieder wie Tatsachenberichte oder lapidare und zugleich mitfühlende Chroniken; immer wieder wollte ich aus seinen Übersetzungen lernen für mein eigenes Schreiben – satzweise gelang es, und satzweise, schien mir, wollte oder forderte die deutsche Sprache doch mehr, oder anderes – eben mehr Umwege? Jedenfalls werden die englischen Sätze meines Übersetzers Ralph Manheim mir für meine deutsche Prosa künftig noch stärker Leitsätze sein! – Im *Nachmittag eines Schriftstellers* habe ich von einem Besuch Ralphs in Salzburg erzählt: er erschien da als Übersetzer und als Held; Held der Genauigkeit und der Beiläufigkeit. Vor vier Jahren, bei meinem Gegen-Besuch in Cambridge, gab er mir dann als Hausaufgabe fürs Hotel seine Übersetzung des *Afternoon of A Writer* zu lesen. Und wieder war mir, als sei die Erzählung erst durch dieses Übersetzers Sprache und Rhythmus »ganz da«. Ich sagte es Ralph am nächsten Tag, und er schmunzelte selbstbewußt. Wir sprachen dann noch über dies und jenes fragliche Wort, wie schon seit den Jahrzehnten der gegenseitigen Besuche, und wie seit alters her fing Ralph Manheim beim Erwägen der rechten Wörter jeweils mit seinem seltsamen Summen oder Intonieren an, ein Gesumm, das sich dann steigerte und höher wurde – bis zuletzt, trocken und unbedingt, das eine, endgültige Wort kam. Dieses in sein Manuskript übertragen, bestieg Ralph Manheim sein Fahrrad und radelte über den Fluß Cam heimwärts zu Frau Julia und Garten. Die Frucht seines Summens: fast zweihundert entsprechender Bücher.

Den Dingen Augen geben

Über Georges-Arthur Goldschmidt

Ich muß zuerst um Einsicht bitten, denn das, was ich wohl oder übel sagen werde, kann keine Laudatio sein. Ich bin mit Absicht unvorbereitet, ich habe im Zug hierher ein paar Sätze oder Dinge aufgeschrieben, die nicht einmal Notizen geworden sind und auch zwischendrin abreißen, und in dem, was ich versuchen werde zu sagen, müssen Sie sich nach jedem halben Satz oder viertel Satz eine Leerzeile denken.

Ich bin im großen und ganzen der Hauptautor, der von Georges-Arthur Goldschmidt übersetzt worden ist. Ich kann über seine Arbeit des Übersetzens wenig sagen – zumindest nichts von außen – nichts Zusammenhängendes, es ist auch so viel schon über das Übersetzen gesagt worden, – daß ich jedes Problematisieren vermeiden möchte, ich möchte höchstens begleiten, und aus dem Stegreif ein bißchen erzählen.

Die große Geschichte ist – für mich jedenfalls – eine Geschichte nicht zwischen Autor und Übersetzer, sondern zwischen zwei Gestalten, und es ist dies eine heimliche Geschichte, die keine Mündlichkeit und vor allem keine Öffentlichkeit verträgt, es sei denn eine schriftliche, das heißt eine gewendete, eine verwandelte, eine ins Märchenhafte und zum Teil auch ins Dämonische verwandelte, wie es der Geschichte von Georges-Arthur Goldschmidt und mir, dem Autor, entspricht. Es ist das Märchenhafte da über die 20 Jahre, die wir einander kennen, und es ist auch ein gewaltiger Schuß von Dämonischem da, von dem ich nur Andeutungen machen kann. Der Schuß an Dämonischem ebenso wie das Märchenhafte haben beides zu tun damit, wo unsere Herkunft liegt: daß ich aus Österreich stamme, daß ich einen deutschen Vater habe, und daß Georges-Arthur

Goldschmidt ein Deutscher ist und zugleich Jude. Da kann man nur andeuten. Ich habe ihn nie als meinen Übersetzer gesehen, überhaupt nicht als einen Übersetzer, denn er hatte nie etwas Professionelles an sich, er hat nie die Rolle eines Übersetzers gespielt, jedenfalls vor mir nicht, obwohl er ein guter Spieler ist, was ich erst spät erkannt habe, was ich auch nie gedacht habe, ein Autofahrer ist, was ich bei seinem fast Buster-Keaton-haften Bewegungsrhythmus ihm auch nie zugetraut hätte, und noch vieles anderes mehr.

Ich habe Goldschmidt zuerst als Familienvater gesehen, mit seinen Kindern und seiner Frau, wozu ich gleich jetzt eine Abweichung machen möchte: seine Frau Lucienne hat viel dazu beigetragen, daß seine Übersetzungen – vielleicht nicht nur die meiner Sachen ins Französische – eine solche Offenheit und Handgreiflichkeit und zugleich Luftigkeit bekommen haben. Denn du selbst, Arthur, hast mir gesagt, ich habe das Lucienne gezeigt, und sie meint, das kann so deutsch nicht stehen, obwohl sie selber Deutsch nicht spricht; sie sagte, das kann so nicht stehen bei deinem Genossen. Und ich glaube, sie hat einen guten Anteil an deiner Übersetzungsarbeit. Und dafür möchte ich ihr jetzt ganz nebenbei gedankt haben.

So sah ich dich dann als Lehrer, denn du warst Lehrer am Lycée in St. Denis, wo ich dich einmal besucht habe. Ich sah dich plötzlich unter anderen Lehrern, was ich mir nie habe denken können, daß du Lehrer seist. So sah ich dich verwandelt, du saßest beim Mittagessen dort, und es war eine der Verwandlungen, daß du ein Freund von Lehrern warst, ein Lehrerfreund. Einige Jahre später hast du dann am Fuß der Buttes-Chaumont unterrichtet, und ich hab dich an einem windigen Herbstabend besucht, und ich sah dich als Mensch mit Kindern im Schulhof stehen, und ich habe noch nie jemanden gesehen, der so eine Geduld ausstrahlte und zugleich Unruhe. Und da hab ich gemerkt, daß Unruhe und Geduld eine der seltensten Kombinationen ist, die zumindest er, Georges-Arthur Goldschmidt, verkörpert, in seinen Übersetzungen sowohl als auch in den eigenen Büchern: Unruhe verbunden mit Geduld.

Sie zeigt sich z.B. an deinen Übersetzungen, indem du, wenn du nicht mehr Lust hast, aufhörst zu übersetzen. Das hat mich sehr oft geärgert und gewurmt, ich habe gedacht, warum bleibt er nicht bei der Sache. Du sagtest mir, nein, das Übersetzen sei für dich eine Arbeit, das habe mit Eingebung, mit Lust, mit Traum zu tun, und das sei wie dein eigenes Schreiben, wenn du das nicht vor dir siehst, die Bewegung des Übersetzens, dann hörst du auf.

So hat es sich ergeben, daß ein Text oder eine Prosaarbeit von mir oft über anderthalb Jahre, zwei Jahre *(Zwischenruf Goldschmidt: Mehr)* herumlag. Das war mir nicht unrecht, denn ich hab dann schon bald meinen Ehrgeiz, nicht nur bezogen auf meine französischen Übersetzungen, sondern überhaupt, nicht geradezu verloren, aber beiläufig werden lassen. Nur hatte das ab und zu doch den Nachteil, daß du, weil du sporadisch übersetzt hast, wie die Inseln der Sporaden im Mittelmeer, die weit auseinanderliegen räumlich, so hast du zeitlich diese Inseln geschaffen, Textinseln geschaffen, und wußtest dadurch manchmal nicht, daß die Wortwiederholungen im Deutschen in der Übersetzung wiederkehren müssen, weil du es vergessen hattest. Ich erzähle nur von den Bedenklichkeiten oder von den Problemen, die man durch diese Weise des Übersetzens hat. Andererseits kamen gute Fehler zustande, und ich hab die dann oft, als du mich eingespannt hast, daß ich nachlese, was du geschrieben hast, extra gelassen, weil ich gedacht habe, das Mißverständnis sei im Vergleich zum deutschen Text fruchtbarer als eine genaue Übersetzung. Es ging mir auf, daß manche Fehler den Text erweitern können und doch nicht Fehler von einer Art sind, daß man sagen müßte, es sei ein Verrat an dem ursprünglichen Text.

Und der große Vorteil an dieser Art von Arbeit, die du hast, kommt mir vor, ist folgender: Die Texte bekommen trotz deiner sporadischen Arbeit eine seltsame Einheitlichkeit, die Absätze und Seiten, oder die Abschnitte bekommen etwas Durchgearbeitetes, wo dann der nächste Abschnitt zwar vielleicht ab und zu einen Widerspruch zeigt, aber doch die gleiche, fast kieselartige Vollkommenheit bekommt in deiner Übersetzung. Ich hab' noch nie einen Übersetzer gesehen, der so körperlich arbeitet. Du bist auf diese Weise ein Leibesarbeiter. Und alle deine Sätze, zumindest in der Übersetzung meiner Sachen und auch in der Übersetzung von Stifter zum Beispiel – vielleicht weniger in deiner Kafka-Übersetzung –, sind durch die Langwierigkeit, durch die unruhige Geduld, wirklich durchgeleckt, durchgeknetet, man könnte fast sagen, durchgespeichelt. Im Zug habe ich mir kurz notiert, der Text ist in einem fast altertümlichen Wort, wie früher die Gerber gearbeitet haben, gewalkt, er ist ans Licht gezerrt, geschabt, beleckt, so wie man, glaube ich, von Vergil einst gesagt hat, er habe seine Verse beleckt wie eine Bärenmutter. Und diesen Eindruck habe ich von Georges-Arthur Goldschmidt fast bei jedem Satz, es sind beleckte, durchspeichelte Sätze, die dann durchlässig geworden sind, so wie manche Lehmbauten der Indianer. An den Sätzen von Georges-Arthur Goldschmidt ist etwas von Lehm zu spüren, aber nur spurenweise, es sind ganz feine Spuren des körperlich arbeitenden Menschen da.

Und dann vielleicht noch ein Vergleich: Ich habe vor einiger Zeit Goethes naturwissenschaftliche Schriften gelesen, wo er versucht, eigene Texte – mit Hilfe – ins Französische zu übersetzen, und dann sich plötzlich beschränkt. Die schöne, wunderbare blumige, im besten Sinne blumige Goethesche deutsche Sprache versucht er, für eine französische Zeitschrift zu übersetzen, und bekommt plötzlich Angst, in der französischen Übersetzung könnte sein Deutsch mystisch werden. Er hat plötzlich die Angst vor dem Mystischen und beschränkt sich im französischen Übersetzen, und beschneidet im Französischen seinen eigenen, blumigen deutschen Text.

Georges-Arthur Goldschmidt aber hat das Gegenteil gemacht, er hat es gewagt, das Blumige – z.B. auch bei mir – nachzubilden, und es ist das Gegenteil von Mystik, behaupte ich jetzt. Es ist das Gegenteil vom Mystischen bei seinen französischen Übersetzungen meiner Texte herausgekommen, und es ist ein klares, dinghaftes Französisch erschienen, wie es vielleicht neu ist, aber wie ich es doch als Leser kannte von Chrétien de Troyes, auch von Michel de Montaigne, bei Malherbe, und dann später auch noch in Anflügen, was ja genügt, bei Flaubert. Es ist ein altes und zugleich ein neues Französisch, womit er die französische Sprache – warum nicht – bereichert hat mit Hilfe des Übersetzens.

Ich habe mir aufgeschrieben, als vage Notiz, in seinem Französisch gibt es Dinge, die zuvor übersehen waren. Er hat ihnen zum Beispiel mit meinem Text Umrisse wie Augen, oder er hat ihnen überhaupt den Augenschein gegeben.

Das Tüfteln der Übersetzer, das Mitspielen, das Forschen, Georges-Arthur Goldschmidt hat es nie ausgebreitet, wie es manchmal, wie mir vorkommt, auch zum Schaden der Übersetzertätigkeit der Fall ist. Ein guter Übersetzer macht nichts von seinem Handwerk her. Er schweigt über seine Funde, oder seine Funde eignen sich gar nicht als Sehenswürdigkeit, sie sind von Natur aus Durchsichtigkeiten, noch und noch, und sie sind als Durchsichtigkeiten spürbar nur als Vorschläge, als zusätzliche, wie eben ein Buch ein zusätzlicher und zugleich notwendiger Vorschlag ist.

Die Jury dieses Preises hat, das darf ich sagen, einen Laien ausgezeichnet, einen enthusiastischen Laien, und ich glaube, die schönste Genauigkeit freilich kommt von enthusiastischen Laien. Georges-Arthur Goldschmidt ist als Übersetzer eine Randexistenz, ein Rand-Verstärker, das Gegenteil zu den Maschinen, die man manchmal in den Gärten sieht, die den Rand schneiden: Er ist das Gegenteil von einem Randzerfresser, er ist ein massiger, massiver Außenseiter und Randverbreiterer.

Und etwas ist mir noch im Zug hierher, von Paris hierher nach Lausanne durch den Jura, eingefallen: die Geschichte von Tobias und dem Engel, aus dem Alten Testament. Ein alter Vater, der blind geworden ist, schickte da seinen Sohn aus, damit der Schulden eintreibt von Ninive aus in einer anderen Stadt, und er fürchtet um das Leben seines Sohnes, der fast noch ein Kind ist. Gott schickt einen Engel mit auf die Reise, den Engel Raphael, wobei man aber nicht weiß, daß es ein Engel ist. Er tritt auf als ein junger Mann aus dem Volk, er heißt, glaube ich, Azachias, und die Mission geht gut aus. Tobias bekommt sogar eine Frau, eine jüdische Frau, wie sich das gehört im Alten Testament. Und er kommt mit seiner Frau zurück, er wird vor vielen Gefahren bewahrt, und am Schluß werden dem lange schon erblindeten Vater mit einer Fischtinktur, von einem aus dem Euphrat gesprungenen Fisch, die Augen geheilt, und er sieht wieder, er sieht und weint. Und da zieht der Engel – oder der Begleiter – den Sohn und den Vater beiseite und sagt: Hört einmal, und wißt, ich bin kein Sterblicher, ich bin einer aus dem Kreis Gottes. Da erschrecken sie alle, und er sagt: Hört zu, ihr braucht nicht zu erschrecken, ihr habt das und das erlebt, ihr werdet noch lange leben, aber die Hauptsache, sagt er – zweimal wiederholt das Raphael, der sich entpuppt habende Engel: Die Gesetze der Könige, die soll man nicht verbreiten, die Königsgesetze soll man für sich behalten. Die Gesetze Gottes aber, die offenbart und verbreitet. Und dann sagt er sozusagen als sein letztes Wort: Was ihr da erlebt habt, das schreibt auf. Schreibt das auf. Und das ist fast das erste Mal – ein Experte wüßte das wohl besser –, da die Aufforderung zum Schreiben ausgesprochen wird. Was ihr da an Wunder erlebt habt mit dem Gesetz Gottes, schreibt es auf, schreibt auf und erzählt weiter.

Und mir kam vor auf der Zugfahrt durch den Jura, daß Georges-Arthur Goldschmidt aufschreibt, was geschehen ist, nicht nur dir, sondern euch, aber auch ihm selber, mit seinen literarischen Büchern vom *Spiegeltag* und über den *Unterbrochenen Wald.* Du hast aufgeschrieben, was dir und euch in Deutschland geschehen ist.

Und mit dem Übersetzen hast du befolgt, was der Engel gesagt hat: du hast übersetzt, was dir geschehen ist. Sie haben Ihren Preis keinem sogenannten meisterhaften Übersetzer gegeben, sondern einem durch und durch schülerhaften, und das glaube ich, auf Lebenszeit, und wie könnte das auch anders sein.

Politisches

Bemerkung zu einem Gerichtsurteil

Vorgelesen anläßlich der Verleihung des Gerhart-Hauptmann-Preises

Vor einigen Tagen ist in Berlin der Polizeibeamte Kurras von der Anklage der fahrlässigen Tötung, begangen an dem Studenten Benno Ohnesorg, freigesprochen worden. Wie bei anderen war auch meine Reaktion auf dieses Urteil Traurigkeit und Wut, Wut und Traurigkeit. Aber diese Emotionen sollen zum Nachdenken darüber führen, welcher Sachverhalt genau diese Wut und Traurigkeit bewirkt. Das Urteil über Kurras (man könnte sagen: das Urteil für Kurras) zeigt die ganze fatale Lage eines Rechtspositivismus, der, so gesetzestreu er sich gibt, sich doch gerade die Gesetze auswählen darf, nach denen er dann, nach der Auswahl, leicht gesetzestreu sein kann. Die scheinbare Rechtstreue des Richters ist nur eine Variante der Willkür: so kann er Sachverhalte ausklammern und erklären, sie gingen das Gericht nichts an, weil sie politische Vorgänge seien, wobei er verkennt, daß auch politische Vorgänge in den rechtlichen Vorgang der Wahrheitsfindung einbezogen werden müssen.

Das Urteil macht aufmerksam auf die bedenkliche Haltung von Richtern, die die Gesetze als rein formale Normen über Handlungen und Unterlassungen sehen, die das Recht von gesellschaftlichen Vorgängen isolieren wollen, die das Recht rein bewahren wollen und es auf diese Weise nur schmalspurig, statisch, absolut und absolutistisch machen.

»Im Zweifel für den Angeklagten«: nach diesem Grundsatz hat sich das Gericht trotz wahrhaft »erdrückender« Beweise gerichtet. Nicht einmal Fahrlässigkeit im Umgang mit der Waffe oder zumindest Überschreitung einer Notwehr konnte dem Beamten nachgewiesen werden. Wer sich freilich öfter in Gerichtssälen aufhält, weiß, daß in keinem Gerichtssaal der Welt ein Bürger, gegen den diese Schuldbeweise vorgelegen hätten, freigesprochen worden wäre, gesetzt den Fall freilich, der Prozeß wäre als Strafprozeß ohne politische Implikation geführt worden. Der Richter im Kurras-Prozeß, der jede politische Relevanz des Prozesses leugnete, hat gerade durch sein Urteil diese politische Relevanz mißbraucht: wieder einmal war zu beobachten, daß, je politischer ein Fall ist, die Richter desto emotionaler und kindischer auf das sogenannte reine »vernünftige« positive Recht zurückgreifen. Auf diese Weise wird aus dem Prozeß der Wahrheitsfindung, der dem Urteil vorausgehen sollte, das Politische zwar ausgeklammert, ist aber dann in dem Urteilsspruch wieder zu finden. Gerade die Ausklammerung des Politischen ist das im schlechten Sinn Unrechtliche, Politische an diesem Urteil. Der Rückzug auf das Recht in politischen Prozessen ist die Politik der Richter.

Aber man hat uns gelehrt, noch im Schlimmsten auch das Positive zu sehen. So will ich auch hier das Gute suchen: Wir alle wissen, daß kein Angeklagter restlos der Schuld überführt werden kann. Der jüngste Fall der sogenannten Enzianmörder beweist das. Ja sogar wenn der Angeklagte gesteht, bleiben immer noch Zweifel, ob das die Wahrheit oder nur Selbstbezichtigung ist. Keinen Angeklagten der Welt kann man mit wirklicher Sicherheit schuldig sprechen. Ein letzter Zweifel zeugt immer für ihn. Das ist gut so. Auf diese Weise müssen von jetzt an, das möchte ich sozusagen fordern, nur noch Freisprüche gefällt werden, und ich möchte noch weiter gehen und Steuergelder sparen helfen, indem ich fordere, daß die Gerichte, wenn sie ohnedies nur Freisprüche mehr fällen, abgeschafft werden, daß die Gefängnisse abgeschafft werden, daß überhaupt alle Rechtseinrichtungen abgeschafft werden, daß überhaupt alle dem einzelnen übergeordneten Institutionen des Staates abgeschafft werden!

Im Hinblick auf eine solche utopische, noch nicht verwirklichte Welt (aber auch nur im Hinblick auf diese) möchte ich das Urteil für den Polizeibeamten Kurras begrüßen!

Der Monopol-Sozialismus

In seinen Thesen zur sozialistischen Revolution und dem Selbstbestimmungsrecht der Nationen schreibt Lenin, der siegreiche Sozialismus müsse die volle Demokratie verwirklichen, folglich nicht nur vollständige Gleichberechtigung der Nationen realisieren, sondern auch das Selbstbestimmungsrecht der unterdrückten Nationen durchführen, das heißt das Recht auf freie politische Abtrennung anerkennen.

Und Lenin in seiner Studie *Der Imperialismus als höchstes Stadium des Kapitalismus*: »Wäre eine möglichst kurze Definition des Imperialismus erforderlich, so müßte man sagen, daß der Imperialismus das monopolistische Stadium des Kapitalismus ist.«

Nach der Intervention der Sowjetunion und der fünf anderen Staaten des Warschauer Paktes in der ČSSR scheint es sich nun mit dem »siegreichen Sozialismus« so zu verhalten, daß er endgültig das monopolistische Stadium erreicht hat.

Wie sich der Kapitalismus der freien Konkurrenz durch immer größere Konzentration wirtschaftlich zu einem Monopolkapitalismus entwickelt hat, so hat sich der Sozialismus der freien Konkurrenz der Nationen durch immer größere Konzentration der Macht ideologisch zu einem Monopolsozialismus entwickelt, der eine Konkurrenz nicht mehr zuläßt. Und wie, nach Lenin, jedes Monopol in der Wirtschaft »die Tendenz zur Stagnation und Zersetzung« habe, so daß der Antrieb zu jedem anderen Fortschritt, überhaupt zur Vorwärtsbewegung »verschwinde«, so hemmt auch das Sozialismus-Monopol der Sowjetunion, welches dieser die Macht zu jeder Art von wirtschaftlicher und militärischer Sanktion gegen einen Konkurrenz-Sozialismus gibt, jeden Widerspruch, der zur Veränderung und zum Fortschritt führt. Wie auch die Lage in der Tschechoslowakei sich entwickeln wird – die Intervention der Sowjetunion muß ein Anlaß sein, die Grundsätze des Sozialismus, einen nach dem andern, neu zu überprüfen, weil sie die Möglichkeit *gelassen* haben, und das heißt: für die

Möglichkeit *gesorgt* haben, daß menschenunsinnige Handlungen, durch diese Grundsätze erst ermöglicht, gar nicht erst *gesetzt* werden mußten, sondern schon wie selbstverständlich einfach schamlos *geschahen*. Lenin kritisiert, daß die meisten den Kapitalismus für ein »Naturgesetz« halten: ebenso müssen endlich die Grundsätze des Sozialismus, die als »Natursätze« behandelt werden, überprüft werden.

Freilich kommt man nicht umhin, den Reformsozialisten in Prag in manchem mangelnde List vorzuhalten, mögen diese Vorhaltungen jetzt auch ein wenig fehl am Platz erscheinen. So sind etwa die Informationsmittel in Prag gerade in der kritischen Zeit zumindest unvorsichtig gebraucht worden: das *Manifest der 2000 Worte* etwa, das soviel Publizität erhielt, ist so naiv, individuelle Moral der politischen Moral vorzurechnen (»Zur Anständigkeit reichte es einfach nicht mehr ...«) und die Kommunistische Partei als eine Machtorganisation zu bezeichnen, »die eine gewaltige Anziehungskraft auf herrschsüchtige Egoisten ausübte, auf skrupellose Feiglinge und Leute mit schlechtem Gewissen«. Sosehr diese recht mechanischen Vorwürfe individuell stimmen mögen, politisch sind sie nicht nur unklug, sondern falsch. Und ebenso ist die Forderung, man müßte mit dem Entschluß, »das alte Regime zu vernichten, bis zum Ende gehen*«, zumindest mißverständlich (auch die Struktur des Regimes?) und jedenfalls, als publizierter Satz, ein Hindernis für die Reformer.

Auch hat diese Reform noch nicht in allem, das ist nicht abzustreiten, zu Veränderungen nach vorn geführt: in einigem haben

---

* Am 15. November 1968, 2½ Monate nach dem Erscheinen des Beitrags *Der Monopol-Sozialismus*, ist, gleichfalls in der Wochenzeitung *Die Zeit*, eine Anmerkung von Karl Frankl, einem Redakteur der Prager *Volkszeitung*, veröffentlicht worden. In dieser Anmerkung wird klargemacht, daß das Wort »vernichten« aus dem Manifest der 2000 Worte ein Übersetzungsfehler ist: vielmehr muß es heißen: »vermenschlichen«. Es ist also nicht unmöglich, daß der Wunsch des Übersetzers, des ehemaligen Korrespondenten der *Frankfurter Allgemeinen Zeitung* in Prag, Andreas Razumovsky, der Vater des Wortsinns gewesen ist. Die falsche Übersetzung hatte jedenfalls Folgen, einmal im obenstehenden Beitrag, dann in einem DDR-Kommentar, der das falsche Zitat in dem Beitrag zum Anlaß nahm, bewiesene »Konterrevolution« in der Tschechoslowakei zu deklarieren und also Selbstrechtfertigung vorzunehmen.

sich vorübergehend Rückfälle gezeigt: mit Genuß berichteten westdeutsche Zeitungen von separatistischen Bestrebungen der Slowaken; mit Rührung konnten westdeutsche Fernseher altersschwache Weihbischöfe, Bischöfe und Erzbischöfe besichtigen, die sich in allen ihren klerikalen Funktionen schon wieder installiert hatten, lebende Reliquien ihrer selbst, und mit Genugtuung und Schadenfreude konnten die westdeutschen Kommunikationsmittel den Eindruck vermitteln, daß die Bürger der Tschechoslowakei »im Grunde« mit »uns« kommunizieren wollten und »eigentlich« in der Mehrheit eine Demokratie »im westlichen Sinne des Wortes« (Peter Weiss) wünschten.

So konnte es auch dahin kommen, daß etwa *Die Welt* (gern würde ich eine andre Zeitung zitieren) noch am 24. August, nach der Besetzung der ČSSR, einen feuilletonistischen Genrebericht aus Bratislava aus der Zeit *vor* der Besetzung abdrucken konnte, in dem vor allem ein Preßburger zu Wort kam, der sich, wie es schien, fast wehmütig der Zeit von 1939 bis 1945 erinnerte, als die Slowakei, von Hitlers Gnaden, unter dem Präsidenten Tiso, von den Tschechen getrennt, ein »selbständiger« Staat war.

Auch der Kult, der um die Funktionäre der Neuerungen, um Dubček, Smrkovský und Svoboda entstand, ist zwar begreiflich, mußte aber, unkontrolliert, sicher nur noch mehr Argwohn bei den Monopolsozialisten der Sowjetunion und ihren Verbündeten bewirken und für Vorwände und Ausreden für die Intervention sorgen.

Aber: so naiv und unvorsichtig auch manche Äußerungen sein mochten, die Funktionäre der neuen Bewegung zeigten, daß sie damit fertig werden konnten: sie konnten damit fertig werden, ohne jemanden fertig und mundtot machen zu müssen; und daß sie niemanden mundtot machen mußten, war wieder ein Zeichen, daß eine Veränderung des Sozialismus nicht nur möglich, sondern auch notwendig war.

Jetzt, auf die Tatsache, daß unter den Interventionstruppen auch Truppen der DDR sind, hat man in der Bundesrepublik reagiert mit Beteuerungen der Scham, darüber, daß wiederum Deutsche ... usw. Diese immer wieder geäußerte Scham aber erweist sich bei genauerem Hinhören geradezu als aggressive Scheinheiligkeit, Erleichterung und Schadenfreude, als zureichender Grund, wieder verachten zu können. Die Bundesrepublik wäscht ihre Hände in …, während doch gerade sie, wenn auch sicher nicht böswillig, so doch wohl ein bißchen leichtfertig, durch ihre Art der Berichterstattung und ungeheure Anteilnahme nicht nur privater Personen, sondern auch der Vertreter des Staates und der Wirtschaft für Vorwände zur Intervention geradezu gesorgt hat.

Die westdeutsche Informationsauswahl über die Tschechoslowakei hat auch die Bewohner der Tschechoslowakei selber betroffen. Und müssen nicht auch wir ähnlichen Ekel, den wir vor den Rechtfertigungssätzen des DDR-Fernsehkommentators von Schnitzler empfinden, auch vor den Sätzen des bundesrepublikanischen Politikers Helmut Schmidt empfinden, der es mit gedämpfter Stimme bedauert, daß die ČSSR ja leider nicht »unserem« Beistandbündnis angehört, so daß man ihr, außer moralisch, nicht beistehen kann, und vor allen jenen Politikern, die jetzt vor antikommunistischen Reflexen zucken, und vor allen jenen Fernsehkommentatoren wie etwa dem Professor Otto B. Roegele, die wieder stumpfsinnig behaupten können, daß alle Friedensbemühungen der Sowjetunion sich nun als Heuchelei herausgestellt haben und daß die NATO gestärkt werden müsse, und vor allen anderen, die nun ungeniert statt »Marxismus« »Verbrechertum« sagen können.

Aber es ist klar:

Der Marxismus als offizielle Institution hat sich nach diesem Ereignis verächtlich gemacht; er ist »in dem Maße ausgedörrt, wie er offiziell wurde und sich institutionalisierte« (Henri Lefèbvre). In den Staaten des Warschauer Pakts zumindest ist der Marxismus zum Monopolismus einer einzig möglichen Ideologie geworden. Im Staate praktiziert, produziert er aus dessen Bürgern bloße Produktionsidioten. Den Dingen zwar, denen sie entfremdet waren, sind die Leute befreundet worden, zumindest in *sportlichem* Sinn, ihren eigenen Handlungen aber, wie sich gezeigt hat, sind sie nach wie vor, wie im schlimmsten Kapitalismus, entfremdet. Da nützt es auch nichts, stupide Aufrechnung zwischen der Tschechoslowakei und Vietnam zu betreiben. Es herrscht Entfremdung von Information und damit Entfremdung vom vorwärtsbewegenden Widerspruch, eine Entfremdung von den Grundsätzen des Sozialismus, von den Sätzen, von der Sprache überhaupt. Der Materialismus ist, als Materialismus, ein starrsinniger, menschenunsinniger Idealismus geworden. »Jedem nach seinen Fähigkeiten, jedem nach seinen Bedürfnissen?« – Schon lang setzt der Staat Fähigkeiten und Bedürfnisse von vornherein fest.

Der Marxismus hat sich in der Praxis, im Staat, auf einen dumpf-statistischen, fröhlich-optimistischen Ökonomismus reduziert und wurde in der Philosophie des Staates zu einem simplen Erziehungssystem zur Erhöhung der Produktionsraten. »Im Namen des Marxismus als Politik haben die Marxisten Entfremdungen hingenommen, die der Marxismus als Philosophie verwerfen mußte und verwirft« (Lefèbvre).

Ein Ergebnis dieser Entfremdung von den eigenen Aktionen scheint jener ganz unsinnige, unbegreifliche Einmarsch der Truppen des Warschauer Pakts in die Tschechoslowakei zu sein.

Es ist nun wichtig, daß die Angehörigen meiner Generation, die, wie ich, das ökonomische Modell des Marxismus als das einzige noch mögliche Modell einer halbwegs annehmlichen Ordnung ansehen, redend, schreibend und praktizierend dafür sorgen, daß dieses Modell, sollte es die Praxis ihres Staates werden, nicht sich selber sogleich wieder für alle Zeit unmöglich macht, indem es jedem verändernden Widerspruch, jeder neuen Möglichkeit, statt mit weiterveränderndem Widerspruch und andrer Möglichkeit, mit brutaler Sanktion begegnet. In der Theorie nur die Möglichkeit offenzulassen für Sanktionen, das bedeutet schon, in der Praxis für diese Möglichkeit zu sorgen. Von meiner Generation (für die ich freilich nicht sprechen möchte) erwarte ich, daß sie den Gegensatz zwischen dem Marxismus als Bewegung, als Philosophie, als Handlungsantrieb und dem Marxismus als Statik, als Politik, als so oft schändlichem und schändlich erstarrtem Staat endlich beseitigt.

Zu Hans Dieter Müller, *Der Springer Konzern**

Germanische Schriftzeichen
Stifterfigur im Naumburger Dom
Autokennzeichen von Neuß
Germanische Gottheit
(Kreuzworträtsel der BILD-Zeitung)

Heute ist der 30. April 1968, und die *Bild-Zeitung* macht für den Wahlerfolg der NPD in Baden-Württemberg vor allem die Osterdemonstrationen der Studenten *verantwortlich.* Im Minenfeld an der »Zonengrenze« läßt die Zeitung »wieder einen Flüchtling verbluten«. In der Spalte für das Fernsehprogramm ist nur *Assaf Dajan* abgebildet, »Sohn des weltbekannten israelischen Verteidigungsministers«: er führt durch die Musiksendung »Sommer in Israel«. In einer Anzeige gibt der Präsident der Bundesvereinigung der deutschen Arbeitgeberverbände die Parole für den 1. Mai aus: sie lautet: *Arbeitsplätze sichern* – und das Erfordernis dazu ist unter anderem: »Keine erweiterte Gewerkschaftsmitbestimmung.« Im Sportteil zischt Karl-Heinz Schnellinger, deutscher Fußballgastarbeiter in Italien, dem anderen deutschen Fußballgastarbeiter in Italien, Helmut Haller, der der deutschen Mannschaft Bayern München Tips für das Europacupspiel gegen AC Mailand gegeben hat, zu: »Du Verräter!« – worauf Haller trocken erwidert: »Was willst du, ich bin doch ein Deutscher …« Eine weitere Anzeige gilt der neuen Nummer der Zeitschrift *twen,* die, wie die *Bild*-Zeitung, *Die Welt, Die Welt am Sonntag, Hör zu, etc.* ebenfalls vom Springerkonzern herausgegeben wird.

Solche Anekdoten führen zu nichts als zu einer Bekräftigung des Bildes, das man sich von den Blättern des Springerkonzerns schon seit langem gemacht hat: sie sind kommunistenallergisch, israelfreundlich, arbeitgeberfreundlich, »gesund« national, studentenallergisch, machen Eigenwerbung usw. usf. Ich frage mich: Sind diese Satzreihen über die Springerzeitungen nicht sel-

* Hans Dieter Müller, *Der Springer Konzern. Eine kritische Studie,* München 1968.

ber schon etwas, das man in einer Metapher »Bildzeitungen der Diskussion« nennen könnte? Ist es nicht so, daß Sätze wie: »Die *Bild*-Zeitung verdummt das Volk« oder: »Der Springerkonzern ist eine Gefahr für die Demokratie«, dadurch, daß sie mechanisch verwendbar sind – und auch von anderen Sätzen isolierbar und selbständig anwendbar sind –, ähnlich unwirklich erscheinen wie etwa in der *Bild*-Zeitung jede Wiederholung des Satzes von dem an der »Zonengrenze verbluteten Flüchtling«, der durch die regelmäßige Verwendung des Wortes »verblutet«, je öfter dieses Wort in der *Bild*-Zeitung wiederholt wird, seltsamerweise immer mehr zu einer Märchenfigur, zu etwas Fingiertem, ja, etwas ganz Fiktivem, Erfundenem, gar nicht Gemeintem wird, obwohl es durchaus möglich ist, daß auch in der *Wirklichkeit* ein »richtiger« Flüchtling »richtig« verblutet ist: wie eine Nachricht in der *Bild*-Zeitung, ja sogar eine in der *Bild*-Zeitung vertretene Meinung oder abgedruckte Anzeige, indem sie in der *Bild*-Zeitung steht, auf beklemmend groteske Weise *unwirklich*, man könnte fast sagen: poetisch wird, so erscheint mir auch einer der beliebigen, isolierten Sätze gegen den Springerkonzern, je öfter wiederholt, desto unwirklicher zu werden (freilich auch desto weniger poetisch): isolierte Sätze kann man nicht *gegen* etwas richten.

Gibt es eine Möglichkeit, von dieser ohnmächtigen Idiotie der Sätze loszukommen und dennoch redend gegen die übermächtige Idiotie des Springerkonzern anzukommen? Was für eine Möglichkeit etwa gibt es, jenem Bundestagsabgeordneten, der gerade in der Debatte über die »Unruhe in der Jugend« ausruft: »Jeder soll doch die Zeitung lesen können, die er lesen will!« – was für eine Möglichkeit gibt es, diesem Blindsatz etwas zu antworten?

Hans Dieter Müller hat eine wichtige Studie über den Springerkonzern veröffentlicht. Im sechsten Kapitel des Bandes ist von der Marktorganisation des Konzerns die Rede. Müller belegt, daß die Zeitungsgroßhändler, die Grossisten, faktisch »Springers Hilfskaufleute« sind. Ein Grossist kann es sich nicht leisten, sich dem Konzentrationswillen des Springerverlages zu entziehen, weil er aus der Verteilung von Springerobjekten an die Einzelhändler den größten Teil seines Einkommens gewinnt. Die Einzelhändler wiederum sind am Ende eines Marktvorgangs, der von ihnen nicht im geringsten beeinflußt werden kann, bloße Erfüllungsgehilfen des Konzerns geworden. Springer, der den Markt *macht,* kann es sich leisten, diesem Markt die von ihm gewollten – sich keineswegs, wie der Liberalismus meint, im freien Spiel der Kräfte ergebenden – Marktgesetze aufzuoktroyieren: so setzte etwa der Springerverlag für seine Produkte jeweils die Preise auf allen Verkaufsstufen fest – und alle anderen Marktbeteiligten folgten ihm sogleich. Als im Oktober 1962 die satirische Zeitschrift *Pardon* eine Polemik gegen den Springerkonzern richtete, geschah es, daß die meisten Großhändler in Deutschland sich plötzlich weigerten, die Zeitschrift überhaupt auszuliefern: sie gaben, wie in diesen Fällen üblich, vor, aus Gewissensgründen zu handeln (nicht zu handeln). Mit Recht sagt Müller dazu, daß man bis jetzt wohl kaum von einem Großhändler gehört habe, der die Auslieferung der rechtsradikalen *Deutschen Nationalzeitung und Soldatenzeitung* aus Gewissensgründen verweigert hat.

Den Konkurrenzkampf führt das Haus Springer mit den bewährten Methoden des Monopolkapitalismus, wobei freilich diese Methoden mit außerwirtschaftlichen Argumenten gestützt werden: oder besser: der Patriotismus als Argument dient als Methode des Springerschen Monopolkapitalismus. So strich das Haus Springer 1961, nach dem Bau der Berliner Mauer, aus der Programmzeitschrift *Hör zu,* die ohnedies den Markt beherrschte, das Fernsehprogramm der DDR; damit aber nicht genug, setzte das Haus Springer in einer Art Rundschreiben alle Einzelhändler unter Druck, indem es ihnen riet, Programmzeitschriften mit dem DDR-Fernsehprogramm nicht mehr zu verkaufen, andernfalls man sich gezwungen sehe, »die Geschäftsbeziehungen zu überprüfen«. Die Herausgeber kleinerer Programmzeitschriften sind auf diese Weise schwer geschädigt worden; ein Verleger in Düsseldorf mußte aufgeben. Im Jahr darauf nahm freilich auch Springer das Fernsehprogramm der DDR wieder in die *Hör zu* auf.

Denjenigen, die sich gegen die Marktmethoden Springers wenden, nun vorzuhalten, jeder solle doch die Zeitung lesen können, die er wolle, ist also entweder elendste Bewußtlosigkeit oder elendste Verhöhnung jedes zweiten Gedankens. Die Springerzeitungen haben es ja gerade durch ihre Marktmethoden in der Hand, daß die Leute, die sie lesen, diese Zeitungen zwar, das sei zugegeben, lesen wollen, aber auch nichts anderes mehr lesen wollen *können.* Oder ist es etwa als Wille zu bezeichnen, daß jemand nur immer von neuem das wiederholen will, was zu wollen man ihm einmal beigebracht hat? Kann man einen leerlaufenden Wiederholungswillen als Willen bezeichnen? Kann man einen vor-gewollten Willen als Willen bezeichnen? Oder ist es nicht so, daß nur jener Impuls als Willen bezeichnet werden kann, der jedesmal etwas *anderes* will? Die Springerzeitungen haben bewirkt, daß die meisten in ihrem Staat nichts *anderes* mehr lesen wollen können.

Hans Dieter Müllers Buch ist wichtig, weil es für die langweiligen blinden Sätze gegen den Springerkonzern augenöffnende Daten beschafft, und nicht nur Daten, sondern scharfe Analysen der Daten. Das Buch wird freilich jedesmal läppisch, wenn der Historiker Müller den Gestus eines Geschichtsschreibers annimmt und mit den romantischen Grschichtsschreibungsmethoden des 19. Jahrhunderts sich an den Konzern heranmacht. Müller meint, Machtkonzentration, Marktgesetzmäßigkeiten, Hierarchien viel zu oft mit Modellen einer komisch individualisierenden, psychologisierenden, theatralisierenden Geschichtsschreibung klären zu können. Das Buch macht sich oft lächerlich, indem es die handelnden Personen im Konzern wie das Inventar eines Romans von Gustav Freytag benennt und diese Garderobenbeschreibungen und Theatercharakteristiken zu Argumenten für eine Analyse verwendet. Axel Springer ist der »schlank dandyhafte, eher stattlich aussehende Mann mit den angenehmen Gesichtszügen«; von August Scherl, dem Begründer der deutschen Massenpresse, heißt es, daß der deutschen Presse der Anpassungsjournalismus vielleicht erspart geblieben wäre, »hätte die Schauspielerin Flora Rosner ihren Anbeter erhört«; man liest von Springers »sympathischem Dandytum«, von Eduard Rhein, dem Chefredakteur der *Hör zu,* »der schöne Hunde, schöne Autos mit Chauffeuren ... liebte«, wieder von Springer: »früh zu Bett und früh auf, charmant und gewinnend ... sichtlich belebt in Gegenwart von Frauen, ein Mann, der auf eine Frage antwortete, er liebe Hellblau und die Musik Tschaikowskis«, und von »wohlgestutzten Kinnbärten«, von »hartköpfigen Friesen«, von »zähen alten Füchsen«, von »bohèmehaften Kamelhaarmänteln« und schließlich von dem DDR-Abgeordneten Blumenfeld als von »einem eleganten Mann, der mit unbekümmertem Machtsinn auftritt und nicht einmal unsympathisch wäre, wenn er nicht ...«: solche Stellen sind nicht stilistische Fehler, die anzuführen hier ja nur rechthaberisch wäre – sie verraten im Modell des Beschreibens oft ein eigenartiges, springerähnliches Bild von der Geschichte: Müller kommt hier über die pointillistische Sentimentalität Golo Manns nicht weg. Leopold von Ranke beschrieb im neunzehnten Jahrhundert Geschichte ungemütlich und klüger – machte die Geschichte erst beschreibend als Geschichte klar. Freilich muß der letzte Abschnitt in Müllers Buch, das Kapitel über den »Nationalismus als Markt«, ganz besonders von diesem widerwillig gemachten Vorbehalt ausgenommen werden: hier stellt Müller, scharfsinnig montierend und mit jedem Wort endlich wirklich bei der *Sache* und nicht bei den *nebensächlichen* Personen, eine ungeheuerliche Menagerie von gemeingefährlichen Sätzen vor, die von den Mitarbeitern der *Welt* und vor allem der *Welt am Sonntag* produziert werden, von William S. Schlamm über Günther Zehm zu Wilfried Hertz-Eichenrode und Matthias Walden. Allen gemeinsam ist wohl die berühmte *Weder-Noch-Haltung* in bezug auf das Gesellschaftssystem, wodurch jedesmal entweder eingangs oder abschließend beteuert wird, daß man weder *das* sei noch das *andere* sei: also weder rechtsextrem noch etc. An den Sätzen danach oder davor aber erweist es sich, daß gerade die *Weder-Noch-Haltung* jene Haltung ist, die, in dem Willen, kein Extrem zu wollen, auf die schlimmste Weise extremistisch wird: Springer spricht ja auch von seiner radikalen Mitte. Das *Weder-Noch* und seine Propagierung sind, weil sie in der offensichtlichen, quälenden Unordnung der bestehenden Gesellschaftsordnung immer nur zu Ordnungsrufreflexen führen, die elendsten Haltungen zur Gesellschaft, die sich denken lassen, ja, sie sind Haltungen zur Gesellschaft, die so elend, so opportunistisch, so rein reflexhaft um Ordnung besorgt sind, daß sie sich *gar* nicht denken lassen. »Rechts*außen*« werden von der *Welt* noch immer die Anhänger der NPD genannt – womit ausgedrückt werden soll, daß diese Leute *außerhalb* der bestehenden Staatsform argumentieren: und es wird dabei nicht bedacht, daß jeder, der sich mit dem pur formalistischen Niemandslandstandpunkt des *Weder-Noch* nach allen Seiten als die breite Mitte absichert, sich schon seit langem ganz außen, außerhalb des dialektischen Denkens im Niemandsland der breiten Mitte befindet: die *Weder-Noch-Sager,* sprechend nur in Reflexen und in Reflexen, Ordnungsreflexen vegetierend statt existierend, sind die eigentlich gefährlich extremistische Gruppe durch den blindwütigen Unwillen zum zweiten Gedanken, noch gefährlicher durch die alten nationalistischen Rede- und Singweisen und vor allem die Sucht, jeden mit dem *Weder-Noch* als mit einem Marktprodukt beliefern zu müssen, und zwar »radikal«.

Die Springerblätter sind der Gesellschaftsordnung loyal, die es ihnen ermöglicht, Loyalität von dieser Gesellschaftsordnung zurückzufordern, weil sie das *Weder-Noch* dieser Gesellschaftsordnung propagieren. Es ist ja nicht verwunderlich, daß die Mitglieder des Deutschen Bundestages nur deklamatorisch und mit »Mag sein, ja« von der Macht des Springerkonzerns sprechen, aber dann sofort ablenken und von der Macht des Fernsehens wettern. Und warum? Das deutsche Fernsehen, vergleichsweise wohl eins der aufgewecktesten auf der Welt, kritisiert die Funktionäre des Staates unablässig, nimmt nicht jede Ordnung als gegeben hin, nur weil sie einmal gegeben ist: die Springerblätter aber sind »ihrem« Staat hündisch loyal, und der Staat ist »seinen« Springerblättern hündisch loyal: und eigentlich sind sie einander nicht einmal loyal, sondern einfach nur einer Meinung: *Weder-Noch.* Es ist klar, daß die Parole »Enteignet Springer« unsinnig ist, und zwar deswegen, weil der Staat, der Springer enteignen wollte, zugleich sich selber enteignen müßte, und damit alle ähnlichen monopolistischen Gebilde in seinem Bereich: es geht eher darum, daß eine Gesellschaftsordnung, die eine hemmungslose

Produktion von Wörtern ermöglicht und sogar braucht, an denen sich die meisten bewußtlos lesen und zu einer Mitte breitgelesen *werden,* entfernt wird. Dann erst – ich wandle einen Satz von Thomas Bernhard ab – werden die alten Nummern der *Bild*-Zeitung richtig poetisch werden, und alte Nummern der *Welt* wird man nur noch in Flugzeugen nach Athen, Madrid und Lissabon serviert bekommen, und *Die Welt* wird nicht nur *Am Sonntag* bewohnbarer sein.

Heute muß ich mich freilich noch damit begnügen, daß die *Bild*-Zeitung zwar morgen, am 1. Mai, nicht erscheint, aber, wie die Ankündigung lautet, am 2. Mai wieder überall zur gewohnten Stunde zu haben sein wird.

Die Tautologien der Justiz

Eineinhalb Jahre sind vergangen, seit Josef Bachmann das Attentat auf Dutschke verübte und seit diejenigen, die mit der Staatsform und dem ökonomischen System der Bundesrepublik nicht einverstanden sind, zum letztenmal darauf überregional, im ganzen Bundesgebiet, mit Aktionen antworteten, die von Rechts wegen als Straftatbestände, wie sie im geltenden Strafgesetzbuch beschrieben sind, behandelt werden konnten. Nach diesen Unruhen, die sich zu Ostern 1968 gegen die Erzeugnisse des Springer-Konzerns richteten, änderte die außerparlamentarische Opposition, bis auf einige kriminalisierbare Aktionen in West-Berlin, ihre Strategie, indem sie sich entweder auf die Universitäten zurückzog oder Basisgruppen bildete, die in den Betrieben auf rechtskonforme Weise die Lehrlinge und Jungarbeiter dazu bringen sollen, sich mit den Zielen der außerparlamentarischen Opposition zu solidarisieren. Zu möglicherweise strafbaren Massenhandlungen kommt es nur noch selten, wie etwa bei den Demonstrationen gegen den Abtransport der Bundeswehrdeserteure aus West-Berlin im Juli 1969. Fortschritte versucht man zu erzielen mit Hilfe der üblichen demokratischen Mittel, mit Streiks und Diskussionen nach außen, mit Reflexion und Analyse der eigenen Möglichkeiten nach innen.

Wie aber hat die Staatsgewalt auf die Aktionen von damals reagiert? Was weiß die Öffentlichkeit davon, was erfährt die Öffentlichkeit davon? Ab und zu hört man noch von einem Urteil, aber auch nur deswegen, weil in ihm eine vergleichsweise hohe Strafe ausgesprochen wird, wie in dem Prozeß gegen den Münchner Rechtsreferendar Pohle oder gegen den Hamburger Arbeiter Schmiedel. Und sonst? Wer erinnert sich noch an den Kommunarden Pawla, der im Gerichtssaal seine Notdurft verrichtete? Wer weiß, daß sein Urteil rechtskräftig geworden ist und daß er seine Strafe schon vor einiger Zeit angetreten hat? Pawla ist im Gefängnis verschollen, andere, wie Teufel und Kunzelmann, sind rechtskräftig verurteilte Kriminelle, anderen, wie Langhans und Schlotterer, wurden ihre mehrmonatigen unbedingten Gefängnisstrafen in der Berufungsverhandlung bestätigt, so daß sie nur noch die Revision erwarten, anderen, mehreren, wird gerade der Prozeß gemacht, für viele, sehr viele, wird der Prozeß vorbereitet, und einer, ja einer, der Münchner Reinhard Wetter, hat seine Gefängnisstrafe inzwischen verbüßt und ist wieder frei. Alle diese Prozesse gehen öffentlich vor sich, aber die Öffentlichkeit, sofern nicht gegen prominente Antiautoritäre verhandelt wird, erfährt kaum etwas davon. Wenn die Strafen nicht gerade sportlich hoch sind, besteht kein öffentliches Interesse an den Prozessen.

Still folgt eine Verhandlung der anderen, still ergehen parallel in den Gerichtssälen die Urteile. Die Pressebänke sind leer. In den Zuschauerbänken sitzt manchmal ein Freund oder eine Freundin des oder der Angeklagten, manchmal sind auch die Zuschauerbänke leer, nicht einmal Rentner interessieren sich für die Vorgänge da vorn, weil diese ja einander so gleichen: Nicht einmal theatralische Mißachtungen des Gerichts kommen mehr vor, die früher wenigstens für eine Story in der Presse sorgten; und wenn einmal ein Angeklagter die Zeitung liest, bemerkt das der Richter gar nicht. Man schaut dem Lauf der Dinge zu. Draußen scheint die Sonne; und drinnen ergehen die Urteile: beides ist ganz natürlich. Was da geschieht, erscheint so selbstverständlich, daß es einem richtig vorkommt. Was aber geschieht da?

Es geschieht nichts anderes, als daß in den Gerichtssälen die Vorgänge bei den Demonstrationen systematisch auf Straftatbestände reduziert werden; eine Demonstration stellt sich dar als eine Addition von zahlreichen Straftaten. Die Motivationen für die Straftaten werden zwar keineswegs ausgeklammert, spielen aber nicht bei der Frage »Schuldig oder nicht Schuldig?« eine Rolle, sondern erst bei der Frage »Wie *sehr* schuldig?«, das heißt bei der Zumessung der Strafe: Geldstrafe oder Gefängnisstrafe, bedingte oder unbedingte Gefängnisstrafe. Von vornherein kann also die Justiz, da die betreffenden Strafgesetze mechanisch nur motivlose Aktionen für sich beschreiben, jede Motivation vorerst einmal dadurch wegabstrahieren, daß sie diese Aktionen reduziert auf die Frage: Was ist geschehen? »Indem sie gegen den Willen des Hausherrn eingedrungen sind, haben sie sich des Hausfriedensbruchs schuldig gemacht.« Warum es aber geschehen ist, das interessiert nur, um die Schuld festzustellen und dann zu vergrößern.

Was ist geschehen? muß man also analog fragen: Was ist in den Gerichtssälen geschehen? Was tun die Richter dort? Was sagen sie? Was schreiben sie in den Urteilsbegründungen? Wie beschreiben sie die Aktionen, damit diese als Straftatbestände unter die Obersätze der bestehenden Normen subsumiert werden können? Gilt hier der Satz des Richters Schwalbe, der die dafür übliche Methode mit dem Satz erklärte: »Es ist so, weil ich es sage!«? Die strukturellen Gemeinsamkeiten in den Demonstrantenprozessen herauszufinden, ohne allzu anekdotisch, genremalerisch zu werden, soll hier versucht werden.

In der Regel beginnen die Urteilsbegründungen mit der Schilderung des Vorlebens des Angeklagten. Bei den Demonstrantenprozessen ist nun aber zu beobachten, daß schon diese sonst neutralen Schilderungen die Staats- und Rechtsfeindlichkeit des jeweiligen Angeklagten anzeigen sollen. Familienverhältnisse, soziale Umwelt und Berufsausbildung werden derart beschrieben, daß sie die später aufgezählten Beweise für die Schuld des Angeklagten unterstützen. So heißt es etwa in einer Lebensbeschreibung: »Der Vater wurde wegen Linksabweichung aus der Sozialistischen Studentenschaft ausgeschlossen.« Auch die Tatsache, daß Angeklagte früher in der DDR gewohnt haben, spielt in den Urteilsbegründungen offensichtlich eine große Rolle, nur daß die Bezeichnung »DDR« den Beamten der Justiz noch immer fremd zu sein scheint: »Ostzone«, heißt es da; oder es ist die Rede vom »Sowjetzonalen Verlag Volk und Wissen«, oder gar von der »sowjetischbesetzten Zone«. Besonders wichtig ist die Erwähnung der Einkommens- und Wohnverhältnisse schon an *dieser* Stelle der Urteilsbegründungen: Später, bei der Strafzumessung, würden sie der Strafmilderung und -verschärfung dienen, hier aber, vor den Schuldbeweisen, wirken sie selber wie Schuldbeweise: »Erhält ein Stipendium«, »Lebt von seinen Eltern«, »Konnte kein Einkommen nachweisen …« Daß ein des Diebstahls angeklagter Arbeiter in SDS-Kreisen verkehrt, genügt im Prozeß dem Staatsanwalt für die Bemerkung, die Eigentumsbegriffe schienen ja dort von den üblichen etwas abzuweichen: Das sei ein Beweis mehr dafür, daß der Angeklagte den Diebstahl wirklich begangen habe …

Und aus der Tatsache, daß das sozialistische Anwaltskollektiv jemanden verteidigt, wird in der Regel auf den politischen Hintergrund des Falls geschlossen, freilich nur, um den Diebstahl umso strafbarer erscheinen zu lassen. Die neutrale Beschreibung der Lebensumstände ist nicht neutral, sondern schon versteckt normativ: »Der Angeklagte ist in Sevilla geboren, in Berlin ansässig, mit einer deutschen Frau verheiratet.« Da ist es im Rechtssinn logisch, wenn der Richter dann bei der Erwägung der Milderungsgründe von demselben Angeklagten sagt: »Ihm konnte auch nicht strafmildernd angerechnet werden, daß er ideeller Verfechter einer Idee ist. Ihm muß vorgehalten werden, daß man in einem fremden Gastlande sich nicht so benehmen darf.« Seiner Mitangeklagten, einer deutschen Frau, aber müsse man zugute halten, »daß sie eine geistig hochstehende Vertreterin ihrer Ideen ist, was sie auch durch ihre Arbeit in einem israelischen Kibbuz zum Ausdruck gebracht hat«.

Auch die eigentlichen Tathergänge werden in den Urteilsbegründungen nach dem Prinzip beschrieben: »Es ist so, weil ich es sage.« Gefühle und Empfindungen werden immer nur zitiert, wenn es sich um Gefühle und Empfindungen entweder des Volkes oder der Polizei handelt. Nicht die Demonstranten können empört sein, wohl aber die Bevölkerung: »Die Empörung der Bevölkerung über die geteilte Lage der Stadt«; und wohl kann »der Großteil der Bevölkerung« »Anstoß nehmen« an einer Demonstration gegen die amerikanische Schutzmacht, nicht aber konnten vorher die Demonstranten Anstoß nehmen an dieser Schutzmacht. Bevölkerung, die eingreift, wird abstrakt beschrieben: »… will die Ruhe wiederherstellen.« Geraten Demonstranten und Polizisten zusammen, so kann das nach den Urteilsbegründungen, wohl für die Polizisten *Schmerzen* mit sich bringen, nicht aber für die Demonstranten. Mit diesen »befaßt« man sich, sie »fallen hin«, »werden über den Zaun gezogen«, »werden am Oberarm genommen«, »von der Kanzel gezogen«, »an der Hand genommen und hinausgeführt«, »liegen plötzlich auf dem Boden», »werden entfernt«, während die Polizisten »*schmerzhaft* hinfallen«, »*schmerzhaft* gegen das Schienbein getreten werden« und »in die Nierengegend getreten werden, was ihnen erhebliche *Schmerzen* bereitet, so daß sie sich anschließend für etwa fünf Minuten hinsetzen müssen«. Wörtlich heißt es einmal: »Der Angeklagte schlug mit Armen und Beinen um sich; dabei traf er den Polizisten, der ihn hochheben wollte, am linken Außenknöchel, was eine schmerzhafte Prellung zur Folge hatte.« Polizisten wollen Demonstranten »hochheben«: diese »schlagen um sich«. Der Polizist erleidet eine »schmerzhafte Prellung«: das Delikt ist eine Folge der Festnahme. Erst nachdem der Angeklagte festgenommen ist, begeht er das Delikt, das berechtigt, ihn festzunehmen und anzuklagen. Woanders wird ein Geschehnisablauf dermaßen beschrieben: »Der Polizist fiel schmerzhaft auf das Pflaster, aber er richtete sich schnell auf und versetzte nun seinerseits dem Angeklagten einen Fausthieb, so daß dieser hinfiel.« Wenn aber, als Ausnahme, einmal Polizisten die Angeklagten sind, werden auch in dieser Rolle ihre Empfindungen und Gefühle sorgfältig aufgezählt: Die Polizisten seien in einer besonderen psychologischen Situation gewesen, sie hätten in der Nacht zuvor kaum geschlafen, viele ihrer Kollegen seien verletzt worden, dazu seien die beleidigenden Schmährufe der Demonstranten gekommen und der »besonders große Lärm unter dem überdachten Parkplatz ...«.

Auch die Aussagen der Polizisten als Zeugen werden in den Urteilsbegründungen anders beschrieben als die Aussagen der zivilen Zeugen und der Angeklagten. Von Polizisten heißt es meist: »gibt an«, »bestätigt«, vom Angeklagten oder Entlastungszeugen in der Regel aber: »behauptet«. Die Polizeibeamten bekunden ihre Aussagen immer »klar und sicher«, »durchaus glaubwürdig«, »übereinstimmend«. Wenn sich Widersprüche zwischen den Einlassungen des Angeklagten und den Aussagen der Polizisten ergeben, so lassen sich diese »unschwer durch die verschiedene Betrachtungsweise des Geschehensablaufes erklären«: Polizeibeamte, die »dazu berufen sind, die öffentliche Sicherheit wiederherzustellen, sehen die Dinge eben anders«. In einem Urteil heißt es: »Das Gericht hat keinen Anlaß gehabt, die Aussagen des Zeugen in Zweifel zu ziehen. Es handelt sich bei diesem Zeugen um einen 52jährigen Polizeioffizier, der auf das Gericht einen ruhigen und besonnenen Eindruck gemacht hat.« Und in einem anderen Urteil: »Die Einlassung des Angeklagten, er sei grundlos mit dem Polizeiknüppel auf die Hand geschlagen worden, ist sehr wenig glaubhaft. Es ist nämlich kein Grund ersichtlich, weshalb ein Polizeibeamter ohne Grund auf den Angeklagten eingeschlagen haben soll.« Widersprechen sich aber einmal die Aussagen von Polizeibeamten, so sind sie trotzdem glaubwürdig, »weil diese Widersprüche nur beweisen, daß die Polizisten ihre Aussagen nicht vorher abgesprochen haben«.

Auch werden die einzelnen Tatsachen von vornherein so beschrieben, daß die dabei gebrauchten Begriffe die späteren Urteile gleichsam vorwegnehmen. Die Angeklagten »behelligen« amerikanische Soldaten mit ihren Flugblättern; sie »stürmen« zur Kanzel vor; man »brüllt« anti-amerikanische Parolen und singt »Kampflieder«. Die Tatsachenbeschreibungen aber, welche die Widersacher der Demonstranten betreffen, begünstigen oder verharmlosen diese wieder durch die dabei gebrauchten Begriffe und Begriffsverbindungen: Die Polizeibeamten »stoßen«, als sie Demonstranten in die Menge hinein nachsetzen, mit Frauen »zusammen«; als die Demonstranten, ohne daß erwähnt wird, wie sie dahin kamen, »auf dem Boden liegen«, »legen ihnen die Polizeibeamten die Knebelketten an«; die Parade der US-Truppen wird durch die Demonstranten, die sich vor sie hinsetzen, zum Halten veranlaßt, und die Soldaten treten auf der Stelle, »ohne jedoch aus dem Takt zu kommen …«

Ebenso werden Kausalverbindungen, die den Demonstranten schaden würden, schon in den sich neutral gebenden Tatbeschreibungen suggeriert und Kausalverbindungen, die sie entlasten könnten, allein durch die Wahl der Satzkonstruktion der späteren Berücksichtigung ganz einfach entzogen. Im ersten Fall verhalten sich die Angeklagten renitent *und müssen* mehrmals durch die Polizisten vorwärtsgestoßen werden (das Vorwärtsstoßen wird als notwendige Folge der Renitenz dargestellt, nicht umgekehrt); im zweiten Fall ist etwa auf Bildern »klar zu erkennen, daß sich der Angeklagte mit verbissenem Gesicht von den Beamten wegdrehn will *und* nur unter Anwendung körperlicher Gewalt von mehreren Beamten abgeführt werden kann«: hier wird schon in der scheinneutralen Schilderung erst gar nicht diskutiert, ob das »verbissene« Gesicht und das »Sichwegdrücken« nicht die Folge der körperlichen Gewalt sein könnten, sie gelten von vornherein als die Ursachen dieser Gewaltanwendung und machen so eine Frage nach deren Berechtigung unnötig.

So kommt es, daß die Tatsachen, wenn sie später, bei den Fragen »Recht oder Unrecht« und »schuldig oder unschuldig«, beurteilt werden sollen, gar nicht mehr beurteilt zu werden brauchen, weil sie schon vorher derart beschrieben wurden, daß sie die Urteile vorwegnehmen: sie selber sind schon die Urteile. Die Justiz geht selbst bei den Tatsachenfeststellungen mit *verdeckt normativen* Begriffen vor, gibt diese aber als *Tatsachenbezeichnungen* aus. Demonstranten setzen sich bei einer Parade vor die Marschformation: Den Soldaten ist es *unmöglich*, auszuweichen, weil bei einer Parade ein Abweichen aus der geraden Richtung *unzulässig* ist. Die Demonstranten wollen sich auf der Zuhörertribüne nicht auf das Zuhören beschränken, sondern eine allgemeine politische Diskussion erzwingen, die die Einhaltung der Tagesordnung *unmöglich* machen würde ...

Werden nun von den angeklagten Demonstranten Rechtfertigungsgründe, wie das Notwehrrecht, und Schuldausschließungsgründe, wie der Irrtum über die Rechtslage, vorgebracht, so ist es für die Justiz nach dieser Art der Tatsachenbeschreibung ein leichtes, sämtliche derartigen Einwände gleich auszuschließen. »Wer in einer Gemeinschaft lebt, muß das Recht, das in ihr gilt, auch gegen sich gelten lassen.« Eine Parade ist eine Parade, die Tagesordnung ist eine Tagesordnung, die Zuhörertribüne ist eine Tribüne, auf der Zuhörer zuhören – jedes einzelne Verhalten der Justizbeamten in den Demonstrationsprozessen läßt sich auf solche Tautologien reduzieren. Grob kann also gesagt werden, daß gerade auf politische Aktionen, die eine Aufklärung über den Unterdrückungscharakter der staatlichen Tautologien (eine Kirche ist eine Kirche, ein Gehweg ist ein Gehweg, Eigentum bleibt Eigentum) erreichen wollen, die Justiz als der Reflex der Staatsgewalt mit einer Bekräftigung dieser Tautologien antwortet: Recht muß Recht bleiben! Ganz deutlich wird das, wenn Aktionen gegen die Justiz selber beurteilt werden sollen: Leute, die glauben, daß diese Justiz nicht in Ordnung sei, dürfen das der Allgemeinheit nicht in einer Weise zeigen, die von dieser Justiz nicht zugelassen ist. Denn Recht muß Recht bleiben! Auf diese, je länger man darüber nachdenkt, desto heftigeren Schwindel erregende Tautologie laufen nun fast alle Urteile in den Demonstrantenprozessen hinaus. Die Vertreter des Rechts sagen, was Recht ist; andere Meinungen und Aktionen, die diesen anderen Meinungen notwendig folgen, können also sofort als »fremd« im Sinn von »volksfremd« und »staatsfremd« bezeichnet werden.

In einem solchen vor kurzem ergangenen Urteil heißt es: »Der Täter darf nicht solche Wertvorstellungen von Recht und Unrecht zugrunde legen, die einem fremden Lebenskreis angehören, sondern nur diejenigen, die seine Rechtsgemeinschaft anerkennt, also die Gemeinschaft vertritt, in der er lebt«; als ob andere Wertvorstellungen von Recht und Unrecht von vornherein einem *fremden Lebenskreis* angehörten. »Aber das ist eben eine ganz andere Welt«, schrieb vor langer Zeit der Richter Freisler in einem seiner Todesurteile, »eine Welt, die wir nicht verstehen. Und bei uns im Großdeutschen Reich kann jeder nur nach den Grundsätzen verurteilt werden, die bei uns gelten.« Und heute formuliert ein Richter namens Pahl in einer Urteilsbegründung: »Der Angeklagte sagte, er lebe in einer ganz anderen Welt. Daraus folgt, daß sich der Angeklagte eine eigene Rechtsordnung gegeben hat, nach der er von sich aus bestimmen will, welche Gesetze er übertreten darf.« Und auf eine Aktion, die der Allgemeinheit die zynischen Tautologien der Justiz bewußt machen will, reagiert die Justiz mit einem Urteil, an dessen Kopf steht: Delikt: Landfriedensbruch; Geschädigter: die Allgemeinheit.

Diese tautologischen Bedingungen, unter denen eine Verurteilung ganz selbstverständlich, um nicht zu sagen: gerechtfertigt erscheint – »dieses Gericht ist dem Gesetz nun einmal unterworfen« –, versuchen viele Richter undeutlich zu machen, indem sie die Tautologie umformulieren und sie ersetzen durch Vergleiche und Analogien. »Eine Parade ist eine Parade« wird dann etwa übersetzt in »eine Parade ist eine Freundschaftsgeste«, und daraus wird im folgenden eine Analogie entwickelt, die bei der unverstellten Tautologie »eine Parade ist eine Parade« unstatthaft gewesen wäre: »Ausgerechnet eine Freundschaftsgeste zu stören«, heißt es dann, »ist ebenso verwerflich, wie bei einem Familienfest alte Streitigkeiten auszugraben.« Mit Hilfe der Analogie kann also auch die Störung der Parade für verwerflich erklärt werden. In demselben Urteil heißt es noch weiter: »Wenn man im üblichen Leben jemandem die Tür vor der Nase zuschlägt, so ist das eine Kränkung. Ebenso ist es eine Kränkung, wenn Menschen wie die Angeklagten es ihrerseits unternehmen, eine Parade zu stören ...« Die Justiz übersetzt einfach objektive Bezeichnungen in subjektive Wertbegriffe und kann, indem sie von den letzteren ausgeht, durchaus logisch verurteilen: »Demonstration« wird zu »Gesinnungsterror«, »Sich auf die Straße setzen« wird zu »Gewalt«, »Straßensperren gegen die Auslieferung der Springer-Zeitungen« werden übersetzt in »Unduldsamkeit gegen andere Meinungen«. Exemplarisch formulierte der Richter im Frankfurter Kaufhausprozeß: »Dieser Terror beschwört im eigenen Land eine Situation herauf, gegen die gerade die Angeklagten protestieren wollten.«

Wie leicht es für die Justiz ist, die Strafen, hat sie sich erst einmal auf die unumstößliche Tautologie zurückgezogen, daraus ganz schlüssig abzuleiten, zeigten viele selbstsicher als Schlüsse formulierte Sätze in den Urteilsbegründungen. Die Angeklagten haben gegen die Staatsordnung, das heißt gegen die Rechtsordnung demonstriert, weil sie überzeugt sind, daß diese Rechtsordnung nicht richtig ist. Deswegen sind sie, nach dieser Rechtsordnung, »Überzeugungstäter«. »*Daraus folgt*, daß ihre Taten einer nachhaltigen Ahndung bedürfen, damit die Angeklagten zur Beachtung der gesetzlichen Ordnung angehalten werden.« Oder, wie schon erwähnt: »Der Angeklagte sagte, er lebe in einer ganz anderen Welt. *Daraus folgt*, daß sich der Angeklagte eine eigene Rechtsordnung gegeben hat ...«

Diese Schlüsse ermöglichen der Justiz die Annäherung an ein Verdachtsstrafrecht sogar in der Beweiswürdigung. Jemand, von dem nur feststeht, daß er eine Demonstration beobachtet hat, sagt später, als er dem Vorgesetzten von der Demonstration erzählt, nicht, daß er *nicht* daran teilgenommen hat. »Das ist ein Beweis, daß er demonstriert hat.«

Kann man nach alldem behaupten, die Justiz beachte nicht die politischen Motivationen der Demonstranten? Im Gegenteil, sie beachtet vor allem diese, wertet sie aber nicht als Entschuldigungs- oder gar Rechtfertigungsgründe, sondern benutzt sie, wie schon anfangs gesagt, um die Strafen noch zu verschärfen. Die Einstellung des Angeklagten zur Rechtsordnung ist der Ausgangspunkt für »die Bemessung der Schuld«. Politischen »Überzeugungstätern« kann die Strafe »nicht zur Bewährung ausgesetzt werden, weil sie keine Gewähr für künftiges Wohlverhalten bieten«: Von der Tatbeschreibung (es ist kein Grund ersichtlich, warum Polizisten grundlos schlagen sollen) bis in die Art des Strafausspruchs am Schluß wird das Prinzip der Tautologie strikt durchgehalten. »Strafmildernd wird dem Angeklagten angerechnet«, heißt es in einem anderen Urteil, »daß er sich von den Zielen und Vorstellungen linksradikaler Organisationen distanziert hat.« Man kann sagen, daß die Justiz in den Demonstrantenprozessen in der Regel folgende Politik betreibt: »Was ist geschehen?« – »Indem sie gegen den Willen des Hausherrn eingedrungen sind, haben sie sich des Hausfriedensbruchs schuldig gemacht.« – »Und warum ist es geschehen?« – »Aus politischen Motiven.« – »Das beweist, daß es geschehen ist.«

Dabei ist es vielleicht sogar falsch, von einer Klassenjustiz im Sinn von Karl Liebknecht zu sprechen, da die angeklagten Demonstranten meist der gleichen Klasse entstammen wie ihre Richter: Eher könnte man von einer Justiz gegen Leute reden, die noch nicht in die staatliche Produktion und Reproduktion von Gütern und Ideen eingegliedert sind, zumal so oft in den Urteilsbegründungen die »Lebenserfahrung« zitiert wird, die die Aussagen der Angeklagten unglaubwürdig, die der Polizisten und der Bevölkerung aber glaubwürdig erscheinen lasse. Darum geht es auch nicht in diesem Artikel der sicher, juristisch betrachtet, »sachfremd« ist.

Worum könnte es aber gehen? Daß es sinnlos ist, die Vertreter der Justiz, zumindest die Mehrzahl, zur Reflexion ihrer Rechtsprechungsbedingungen aufzufordern, braucht nach dem Vorhergehenden nicht lange erklärt zu werden. Notwendig würden sie, sogar gutwillig, antworten: »Es ist so, weil es so ist«; denn, wie Otto Kirchheimer sagt, es wird die Funktion der Justiz in politischen Prozessen, gegen Systemfeinde das politisch Legitime zu vertreten. Deshalb würden die Juristen eine solche Aufforderung zur Sinnesänderung auch »unsachlich« nennen, mit jenem Begriff von Sachlichkeit, den der Richter Oske im Freispruch für den Freisler-Beisitzer Rehse verwendete: »Der sachlich denkende Oberstaatsanwalt war mit den schriftlichen Urteilsgründen Freislers oft nicht einverstanden. Er sah jedoch keinen Anlaß, allein wegen ihres Stils dagegen vorzugehen, wenn er die Entscheidung als solche für materiellrechtlich richtig hielt.«

Es geht also darum, die Vertreter der Legislative, die allein ein solches Bewußtsein von Sachlichkeit steuern können, um Aufmerksamkeit für das zu ersuchen, was in den Gerichtssälen jetzt still und sachlich Tag für Tag abgehandelt wird. Ist es möglich, bevor noch mehr Demonstranten in den Gefängnissen verschwinden, das Demonstrationsrecht zu reformieren, damit möglichst bald ein Amnestiegesetz erlassen werden kann? Welche Möglichkeit, einzelne Verfahren niederzuschlagen, wollen die Länderregierungen ausnutzen? Oder wird man zulassen, daß immer mehr und mehr Demonstranten kriminalisiert werden mit Urteilen, in denen es ganz selten heißt. »... mußte freigesprochen werden« und viel häufiger: »... konnte verurteilt werden«?

Eine andere Rede über Österreich

Vorausgeschickt sei, wie es zu dem Film *P. H. und die Polizei* gekommen ist: Nach dem nächtlichen Vorfall zwischen einer Streife und mir auf dem Salzburger Universitätsplatz, wovon weiter unten noch die Rede sein wird, war nicht ich es, sondern die Salzburger Polizei, die den Zeitungen gleich tags darauf ihre Version des Zwischenfalls lieferte, wohl mit dem Gedanken, mir, der aus dem Ganzen gar nichts machen wollte, von dem aber die Obrigkeit eine Reaktion befürchtete, zuvorzukommen.

Die Zeitungen berichteten also. Diese Zeitungsberichte brachten in der Folge die Redaktion des ORF-»Inlandsreports« auf die Idee, einen Film über das Verhältnis zwischen der Polizei und den Staatsbürgern, am Beispiel des Staatsbürgers P. H., zu drehen.

Ich wurde gefragt, ob ich, für einen solchen Film, zu einem Gespräch bereit sei. Ich sagte zuerst nein. Dann ließ ich mich überreden, durch das einleuchtende Argument der Redakteurin, es ginge weniger um meine Person als vielmehr um eine bezeichnende, aktuelle, jedermann im Staat betreffende Situation.

So kam es dann zu dem Bericht, der nicht meine Idee war, sondern zustande kam auf Vorschlag, Beschluß und Gutheißen der Abteilung des ORF, dessen Leiter jener Herr Rabl ist, der dann, als der Film gesendet werden sollte, den er selber veranlaßt hatte, diesen zurückzog »aus redaktionellen Gründen«.

Tags darauf las ich in den Zeitungen – benachrichtigt von niemandem – die gleich nichtsnutzige Begründung, es hätten sich »neue Fakten« ergeben, und zudem erdreistete sich derselbe Mann, der den Film veranlaßt und das Material gutgeheißen hatte – es waren ja alle Parteien zu Wort gekommen –, mir, um von seiner eigenen Feigheit und Charakterlosigkeit abzulenken, meine staatsbürgerlichen Probleme mit manchen Ordnungshütern als meinen »Privatsport« öffentlich vorzuwerfen.

Ich frage mich, wozu ein solcher Mann Journalist geworden ist und wie er die Stirn haben kann, in einem Beruf, dessen Hauptsache doch das Aufzeigen, Beschreiben und Kritisieren von öffentlichen Mißständen sein sollte, weiterzutun.

Ein solcher Journalist verdient nicht den Namen »Journalist«, er ist ein bloßer Sklave, ein Handlanger der Obrigkeit.

Und nun, um einiges gekürzt, aber weder entstellt noch entschärft, der Text, den ich, von der Reporterin gefragt, gesprochen habe.

Am Abend des 27. Februar, gegen Mitternacht, stand ich auf dem Salzburger Universitätsplatz, vor einer Telefonzelle, im Begriff, diese zu betreten. Im Abstand zu mir ein Auto mit laufendem Motor, dessen Fahrerin den Wagen für einige Momente verlassen hatte und zu den Marktbuden des Platzes gegangen war.

Ich hatte nicht in dem Wagen gesessen, besitze auch keinen Führerschein, kann nicht Auto fahren.

In diesem Augenblick kam ein Streifenwagen daher. Ein Polizist stieg aus und herrschte mich, ohne sich auch nur zu erkundigen, ob ich zu dem Auto gehörte, sofort an, den Motor abzustellen.

Es gibt das schöne Sprichwort vom Ton, der die Musik macht. Der Ton dieses Polizisten, der so blindlings wie zwanghaft annahm, nur weil ich in der Nähe des Autos stand, sei ich auch der Verantwortliche, ging mir nicht zu Herzen, sondern stieg mir zu Kopfe.

Ich sagte, er möge in einem anderen Ton mit mir reden. Darauf das wohlbekannte »Werd net frech! Deinen Ausweis!«

Das Du-Wort ist nicht immer ein Ausdruck von Brüderlichkeit. Der Kollege des Polizisten hatte mich inzwischen sozusagen erkannt und sprach: »Du das ist ja der ...«

Ich zeigte meinen Ausweis nicht.

Ein Wort gab das andere, wie man so schön sagt.

Die beiden Polizisten standen inzwischen so nah vor mir, daß ein ruhiges Gespräch gar nicht mehr möglich war; man kann nicht mit dem Weißen in den Augen eines Menschen sprechen.

Bei gesenktem Kopf – irgendwo mußte ich ja hinschauen – sah ich auch nur zwei Paar Lederstiefel, zwei Undinge. Es gibt eine menschliche Nähe, und eine unmenschliche, anmaßende Nähe, die keinen Abstand kennt. Ich bin ein empfindlicher Mensch, was ich für keine Schande halte; ich wünschte, alle wären auf ihre Weise empfindlich: So empfand ich diese Nähe der Lederstiefel, zusammen mit dem Weiß der Augen, vor allem durch das Ungerechtfertigte der ganzen Anschnauzerei, als Abbild all dessen, was für mich Menschenverachtung, Hölle, Gesichtslosigkeit bedeutet, und sprach das geflügelte Wort: »Ihr steht da vor mir mit euren Stiefeln wie Nazi-Bonzen.« Wohlgemerkt: Ich sagte nicht: »Ihr seid Nazi-Bullen!« sondern: »Nazi-Bonzen«, und gebrauchte das nicht als tatsächliche Anrede, sondern als Vergleich.

Darauf wurde ich festgenommen und auf die Wache gebracht. Die Atmosphäre dort war nicht gerade triumphal: Ich merkte an der versammelten Polizistenrunde, welche sich zusehends auffüllte, eine Mischung aus Haß und Angst: Angst, es mit einem »Notorischen«, oder »Berühmten« zu tun zu haben, und Haß, es diesem nicht zeigen zu können wie jedem anderen.

Die Angst vor mir – oder eher meinem Namen – steigerte den Haß, der Haß wurde noch gesteigert durch die Unmöglichkeit, mich, den Soundso, sofort niederschlagen zu dürfen.

Solcherart war die Atmosphäre auf der Wache, und sie war greifbar.

Tatsächlich angegriffen wurde ich nur einmal: als ich mich nicht setzen wollte, und als ein braungebrannter Ordnungshüter, gerade vom Skiurlaub zurück, mich auf einen Stuhl zwingen wollte, sichtlich nicht aus Sorge um mein Wohlergehen.

Meinen Ausweis zeigte ich noch immer nicht; denn alle Anwesenden wußten, welchen Verbrecher sie da vor sich hatten, der sich erfrecht hatte, in der Nacht auf einem leeren Platz zu stehen. Schließlich erbarmte sich ein Beamter und zog mir eigenhändig den Paß aus der Brusttasche.

Der ganze Vorwurf ist für sich geringfügig, ich und andere Staatsbürger haben mit unserer Polizei weit schlimmere Erfahrungen durchgestanden.

Ich habe, was mich betrifft, für immer vor Augen, daß ich nicht nur einmal, nach einer solchen Begebenheit, weinend heimwärts ging, nicht aus Wehleidigkeit, sondern aus Zorn, Trauer, Fassungslosigkeit über obrigkeitliche Niedertracht und Menschenverachtung. (Der Journalist Georg Nowotny hat über das ganze Problem »Polizei – Staatsbürger« im letzten Jahr beispielhaft geschrieben.)

In der fraglichen Nacht erschien mir die ganze Geschichte freilich, schon auf dem Heimweg, so possenhaft, daß ich lachen mußte. Jeder Umriß eines Vogels im Gebüsch erschien mir wirklicher als der ganze Vorfall. Ich dachte sogar: Das alles kann ja jedem passieren, ich bin noch glimpflich davongekommen, weil ich »derjenige welcher« bin.

Freilich zugleich der Gedanke: Spielen das Private und das Öffentliche ineinander, so entstehen die Parabeln, die Gleichnisse für unser aller Leben.

Zum Fall wurde der Vorfall, ich wiederhole es, durch die Angst der Polizei und die Gier der Medien: ich, von mir aus, wollte schweigen.

Und nun sage ich das, worauf es ankommt: Die Fernsehjournalistin fragte mich, was ich dächte zu den Sprüchen des Salzburger Polizeidirektors, betreffend den Film *Salò* von Pier Paolo Pasolini, jenes exemplarischen Polizeichefs, welcher in seiner Jugend der SS angehört hatte, und sich nun, reuelos, gedankenlos, gefühllos, stammtischselbstbewußt, über einen der großen Künstler dieses Jahrhunderts ausließ, einen Künstler, der mit Filmen wie *Accatone*, *Mamma Roma*, *Das Evangelium nach Matthäus*, sowie mit seinen Gedichten und Theaterstücken die Leidens- und Frohbotschaften dieses Jahrhunderts mitgeschaffen hat, so wie es sich für einen Künstler gehört – nun geschmäht von einem alpenländischen Folterknecht des unzählbaren Unreiches, der hier, jetzt, in diesem, in meinem, in unserem Staat in Amt und Würden sein darf, und der weder Amt, geschweige denn irgendeine Würde verdient.

Ich erklärte meine Empörung über das Vorhandensein solcher Gestalten in diesem Staat, sowie meine Wut, mit meinen Steuern das Stammtischgeblödle solcher Patrone begleichen zu müssen; wohlgemerkt: nicht der alten, liebenswerten, um die Demokratie Österreichs verdienten Pensionisten, sondern derartiger Kerle.

Dann kam ich auf das Verhältnis überhaupt dieses Staates, der Zweiten Republik, zur Zukunft.

Viele Arbeiter, viele Handwerker, viele kleine Bauern, diese und jene Krankenschwester, dieser und jener Arzt, auch wenn sie nicht lesen, auch wenn sie keine Gemälde betrachten, haben dennoch eine Ahnung, was ein Künstler ist, oder zu sein hat.

Aber ich kenne kein anderes Land in Europa, wo, durch die Zunahme der nichtsnutzigen, unbefriedigenden, unerotischen Berufe, das Kleinbürgertum so frech geworden ist, daß es sich erlauben kann, alles zu beurteilen und nichts zu achten.

Wie in keinem Land der Erde ist hierzulande das Wort »Künstler« zugleich als Schmähwort verwendbar.

Ich wünsche mir, so sagte ich, daß die jungen Polizisten in der Schule, wo sie doch wohl etwas lernen, auch einmal ein Bild von Rembrandt ansehen gehen – auch in Salzburg gibt es einen Rembrandt zu betrachten; daß sie über ein Gedicht von Goethe sich begeistern oder streiten, was ja oft auf das gleiche herauskommt.

Ich möchte einmal einen jungen Polizisten vor einem Bild von Raffael sehen, oder mit einem Buch von Adalbert Stifter in der Hand. Das würde in all diese gesichtslosen Gesichter endlich einen Zug bringen, einen Schimmer in die Augen, und wir wären Mensch und Mensch, Bürger und Bürger.

Schrecklich und verwunderlich auch, so sagte ich, wie weichlich, stereotyp so viele junge Polizisten wirken, ganz anders als jeder Zimmermann, Elektriker, Postler. Einen Bizeps haben sie wohl ausgebildet, doch ihre Gesichter sind säuglingshaft ungestalt, wenn auch ohne den Seelenblick von Säuglingen, kurz: schrecklich formlos. Ich gebrauche für die Mehrheit dieser jungen Leute mit Absicht ein verpöntes Wort: Sie sind *entartet*.

Ich bin im Lauf meines Lebens auch mit älteren Polizeibeamten zusammengekommen, vor denen ich Achtung spürte.

Sie haben durch Erfahrung gelernt, wie vielfältig und seltsam und erbarmungswürdig ein jeder Mensch ist, auch ein sogenannter Verbrecher.

Warum, zum Teufel, ist erst die Erfahrung des Älterwerdens nötig, daß eine Person den Respekt vor einer anderen gewinnt?

Polizisten, heraus mit euch aus der Gruppe, der Horde, der Meute; seid auch allein wie wir, bedenkt den anderen – wenn auch nur mit einem Blick!

Die Ausrede aus der NS-Zeit, als junger Mensch wisse man eben noch nicht, was man tue, man sei verführbar, usw., mag ich nie mehr hören. Schon mit fünf Jahren weiß ein Kind, was recht und was unrecht ist. Schluß mit der Ausrede von der Jugend als einer Zeit der Verführbarkeit. Kein Mensch ist von Natur aus ahnungslos und verführbar. Er ist *verantwortlich*, so wie er die Augen aufschlägt und seine ersten Sätze spricht.

Und jetzt die Polizisten beiseite, und zu der dringlicheren Frage: Wie ist es mit dem Selbstbewußtsein eines Bewohners dieses Landes bestellt? Wie steht er zu dem Land, zu dem Staat? Was ist sein Ort? Denn ohne Ort kein Selbstbewußtsein.

Tatsache ist: An der Stelle von Staatsmännern haben wir Staatsmännlein, und folglich sind wir kein Volk, sondern bloße Bevölkerung.

Ein Bundeskanzler, welcher sich als Freund der Künstler ausgibt, sagt im gleichen Atemzug, er, als Politiker, arbeite, schufte, während die Schriftsteller »sich in die Idylle zurückziehen, um einen Roman zu schreiben«. Demnach hat sich also Kafka in die Idylle zurückgezogen, um den *Prozeß* zu schreiben; hat Camus sich in die Idylle zurückgezogen, um *Der Fremde* zu schreiben; habe ich mich in die Idylle zurückgezogen, um *Wunschloses Unglück* zu schreiben.

Dieser Satz des österreichischen Politikers Sinowatz, eines Kanzlers der Zweiten Republik, ist würdig, unter die dümmsten Sätze aufgenommen zu werden, welche seit der Nacht der Zeiten von Menschen mit Zungen im Maul gesprochen worden sind.

Wenig steht diesem nach die Ausrede des Verteidigungsministers derselben Republik, in der wir leben, er habe dem erbärmlichen, auch erbarmungswürdigen Herrn Reder kein »Empfangsessen veranstaltet«, sondern ihn lediglich, als Minister, das heißt Diener, der Republik »verpflegt« – Prachtwort in der ewigen Schlechtenliste der Dummheit.

Aber wir werden uns von solch machthabenden, geistfeindlichen Staatsmännlein nicht davon abbringen lassen, dieses Land Österreich zu lieben, und dieses Volk hier zu lieben, das heißt die vielen Vereinzelten, welche ohne Gruppenzwang leben, ohne Meutendrang, Zotenhang, Grinsgeselligkeit.

Denn hier, in Österreich, unserm, ja, unserem Land, haben wir die Augen aufgeschlagen: für die Wälder und das Wasser, und die Ohren gespitzt für den Wind, den Schneefall, die Lieder, die Gedichte, die Sprache.

Ein letztes Mal komme ich an dieser Stelle auf meine private Person zurück: Ich werde, was eine Obrigkeit betrifft, welche ihr Maß, ihre Bescheidung, ihren Auftrag, dem Volk zu dienen, nicht kennt, immer ein sogenannter »Querulant« bleiben.

Ich bin sicher, selbst mit 80 – sollte ich dieses Alter erreichen – wird wieder der Augenblick kommen, daß irgendeine Amtsperson mich anherrschen wird, und es könnte dann heißen, »der greise österreichische Schriftsteller P. H. zum dreiundzwanzigsten Male wegen Widerstand gegen die Staatsgewalt festgenommen«.

Schon ein paar Tage nach dem kleinen Salzburger Ereignis, auf der Heimkehr von einer italienischen Aufführung meines Stükkes *Über die Dörfer*, sprach an der österreichischen Grenze der Kärntner Zollbeamte (es handelt sich also um keine Salzburger Spezialität), als ich für seine Begriffe eine Frage zu leise beantwortete: »Lauter! Sie sprechen mit einer Amtsperson!«

Das Blut stieg mir sofort zu Kopf. Und leider habe ich mich dann beherrscht. Beherrsch dich nicht! Schweig nicht!

So etwa meine Rede vor der Fernsehkamera, umgestellt, ergänzt, verlängert. Trotzdem spielt bei der Wiedergabe ein gewisses Bedauern mit, bloßes Lesefutter zu liefern. Weit ergiebiger stelle ich mir vor, dies oder jenes meiner Bücher zu lesen, oder etwas von Georges Simenon, oder den jüdischen Talmud, oder die jüdisch-christliche Bibel, oder ...

Da, als Leser, kann ich, eher als der Verschlinger von Nachrichten und Meinungen, endlich der »Zeitgenosse meiner selbst« (Rainer Maria Rilke) werden.

Gegenstimme

13. Mai 1986

Es ist in Österreich, anders als in fast allen europäischen Ländern, nicht Tradition, daß die Schriftsteller sich in die Tagespolitik einmischen. Den Ton zu solcher Enthaltung hat, etwa in der Mitte des 19. Jahrhunderts, unser Nationaldichter Franz Grillparzer angegeben, mit dessen Ethos der Form die österreichische Literatur wohl überhaupt erst beginnen konnte, der freieste Geist des Landes, und zugleich der damaligen Monarchie, dem Nachfolger des römischen Kaisers, ein fast starrsinnig loyaler Bürger. Als er sich, während der Freiheitskämpfe des Jahres 1848, doch einmal aufschwang zu sprechen (es blieb dann freilich nur bei schriftlichen Ansätzen) und auf die Gefahren des Übermuts, der »Katzenmusik«, hinwies, begann er mit den folgenden Worten: »Von allen Gebieten des menschlichen Geistes lag mir nichts ferner als die Tagespolitik. Ich sage Tagespolitik. Denn die Politik der Jahrhunderte, welche man Geschichte heißt, und die Natur des Menschengeistes, der sich gleich bleibt ..., war das angestrengte Studium meines nun siebenundfünfzigjährigen Lebens.«

So wird vielleicht verständlich, daß ein Nachfahr dieses Künstlers, in vielem eine Beispielsfigur, ganz und gar nicht selbstverständlich über ein bestimmtes Tagesproblem des inzwischen zweimal Republik gewordenen Österreich schreibt, geschweige denn sich dazu gedrängt fühlt, sondern sich zu einer Einmischung geradezu überwinden muß, so als sei das Politische einzig Sache der Politiker und der Journalisten, und die Künstler sollten, wie es ein durch seine Mediengewalt im Land zeitweise mächtiger Mensch einmal ausdrückte, »besser die Karotten in ihrem Garten beschreiben«. Dieser Rat ist zwar bedenkenswert (die Beschreibung einer Pflanze kann, gerade heutzutage, vielleicht einen größeren Weltkreis um sich ziehen als eine Kriegsreportage oder eine Parlamentsdebatte) – und trotzdem wird nun ein österreichischer Schriftsteller, wieder einmal, mit der Tradition brechen und seine Ansicht zu der Präsidentenwahl in diesem Land sagen. Und anders als Franz Grillparzer, der sich überwand mit einem: »Ich würde meine Pflicht als Bürger zu verletzen glauben, wenn ich nicht spräche«, beginne ich mit einem bloßen: »Ich *will* sprechen – und nicht als Schriftsteller oder Bürger, sondern im Namen eines Volkes, des wirklichen, so oft an den Rand gedrängten, kaum je gefragten, fast schon verstummten österreichischen Volks.«

Dieses österreichische Volk hat nämlich einen falschen Ruf. Es sei, so sagt man, opportunistisch, genußsüchtig, vergeßlich, unernst, unehrlich, leicht zu beeinflussen. Das mag zutreffen auf die Mengen, Gruppen und überhaupt Mehrheiten und träfe so wohl auch zu auf die Mehrheiten in nicht wenigen Ländern.

Aber gerade in Österreich erscheinen diese Gruppierungen seltsam sprach-, gestalt- und kraftlos. Die Kraft eines Volks geht vielmehr aus von den erstaunlich vielen Einzelnen, ja Vereinzelten, die schwierig sind, kindlich, unbestechlich, bedächtig, sanftmütig; dämonisch, skeptisch, lakonisch, Meister des treffenden Worts – zusammengerechnet ergäben sie, jeder für sich eine stolze Minderheit, da bin ich sicher, die überwältigende Mehrheit.

Und dieses Volk, das einzige, das Dauer hat, soll nun ein Oberhaupt bekommen, welches ihm nicht entspricht. »Nicht entspricht«: Das liest sich vielleicht harmlos, meint aber das Äußerste, Schlechtestmögliche. Ein Bundespräsident Kurt Waldheim wäre, wie keiner seiner Vorgänger, eine pure Verkörperung jenes erwähnten Falschbildes vom österreichischen Volk; eine Spottgeburt; ein Wiedergänger aus Transsylvanien, in den Schulzimmern und Polizeirevieren ausgestellt als der Höchste im Staat; ein Sprachunfähiger, welcher das amtliche Sagen hat; ein Gedächtnisloser, der in seinen periodischen Ansprachen an die Bevölkerung mahnend gerade jenen einen Finger, verantwortlich für so viele »W.« unten auf menschenfeindlichen Dokumenten, heben wird; ein wenig Unbeteiligter, dem es im Bestfall gelingen mag, ein paar seinesgleichen zur Teilnahme an einem fälschlich so genannten »Volkslauf« aufzurufen, nie aber das österreichische

Volk zu einem Schimmer von tätigem Mitleid, das heißt zum Erbarmen mit gleich welchen Opfern; ein Blickloser, der von seinen Staatsbesuchen in fremden Ländern unseren Fernsehzuschauern einzig das von seinem jeweiligen Pendant ihm gewidmete Doppelporträt heimbringen wird; ein Gehörloser, der von den Lippen der zur Audienz Vorgelassenen immer nur die paar ihm selber geläufigen Floskeln und Formeln ablesen wird, mechanisch nikkend oder schmunzelnd bis über die beiden Ohren zu einem »Ich habe immer nur meine Pflicht getan« oder »Der Krieg war eben der Krieg«, dagegen zu einem »Ich habe Schreckliches gesehen« oder »Ich möchte von himmelschreiendem Unrecht erzählen« so überdrüssig wie begriffsstutzig die Achseln hebend und, schon halb Auge für den nächsten in der Reihe, sich so taub stellend, wie es vielleicht verständlich wäre bei einem abgestumpften Gefängnisschließer, nicht aber bei dem gewählten und vereidigten Anwalt eines freien Volkes.

14. Mai 1986

Ein Tag ist seit dieser Niederschrift vergangen, und es fehlt mir der Antrieb, das Begonnene systematisch und regelrecht weiterzuführen; vor allem wohl deshalb, weil der Gegenstand ein derart Worte abstoßender ist. Statt der versuchten strengen Folge also eine lockere; diese entspricht dem mangelnden Umriß der Gestalt.

Was an Konkretem ist gegen Kurt Waldheim eigentlich vorzubringen? Sind ihm Kriegsverbrechen nachgewiesen worden? Nein. Wir kennen nichts von Waldheim als seine zu Beginn des Wahlkampfes lückenhafte, dann, durch den Druck von außen, ergänzte und korrigierte Biographie, in der jedes neue Detail den »Lebensläufer als Hakenschläger« wieder zum Ergänzen und Verbessern zwänge.

Wir kennen von dem Bewerber um unser höchstes Volksamt nur seine Weise zu sprechen, und diese ist das einzige, wodurch er uns gegenwärtig geworden ist. Seine Vergangenheit, wie auch immer diese gewesen sein mag, hat ihre Gegenwartsgültigkeit durch seine Sprache von jetzt, und wenn wieder und wieder gefordert wird, die Vergangenheit endlich ruhen zu lassen, so können wir nicht darauf eingehen; denn die Sprechweise Waldheims, gerade sie, verhindert jede – sonst vielleicht sogar verständnisvoll eingeräumte – Verjährung. Waldheims Wesen, das unbekannte, sowohl dem Herzen als auch dem Verstand sich nicht mitteilende, verrät sich allein in seinen wechselnden Mund-Arten. Wir urteilen dabei gar nicht über das Einst, über seine Tätigkeit als Verbindungsoffizier im besetzten Jugoslawien, wo die heimischen Widerstandskämpfer, die Partisanen, im Jargon der widerrechtlich eingefallenen deutschen Armee »Banden« hießen; wir beurteilen den Sprecher von heute.

Dieser gibt das Bild eines Mannes, der, damals wie jetzt, ein Stratege des Wegsehens und Weghörens ist. Prinzip: Ich kann meine Hände in Unschuld waschen; denn ich weiß zwar, daß Verbrechen geschehen, aber als ein Zeuge komme ich nicht in Frage, weil es keine Dienstvorschrift gibt, nach der es Pflicht ist, ein Gedächtnis zu haben. Und wer wegschaut und weghört, hat das Recht, sich auf Sinnestäuschung zu berufen: Was in Wahrheit ein Schmerzensschrei war, durfte vom Weghörer mit einem Knacken im Aktenschrank verwechselt werden; was ein in den Transportwaggon getretener Jude ist, kann aus den Augenwinkeln ein Sack mit dem Mehlnachschub für die kämpfende Truppe sein.

Dieser Mann ist die Fleisch, Sehne und Knochen gewordene Sprachstarre. Dem gelernten Diplomaten, dem die Diplomatie ein und alles geworden ist, bedeutet ein gefühltes, bedachtes, das heißt persönliches, beseeltes Wort etwas so Fremdes wie ein Stück vom Mond. Die gespaltene Zunge ist sein Wappentier: Im Heimatland die Floskel von der »Verleumdung«; in der weiten Welt, als die entgegengesetzte Floskel, eine »Entschuldigung wegen Irreführung der Freunde in den USA«; und dann wieder in Österreich auf den Vorhalt dieser Floskel: In Amerika müsse man so reden; dort werde eine solche Sprache verlangt.

Und eine solche Mehrsprachigkeit, eine ungute, ja schändliche, wie sie wohl auch einem ordentlichen Diplomaten ansteht, soll nun die eines österreichischen Volksoberhaupts werden? Kein Wort haben wir von Kurt Waldheim in dessen wie immer beschaffenen eigenen Sprache vernommen; er spricht ausschließlich die eines Pedells der Konsularakadernie, der sich, statt für den Hausmeister, den sicherlich nützlichen, für den würdigen Meister des Volkes hält; und solch ein eigenes Wort würde aus seinem Munde wohl so wundersam tönen wie ein Jodler aus einer leeren Strohgarbe.

Viele gibt es im Staat Österreich wie ihn, ohne einen Hauch von Persönlichkeit, ohne die leuteverbindende Sprachkraft, ohne Ausstrahlung, ohne den Glanz einer Tat. Sie leben unter uns in Frieden, haben ihre Zirkel und ihren Platz (der ihnen gegönnt wird), stolzieren in der Mitte der Promenaden, halten ihre Reden in den Cafés und ihren Hof in den Gastgärten – doch keiner von ihnen hat sich bis jetzt zugetraut, Sprachrohr und Mittler des Volkes sein zu können. Es sind die ortlosen Existenzen hierzulande, ohne Natursinn, ohne Kulturdurst, ohne Kunstbedürfnis. Sie sind die ewigen Lemuren aller Länder, unfähig zu irgendwelcher Verkörperung, weder einer Väterlichkeit, noch einer Gerechtigkeit, noch eines Schönheitssinns. Und kaum je war solch ein Mensch anmaßend genug, einem Volk vorstehen zu wollen – oder doch einmal, vor jetzt fünfzehn Jahren, als derselbe Waldheim, schon damals Kandidat, den unsterblichen Spruch tat: »Die Unterstellung, ich sei Nationalsozialist *oder gar Jude*, muß ich mit aller Entschiedenheit zurückweisen!«

Und doch: Kein Zorn wird verhindern können, daß Kurt Waldheim, der 1943 in Saloniki wohl nur weggeschaut haben kann, als die griechischen Juden – auf eigene Kosten! – mit »Kinder- und Gruppenermäßigung« durch ganz Europa in den Vernichtungsurlaub geschickt wurden; der sicherlich weggehört hat, als er im selben Jahr des Unheils den Funkspruch mit den dicht auf dicht folgenden Ausdrücken »Banden«, »Bandenzusammenziehungen«, »Bandentätigkeit»», »Bandenunterstützung«, »jüdisches Komitee als vorbereitendes Zentrum«, »Säuberungsunternehmen« aufnahm und »für die Richtigkeit der Abschrift« zeichnete mit seinem Namen »Waldheim, Oberleutnant«; der, mehr als 25

Jahre später, in einem anderen Land, 1968 in Prag, die Anweisung unterschrieb, die Zufluchtsuchenden abzuweisen – kein Zorn der Welt wird verhindern können, daß dieser Held am 8. Juni 1986 zu unserem Staatsoberhaupt gewählt werden wird als unser Gespensterkönig. Das Signum »W« werden wir von da an, wie auf den Aggressionspapieren des Krieges, wie auf den Abweisungs-Anweisungen für die Schutzflehenden des Prager Frühlings, auch auf den Staatsakten unserer Republik lesen müssen, nicht bloß als den Krakel des allerhöchsten Notars, sondern als das Mal des Dracula an einem dösenden Volkskörper.

Zu Beginn von Franz Kafkas *Prozeß* tritt ein seltsamer Mann in das Zimmer K.'s und erklärt diesen, »ohne daß er etwas Böses getan hätte«, für verhaftet. Dieser Eindringling – auf K. wartet, wie sich herausstellt, im Vorraum noch ein zweiter – hat etwas Puppen- und Marionettenhaftes an sich, was sich vor allem daran zeigt, daß er auf die Fragen des Verhafteten nicht eingeht oder nur in dem Sinne des »höheren Auftrags«, des »Nicht-anders-Könnens«, und, bildhaft, daran, daß er einen Anzug mit vielen Taschen trägt, mit Knöpfen geschlossen von oben bis unten: Einen vergleichbaren Amtsdiener im tristesten Sinn, von Hals bis hinab zur Kniekehle zugeknöpft in einen absurden Auftrag, unberührt durch das Unrecht, mit Ahnungslosigkeit antwortend auf den Aufschrei, einen Lakaien und Verbindungsmann des Schergen und Henkers, werden die Österreicher, ein so eigensinniges, zartes, ironisches, höfliches, wie schwermütiges, wildes, haltbedürftiges, amoklaufbereites Volk, für die nächsten Jahre als ihren Repräsentanten thronen haben – oder, eher, als einen gespensterhaften Wort-Leiermann herumstehen sehen … Ein Höfling – ohne Hof – als der *pater populi* …

Zurück zu Franz Grillparzer. Er zitiert einmal in seinen Tagebüchern, beschäftigt mit Metternich, die wunderbare Brief-Schriftstellerin Rahel Varnhagen: »Aber Diplomaten sind das Gräßlichste in der menschlichen Gesellschaft. Der *Stand.* Diplomaten werden hart durch Weichlichkeit; und dies geschieht dem Henker nicht einmal. Visiten werden Pflichten … *Keine* Meinung haben, und sie nur dadurch nicht äußern, wird Klugheit, Betragen genannt; und wird eine wahre Verhärtung der Seelenorgane.« Der Diplomat, der allzeit liebedienerische, lüge »aus Pfiffigkeit« und werde schließlich »vor Lügen dumm«, weil er »aus Lügenzwang« selbst daran glaube. – Und Grillparzer fügt mit eigenen Worten hinzu: »Der Diplomat in seiner vollständigen Ausbildung (ist) versatil aus Mangel an Grundsätzen und doch wieder beharrlich, aber nur aus Hochmut und Rechthaberei. Von Natur prinzipienlos, aber geschickt im Ergreifen der Umstände.« – Und weiter, auf Metternich bezogen, einen, bei allen Einwänden, doch so unvergleichlich gedankenreicheren, geistvolleren Mann als unseren Kandidaten: *»Da es (ihm) von Natur an Haltung gebrach, so war dieses Caput mortuum eines Systems willkommen, um den auseinanderfahrenden Bestrebungen eine Art Mittelpunkt zu geben …«* – Und dann das Allgemeine, entwickelt aus solchem Besonderen: »Nichts wird in der Staatskunst und der Diplomatie so häufig verwechselt als die Verständigkeit und die Schlauheit. Sie unterscheiden sich darin, daß die Schlauheit nur das Gegenwärtige im Auge hat, indes die Verständigkeit das Gegenwärtige aus dem Vergangenen herleitet und die wahrscheinliche Zukunft nicht aus dem Aug verliert.« – Und am Schluß, wie in einer Vorwegnahme des Diplomaten Kurt Waldheim als Staatsoberhaupt, Grillparzers Charakterisierung des damaligen Volks-Oberen, des Kaisers Franz I.: »Er schätzte Künste und Wissenschaften, insofern sie einen zählbaren Nutzen bringen oder den Geist ausmöblieren, ohne ihn zu kräftigen. Philosophie, Geschichte und Poesie in höherm Sinn waren ihm ein Greuel. Seine Religiosität war Gewohnheit … Wäre er selbst aus Staatsgründen über Nacht Türke geworden, so würde ihm am nächsten Morgen jeder für eitlen Aufrührer gegolten haben, der noch an Jesus Christus geglaubt hätte. Aus Mangel einer Vorstellung von der Würde der menschlichen Natur war er mißtrauisch gegen jedermann, und Angeberei war sein Schoßkind und seine Vorliebe …«

Mag demnach der Wahlwerber Kurt Waldheim ruhig zum Kanzleivorstand im Büro für Geistesverhütung, Ausredenarchivierung, Vergangenheitsablaß, Gegenwarts-Sendestörung und Zukunfts-Sendepause bestellt werden – in Franz Grillparzers

Lager, nur in seinem, ist Österreich! Mag die Paradefigur der Gewissensarmut ruhig von dem großen Haufen aufs Schild gehoben werden – am Abend des 8. Juni wird sich der Klang der Kirchenglocken, welcher auch immer, eher blechern anhören, ohne Widerhall, ohne Gegenwart, ohne Zukunft; ohne hinauszuschwingen in irgendein Land. Dafür aber werden vielleicht hier und da, in Stadt und Land, die ersten Leuchtkäfer des Jahres auffliegen; stumm; doch jeder Lichtpunkt für sich eine Gegenstimme.

18. April bis 8. Juni 1986

Ich hatte einen Traum. Ein Mann, zeitlebens erfolgsverwöhnt, den es trieb, schließlich auch noch zum Vorsteher des Volkes gewählt zu werden, bewarb sich um dieses Amt auf allen Plätzen des Landes mit dem Argument, in den Händeln der Welt wohlbewandert zu sein. Auf den Einwand, ob nicht gerade das gegen ihn in solch einem Amt sprechen könne, und eine Aufzählung einiger der Händel, in die der Bewerber verwickelt gewesen war, antwortete dieser, wie er es gewohnt war, mit den Formeln und Floskeln, die bei ihm, seit wann schon?, das Fleisch und das Blut ersetzten und sich zu einer menschenwürdigen Antwort verhielten wie das Knarren eines dünnen Astes zu einem Schmerzens- oder Freudenlaut.

Eines Tages aber, mitten im Auswendiggelernten, stockte er vor den laufenden Kameras, fand den Faden nicht mehr und verstummte. Langes Schweigen. Vor aller Welt brach durch die Schminke der Schweiß. Der Kandidat riß in Panik die Augen auf, und zum ersten Mal erschienen da Farben. Zum ersten Mal auch, das wurde jedem Zuschauer klar, stand vor ihm als ein Bild, wofür er einst, leibhaftig verwickelt, keinen Blick gehabt hatte. Wie sonst nur einem Opfer, dem sich das Himmelschreiende, mit allen Einzelheiten, für die Ewigkeit einprägt, wurde ihm gegenwärtig, was sich in der apokalyptischen Zeit, die sich ihm bis jetzt höchstens als »sehr ernste« dargestellt hatte, ereignet hatte und was, damals wie jetzt, sein eigener Teil daran war. Und wie ein Opfer wandte er sich nun ab und bat mit versagender Stimme, ihn nicht weiterzufilmen.

Aber dieser Gefallen konnte einem Bewerber um das höchste Staatsamt nicht erwiesen werden: Der einzige Beitrag jener Nachrichtensendung hatte von dem nun in Tränen ausbrechenden und minutenlang weinenden Herrn W. zu handeln – die einzige Nachricht des Tages, alle anderen verdrängend, war der bestimmte Weinende.

Dieser, nachdem er sich beruhigt hatte, atmete tief durch und hob zu sprechen an. Zur Wahrheit zu finden nach so vielen Jahren, das erlöste sichtlich nicht ihn allein, sondern griff auch über als Appell auf die Zuschauer im Land. Aus der Horde der Verstockten dort, den Ausredenmeistern gleich ihm, den Verkehrern der Tatsachen, wurden Mitweinende, und diese erst, o Neuigkeit, durften »Volk« heißen.

Solche Reinigung aber konnte, und das war die Erkenntnis des Träumers, kein klagendes Opfer bewirken, einzig ein trauernder Täter oder Zeuge. – Unnötig danach eine förmliche Verzichtserklärung: Der Bewerber hatte ja aus sich selber erfahren, daß er der unwürdige Vorstand eines Unvolkes geworden wäre.

Eine Art Würde, eine ganz besondere, wert, eingezeichnet zu werden in die historischen Gedenktafeln, kam ihm dennoch zu: Der erste verdächtige Zeit- und Grauenzeuge gewesen zu sein, der sich aufgeschwungen hatte zur Mit-Verantwortlichkeit, und so seinem Land jene Wende ermöglicht zu haben, ohne die es vor der Vergangenheit kein Entkommen gibt. Ich hatte einen Traum …

Die offenen Geheimnisse der Technokratie

Bis vor wenigen Jahren habe ich fast immer nur zu Boden geschaut. Wenn ich etwas lese, was ich ganz früh geschrieben habe, habe ich das Gefühl von einem Menschen mit gesenktem Blick, so viel auf der Erde Liegendes kommt darin vor, und so viel Kleines. Ein weggeworfener Handschuh, die vom Tau beschlagene Zellophanumhüllung einer Zigarettenschachtel, Hände im Schoß ohne die Gesichter dazu ... Das alles sah ich als *Zeichen* für das, was ich nicht sah – für die monumentalere Fremdheit der menschlichen Lebensäußerungen, die sich in der Umwelt, wenn auch nicht so poetisch verschlüsselt wie in dem Anblick eines angebissenen Apfels in einem Kanalgitter, in den Bauten und Straßenfluchten gezeigt hätte, wenn ich nur schon hätte aufblicken können. Heute erst weiß ich, daß dieses Wichtignehmen von Kleinigkeiten auf dem Boden nicht möglich gewesen wäre ohne den Reflex, der mich vor der Übermacht der verbauten Natur weiter weg zurückschrecken ließ. Der gesenkte Blick war nichts als eine Abwehrbewegung vor so viel menschenverdrängenden Anblicken. Ich möchte jetzt, da ich allmählich aufzublicken gelernt habe, in ersten Andeutungen über Architektur, über Wohnungen und Wohnlandschaften schreiben ...

Das Märkische Viertel in Berlin ist eine im Auftrag des Berliner Senats geplante Stadtrandsiedlung mit inzwischen über 50000 Bewohnern. Wenn man mit der S-Bahn fährt, muß man in einen Bus umsteigen und nähert sich nach einer Stunde Fahrt, nachdem man sich schon aus der Stadt heraus geglaubt hat, plötzlich einer Siedlung aus einer anderen Welt.

Als ich zum ersten Mal dort war, standen zu beiden Seiten der Straße unabsehbar die Hochhäuser im Nebel. Die Häuser waren bunt, jedes in einer anderen Farbe. Auf eine gelbe Fläche, eine Fläche wie ringsum die andern, war ein riesiges Posthorn gemalt, an das ich mich besonders erinnere. Ich stieg aus und ging wie im Traum in ein offenes Tiefgeschoß, in dem ein paar Autos parkten und wo es sehr windig war. Mit einem engen Lift, in dem sich sofort doppelte Türen schlossen, fuhr ich bis ins oberste Stockwerk hinauf. Der Lift war neu, aber schon von oben bis unten mit Flüchen und Sexualsymbolen bekritzelt. Ich ging durch die Flure; aus vielen Wohnungen hörte man die Fernsehapparate, obwohl es erst mitten am Nachmittag war. Ganz oben war eine Plattform, von der ich auf das Märkische Viertel hinunterschaute: ab und zu kreuzten einander Autobusse, Autos fuhren kaum, da die Männer drinnen in der Stadt arbeiteten und nur wenige Frauen hier Zweitwagen hatten. Außer einem Betrunkenen neben einem fahrbaren Würstchenstand sah ich weit und breit keine lebende Seele. Ich aß dann unten ein Paar Frankfurter und fuhr mit dem nächsten Bus zurück. Das nächste Mal war ich zu Besuch bei jemandem, der dort wohnte. Er hatte eine Wohnung, die über zwei Stockwerke ging; das Auf- und Absteigen machte den Aufenthalt darin sehr theatralisch – statt einfach in einen anderen Raum zu gehen, trat man dort, indem man Stufen herabkam, richtig auf, wie ein Schauspieler. Dem entsprach auch das Unselbstverständliche, Zeremonielle der Lebensäußerungen in dem Hochhaus: jede alltägliche Handlung wurde darin zum Ritual – Trinken, Essen, Fernsehen, selbst das Sitzen und Aus-dem-Fenster-Schauen. Für eine Fußballübertragung im Fernsehen erwartete der Bewohner zum Beispiel gerade Besucher und hatte auch schon einen »Kasten Bier« bereitgestellt. Mich bewirtete er mit sorgfältigen Gesten, die auf sich selber aufmerksam machen sollten. Daß er den Schinkenhäger etwa mit einer dicken Gefrierschicht um die Flasche aus dem Tiefkühlfach holte und daß er auch die Gläser vorher gekühlt hatte, das spielte er richtig vor. »So muß es sein«, sagte er immer wieder. Die Lebensvorgänge der Familie schienen mir überhaupt aus solchen isolierten Zeremonien zu bestehen. Sicher war das woanders ähnlich – aber so formalisiert und überdeutlich wie in diesen Wohnverhältnissen, wo man die Alltagshandlungen zu Ritualen machen mußte, um die Illusion vom Anschluß an die Außenwelt zu behalten, hatte ich die Ratlosigkeit darüber, am Leben zu sein, noch nie erfahren. Es war, wie wenn sich ein Verzweifelter besonders schön anzieht. Ich ging dann noch zum Ladenzentrum des Märkischen Viertels, wo es Gaststätten, Warenhäuser, eine Buchhandlung und ein Kino gab. Im Kino war es voll von Kindern ... In der Gaststätte kegelte ich ein bißchen auf der Bowlingbahn. Es war Nachmittag, aber auf den Tischen standen schon überall Schilder, wer sich für den Abend zum Bowling angemeldet hatte. Alles war inszeniert ... Wie konnten die Leute in dieser Umgebung auch spontan sein? Die Wege der Hausfrauen waren täglich gleich, die Kinder hingen tagaus, tagein an den paar Turngeräten der Kindertagesstätte ... Dazu paßte auch, daß hier eine Theatergruppe umherzog, den Leuten ihr Leben vorspielte, die Kinder es nachspielen ließ – in einer anderen Umgebung wäre eine solche Lebensinszenierung nicht nötig gewesen. Das Seltsame an dem allen aber war, daß ich mich darin wohlfühlte. Mit einer fast obszönen Neugier ging ich stundenlang zwischen Schutthalden und farbigen Hochhäusern umher. Ich war tief verschreckt, es grauste mir – aber ich wollte nicht weg. Es kam mir vor, als hätte mein Bewußtsein endlich den äußeren Ort gefunden, der ihm im Innern entsprach.

Ganz deutlich wurde mir das, als ich vor einigen Monaten in La Défense war, einem Wohn- und Büroturmviertel am westlichen Rand von Paris. Ja, das ist es jetzt vollständig, dachte ich. Es war wie das Gelobte Land, aber nicht in dem Sinn des Paradieses, sondern in dem Sinn, daß sich der Zustand der Welt endlich unverstellt und unverlogen zeigte. Aus einer riesigen Metrostation kommt man über mehrere Rolltreppen auf eine weite, steinerne Plattform, an deren Rand schon überall die Häusertürme stehen, viele noch in Bau. Eine Stunde blieb ich da fast bewegungslos stehen. Irgendwo auf der Plattform stand eine kleine rote Pommes-frites-Bude. Jede Viertelstunde war in einem anderen Bürohaus Arbeitsschluß, und immer wieder gingen von allen Seiten die Leute eilig von weitem über die Steine hin zu den Rolltreppen. Alle gingen aber hintereinander, auf einer imaginären Linie, in Einerreihen. Sie schienen einem Weg zu folgen, den ich nicht sehen konnte. Immer wieder näherten sich aus verschiedenen Richtungen diese Menschenzüge und verschwanden auf der Rolltreppe, wie in einem Zeichentrickfilm. Als mir kalt wurde, ging ich auf dem Plateau umher und kam zu einer kleinen Umzäunung: und dahinter wuchs Gras! Ich schaute hin und bemerkte, daß es sich um verschiedene winzige Grasbeete handelte, jedes mit einem Schildchen besteckt, auf dem die Namen der Grassorten standen. Auf diesem Fleck am Rand der Steinplattform hatte man alle Grassorten Europas und Afrikas versammelt und im Angesicht der Hochhäuser zur Besichtigung ausgestellt ... Ich ging zu den Hochhäusern. Auf den Fußgängerüberwegen blieb ich stehen und schaute hinunter, wo ab und zu eine Mutter ihren Kinderwagen durch den Schlamm neben der Autostraße schob. Eine Musterwohnung mit dem poetischen Namen »Eve« stand im Dreck zur Besichtigung, ein Quadratmeter 2800 Francs. Einige Häuser waren schon bewohnt, sie hatten große Innenhöfe, durch die Passagen pfiff der Wind. In einem Innenhof sah ich auch einen Kinderspielplatz: er bestand nur aus einem quadratischen Sandkasten, zwanzig mal zwanzig Meter. Zwei Kinder saßen dösend darin. Es gab ein Schnellkaufgeschäft, das »Quick food« hieß. An einer Snack-Bar mit Sandwiches und dergleichen stand traurig mit altfranzösischen Buchstaben: »Brasserie«. In einem Bankraum, in den ich trat, mußte sich der Angestellte erst räuspern, weil so lange kein Kunde mehr gekommen war. Ich schaute lang die Hochhäuser hinauf. Auch sie waren bunt gemalt, wenn auch geschmackvoller als die im Märkischen Viertel. Fast überall waren die Vorhänge vor. Die meisten Küchenfenster waren zur Hälfte verstellt von den Kühlschränken, die auf den Tiefkühltruhen standen. Es ist vielleicht auch ein unfreundlicher Tag, dachte ich – aber auf einmal konnte ich mir da keinen freundlicheren vorstellen. Nach einiger Zeit fiel mir auf, daß ich dachte: Vielleicht ist es gar nicht so schlimm, vielleicht gewöhnt man sich daran ... Das war der Gedanke, der mich am meisten erschreckt hat.

La Défense müßte eigentlich Sperrzone sein – weil da die Geheimnisse der technokratischen Welt sich ganz unverschämt verraten. Ein Stacheldraht gehört ringsherum und Schilder »Fotografieren verboten«. Aber die verantwortlichen Unmenschen in ihren menschenwürdigen Umgebungen sind sich schon zu sicher. Geil lassen sie auf den Tafeln vor den Hochhausunterschlupfen ihre Namen leuchten: Bank von Winterthur, Chase Manhattan Bank, Siemens, Esso …

Die Architekten und Planer sollen sich inzwischen von ihren eigenen Entwürfen distanzieren, hört man.

Was ist das, ein Architekt?

Abschied des Träumers vom Neunten Land

Eine Wirklichkeit, die vergangen ist: Erinnerung an Slowenien

Es sind vielerlei Gründe genannt worden für einen eigenen, regelrechten Staat mit Namen »Republik Slowenien«. Damit diese Gründe mir aber im einzelnen denkbar, oder faßbar, oder eingängig würden, müßte ich sie erst einmal sehen; das Hauptwort »Grund« kann, für mich jedenfalls, nur bestehen zusammen mit dem Zeitwort »sehen«. Und ich sehe keinen Grund, keinen einzigen – nicht einmal den sogenannten »großserbischen Panzerkommunismus« – für den Staat Slowenien; nichts als eine vollendete Tatsache. Und ebenso sehe ich nicht die Gründe für einen »Staat Kroatien«. Diese andere Tatsache freilich geht mich weniger an (doch nicht einmal dessen bin ich mir sicher). Das Land Slowenien und die zwei Millionen Köpfe des slowenischen Volks hingegen betrachte ich als eine der wenigen Sachen, welche bei mir zusammengehören mit dem Beiwort »mein«; Sache nicht meines Besitzes, sondern meines Lebens.

Damit spiele ich mich keineswegs als »Slowene« auf. Zwar bin ich in einem Kärntner Dorf geboren, wo seinerzeit, im Zweiten Weltkrieg, noch die Mehrheit, nein, die Gesamtheit österreichisch-slowenisch war und auch in der entsprechenden Mundart miteinander verkehrte, und meine Mutter sah sich, beeinflußt vor allem durch den ältesten Bruder, der, jenseits der Grenze, im jugoslawisch-slowenischen Maribor den Obstbau studierte, in ihrer Mädchenzeit als eine aus jenem Volk (später, nach dem Krieg, nur noch unter anderm); aber mein Vater war ein deutscher Soldat, und Deutsch ist meine Sprache geworden, durch die erste Kindheit in Ost-Berlin und, auf andre Weise, durch die anschließende, in dem »mit der Zeit« mehr und mehr verschwindenden und verklingenden alten Slowenendorf, das selbst die Bewohner endlich nur noch zum Spaß »Stara Vas« hießen; dem Kind aus der deutschen Großstadt waren die slawischen Urlaute ein Greuel in den Ohren, es fuhr bei Gelegenheit sogar der eigenen Mutter deswegen über den Mund, gerade ihr.

Im Lauf der Jahre, vor allem wohl, indem ich Bilder bekam, *erzählt* bekam von den slowenischen Vorfahren, wurde das anders, wie es natürlich ist (oder natürlich sein sollte). Ein »Slowene« jedoch wurde ich nie, nicht einmal, obwohl ich die Sprache inzwischen halbwegs lesen kann, ein »halber«; wenn ich mich heutzutage in so etwas wie einem Volk sehe, dann in jenem der Niemande – was zeitweilig heilsam sein kann, zeitweise heillos ist (in den Momenten, da ich mir selbst die Zusammengehörigkeit der über den Erdball streunenden Niemande nicht mehr einbilden kann).

Und trotzdem habe ich mich in meinem Leben nirgends auf der Welt als Fremder so zu Hause gefühlt wie in dem Land Slowenien. Lange Jahre ging es mir dort so, über ein Vierteljahrhundert, bis ich schon glaubte, auf diese Sache sei einmal Verlaß, und an den dortigen Orten gebe es in der Tat, anders als den trügerischen der Kindheit, aus der ich und du uns entgegen dem romantischen Gerücht mir nichts dir nichts vertrieben sahen, so etwas wie eine Dauer.

Zu Hause in Slowenien, Jugoslawien? In der Wirklichkeit. Es war das genaue Gegenteil zu jener Unwirklichkeit, wie sie in Grausen versetzt den Schreiber der *Briefe eines Zurückgekehrten* (Hofmannsthal), welcher nach langer Abwesenheit von seinen deutschen Landen vor keinem einzigen Gegenstand da mehr dessen Existenz fühlt: Kein Krug wirkt mehr als Ding Krug, kein Tisch steht mehr da als Tisch; sämtliche Dinge in dem Gebiet Deutschland erscheinen dem Zurückgekehrten als »gegenstandslos«. Wie gegenständlich aber wurden dafür mir durch die Jahre, jedesmal, gleich beim wiederholten Überschreiten der Grenze, die Dinge in Slowenien: Sie entzogen sich nicht – wie das meiste inzwischen nicht bloß in Deutschland, sondern überall in der Westwelt –, sie gingen einem zur Hand. Ein Flußübergang ließ sich spüren als Brücke; eine Wasserfläche wurde zum See; der Gehende fühlte sich immer wieder von einem Hügelzug, einer Häuserreihe, einem Obstgarten begleitet, der Innehaltende dann von etwas ebenso Leibhaftigem umgeben, wobei das Gemeinsame all dieser Dinge die gewisse herzhafte Unscheinbarkeit gewesen ist, eine Allerwelthaftigkeit: eben das Wirkliche, welches wie wohl nichts sonst jenes Zuhause-Gefühl des »Das ist es, jetzt bin ich endlich hier!« ermöglicht.

Über die Einzelheiten hinaus ist eine lange Zeit das ganze Land als solch ein Ding wirksam gewesen, als ein Land der Wirklichkeit, und, wie mir schien, nicht allein für den Besucher, auch für die Ansässigen; wie sonst wären sie einem so ungleich wirklicher begegnet, in ihrer Art zu gehen, zu reden, zu schauen und vor allem zu übersehen, als die Völker jenseits seiner Grenzen, der italienischen ebenso wie der österreichischen? In dem Land Slowenien und bei den Slowenen habe ich mich in der Tat immer wieder als ein Gast der Wirklichkeit fühlen können, da beim Wein (des Karstes oder der Windischen Bühel), da beim Kirchturm (von Hrastovlje auf Istrien oder von Sveti Janez am Wocheiner See), da im Bus (von Tolmin nach Nova Gorica, von Ljubljana nach Novo Mesto, von Koper nach Divača), da im herzhaft kargen Gastzimmer von Most na Soči oder Vipava, da beim Sich-Öffnen der Ohren für das so dingnahe, so sanftmütige, so ungekünstelt-anmutige Slowenisch – auch das gab Wirklichkeit – allüberall im Land.

Daß dergleichen Erfahrungen auch meine Einbildung oder sogar überhaupt ein Trug sein könnten: Nicht erst die Vorfälle des Juni und Juli 1991 jetzt, von den Slowenen selbst teils mit Trauer, teils mit Stolz – eher mehr mit diesem – »vojna«, Krieg, genannt, gaben mir das zu bedenken. Hofmannsthals Brief-Erzählung von der Unwirklichkeit, oder Unvorhandenheit, oder Unbeschreiblichkeit der Dinge in den deutschen Räumen ist entstanden einige Jahre vor dem Ausbruch des Ersten Weltkriegs. Und ähnlich erging es, seit einiger Zeit schon, auch mir mit den zuvor so gegenwärtigen slowenischen Dingen, Landschaften, dem ganzen Land. Die Geschichtslosigkeit, welche jenes reine Gegenwärtigsein vielleicht ermöglicht hatte, war Schein gewesen (wenn auch ein fruchtbarer?); höchstens handelte es sich um eine kleine Pause in der Geschichte (oder unsrer unselig-ewigen Zwanghaftigkeit?). Slowenien gehörte für mich seit je zu dem großen Jugoslawien, das südlich der Karawanken begann und weit unten, zum Beispiel am Ohridsee bei den byzantinischen Kirchen und islamischen Moscheen vor Albanien oder in den makedonischen Ebenen vor Griechenland, endete. Und gerade die offensichtliche slowenische Eigenständigkeit, wie auch der anderen südslawischen Länder – Eigenständigkeit, die, so schien es, nie eine Eigenstaatlichkeit bräuchte –, trug in meinen Augen zu der selbstverständlichen großen Einheit bei. Diese bestand nicht nur geographisch, etwa im Karstkalk, der sich von dem Berg Trstelj nördlich von Triest hinab über die gesamte dinarische Platte zog, sondern auch, besonders, gerade, als historische. Zwei Daten in diesem Jahrhundert waren es, welche, glaubte ich, die so verschiedenen jugoslawischen Völker einigten und auf Dauer einighalten müßten: ihr eher ungezwungenes, für viele sogar enthusiastisches Zusammenfinden 1918, mit dem Ende des Habsburgerreichs, erstmals in einem eigenen Reich, wo die einzelnen Länder keine schattenhaften Kolonien mehr, die einzelnen Sprachen kein Sklavengemunkel mehr zu sein bräuchten; und im Zweiten Weltkrieg dann der gemeinschaftliche Kampf der Völker Jugoslawiens, auch der unterschiedlichen Parteien und der einander widersprechenden Weltanschauungen – ausgenommen fast nur die kroatischen Ustascha-Faschisten –, gegen das Großdeutschland.

(Immer wieder habe ich in den slowenischen Dörfern die kleinen Gruppen der alten Männer als Zeugen einer ganz andern als unsrer, der deutschen und österreichischen Geschichte, eben der des großen widerständischen Jugoslawien gesehen und dieses, ich kann's nicht anders sagen, um seine Geschichte beneidet.)

In den vergangenen Jahren jedoch, sooft ich nach Slowenien kam, wurde dort, zuletzt mehr und mehr, eine neue Geschichte verbreitet. Neu? Es war die altväterische, aber mit der Zeit neu gewendete Sage von »Mitteleuropa«. Und diese, anders als die der schweigsamen Veteranen, hatte statt der sporadischen Erzähler gruppenweise Sprecher, mehr und weniger lautstarke. Oder so: Auch hier, zur Geschichte Mitteleuropas, hatte es zunächst die Erzähler gegeben, und deren Stelle nahmen inzwischen fast ausschließlich die Sprecher ein; oder: Die ursprünglichen Erzähler selber, manchmal meine Freunde, hatten, zur Unkenntlichkeit verändert, die Rolle von Sprechern eingenommen. Und dieses historisierende Sprechertum vor allem, verlautbart aus vielen Mündern, in Zeitungen, Monatsschriften, bei Symposien, war es wohl, das dem Gast Sloweniens die Landesdinge jedesmal stärker entrückte in die erwähnte Unwirklichkeit, Ungreifbarkeit, Ungegenwärtigkeit.

Nicht, daß etwa Slowenien für mich vorher, politisch gesehen, »der Osten« gewesen wäre. Und es lag mir auch nie, mochte das zwar der Himmelsrichtung nach stimmen, im Süden; es war, anders als Italien, kein Südland (aber auch in Kroatien, in Serbien, in Montenegro fühlte ich mich keinmal »im Süden«). Und ebenso nicht, obwohl unsere österreichischen Grenzwacht-Zeitungen das ihren Lesern, zumindest vor dem Umschwung der letzten Jahre, gleichsam auf Dauer weiszumachen versuchten, begann in Jesenice, in Dravograd oder in Murska Sobota bereits »der Balkan«. Aber welch erwachsener Leser verbindet heutzutage überhaupt noch etwas Wirkliches mit solch einem Wort?

Nirgends in Bosnien und der Herzegowina, auch nicht im Kosovo, zu Fuß unterwegs, in Bussen und Zügen, kam mir jemals dieses blödsinnige Schlägerwort in den Sinn, geschweige denn über die Lippen; ginge es um dergleichen Parolen, müßte man zum Beispiel die serbischen Intellektuellen aus Beograd geradezu als die Zwillinge ihrer Kollegen in Paris oder New York bezeichnen, so telepathisch sind sie mit diesen verbunden in der jeweiligen Theorie des Tages, ob es nun jene der »Schnelligkeit« oder der »Chaos-Forschung« ist, und wenn ich meinem werten Genossen und Übersetzer Žarko Radakovič – Novi Sad / Beograd / Tübingen / Köln / Seattle – beiläufig erzähle, ich sei zu Fuß den Oberlauf der Soča (des Isonzo) entlanggegangen, wird er mir im Handumdrehen seine neue groß- und kleinserbische Theorie »Vom Wandern an Flüssen« auftischen und dazu auch schon eine internationale Anthologie – Beiträger George Steiner, Jean Baudrillard, Reinhold Messner – vorbereiten. Wie traurig, und auch empörend, wenn jemand wie Milan Kundera noch heute, vor ein paar Wochen, in einem von *Le Monde* veröffentlichten Aufruf zur »Rettung Sloweniens« dieses, zusammen mit Kroatien, vom serbischen »Balkan« abgrenzt und es blind jenem gespenstischen »Zentraleuropa« zuschlägt, dessen kaiserliche Herren doch einst auch sein slawisches Tschechisch, aus dem Jan Skácel von Brno später dann die zartesten Gedichtpsalmen des zwanzigsten Jahrhunderts schöpfte, als barbarisches Kauderwelsch abtun wollten!

Nein, Slowenien in Jugoslawien, und *mit* Jugoslawien, du warst deinem Gast nicht Osten, nicht Süden, geschweige denn balkanesisch, bedeutetest vielmehr etwas Drittes, oder »Neuntes«, Unbenennbares, dafür aber Märchenwirkliches, durch dein mit jedem Schritt – Slowenien, meine Geh-Heimat – greifbares Eigendasein, so wunderbar wirklich auch, wie ich es ja mit den Augen erlebte, gerade im Verband des dich umgebenden und zugleich durchdringenden – dir entsprechenden! – Geschichtsgebildes, des großen Jugoslawien.

Und nun wich das urslowenische Märchen vom Neunten Land Jahr für Jahr mehr zurück vor dem Gespenstergerede von einem Mitteleuropa. Solch Gespenst geisterte zwar auch jenseits der nächsten Grenzen, zog da freilich – von den edlen Hintergedanken der Alt-Wiener, -Steirer und -Kärntner einmal zu schweigen – eher gleichsam an einem »Heimdreh«-Strang: so wie die österreichische Redensart von den Selbstmördern besagte, sie drehten sich, mit dem Strick, »heim«, so schienen auch diese und jene italienischen Friulaner oder Triestiner, mit ihren Festfeiern jährlich zum hundertsoundsovielten Geburtstag des Kaisers Franz Joseph, ihre wirklichen Lebensräume »heimzudrehen« (oder war das vielleicht bloß ein ironischer Ersatz für etwas in Wahrheit längst Ausgeträumtes?). Im Lande Slowenien jedoch griff das Gespenst ein in die Wirklichkeit. Und die mit ihm durch die Landschaft zogen, das waren keine Altvordern oder Weinwinkelexistenzen, sondern was man üblich »helle Köpfe«, »die Nachdenklichen«, »die Stillen« nennt; Wissenschaftler, Poeten, Maler.

Einmal im Jahr trafen sich zum Beispiel, etwa von der Mitte des letzten Jahrzehnts an, solche auf der slowenischen Karsthochfläche in Lipica, zuerst vor allem um der Kunst und des schönen Drumherumredens (und Herumsitzens) willen. Doch von Jahr zu Jahr mehr verflüchtigte sich das ursprüngliche Einander-Vorlesen usw. zu einem raschen, hundertköpfigen Defilée, in dem es unmöglich wurde, ein Ohr zu haben für auch nur ein einziges Gedicht, und die Mitte der Veranstaltung nahm ein das dazu passende Gespenst, in dessen Bann, im Scheinwerferlicht, vor Mikrophonen, simultan gedolmetscht für die ungarischen, polnischen, sorbischen (immer seltener serbischen), dann auch schon litauischen, niedersächsischen, Frankfurter, Pariser, Mailänder Tagungsteilnehmer, meine slowenischen Vorjahresfreunde die Sonorität von Rundfunksprechern, das Brauenzucken von Fernsehkommentatoren, das hintersinnige Mienenspiel von Politikern nach großen Entscheidungen annahmen (erst abends beim Wein erkannte ich sie als die einzelnen wieder – und immer häufiger nicht einmal dort).

Das begann einige Jahre nach dem Tod Titos, und es kommt mir jetzt vor, eine große Zahl, jedenfalls die Mehrheit, innerhalb der nördlichen Völker Jugoslawiens, habe sich den Zerfall ihres Staates von außen einreden lassen.

Noch im nachhinein bleibt es frecher Unsinn, wenn der mit Informationen prunkende, dabei großmäulig-ahnungslose *Spiegel* in seiner Titelstory Jugoslawien ein »Völkergefängnis«! heißt, und wenn die Finstermännerriege der deutschen *Frankfurter Allgemeinen* einen ihrer erfahrungslosen Maulhelden von der Kärntner Grenze reportieren läßt, die deutschen Österreicher dort hätten mit ihrer slowenischen Minderheit immer in gutem Einvernehmen gelebt – eine schlimmere Travestierung des im Land der Drau seit sieben Jahrzehnten geschehenen und immer weitergehenden Sprach- wie Identitätsraubzugs gegen das eingesessene Slowenenvolk, mit Großdeutschland als dem Meisterbanditen, könnte höchstens noch das entsprechende Weltblatt vom Planeten Mars erfinden.

Nein, eine persönliche Erfahrung war das Auseinanderfallen des sogenannten »Tito-Reichs« offensichtlich für keinen einzigen

Slowenen – jedenfalls ist mir, so wie ich auch nachforschte, keinmal einer begegnet; was ich hörte, empfand ich als Nachgeplapper. Längst war der Kommunismus fast nur noch Legende. Die Praxis in Slowenien, sowohl in der Kultur wie auch, vor allem, in der Wirtschaft, war liberal. Nur mit Zorn und Widerwillen konnte ich aufnehmen, wie jüngst die westlichen Medien einen Typen als Helden hinstellten, der in Ljubljana herumsaß mit einem Schild »Das Leben gebe ich her, nicht aber die Freiheit«. Die Slowenen waren frei wie ich und du, innerhalb der Gesetze, die schon lange nicht mehr ausgelegt wurden als die eines autoritären Staates (mit Ausnahmen, wie auch »bei uns«); gewerbefrei, wohnsitzfrei, schrift- und redefrei. Und das Unrecht der serbischen Führung, das faktische Entziehen der Autonomie des vor allem albanischen Kosovo, war da noch lang nicht geschehen.

Ein slowenischer Bekannter sagte mir dazu gerade, was das serbische Parlament vor eineinhalb Jahren mit der Region von Priština angerichtet habe, sei »der Anfang« gewesen, und daher, um dem weiteren zuvorzukommen, die Gründung des Staates Slowenien. Aber genügt schon, von einer (1) Völkerrechtswidrigkeit zu sagen: »Das war nur der Anfang«, um selbst eine Vertragsverletzung – und so sehe ich das eigenmächtige Abstimmen und Befinden über einen Austritt aus einem doch von den jugoslawischen Völkern gemeinsam beschlossenen Bundesstaat – zu begehen? Und die, entsprechend der Bevölkerungszahl, serbische Übermacht in dem Staatsapparat Jugoslawien hat die kleine slowenische Teilrepublik zwar vielleicht hier und da schikaniert oder übervorteilt oder niedergeredet, aber doch, jedenfalls nicht daß ich wüßte, keinmal in der Geschichte nach dem Zweiten Weltkrieg gegen sie einen solchen Völkerrechtsbruch gesetzt, der es Slowenien erlaubte, von sich aus, wie es geschah, den historischen Staatsvertrag für nichtig geworden zu erklären. Ein andrer slowenischer Bekannter gab dazu sogar an, es sei im Land unerträglich geworden, daß in der jugoslawischen Armee nur Serbisch und nicht auch Slowenisch »Befehlssprache« sein könne.

Nein, das zunehmende Wegdriften so vieler Slowenen von ihrem großen Jugoslawien, »hin zu Mitteleuropa«, oder »zu Europa«, oder »zum Westen«, nahm ich lange als bloße Laune. So hörte ich immer öfter, und jedesmal seltsamer berührt, von Bekannten, aber auch von Wildfremden, auf den Straßen und Brücken von Ljubljana oder Maribor, wo die Flüsse wie je auf die Donau in Beograd zuströmten, Slowenen und Kroaten sollten an den Südgrenzen eine »Mauer« gegen die Serben, die »Bosniaken« usw. errichten, höher noch als die in Berlin – es gab diese da noch –, »zwei Stockwerke hoch!« Und wenn ich nach den Gründen fragte, beschlich es mich dumm-bekannt bei: »Die unten arbeiten nicht – die im Süden sind faul – nehmen uns im Norden die Wohnungen weg – wir arbeiten, und sie essen.« Ein weniges davon mag verständlich sein, vielleicht, nicht aber in dieser Form; denn kein Besinnungswort fiel von der so viel günstigeren Transport- und Handelslage, dem fruchtbareren Boden. Ganz gewiß freilich gab es ein zunehmendes Ungleichmaß im Tragen der Staatslasten, zwischen Nord und Süd, wie auch wohl anderswo. Nur: wie konnte das als Anlaß gelten, sich launenhaft, eilfertig und trotzig-dünkelhaft loszusagen von dem immer noch weiträumigen Himmel über einem trotz allem wohlbegründeten Jugoslawien? Anlaß, oder gar bloße Ausrede?

Denn nichts, gar nichts, drängte bis dahin in der Geschichte des slowenischen Lands zu einem Staat-Werden. Nie, niemals hatte das slowenische Volk so etwas wie einen Staatentraum. Und der slowenische Staat, jedenfalls bis zur Gewalt der Armeepanzer und -bomber, hatte, aus sich selbst, nicht das Licht einer Idee (Jugoslawien hatte es). Und kann jetzt aus der Gewalt und dem Widerstand allein eine solche Idee wachsen, lebenskräftig auf Dauer? Ich frage: Ist es möglich, nein, notwendig, für ein Land und ein Volk, heutzutage, unvermittelt, sich zum Staatsgebilde zu erklären (samt Maschinerie Wappen, Fahnen, Feiertag, Grenzschranken), wenn es dazu nicht *aus eigenem* gekommen ist, sondern ausschließlich als Reaktion *gegen* etwas, und dazu etwas von *außen*, und dazu noch etwas zwar manchmal Ärgerliches oder Lästiges, nicht aber tatsächlich Bedrängendes oder gar Himmelschreiendes? (Das letztere, ob erfahren oder erlitten durch die Herrschaft erst von Österreichern, dann Deutschen, war es ja, was dem Staat Jugoslawien sein Pathos und seine Legitimität gab, und auch jetzt weiterhin geben sollte.)

Slovenski narod, narod trplenja – »slowenisches Volk, Volk des Leidens« –, so hieß es mit Recht bis zum Ende des Zweiten Weltkriegs. Dergleichen jedoch durfte danach kein Slowene im Verband Jugoslawiens von seinem Volk mehr denken. Ist das die Neumoderne: Staatengründung aus bloßem Egoismus, oder eben aus purer und wenn auch noch so verständlicher schlechter Laune gegenüber dem Bruderland? (Nein, nicht »Cousins«, wie man gesagt hat, sondern in der Tat »Brüder«.) Hat das slowenische Volk sich das Staat-Spielen nicht bloß *ein*reden lassen – welch kindliches Volk, welch kindischer Staat –, wozu es dann auch keine Begründungen geben kann, nur *Aus*reden, selbst den, in diesem Fall besonders blödsinnigen Slogan »Small is beautiful«? Weist nicht auch darauf hin, daß auf das Ernstmachen des Spiels, die Staatsausrufung, die Bevölkerung weit eher mit Mulmigkeit reagierte als mit Begeisterung?

Diese dagegen, und ich habe das auf meinen Wegen immer wieder gesehen, herrschte und dauerte, wenigstens ein paar Jahre nach Titos Tod, für den Staat Jugoslawien. Und es war keine Ideologie mehr, die das bewirkte, kein Titoismus, kein Partisanen- oder Veteranentum. Es war besonders der Enthusiasmus der Jungen, aus den verschiedenen Völkern; am stärksten sichtbar, wo sie, in gleichwelchem Land, miteinander zusammentrafen. Und jene Gemeinsamkeit erschien dem Festgast nirgends als ein zwanghaftes Reihenschließen, Zusammenrücken von Verschwörern oder als Ball in einem Waisenhaus: sie wirkte natürlich, »selbstredend«, offen nach allen Himmelsrichtungen; wenn jene Zusammenkünfte etwas von Schlußfeiern hatten, dann allein, indem sie einen darauffolgenden Aufbruch bezeichneten, eines jeden in dem Reigen auf seine eigene Weise. Damals geschah es, daß ich diese slowenischen, serbischen, kroatischen, makedonischen, herzegowinischen Studenten, Arbeiter, Sportler, Tänzer, Sänger, Liebhaber – ein jeder dünkte mich als das alles in einem – um ihre Jugend herzlich beneidete, und damals war es auch, daß Jugoslawien mir das wirklichste Land in Europa bedeutete. Episode. Aber es ist mir unvorstellbar, daß diese für die seinerzeit im Zeichen einer Gemeinsamkeit Aufgebrochenen, auch wenn sie im Augenblick einzeln, für sich, hinter die jeweiligen Grenzhecken postiert sind, inzwischen so mir nichts, dir nichts unwirklich, ungültig, nichtig geworden ist.

Ja, die neuen Grenzen in Jugoslawien: Ich sehe sie, statt nach außen, viel mehr, bei jedem der jetzigen Einzelstaaten, nach innen wachsen, hinein ins jeweilige Landesinnere; wachsen als Unwirklichkeitsstreifen oder -gürtel; hineinwachsen zur Mitte, bis es bald kein Land, weder slowenisch, noch kroatisch, mehr gibt, ähnlich wie im Fall Monte Carlo oder Andorra. Ja, ich fürchte, eines Tages in der »Republik Slowenien« kein Land mehr schmekken zu können, wie in Andorra, wo die kreuz und quer in die Pyrenäenfelsen gesprengten Geschäftsstraßen noch das letzte Stück Weite – dicht auf dicht eingegrenzt von gleichsam aus Manhattan als Verlängerung der Park- oder der Fifth Avenue in das Gebirge betoninjizierten Waren- und Bankmeilen –, und schon seit langem jeden Geschmack von Land, Gegend, Raum, Ort und Wirklichkeit erstickt haben; statt des Anhauchs der Kultur der Schwefel und Schwafel einer längst entseelten Folklore.

Freilich wird hier und dort gesagt, der Staat Slowenien sei nur ein Stadium auf dem Weg zu einem ganz anderen, erneuerten Jugoslawien. Aber wer sind die in dem Land, eine Tatsache, welche unter dem Namen »Unabhängigkeit« oder »Freiheit« umläuft, wieder rückgängig zu machen? Tatsache, unverrückbar erscheinend durch die zwei zusätzlichen Bleigewichte, einmal der Panzer und Bomben auf der einen Seite – nie werden die wohl aus den Sinnen der Slowenen, vor allem der Kinder von 1991, gehen –, und als zweites dann das Verhalten der slowenischen Grenzschützer, von denen unselig viele, anders, ja, als ihre plötzlich gegen sie kriegspielenmüssenden Altersgenossen (oder waren diese nicht eher um einiges jünger?), so sehe ich das, im Handumdrehen bereit zum Töten waren: nicht bloß die so unterschiedlichen Zahlen der Umgekommenen auf den beiden

Seiten sagen das, sondern auch die Bilder, etwa das der mit einer weißen Fahne aus einem umzingelten Grenzerhaus tretenden Bundessoldaten, von Unsichtbaren auf der Stelle umgeschossen, oder vom Strahlen eines Heimwehrmanns, wie er, laut dem mit ihm mitstrahlenden österreichischen Tagblatt, von seinem »ersten Toten, einem 18jährigen Makedonier«, erzählt – auch das, das blindwütige Killen, samt gebleckten Killermienen, wie soll es dem, der es mit Augen gesehen hat, je aus dem Sinn gehen? Hat jenes Jugoslawien, welches doch mit dem Zweiten Weltkrieg dem entkommen zu sein schien, was man »Fluch der Geschichte« nennt, nun seinen speziellen Fluch?

Ein Schimmer Hoffnung, zugleich zum Lachen – so als gehörten Hoffnung und Lachhaftigkeit in diesem Fall zusammen –, kam mir vor kurzem beim Gehen in Paris mit einem slowenischen Wegkumpanen, wie er da, obwohl traurig einverstanden mit der Umwälzung in seinem Land, die ihm aus der Armeezeit bekannte serbische Befehlssprache ins Slowenische zu übertragen versuchte. Es gelang ihm nicht. Was im ersten Idiom sofort geläufig und selbstverständlich aus ihm schaute, trompetete, knarrte, zischte, peitschte, schnellte, verlor in seinem angeborenen jeden Rhythmus, sträubte sich gegen das Laut-Werden, bog sich, gleichsam instinktiv, wie bei Kafka die Kinder, die »unter dem Wind« laufen, weg von der Aufgerecktheit, kam mit jeder Silbe aus dem Marschtritt, wich aus vor dem Marschblasen, bauschte und buchtete sich zur Melodie, bis der Sprecher seine slowenischen Befehlsversuche schließlich belustigt-schicksalsergeben abbrach.

Es war dasselbe grauhaarige Kind Sloweniens, das, vor zwei Wochen noch, im heimatlichen Vipava-Tal, an der Hand seine 10jährige Nichte, Ohrenzeuge des Bombengetöses auf den heiligen Berg Nanos, mir dann erzählte: »In der ganzen bisherigen slowenischen Geschichte war stets nur die Mutter da. Unser Vater hat immer geschlafen. Innen im Berg, du weißt schon. Ist höchstens kurz aufgetaucht, wie ein Traumwandler, gestern hier, morgen dort, du weißt schon, König des Neunten Lands, und gleich wieder verschwunden. Jetzt ist der Vater aufgewacht.« Und der

Erzähler hob an zu kichern, und kicherte weiter, während seines gesamten Heimwegs auf der *Avenue du Général Leclerc*, weniger und weniger slowenisches Kind, mehr und mehr dort landesüblicher Kobold: »Aber ob das je seiner Kinder Wunsch war?«

Am Ende ist fast nichts mehr zu verstehen

Die Debatte um den Heinrich-Heine-Preis

Ich muß ernsthaft sein und ruhig antworten auf die Vorwürfe, die mir seit vielen Jahren und jetzt wieder, nach der Zusprechung (und der angedrohten Nicht-Vergabe) des Heinrich-Heine-Preises, entgegengehalten werden. Ich muß es für die Leser tun, für die redlichen Leser – übrigens eine Tautologie, denn ein unredlicher oder voreingenommener Leser ist nie ein Leser.

Also: Hören wir einander endlich an, statt uns aus feindlichen Lagern anzubellen und -zuheulen. Und tolerieren wir die bösen Wesen (?) oder Geister (?) nicht mehr, die im Zusammenhang mit dem tragischen Jugoslawien-Problem weiterhin mit Wort-Geschossen wie »Revisionismus«, »Apartheid«, »Hitler«, »blutige Diktatur« etc. ballern. Lassen wir, was die Kriege in Jugoslawien angeht, alle Vergleiche und alle Parallelen sein. Bleiben wir bei den Tatsachen eines von einem unredlichen oder wenigstens unwissenden Europa angezettelten oder wenigstens koproduzierten Bürgerkriegs, die auf allen Seiten schrecklich sind. Hören wir auf, Slobodan Milošević mit Hitler zu vergleichen. Hören wir auf, in ihm und seiner Frau Mira Marković Macbeth und seine Lady zu sehen oder Parallelen zwischen dem Paar und dem Diktator Ceauşescu und seiner Frau Elena zu ziehen. Und verwenden wir nie mehr für die während des Sezessionskriegs in Jugoslawien eingerichteten Lager das Wort »Konzentrationslager«.

Wahr ist: Es gab zwischen 1992 und 1995 auf dem Gebiet der jugoslawischen Republiken, vor allem in Bosnien, Gefangenenlager, und es wurde in ihnen gehungert, gefoltert und gemordet. Aber hören wir auf, diese Lager in unseren Köpfen mechanisch mit den Bosno-Serben zu verbinden: Es gab auch kroatische und muslimische Lager, und die dort und dort begangenen Verbrechen werden im Tribunal von Den Haag geahndet. Und hören wir schließlich auf, die Massaker (unter denen, im Plural, diejenigen von Srebrenica im Juli 1995 tatsächlich bei weitem die abscheulichsten sind) dem serbischen (Para)-Militär zuzuschreiben. Ich wiederhole aber, wütend, wiederhole voller Wut auf die serbischen Verbrecher, Kommandanten, Planer: Es handelt sich bei Srebrenica um das schlimmste »Verbrechen gegen die Menschlichkeit«, das in Europa nach dem Krieg begangen wurde.

Wahr ist: Ich war im Juni 1996 zum ersten Mal (und danach noch um die zehnmal) in Srebrenica und in den ebenfalls zerstörten serbischen Dörfern ringsum, und habe danach ein kleines Buch geschrieben (*Sommerlicher Nachtrag zu einer winterlichen Reise*). Wahr ist, daß ich in diesem Nachtrag auch von den blühenden Bäumen erzähle, von den Erdbeeren auf den Hügeln um Srebrenica, aber natürlich (entschuldige, Leser, daß ich mich erkläre, aber die Beschreibung dieser Natur wird mir immer wieder vorgeworfen), um die furchtbare Zerstörung in und um Srebrenica und die Todesstille noch spürbarer zu machen. Und der Kern des Nachtrags: die endlosen Schreie eines serbischen Mannes aus Srebrenica, der, zwischen den Ruinen, am Sommerabend (Schwalben!) zu seinem Haus (?) zurückkehrt (?) und auf dem Weg gegen sein eigenes Volk anbrüllt, sein Volk verflucht und verflucht, und am Ende ist fast nichts mehr zu verstehen vor lauter Wut und Schmerz.

Hören wir auch – endlich – den Überlebenden der muslimischen Massaker zu, in den vielen serbischen Dörfern um das – muslimische – Srebrenica, jener in den drei Jahren vor dem Fall Srebrenicas wiederholt begangenen und von dem Stadtkommandanten befehligten Massaker, die im Juli 1995 – schreckliche Rache und ewige Schande für die verantwortlichen Bosno-Serben – zu dem großen Gemetzel führten, »dem größten in Europa seit dem Zweiten Weltkrieg«. Fügen wir immerhin hinzu, daß alle Soldaten oder muslimischen Männer aus Srebrenica, die die Drina – die Grenze zwischen den beiden Staaten – überquerten und aus Bosnien in das damals von Milošević regierte Serbien flohen, daß all diese Soldaten, die in dem »feindlichen« Serbien ankamen, heil blieben – hier, kein Gemetzel, keine Massaker.

Ja, hören wir, nachdem wir »die Mütter von Srebrenica« gehört haben, auch die Mütter, oder auch nur eine Mutter des nahe gelegenen serbischen Dorfes Kravica, wenn sie von dem an der orthodoxen Weihnacht 1992/1993 von den muslimischen Streitkräften Srebrenicas begangenen Massaker erzählt, dem auch Frauen und Kinder zum Opfer fielen (und nur für ein solches Verbrechen trifft das Wort »Genozid« zu). Vielleicht irre ich mich in den juristischen Termini: aber die schreckliche Antwort, die abscheuliche Rache der serbischen Streitkräfte (nicht nur für die Morde in Kravica, sondern auch für die während dreieinhalb Jahren in circa dreißig Dörfern um das muslimische Srebrenica begangenen Verbrechen) ist, da sie sich ausschließlich gegen Soldaten und/oder muslimische Männer richtete, als »Verbrechen gegen die Menschlichkeit« zu bezeichnen: Nuance, die, Ausnahme unter den sonst so wichtigen »Nuancen« , fast nicht zählt angesichts von Tausenden und Abertausenden bosno-serbischen Verbrechen, ja und ja, gegen die Menschlichkeit.

Und davon abgesehen – und das ist es, was die Leser in ihren Herzen endlich verstehen müssen – sind die Zahlen der jungen und weniger jungen Toten in den bosnischen Kriegen auf allen Seiten, bei den Muslimen, den Kroaten, den Serben, fast auf gleicher Höhe – warum nicht auch einmal den Friedhof von Visegrád besuchen, den riesigen Friedhof von Vlasenica? Und vor allem, ich wiederhole es voller Trauer: Ich wollte nie sagen, und habe an keiner Stelle gesagt, das Massaker von Kravica sei »der einzige Genozid« in Bosnien gewesen, sondern ein Verbrechen, auf das dieses Wort zutrifft – es gab andere bosno-serbische, muslimische, kroatische Massaker, die mit diesem Terminus bezeichnet werden können.

Und hören wir auf, die »Sniper« von Sarajewo blindlings mit den »Serben« zu verbinden: Die meisten der in Sarajewo getöteten französischen Blauhelme sind Opfer muslimischer Schützen geworden.

Und hören wir auf, die (furchtbare, dumme, unverständliche) Belagerung Sarajewos ausschließlich mit der bosno-serbischen Armee in Verbindung zu bringen:

Im Sarajewo der Jahre 1992 bis 1995 blieb die serbische Bevölkerung zu Zehntausenden in zentralen Vierteln wie Grbavica gefangen, die ihrerseits – und wie! – von muslimischen Streitkräften belagert wurden. Und hören wir auf, die Vergewaltigungen ausschließlich den Serben zuzuschreiben. Und hören wir auf mit Worten à la Pawlowscher Hund.

Während der Vorbereitungen des Nato-Kriegs gegen Jugoslawien war ich mehrfach in Rambouillet, und am Ende, angesichts des voraussehbaren Scheiterns der »Verhandlungen«, des westlichen Diktats, von einem Belgrader Fernsehsender befragt, habe ich das serbische Volk (in meinem Herzen die Bombardierung, die Besatzung und die Lager, vor allem Jasenovac, das Nazi-Kroatien unter der deutschen Besatzung in Jugoslawien 1941 bis 1944) mit dem jüdischen Volk verglichen. Und da, in meiner, glaub' mir, Leser, Leserin, Not, in dem Durcheinander in meinem Kopf, habe ich tatsächlich einen Satz gesagt, der in etwa lautete »die Serben sind noch größere Opfer als die Juden«.Von den deutschen Medien später darauf angesprochen, konnte ich nicht glauben, eine derartige Dummheit tatsächlich ausgesprochen zu haben – zumal diese Dummheit überhaupt nicht zu meinem Gefühl im Moment des auf französisch vor der Kamera abgegebenen Statements paßte. Ungläubig hörte ich das Tonband an – und, *indeed*, ich hatte auf lächerliche Weise die Worte verwechselt. Aber Achtung! Ich habe mich sofort schriftlich korrigiert – und die deutschen Medien haben meine Korrektur veröffentlicht – die *Frankfurter Allgemeine Zeitung* Wort für Wort – ohne jeden Kommentar – die schriftliche Richtigstellung meiner Verwechslung wurde damals akzeptiert. Warum jetzt nicht mehr?

Ja, und ich war in Požarevac, bei der Beerdigung von Slobodan Milošević. Warum, habe ich im *Focus* vom 27. März 2006 erklärt: Es war die Sprache, die mich auf den Weg brachte, die Sprache einer sogenannten Welt, die die Wahrheit wußte über diesen »Schlächter« und »zweifellos« schuldigen »Diktator«, dem noch sein Tod zur Schuld gereichen sollte, weil er sich »vor dem Schuldspruch, ohne Zweifel lebenslänglich, weggestohlen« habe – warum, fragte ich, bedurfte es da noch eines Gerichtes, um ihn schuldig zu sprechen? Solche Sprache war es, die mich veranlaßte zu meiner Mini-Rede in Požarevac – in erster und letzter Linie solche Sprache, nicht eine Loyalität zu Slobodan Milošević, sondern die Loyalität zu jener anderen, der nicht journalistischen, der nicht herrschenden Sprache.

Verbreitern wir die Öffnung. Auf daß die Bresche nie wieder von schlimmen oder vergifteten Worten verstopft werde. Hinaus böse Geister. Verlaßt endlich die Sprache. Lernen wir die Kunst des Fragens, reisen wir ins sonore Land, im Namen Jugoslawiens, im Namen eines anderen Europas. Es lebe Europa. Es lebe Jugoslawien. Živela Jugoslavija.

Der Text ist eine vom Autor bearbeitete, veränderte und ergänzte Fassung zweier Artikel, die in der französischen Tageszeitung Libération *erschienen sind und von Anne Weber aus dem Französischen übersetzt wurden.*

Über Film und Kino

Theater und Film: Das Elend des Vergleichens

Pascal sagte ungefähr: das ganze Elend kommt da her, daß man immerfort glaubt, sich mit Unendlichem vergleichen zu müssen. Und ein anderes Elend – das sagte nicht Pascal – kommt da her, daß man glaubt, *überhaupt* vergleichen zu müssen.

Während ich das schreibe, sehe ich draußen auf der Straße zwei Straßenkehrer mit großen Besen den Gehsteig kehren. Beide haben einen orange-weiß gestreiften Dress *wie Radrennfahrer*, beide haben weite, verknüllte Hosen *wie Landstreicher* oder *wie Figuren in einem Beckett-Stück*, beide haben Gesichter *wie Südländer*, beide tragen Mützen *wie auf Kriegsgefangenenbildern aus dem Ersten Weltkrieg*, beide gehen mit steifen Knien und platten Füßen *wie Tippelbrüder*, alle drei – jetzt kommt ein dritter, ein vierter dazu – tragen schwarze Fäustlinge *wie die Schneeräumtrupps im Winter*, alle fünf gleichen mit ihren riesigen Besen und Schaufeln, die sie recht klein aussehen lassen, *Figuren auf einem Bild von Breughel.*

Aber: der eine Straßenkehrer hat *schneller* gekehrt *als* der andre, und der andre Straßenkehrer hatte die Mütze *tiefer* im Gesicht *als* der eine, und der andre andre Straßenkehrer hatte gar ein *deutscheres* Gesicht *als* der andre Straßenkehrer, und der andre andre andre Straßenkehrer schien seine Arbeit *unwilliger* zu verrichten *als* der andre andre Straßenkehrer, und schließlich – inzwischen sind die Männer aus meinem Blick – kam mir der letzte Straßenkehrer, weil er den Besen schon geschultert hatte, *mächtiger* vor *als* die andern.

Wie kommt es zu dieser Sucht, vergleichen zu müssen? (Und ich nenne das eine Sucht.) – Kommt es vorweg dazu nicht wegen der Unfähigkeit, erst einmal Einzelheiten zu unterscheiden? – Und wie kommt es dazu, daß man, indem man vergleicht, zugleich auch jedesmal bewerten will? Ist es nicht so, daß man deswegen bewertet, weil man unfähig ist, den durch den Vergleich *ab*gewerteten Gegenstand überhaupt erst wahrzunehmen? – weil man ihn, kurz gesagt, mit öder Vergleichslust blind anschaut und aus lauter Hilflosigkeit, wenn man ihn so nicht wahrnehmen kann, sofort ausrutscht ins Vergleichen? Die Gegenstände scheinen so nur dazusein, damit sie gegeneinander *ausgespielt* werden können: sie werden abstrahiert zu Vergleichsmöglichkeiten: dem Klarwerden über sie wird von vornherein ausgewichen ins stupide Messen mit anderen Gegenständen. So entsteht mechanisch eine Hierarchie der Gegenstände im Bewußtsein, welches die Gegenstände als Kauflustiger, als Kunde aufnimmt: der erste Gedanke beim Anblick des Gegenstandes ist kein erster Gedanke, sondern der Vergleichsreflex – gleich dem des Käufers in einem Warenhaus, dem weniger eine Welt von Waren als eine Warenwelt von Vergleichsmöglichkeiten vorgeführt wird – und auch ich habe mir gerade nicht anders helfen können, als zu vergleichen: ja, Vergleiche *helfen.*

Und die Vergleichsmodelle, auf die sich alle Vergleiche und Abwertungen reduzieren lassen, sind folgende: »Ich möchte lieber das haben als jenes.« Und: »Ich möchte lieber das sein als jenes.« Und schließlich, für alle Gegenstände, Lagen und Vorgänge brauchbar: »Mir sind Neger lieber als Chinesen.« »Mir ist das flache Land lieber als das Gebirge.« »Mir ist die Musik lieber als die Malerei.« »Mir ist die Demokratie lieber als die Revolution.« »Mir ist eine feste Anstellung lieber als eine unsichere Existenz.« »Mir ist meine Frau lieber als jeder Filmstar.« »Mir ist der Patriarch von Konstantinopel lieber als der Papst in Rom.« »Mir ist eine straffe Ordnung, in der jeder seine Beschäftigung hat und sich satt essen kann, lieber als eine Freiheit, die ...« – man kann sich die Sätze allmählich selber ergänzen. Es zeigt sich also, daß Vergleiche vor allem dazu dienen, den verglichenen Gegenstand mit einem Satz wegzureden: jede weitere Beschäftigung mit ihm erübrigt sich: er existiert nur noch als Vergleichsgegenstand: als Wertgegenstand: als Gefühlsgegenstand: der Gegenstand verwandelt sich – er wird zu einer Aversion. Und das Elend und die Größe dieser Art des Vergleichs ist es, daß mit seiner Hilfe, indem jeder Gegenstand im Bewußtsein zu einem Gefühls- und Wertgegenstand formalisiert wird, jeder Gegenstand der Welt mit jedem andern Gegenstand der Welt verglichen werden kann: alles ist über- und untergeordnet in der Gefühlshierarchie – nichts mehr ist vergleichsunmöglich – nichts mehr bleibt außerhalb des Bewußtseins, nur weil es unverständlich, fremdartig, schwierig ist: gerade weil es unverständlich, fremdartig, schwierig ist, bleibt nichts anderes übrig, als zu vergleichen: das Vergleichen schützt vor der Beschäftigung mit dem Gegenstand: der unverständliche Gegenstand wird ein Gefühlsgegenstand: weil er unverständlich ist, sind einem andere Gegenstände lieber, zum Beispiel die eigene Haut, die man kennt: alles läßt sich mit der eigenen Haut vergleichen und durch den Vergleich auch schon unverdient vertraut machen – das gesunde Empfinden feiert seine Triumphe – man kann es nachprüfen – im großen Elend des Vergleichens.

Diese ziemlich lange Vorrede sollte eigentlich nur mißtrauisch machen und Reaktionsmechanismen klarmachen in einem einzigen, sehr trivialen, sehr anspruchslosen Satz. Und das ist der Satz, dessen Modell ich langwierig immer näher kommen wollte: er heißt einfach: »Ich gehe lieber ins Kino als ins Theater.« (Ich hätte den Satz auch umkehren können, aber er wird wohl häufiger verwendet in der zitierten Folge.) Was für ein Aufwand um so einen harmlosen Satz! »Ich gehe lieber ins Kino als ins Theater.« Ich erinnere mich, den Satz auch selber schon öfters gebraucht zu haben. Ich sage »erinnern«, weil ich den Satz schon seit einiger Zeit nicht mehr gebrauche. Soll das heißen, daß ich jetzt lieber ins Theater gehe als ins Kino? Nein, es soll nur heißen, daß ich den Satz nicht mehr gebrauche: daß ich mich vor dem Gebrauch eines Satzes geniere. Ich gehe noch immer weit lieber ins Kino als ins Theater. So, jetzt habe ich diesen Satz gebraucht, aber je öfter ich ihn gebrauche, um so mehr ödet er mich an. Mir scheint, so wie man nur einmal durch denselben Fluß gehen kann, so kann man nur einmal denselben Satz verwenden, beim zweitenmal ist es schon ein Irrtum, beim nächsten Mal schon eine Schande, schließlich nur noch Idiotie. Und so wie es bei Kierkegaard die Weisheit gibt, daß man nicht einmal *ein*mal durch denselben Fluß gehen könne, so gibt es vielleicht die Weisheit, daß es gewisse Sätze gibt, die man nicht einmal einmal verwenden kann, ohne daß sie zugleich Irrtümer, eine Schande und eine Idiotie sind. Und das sind alle die Sätze, deren Modelle Fließbanderzeugnisse des Bewußtseins sind. Das ist auch der Satz über Theater und Kino, der verständlich ist vielleicht als Ausruf wie ein ›Au!‹ oder ein ›Aha!‹ oder ein ›Oh!‹ oder ein ›O Gott!‹ – als *Satz* mir aber nichts mehr sagen kann: ich kann ihn wohl *sagen*, aber nicht mehr *hören*.

Übrigens ist der Satz auch so etwas wie ein erster und letzter Schrei geworden. Mit ihm ist über Theater und Film alles gesagt, anfangend und abschließend: ein Modellsatz, ein Modesatz junger Schriftsteller, junger Filmer, auch junger Dramatiker, oder wie man das nennen soll. Das Theater ist nun in der Lage, daß es sich *verteidigen* sollte, ist aber nicht in der Lage dazu, sich zu verteidigen. Was heißt aber: *das* Theater? Das Theater, welches die Verächter des Theaters meinen, ist nichts als ein leerlaufendes, allmählich auch auslaufendes Zeremoniell. Die Gefechte, die auf ihm in der Form von Dialogen, Konflikten, Bühnengelächter, bebenden Stimmen, lastendem Schweigen und wirklichen Gefechten ausgetragen werden, sind – das ist das Paradox – in *Wirklichkeit Schein*gefechte, und selbst die leisesten, *verhaltensten* Kammerspiele sind als Material nichts als angeberische Haupt- und Staatsaktionen, Haupt- und Staatsreaktionen in Ost und West. Genug der Metaphern, genug des Schimpfens, das ist langweilig wie dieses Theater selber. Vor kurzem haben die Pariser Studenten mit der selbstgenügsamen Metaphorik aufgeräumt und das Théâtre Odéon besetzt. Allerdings zeigen die Fotos davon, daß der Theaterraum immer noch so übermächtig ist in seiner Spielraumeigenschaft, daß die Diskutierenden darin romantische Ornamente sind: wie leicht kann ihnen da das Reden zu den alten Metaphern verdreht werden. Aber, wie gesagt, ich habe wenig Lust, altbekannte Sätze gegen diese Leierkastentheater zu leiern. Viel mehr bemerkenswert erscheint mir die Verhätschelung des Films, zu einem Zeitpunkt, da gerade die fortschrittlichen Filme auf das große Dilemma des Films aufmerksam machen: daß er, der lange Zeit vorgab, ohne den Umweg über die Beschreibung – wie das die Literatur nötig hat – einfach Bilder zu zeigen, gerade durch das vielfältige Zeigen von Bildern allmählich – durch jeden neuen

Film mehr – zu einer Ordnung von Bildern gelangt ist, die man als Filmsyntax bezeichnen kann. Ein Filmbild ist kein unschuldiges *Bild* mehr, es ist, durch die Geschichte aller Filmbilder vor diesem Bild, eine *Einstellung* geworden: das heißt, es zeigt die bewußte oder unbewußte Einstellung des Filmenden zu dem zu filmenden Gegenstand, der auf diese Weise der Gegenstand des Filmenden wird: gefilmt, wird der Gegenstand durch die Einstellung aufgehoben, entmaterialisiert: die Einstellung von dem Gegenstand dient als *Ausdruck* des Filmenden: die Einstellung, dadurch, daß vor ihr schon eine Reihe von gleichen Einstellungen von dem Gegenstand produziert worden sind, die alle das gleiche *bedeuten*, wird, das kann man sagen, zu einem filmischen *Satz*, der nach dem Modell bereits vorhandener filmischer Sätze gebildet worden ist. Die Einstellung, der Filmsatz, steht nun wieder in bereits fest kanonisierten Beziehungen zu Einstellungen, Filmsätzen, vorher und nachher. Die Geschichte der laufenden Bilder, das ist wichtig zu sagen, erweist sich immer mehr als die Geschichte der Bildung einer genormten (und auch normativen!) filmischen Syntax. Am Anfang konnte man vielleicht noch behaupten, ein Film hätte es nicht nötig zu beschreiben: inzwischen aber hat auch der Film seine Geschichte, und die Bilder von den Gegenständen, die Einstellungen von den Gegenständen erweisen sich dem geübten Filmbetrachter als *Beschreibungen* der Gegenstände! Besonders gut kann man das an den Filmen bemerken, die innerhalb eines Spielgenres sich im großen und ganzen an die Spielregeln dieses Genres halten, also etwa an Kriminalfilmen, Agentenfilmen, Western, Horrorfilmen und so weiter. Jedes Bild in diesen Filmen ist ein Bildsatz, der sich streng an die inzwischen erarbeitete Syntax hält. Ich denke etwa an jene Einstellungen in Horrorfilmen, in denen eine Person zu sehen ist, die geradewegs auf die Kamera zugeht, wobei man, je größer das Gesicht der Person gezeigt wird, immer mehr befürchtet, daß der Person plötzlich, einen Zoll vor der Kamera, das Gräßliche zustößt: und in der Tat ist es die Regel (ich sage: die Regel!), daß das große verzerrte Gesicht gerade jetzt die Augen aufreißt und einen entsetzlichen Schrei ausstößt oder jedenfalls ausstoßen will, worauf sich sofort eine vielleicht behandschuhte Hand groß auf das Gesicht legt. Hingegen ist es so, daß diese Einstellung eine andre *Bedeutung* erhält, wenn die Person einige Meter vor der Kamera nach links oder nach rechts abbiegt und aus dem Bild verschwindet: dieser bildliche Satz beruhigt uns, der Person wird nichts geschehen. An die Befürchtung, die man in Genrefilmen hat, wenn eine Person, die ohne sichtbare Gesellschaft ist, von hinten gezeigt wird, brauche ich nicht ausführlich zu erinnern, ebenso nicht an die Angst, die man in Wildwestfilmen um den Helden hat, wenn er an einem Felsen entlangreitend gezeigt wird und der Felsrand oben (noch) leer ist. Erwähnen möchte ich aber doch eine filmgrammatikalische Floskel, die wohl von Hitchcock in die Filmsprache eingeführt worden ist: nicht nur Nahaufnahmen von schönen Frauen wie etwa von Grace Kelly oder Kim Novak zeigt er »verschwommen«, sondern auch besonders bedrohliche Einstellungen sind sichtbar »hinter einem Schleier«, »milchig«, ungenau. Ich erwähne das vor allem deswegen, weil ich vor einiger Zeit hörte, vor lauter *Angst* in einer besonders gefährlichen Lage gehe es mit dem Bedrohten dermaßen zu, *daß er kurzsichtig werde.* Hitchcock hat hier also *psychische* Vorgänge zu einem *Bildsatz* gemacht.

Man kann sagen, daß bei den genannten Genrefilmen sich die Bildsprache schon früh gebildet habe und auch schon früh zu einem festen Kanon erstarrt sei, der nicht änderbar, sondern höchstens variierbar sei. Es zeigt sich aber immer mehr – und darum geht es mir hier –, daß auch die sogenannten unbefangenen Filme (man nennt sie wohl Problemfilme oder gar künstlerische Filme), die gerade unbefangene Bilder zu zeigen vorgeben, die also vorgeben, *nicht* zu beschreiben, keine Normsprache zu haben, ziemlich schlimm in sterilen Einstellungen, die sie mechanisch wiederholen, befangen sind. Die künstlerischen Filme tun, als gäben sie mit Bildern die Außenwelt der abgefilmten Gegenstände wieder, geben aber doch nur die Innenwelt, die verfestigte Grammatik der Filmformen her. So bekannte Filmer wie Ingmar Bergman gehören dazu, auch Alain Resnais, der mit seinen letzten Filmen *Der Krieg ist vorbei* und jetzt mit *Je t'aime, je t'aime* sich nicht einmal selber wiederholen konnte, was nach *Hiroshima mon amour* schon schlimm genug gewesen wäre: die einmal fertiggestellte Grammatik dieser Filme erweist sich für die schlimmsten, das heißt: *einfachsten* Bedeutungen: das heißt: für den hemmungslosen Kitsch noch brauchbar. Auch Godards Filmgrammatik hat sich, so könnte man sagen, »gesetzt«: die Abfolge von Einstellungen, die er sich erarbeitet hat, ist so fertig verwendbar, daß man mit ihrer Hilfe wieder einen Genrefilm herstellen kann: keinen Kriminalfilm, keinen Western, keinen Horrorfilm: – einen Godardfilm. Das Dilemma des Films ist es, daß seine Syntax sich immer mehr verhärtet – der Ausweg des Films aus diesem Dilemma scheint es zu sein, daß diese Syntax bedacht wird, daß sie mit dem Film bewußt gemacht wird, daß sie hergezeigt wird, ja daß die Syntax des Films dermaßen abstrahiert erscheint, daß sie selber *als* der Film gezeigt wird. Hier kann man einige Versuche erwähnen.

Ein ziemlich harmloser scheint mir François Truffauts *Die Braut trug Schwarz* zu sein. Der Filmablauf ist vorweg klar: die Geschichte ist nicht *er*funden, sie ist *ge*funden: das heißt: sie ist dem Zuschauer aus Filmen bekannt, hier wird sie ihm nur *vor*geführt als *Film*geschichte: die formalen Abläufe sind dermaßen verdeutlicht, daß nicht einmal eine Variation möglich erscheint. Als sie dann doch einmal möglich wird, und zwar in der Einstellung, in der der eigentliche Mörder des Bräutigams, kurz bevor ihn die Braut erschießen kann, von der Polizei verhaftet wird, ist man enttäuscht, weil man diesen Vorgang für einen Rückfall ins Erfinden hält: später kriegt freilich doch noch alles *seinen* Filmlauf. Was hat mich an Truffauts Film verwirrt? Der Regisseur schien mir, obwohl er schärfer sah als viele, noch immer zu kurz zu sehen: die Filmdramaturgie war keineswegs abstrahiert, sondern vielmehr einfach (oder nicht einfach) *benutzt*: auf diese Weise wurde aus dem Film, sicher wider den Willen des Autors, fast eine Parodie, und oft hat mich der Widerspruch (oder: der Gegen*satz*) zwischen der Idyllik der jeweiligen Einstellung und der Bedrohlichkeit der Gesamteinstellung des Films nur an die alten *Ladykillers* erinnert: die Idyllik war nur komisch, ein wenig enervierend vielleicht, mit der Kicheratmosphäre der englischen

Kriminalkomödie: auch eine Komödie macht Dramaturgie deutlich, macht aber die durchschaute Dramaturgie leider nicht zur Komödie: nicht viel weniger harmlos als die Komödie ist Truffauts Film – es fehlt ihm der genaue Ernst Hitchcocks: sogar die Szene, in der Jeanne Moreau die Tür der Stiegenkammer, in die sie eins ihrer Opfer eingesperrt hat, mit Klebestreifen luftdicht abschließt, ist auf eine ärgerliche Weise komisch, ohne komisch (ohne überhaupt) zu wirken, und zwar dadurch, daß die Einstellungen *vorher* in diesem Film auch diese Einstellung märchenhaft wirken lassen.

Andre Versuche, den Film bis auf seine Syntax zu abstrahieren und dann, nach der Reduktion, Bilder als *Beispiele für* die Syntax zu zeigen, so daß also die Einstellungen jeweils zugleich mit dem Bild auch die Künstlichkeit des Bildes deutlich machen, sind radikaler: mit Jean-Marie Straubs *Chronik der Anna Magdalena Bach* hat sich die erstaunliche Möglichkeit des Films gezeigt, genaueste und strengste Kalkulation der Einstellungen mit genauester und strengster Anmut zu verbinden, oder, besser gesagt: dieser Film hat bewiesen, daß die genaueste Künstlichkeit zu strengster Anmut führt. Ähnliche Ergebnisse hat auch Klaus Lemke mit seinem ersten Spielfilm *48 Stunden bis Acapulco* erreicht; sein zweiter Film freilich, *Negresco*, ging schief, weil auch die Bilder schief, ich meine, *über*bildert und die Reden ver*plappert* waren.

Beispiele für das Zeigen der Syntax des Films als Film selber scheint es noch vor allem im amerikanischen Undergroundkino zu geben. *The Illiac Passion* von Gregory Markopoulos ist dergestalt gemacht, daß eine Serie von Einstellungen gegeben ist, Dias ähnlich in einem Lichtbildervortrag: diese Einstellungen werden nun aber nicht eine nach der andern und so weiter auf die Leinwand geworfen, sondern jeweils einzeln rhythmisch wiederholt und durch die Wiederholung zu einer Sequenz von Einstellungen formalisiert: sobald nur die Sequenz in ihrem Rhythmus klargemacht, *sichtbar* gemacht ist, wird in die Sequenz hinein ein Fremdbild als Fremdkörper der Sequenz neu eingeschossen: dieses Fremdbild dient nun als das Bild, das in der nächsten Einstellung rhythmisch wiederholt wird, worauf auch in dieser

Serie von Einstellungen ein neues Bild auftaucht, das dann in der nächsten rhythmischen Filmeinheit wiederholt wird, worauf der Zuschauer, der nun die Syntax sieht und erfaßt hat, mit Spannung auf das Fremdbild jetzt *dieser* Sequenz wartet, und so weiter. Die ungeheure *Gemachtheit* dieses Films erzeugt eine Vorstellung, die sich auch der Zuschauer *macht* und die ihn diesen Film richtig *mit*sehen läßt. Eine ähnliche Sehspannung bewirkt der in Knokke ausgezeichnete Film *Wavelength* von Michael Snow, in dem die Kamera 45 Minuten lang nichts als ein karg eingerichtetes Zimmer zeigt: dieser Film zeigt sich als *gemacht*, indem er nicht Personen und Gegenstände agieren läßt, sondern mit den Materialien des Films, des Filmens selber, vorgeht: rhythmisch ändert sich die Belichtung, die Farben ändern sich, so daß man einmal die vorbeifahrenden Busse *draußen* auf der Straße sieht oder die Hausaufschriften *draußen* auf der anderen Straßenseite, dann aber wieder die Fenster für die Außenwelt gleichsam blind werden und nur das Innere des Raums sichtbar werden lassen: dazu wird ein grauenhafter Pfeifton erzeugt, der im Lauf des Films schließlich bis zur Erträglichkeitsgrenze von Phon ansteigt. Kurz vor dem Ende des Films, nachdem sich die Kamera langsam auf ein Bild an der Wand zubewegt hat, bricht der Ton ab: das Bild an der Wand ist jetzt genau das Filmbild: ein Foto vom Meer, das der Zuschauer einige Minuten lang anschaut: die Leinwand knistert, so still ist es jetzt.

Die Fortschritte des Films gehen freilich, betrachtet man sie politisch, ziemlich asozial vor sich, asozialer als die Fortschritte des Theaters, von denen noch zu reden sein wird. Und nicht anders als im Theater gelten im Kino auch die großen Problemfilme, die sich mit leider recht ewigen Fragen beschäftigen, als die Kunstfilme: es trifft jedenfalls nicht mehr zu, daß der Film, wie Walter Benjamin meinte, infolge seiner technischen Reproduzierbarkeit nichts von ritueller Kunstaura hat – das mochte um 1930 noch zutreffen: heute aber scheint es so, daß gerade die technische Reproduzierbarkeit des Films beim Publikum eine Illusionierbarkeit zweiten Grades erreicht hat, die die erste, naive Illusion des Theaters heutzutage gar nicht mehr erreicht. Wie oft kann man zum Beispiel hören, daß Leute, die, wie sie behaupten, den langweiligen Kunstanspruch des Theaters durchschaut haben, »lieber ins Kino gehen, freilich nur dann, wenn ein wirklich künstlerischer, sehenswerter Film läuft«: *Blow up*, die Bergman-Filme, die Filme Fellinis, auch die Filme Godards ersetzen den Leuten die Hamlet-Aura, die sie, man versteht es, nicht mehr vertragen. In diesen Filmen, gerade weil sie reproduzierbar und zweidimensional sind, werden für das Publikum noch immer die großen Fragen des Seins gestellt – dreidimensional: es scheint, daß die formale Dreidimensionalität des üblichen Theaters sich mit der geforderten Dreidimensionalität der Thematik schlägt: die Künstlichkeit der flächigen Leinwand aber distanziert und läßt den *Raum* übrig für alle großen Fragen. In den Problemfilmen finden wir das alte Theater wieder – aber gerade die Problemfilme sind die unehrlichsten Genrefilme, weil sie, im Gegensatz zu Kriminalfilmen und so weiter, so entsetzlich wirklich und natürlich tun, weil sie Spielregeln einfach verwenden, statt sie kenntlich zu machen, weil sie übersehen und übersehen lassen, daß materiale Probleme, gefilmt, erst einmal Bildphrasen sind: ein Film über die Liebe, ein Film über den Schmerz, ein Film über den Tod ist ein Genrefilm, der Tod hat, wenn er verfilmt wird, Spielregeln: das zeigen die meisten dieser Filme nicht. Auch sie sind Bildungsgüter geworden, sogar der Eintrittspreis gleicht sich immer mehr dem des Theaters an.

Was nun die Produktionsbedingungen betrifft, so weiß ich nicht, wo sie übler sind, beim Theater oder beim Film. Schon die Produktionskosten führen dazu, daß der Produzent; will er überhaupt weiterproduzieren, jede formale Radikalität, jedes Weiterdenken, *ab*schneiden muß mit seinem ökonomischen Denken. Es gibt viel eher den asozial existierenden sozialen Film, den Undergroundfilm, als das asozial existierende soziale Theater: das Theater kann es sich, im wirtschaftlichen Sinn, *leisten*, ein wenig asozial zu existieren: das ist für kleine Theater sogar der Stellenwert in der Gesellschaft, die es zuläßt – die Undergroundfilme aber sind dadurch behindert, daß sie sich noch nicht einmal einen Stellenwert in der Gesellschaft geschaffen haben: nicht nur sie selber bestehen unter Ausschluß der Öffentlichkeit, sondern es besteht auch ein Ausschluß von Veröffentlichungen *über* sie, während selbst radikale Theater oder, und das ist wichtig: *gerade* radikale Theater, auf weltweite Veröffentlichungen, wenn nicht sogar schon auf Öffentlichkeit, rechnen können. Der radikale Film, leider, hat sich noch kein öffentliches Interesse schaffen können. Straubs Film etwa wird wohl nur in Sonntagsmatineen vor entsetzten Bachliebhabern gezeigt werden können.

Das Theater dagegen hat Öffentlichkeit. Das Gesellschaftssystem hat bewirkt, daß das, was auf dem Theater geschieht, jedenfalls diskutiert wird: zumindest werden die Theaterereignisse veröffentlicht. Das Theater hat einen Publikationsanspruch aus Tradition. Durch ein Gewohnheitsrecht ist das Theater ein mittelbares Massenkommunikationsmittel geworden und geblieben. Durch seine reaktionäre Methodik der Kommunikation hätte es freilich diesen Anspruch längst verwirkt, würde die Menschenverwaltung, die sich wichtigtuerisch Staat nennt, nicht den sogenannten Pluralismus der Meinungen brauchen. Auf diese Weise hat das Theater ein unverdientes Öffentlichkeitsrecht, das aber seine Förderer verdienen. Wir wollen das ausnutzen. Die Verwalter sollen dieses Öffentlichkeitsrecht verdienen! Das Theater ist eine gute Möglichkeit, sich auszudrücken, wie es auch als Institution verächtlich sein mag: das Theater kann listig verwendet werden – damit man sich selber vom nur *privaten* Ausdrücken enteignen kann: man *veröffentlicht* sich. Freilich ist ein blindes Sich-Veröffentlichen in akzeptierter Dramaturgie belanglos, und peinlicher als die gleiche Blindheit im Film. Aber es gibt Beispiele für die Möglichkeit des Theaters (unmittelbar, nicht reproduziert, jetzt) Bewegungen, Wörter, Handlungen vorzuzeigen, die nur deswegen wirken, weil sie gerade jetzt, nicht reproduziert, vor sich gehen: die, wenn sie gefilmt wären, auf eine schon *natürliche, gewohnte* Weise künstlich wären, während sie – gerade jetzt, unmittelbar, räumlich – *künstlich* künstlich, das heißt, sich soeben *machend* wirken, nicht *gemacht* sind. In Paris habe ich kürzlich das »Bread and Puppet Theatre« aus New York gesehen, das mich von den Möglichkeiten nicht des Theaters, aber des unmittelbaren

Vorführens von Handlungen überzeugt hat. Die herkömmliche Theaterdramaturgie, die nur Handlungen und Wörter kennt, die einer Geschichte *dienen*, wird reduziert auf Handlungen und Wörter, Geräusche und Klänge selber: sie werden Vorgänge, die nichts anderes zeigen, sondern sich selber vorzeigen als theatralische Vorgänge: Handlungen handeln von sich selber, und Wörter reden von sich selber: der Zuschauer, der im Theater die *Finalität* jedes Wortes und jeder Handlung auf einen thematischen Sinn, auf eine Geschichte *zu* erwartet, wird mit der Handlung allein gelassen. Das Heben der Hand ist eine Geschichte. Das Summen ist eine Geschichte. Sitzen, Liegen, Stehen sind Geschichten. Eine sehr spannende Geschichte ist das Schlagen eines Hammers auf Eisen. Jedes Wort, jeder Laut, jede Bewegung ist eine Geschichte: sie führen zu nichts, sie bleiben für sich allein sichtbar. So wird jede Natur auf der Bühne aufgehoben: jede Äußerung wird gerade *gemacht*, keine Handlung ergibt sich natürlich aus der vorhergehenden Handlung, keine Äußerung bedeutet etwas anderes außer sich selber, sie *deutet sich selber.* Eine unerhörte Gleichzeitigkeit entsteht, des Sehens, des Atmens, des Unterscheidens. Der Raum bildet eine theatralische Einheit, in der man immer aufmerksamer, immer gespannter wird, bis etwa das Reißen eines Klebebandes, mit dem sich eine Person die Kleider überspannt, nicht mehr nur sichtbar außen, sondern mitten *im* Bewußtsein des Zuschauers vor sich geht.

Diese angestrengte Künstlichkeit etwa würde im Kino durch die technische Künstlichkeit wieder beseitigt: hier hat das Theater, das unmittelbare Vorführen, eine Möglichkeit *mehr.* Das Theater hat die Möglichkeit, künstlicher zu werden, damit es endlich wieder ungewohnt, unvertraut wird: es kann den Mechanismus des Zuschauens ausnützen, um ihn durcheinanderzubringen. Bis es soweit ist, gehe ich freilich noch lieber ins Kino. Aber ein Drehbuch schreibe ich weniger gern als ein Stück. Das Elend des Vergleichens.

Vorläufige Bemerkungen zu Landkinos und Heimatfilmen

Vor kurzem habe ich mich für einige Zeit auf dem Lande aufgehalten, im südlichen Burgenland in Österreich. Durch die Umstände veranlaßt, kam ich nicht umhin, jeden Film anzuschauen, den ich noch nicht gesehen hatte, wenn nicht das jeweilige Kino gar zu weit entfernt war.

Die Landkinos kenne ich schon von früher recht gut, weil ich auf dem Land aufgewachsen bin und, soweit ich mich erinnere oder mir das einbilde, den ersten Film, den ich sah (*meinen* ersten Film), im Wirtshaus auf herbeigeschafften Bänken gesehen habe, ohne daß mir freilich von dem Film mehr in Erinnerung ist als die Bank, auf der ich gesessen habe; und nur noch in fremden Satzformen wie etwa jener, mit der ich gerade darüber schreibe, erlaube ich mir, mich an dergleichen Erlebnisse zu erinnern.

Wie also jedem bekannt ist, hat ein Landkino den Nachteil, daß es in der Regel von Montag bis Mittwoch, manchmal auch am Freitag, geschlossen ist. In dem Kino, in das ich jetzt öfter ging, kam noch dazu, daß am Sonntag die Nachmittagsvorstellung ausfiel, wenn ein nicht jugendfreier Film auf dem Programm stand. Dagegen sind die Vorteile des Landkinos folgende:

In der Negation: keine Großfilme, weil die meisten Anlagen dafür nicht vorhanden sind; (kein *Doktor Schiwago*, keine *Abenteuer des Polo*, kaum ein *Alexis Sorbas*); keine Filme, die das Leben und die Wirklichkeit so zeigen, wie Leben und Wirklichkeit eben sind (kein *Narrenschiff* zum Beispiel, auch keine der jungen deutschen Filme, die sich an der Realität ... orientieren), so daß etwa die Lehrer des Ortes, in dem ich mich aufhielt, wenn sie einmal einen guten Film sehen wollten, etwa *Das Narrenschiff* oder *Lebe das Leben*, jedesmal wohl oder übel nach Bad Gleichenberg in die Oststeiermark fahren müssen, wo es ein *Kurkino* gibt, mit einem anspruchsvolleren Programm;

und die Vorteile, positiv:

in der Regel 5 Wochen alte Wochenschauen, die eigentlich noch älter sind, weil die Österreichische Wochenschau vor allem Szenen aus den deutschen Wochenschauen übernimmt, so daß die Poesie des Nicht-mehr-Aktuellen (weil die Wochenschauen, je älter sie werden, auch schöner und wahrer werden) immer noch zunimmt (Tito ist noch auf Staatsbesuch in Prag, und die Unordnung erscheint in biedermeierlicher Ordnung);

ein Programm, das kein Programm hat außer viel Abwechslung und keinen Film länger als einen Tag zeigt; in dem die größeren Filme, wenn sie schon gezeigt werden, wenigstens schon schön alt sind wie *Quo vadis*; und in dem, das ist vielleicht das wichtigste und angenehmste, auch Filme sind, die man, weil sie eben für gerade dieses Publikum gemacht worden sind, eigentlich fast nur hier sehen kann: in welchem Stadtkino sieht man sonst im Monat (zwei) Fuzzyfilme so wie im Kino in Jennersdorf im Burgenland, und in welchem Stadtkino sieht man im Monat fünf Heimatfilme, zwei Herkulesfilme, zwei Jerry-Cotton-Filme, zwei Edgar-Wallace-Filme, einen Angélique-Film, einen Kommissar-X-Film, einen Maciste-Film, einen Zorro-Film, einen Fantomas-Film, zwei italienische, einen amerikanischen Western und Walt Disneys *Susi und Strolch* wie im »Kino Windisch-Minihof« an der ungarisch-jugoslawischen Grenze? In den Stadtkinos nicht, nicht einmal in den kaum erforschten Vorstadtkinos. Auch der Steuervorteil der Prädikatsfilme wirkt sich in diesen Kinos kaum so durchgreifend aus, daß einer der Prädikatsfilme überhaupt ins Kino kommt, es sei denn, in der Fastenzeit. Und angenommen, jemand würde einen Satz formulieren wie den: »An die Begebenheiten in einem Kino kann man sich besser erinnern als an die meisten anderen Begebenheiten an anderen Zusammenkunftsorten« – so könnte ich diesen Satz wie jeden Satz als Spielsatz akzeptieren und ihn weiterspielen, indem ich sage: »Ich erinnere mich an die Vorgänge, die ich im Kino gesehen habe, vor der Leinwand, manchmal auch auf der Leinwand, heftiger als an die, für sich genommen, gleichen Vorgänge außerhalb des Kinos, weil jeder Vorgang im Kino deutlicher wird und jeder eigene Zustand im Kino bewußter wird, das heißt, lächerlicher wird, wenn man ihn ernst genommen hat, und ernster, wenn man ihn in einer anderen Umgebung lächerlich genommen hat«, und diese Spielsätze kann ich weiterspielen, indem ich einen Satz formuliere von dem Kind, das in einem dieser Kinos während der Vorstellung aus und ein gegangen ist und manchmal im Seitengang stehengeblieben ist und auf die Leinwand geschaut hat, und von der Kartenabreißerin, die mitten in der Vorstellung hereingekommen ist und jemanden zum Telefon gerufen hat, und von der Geniertheit, die alle zeigen, wenn sie nach der Vorstellung gedrängt vor dem Ausgang stehen, und von dem Knallfrosch, der im Kino geplatzt ist, ohne daß sich einer darum gekümmert hat – schon entstehen Erzählungen ...

Ich wollte über einige Filme schreiben, die ich dort gesehen habe ... Schließlich sind zwei Filme übriggeblieben, der Film *Heubodengeflüster* und der Film *Das sündige Dorf*. Den zweiten Film habe ich gesehen, weil ich durch den ersten einmal neugierig gemacht worden bin.

Der Regisseur des *Heubodengeflüsters* heißt, wenn ich mich richtig erinnere, Rolf Olsen; der Regisseur des *Sündigen Dorfs* glaube ich, Werner Jacobs, von dem ich dort auch einen Jerry-Cotton-Film gesehen habe.

Es ist schwer, mich jetzt weiter verständlich zu machen, ohne daß man die folgenden Sätze für Witze hält, über das Witzähnliche eines jeden Satzes noch hinaus.

Jedenfalls: ich bin von diesen Filmen beeindruckt gewesen, und ich habe Lust bekommen, mehr Filme dieses Genres zu sehen. Ich werde versuchen, diesen Satz, das heißt mich, zu erklären.

Ich halte dieses Genre für die Fortsetzung der Tradition, die mit Karl Valentin sicher nicht begonnen hat. Auch diesen Satz werde ich zu erklären versuchen. Im übrigen heißt der Verfasser des Drehbuchs zum *Sündigen Dorf* Joe Stöckl: und der Regisseur des Karl-Valentin-Films *Theaterbesuch* von 1934, wenn man sich auf die Filmographie von Ernst Schmidt in *film* 1/68 verlassen kann, heißt Joe Stöckl.

Wie die Szenen Karl Valentins haben auch die (ich muß nun einmal bei dem Ausdruck bleiben) Heimatfilme eine sehr theaterähnliche Dramaturgie, in Auf- und Abtritten der Personen, in Sprachschwierigkeiten, in inhaltlichen Schwierigkeiten der Personen, die durch ihre Stereotypie schon zur Dramaturgie gehören. Karl Valentins Szenen aber, die er in seinem Theater oder in den Münchner Kammerspielen oder wo auch immer vorführte, sind mehr oder weniger unverändert für den Film aufgenommen worden, in den Film aufgenommen worden. In seinem Fall von »abfotografiertem Theater« zu sprechen, ist nicht falsch, und zwar dann nicht, wenn man das Aufnehmen von Theatervorgängen in einen Film für eine filmische Methode hält, für eine unter vielen Möglichkeiten, einen Film zu machen. (Auch Jean-Marie Straub benützt in seinem jüngsten Film *Der Bräutigam, die Komödiantin und der Zuhälter* das Filmen von Theatervorgängen als Methode zu einem Film.) *Verächtlich* von »abfotografiertem Theater« zu reden, habe ich schon immer ein bißchen leichtsinnig gefunden, weil das Filmen von theatralischen Vorgängen, im überlegten Kontext von Bildern eingeordnet, eine äußerst fruchtbare und kaum gesehene filmische Methode sein könnte, gesetzt den Fall, man verwendet die Methode nicht zur Darstellung von Identitätsproblemen wie René Allio in *Die Eine und die Andre.* Außerdem ist das *Sprechen* in den Filmen Karl Valentins schon ein *filmisches* Sprechen, also ein Sprechen, dem die Übernahme in ein andres Medium nichts anhaben kann, weil es kein natürliches Sprechen, keine übliche theatralische Konversation ist, sondern ein höchst künstliches, unselbstverständliches Sprechen des Sprechens gleichsam mit sich selber: nicht Verständigung und Mitteilung werden erreicht, sondern Verständigung und Mitteilung an den Zuschauer über alle Möglichkeiten des Mißverständnisses: das, wie auch die Tatsache, daß die Szenen Karl Valentins weniger *Geschichten* und *Schicksale* vorzeigen wie sonst etwa im Theater, sondern lineare *Geschehnisse* und *Vorgänge* mit Dingen und mit Personen, die kaum eine andre Spielfunktion als die Dinge haben, macht diese Szenen filmmöglich.

In den Heimatfilmen gehen im Gegensatz zu *Geschehnissen* zwar *Geschichten* vor sich, mit Schicksalen und Intrigen. Wenn man freilich näher hinsieht, bemerkt man, daß diese Geschichten zusammengesetzt sind aus lauter kleinen Geschehnissen, Vorgängen, so daß sich schließlich die ganze große Schicksalsgeschichte als eine Summe vieler kleiner Geschehnisse herausstellt und also selber als Geschehnis, als formaler Ablauf. Jede Geschichte verliert im Heimatfilm ihren inhaltlich vorgegebenen Ernst dadurch, daß dieser Ernst zur Dramaturgie gehört: es wird mit dem Sterben gespielt, mit den unehelichen Kindern, mit dem Betrinken, mit den Konflikten der Generationen ... diese Konflikte *treten auf*, sind schon von vornherein erkennbar als Spielelemente, anders als in *Via Mala* oder *Der Meineidbauer*, wo Geschichten vor sich gehen, die wohl auch in der Wirklichkeit vorkommen oder vorgekommen sind oder vorkommen können: in den Heimatfilmen wird mit diesen Geschichten nur *gespielt*, ohne daß mit ihnen Ernst gemacht wird. Die Dramaturgie des Heimatfilms ist wie das Öffnen eines Adventskalenders: eins nach dem andern zeigen sich Bilder einer stereotypen, künstlichen Welt, und trotzdem überrascht jedes einzelne Bild, und man ist neugierig.

Das wäre nun im ganzen nicht so unterhaltsam, ist es aber im einzelnen doch, und mehr als unterhaltsam: denn in jedem einzelnen Vorgang zeigt der Heimatfilm beim genaueren Hinschauen Qualitäten der Szenen Karl Valentins, wenn freilich durch die Dramaturgie des Zeigens einer ganzen Geschichte auf den ersten Blick viel wieder undeutlich wird. Kann man sich freilich konzentrieren auf jeden einzelnen Vorgang, so wird man daraus viel erfahren und viel lernen können, vor allem über die Spielarten des Dialogs, dessen Strukturähnlichkeiten mit Karl Valentin genau nachzuweisen sind, vor allem schon darin, daß der Dialog eben nicht als Mitteilungsinstrument, sondern als *Spiel*art verwendet wird. Zum Beispiel im *Sündigen Dorf* (ich versuche mich zu erinnern): Bauer und Bäuerin haben beide in der Jugend Fehltritte begangen oder glauben das zumindest. Jetzt fürchten beide, daß der eine von des andern Fehltritt erfahren hat, und als der eine in *allgemeinen* Redewendungen über das Unvollkommene am Menschen usw. zu reden anfängt, stimmt ihm der andre, in der Meinung, der Partner wolle von seinem, des andern, Fehltritt zu reden anfangen, ganz und gar und aus vollem Herzen zu: es komme ja wirklich manchmal vor, daß man von Blindheit geschlagen sei; worauf nun der erste, in der Meinung, der andre habe Verständnis für seinen Fehltritt, in womöglich noch allgemeinerer Wendung meint, man dürfe ja niemanden nur deswegen vor die Tür setzen, weil er in jugendlichem Überschwang ... worauf der andre beipflichtend, in der Meinung, *ihm* werde jetzt von dem ersteren alles verziehen, erwidert, daß man einen Menschen nicht sogleich verdammen dürfe, woraus ... – und dieser Dialog geht dann solange weiter, bis die Heiterkeit des Zuschauers, der ja als Eingeweihter immer weiß, wie ein Satz gemeint ist, in Verstörtheit umschlägt und schließlich einer der Partner, ermuntert, mit dem Geständnis herausplatzt, gerade als auch der andre schon das erste Wort zu seinem Geständnis ausgesprochen hat – und der Rhythmus des schönen, Entschuldigungen zitierenden Sprechens bricht ab –: »Du Schwein!«

Und nicht nur mit dem Sprechen geht es dem eingeweihten Zuschauer so, daß seine Heiterkeit zu Verstörtheit wird, sondern auch mit den Bildern: gerade, weil er weiß, wie jedes Bild gemeint ist, wird er, durch die Verwicklungen der Bilder nacheinander, verstörter als die unschuldigen Akteure, und zwar gerade dann, wenn die Intrige jeder Einzelperson sich mit der Intrige aller andern Personen schneidet. Wenn in einem solchen Film der Fall eintritt, daß alle Verwicklungen sich an einem Punkt verknäueln, erscheinen dem Zuschauer die Bilder und die Handlung *wahnsinnig* geworden, gerade so, wie es einem auch ergehen kann, wenn man ein so perfekt konstruiertes Boulevardstück sieht wie etwa *Floh im Ohr* von Feydeau, wenn also der von dem nicht gesehen werden soll, der von einem andern gesehen werden will, der aber nicht der andre ist, sondern der erste, der von dem zweiten gesehen werden soll, aber nicht gesehen wird, weil er aussieht wie der dritte, der wieder heißt wie der zweite ... Und dazu ist jeder einzelne Vorgang künstlich, und damit komisch: in den Teig werden Schuhnägel verrührt; die Sennerin singt und jodelt schon von weitem; als jemand gesucht wird, sucht man ihn auch unter kleinen Milchkannen, aber da sitzen überall Hasen drunter, und am Schluß findet nicht nur eine Doppelhochzeit statt, sondern der Bauer schaut im Saal nach den Akteuren herum, und siehe da! – alles, was männlich und weiblich war und bis jetzt nicht verheiratet, sitzt jetzt im Braut- und Bräutigamsgewand, sogar der Scherenschleifer Gunther Philipp aus Böhmen und einige mehr ...

In jedem andern Film etwa wäre die folgende Szene kitschig, in einem Film wie *Das sündige Dorf* aber ist sie schön: in das unwirklich schöne Bauernzimmer mit der blaubemalten Tür tritt erwachsen das Mädchen, das die Bäuerin einst als unehelich jemandem vor die Tür gelegt hat. Das Mädchen weiß *natürlich* (für den *Film* natürlich) nicht; daß die Bäuerin seine Mutter ist, aber die Bäuerin ...: das Mädchen steht vor der Bäuerin, die Bäuerin zittert, das Mädchen wundert sich, es ist still, und die Bäuerin schaut das Mädchen an, wir wissen, was sie denkt. Dann sagt sie: »Ja, du bist also die Vroni ...«

Mit dem Satz: »Mich selber möcht ich los sein« ist sicher nicht viel Staat zu machen, aber wenn ihn Gunther Philipp sagt, noch dazu in dem Film *Heubodengeflüster*, dann ist dieser Satz so schön wie in dem Nestroy-Stück *Der Zerrissene* der Satz: »Ich bin so erschrocken, daß man mich hätt' aufschneiden können und kein Tropfen Blut wär' herausgekommen.«

Probleme werden im Film zu einem Genre

Vor einigen Jahren bin ich einmal im Kino ziemlich erschrocken. Das kam daher, daß ein Bild allen Bildern vorher in dem Film ganz plötzlich widersprach. Es handelte sich um den Film *Tom Jones* von Tony Richardson, und das Bild, bei dem ich erschrak, oder richtiger, das mich erschreckte, handelte davon, daß der Held des Films, der auf dem Gerüst eines Galgens stand, den bekannten Strick um den Hals, plötzlich den Boden unter den Füßen verlor und wahrhaftig *baumelte.* Freilich hatte ich schon vorher öfter in Filmen Leute baumeln sehen, und das hatte mich befriedigt oder auch nicht, aber diesmal hat mich der Vorgang zum ersten Mal erschreckt: freilich nicht für sich allein, sondern in Anbetracht der anderen Filmvorgänge vorher. Diese nämlich, und mit ihnen der Film, waren eindeutig auf das Modell einer Filmkomödie angelegt, die nach den zwar bekannten, wenn auch nicht bewußten *Naturgesetzen* einer Filmkomödie von Anfang bis zum Ende abzulaufen schien. Dem Helden des Films konnte nichts Ernsthaftes geschehen, nicht etwa deswegen, weil er nie ernsthaft in Gefahr gewesen wäre, sondern deswegen, weil das formale Modell des Films es nicht zuließ, daß dem Helden, mochte er auch ernsthafte Gefahren bestehen, etwas Ernsthaftes geschah, von der Art, daß das Modell des Films von dieser Ernsthaftigkeit zerstört würde. Das Baumeln des Helden war im Vergleich zu den anderen Bildern des Films unvergleichlich. Es erschreckte, weil es dem gewohnten Modell des Films, auf das man sich zuschauend eingerichtet und eingelassen hatte, auf einen Schlag widersprach. Es war nicht eine überraschende Wendung der Handlung, sondern eine überraschende Verwandlung des Films in einen anderen Film. Man konnte die ganze Zeit, während der Körper da hing, es nicht *fassen*, daß er da hing: das konnte, in *diesem* Film, einfach nicht *sein.* Es spricht nun gegen den Film, daß es, wie sich gleich darauf zeigte, in diesem Film wirklich nicht sein und nicht wirklich sein konnte, daß der Held am Galgen umkam: denn sogleich wurde das Bild mit dem Zappelnden angehalten, und es folgte ein Kommentar, der mit läppischer Ironie den Zuschauer beschwichtigte, indem er ihm von Spielregeln usw. sprach und gleich darauf, in dem wieder bewegten Bild, einen Deus aus der Filmmachina folgen ließ, mit dem Ende, daß leider der Held mit einem Schwert, wenn ich mich richtig erinnere, von dem Strick getrennt wurde, so daß der Film in seinem Modell wieder bestätigt wurde und weiter ablief, wie er eben nach diesem Modell ablaufen mußte. Ja, alles andere wäre eben ein *Stilbruch* gewesen.

Bei diesem Film damals, weil in ihm an einer Stelle scheinbar das Modell unterbrochen und aufgehoben worden war, bin ich erst aufmerksam geworden darauf, daß ein Film, dadurch, daß er eine Geschichte verwendet, dadurch, daß er erzählt, notgedrungen auch Modelle verwendet, die schon fertig da sind und in denen die Wirklichkeit, die der Filmmacher abbilden will, schon notgedrungen *modelliert* ist: daß ein Film also, der Geschichten zeigt, sich auf jeden Fall mit fertigen Modellen *für* diese Geschichte abgeben muß: daß er diese also einfach akzeptiert und sie verwendet, übernimmt, oder: daß er sie zwar einfach akzeptiert, sie aber nicht mehr *einfach* verwendet, oder: daß er die Geschichte als Modell gar nicht erst akzeptiert, sondern nur formale Bildabläufe montiert (sicherlich sind das die wichtigsten Filmer, die für den Fortschritt des Bildersehens sorgen) und schließlich, daß ein Film schon im Sprachgebrauch als Modell bekannt ist, wobei jeder Zuschauer akzeptiert und sogar normativ erwartet, daß alles Abgebildete in dem Film modelliert ist: also im Genrefilm: im Western, im Horrorfilm, im Agentenfilm, in den amerikanischen Salonkomödien nicht nur mit Doris Day …

Mit Ausnahme jener Filmart, die keine Geschichte braucht als Modell, keine Finalität von Anfang und Ende, keinen inhaltlichen Zusammenhang von Bildern, bedienen sich alle Filme jener Strukturen, die die Literatur für sie vorgemacht hat. Sie wären weder denkbar noch ansehbar ohne die Vorarbeit der Literatur, welche die Struktur für diese Filme geschaffen hat. Das heißt freilich nicht, daß diese Filme allesamt literarisch sind: die Literatur ist nur jeweils verantwortlich für das Strukturmodell, und nur

(nur!) im Strukturmodell kann man die geschichtenerzählenden Filme mit der Literatur vergleichen (oder mit den Dramaturgien des Theaters). »Literarisch« sind wohl nur jene Filme, die die literarische und theatralische Dramaturgie blind und naiv benutzen und übernehmen und gar nicht bewußt sind und bewußt machen, daß das, was sie zeigen, dadurch, *wie* sie es zeigen, schon zu bekannten Bedeutungen beim Zuschauer modelliert ist: daß die Zuschauer also nicht das *Bild* sehen, sondern sogleich und anstatt des Bildes die *vor*gesehene *Bedeutung* dieses Bildes, daß die Zuschauer also nur noch in Bedeutungsbildern sehen müssen: da handelt es sich um die sogenannten Problemfilme, die ich nur deswegen nicht mehr *sehen* kann, weil man sie noch immer nicht als Genrefilm deklariert hat wie etwa einen Kriminalfilm oder eine Gaunerkomödie.

Die Rettung der »Problemfilme« wäre es, sie zu Genrebildern zu formalisieren: das inhaltliche Problem würde auf diese Weise zum Formmodell, das jeder erwartet und fordert wie etwa den Showdown im Western; der Schmerz würde zu einem Genre; auch das Leben zu zweit, und die bekannten Probleme dabei würden zu einem Genre: die zwischenmenschlichen Beziehungen in einem Film zu sehen wäre wieder möglich in einem Genrefilm, und die zwischenmenschlichen Beziehungen würden endlich aufhören, in einem Film etwas zu bedeuten, und wären zu einem Genre geworden. Inhaltliches, Probleme, erscheint mir nur noch sichtbar in Genrefilmen: nur wenn in einem Horrorfilm oder Kriminalfilm jemand Angst hat, kann ich seine Angst *sehen* und also mit ihm Angst haben; nur im Western zum Beispiel kann ich sehen, daß jemand und wie jemand gefoltert wird; nur im Agentenfilm zum Beispiel kann ich sehen, wie jemand liebt oder geliebt wird; nur im Western zum Beispiel kann ich sehen, wie am Schluß des Films zwei Männer sehr lange voneinander Abschied nehmen, und bin nur im Western davon gerührt; und nur im Western, im Science-fiction-Film kann ich noch die Naturaufnahmen poetisch finden (gerade habe ich in einem wunderbaren Horrorfilm der Hammer Productions ungeheuer schöne hohe Farne gesehen): in einem Problemfilm aber, wie ich diese Filme grob nenne, würde mir das alles nicht in die Augen stechen, sondern auf den Magen schlagen.

Es spricht für den Mut eines Regisseurs, Sehmodelle, die sich beim Zuschauer schon richtig eingefressen haben, durch jähe Finten loszueisen. Das Ergebnis ist dann, wie erwähnt, etwas, was man als formalen Schock bezeichnen könnte.

Wie ein Regisseur den Mut wenigstens halbwegs durchhielt, die vermeintliche Sehtäuschung des Zuschauers in eine wirkliche Sehenttäuschung zu verwandeln, erlebte ich in einem sonst nicht sonderlich erwähnenswerten Film, einem Musketier- und Fecht- und Lüster-Genrefilm: *Die schwarze Tulpe* von Christian-Jaque. In diesem Film sollte gegen Schluß der Hauptheld von der Obrigkeit auf einem großen Markplatz gehenkt werden, da er sich mit dieser Obrigkeit, indem er ihr Geld raubte und ihre Frauen stahl, eingelassen hatte. Weil er aber doch viele Freunde unter den Bürgern und auch einen ihm ergebenen Bruder hatte, war es klar, daß er im letzten Augenblick vom Galgen geschnitten würde. In dem Film aber ging der letzte Augenblick immer weiter: der Gehenkte baumelte und blieb hängen, und das Bild zeigte ihn, bis er still war. Das war ein ungeheurer Schock durch den Bruch mit dem Filmmodell. Fast hätte man die Metapher vom »Sich-die-Augen-Reiben« anwenden können. Es *konnte* einfach nicht wahr und wirklich sein: vielleicht stellte sich das Bild wenigstens nachher als Filmtraum heraus – das wäre man gewohnt gewesen. Die Zuschauer murrten erstaunt und empört, ließen sich dann aber doch ein wenig versöhnen und zum Weiterschauen bewegen dadurch, daß der überlebende Bruder des Helden ins Bild kam, der dem Gehenkten »wie aus dem Gesicht geschnitten« war: Alain Delon in einer Doppelrolle.

Es ist ein Film denkbar, ein vom Publikum als künstlich akzeptierter Genrefilm, dessen Methode gerade darin besteht, dem genrehaften Schauen der Leute ein Schnippchen zu schlagen. Das wäre auch bei Dokumentarfilmen möglich, die sich scheinbar als Dokumentarfilme ausgeben, zum Beispiel also eine Blume beim Aufblühen zeigen wollen, während in dem Film aber die Blume zu bleibt (das ist ein banales Beispiel), oder einen Streik zu zeigen vorgeben, bei dem aber alle arbeiten, wie sich erst nach und nach herausstellt, auch das ein banales Beispiel. Mir ist diese Möglichkeit aufgefallen, als ich im Fernsehen einen Lehrfilm über die Gefahren des Wattenmeeres sah. Als Beispielpersonen für eine scheinbare Spielhandlung wurde da eine Familie gezeigt, die von der Flut überrascht wurde und immer mehr im Wasser ... Dazu wurden Belehrungen erteilt über die Aufgaben und Möglichkeiten der Küstenwache sowie über deren Tätigkeit. Der Film endete schließlich damit, daß die Beispielsfamilie, die schon ziemlich hilflos im Wasser trieb, selbstverständlich und wie erwartet von der Rettungsmannschaft aus dem Meer gefischt wurde, »in letzter Minute«. Es gehörte nicht viel dazu, sich statt dessen einen andern Film vorzustellen, der genauso in der Struktur als Lehrfilm über die Gefahren des Wattenmeeres ablief, nur damit endete, daß die Familie, die man, zuschauend einem Lehrfilm, schon als Beispielsfamilie angeschaut hatte, schließlich unterging. Plötzlich wäre so aus dem Modell eines Lehrfilms das Modell eines Spielfilms geworden.

Freilich ist es auch möglich, daß sich gerade durch die Übererfüllung des Modell-Solls eines Films Sehwirkungen erzielen lassen, wenn auch harmlosere. In einer der erwähnten amerikanischen Salonkomödien zum Beispiel läutete der Direktor des Unternehmens der Sekretärin, die im Vorraum saß. Ich erwartete nun folgendes Bild: die Sekretärin kommt herein, auf hohen Absätzen, mit vorgeschobenen Lippen, und vor der Brust hält sie den Stenografierblock und davor zwischen den Fingern senkrecht den Bleistift. Und sie ist ins Bild gekommen, wie vorhergesehen, auf hohen Absätzen, mit vorgeschobenen Lippen, vor der Brust den Stenografierblock und vor dem Stenografierblock erblickte ich senkrecht nicht nur einen Bleistift, sondern zwei. Das zu sehen, hat mich gefreut.

Dummheit und Unendlichkeit

Nichts gibt einem so sehr das Gefühl der Unendlichkeit als wie die Dummheit.
(Ödön von Horváths Motto zu *Geschichten aus dem Wiener Wald*)

Donnerstag:

Mitten in dem Film *Sexy Gang* erinnerte ich mich des Films *Des Teufels nackte Tochter*, den ich vor Jahren in jenem *Tonkino* in Graz gesehen habe, welches in Wolfgang Bauers Stück *Magic Afternoon* als das Kino erwähnt wird, in dem gerade *Der Perser und die Schwedin* läuft.

Bei *Des Teufels nackte Tochter* handelte es sich um einen Film, der zum Teil auf einem Bauernhof im Stall spielte, wo die Magd von dem Bauern überwältigt wurde, zum andern Teil dann drunten in der Türkei, genauer gesagt, in einem Bordell in Istanbul, wohin es die Magd als Folge der Vergewaltigung nach und nach verschlagen hatte. In diesem Film nun bildete die Stadt Istanbul eine sehr seltsame Kulisse: da das Filmteam sich selbstverständlich nicht zu Außenaufnahmen in die Türkei begeben konnte, fand der Film, der am Anfang vor allem draußen, an der Nordsee, in Friesland oder wo auch immer stattgefunden hatte, ab Istanbul fast nur noch in Innenräumen statt. Das Statussymbol für die Türkei oder den Orient in diesen Innenräumen war nun eigenartigerweise ein Samowar, mit dessen Hilfe recht oft Kaffee zubereitet wurde; sonst schienen diese Innenräume eher deutschen Vorortappartements zu gleichen. Einige Male freilich, und das hat mich noch mehr befremdet, wurde zwischen den Szenen innen auch das Istanbul draußen gezeigt: Dabei handelt es sich jeweils um die gleiche Sequenz, die immer wieder nach einer gewissen Zeit in den Film eingeschnitten worden war: ein Mann, der sonst in dem Film gar nicht vorkam, ging zu der jeweils gleichen Musik zum Hafen hinunter, an Händlern usw. vorbei; vorher sah man jeweils die Wahrzeichen der Stadt. Es war sehr eigenartig, diesen Mann jedesmal nach einer Gruppe von Sequenzen in Innenräumen immer wieder von neuem zum Hafen gehen zu sehen. Je öfter sich diese Szene – wohl einem Kulturfilm über Istanbul entnommen – wiederholte, desto gespenstischer wurde mir dieser fremde Mann, der den ganzen Film hindurch immer von neuem zum Hafen ging. Es fand noch eine andere Szene in dieser Außenwelt statt, wobei ein Paar, das freilich in dem Film sonst mitspielte, vor einem Kinoplakat stand, auf dem in eigenartigen Lettern, einer Mischung aus lateinischer, kyrillischer und griechischer Schrift der Film *Westside-Story* angekündigt wurde. *Des Teufels nackte Tochter* war für mich ein sehr unheimlicher Film.

Der Film *Sexy Gang*, eine französische Produktion, erinnerte mich deswegen an *Des Teufels nackte Tochter*, weil auch hier die Szenen, die am Anfang fast nur draußen in der Natur, an der Côte d'Azur, vor sich gegangen waren, immer mehr in Innenräume verlegt wurden, so daß die Darsteller schließlich nur noch vor weißen Wänden spielten. Damit nicht genug, verloren sich immer mehr Darsteller, ohne daß dies durch die Handlung geklärt worden wäre, spurlos aus dem Film. Am Anfang war das Haus mit Swimmingpool noch voll von jungen Leuten gewesen, am Ende sah man nur ab und zu einen in einem ziemlich leeren Raum hocken; Leute, die am Anfang wie Hauptheldenagiert hatten, kamen plötzlich gar nicht mehr vor, wurden von den Verbliebenen nicht einmal mehr erwähnt. Selbstverständlich: dem Produzenten ist das Kapital ausgegangen, so daß er im Verlauf der Dreharbeiten immer mehr Leute entlassen mußte; aber das erklärt wiederum nicht die Unheimlichkeit dieses immer unbewohnter erscheinenden Hauses. Seltsam. Vor einigen Tagen habe ich, vor dem Film *Bullitt*, auf einer sehr großen Leinwand Luftaufnahmen von New York gesehen, wobei in einem sehr langsamen, kreisenden Rhythmus eine Einstellung von der anderen überblendet wurde. Da der Film völlig stumm ablief, machte er auf mich, auch infolge der langsamen, ruhigen Überblendungen, einen ziemlich unheimlichen Eindruck. Erst am Schluß stellte sich heraus, daß es sich um einen neuen Peter-Stuyvesant-Film handelte, bei dem nur, offenbar durch ein Mißgeschick des Vorführers, die bekannte Sprecherstimme und die bekannte Musik ausgeblieben waren. Im nachhinein freilich kommt es einem so vor, als ob es sich gar nicht um ein Mißgeschick des Vorführers gehandelt haben kann.

Samstag:

Mitten in dem japanischen Film *Der Mörder mit den Mandelaugen* fiel mir endlich ein, woher ich die ganze Geschichte schon kannte: man hatte, ohne es im Vorspann zu erwähnen, das Drehbuch nach dem großen ersten Kriminalroman von James Hadley Chase *Orchideen für Miß Blandish* verfertigt. Aus diesem ungeheuren Roman kamen in dem Film freilich nur noch die Aktionen, die Endhandlungen und Effekte, vor; dazu stammte der Titel von dem deutschen Verleih, der damit nicht etwa andeuten wollte, daß es sich bei dem Mörder in dem Film um einen Japaner handelte, sondern um einen japanischen Film, in dem alle Personen Mandelaugen haben, und so auch der Mörder. Gesetzt den Fall, es käme einmal ein russischer Kriminalfilm, wenn es dieses Genre gäbe, nach Deutschland, so würde sich sicher auch ein Verleih finden, der diesem Film den Titel verpaßte: *Der Mörder mit dem russischen Akzent.* Die Aktionen in dem Film *Der Mörder mit den Mandelaugen* waren bemerkenswert genug: der Gangster, der den andern Gangster davon abhält, die entführte Millionärstochter zu vergewaltigen, indem er von draußen die Lampe über dem Bett zerschießt, tritt darauf zur Tür herein und bläst dabei den Rauch von der Mündung der Pistole. Der Besitzer der Bar legt in der Garderobe den Arm um die Nackttänzerin und spricht von »Nachher«! Als die Besitzerin der Bar in der Nacht geweckt wird, hat sie einen Mann bei sich! Der Auto fahrende Gangster, während draußen die bunte Landschaft vorbeirast, dreht die ganze Zeit, wie in den lieblosesten amerikanischen Polizeifilmen, sinnlos das Lenkrad hin und her! (So macht's übrigens auch Frank Sinatra in Gardon Douglas' *Die Lady in Zement,* aber wenigstens variiert er ein wenig das Drehen des Lenkrads, wenn er eine Kurve andeutet.) Dem Auto, in dem die zwei Gangster mit der Millionärstochter flüchten, folgt ein Polizeiauto, in dem dichtgedrängt fünf (!) japanische Polizeibeamte in Zivil sitzen. Der Polizeikommissar, bevor er von dem Gangster umgebracht wird, ruft diesem zu, das Verbrechen zahle sich schließlich doch nicht aus, am Ende siege doch die Gerechtigkeit! Und das Seltsamste: während in anderen japanischen Filmen, infolge der anderen Technik des Dialogs und der Handlungen, in manchen Synchronisationen ein Widerspruch deutlich wird zwischen Sprechen und daraus sich ergebender Aktion und umgekehrt, erschien einem bei diesem Film jede Handbewegung, jedes Mienenspiel ganz widerspruchslos mit dem synchronisierten Sprecher übereinzustimmen. Dabei gibt es Beispiele des japanischen Gangsterfilms, in denen die Brutalität der Verzweifelten, Gejagten ebenso verzweifelt genau beschrieben wird wie in den besten alten amerikanischen Gangsterfilmen; in denen Sterbende, von Maschinenpistolen zerfetzt, noch minutenlang töten können.

Nachtvorstellung:

In der Nacht habe ich mir in der »Lupe« am Kurfürstendamm wieder Peckinpahs *Sacramento (Ride the high country)* angeschaut. Auf diesen unendlich schönen, ruhigen und traurigen Film, in dem man aufatmen und schauen konnte, reagierten die linken Nachtvorstellungsbesucher, die blind mit ihren elendblöden, lauten Zicken in die Nachtvorstellung geraten waren, mit besoffenem Grölen, Brüllen und Schreien. Sie waren gar nicht mehr fähig, was zu SEHEN, sie reagierten nur dumpf auf Reizwörter, wie die Meerschweinchen. Mein Wunsch: daß man sie zusammentun würde, die linke Scheiße und die rechte Scheiße, die liberale Scheiße dazu, und eine Bombe drauf schmeißen.

Sonntag:

Das Bild rechts oben zeigt Burt Lancaster und Janet Landgard in dem Film *Der Schwimmer (The Swimmer)* von Frank Perry. Im Zeitlupentempo sind die beiden gerade über einen Zaun gesprungen.

Das Bild rechts unten zeigt Burt Lancaster einige Zeit später beim Überqueren der Straße; an seinem Gang ist erkennbar, daß

er sich den Fuß verknackst hat. Das Auto ganz rechts im Bild stammt, laut Vorspann, von der Firma Pontiac.

Man hat nirgendwo so oft das Gefühl der Unendlichkeit wie im Kino.

»Mr. Curtiz lebt nicht mehr hier«

Ihre neuen Filme zeigen seit kurzem in Paris: Jean-Luc Godard und François Truffaut, zwei Regisseure, welche in den Jahren zwischen 1960 und 1970, jeder in seiner Eigenart und mit seinem Eigenwillen, bei vielen Leuten in Europa und anderswo die Lebensgeister bewegten, die sonst in aller Regel mittels Beschwörung von Fertigträumen aus dem Niemandsland weghypnotisiert wurden.

Der Film von Godard heißt *Numéro deux*, und sein Thema seien, nach dem Autor, »die drei Altersstufen, die Kinder, die Erwachsenen und die Alten«. Truffauts Film, *L'Histoire d'Adèle H.*, ist die Nacherzählung des Lebens der zweiten Tochter Victor Hugos, die ihrem lieblosen Geliebten, einem englischen Offizier, durch die nördliche und südliche Hemisphäre, vom schneekalten kanadischen Halifax bis zur karibischen Sommerinsel Barbados folgte, und sei, so Truffaut, »die Geschichte eines Gesichts«.

Adèle Hugo hat ein Tagebuch geschrieben; Truffaut und sein Drehbuchschreiber Jean Gruault haben sich treu daran gehalten, in einem Vorspruch wird die zu erwartende Geschichte als »authentisch« bezeichnet.

Und wirklich laufen nach dieser Ankündigung die Bilder und Töne wie von selbst: Ein Boot mit Neuankömmlingen aus der Alten Welt schaukelt ein in den nächtlichen Hafen von Halifax, darunter, mit unters Kinn gebundener Haube, die junge Schauspielerin Isabelle Adjani aus dem 20. Jahrhundert, kostümierte Figur einer von der ersten Einstellung an, mit Möwenschreien, Pferdegetrappel, sich öffnenden, sich schließenden oder zum Einblick eigens offenbleibenden Türen, bloßen Geschichten-Maschinerie, die, gerade indem sie einer liebesentschlossenen Frau aus dem vergangenen Jahrhundert eine maschinelle Filmgeschichte verpaßt, dieser Frau posthum das besondere Leben und uns Zuschauern jedes Gefühl für ein solches Leben vor über hundert Jahren wegstiehlt: nicht nur der Film, in seiner auf jedes beliebige andere Leben zu jeder beliebigen anderen Zeit an jedem x-beliebigen Ort anwendbaren vorgefertigten Zeichenstruktur, erscheint so als nichtauthentisch, sondern mit ihm auch die Person, die dazu der Anlaß war.

Noch nie hat sich Truffaut so vollständig auf sein sogenanntes Handwerk verlassen, sich in »das Handwerkliche« als Fetisch versteckend; noch nie, dabei in der Arbeit an dem Film und in der Propaganda für ihn die eigene Person als festen Geschäfts-Posten einsetzend, so sehr sich selber vergessen – während ja das »Authentische« an seinen früheren Filmen war, daß in jedem von ihnen ein wenig von der Verquerheit des Verantwortlichen für die »konvulsivische Schönheit« sorgte, die, nach A. Breton, die einzige Schönheit ist, die lebt und belebt.

Adele H. ist der erste Film Truffauts, der nur noch Produkt ist. Jede Einstellung zielt so in Bild und Ton auf den bloßen Stimmungsreflex eines errechenbaren Phantomzuschauers und ruft in jedem einzelnen, tatsächlichen Zuschauer mit seinen unkalkulierbaren Gefühlen nur noch ein Phantom aus kalkulierten Stimmungen ab.

Bestimmte fertige Formen für bestimmte Wirkungen sind allzeit bereit – wie übrigens auch bei Serienfernsehspielen und Reklamespots, von welch beiden sich Truffauts Film in der Tat kaum unterscheidet, von den ersteren vielleicht dadurch, daß der Kameramann Nestor Almendros heißt, und von den letzteren durch die Schauspielerin Adjani, die, anstelle eines Dings, das Objekt ist, für welches mit diesem Film für den Film geworben wird.

Isabelle Adjani ist noch nicht einmal 20 Jahre alt und spielte vorher an der Comédie Française. Adèle Hugo war schon über 30, als, mit der Liebe zu dem Offizier, ihr bis dahin zielloses Leben als wenig beachtete Tochter eines berühmten Schriftstellers eine gezielte, jedenfalls leichter nacherzählbare Geschichte bekam. Ein Photo von ihr zeigt eine früh ältlich aussehende hagere Frau. Isabelle A. hat das Aussehen eines Kindes; noch ganz unversehrt, große Augen, als sei das Gesicht noch nicht ausgewachsen, und aufgeworfene Lippen, die in dem Film oft unabsichtlich ein wenig offenstehen und dann wie ertappt sich schließen, als wollten sie sich älter geben, als sie sind, was freilich dann eher nur trotzig aussieht. Und dieses sehr junge Mädchen will so sehr eine nur für ihre Liebe lebende Frau nachfühlen, daß ihr Spiel vor lauter Willensanstrengung völlig gefühllos erscheint.

Einmal kniet sie vor einem Bildnis ihres Liebsten, und die Kamera bewegt sich plötzlich so verquer, ja so menschen- statt marktgesteuert durch den Raum, daß tatsächlich nicht mehr eine Stimmung feilgeboten, sondern eine Frau in ihrem Liebeskummer fühlbar gemacht wird – doch schließt die Szene dann mit einer Großaufnahme, wobei aus dem rechten Auge der Schauspielerin eine Träne rollt.

Truffaut stellt seine Schauspielerin mit jeder Einstellung gleichsam aus dem Film heraus, um seine »Geschichte eines Gesichts« zu erzählen; aber dieses Gesicht, so allein, ohne andre Gesichter, herausgestellt als Star-Antlitz, kann nur angestrengt nichtssagend bleiben. Würde etwa der von ihrer Liebe verfolgte Mann wenigstens einmal anders auf sie reagieren, als man es von einer Kinofigur erwartet, also vielleicht überrascht statt mürrisch, gerührt statt gelangweilt, betroffen von einer solch unermüdlichen Neigung statt höhnisch – so könnte die verratene und verkaufte Adèle Hugo in der Tat etwas von ihrer Geschichte zurückgewinnen.

Truffaut, wenn er heute von sich und den alten Freunden der »Neuen Welle« redet, sagt immer noch »wir«. Godard, der seit einigen Jahren nicht mehr in der Kapitale Paris lebt, die ihn, den »Westschweizer ohne Heimat«, »zerstört und geheilt« hat, sondern über eine Caravelle-Flugstunde weg in Grenoble, wo er mit neuen Freunden in einer Video-Werkstatt arbeitet, sagt, was Truffaut oder Rivette betrifft, schon lange nicht mehr »wir«. »Was mich betrifft, fühle ich mich ziemlich allein, beschäftigt mit einer neuen Methode des Filmemachens.«

Dieses Gefühl des Alleinseins eines über seine Arbeit und deren Vermittlung nachdenkenden Menschen, der vor zehn Jahren noch eine Art Erreger von spontaner Gemeinschaft war, ist zugleich die nachhaltigste Mitteilung von *Numéro deux*.

Zu Beginn des Films steht Godard im Halbdunkel seines Video-Studios, mit ziemlich schütterem Haar, in einer Lederjacke, auf einen Bildschirm aufgestützt, in dem er noch einmal, unter anderem Winkel, erscheint, und spricht bei großem Lärm der Spulen, die er manchmal schneller laufen läßt, von seiner »Fabrik« hier, deren Patron er sei. »Aber ich bin ein besonderer Patron, ich bin auch Arbeiter.«

Er erzählt die Produktionsgeschichte des Films, und dann zeigen zwei Fernsehbilder auf der großen schwarzen Kinoleinwand, in deren Dunkel man sich den seine Geschichte regelnden Godard vorstellen kann, den stumpf-schmerzhaften Alltag von drei Generationen – Großeltern, junges Ehepaar, zwei Kinder –, einer Arbeiterfamilie ohne besondere Arbeitermerkmale, welche in einem Wohnturm mit fremdem Lärm von überall im Neuland einer größeren Stadt dicht beieinander haust.

Seinem Film *Weekend* hatte Godard als Bemerkung vorangestellt, es handle sich um einen Film, »auf dem Abfall gefunden«: viele Bilder von *Numéro deux* sind wie Neu-Montagen der für Godard schon als Abfall produzierten »Filme der Saison«, der gewöhnlichen Pornos ebenso wie der »Pornos über der Gürtellinie« von Lelouch oder Claude Sautet, dessen wohlfeil elegischen Schmachtfetzen »Vincent, François, Paul und die anderen« er eingangs mit Bruchstücken eines Rammelbildwerks mischt.

Diesen beiden Arten von Fetzenfilmen stellt Godard seine Geschichte aus Fetzen gegenüber, Haushaltsbilder vor allem: die junge Frau beim Bügeln; die Großmutter beim Karottenschaben und Bettenmachen; der Großvater beim Suppenrühren, die Kinder bei den Schulaufgaben; das junge Ehepaar beim Abwaschen und Abtrocknen.

Wenn Pierre von der Arbeit nach Hause kommt, nimmt Sandrine seinen Penis in die Hand oder in den Mund, und Pierre atmet auf wie nach einer langen Zeit außer Atem. Sandrine ist arbeitslos und mißvergnügt (»Ich glaube, die Arbeitslosigkeit ist einfach nicht das Vergnügen. Wenn sich das Vergnügen an der Arbeitslosigkeit einstellt, ist das der Faschismus.«). Selbst wenn sie mit ihrer Tochter tanzt, scheint sie ein schweres Herz zu haben. Ihr Reden ist eine Art Gemaule.

Einmal sitzt sie mit den Kopfhörern da, unansprechbar; sooft ihr Pierre die Hörer abnehmen will, um mit ihr zu reden, setzt sie sie wieder auf, bis Pierre sie ohrfeigt: da schlägt sie ihn in einer fürchterlichen Kleinmädchenbewegung, die ihn vollkommen zurückstößt, irgendwohin, wobei sie sich den Kopfhörer wieder zurechtrückt. Von einer Bekannten zu einer Versammlung über die Folterungen in Chile eingeladen, sagt sie, das interessiere sie nicht im geringsten. Ihrem Sohn erzählt sie, seit zwei Wochen könne sie nicht mehr »scheißen«: alles in ihr sei blockiert.

Mit voller Einkaufstasche beladen, kehrt sie einmal nach Hause zurück, legt sich sogleich auf dem Rücken quer über das Bett und fängt zu masturbieren an. Als Pierre dazukommt und sich einmischen will, schickt sie ihn weg und ruft ihm noch nach: »Die Tür!« Wie die Marianne in *Pierrot le fou*, am Meeresufer irrend, skandierte, was ein Leitmotiv einer Bewegung von Frauen nicht nur in Frankreich geworden ist: »Was kann ich tun? / Ich weiß nicht, was tun / Was kann ich tun?«, so rezitiert auch die masturbierende Sandrine, ihrer schweren Einkaufstasche entledigt, in *Numéro deux* immer wieder eine Art Existenzgedicht: »Ich komme zu mir zurück / Aber da war ich nicht bei mir und noch immer beladen / Jetzt entlade ich mich.«

Weil ihr Mann, durch seine Arbeit, wie endgültig von ihr getrennt erscheint, redet sie mehr und mehr zu den Kindern oder wendet sich, wie am Schluß, an die Frauen in Frankreich: sie frage sich, ob es viele solche gebe wie sie?

Der Junge und das Mädchen in *Numéro deux* sind Kinder im Schulalter, welche aber noch nicht das bedrückende Gehabe von auf Leistung und Anpassung an die Erwachsenen gedrillten Schulkindern zeigen, das in Frankreich, wo es z.B. statt »lernen« »arbeiten« heißt, vielleicht noch früher auftritt als anderswo: Und das Noch-Nicht der Kinder ist auch das Hoffnungstiftende an diesem Monumentalfilm der Bedrücktheit, in dem selbst die Vögel vor den Fenstern nur Lärm erzeugen; wie sie sind – neugierig, bei sich, unversöhnlich –, das macht den Film zu dem Appell, wenigstens die Kinder sollten vor dem Gefühlstod in der auf sie lauernden Eiszeit-Gesellschaft gerettet werden.

Und einmal in *Numéro deux*, in einer Szene aus einem gar nicht himmlischen, nur eben menschenmöglichen Paradies, erscheinen sogar alle drei Altersstufen plötzlich wie eine verwirklichte Lebensgemeinschaft: Der Großvater sitzt stumpf da mit den Kopfhörern, das kleine Mädchen neben ihm, da ertönt plötzlich eine Art Sphärenmusik. Der Großvater sperrt den Mund auf, stülpt dem Kind die Kopfhörer über und neigt sich dazu, um mitzuhören. Das Lied geht von jemandem, der woanders lebt, in der Dimension 4, mit Comic-Heften ... Sandrine, in ihrem immer offenen weißen Bademantel, setzt sich dazu, manikürt sich, horcht auch. Dann nimmt der Großvater wieder gierig die Hörer an sich, und jetzt lauschen alle drei Generationen, einer zum andern geneigt, dem schmalzigen Sphärenlied, mit offenem Mund, und Sandrine hört auf, sich zu manikūren.

Jean Renoir hat mit *La règle du jeu* vor dem Zweiten Weltkrieg den Film gemacht, der vielleicht am reinsten die damals noch stark verkleideten Gefühle und Wünsche jener Epoche wiedergab. Truffaut, nachdem er monatelang Vorausreklame für seinen Film *Adèle H.* und dessen Star gemacht hatte, ist kurz vor der Premiere, »aus einer unendlichen Müdigkeit im Radio und Fernsehen über meinen Film zu sprechen«, zu dem inzwischen über 80jährigen Jean Renoir nach Hollywood »zurückgekehrt«, »weil ich mich wohl fühle in seiner Nähe«.

Truffaut, der sich da als ein Wahlverwandter Renoirs bezeichnet, hat in seinem letzten Film leblose Verkleidungen als Gefühle verkauft. Von dem unverkleideten Durcheinander von Gefühlen, der Gefühlslosigkeit, der Wunschlosigkeit unserer Epoche lebt jedoch der Film Godards; sein *Numéro deux* handelt davon, daß die Verkleidungen und Spielregeln (auch die des Kinos) nichts mehr heilen – und das ist das Heilsame an ihm.

PS: Vor ein paar Tagen rief mich jemand an und wollte mit Mr. Michael Curtiz sprechen. Nachdem ich aufgelegt hatte, fiel mir ein, daß der Regisseur von *Casablanca*, dem symbolgewordenen Fertigtraum einer Epoche, ebenso hieß, und meine Antwort am Telefon schien mir plötzlich wie ein zugeflogenes Motto zu *Numéro deux*: »Mr. Curtiz lebt nicht mehr hier.«

Appetit auf die Welt

Rede eines Zuschauers über ein Ding namens Kino

Ein Geher im Eis, ein Bezwinger der Kontinente, ein Bergsteiger, der, wenn das möglich wäre, nicht nur die Gipfel des Himalaya, sondern dazu noch den doppelt so hohen Olympus Mons auf dem Mars erklömme – der Filmer Werner Herzog also hat mich, ehe ich mich an diese kleinen Andeutungen zum Kino machte, unabsichtlich gewarnt: wer einen Film drehe, müsse in allem bewandert sein, und wenn es nur das Aufkriegen, ohne Schlüssel, eines fremden Autos wäre, welches sein Bild stört.

Ich traue mir dergleichen nicht zu, und so sollen meine paar Worte auch nicht von einem Filmemacher kommen, sondern von einem Zuschauer. Dem war einmal von allen Dingen dem Herzen am nächsten ein Ding, das »Kino« hieß.

Verrate ich damit aber nicht ein anderes Ding, das mir »in jenen alten Zeiten« gleich nah war, das Ding namens »Buch«?

Mit den Büchern war's eine andere Nähe, und zudem läßt sich von dem Kino, wie es einmal war, etwas erzählen, das, weil es scheint's keinen aktuellen Gegenstand mehr hat, zugleich schon eine Art von Überlieferung ist; denn das Erzählen vom Kino, das einmal war, kann sich, vor den heutigen Kinogehern, einzig noch, vielleicht, an eine Nachwelt richten.

Doch nichts Nostalgisches soll dabei mitmischen, mein bißchen Erzählen nicht entkräftet werden von der knochenerweichenden Nostalgie. Überliefern heißt nicht, mit Verschwundenem privatisieren, vielmehr ein Vergangenes eben weitergeben an eine Öffentlichkeit – und wenn die auch nur aus einem einzigen Wesen besteht –, in Gestalt eines Umrisses, einer Skizze, eines Musters, eines Maßstabs, eines Plans, das alles freilich hier und dort nach Kräften ausgeschmückt

Was für ein Ding war mir das Kino einmal?

Anders wiederum als die Bücher, die, im Glücksfall, beim Lesen jeweils zum Ding der Möglichkeit – der reinsten aller Lebensmöglichkeiten – wurden, eröffnete das Kino sich dem Zuschauer immer wieder als Ding der Wirklichkeit, der allerweitesten der Wirklichkeiten, und als das einzige derartige Ding, damals, in den sechziger Jahren des 20. Jahrhunderts.

Und sämtliche Kinos waren so, nicht nur dies oder jenes besondere. Jedes Kino verkörperte einen Ort, und einen wie herzhaften!, inmitten der Ortlosigkeit, oder der Verschlossenheit, oder Unzugänglichkeit, die einem, jedenfalls seinerzeit, aus den Straßen, Passagen und Kirchgassen ins Gesicht sprangen.

»Im Kino drinnen atmete er auf«, so konnte ich noch Ende der sechziger Jahre von einem meiner Helden erzählen, und das war schon fast der einzige Augenblick, in dem der ehemalige Tormann Josef Bloch mit der Wirklichkeit nicht entzweit, sondern mit ihr eins, oder einfach *mit* ihr war.

Und eins war mir damals auch Kino und Film, Lichtspieltheater und Lichtspiel. Das Wunderbarste am Kino, an den Kinos, so kommt mir jetzt vor, war es, daß dort (und dort im Auge-Gottes-Kino, und dort in den Grenzlandlichtspielen), ohne daß jene Örtlichkeiten sich einem extra als »Kulturstätten« entgegenkanteten, -wuchteten, -brüsteten, Kultur stattfand, wirkte, fruchtete, und nicht und nicht die herzenskalte, monopolistische, befremdende Reinkultur, sondern immer und immer die Mischkultur, die allseits offene, menschenfreundliche, herzerwärmende.

Diese blühte, vielleicht vier, fünf kleine Jahrzehnte unsres Jahrhunderts lang, einzig in den Lichtspieltheatern, und darum war das Kino einmal eine Einzigartigkeit, eine einzigartige Herrlichkeit (bis vielleicht auf die Male, da dort, ob am Abend oder als Matinee, die wohl von nicht wenigen aus unserer Kinogehergilde gemiedenen, regelrechten »Kulturfilme« den Spielort blockierten). Kultur? Ja, das Kino, der Film war, zumindest für mich, indem er, es, mir einen anderen, einen zweiten, einen dritten, einen zusätzlichen Atem einhauchte, eine Seelenspeise.

In einem stinknormalen, noch nicht spezialisierten Kino sah ich 1962 oder 1963 Michelangelo Antonionis *La Notte, Die Nacht.* Nach dem Film stand ich im Zentrum von Graz an einer nächtlichen Straßenbahnhaltestelle und erlebte die steirische Stadt in eine Weltstadt verwandelt, monumental und zugleich duftig. Noch nie auch war die Nacht mir so wirklich erschienen, so elementar, und ich mir mit ihr. Damals mit *La Notte* erfuhr ich zum ersten Mal, weit über alle die Selbstgefühle hinaus, so etwas wie ein Weltgefühl.

Was jener Film an mir bewirkte, war, mit den Regeln der Kunst, die, seinerzeit jedenfalls, in den Kinos noch nicht als solche auftrat (oder auftreten mußte), ein Erwecken, ein märchenhaftes. Keine Rede von gleichwelcher geistiger Erweckung: wach waren vordringlich die Sinne.

Was für ein Wind an den Schläfen – das Gegenteil vom »Schlafbein«, wie das beim Knochenforscher Goethe heißt –, und ein Atmen wie durch Nüstern. Es war, als hätte ich mir durch bloßes Zuschauen die Welt verdient (was mir inzwischen nur noch hin und wieder durch ein bestimmtes Arbeiten gelingt), und die Welt, ohne besondere nächtliche Vorkommnisse, stand nun da als ein Ereignis; »große Weltbreite«, gemäß dem Befund wiederum Herrn Goethes, der Weltreisende allein beim Bildtafelbetrachten daheim in seinem Zimmer.

In der dunklen Stadtrandstraße, wo ich dann meinerseits heim zu einem Zimmer ging, staunend-trödelnd, berührte mich am Horizont der gewaltige gelbe Vollmond über der Poebene.

Ebensolches ereignete sich, vielleicht ein Jahr später, nach John Fords *Der Mann, der Liberty Valance erschoß*, in dem längst verschwundenen Vorstadtkino von Graz-Puntigam, welches in meiner Vorstellung »Bräuhauslichtspiele« heißt. Dem Western fehlten große Stücke, die Aufklärung, daß nicht James Stewart, der Advokat mit der Küchenschürze, sondern in Wahrheit John Wayne den Banditen Liberty/Lee Marvin totschießt, habe ich erst bei einem wiederholten Anschauen des Films bekommen.

Und doch genügten die sprunghaften Fragmente, und die Bäume rauschten dann nachts vor dem Kino – wahrscheinlich Bräuhauskastanien –, wie mir seit der Kindheit nie mehr Bäume gerauscht hatten. Was für ein Rauschen? Nur so – die Bäume rauschten nur so. Damals trödelte ich auf dem Rückweg nicht, sondern sauste auf den Peripheriestraßen zwischen Puntigam und St. Peter »nur so« dahin, und wenn auch bloß auf dem Fahrrad.

Und ich habe jetzt noch ein anderes Wort für die von wieder einem Film wirklich gezauberte Welt: »appetitlich«. Ja, nach *The Man Who Shot Liberty Valance* bekam ich Appetit auf die Welt: den Wind, den Asphalt, die Jahreszeiten, die Bahnhöfe, und nicht allein der appetitlichen Speisen wegen, die der Aushilfskellner James Stewart serviert.

Noch von vielen Filmen könnte ich dergleichen erzählen, von Straubs *Nicht versöhnt* und *Der Tod des Empedokles,* von Pasolinis *Accatone* und *Mamma Roma,* aber es soll hier bei den Andeutungen bleiben.

Und eine weitere Andeutung: Wie das Kino einmal ein Ganzes war und auch so gesehen wurde, ein Seelendrama gleich einem Western gleich einem französischen Kriminalfilm gleich einer

Komödie gleich einem altenglischen Horrorstreifen, und wie es inzwischen statt Zuschauer mehr und mehr Sektierer gibt: »nur kein Hollywood!«, »nur kein Europa!«, »Godard, der Einzige!«, »Greenaway ja, Wenders nein!« (oder umgekehrt), »Bresson und Straub, die Letzten!«, »Rohmer und Rivette, die einzig Reingebliebenen!«, »Kubelka, der einzige wirkliche Avantgardist!«.

Damals im Kino, bei *La Notte* wie bei John Wayne, bei *Pierrot le fou* ebenso wie bei Frankensteins Monster, wußte ich, wer meine Leute waren. Jetzt weiß ich das nicht mehr. Immer noch gehe ich regelmäßig ins Kino oder verirre mich eher regelmäßig dahin. Und vielleicht ist es eine Täuschung, wenn bei fast jedem Film jene Seelennahrung von einst mir verdorben scheint zum Seelenfraß, in dem doppelten Sinn des üblen Essens und des Wurmfraßes.

Der Kritiker, der neulich schrieb, das heutige Publikum würde bei Filmen wie etwa von Antonioni, wie man so sagt, »in Scharen« hinauslaufen, hat wahrscheinlich recht. Ich für mich kann es jedesmal wieder nicht fassen, daß, sooft ich, im Fraß-Fall aus dem Kino flüchtend – tristes Paradox –, das Weite suchte, noch nie irgendwelche Schar mit mir zog; nicht selten habe ich mich beim Hinausgehen umgeschaut nach meinen Mitkinogehern im Saal, auf vergeblicher Suche nach einer auch noch so kleinen Gefolgschaft und dann möchte-gern-strafend, und, siehe, hundert ganz anders strafende Blicke waren dem Flüchtling schon längst zuvorgekommen. Doch zurück, in einem Wort, zu dem, was das Kino mir einmal war: Was für große Heimwege habe ich nach diesem und jenem Film erlebt, was für wunderbare Heimwege. Mit nichts auf der Welt hat es für mich solche Heimwege gegeben wie zuzeiten nach dem Kino, nach der *Reise nach Tokyo* von Ozu, nach *Andrej Rubljow* von Tarkowski, nach *Mouchette* von Bresson, nach *El Nazarín* von Buñuel.

Heimwege, wo das Daheim das Weggehen war, ziellose Heimwege, weiter und weiter. Psalm also des Zuschauers an die Kinogötter: »Weitere Filme für weitere Heimwege!«

Kinonacht, Kinotiernacht

Vom Antivampirkino des Paares Straub/Huillet, aus Anlaß des Films Antigone

Straub/Huillet, für ein mehrheitliches Filmpublikum bedeutet dieses Namensduo – wenn es überhaupt etwas bedeutet – wahrscheinlich eine Abschreckung. Und auch jener nicht eben überwältigenden Minderheit, welche seit fast dreißig Jahren schon beständig sich angezogen fühlt von den Filmen Jean-Marie Straubs und dessen Frau Danièle Huillet (ich zähle mich, immer wieder überwältigt, dazu), sind die beiden, in vielfacher Weise, wohl ein schreckliches Paar.

Ein eher unguter, befremdender und verengender Schrecken, was manchmal die Nebenerscheinungen, rund um die Filme, betrifft: insbesondere durch die Erklärungen oder Verlautbarungen, womit die zwei in der Regel ihr wunderbares altes Kämpfertum, das in jeder Einstellung ihrer Kinosprache frei wirkt, einzusperren und zu stutzen suchen, in einem Spruchrahmen veralteter Klassenkämpferei (noch in ihrem jüngsten Film, *Antigone*, von dem ich hier gern ein bißchen was erzählen will, sah ich mich am Ende der Geschichte, als diese schon neu und erweitert in mir anfing, von einem moralisierend-prophetisierenden Brecht-Zitat im Nachspann eingesperrt in den Kleingeist expliziten Denkens, wo doch die Bilder und die Sprache des Films zuvor schon das ganze Denken und die Personen der Handlung einen völlig anderen Geist verkörpert hatten; ich habe mich freilich nicht einsperren lassen, auch dank der vorangegangenen großen Freiheit).

In der Hauptsache jedoch – in den Haupt-Sachen, den Filmen – ist der Schrecken, der von dem Paar Jean-Marie Straub/Danièle Huillet auf jene minderheitlichen Kinogeher überspringen kann, ein heilsamer. Ohne je ein einziges sogenanntes Schockbild, ohne je ein ausdrücklich vor den Kopf stoßendes Wort zu enthalten, sind die Einstellungen (oft beileibe nicht so »lang«, wie man behauptet), die Sequenzen, die Filme der beiden, vor allem mit Hilfe der Sprache, augen- und ohrenöffnende Schocks. Nie will ich vergessen, wie mir in den sechziger Jahren durch *Nicht versöhnt* – nach *Billard um halb zehn* von Böll, das ich wegen seiner Behäbigkeit und scheinbaren? Harmlosigkeit nicht zu Ende gelesen hatte – mit einem Schlag die Tür zu einem Deutschland hinter dem üblichen aufsprang, einem wortklauberischen, wehrlos-empörten, liebreichen, wohl eben Böllschen »Hinterdeutschland«, durchwirkt von dem Schwarzweißfilmlicht, wie es mir damals nach dem Kino über die volle Länge des sonst eher trübbunten Kurfürstendamms weitergespielt hat, gleichsam als sichtbar machender Meridian, als eine die dortzulande verdorbene Weltgeschichte, wie es ja erklärtermaßen im Sinn eines jeden Straubschen Lichtspiels ist, neu vermessende und neu eröffnende Geographie.

Der Schock, welchen die Filme Straubs mir antun können, ist auch beschreibbar als Formbewegung, als Rhythmus. Es ist von *Nicht versöhnt* über *Geschichtsunterricht* bis *Antigone* ein Rhythmus aus Stocken und Plötzlichkeit. Stocken und Plötzlichkeit. Stocken, und wieder Stocken, und noch einmal Stocken, und gar endloses Stocken, und dann die Plötzlichkeit (und danach wieder das Stocken).

Und die Plötzlichkeit, die erschreckende, zeigt sich nie als eine Aktion – Ereignis, wenn bei Straub ein »Akteur« einmal einen Stein aufhebt –, sondern in der Regel als ein Satz, meist eines Dritten, Hinzukommenden, eines Boten: Das Plötzliche, der Schock, die Wende wird verkörpert von einem jäh auf- und ebenso jäh wieder abtretenden Boten; war das nicht schon eine Art Prinzip in der *Chronik der Anna Magdalena Bach*, wo einer in eine Musikprobe des alten Meisters platzt mit der Nachricht von dessen Absetzung als Kantor und Ersetzung durch jemand andern?

In meiner Erinnerung jedenfalls agieren von Film zu Film des Doppels Straub/Huillet fast allein die hereinstürzenden Boten, in der Regel eines Unglücks (hier und da vertreten durch das Öffnen eines Briefs?); und ich entsinne mich jener einmaligen Befremdung, als in dem Film des Schönberg-Oratoriums *Moses und*

Aaron unversehens die Straubschen Israeliten tatsächlich um das Goldene Kalb tanzten und in seltsamen Luftsprüngen die vorgeschriebene Orgie mimten.

Wer Filme einzig als *movies* gewohnt ist und davon sein Filmgesetz ableitet, der wird auch von der *Antigone* jetzt vielleicht meinen, es sei kein Film; denn die einzigen Aktivisten sind da wiederum, und auch nur augenblicksweise, die Boten, die Nachrichtenbringer, die Berichterstatter, welche öfter zudem gar nicht sichtbar, bloß hörbar hereinstürzen: Wenn der Film sie ins Bild rückt, sind sie schon, liegend, kniend, da hineingestürzt; wie bei den vier Männern des Chors, bei Kreon, bei Antigone selber handelt bei ihnen einzig ihr Reden – um so mehr wirkt als Ereignis, daß etwa die Magd, nachdem sie vom freiwilligen Tod der Antigone und des Kreonsohns Hämon, ihres Geliebten, erzählt hat, ihr verhülltes Haupt zeigt.

So entspricht der Film, der zum dekorlosen Schauplatz das antike Theater von Segesta/Sizilien hat, vollkommen der Gestalt der Sophokleischen Tragödie (in der ziemlich wörtlichen Übersetzung Hölderlins, so handfest und wunderbar wörtlich, wie H. das eben wohl nicht anders konnte, und in der trotz ein paar verdächtiger Zuspitzungen = Verflachungen einmal bescheidenen Bearbeitung Brechts): Die Aktionen bleiben unsichtbar doch jedem von ihnen, sie androhend – der Tyrann Kreon –, sie erzählend – die Boten –, sie kommentierend – der Chor –, sie weissagend – der blinde Seher Teiresias –, so vielgestaltig gesprochen wird, kann sie der Zuschauer (ich), mit Hilfe auch des rhythmischen, ganz und gar »filmischen« Straubschen Stockens!, scharf und tief halluzinieren, sie prägen sich mir durch die Worte vielleicht weit stärker ein, als hätte ich sie als Taten, in der Tat gesehen: Diese wird, gerade im bloßen Sprechen davon, unsichtbar, wie sie bleibt, um so vorfühlbarer, nachfühlbarer, mitfühlbarer.

Solches Fehlen der Tat auf offener Szene kennzeichnet im übrigen nicht allein das spezielle Stück des Sophokles, sondern das gesamte griechische Theater und ebenso über den Film *Antigone* hinaus wohl auch alle die Filme der Straubs: das Straubsche Kino und das alte griechische Drama sind für mich geradezu einesgleichen, formgleich; beide stehen, oder stocken, am Anfang und verharren da, beharren auf diesem, ganz einerlei, ob Anfang des Kinos oder des Theaters, und zeigen mir zugleich doch, auch heutigentags (jetzt gerade!), Theater- wie Filmdrama pur. »Höchst dramatisch«: so enthüllen und zeigen sich mir, eben wie sonst nur noch die antiken Stücke, die Filme der Straubs, gesetzt, ich lasse ihnen, wieder gleich den Antiken, mit meinem Zuschauen die Zeit dazu.

Denn ein heutiger Kinogeher, sowie ihm die Kamera zu Beginn des *Antigone*-Films zusammen mit den Steinen, dem Sand, dem Gras des alten Ampitheaters die wie in die Szene gepflanzten Darsteller nahrückt, Gesichter und Gliedmaßen offenbar kaum unheutiger als bei ihm selbst, dabei angetan mit den authentisch attischen Kostümen, seltsam flatternd an den in die großgriechische Landschaft importierten Körpern, zunächst, fürs erste, so gutwillig er auch sein mag, wird sich entweder eines gewissen Wegschaureflexes zu erwehren haben oder aber ebenso zwanghaft, statt den Bildern und dem Ton zu folgen, die ziemlich hautnahen Sprecher auf Impfnarben, Sonnenbrand und Dialektfärbung absuchen.

Mit der Zeit aber, mit dem Zeitlassen, kann dieser und jener Zuschauer – seine bloße Gutwilligkeit genügt allerdings nicht, es wird mehr von ihm verlangt: Willenlosigkeit? Offenheit? – sich ganz in dem Film der *Antigone* finden (und eben keiner *Verfilmung*) und der altbekannten Geschichte von der Schwester, die zu ihrem Volksverräter-Bruder steht bis in den Tod, mit wachen und warmen Sinnen folgen wie eben seit je nur einem Film. Am Ende wird auch die Bemerkung Danièle Huillets begreiflich, sie beide seien »Kinotiere« und eine Theaterinszenierung »ohne Film« wäre für sie »ein Gefängnis«.

Antigone war zuerst eine Theaterarbeit von Straub/Huillet, an der Schaubühne in Berlin, mit einer Gruppe aus Professionellen und weniger Professionellen (etwa der Darstellerin der Titelrolle), und wurde dann notwendig ein Film, ähnlich der anderen Inszenierung, von *Die Krankheit der Jugend*, 1968, an Fassbinders antiteater in München, die ich als wahrhaft kindliches Tonkino, wie aus dessen Anfängen, scheinbar unbeholfen, dafür aber um so mehr dem Zuschauen auf die Sprünge helfend, kenne, mit dem Titel *Der Bräutigam, die Komödiantin und der Zuhälter* (*starring:* R. W. Fassbinder und H. Schygulla). Und kindliches Tonkino, das sind die Sachen der Straubs bis zu ihrer *Antigone* dem Anschein nach geblieben: anfängerhaft, primär, begriffsstutzig für all das Sekundäre und Tertiäre, das in den Augen der Fachwelt Fortschritt oder auch bloß Raffinesse des Films ausmacht.

Jean-Marie Straub und Danièle Huillet haben anscheinend über drei Jahrzehnte nichts dazugelernt, sie verharren auf der Elementarstufe des Machens und des Montierens von Bildern und Tönen. So ist es zunächst einmal auch zu verstehen, daß Kritiker schon ihrer Theaterinszenierung von einer »Schüleraufführung« sprachen. Nur: Das lebendigste, auch am tiefsten nachhaltige Theater, bei dem zum Beispiel ich von Anfang an Zuschauer gewesen bin, war sehr oft gerade ein Schülertheater; gerade durch jene vermeintlichen Danebentöne, die um so genauer ins Schwarze trafen, jenes wie Stocksteife, welches um so stärker manche Situationen dramatisierte, aller der kindlichen Als-ob-Laien (sie mußten nur begeistert oder, ein Wort, das auf die Straubs und deren Akteure am ehesten zutrifft, *inbrünstig* sein) sind mir alle die größeren und kleineren Stücke immer wieder zum ersten Mal zugänglich geworden.

Mehr Schülertheater! wünsche ich mir also, nebenbei; in welchem sich die Spielschar der Haushaltungsschule von ... mit den gemischten Riegen der Straubs und den zusammengewürfelten Horden oder Freischärlern Zadeks, so kommt mir vor, zwanglos träfen.

Der Film *Antigone*, wenn er sich dem ersten Blick auch als ein Werk von Schülern oder ewigen, eigensinnigen Anfängern zeigt, offenbart mit der Zeit dann noch ein ganz anderes Gesicht. Die Darsteller, sämtliche!, Amateure wie Gelernte, nehmen im Lauf der Begebenheiten wunderbar zu an Massivität, Leibhaftigkeit, Anwesenheit, Volumen, rein durch ihr gesteigert inbrünstiges Sprechen, so daß man am Ende, mag auch nichts extra Sportliches sich zugetragen haben, einen Athletik-Film gesehen hat, einen recht besonderen. Der Schauspieler Werner Rehm als Kreon übertrifft an Statur schließlich klar den Charlton Heston als Ben Hur, ebenso wie die Nichtprofessionelle Astrid Ofner als die Antigone mit ihrer stolzen und immer stolzeren Halsstarrigkeit ein Fleisch wird zum Beispiel mit der Elizabeth Taylor als Kleopatra oder mehr noch all den halsstarrigen Frauen und Mädchen der gar körperbetonten Filme des Howard Hawks.

Straub/Huillet schaffen die Wuchtigkeit, in Verein mit Grazie, jenes »mittleren« Hollywood (wie »mittleres Eozän«) ohne den freilich so andersschönen Umweg über das Rumpeln der Aktionen zunächst allein aufgrund des durchdrungenen Sprechens ihrer Darsteller, der Helden. Jeder länger hinhörende Besucher der *Antigone* wird bezeugen: Es wird nirgends – womit man üblich Schülersachen abfertigt – »aufgesagt«; das rhythmische Stocken, Vers um Vers, kommt aus der beherrschten Aufregung, in dem Sinn des Goetheschen: »Denn ich sprach nur aus, was in mir aufgeregt war, nicht aber was ich gelesen hatte«; und insbesondere haben die Sprecher, wenn sie ein Geschehen beschreiben oder erzählen, beständig das Bild, die Bilder davon in der Brust, bewahren diese im Reden, das ihnen so aufgeregt wie sachlich folgt und sich derart als Beschwörung anhört, dementsprechend natürlichst in Versform – siehe die »bildsame« (Goethe) Schlachtenerzählung des Boten Michael König, des ebensolchen Sterbeberichts der Antigone-Magd Libgart Schwarz.

Zunächst also die Inbrunst der Sprecher; danach aber das Zutun (ja) der Kinotiere Straub, mit Hilfe der gar nicht so inaktiven, gar nicht so statischen Kamera (William Lubtschansky), des Tons (Louis Hochet), der Montage (besorgt wie immer von dem schrecklichen Doppel selber). Erstaunlich zu bemerken: Die Maschinerie, womit Straub/Huillet ihren Film erzählen, wird gar nicht so viel anders von ihnen gehandhabt als eben von Hawks oder Raoul Walsh im goldenen Hollywood – nur daß sie eben nicht mehr dessen Aktionisten gilt, allein den in das immer noch weite Land gewürfelten, säulengleichen Sprechern.

Die Kamera etwa ist in manchen Augenblicken ganz und gar nicht so statisch, wie man es den Straubs nachsagt. Es muß nur, für das »bildsame« Erzählen, der richtige Moment sein, und es geht mit den Einstellungen so hoch her wie eben nur bei zünftigen, frei mit der Technik hantierenden Cineasten. Vielleicht zwei- oder gar dreimal wird die Kamera regelrecht zwischen den Protagonisten und dem Chor hin und her gerissen, wie es sonst wohl nur Hitchcock gewagt hat, in den Momenten der Aufklärung eines Kriminalfalls, da der bis dahin Gute jählings aufgedeckt wird als der Dämon, der Schuldige – und die Dynamik der Straubschen ist der des Alfred Hitchcock da ziemlich parallel: Geht und seht!

Und wundersam in der *Antigone*, wie in sämtlichen Straub-Filmen, das, was üblich »die Nebengeräusche« genannt wird: Diese sind da in der Regel der Hauptton, jeweils allein zu hören, und erzählen dann die Geschichte weiter. Vor allem ein Geräusch ist es, das zwischendurch, und vordringlich am Filmende, derart »handelt«: Es ist das meist sehr leise Rauschen der Büsche und Bäume am Rand der Szenerie, und es zieht sich als eine große Bahn quer durch das Straubsche Filmwerk, erzählend vom Verschwinden und vom Tod, auf eine so durchdringende Weise freilich, wie sonst nur eben Sophokles davon berichtet hat, von dem Verschwindenstod des Ödipus (in Kolonos). Entsprechend ist das wiederkehrende Laubrauschen auch am gewaltigsten in jenem Film von Huillet/Straub, wo es die Haupthandlung verkörpert: in *Der Tod des Empedokles* (reiner Hölderlin dort), der vollkommenen Verbindung der Jean-Marie Straub- und Danièle Huilletschen Wut und Innigkeit – dem Meisterwerk beider Inbrunst.

So kann es zu dem Paradox kommen, daß in der *Antigone* hier diesen und jenen Zuschauer »die Intrige« stört oder daß ihm die mehrfachen Textschichten – Sophokles in der Sprache Hölderlins in verdächtigen Schwung gebracht durch die Rhetorik Brechts, wieder erdwärts gezogen durch von Straub eingefügte Strophen Pindars in einem antiken Theater mit heutig vorbeifahrenden Autos in der Ferne – »zuviel« werden und er statt des puren Films einen Palimpsest vor sich glaubt, oder ein geologisches Rätsel …

Ein ganz anderes Rätsel ist freilich die Montage der beiden Straubs: Sie bringt die *Antigone*, mitsamt der geologischen, historischen und linguistischen Risse, Klitterungen und Brüche in ein luftiges Gleichgewicht – in die Schwebe. So anmutige, menschen-, raum- und zeitgerechte Schnitte wie in den Filmen der Straubs gibt es, kommt mir vor, kaum wo sonst, auch nicht beim Meister Hitchcock und schon gar nicht beim Großmeister Ford – annähernd vielleicht bei Ozu, in dessen Anfangs- und Schlußsequenzen (und durch den hundertfingrigen Peter Przygodda bei Wim Wenders).

Bei Straub/Huillet hat freilich ein jeder einzelne Bild- und Tonübergang die Feinheit und Elektrizität eines Film-Endes wie zugleich -Anfangs. Da gibt es in der Tat noch und noch zu studieren – den unhörbaren, nur eben fühlbaren Nachklang des Tons, der in der Anfangsstille des Folgebildes noch weiterwirkt, und dergleichen mehr –, und es wundert so nicht, daß das schreckliche Paar, als während der Proben zu *Antigone* die Studenten der Filmakademie in Berlin ein »Regie-Seminar« wollten, ihnen statt dessen eine *leçon de montage* gab. (Wunderlich allerdings, daß die Lehrlinge danach trotzdem noch »Regie« zu lernen verlangten?)

Zum Schluß möchte ich noch erzählen, wie es durch den Film *Antigone* mit mir Kinogeher hier weiterging. An dieser Stelle nichts gegen das Fernsehen; doch ein Wesentliches muß man dem Kino, wie es auch sich verwandelt hat, auf ewig lassen: Es ermöglicht immer noch Heimwege, ganz spezielle, und dann und wann immer noch herzhaft schöne – die verjüngen, mich wie die Welt. Durch diese *Antigone*, nach der ich erst einmal nichts reden wollte, nur gehen, gehen und gehen, hatte ich einen der schönsten von allen den zahllosen Kinoheimwegen: Weit war er schon so, von der rue Mouffetard mitten in Paris zum mitternächtlichen Vorort hinaus – mit dem Film wurde er schön-weit. Und die Nacht erschien mir eben durch und durch jung, mitsamt den von Straße zu Straße parkenden, gleichsam tierhaften Autos: Kinonacht; Kinotiernacht.

Oder so, redete ich dann doch: Durch solch einen Film gewann mein oft fauler Friede eine frische Form – Film konnte also, immer noch, Kunst sein? Kümmerliche zwanzig, dreißig Zuschauer sind wir in dem kleinen Souterrainkino gewesen, von denen dann ein jeder seines Wegs ging; und warum scheint mir jetzt im nachhinein, der Film, grundanders als die heutigen Vampirfilme für die Millionen, sei vor der GANZEN WELT gelaufen? Es gibt demnach immer noch Filme, wie einst die von Dreyer, von Bresson, welche laufen (und laufen), ohne die inzwischen vampirisch gewordene Magie?

Oder ist die Straub/Huilletsche Wahrhaftigkeit Magie genug (und genug): siehe die mir verjüngte Welt? »Schreckliches« Paar, »schreckliches« Doppel in dem Sinn des altbekannten Chorreims der *Antigone* – »Vieles ist schrecklich, nichts aber schrecklicher als der Mensch«: Schrecklich? Sonderbar? Ungeheuer? Erstaunlich? Wunderbar? Unfaßbar? Unerschöpflich?

Die Geschichte von Hossein und Tahereh

Eine Annäherung an den iranischen Cineasten Abbas Kiarostami

Es gibt Namen von Filmmeistern, die für uns Europäer von vornherein leicht zu behalten sind: Fritz Lang, John Ford, Luis Buñuel – selbst ausführlichere wie Michelangelo Antonioni, Friedrich Wilhelm Murnau oder Liam O'Flaherty. Es braucht nur mit dem Zuschauer etwas geschehen zu sein, und diese Namen stehen ihm mehr oder weniger zeitlebens vor Augen.

Schwieriger wird das nur bei, von hier aus gesehen, sprachferneren Leuten, auch wenn sie noch solche »Leuchten« darstellen: Bei dem Japaner Ozu zum Beispiel, obwohl mich dessen Filme nun schon seit einem halben Leben wacherzählen, klären und auffrischen, stocke ich weiterhin bei seinem Vornamen »Yasujiro«? »Yasuhiro«? Ebenso wie bei dem Inder Ray-»Sathyat«? »Satjayt«? (Gerade von solchen Weltgestalten und -gestaltern sind ihre Vor- oder Ruf- oder Kindernamen, scheint mir, untrennbar, und sooft ich etwa »Goethe« ganz ohne sein »Johann Wolfgang«, »Kafka« ohne sein »Franz«, »Dylan« ohne sein »Bob« lese oder höre, berührt mich das als eine Achtlosigkeit.)

Bei dem iranischen Cineasten Abbas Kiarostami dagegen, dessen Filme nun auch schon lange laufen – wenn nicht in den Kinos, so inwendig, immer wieder, weiter und weiter, im Zuschauer –, ist es der Familien- oder Sippenname, den ich bis vor kurzem noch ständig durcheinanderbrachte: »Kiorastami«? »Kiorostami«? »Kiorastomi«? Erst seit seinem bisher letzten Film *Quer durch den Olivenhain* hat sich mir der Name sozusagen inschriftlich eingeprägt: Abbas K-I-A-R-O-S-T-A-M-I.

Dabei ist *Quer durch den Olivenhain* gar nicht so etwas wie der Höhepunkt der Filmgeschichten des Abbas Kiarostami; alle die vorangegangenen spielen auf der gleichen Höhe; und diese letzte ist zudem Teil einer Trilogie (Fortsetzung folgt?), deren erster,

Wo ist das Haus meines Freundes?, einer der schönsten Filme der Welt ist, ebenso wie deren zweiter, *Und das Leben geht weiter*, und deren dritter jetzt.

Obwohl Kiarostami, 1940 geboren, in der Hauptstadt Teheran lebt und wohl auch Hauptstädter ist, finden sämtliche seiner mir bekannten Geschichten auf dem persischen Land statt, in einer hügeligen Nordregion, oder jedenfalls in einer Landstadt, wie die vom *Passagier*, einem eher nichtsnutzigen Schuljungen, freilich mit dem großen, elend endenden Traum, in die Kapitale zu dem heißerwarteten Rugbyspiel zu fahren. Und fast jedesmal sind die Helden oder Protagonisten Kinder, oder, wie in der Olivenhainerzählung, junge Leute, sehr, sehr junge – so junge, wie man sie seit unvordenklichen Zeiten nicht mehr gesehen hat, weder im Kino noch sonstwo in der Welt.

Auch *Wo ist das Haus meines Freundes?*, gedreht etwa vor sechs Jahren, handelt von Schulbuben. Und auch das ist eine im Lauf der Begebenheiten mehr und mehr beängstigende Geschichte, die am Ende jedoch gut ausgeht, und wie! Da die folgenden beiden Geschichten sich aus dieser ersten ergeben, sei sie skizziert: Ein strenger Lehrer droht eines Morgens, überaus glaubhaft, einem seiner kleinen Grundschüler mit dem Hinauswurf, falls das Kind die Hausaufgabe, wie nun schon zweimal geschehen, auch noch ein drittes Mal auf ein loses Blatt schreibe, statt ins – jeweils in der Schule vergessene – ordentliche Heft. Der gleichkleine Banknachbar und Freund des so Bedrohten hat zugehört (und wie). Und als er dann am Nachmittag sich an die Hausaufgaben macht, sind in seiner Tasche zwei fast identische Hefte: seins und das seines Schulfreundes, das er irrtümlich mit eingesteckt hat. Er stiehlt sich mit diesem aus dem Landstadthaus, welches hinten gleich an die Steppe grenzt. Aber wo ist das Haus meines Freundes? Er weiß davon nur, daß es, getrennt von dem seinen durch die Savanne und kahle leere Hügel, in einem der entlegenen Vororte liegt, der, als er sich mit dem Heft dann dorthin durchgefragt und auch buchstäblich durchgeschlagen hat, wieder in mehrere voneinander getrennte Dorffragmente und Weiler, alle des gleichen Namens, zerfällt – wie auch der Familienname seines mit

Schulausschluß bedrohten Nachbarn überhäufig ist (oder aber unbekannt).

Daraus ergibt sich dann, als das Zentrum des Films, ein Hin- und Herlaufen des Kindes, schwer bergauf und talab, zwischen den möglichen Orten mit dem Haus seines Freundes, sogar zurück in den Stadtkern und bis weit in die Steppe hinaus, und das so weiter bis in die tiefe finstere nordpersische Nacht hinein, mit Begegnungen voll von dokumentarischer Gewissenhaftigkeit und zugleich erfinderischer, lakonischer Wucht, bis das Kind unverrichteter Dinge mit dem Heft des andern wer weiß wie heimfindet. Das Ende aber, am folgenden Morgen in der Schule: Siehe den Film, mit einem gar herzlichen Schlußbild, einem, wie im übrigen die der ganzen Geschichte, zum Weitererzählen (wie es sich für Bildergeschichten wohl gehört).

Das Leben geht weiter, vielleicht zwei Jahre nach *Wo ist das Haus meines Freundes?* gedreht, verknüpft dessen Schicksal mit dem seiner Landschaft. In dieser nämlich hat sich einerseits sehr tatsächlich ein verheerendes Erdbeben mit Abertausenden von Toten ereignet, und andererseits scheint der Film der Kinderfreundschaft inzwischen von dem ganzen persischen Volk gesehen worden zu sein. So macht sich nun, und das ist die Folgegeschichte, der Regisseur oder Erzähler – im Film nicht Abbas Kiarostami selber, sondern ein Schauspieler, der den Regisseur darstellt – mit einem kleinen Auto auf den Weg in die bewußte Nordregion, um herauszufinden, was mit den zwei Kindern, den vorigen Laiendarstellern, in der großen Katastrophe geschehen ist.

Auch hier heißt es, sich zum Ziel durchzuschlagen. Das Beben hat sämtliche Straßen hin zu der Land- und Streustadt Koker verschüttet oder zerstört, und so handelt die Geschichte von *Das Leben geht weiter* vor allem von den vielen Umwegen, die der Regisseur, in Begleitung seines kleinen Sohns, durch die Schutt- und Trümmerregion nehmen muß; von den notgedrungenen Stationen in den jetzt unwegsamen Hügeln und wieder von den teils dokumentarischen und zugleich voll erfundenen Begegnungen. (Die Geräusche sind in ständigem Wechsel zwischen dem des wegesuchenden Fahrens und des Haltens in der Katastrophenstille.)

Eine der Hauptstationen ist eine fast eingeebnete Bergsiedlung, in welcher der Zuschauer jenen Weiler wiederzuerkennen meint, wo in dem Vorfilm quer durch die Dämmerung und dann schon Nacht das Schulkind nach dem Haus seines Freundes gesucht hat. Ein Gebäude aber ist da noch halbwegs bewohnbar, mit einem intakten Außengeländer oben im Stock, zu dem eine steile Holztreppe hinaufführt, und es beherbergt auch in der Tat Bewohner – nicht *noch*, sondern schon *wieder*: ein junges Paar, das, vor dem Erdbeben einander versprochen und dann über Nacht zweifach verwaist, Hochzeit gehalten hat, und zwar unmittelbar nach dem großen Unglück, gleich an dem Tage danach, weil, so der frischverheiratete Bursche auf die Frage des »Abbas Kiarostami«, noch vor Ablauf der Trauerzeit die Erde vielleicht neuerlich aufbrechen werde – besser demnach sofort die Ehe als nach ungewissen sechs oder zwölf Monaten …

Zugleich erscheinen die beiden Überlebenden, samt ihrer inmitten der Totenödnis rundum so besonderen Jugendfrische und ihrem gerade erst gegründeten Hausstand, schon als ein fast üblicher und nicht bloß aus dem Orient bekannter Mann-Frau-Verein. Vor allem in der Person des Burschen, der seine Auserwählte, welche oben auf dem farbigen Balkon die Hochzeitsgeranien gießt – Tropfen unten auf den Fremden, den Regisseur –, anmault, maßregelt, rüffelt und verdächtigt (mit dem Unterton freilich einer Zuneigung, die, traut man als Zuhörer seinen Ohren, noch lange dauern kann).

Der Folgefilm nun, *Quer durch den Olivenhain*, erzählt oder erfindet zu dieser Episode von *Das Leben geht weiter* eine abend- oder nachtfüllende Geschichte. Ja, sie könnte gut und gern eine aus eben den tausendundeinen Nächten sein, eine der hellsten, schwankhaftesten und dabei ernstesten dort. Das Detail des einen Films wird in dem andern jetzt zum Ganzen, und der Hintergrund wendet sich zum Vordergrund, verästelt sich zur Spielfläche – gar nicht so unähnlich den Vernetzungen im Computerbild, wo eine fast nur punktgroße Einzelheit, tastet man diese an, die Klinke aufdrückt zu einer neuen Welt. Aber vielleicht sind die Geschichten schon immer so entstanden, eine aus einem Stecknadelkopf im äußersten Hintergrund der vorigen, und so weiter?

In *Quer durch den Olivenhain* spinnt Abbas Kiarostami die Geschichte der zwei jungen Leute aus, jener Laienspieler, welche das Erdbebenhochzeitspaar darstellen, während der Vorbereitung und des Drehens ihrer kleinen Szene, und noch eine seltsame traurig-schöne Zeitlang nach dem Drehschluß.

Die junge Braut ist nun in Wirklichkeit (?) als deren Darstellerin, ein Schulmädchen, auch es aus der Katastrophengegend; und auch es hat seine Eltern verloren – ebenso wie der gleichfalls aus Koker stammende Darsteller oder Verkörperer ihres jungen Mannes, in Wirklichkeit (?) ein analphabetischer Maurer oder Bauhandlanger. Dieser war, schon ehe er für die Filmrolle ausgewählt wurde, für das Fräulein in größerer Liebe entbrannt als zu seiner künftigen Frau und glaubte das gleiche, nach einem Blick ihrerseits auf dem Friedhof bei der Bestattung ihrer Eltern, ebenso von ihr; gewiß ist jedoch nur, daß die einzige übriggebliebene Machtperson, des Mädchens Großmutter, gegen den Hauslosen und Habenichts ist.

Die Olivenhaingeschichte erzählt das für Kiarostami typische Hin und Her – insbesondere das örtliche, in der immergleichen Landschaft geschehende – zwischen dem Werber und der Umworbenen, während sie doch beide zugleich als Jungverehelichte, umgeben von Trümmern, ihre Filmszene, aus der *Das-Leben-geht-weiter*-Geschichte, darstellen; noch einmal und noch einmal. Vor allem in den Drehpausen, während unten die Filmkassetten ausgewechselt werden usw. und das Paar oben auf der Hausgalerie, halbversteckt auch von den Geranien, den nächsten Take abwartet, beschwört der Bursche, dabei einen großen Zwischenraum wahrend, die Geliebte, die, ohne ihn je anzuschauen, im Balkonwinkel ihre Schulaufgaben macht, seine Frau zu werden.

Was er so jeweils sagt und wie, das ist zwar vielleicht wieder eher altvertraut – und wirkt dann doch ganz unerhört. (Zumindest mir ist noch nie zuvor solch ein Beschwören oder Werben um jemanden zu Ohren gekommen.)

So verspricht oder verheißt Hossein dem Mädchen Tahereh,

nach der Hochzeit ihnen beiden ein Haus zu bauen – für dieses eine und einzige Mal das verachtete Maurerhandwerk wieder aufzunehmen. Und in diesem Haus werde er eigens für sie ein Fenster einbauen, von dem aus sie bei jedem Sonnenaufgang die Hügel nah vor Augen haben werde, und dieser Blick werde ihr allmorgendlich die Lebensfreude geben. Und er, Hossein, werde keineswegs der Pascha-Ehemann sein, den er leider gerade in dem Film darstelle, vielmehr werde einmal er es sein, der ihr die Tasse Tee reiche, und dann sie, Tahereh, und dann wieder er, und so solle ihr ganzes gemeinsames Leben sein. »Und du wirst auch weiterstudieren können, wirst nicht für mich kochen müssen, ich werde im Bazar etwas essen …«

Und der Zuschauer sieht (und hört) es Hossein an, daß diese Versprechungen oder Verheißungen ganz und gar nicht leer sind; sie würden erfüllt werden. Und es fehlt jetzt nur noch das Zeichen der Einwilligung Taherehs, welches der Werber zuletzt geradezu erfleht: Sie möge das Schulheft, in dem sie gerade lernt, zur Einwilligung umblättern – einen Moment lang hat sie auch schon einen Blattzipfel in der Hand –, doch da kommt von unten, jenseits des Balkongeländers, von dem in dessen Ornament fragmenthaft sichtbaren Filmteam, das Kommando zum Weiterdrehen.

Aber bis zum Schluß der Olivenhainerzählung geht, mit schmerzhaften Unterbrechungen, das große Werbegedicht oder -lied Hosseins weiter, und selbst nach der wohl fast fünfminütigen Endtotale, worin Hossein seiner (?) Tahereh hinauf und hinab über jenen Lehmhügel-Zickzackpfad, den wir Zuschauer schon vom Suchlauf des Kindes aus *Wo ist das Haus meines Freundes?* kennen, nachgeht, -rennt, -setzt, -stolpert, unablässig und zugleich stolz weiterflehend, schließlich unhörbar, ihr auf den Fersen tief unten in dem von einem Bach gesäumten Olivenhain –: selbst danach bleibt das Ergebnis ungewiß. Einen Sekundenbruchteil ist das Weiß der beiden Blusen oder Bauschhemden eins geworden, und ebensolang nur hat Tahereh dort in der Ferne endlich angehalten und geht schon wieder weiter, während Hossein umkehrt, hüpfend, quer durch das hohe Gras, wie ein Verzweifelter? Wie ein fröhliches Lamm?

Abbas Kiarostami hat diesen Film erzählt genau wie die beiden vorigen: Sequenzen aus langen Einstellungen, was der Geschichte zunächst einen dokumentarischen Grund gibt, auf welchem die Erzählhandlung dann, statt da umzukippen in filmüblich gewordene Fiktion und Story, sich um so kräftiger ins Märchenhafte weiten kann. Die Anfangssequenz – eine subjektiv gesehene Fahrt, als Blick durch die Frontscheibe eines Jeeps auf einen gewundenen Berg- und Talweg im Bebengebiet, den Zuschauer fast ringelspielhaft in den Schauplatz hineinsaugend – besteht, wie auch die skizzierte Schlußsequenz, nur aus einer, dieser, Einstellung. Sonst macht die Kamera keine eigenen Fahrten, fährt nur, wie etwa eben erwähnt, mit, und das aber immer wieder, ständig, quer durch den Film; oder sie schwenkt den Personen nach, wenn diese sich in der Totalen bewegen: leichte, nie heftige Bewegungen, gleich dem Auge eines ruhigen, aufmerksamen, herzlich teilnehmenden, zart belustigten Betrachters.

Das gilt auch für die Sequenzen, wo sie zwei Leute im Gespräch näherrückt: Sanfte Schnitte von dem einen zum andern und wieder zurück, so wie ein gutwilliger und vor allem nie besserwisserischer Dritter eben sich jetzt zum Sprecher, jetzt zum Zuhörer wendet. Keinmal eine Großaufnahme – aber die auch recht seltenen Halbnahen oder Brustbilder der Helden kommen näher und gehen tiefer als je ein Hollywood-Close-Up: Der von weitem eher vierschrötige Liebhaber Hossein zum Beispiel erscheint in seiner Angst, von Tahereh verlassen zu werden, noch ehe er auch nur das Geringste von seiner Geliebten gehabt hätte, aus der Nähe dann als der anmutigste, zarteste und dabei männlichste aller bisherigen Filmliebhaber, und auch schöner, edler und heißblütiger als James Dean, Audie Murphy, Errol Flynn und Gary Cooper zusammen.

Nichts Beiläufigeres als der Film-im-Film und die Übergänge jeweils von dem einen zum andern: auch hier durch jenen Schnitt-Gegenschnitt, welcher weder System noch Methode ist, vielmehr aus dem Blick- und Atemrhythmus kommt, und durch das persische Filmteam, eine Mannschaft so nah an Handwerkern, Expeditionsleuten, Ausgräbern, Forschern, und so fern von Maschinen, künstlichem Glanz und Invasorentum, wie es für einen Film, jedenfalls einen solchen, ideal ist.

Wie wirkt nun die Geschichte von Hossein und Tahereh im Trümmerland und im Olivengarten? Nein, nicht wie *wirkt* sie, sondern was geht, was greift, wie eben nur bei einer Erzählung, von ihr über?

Am nachhaltigsten greift von ihr über das Land, in welchem sie spielt, die nordpersische Hügelgegend nah an der Türkei, vergleichbar der Eindrücklichkeit des Monument Valley bei dem Westerner John Ford oder auch der neblig-kalten Gebirgsregionen um das nordgriechische Florina in den Filmen von Theo Angelopoulos – und doch grundverschieden. Der Bezirk um Koker scheint ohne Felsen, ohne Bizarrerien zu sein. Er besteht wohl vor allem aus weitgeschwungenen gelbrotbraunen Hügeln, die sich gegen die Ferne, gegen Norden?, höher und höher staffeln, mit den Gipfeln dort ständig in einer Art Nachregendunst. Es ist eine Landschaft, worin die Aktualität, die gegenwärtige iranische Historie, nur in sehr feinen Andeutungen vorkommt – etwa in jener Eingangssequenz, wo ein Autostopper sich der Fahrerin, der »Aufnahmeleiterin« des Films, der wunderbar strengen und boshaften Madame Shiva, als der Darsteller des Lehrers aus *Wo ist das Haus meines Freundes?* zu erkennen gibt: Auch »im Leben« ist er ein Lehrer, der dann meint, er sei zwar gegen die Kunst, aber die Zeiten seien schlecht, und ob es nicht auch in diesem Film jetzt für ihn eine kleine Rolle gebe?

Diese Lehmkuppenlandschaft greift im Lauf der Begebenheiten auf den Zuschauer über als eine Erdform, wie das, dünkt mich, bisher kaum je in Filmen geschehen ist, selbst nicht in den Dokumentaraufnahmen O'Flahertys, wo die Erdausschnitte jeweils noch einen Zusatz von Monumentalität und Heroik bekommen. Von derartigem aber sind die Formen von Kiarostamis Persien, wie sie zu sehen sind durch seine gleichsam pur geographische Kamera, völlig frei.

Schon die Kadrierung oder Rahmung der einzelnen Einstellungen vermeidet jedes Himmelspathos, indem sie fast ausschließlich auf die Erde, den Lehm, das Gras, die niedrigen Bäume konzentriert ist; ganz entsprechend der Erzählform, die, allein auf den sinnlich faßbaren Fortgang der Geschichte, Gesichter, Station um Station, einem Mythisieren oder Mythifizieren keinerlei Platz läßt; und ebenso ganz entsprechend den Personen der Handlung, die vollkommen ohne Hintergedanken sind.

Welch ein Muster prägt sich da zum Beispiel ein von dem, was »Steilheit« und »Bergauf« bedeuten – und mit was für einer Sinnenhaftigkeit! –, durch die Einstellung von jenem Zickzackpfad, auf welchem Hossein der Tahereh anfangs nachläuft in seiner Liebesnot: eine Steilheit weit nachvollziehbarer als je die in gleichwelchen Hochgebirgsabenteuern etwa der Filme Arnold Fancks oder Leni Riefenstahls, ob mit oder ohne Luis Trenker.

Dieser rundliche Hügel da mit dem Serpentinenweg, geriffelt zudem von Schafsteigen – mag er auch in einem nächsten Erdbeben entzwei brechen –, pyramidenhaft, wird durch Kiarostami Bestand haben gleich den Bildern der Sainte-Victoire von Paul Cézanne.

Und noch etwas greift durch Filme wie *Wo ist das Haus meines Freundes?*, *Und das Leben geht weiter*, *Quer durch den Olivenhain* über auf den durch sie wacherzählten Zuschauer – etwas, das nur andeutbar ist, heikel zu formulieren: daß es, wo auch immer, in Persien, in Kroatien, in Serbien, eine Art Volk gibt; daß diese Art Volk voll Noblesse, Güte und Würde ist (und nicht bloß in der es verbindenden Katastrophe); daß diese Art Volk groß ist; und daß der Zuschauer an diese Art Volk glauben kann und soll. Weder Hirngespinst ist das bei Abbas Kiarostami noch Idee, noch Religion – vielmehr handgreiflich erlebt und desgleichen erzählt; erzählt und erlebbar; da, anwesend, vorhanden; oder, in Abwandlung eines Doderer-Satzes: Das Volk gibt es, denn ich habe es, zum Beispiel vor dem Hintergrund der Filme des Abbas Kiarostami, erlebt.

Die Bilder sind nicht am Ende

»Ich glaube, ich werde bald wieder zum Kinogeher«, so oder ähnlich denkt der Erzähler an dem letzten Tag seines Jahres in der *Niemandsbucht.* Was mich angeht, so bin ich das, nach einer Zwischenzeit des Überdrusses oder der Enttäuschtheit, schon lange wieder. Und sehr oft gehe ich ins Kino, wie früher einmal, am Nachmittag, wenn es noch hell ist; treffe da aber, im Unterschied zu einst, trotz der schütter besetzten Reihen nicht mehr auf jene trübsinnigen, vereinzelten, verlorenen Gestalten, wie sie dem *Moviegoer* Binx Bolling in Walker Percys Roman der fünfziger und sechziger Jahre für diese Tageszeit typisch erschienen. Ich habe keine Ahnung mehr von den paar Leuten, die, wenn möglich alle hinter mir, in meinem Rücken, sich einen Film anschauen. Und ich selber verschwinde in die Nachmittagsvorstellungen, oft täglich, um mir den Kopf zu stillen. Ein jeder Film – fast – ist mir gut dazu.

Ich kenne wohl die vollständige Hollywoodproduktion der letzten drei Jahre und könnte in einem Quiz betreffend *True Lies* (mit A. Schwarzenegger), *The Specialist* (mit Sylvester Stallone und Sharon Stone) und *Timecop* (Van Damme) mittun. Doch es gibt nicht wenige neue Filme, ob aus Los Angeles, Portugal, Frankreich, Algerien, Korea, dem Iran, die mir, anders als die erwähnten, auf der Straße dann und sogar bis in Haus, bis zum nächsten Morgen, nachgehen, beinah wie ein Buch – und dabei ganz anders. Und obwohl ich mir auch stetig die sogenannten alten Filme auffrische (und mich mit ihnen) wie in der letzten Woche *Marnie* und gestern der wunderbare *Johnny Guitar* –, so zieht es mich doch mehr und mehr in das Kino der Gegenwart.

Dieses, obwohl oft mit kritischer Katzenmusik begleitet, gibt es, und es erscheint mir, besonders was die jüngeren Filmemacher, überall auf der Welt, betrifft, reich und geheimnisvoll. Nein, anders als behauptet wird: Die Bilder sind nicht am Ende. Sie leben auf durch die neuen, unerhörten Geschichten, die fürs Kino erzählt werden; werden dadurch gewendet. Und vielleicht mehr noch als aus den Geschichten kommt das aus einem bestimmten Lebensgefühl. Dieses braucht nur so groß zu sein, daß es mit dem Anspruch auf Existenz auftritt. Und das ist bei nicht wenigen neueren Filmen der Fall; die Erzähl- oder Auffächerungslust tritt dann von selbst dazu.

Wie hat mich etwa Quentin Tarantinos *Pulp Fiction* überrascht, nach seinem *Reservoir Dogs*, der ... (aber keine Kritik hier). Schon die Erzählweise, mit der Zeitenverschiebung, die kein bloßes willkürliches Würfelspiel ist, sondern eine nachhaltige Beunruhigung. Die gar nicht so von Rohmer entfernte Subtilität und zugleich Beiläufigkeit der Reden. Und die geradezu schlafwandlerische Ernsthaftigkeit und das inständige Beteiligtsein der Helden, in ihren Gewalttaten ebenso wie in ihren Liebesdiensten. Ja, als so einen Liebesdienst sah ich etwa die kleine Szene, worin der Boxer (Bruce Willis) nach seiner Blut-Odyssee mit dem Zweirad seine im Motel wartende, etwas einfältige Braut (Maria de Medeiros) abholt zur schleunigen Weiterflucht, das Mädchen dann nur wie begriffsstutzig vor ihrem ramponierten, sie zum Aufbruch drängenden Liebsten steht, nichts dergleichen tut und auf sein Anherrschen plötzlich in Tränen ausbricht und stammelt, wie groß ihre Angst um ihn gewesen sei, worauf auch er plötzlich anders wird und sie in die Arme schließt. Und dann erst, nach einem, kommt mir im nachhinein vor, gar langen, stillen Moment, einem der innigsten der Filmgeschichte: nichts wie weg von der Gefahr, losbraust.

Und von *Exotica*, dem Film des kanadischen Armeniers Atom Egoyan, könnte als ganzes so erzählt werden: Nicht jenes »Es muß alles anders werden« aus Wim Winders *Im Lauf der Zeit* gilt für die Geschichte da, sondern ein »Es ist alles anders«, auf eine so aufwühlende wie befreiende Weise. Zu den Oberflächenbildern des Anfangs treten im Lauf der Begebenheiten andere und jeweils tiefere hinzu, bis zum Endbild, und zwar jeder der Handlungspersonen, das tiefst- und weitestmögliche geworden ist. Und diese Endbilder sind allesamt Anfangsbilder, Ursprünglichkeitsbilder, Entdeckungen (grundverschieden von den Aufdeckungen Hitchcocks). Wie wohl in allen Filmen Egoyans besteht das Erzählen, Szene um Szene, aus einem Auf- oder Weg- oder Zerreißen eines Bildervorhangs, ähnlich wie im Alten Testament die Trauernden sich die Kleider vor der Brust aufrissen, nur daß in *Exotica* zu der Trauer die Wendung, die wieder überraschende, so menschenfreundliche, zum Gegenüber hinzutritt, zum vermeintlichen Fremden, Feind, Todfeind. So die vorletzte Sequenz des Films, welche alle vorausgegangenen Einstellungen verdrängt und zugleich in sich aufhebt: Jemand, für den das Nachtlokal »Exotica« aus einem bestimmten Grund ein Heiligtum ist, wartet, mit einem Revolver, davor auf den, der ihm neuerdings, aus einem anderen bestimmten Grund, den Zutritt verwehrt. Kurz: Der gerade noch Hassenswerte kommt aus dem Lokal mit Tränen in den Augen, aus wieder einem anderen bestimmten Grund (siehe den Film), auf den Mordbereiten zu, erzählt schon im Gehen – was sonst der Showdown wäre –, er habe das mit dem Heiligtum begriffen (siehe den Film), und das Fast-Opfer und der Beinahe-Killer müssen, ja müssen, einander in die Arme fallen; in der Umarmung hält der letztere noch seine Waffe in der Hand, im Rücken des ersteren, und das verstärkt die Versöhnung – siehe den Film, der dann zu einer langen hellen letzten anfänglichen Einstellung aufbricht.

Zur bildenden Kunst

Eine Erzählung aus vierzehn und einem Guß

Auf halber Höhe über St. Moritz im Engadin, auf der Terrasse des aufgelassenen Eislaufplatzes bei dem weitläufigen Gelände des ehemaligen Berghotels »Chantarella«, standen in diesem Winter, bei Tag und bei Nacht, in Sonne, Nebel und Schneefall, mehr als ein Dutzend Riesenfiguren, wie in den großen Kreis da hingewürfelt, und erzählten in der Stille, jede nach ihrer Art und Form, eine von Augenblick zu Augenblick und so fort und so weiter sich ereignende Geschichte (eine der Überlebensgrößen tat das gleichsam hingestürzt, mit jedem Blick wieder wie gerade zur Erde gekracht, und noch eine andre stand im Erzählen nicht aufrecht, sondern in einer Schräge, und eine dritte erzählte fast aus dem Lot geraten). Wovon das Erzählen der dunkelbronzenen, auf Betonsockeln ruhenden, von Betonblöcken rückengedeckten Gestalten handelte, war in keine Wörter-Sprache zu übersetzen, und der Betrachter, als der Gast solcher Gigantenerzählung, empfand das, je länger er in den Zwischenräumen, auf dem Schneefeld umherging, innehielt, aufnahm, mit der Zeit desto kräftiger als ein Glück – als eine Art von Befreiung. Er war hier einmal nicht gezwungen, sich klein-klein etwas erzählen zu lassen, er machte sich, an der Hand, mit der Hilfe der so mächtigstillen wie ihn in Ruhe lassenden »Morphen« seine Erzählung selber – eine, die, statt Sätze und Bilder, nichts war als Materie und Schwung, und die, statt in meiner oder deiner persönlichen Vergangenheit (und das war das »Unerhörte« an dieser Begebenheit mit den Figuren auf der Bergschanze), in einer unpersönlichen Vorzeit und zugleich jetzt spielte, in den Augenblicken, von hier nach dort, da eins jener Wesen im Umkreis sozusagen das andere gab.

Fast als eine Störung dieses wort- und namenlosen, weithin über das Hochtal schwingenden Erzähltakts erlebte es der Teilnehmer, daß dessen Verkörperungen im einzelnen Titel hatten wie *Lady Macbeth* oder *Cromwell*, oder Untertitel wie »Si tacuisses …« (hättest du geschwiegen …), oder daß an die in Bronze gegossene Palme, welche gleichsam den Auftakt der großen Erzählung machte, wie ein Lotsenschild eine Schrift angebracht war »I went to Tangiers and had dinner with Paul Bowles« – *fast* eine Störung, nicht tatsächlich, denn solche nebensächlichen Anekdoten trugen doch bei zur Leichtigkeit des ganzen Spiels?

Es gab keinen Vergleich für diese Vorzeit-Giganten-Erzählung, es sei denn den einen: In den Bergbächen ragen hier und dort regelmäßig Steinblöcke aus dem Sturzwasser heraus, welches an diesen Stellen, statt als Gischt dahinzubrausen, glatt und durchsichtig darüber hinwegschießt und sich aus dem elementaren Rauschen, Klirren und Tosen auch, wenn man genauer hinhört, als etwas Stimmhaftes heraushebt. Menschenstimmen lassen sich an solch musikalischen Steinen aus dem Fließen heraushören, nicht nur ein Gurgeln und gutturales Zungenschlagen und -schnalzen, sondern ein Murmeln, sich immer wieder aufschwingend zum Singsang, zum Vibrato, einem vielstimmigen Psalmodieren. So ist es mit der Zeit, als seien Felsmasse und Wasser ständig dabei, eine vergessene und verschwiegene Erzählung zu intonieren, stammelnd, begeistert, jeden Moment nah am Verständlichwerden – und dann aber gerade im Unverständlichbleiben, in der Unübersetzbarkeit die Erzählung bedeutend. Und ebenso war es auch mit dem Erzählen der vielgestaltigen Bronzeriesen auf dem Oval der Chantarella-Terrasse – nur daß das Element des Wassers ersetzt war durch das der Luft, und schon das bloße Schauen der Riesenformen, in ihrem Verhältnis zueinander, jenes gleichmäßig-ruhige Stammeln der Erzählung halluzinierte. (Dazu trug vielleicht bei, daß die Formen, so wie die Blöcke im Wasser, nicht skulpturiert wirkten, auch das mit Bedacht Skulpturierte daran hatte den Anschein von Natur, oder Fund, mit Hilfe der Natur.) Und so wie die Stimmen an den Märchensteinen im Sturzbach suggerierte solch Erzählen, ohne besondere Begebenheit, doch so etwas wie ein Sich-Begeben: des stetigen Anfangs, des stetigen ersten Auftritts, und so ging es von Augenblick zu Augenblick weiter, und so blieb es. Erzählen? Ein rhythmisches Beseelen des Gastes der Figuren, kraft deren Vielfalt wie Eintönigkeit, und auch mit der Hilfe, vor allem, der Zwischenräume, Passagen, Durch-

Skulpturen von Julian Schnabel
Photo: Bernd Isemann

lässe, wodurch er (der Gast) auf dem Platz hoch über der Talschaft ungezwungen »schön gehen«, »schön dableiben«, konnte: Die Figuren ließen ihn auf eine Weise zwischen sich gehen, in Gerade, im Zickzack, in Spiralen, daß die Idee des Labyrinths etwas Schönes wurde. Bald werden diese sanften Machthaber ihre Schanze auf der Chantarella verlassen und wohl einzeln, jeder für sich in verschiedene Weltrichtungen und -märkte verschwinden: kein Erzählen-*Anfangen* in Gemeinsamkeit wird dann mehr von ihnen zu erahnen sein wie jetzt noch, im Winter 1990/91, in ihrer Enklave, geld- und geschichtsfern, des Schnees. Aber im Augenblick ändern sich noch mit der Luft die Farben der Güsse, spielen miteinander bei dunklem Himmel über vom Gelbbraun ins Blau; schrumpfen die Formen unter der Sonne, bekommen gemeinsam Schultern im Nebel; bestimmt, was sie allesamt sagen, mit auch die Leere zwischen den fünfzehn (oder vierzehn) Gestalten bei gleichwelchem Licht – dem des Föhns und des Mondes; knistern und knacken und tönen sie von den Flocken, der Mittagswärme, dem Schnaufen der zu ihnen hinaufgestiegenen Besucher. Ein junger Mann, nach dem Umhergehen zwischen ihnen, eine schöne Zeitlang, wandte sich dann um und um, zu den Nachbarhängen, hinauf zum Piz Nair, hinab zum gefrorenen See, und rief immer wieder nach dem Taktgeber (oder Aufspürer?) dieser Erzählung, aus Leibeskräften, ins Leere hinein, gegen die verfallenden Fassaden der Berghäuser: »Julian Schnabel! Julian, wo bist du? Schnabel! Julian!« Und wie lautete dazu des so Gerufenen höchstpersönliches Motto? »Follow the enthusiasm!« Wind kam auf, und aus einer einzelnstehenden, braunglänzenden Bergkiefer, die doch ganz frei vom Schnee schien, staubte plötzlich eine weiße Schwade heraus und schwebte lange noch weiter, glitzernd.

Einige Anmerkungen zur Arbeit von Jan Voss

Und schon eine erste Korrektur: es handelt sich nicht um Anmerkungen, sondern um Umrisse. Beim Schreiben über Malerei hat man vielleicht zu sehr gesündigt, indem die Sprache versucht war, zu beschreiben, was nicht beschreibbar ist. Die Gefahr besteht darin, daß das Schreiben sich der Bilder bemächtigt, anstatt sie frei zu lassen. So sind auch fast immer die Maler selber, wenn sie von ihrer Arbeit reden, viel zugänglicher als ich, der Dritte. Sie deuten oft, in der Form eines Fragments, den Weg des Bildes an, verschütten ihn nicht mit ihren Worten, sie umreißen ihn. Und das, so scheint mir, stimmt überein mit ihrer Kunst; die Malerei ist mir vor allem die Kunst des Umrisses. Es gibt in der Kunst keine Meister, aber vielleicht doch: die Meister des Umreißens. Jan Voss sehe ich als solch einen Meister.

Die Bilder Jans sind ein jedes gleichsam das Bild des Tages. Bild: die geographische Karte des Malers von dem einzelnen Tag. Tagesbild, mit vielen Pfaden, Zwischenräumen, Dingen, Tieren, Menschengestalten – Zeichen geworden im Lauf jener Durchquerung des Tages. Sonne, Haus, Bäche, Frau. Die Nacht scheint im Tagwerk des Jan Voss abwesend.

Obwohl der Maler ein Bewohner der Metropole und der Vorstadt ist, scheint die besondere Geographie seiner Malerei angesiedelt auf dem Land, eher die Objekte der Natur umzirkelnd als die Phänomene der großen Städte. Oder aber zeichnet sie, ein jedes Mal, jeden Tag, eine neue Karte der ganzen Welt, eine Art von tagtäglichem Globus, zweidimensional auf der Leinwand des Malers? Doch es ist mir auch schon mitten in Paris passiert, etwa bei einem Kopfwenden, beim Streifen mit dem Blick am Umriß und am Grün eines Gebüsches hinter der durchscheinenden Scheibe einer Garage, mich, den Passanten, wiederzufinden in einer Weltkarte, welche mich an die »Tagwerke« Jans erinnerte.

Ja, Jan Voss und der Blick des Passanten hinter sich, über die Schultern: die Zwischenräume leuchten dann auf, die Blätter eines Baums verwandeln sich und werden Farbe, Form, Zahl. Die Arbeit des Malers schafft Lichtungen. Seine Kunst besteht darin, die Dinge freizusetzen, indem sie diese umgibt mit Lichtungen.

Und derart können die Bilder Jans mir erscheinen als die tägliche Chronik eines Spiels. (Zweite Korrektur: »Arbeit« des Malers? Eher »Spiel«.) Ein konzentriertes Spiel, ohne Abwesenheiten, wobei das Sich-gehen-Lassen Teil der Konzentration ist. Das Sich-gehen-Lassen ist sogar die Essenz jener Konzentration. Ohne es erlebte ich nicht die wunderbare Öffnung in all den Bildern, ein unaufhörliches Sich-Auftun bei einem jeden neuen Blick und in alle Richtungen. Ohne das Sich-gehen-Lassen, in jedem Augenblick des Tagewerks kontrolliert, fände ich, Betrachter, mich statt vor einer Weltkarte, die mir auf der Stelle Lust zum Ausbruch macht, in einem ausweglosen Labyrinth.

Die Bilder des Jan Voss und das Rechen eines laubbedeckten Gartens: Streich um Streich (der Hand des Malers) zeigen sich, in lichten Fragmenten, unter dieser unscheinbaren, trüben, farblosen Schicht die Einzelheiten eines vergessenen Gartens, zum Vorschein gebracht durch die Künstlerarbeit: alle Farben und alle Formen, frisch wie am Beginn der Tage. Das Metier Jans: nicht »machen«, sondern freisetzen; öffnen, zum Erscheinen bringen, was verborgen war, verdeckt; reinigen und in die Schwebe bringen eine vernachlässigte Fläche. Ein Freund hat ein Gemälde Jans in sein Büro gehängt, genau oberhalb eines Risses in der Mauer, damit dieser Riß verwandelt würde durch eine farbige Linie des Malers. Und jener Mann geriet nun bei seiner Rückkehr aus dem Urlaub in Zorn: ohne sein Wissen hatte man die Mauer übermalt, und den Riß, welcher inzwischen Teil der Weltkarte Jans geworden war, gab es nicht mehr. Mein Freund sah das als einen Vandalenakt, obwohl das Bild selber unversehrt geblieben war.

Jan Voss, Ohne Titel, 1991
Malerei auf Leinwand

Der Maler Anselm Kiefer ist zufrieden, endlich Bildwerke zu schaffen, die man sich nicht mehr in Privathäusern vorstellen kann, nur noch in den Museen, an den öffentlichen Orten. Mit Jan scheint mir das Gegenteil der Fall: seine Malerei, jedenfalls für mich, ist eine Haus-Malerei, eng verbunden mit der Tatsache »Haus«. Seine Bilder geben meinem Haus einen Schwung. Sie geben ihm einen Schwung, so wie man einer Schaukel einen Schwung gibt. Ohne diesen fehlte meinem Haus etwas, etwas Essentielles – und zugleich ist dieser Schwung, oder Anstoß, so leicht, so fein, so graziös. Jan hat für mich sogar eine Schwelle gemacht, mit einer Sonne, einem Buch, Wegen, und die abgefallenen Blätter wehen jetzt über diese Formen und Farben und machen den Wind ums Haus sichtbar; wenn es regnet, verwandelt das Email der Schwelle die Wassertropfen.

Die Bilder Jans, sein Spiel, als eine Art, die Dinge zu werfen, zu werfen jedoch mit einer zarten Ironie, nicht zu Boden, vielmehr in die Luft, sehr hoch. Und die auf diese Weise emporgeworfenen Sachen, anstatt zu fallen, bleiben hoch in der Luft, in der Schwebe. Ist es das Gras? Ist es ein Papierdrachen (über der Porte de la Villette)? Ist es ein Schneeball? Es ist ein Umriß; so wie der arme Dante, verloren mitten auf seinem Weg, den ihm entgegenkommenden Vergil als »Umriß« sah.

Die Bilder des Jan Voss als der Widerschein der Tage, Tag für Tag, und allein der friedlichen Tage? Letzte Korrektur: eines Nachts ging ich in meinem Haus vor einem seiner Gemälde vorbei und erblickte da in der Dunkelheit eine Replik auf jene Schlacht, wie sie einst Uccello gemalt hat, erbarmungslose Schlacht, finster, ohne Horizont und ohne gleichwelchen Zwischenraum zwischen den Umrissen, die darauf aus waren, einander umzubringen, ohne Unterlaß, bis zum Morgengrauen.

Vorgestern

Zu Pierre Alechinsky

Pythagoras, der Denker, verpflichtete seine Schüler, jeden Morgen still im Bett zu bleiben, um sich des gestrigen Tages zu erinnern, und nicht allein an diesen, sondern auch an den Tag vorher, an vorgestern. Nur nach dieser ruhigen und reglosen Wiederholung hatten die Schüler das Recht, sich zu erheben und das Heute anzufangen.

Gestern, im Atelier von Pierre Alechinsky in Bougival, nicht weit vom Ufer der Seine, stand ich vor den Gemälden, die in Saarbrücken zu sehen sein werden. Und heute, bevor ich mich an den Tisch setzte, blieb ich länger als üblich liegen, um mit geschlossenen Augen die »Nachbilder« zu betrachten. Aber dann, am Tisch, gab es keinen einzigen Anfangssatz. So bin ich, am hellen Tag, noch einmal eingeschlafen, um »gestern« in das »Vorgestern« des Pythagoras zu verwandeln.

Während dieses kurzen Schlafs wurden die Umrandungen der Bilder Alechinskys zu Gerüsten an großen Gebäuden, und diese Gerüste waren bevölkert mit Bauarbeitern, von denen die einen mir bedeuteten, einzutreten, während die andern mir den Eintritt verwehrten. Danach erinnerte ich mich, daß der Maler diese Umrandungen auch »Grenzen« genannt hatte, freilich Grenzen, die nicht die üblichen Linien waren, sondern ein Terrain für sich. Dieses Terrain rund um die Gemälde von Alechinsky, indem sie mich, den Betrachter, hinderten, wie unmittelbar mich zu vereinen mit den Formen und Farben des Zentralbildes, hatte mich zugleich seit jeher beruhigt – jene Gemälde gaben derart, statt Bilder, »das Bild eines Bildes«. Selbst da, wo die Randzonen fehlen, schafft Alechinsky eine andere »Zwischenzone« zwischen seinen Gemälden und dem Betrachter (geographische Karten zum Beispiel), welche bei mir das Grausen vor dem Bild (oder den Schwindel davor) verhindert. (»Horror imaginis« als Variante des »Horror vacui«.)

Pierre Alechinsky:
Seite aus dem Weltatlas, I: Spanien und Portugal

Und noch ein scheinbares Paradox im Werk von Pierre Alechinsky: Der Effekt eines monumentalen Trompe-l'œil, den seine Malerei auf den ersten Blick vielleicht vermittelt, wird nachher, mit der Zeit eines verlängerten Blicks – der ist das Vernügen! – eine Art von Corrige-l'œil, das Gegenstück eines simplen Effekts, ein Tiefenspiel, eine heitere Lehre, ein Tanz hin zur Ruhe. Indem er das Auge des Betrachters zu narren scheint, führt der Maler dieses in Wirklichkeit heim zu sich selbst, gibt ihm die eigene Tiefe zurück und seine eigenen Bilder, und darin kommt Pierre Alechinsky mir als einzigartiger Maler vor.

Danach könnte ich weiter meine fröhlichen Abenteuer erzählen mit dem »wohltätigen Zirkel«, der in meinen Augen ständig ausgeht von der Arbeit des belgischen Malers. Doch es soll genügen, mich des Pythagoras zu entsinnen, der vorgestern am Ufer des Mittelmeers bei Crotone, Kalabrien, auf und ab ging, und in gleicher Weise am Ufer der Seine in Bougival/Yvelines.

Vier Anmerkungen zu Zoran Music und seinen Bildern

1

Eines Tages war ich im Atelier des slowenischen Malers Zoran Music, im Zattere-Viertel in Venedig, gegenüber der Bar, vor der ich oft gesessen bin, vor vielen Jahren, an den Abenden nach der Arbeit an meinem Filmskript *Falsche Bewegung*. Oder handelt es sich gar nicht um das Atelier des Malers, vielmehr um seine venezianische Wohnung? Warum habe ich keine Erinnerung an diesen Besuch, weder an eine Farbe noch an einen Farbgeruch – nichts als die massive und zugleich nervöse und aufgeregte, oder beunruhigte, Gestalt des Malers, verbunden mit dem weiträumigen graugelben Licht der Stadt Venedig draußen, jenes »Francesco Guardi-Venedig«? Aber es sei hinzugefügt, daß mir von allen Malerateliers, in denen ich je war, nur selten ein Gemälde im Gedächtnis geblieben ist; deren Platz wird in der Regel eingenommen von einem jeweils besonderen Licht oder gleichsam einer energischen, muskulösen, gutwilligen Leere, begleitet von einem Gefühl. Was für ein Gefühl? Das kommt auf den Maler an. Im Atelier von Jan Voss zum Beispiel heißt das Gefühl »Wegfreude«, »Freude am Weg«; in jenem Pierre Alechinskys – schwer, das Wort zu finden – vielleicht »Der Mann, der die Formen vorbeiziehen sah«; in jenem Pierre Soulages' »Basaltspiegel« oder »Spiegelbasalt«. Und im Atelier (oder dem Wohnhaus) des Zoran Music? – »Landschaft (oder Erde, oder Tiere), festgehalten mit Richtigkeit«?, nein, eher »Landschaft, Erdreich, Tiere, festgehalten in ihrem *Maß*«. Ich sehe die Bilder von Music, besser als auf gleichwelchen Wänden, hier, fern von ihnen, bei geschlossenen Augen.

2

Ich entsinne mich meiner Verwirrung, als ich – nach so vielen Bildern von italienischen Hügeln, dalmatinischen Pferden, Miniaturen, zugleich monumentalen, von Venedig – die vom Grauen geprägten Gesichter der Mithäftlinge Zoran Music' im KZ von Dachau sah, gezeichnet von dem Maler, zum Chronisten geworden, vielleicht fünfundvierzig Jahre nach den Geschehnissen, mit einem frischen Entsetzen, welches antwortet auf jenes, das erlebt wurde vor langer Zeit. Jetzt aber, bei geschlossenen Augen, sehe ich diese Bilder und Zeichnungen wieder ohne meine anfängliche Verwirrtheit: sie bilden eine Einheit mit allem, was der Künstler geschaffen hat, und ich spüre, zusammen mit den Gesichtern, den Gebärden und den Verkrümmungen der Gefangenen, als das Bestimmende dieser Blätter – auf den ersten Blick so im Gegensatz mit der gewohnten Arbeit von Zoran Music – vor allem jenes selbe *Maß*, entsprungen derselben Person: erstaunlich, wie ich, bei geschlossenen Augen, mich geprägt und getragen vor allem fühle von dem *Format*, dem einleuchtenden Format der Zeichnungen, jenem Format, das genauso gilt für die Sujets aus dem jugoslawischen Karst, vom Canal Grande in Venedig, dem Schock von Pferden, sagen wir, aus der Nähe von Split oder Dubrovnik. Bei Music ist es also, auf den ersten Blick wie auch auf den letzten, das *Format*, welches ordnet, rhythmisiert, die Schwere der Gegenstände aufhebt, den Bildern Luft und Flügel gibt. Zuerst die Wahl des richtigen Formats, und danach vielleicht der richtige Abstand zwischen dem Maler-Betrachter und der Welt. Und danach erst die Komposition. Und danach erst die Formen. Und danach, vielleicht, die Farben.

3

So schließe ich noch einmal die Augen, und höre Zoran Music erzählen, wie sein Vater, der Slowene, kurz nach dem Ersten Weltkrieg und dem Fall des österreichisch-ungarischen Reiches, Lehrer wurde in dem kleinen Kärntner Ort, nah der jugoslawischen Grenze, wo ich zwanzig Jahre später geboren worden bin. Zoran hatte, als Kind, um 1920 dort oft seine Sonntagsausflüge zusammen mit den Eltern zu jenem Gasthaus unternommen, das sich schräg gegenüber dem Haus meiner Großeltern befand. Er saß da mit seinem Vater unter der Laube, die immer noch existiert

Zoran Music: Wir sind nicht die letzten

(das Wirtshaus nicht mehr). Und er erzählte mir vor allem von einem bitterkalten Winter dort in G., wo er, das Kind, an einem Eismorgen im Hof der Schule, am Fuß des Riesenfelsens, der den Ort überragt, ein totes Reh vorfand, vom Felsgipfel gestürzt, und nun vor dem Klassenfenster liegend, hartgefroren.

4

Und jetzt sehe ich alle Bilder, Gravüren und Zeichnungen von Zoran Music als eine Karte Europas – eine andere Europakarte; die Karte eines anderen Europa; welches existiert, immer existiert hat, aber nie offiziell. Was freilich nicht sagt, jenes andere Europa sei unwirklich: das Europa der sienesischen oder umbrischen Hügel hier, der dalmatinischen Pferde da, der Anlegestellen am Giudecca-Kanal dort. Und die Gemarterten von Dachau sehe ich jetzt als einen Teil jener Karte. Hätten sie überlebt, wie ihr Leidensgefährte Zoran Music überlebt hat, so wären sie heute nicht nur die idealen Betrachter solch einer Karte, sondern auch ihre Zeichner, Maler, Architekten, wie Zoran Music einer geworden ist, nach seiner Befreiung. Seine Europa-Karte, *skizziert* von seinen *Gemälden* – ja, dieses Paradox streift die Wahrheit –, eine Karte, luftig wie keine andere, im Maß, wie es den Gegenständen nicht nur entspricht, ihnen vielmehr auch wohltut: je länger ich sie betrachte, desto graziöser und, vor allem, morgendlicher erstreckt sie sich in eine Zukunft.

Emil Schumacher, ferne Figur. Ferne Figur?

Mag sein, nicht wenigen Betrachtern der Bilder Emil Schumachers, der jüngsten ebenso wie der älteren, werden diese auf den ersten Blick reihum bekannt vorkommen. Und dazu schon die Fragen, oder Einwürfe: Wie geht das zusammen – »Betrachter« und »auf den ersten Blick«? Und »Bekannt« woher?

Bekannt aus anderen Bilderausstellungen? Anderer Maler? Vielleicht. Ja, vielleicht sogar vieler anderer Maler, aus aller Herren und auch Nicht-Herren Länder, und vielleicht nicht bloß der letzten Zeit, sondern des halben vergangenen Jahrhunderts.

Wem es mit den Gemälden Emil Schumachers etwa so ergeht, dem wird das aber auf den zweiten Blick gleich wieder vergehen, freilich nicht in dem Sinn, wie ein Appetit einem vergeht – gerade umgekehrt: in dem Sinn einer Lusterweckung, oder Augenöffnung, in der Weise einer Erweiterung des Blickfelds durch das Hinzutreten des – wieder einmal sich bewährendes Wort der Umgangssprache – »inneren Auges«. Und dieses verstärkt seine Wirkung noch mit dem dritten, dem vierten Blick, undsofort: bis eben aus dem unsteten Hinschauer erst jener stete Betrachter geworden ist.

Allerdings müssen dann die jeweiligen Bilder auch danach sein. Emil Schumachers Bilder sind danach. Sie ermöglichen ein Betrachten, worin sie mir zuletzt (und solches »zuletzt« heißt nicht »Abschluß«) grundanders bekannt erscheinen als in der ein wenig überdrüssigen Bekanntheitsempfindung des ersten Blicks: Sie dünken mich, in der durch sie ermöglichten Betrachtung, bekannt als Bilder aus dem eigenen Leben – dem unbekannten eigenen Leben. Nur dem eigenen? Nein: dem unbekannten, größeren, in dem auch mein eigenes, das des Betrachters, mitspielt, und zwar nicht bloß passiv, aufs Betrachtertum beschränkt: Schumachers Bilder lassen mich einen Spielraum ahnen – einen Handlungsspielraum, den größtmöglichen. Dazu hier noch die Antwort des Malers auf meine Frage, ob es ihm etwas ausmachte, würden seine

Arbeiten mit denen anderer verwechselt: »Und ob es mir etwas ausmachte!«

Versuch einer Andeutung, inwiefern einen Betrachter das Werk dieses nun schon recht alten, doch keineswegs greisen deutschen Meisters einmalig – mehr als bloß unverwechselbar – anmuten kann: Zunächst etwa das ziemlich einmalige Gleichgewicht im Farben-Geschehen, zwischen Vorgegebenem, Zufälligem, Unwillkürlichem und Bedachtem, bei Fehlen eines jeden Willkürakts – selbst das für Schumacher so bezeichnende Bild-Zerstören ist jeweils das gerade Gegenteil von Willkür; und auch es ist mit den anderen genannten Werkantriebskräften im Gleichgewicht; wirkt (Zerstörgeste als eine Antriebskraft unter mehreren) mit zusammen zum Gleichgewicht des ganzen Bildes. Hier an dieser Stelle das Durchscheinen der Leinwand oder des Holzes; dort das Eigenleben der (meist Öl-) Farben, als Verrinnen, als Aufbrechen zu Vieleckmustern wie ein austrocknender Flußbettlehm; und an einer dritten Stelle der Eingriff der Malerhand (»ich nehme eine Farbe, wie ich in einen Apfel beiße«); und an einer vierten etwa der Übergang vom Malen zum Zeichnen oder Linieren (»Ich reiße eine Linie zur Abwehr oder zum Angriff«) – keine solcher »Stellen« aber mit einem höheren Stellenwert als die andere, auch die oft eingebaute Materie, Sand, Schrauben, Nägel und desgleichen, niemals vordringlich (»von der Materie zum Material«); und dergestalt bereits Bild für Bild jenes typisch-persönliche Schumachersche Gleichgewicht.

Einmalig dann auch, was dem Betrachter mit der Zeit als Schumachers »klare Unbestimmtheit« vor Augen treten kann: Unbestimmt, und unbestimmbar, ob die Bilder auf der puren, planen Fläche, der Leinwand oder des Holzes, spielen, oder nicht doch im Raum, in Räumen? Eine Antwort darauf wird keinmal möglich, und das zum Glück der Bilder wie auch des Betrachters. Weder wird je ein, ob ornamentales oder abstrakt-expressives, Farb- und Form-Flächenspiel eindeutig, noch andererseits je ein Perspektive, Raum, Horizonte und Tiefe vorstellendes Figuren- und Landschaftsgemälde.

Ebenso zeigen Schumachers Bilder zwar, an der Hand ihrer

Emil Schumacher: Mines

Konturen, etwas wie ein Außen und Innen, Unten und Oben, Vorne und Hinten, doch bleibt auch da klar unbestimmbar, auf welcher Seite der Konturen oder auch bloß voneinander abgesetzten Farbflächen Außen und Innen zu denken sind. Zu *denken* – im Sinn von Denk*bildern* – freilich ist dies angesichts der Schumacherischen Malerei alles zusammen: Fläche *und* Raum, Außen *und* Innen, Körper *und* Luft, Figur *und* Nichtfigur. Und so war es vielleicht falsch zu sagen, seine Bilder »spielen«: Ihre Einmaligkeit besteht vor allem darin, daß sie Grenzziehungen – eben nicht spielen, sondern jeweils sind. (Deswegen das Wort des Malers höchstselbst von der »Gefährlichkeit« des Malaktes?)

Zu solchen Grenzziehungen gehört, daß sie nirgends etwas vorspiegeln dürfen, weder Spiel- oder nach außen gewendete Seelen-Fläche, noch die Fluchtpunkte gleich welchen Raumes; das Bild darf kein vorbedachtes oder zufällig in Kauf genommenes *Um*sprungbild, Innen/Außen, Unten/Oben, sein; das malerische Grenzziehen muß, statt einer bloßen ästhetischen Spielregel, einem jeweilig ungewissen, unbestimmten, dabei bestimmenden Gesetz folgen. Und das Schumacherische Gesetz erscheint dem Betrachter als ein eher strenges, ja bedrohliches.

Und doch zuletzt (nicht »abschließend«) auf jedem Bild jener befreiende Schlenker, eine bloße zusätzliche Kontur vielleicht, die der alte Maler übermütig und schelmisch »Wesen« nennt – Geschenk oder Zugabe des mit Formgewissenhaftigkeit erfüllten Gesetzes? Auch das, bitte hinschauen, Teil der Schumacherischen Einmaligkeit.

Beispiel solchen Übermuts, wie er, dann gar über die bloße Zusatzkontur hinausgehen und das ganze Bild sein kann: Jene klare, eindeutige Darstellung eines Gegenstands, jener Zwiebel, ins Riesenhafte, gar Paradieshafte gesteigert, fast die gesamte große Malfläche ausfüllend, mächtig-dunkel, samt den gleich Antennen aufschießenden Trieben. Frage an den Maler: »Ist für Sie diese einmal rein gegenständliche Darstellung nicht erstaunlich?« Antwort des Malers: »Ja, ist so eine Zwiebel nicht ein erstaunliches Ding?!«

Ich betrachte Emil Schumachers Arbeiten als Grenzziehungen, oder Grenzerweiterungen, Grenzlandschaften, oder vielleicht eher noch als Schwellenlandschaften – auch in einem anderen Sinn als dem einer Übergänglichkeit, eines ständigen Hin und Her zwischen eruptiver Expression entschlossen-linearer Figürlichkeit, zwischen wie verzweifelter Zerstörung der Figur und dem Platzanweisen der Zerstörgeste wiederum im ganzen Bild (»den Zerstörungsakt dem Bilde einverleiben«): Als Grenz- oder Schwellenlandschaften erlebe ich sie zusätzlich, indem Schumachers Bilder mir, mit zunehmender Betrachtung, eine Ursituation der Menschheit vergegenwärtigen.

Es drängt sich mir da nämlich jene einstige Zwischenstation zwischen spontanem, zeichenlosem Reden und den ersten Anzeichen, ersten Regeln einer Schrift auf. Schumachers Gemälde erscheinen mir demnach als Gleichnisse jenes uralten Hin und Her, Einander-Durchdringens und Erweiterns zwischen zwanglosem Reden und kodifiziertem Aufschreiben, Hin und Her, Her und Hin.

Insofern sehe ich Emil Schumachers Malerei als eine durch und durch ursprüngliche, in dem ursprünglichen Mischgebiet aus Rede und Schrift auch zeitlos ansässige. (Passen dazu nicht auch die Bild-Titel, in der Regel Wörter, die auf den ersten Klang klar ein Ding oder einen Ort zu bestimmen scheinen – und beim Hinhören doch zurückfallen in etwas Ungewisses, eine Art Vorwelt?)

Ursprungsbilder also, stetig wiederholte, aus der Nacht der Zeiten – wie die französische Umgangssprache sagt –, jetztlose, geschichtslose? Der Künstler demnach eine ferne Figur? Ja, eine ferne Figur.

Aber betrachten wir nun die ferne Figur an der Hand, der so wilden wie zarten, seiner Arbeiten: Zeigt sich im längeren Hinschauen an dieser fernen Figur nicht alles, was der Fall ist – also, nach Ludwig Wittgenstein, »die Welt«? (»Die Welt ist alles, was der Fall ist.«) Und in diese Welt dann inbegriffen zeigt sich durchaus auch die Zeit und die geschichtliche Epoche, da der Maler zugange war (und ist).

Und dabei wird augenfällig, greifbar und ruchbar, daß Emil Schumachers Malleben sich, von Anfang an bis jetzt, in einer Art Zwischenzeit ereignet. Einmal ist das eine äußere Zwischenzeit, eine der Mal- oder Kunstgeschichte: ziemlich genau zwischen, was die deutsche Kunst angeht, der Zeit einer übermächtigen Vatergeneration, etwa eines Max Beckmann und Paul Klee, und danach einer Enkelgeneration, welche auf ihre Weise neuerdings auf so etwas wie Macht aus ist – die etwa Anselm Kiefers, Markus Lüpertz', Georg Baselitz'. Schumachers Zeit dagegen, die erst verspätet, nach dem Krieg, nach der Jugend in Gefangenschaft des eigenen Staats, beginnen durfte, ist eine fern jeder Macht. Nie würde einem vor seinen Bildern der Ausspruch Kurt Badts zu Cézanne in den Sinn kommen: »Seine Bilder verlangen zu herrschen.« Mir scheint dazu aber, daß solch äußere, vielleicht aufgezwungene Zwischenzeit ganz und gar auch dem inneren, dem Schumacherischen Zeitmaß entspricht. Auch des Malers innere Zeit ist, seit je, eine Zwischenzeit (siehe »Schwellenlandschaften«). Er hat, vielleicht unabhängig von seiner historischen Epoche, immer nur seine, höchsteigenen, Zwischenzeitbilder gemalt (nicht unpassend dazu seine Bemerkung: »Aber was Malerei ist, das zeigen die Zwischenbereiche, die nicht mehr als Farben im üblichen Sinne bezeichnet werden können«). Die Zwischenzeitmalerei scheint mir Schumachers persönliche, aus Eigenem, Freiem, beschlossene Position zu sein – etwas wie seine Souveränität, von der zuletzt dann eine besondere Art von Macht ausgeht.

In Hagen/Westfalen, Emil Schumachers Wohn- und Arbeitsort von Anfang an, war er lange mit einer anderen dortigen »fernen Figur« befreundet, dem großen Dichter Ernst Meister (der vor bald zwanzig Jahren gestorben ist). Wenn die beiden befreundet waren, dann aber als solche Gegensatz-Menschen, daß an diesem Gegensatz zuletzt jene freiwillige Zwischenzeitmalerei Schumachers wohl um noch einen Grad anschaulicher wird: Wo der vom Tod besessene Ernst Meister verzweifelnd dichtet: »Das bringt einander um, / das Jetzt und Jetzt ...«, da malt, setzt, entwirft und, ja, gebietet der lebensbestimmte Maler mit jedem neuen Bild hellentschlossen sein grundanderes »Jetzt! Und jetzt! Und jetzt!«

In eben dem Hagen/Westfalen, im Stadtmuseum, las ich dann ungefähr folgende Eintragung in das Besucherbuch zu Emil Schumachers Werkschau seiner fünfundachtzig Jahre: »Diese Bilder sind Spuren in die Freiheit.« Und das kann der Betrachter hier unterschreiben.

Anselm Kiefer oder
Die andere Höhle Platons

Ich kannte Anselm Kiefer noch nicht in Person, als er mich schon einmal im Blick hatte. Das war vor vielleicht fünf Jahren in einem Kino des Quartiers von St. Germain-des-Prés. Ich sei da, so sagte er mir später bei unserer ersten Begegnung, mitten im Film weggegangen. Ohne daß er mein Hinausgehen eigens beschrieb, war mir bei seiner Bemerkung, als sähe ich mich, bei vollem Saal, vor, sagen wir, vierhundert Zuschauern, an der Leinwand vorbei durchs Dunkel in Richtung der Leuchtschrift SORTIE bewegen, möglichst schnell, den Kopf gesenkt, damit nicht etwa dessen Schatten mit in den laufenden Film projiziert würde. Im Gegensatz zu mir habe er sich den Film bis zu Ende angeschaut. Als ich jetzt, vor ein paar Wochen, wieder in demselben Kino saß, spürte ich, schon vor der Mitte des Films, den Blick des abwesenden Malers in meinem Rücken – und nicht bloß im Rücken: rundherum in dem ganzen, diesmal nachmittäglich leeren Saal. So sah ich den Film bis zum Schluß; und betrachtete danach im Vorbeigehen an der Kirche von St. Germain, wo gerade, wie üblich, die Abendmesse auf spanisch gefeiert wurde, über dem Portaleingang das lange Steinrelief eines namenlosen Skulpteurs aus dem 12. Jahrhundert: das Letzte Abendmahl, die Gesichter des Christus und aller zwölf Apostel in einem der Bilderstürme der Geschichte weggeschlagen, die Haltungen aber unversehrt, und, in der Gesichtslosigkeit, vielleicht um so deutlicher – am deutlichsten jene des in seinem Vor-Abschiedskummer mit seinem ganzen Oberkörper quer über die Tafel geworfenen Jüngers Johannes, seinem Nachbarn, dem im Zentrum thronenden Gottessohn, entgegen, den gesichtslos gewordenen Kopf in dessen dem Tisch aufliegenden Hand vergraben; Haltungen, Gestaltungen, Situationen, Konstellationen, die derart in die Augen sprangen, nicht nur wegen der unkenntlich gewordenen Antlitze, sondern auch – die Reliefe waren ja ursprünglich bemalt gewesen? – wegen der im

Lauf all der Jahrhunderte vollkommen verschwundenen Farben oder Farbigkeiten.

Ich kenne die Person des Anselm Kiefer immer noch kaum. Aber als ich, lange vor ihm selber, erstmals seinen Bildern begegnete, war mir, ich kennte diese sozusagen schon seit unvordenklichen Zeiten. Nein, nicht »sozusagen«: als habe es diese Gemälde und diese Malerei tatsächlich gegeben schon vor mir und vor meiner Zeit – und ebenso auch vor dem Maler und seiner Zeit. Kiefers Gemälde (das altertümliche Wort »Gemälde« ist für seine Arbeiten wohl mehr am Platz als das übliche »Bilder«) erschienen mir auf den ersten Blick als eine Art Vorzeit-Malerei, eine Malerei aus der Vorgeschichte. Nicht um Höhlenbilder handelte es sich, wohl aber um Erd- und Bodenbilder, Bilder, der Erde, dem Boden, dem Weg, dem Damm entstiegen und ins Vertikale und Monumentale gebracht; auch die Farben Erd-, Boden-, Stein-, Wurzel-Farben. Vorzeit, das hieß im Betrachten auch »Sagenzeit«, und wirklich gab es ja in den Gemälden Kiefers Spuren und Fragmente sagenhafter Erzählungen, meist der germanischen Mythologie. Es war freilich weniger die in der Regel, im Vergleich zu den monumentalen Formaten, jeweils kleinwinzige deutschmythologische Figurine – die einzelnen Gemälde bekamen so etwas von gigantischen Bühnen-Bildern – als eher das Erzählen selber, das einen Betrachter irritieren oder provozieren konnte: Malend-erzählen, ging das noch, jetzt gegen Ende des 20. Jahrhunderts? War es noch möglich? Konnte es, nach Manet, Cézanne, Picasso, Jackson Pollock, noch etwas Neues bringen oder etwas Altes auffrischen? – Inzwischen scheinen die deutschen Vorgeschichtsgestalten aus Kiefers Breitwänden verschwunden. Doch stärker denn je sind sie Erd- und Boden-Gemälde. Mehr denn je wirken sie, menschenentleert oder höchstens mit einer vereinzelten, anonymen, bodenwärts ausgestreckten, der Erde und dem Lehm angenäherten Figur, sagenhaft; als habe jene germanische Sagenhaftigkeit Platz gemacht einer globalen – einer unbestimmten und auch unbestimmbaren Weltsage.

Anselm Kiefer: Pittsburgh

Ich erlaube mir hier, einen (1) Eindruck wiederzugeben aus dem Alltag des Malers, und zwar deshalb, weil, so kommt es mir vor, in diesem einen Eindruck Person, Alltäglichkeit und Arbeit – bei Kiefer ohnehin schon stetig ineinander übergehend – ganz besonders übereinstimmen. In seinem weitläufigen südfranzösischen Anwesen zu Besuch, fiel mir auf, daß es da an nichts, an keinem Ding, einen Hauch oder Schatten von Verschwendung gab. Zwar war dies und jenes fast üppig, in feiner Auswahl, vorhanden. Aber alles das, so mein Eindruck, sollte möglichst schonend benutzt werden. Es hatte keine Reste zu geben, weit und breit – und wenn Reste, dann keinesfalls im Sinn von »Abfällen«. Jeder Rest, auch wenn nicht eigens gleich neu verwertet, wurde doch aufgehoben und irgendwohin (Wohin? fragte ich mich anfangs) beiseite geschafft als ein Wert. In dem großen reichen Gewächshaus kaum ein verfaultes Gemüse oder eine vertrocknet dahängende Frucht. Zwischen solch konzentrierter, durchorganisierter, ausgetüftelter Fülle – hier die Beete, dort hinten, jenseits zweiter Höfe, sagen wir, der gedeckte, eher kleine Tisch – jeweils ausgedehnte, geradezu gigantische Leerstrecken, Sand, Schotter, Lehmwülste, Kraftfelder von nichts und wieder nichts, entsprechend dem gar nicht extra südlichen, eher vorgebirgshaften Himmel über dem Ganzen. Ein eigentümliches Verhältnis, so mein Eindruck, zwischen Großräumigkeit und Ziseliertheit, geradezu säuberlicher Miniaturhaftigkeit, bestimmte Lebens- wie Arbeitsraum des Malers, ein seltsames Neben-, nein, Miteinander von Monumentalität und klar geordneter, gleichmäßig wertender, geradezu sparsamer Kleinteiligkeit (nichts wegwerfen! nichts verkommen lassen!). Eine Übereinstimmung mit den Arbeiten selber? Wirklich? Welche?

Ich habe meine erste Schulzeit in einem ländlichen Ort verbracht, der am Fuß eines von Höhlen durchlöcherten Kalkfelsenkegels lag. Nicht zum ersten Mal erzähle ich hier die Expeditionen von uns Schulkindern in die damals noch unerschlossenen Grotten. Ich wiederhole mich, es gehört hierher. Jene Höhlen waren durchwachsen von Tropfsteinen, ewignassen, farbigen bis glasigen, was im Licht der Taschenlampen den Anschein von Schatzkammern gab, je tiefer im Berginnern die Kammer, je entfernter vom Tageslicht, desto kostbarer die Steinzapfen und -säulen. Heute, zur (kleinen) Fremdenverkehrsattraktion geworden, hat die Grotte den Slogan »Bunteste Tropfsteinhöhle Österreichs« –»bunt« ist aber am ehesten noch die Zerstörung, welche wir Kinder ihr seinerzeit zugefügt haben: ganze Steinwälder schlugen wir ab und schleppten die besonders glänzenden Bruchstücke hinaus ins Freie, trugen sie, jeder für sich, heim, versteckten sie als einen Schatz; wir entwendeten der Höhle die Farben – übrig blieb an den Ruinen nur dies und jenes Bunte (und es ist ein Unterschied zwischen Farbigkeit und bloßer formenloser Buntheit). Was aber dann mit den Bruchsteinen, -zapfen, -säulen draußen, im Freien, an der Luft, im Tageslicht alsbald geschah: die Tropfsteine, Stalaktiten wie Stalagmiten, hörten zu tropfen auf, trockneten, und auch die scheinbar glasig schimmernden wurden stumpf, die Farben blichen aus – ödere, grauere und zeichenlosere Steine waren uns nie, in keiner Schottergrube, auf keinem Feldweg je unter die Augen gekommen. – Warum ich diese Geschichte hier wiederhole? Weil es mir mit den Dingen, die der Maler Anselm Kiefer im Lauf von Lebensjahrzehnten gesammelt und archiviert hat, eher umgekehrt erging. Im Jahr 1997 hatte ich einmal einen ganzen Vormittag lang die Gelegenheit, allein in einem sehr weiträumigen, dabei tageslichtlosen Keller die Sachen-Sammlung Kiefers sozusagen zu durchwandern; auch bis in die hintersten Winkel und innersten Fächer zu durchstöbern und zu durchschnüffeln (die Nase war immer wieder mit dabei). Das elektrische Licht dort unten war eher schwach – oder das kommt mir jetzt nur so vor. Diese wie in die Erde gegrabene Räumlichkeit befand sich gerade unter dem Atelier des Malers, den ich ab und zu über mir werken hörte. Ja, auch das Hören war Teil des Durchwanderns der jahrzehntlangen Ablagerungen, wie das Schauen, Riechen, Betasten. Immer wieder stieg ich auch auf eine Leiter, nicht nur, um an ein bestimmtes Fach zu gelangen, sondern auch, um den Blick zum Überblick zu erweitern. (Fast) alles Mögliche fand sich unter diesen mehr von selber angesammelten als eigens gesammelten

Dingen, Resten, Skeletten, Schlacken, Trockenfrüchten – nichts wegwerfen, jedem seinen Wert beimessen –: nur eben kaum etwas von dem scheinbar Kostbaren, wie jenen Tropfsteinen, die wir Kinder einst, indem wir sie ihrem Ort entrissen, entwertet hatten. Wie ein gemeinsamer Untergrund all der mehr oder weniger mumifizierten, vorzeitlich gewordenen Dingformen erschienen so, und nicht erst jeweils oben auf der Leiter, die dort in den Kellergemächern allgegenwärtigen Aschen und Sande, die Aschenblüten, Holzaschen, Manganknollen, Brocken vom Meeresboden; und wie die Verbindungsglieder zwischen den Vogelkrallen, Schlangenhäuten, Teppichklopfern, Photoalben, Stechäpfeln usw. die ebenso allgegenwärtigen Büschel und Bündel des sogenannten Unkrauts. Und ich hatte, so im Betrachten, Behorchen und Beriechen, die längste Zeit wieder einmal jenen als eine Art Wahlspruch gewählten Satz des Francis Ponge im Sinn, wie dieser Dichter-Antidichter ihn, sitzend in einer dämmrigen Scheune vor nichts als einer getrockneten Bohnen- oder Zwiebelgirlande, ihn durch ein ganzes, eine eigene Poetik entwerfendes Buch *(Pour un Malherbe)* sich ständig wiederholt: »Monde muet, notre seule patrie!« Und warum erging es mir da in der Vorstellung, angesichts der tausend angegrauten, ausgebleichten, staubenden, zerfallenden, skelettierten Angeschwemmtheiten (eines-und-unseren Lebens), in ihrer Trostlosigkeit, Kläglichkeit, Zeichenlosigkeit, so umgekehrt wie damals mit den in ihrer Höhle prächtig leuchtenden Tropfsteinen? – Ich stellte mir, dort im Keller, vor, sie würden, ihrer düsteren Vorhölle enthoben, ans Tageslicht gebracht, im Gegensatz zu den scheinwertvollen Stalaktiten und Stalagmiten erst ihren Glanz, nein, ihre Kontur, nein, ihren Platz bekommen. Dazu gehörte freilich, daß diese stumme Welt – so lief der Vorstellungsfilm weiter – nicht für sich allein bliebe in dem lichtschwachen Keller, sondern zusammengebracht würde mit dem Gemachten, dem Gestalteten, Geschaffenen dessen, der sie all die Jahrzehnte hindurch so penibel aufgehäuft und beschriftet hatte – zusammengebracht mit den Werken, den Bildern, den Gemälden des Malers aus der Etage darüber: zusammengebracht? ihnen gegenübergestellt? untergeordnet? eingeordnet?

verschwistert? »vergesellschaftet«? Jedenfalls: heraus aus diesem Untergrund mit diesem zwar wie geizig aufbewahrten, zugleich aber grau durcheinandergewürfelten Organischen und Anorganischen, hinaus ins nachbarliche Licht der Werke mit ihnen – so würden sie, nach meiner Vorstellung, zwar bleiben, wie und was sie jetzt waren, aber doch zugleich ganz anders gewürfelt erscheinen. Stumme Welt? Es ging doch ein Takt von ihr aus, oder zumindest ein Knistern.

Die Malerei des Anselm Kiefer erscheint mir als etwas Gefährliches. Wahrscheinlich war sie von ihrem Anfang an schon gefahrvoll – ab dem Augenblick, da Kiefer, der »Schüler« oder was auch immer des Joseph Beuys, von seinen Nach-Beuysschen Aktionen, Situationen und Materialien überging (oder zurückging?) zum Bilder-, Gemälde-Malen. Doch sehe ich sie mit den Jahren noch zunehmend gefahrvoll. Gefahrvoll für wen? Für den Maler selber. Und so sollte es ja wohl auch heutzutage sein: künstlerische Arbeit nur noch im Sinn eines waghalsigen, grenzenerprobenden Abenteuers. Nicht bloß, *wie* heute gemalt wird, sondern schon, *daß* überhaupt »noch« gemalt wird: Problem, Fragwürdigkeit; Legitimationspflicht. Und so speziell gefährlich erlebe ich Kiefers »Wiederaufnahme« des Malens, weil dieses auf den ersten, und dann auch wieder auf den letzten, nein, vorletzten Blick so tut, als gäbe es die Problematik gar nicht; wie fraglos gebärdet sich dieses Malen, die gesamte Bildergeschichte, insbesondere die jetzt des Jahrhunderts, überspringend, in einem großen Sprung zurück, oder vor?, in das Sagenhafte – in eine andere Geschichte. Schon die Formate sind in der Regel giganten- oder zyklopenhaft. Und auch mit seinen ins Riesenhafte vergrößerten Sujets tut dieses Malen, als sei nichts – als sei nie etwas (vorgegeben) gewesen – und als sei alles, alles (noch) möglich. Und so scheinen auch die Pinsel- oder Bürsten- oder Besenstriche, mit denen in solch zyklopischen Formaten die ins Monumentale erweiterten Gestalten präsentiert werden, von keinerlei Fragen und Formüberlegungen gelenkt: die Machart gibt sich vernachlässigbar, unwichtig, zweitrangig; es ist, als diene sie allein der Re-Präsentation, der Neuvergegenwärtigung der unbestimmbar bleibenden Sagenhaftigkeit. Möglicher Eindruck auch auf einen gutwilligen Betrachter vor so einem Gemälde: der Maler habe da eine Art überdimensionalen, vorzeitlichen Schildes nachgemalt und sich, so dem Anschein nach seine vordringliche Malgeste, selbst auf dieses sein Schild gehoben. Und so verstehen sich, zumindest im Ansatz, auch diese und jene Angriffe auf die Malerei Anselm Kiefers. Aber gefährlich ist sein Malen schließlich doch grundanders.

Ist es nicht seltsam, daß eine der Leitfiguren dieses Jahrhunderts für die Abkehr vom Malen und von der Malerei, ja, der Propagandist für deren Unsichtbar-und-anders-Wirksamwerden (innerhalb der Gesellschaft statt außen), Joseph Beuys, lange Zeit für Kiefer der wohl bestimmende Künstler war – und daß gerade dieser A. Kiefer sich dann neu auf die »abgetane« Malerei warf, ja, »warf«? Und seltsam nicht auch, daß einer der Beuysschen Hauptglaubenssätze hieß, ein jeder Mensch sei ein Künstler – während nach ihm einer seiner engsten »Jünger« (oder wie auch immer) auf die Szene trat mit der Geste »Ich, der Maler – und allein ich – und vielleicht noch der und jener – aber wenige – *die* Wenigen!«? Bruch? Überhebung? Hybris? Ich freilich, indem ich mich der Malerei Anselm Kiefers aussetze, wie ja auch sie sich offensichtlich mit dem Betrachter aussetzt, sehe das nicht so. Gerade das Halsbrecherische dieser Bilder hat mir, mit der Zeit, Vertrauen zu ihnen gegeben. Denn »halsbrecherisch« meint bei Kiefer nicht »mutwillig«, sondern es kommt aus einer Bild für Bild spürbaren Bedürftigkeit – aus einem großen Traum, und der geht folgend: Malerei, auch wenn sie vielleicht keinen Platz hat in der gegenwärtigen Weltgeschichte, muß sein! Sie ist, wie sie es war und sein wird, eine – unentschlüsselbare, geheimnisvolle – Notwendigkeit, und aus dieser erfolgt das jeweilige, auch von Epoche und Ort gelenkte Spiel des Künstlers: dieses kann im Fall Kiefers nur nicht so frei sein wie etwa das Malen eines Velázquez, Goya, Manet oder gar Picasso – er malt in einer anderen Zeit als seine Vorgänger, stammt aus einem anderen Land –, und doch geschieht es mit der ganz ähnlichen Spieler-Leidenschaft, und es ist vielleicht am ehesten vergleichbar dem farbformenwärts den Tieftraum (oder die Mythen) suchenden Kiefer-Landsmann Max Beckmann. Malerei geht nicht mehr – nur noch Spiel mit ihr: das war einer der befreienden Züge Dadas. Bilder gibt es nicht mehr, nur noch die Bilderbilder: das war eine der Wohltaten der Pop-art. Mit den Gemälden Kiefers jetzt wird jedoch deutlich: Malerei und Bilder, wozu auch immer – nein, ohne »wozu« – müssen sein, gegen die (gegenwärtigen) Götter und gegen die Welt, gegen Tod und Teufel, und auch mit denen; und daher wohl angesichts dieser Malerei das vordringliche Gefühl: Gefahr! Malerei als ein spezielles Drama, welches in Gang kommt, indem sie sein muß und zugleich spielen muß; existentielles und zugleich ästhetisches Drama, zu verfolgen so spannend wie selten gerade an der Malerei von heute, und mit am spannendsten eben an der Malerei des A. Kiefer. So besonders spannend: denn: was soll sie spielen? Und wie? »Keiner weiß mehr«, auch der Maler nicht. Aber sie, die Malerei, muß sein, und sie muß spielen. Und so erscheint mir das Titanenhafte an der Arbeit Kiefers nicht als die Gratisgestik eines Genies, vielmehr als Notwendigkeit, entsprungen einer Bedürftigkeit. Die Formate müssen so gewaltig sein, wie sie sind; auch die Sujets – die Ziegelmauern, die Wege, der Boden – brauchen diese eigentümliche Größe; und bei näherer (und auch nicht näherer) Betrachtung ist der Farbauftrag dann gar nicht so beliebig: diese Erd-, Sand-, Lehmfarben sind gemalt auch gegen das Malen – sie müssen regelrecht auf die Fläche gebaut, gemauert, *über*baut, *zu*gemauert werden, wie um, zugleich mit der Malerei, eine andere, die übliche Malerei zu bekämpfen, zu überdecken, zu zerstören (siehe »Drama«). Das Aufregende oder Poetische (in dem Sinn Goethes »Der Dichter ist aufgeregt«) an Anselm Kiefers Gemälden ist wohl vor allem, daß sie, parallel und zeitverschoben zu Picasso und Max Beckmann, im jeweiligen Bilderschöpfen zugleich auch den Bildersturm, das Bilder-Stürmen, den Kampf *gegen* die Bilder, für dieses jetzige Bild, spürbar und nacherlebbar machen: so erst verdient das heutige Bild sozusagen seinen Namen.

Ja, das Werk Anselm Kiefers wirkt auf mich, so grundanders als Dada oder die Pop-art, wegen der gewählten Formate und auch der Auswahl und Dimension der Gegenstände, wegen der gleichsam weggemalten Buntfarben, auch als ein Agieren gegen die mehr und mehr allgegenwärtige, raumverdrängende heutige Bilderwelt. Sein Kämpfen um das Bild gegen die Bilder ist freilich ein stiller Kampf, und entsprechend still erscheint mir dann auch das am Ende erkämpfte Bild: gewaltig still – still wie der Maler, ein stiller Wilder. Aber dieser stille Wilde, gerade er, ist vielleicht auf dem Sprung, eine Art neuen Alphabets der Malerei zu entwerfen, an allen fertigen, wohlbegründeten Kanones des 20. Jahrhunderts vorbei, unbekümmert um diese (und natürlich ist er nicht der einzige heute – hat so gar nichts von einem »Einzigen« –, ist nur von allen den Mit-Malern einer, an dem solch ein neues Alphabet besonders augenfällig werden kann). Und was den Anselm Kiefer schließlich vielleicht doch einzigartig macht: daß seine Titanen- oder Zyklopenmalerei, im Gegensatz zu der nicht weniger seiner Mal-Zeitgenossen, so gar nichts Großtuerisches ausstrahlt; ein jedes seiner Gemälde – so sehe ich sie, so denke ich sie – wirkt grundiert und geerdet von einer fundamentalen Melancholie, in dem Sinn etwa von: Kampf, ja! Aber Sieg? Was für ein Sieg? Wenn »titanisch«, dann aber nicht himmelstürmend, sondern erdstürmend. Und wenn es hie und da vielleicht auch möglich ist, seine Bilder als Transparente oder Entwürfe für ein Reich zu sehen, dann weniger für irgendein Welt- als für das Erd-Reich; und wenn vielleicht für ein Weltreich, so für ein anderes. Was für ein anderes? Ein anderes.

Anselm Kiefer hat einmal erklärt, seine Malerei sei bestimmt für Museen – demnach für Innenräume, für ein Interieur (wenn auch ein öffentliches). Für mich aber gehören seine Gemälde eher hinaus ins Freie, möglichst weit hinaus – was ebenso »die Steppe« heißen kann wie die Place de la Concorde in Paris, der Trafalgar Square in London, der Times Square in New York oder die Puerta del Sol in Madrid. Immer wieder, beim Vorbeifahren oder -gehen an den überdimensionalen Reklamebildern des heutigen Globus, habe ich mir diese, hier und dort, ersetzt oder ausgetauscht vorgestellt durch ebenso monumentale, hollywoodbreite Reproduktionen von Kiefer-Gemälden. Das war mir eine wohltätige Vorstellung – und allein solch eine Vorstellung war ein Triumph der Kunst. Also doch eine Art Sieg? Sieg des Künstlers? Nein, des Rätsels, des Ungewissen, des Unentschlüsselbaren – des Fragens. Unter tausend Plakatwänden oder Laserskulpturen am Sunset Boulevard auch nur eine einzige eingenommen von Kiefers schwarzen Sonnenblumenwäldern oder Mayapyramiden: Wohltat einer bildgewordenen lebendigen Frage unter tausend toten Fix- und Fertigkeiten (die natürlich auch schön dazugehören können). Und so stelle ich mir zum Beispiel auch jene berühmten Stier-Silhouetten allüberall in der spanischen Meseta – wenn ihnen, als angeblicher Gefahr für die Konzentration der Autofahrer, tatsächlich das Entferntwerden droht – ersetzt vor durch Vervielfältigungen der Gemälde Anselm Kiefers: keines Reisenden Aufmerksamkeit, scheint mir, würden diese ablenken, sie im Gegenteil erweitern und vertiefen. Kiefers Werk gehört hinaus ins Weite und Freie.

Lieber Anselm Kiefer: Immer noch könnten Sie mich sehen, wie ich mitten in einem Film aus dem Kino flüchte, hinaus ins Freie! Aber in dem Film Ihrer Bilder möchte ich bleiben möglichst bis zum Schluß, genau wie in dem Bilderfilm Velázquez', Goyas, Manets, Cézannes, Beckmanns – zumal dieser Ihr Film ohnedies im Freien spielt.

Coda

Anneliese Rothenberger & Karl Valentin

Am Abend des 25. Dezember 1971 stellte sich heraus, daß die Kasten, die den Kunden unter der Bezeichnung »Fernsehapparate« verkauft werden, in Wirklichkeit nur Attrappen sind. Es handelt sich um hölzerne Kisten mit einer Glasfläche, auf die, je nach sogenannter »Programmtaste«, verschiedene stehende Bildchen geworfen werden. Daß daraus der Eindruck eines Bewegungs- und Handlungsablaufs entsteht, ist eine optische Täuschung. Die Bilder sind nämlich jeweils so geschickt gewählt, daß in der Regel schon ein einziges als Signal für die endlose Bildwelt im Bewußtsein des Beschauers wirkt.

Bei der Auswahl des Signalbildes für den ersten Weihnachtstag hat nun das sogenannte »Zweite Deutsche Fernsehen« einen Fehler gemacht: Es lieferte unter dem Motto »Anneliese Rothenberger gibt sich die Ehre« ein Bild, das so sehr von jeder Außenwelt abgeschnitten war, daß es vor den Augen des Zuschauers in Dornröschenschlaf versank. Eine Frau stand da, auf einem Parkettboden, neben ihr saß ein Greis am Klavier, im Hintergrund Sängerknaben mit weitaufgerissenen Mündern – aber das Bild lief nicht, verzaubert standen die Figuren, angeleuchtet wie für eine Krippenszene. Aus der Traum! Der Fernsehapparat war also ein Puppenheim, je nach Preis mit einer weißen oder mehreren farbigen Glühbirnen ausgestattet. Und dabei hatten die großen Kaufhäuser im diesjährigen Weihnachtsgeschäft mit dem Verkauf von »Farbfernsehern« den größten Umsatz erzielt! Nun stellte sich also heraus, daß »Fernseher« nur eine Bezeichnung war wie »Liebfrauenmilch« und »bengalisches Feuer«.

Laut der Programmzeitschrift *Hör zu* sollte der Greis am Klavier der Komponist Robert Stolz sein und auf Frau Rothenbergers Wunsch, ihn in einem Jahr wiederzusehen, »wenn Gott will, ich halt still«, sagen. Aber in Wirklichkeit sagte er gar nichts, es handelte sich nicht um ihn, sondern um einen Scherzartikel. Waren die Fernsehzeitschriften, wie so oft schon vermutet, also doch nur die Innungszeitschriften der Fernsehindustrie?

Plötzlich eine Bewegung: Ein Mensch mit einer langen Nase schneite ins Bild, und mit jedem seiner traumverlorenen Schritte verwandelte sich der Kasten zurück in ein Fernsehgerät. Da hämmerte Robert Stolz mit den Ellenbogen vergnügt einen Marsch in die Tasten, der Knabenchor lachte mit glockenhellen Stimmen, und auch Frau Rothenberger schaute um sich wie wachgeküßt. »Wer sind Sie? Was wollen Sie?«, aber das Individuum war schon aus dem Bild verschwunden.

Nun ging alles programmgemäß, und der Gast des Abends trat auf, der Industrielle Theo Albrecht, der kurz vor dem Fest von seinen Entführern gegen ein Lösegeld von 7 Millionen Mark freigelassen worden war.

»Wie haben Sie diese große Summe aufbringen können?«, fragte Frau Rothenberger.

»Erst einmal hoffe ich, daß die Banken für meine Lage Verständnis aufbringen werden«, antwortete Albrecht.

»Ist es eigentlich möglich, Lösegelder von der Steuer abzuziehen?«, fragte die Sängerin. »Könnte der Finanzminister die sieben Millionen als Betriebsausgabe anerkennen?«

»Das ist wenig wahrscheinlich«, antwortete der Gast des Abends. »Man hat mich schließlich nicht entführt, weil ich einen bestimmten Betrieb leite, sondern weil man mich für einen reichen Mann hielt.«

»Und die Absetzmöglichkeit als Sonderausgabe«, fragte Rothenberger.

»Auch das ist wenig aussichtsreich«, sagte der Industrielle. »Denn das Einkommensteuergesetz nennt in Paragraph 10 alle Ausgaben, die als Sonderausgaben abzugsfähig sind. Das Lösegeld ist dabei nicht aufgeführt.«

»Also gibt es keine Möglichkeit?« »Doch«, antwortete Albrecht. »Es müßte als ›außerordentliche Belastung‹ anerkannt werden. So hat es jedenfalls die *Frankfurter Allgemeine Zeitung* in ihrem Wirtschaftsteil dem Finanzminister empfohlen. Außergewöhnlich sind bekanntlich Belastungen, die einem Steuerpflichtigen aufgezwungen werden und die ihn besonders hart treffen.«

»Mithin hätten die Entführer nicht Sie geschädigt, sondern das Finanzamt? Und mit dem Finanzamt das Publikum?«

Die Show lief.

In diesem Augenblick verirrte sich wieder das Subjekt mit der langen Nase auf die Bühne. Ein Regieeinfall?

»Festhalten!«, rief Albrecht. »Das ist der Entführer!«

Das Subjekt wurde festgehalten und gleich dem Publikum für zweckdienliche Hinweise vorgestellt.

»Wie heißen Sie?«, fragte Frau Rothenberger.

»Karl Valentin.«

»Nein, er ist es doch nicht«, sagte Albrecht. Gehörte das noch zur Show?

»Sie sind unschuldig«, sagte Frau Rothenberger.

Aber das Individuum schien nicht mitspielen zu wollen; es schwieg.

Da komponierte Robert Stolz schnell ein Lied für den Gekränkten: – »Ein Herz genügt nicht, / für dich zu schlagen.«

Der Mensch schwieg noch immer.

»Sie sind unschuldig«, sagten nun alle.

Karl Valentin hob aber nur langsam den Kopf und fragte: »Warum?«

Die Hornissen

Ich werde »Die Hornissen« nicht aufschlagen. Oder doch: vor meinem geistigen Auge, wie man einst gesagt hat. Und da sehe ich, sieht es, das Auge, es schneien. Jemand starrt ins Feuer, und als er sich umdreht, sieht er, auf dem Holzfaß vor dem Fenster, den vermißten Bruder, sein ein und alles. Der Bruder freilich flieht, zwischen den Schneeschwaden, in denen es von Schwade zu Schwade heller wird, über die Brachäcker beim Gehöft. Ein anderer Bruder liegt als Leiche im Haus, ertrunken, und der flüchtige Bruder ist wohl verantwortlich für das Unglück, oder hält sich dafür. Romanlang dann all die Geschichten der Gleichzeitigkeit: während »ich« im Bett liege und träume, liegen die Schlaflosen in den Fernzügen quer durch den Kontinent, wäscht die Frau des Vaters das Geschirr ab, dröhnen die Hornissen nachts gegen die geschlossenen Hofscheiben, klirren die Ketten der Kühe im Stall, schleichen die Blinden in den Fluren der städtischen Blindenanstalt, hintereinander an den Haltestangen, ist dort die Landkarte ausgestattet mit erhabenen Linien für den Lauf der Flüsse, zum Betasten, schießen die Kindheitsbomber aus dem Horizont, verschrumpeln auf der Herdplatte die Ameisen. Und nie kommt der Bruder zurück, der von »mir« doch buchlang erwartet wird, während »ich« an der Hauswand stehe und mit meinem Schatten die Sonnenuhr spiele, während »ich« an der Landstraße unter dem Milchstand hocke, während das Schwein geschlachtet wird, während der Priester sagt: »Sehet das Lamm Gottes ...« Und wieder hocke »ich« unter einem Tisch, diesmal beim sonntäglichen Kartenspiel der Dorfbauern, gleite mit den Fingerkuppen über die Spucke der Spieler, und aus einem Lautsprecher an einer Waldlichtung wird verlautet, endlich werde der Bruder zurückkommen – aber »mein Lebtag« lang ist er nicht zurückgekommen ... Und am Ende geht der Bruder, so »mein letztes Bild«, auf gefrorenem Schnee, Schritt für Schritt, bis er einbricht und das Buch aus ist.

Nachweise

(Auto-)Biographisches

Ein autobiographischer Essay. 1957. Erstdruck in: Als ich 15 war. Hg. von Eckart Kroneberg. Gütersloh o.J. [1968], S. 13-18. Wiederabgedruckt in: Peter Handke: Ich bin ein Bewohner des Elfenbeinturms. Frankfurt/M.: Suhrkamp 1972, S. 11-16.

Eine Zwischenbemerkung über die Angst. Erstdruck in: Playboy (deutsche Ausgabe), März 1974. Wiederabgedruckt in: Peter Handke: Als das Wünschen noch geholfen hat. Frankfurt/M.: Suhrkamp 1974, S. 99-100.

Über Lieblingswörter. Erstdruck in: Die Zeit, 27. 12. 1991. Wiederabgedruckt in: Peter Handke: Langsam im Schatten. Gesammelte Verzettelungen 1980-1992. Frankfurt/M.: Suhrkamp 1992, S. 14-15.

Die Reise nach Kolonos. Erstdruck in: Sophokles: Ödipus in Kolonos. Aus dem Griechischen von Peter Handke. Frankfurt/M.: Insel 2003, S. 145-159.

Mehr oder weniger Grundsätzliches

Ich bin ein Bewohner des Elfenbeinturms. Wiederabgedruckt in: Ich bin ein Bewohner des Elfenbeinturms, S. 19-28.

Zur Tagung der Gruppe 47 in den USA. Erstdruck unter dem Titel *Beschreibungsimpotenz. Zur Tagung der Gruppe 47 in den USA* in: konkret, Juni 1966. Wiederabgedruckt in: Ich bin ein Bewohner des Elfenbeinturms, S. 29-34.

Die Literatur ist romantisch. Erstdruck: Peter Handke: Die Literatur ist romantisch. Berlin: Oberbaumpresse 1967. Wiederabgedruckt in: Ich bin ein Bewohner des Elfenbeinturms, S. 35-50.

Preisreden

Die Geborgenheit unter der Schädeldecke. Rede zur Entgegennahme des Georg-Büchner-Preises 1973. Erstdruck in: Süddeutsche Zeitung, 27. 10. 1973. Wiederabgedruckt in: Als das Wünschen noch geholfen hat, S. 69-78.

Rede zur Verleihung des Franz-Kafka-Preises. Erstdruck in: Die Presse, 12. 10. 1979. Wiederabgedruckt in: Peter Handke: Das Ende des Flanierens. Frankfurt/M.: Suhrkamp 1980, S. 156-159.

Kleine Rede über die Stadt Salzburg. Rede zur Entgegennahme des Salzburger Literaturpreises 1986. Erstdruck in: Langsam im Schatten, S. 86-88.

Schuldeneintreibung. Rede zur Entgegennahme des Großen Österreichischen Staatspreises für Literatur 1988. Erstdruck in: Langsam im Schatten, S. 89-95.

Franz Grillparzer und der Clochard von Javel. Rede zur Entgegennahme des Franz-Grillparzer-Preises 1991. Erstdruck in: Langsam im Schatten, S. 49-54.

Wut und Geheimnis. Erstdruck in: Peter Handke, Klaus Amann: Wut und Geheimnis. Peter Handkes Poetik der Begriffsstutzigkeit. Zwei Reden zur Verleihung des Ehrendoktorates an der Universität Klagenfurt am 8. November 2002 an Peter Handke. Klagenfurt u. a.: Wieser 2002, S. 47-59.

Einige Anmerkungen zum Da- und zum Dort-Sein. Erstdruck in: Einige Anmerkungen zum Da- und zum Dort-Sein. Ehrendoktorat an Peter Handke durch die Universität Salzburg. Salzburg, Wien: Jung und Jung 2004.

Zu den unverwöhnbaren Dichtern

I

Der Selbstmaßregler. Zu Karl Philipp Moritz. Erstdruck in: tageszeitung, 26. 6. 1993. Wiederabgedruckt in: Mündliches und Schriftliches, S. 37-38.

Einige Bemerkungen zu Stifter. Erstdruck in französischer Sprache in: Le Monde, 12. 4. 1991. Wiederabgedruckt in einer Übersetzung des Autors in: Langsam im Schatten, S. 55-57.

Im Jenseits der Sinne. Ein Versuch über Christian Wagner. Erstdruck in: Die Zeit, 6. 1. 1978. Wiederabgedruckt in: Das Ende des Flanierens, S. 123-134.

Zu Franz Kafka. Erstdruck in: Frankfurter Allgemeine Zeitung, 1. 6. 1974. Wiederabgedruckt in: Das Ende des Flanierens, S. 153-155.

Totenstille beim Heurigen. Versuch einer Analyse mit Hilfe einer Nacherzählung von Ödön von Horváths Geschichten aus dem Wienerwald. Erstdruck in: Ödön von Horváth: Geschichten aus dem Wiener Wald. Frankfurt/M.: Suhrkamp 1970, S. 127-137. Wiederabgedruckt in: Ich bin ein Bewohner des Elfenbeinturms, S. 217-227.

II

Zu dem Sammelband Wochenende. Erstdruck unter dem Titel *Bei Abschied Regen* in: Der Spiegel, 12. 6. 1967. Wiederabgedruckt in: Ich bin ein Bewohner des Elfenbeinturms, S. 191-194.

Karin Struck: Die Mutter. Erstdruck in: Der Spiegel, 17. 3. 1975. Wiederabgedruckt in: Das Ende des Flanierens, S. 49-55.

Jemand anderer: Hermann Lenz. Erstdruck in: Süddeutsche Zeitung, 22. 12. 1973. Wiederabgedruckt in: Als das Wünschen noch geholfen hat, S. 79-97.

Der Krieg ist nicht vorbei. Hermann Lenz: Neue Zeit. Erstdruck in: Die Zeit, 30. 5. 1975. Wiederabgedruckt in: Das Ende des Flanierens, S. 61-69.

Zu Jung und Alt *von Hermann Lenz.* Erstdruck in: Die Zeit, 15. 12. 1989. Wiederabgedruckt in: Langsam im Schatten, S. 147-155.

Hermann Lenz, der Epiker des »und«, »bei« und »mit«. Rede zur Verleihung des Europäischen Literaturpreises 1997 an Hermann Lenz. Erstdruck in: Verleihung des Ersten Würth-Literaturpreises für Europäische Literatur am

1. Juli 1997. Jahrbuch Museum Würth Künzelsau 1998. Wiederabgedruckt in: Mündliches und Schriftliches, S. 101-111.

Grabrede auf Hermann Lenz. Erstdruck in: Peter Handke, Hermann Lenz: Berichterstatter des Tages. Briefwechsel. Hg. und mit einem Nachwort von Helmut Böttiger, Charlotte Brombach und Ulrich Rüdenauer. Mit einem Essay von Peter Hamm. Frankfurt/M.: Insel 2006, S. 412-414.

Gegen den tiefen Schlaf: Nicolas Borns Roman Die erdabgewandte Seite der Geschichte. Erstdruck in: Die Zeit, 8. 10. 1976. Wiederabgedruckt in: Das Ende des Flanierens, S. 107-119.

Nicolas Born, ratloser Liebhaber. Rede anläßlich der Veranstaltung zum 50. Geburtstag von Nicolas Born in der Akademie der Künste Berlin, 1987. Erstdruck in: Langsam im Schatten, S. 33-35.

Ein Gruß an Ludwig Hohl. Erstdruck in: Das Ende des Flanierens, S. 162-163.

Zeit für eure Toten! Eine Skizze zu den Büchern Gerhard Meiers. Erstdruck in: Neue Zürcher Zeitung, 25. 1. 1991. Wiederabgedruckt in: Langsam im Schatten, S. 58-61.

Zu Herbert Achternbusch. Erstdruck in: Die Zeit, 24. 6. 1977. Wiederabgedruckt in: Das Ende des Flanierens, S. 101-105.

Des Privatdetektivs eigener Fall. Über Stephan Peter Jungk und seinen Roman Tigor. Erstdruck in: Die Zeit, 7. 2. 1992. Wiederabgedruckt in: Langsam im Schatten, S. 172-181.

Wie ein Letzter ein Erster; Lob eines Kritikers. Zu Helmut Färber. Rede zur Verleihung des Petrarca-Preises 1994. Erstdruck in: manuskripte, H. 125 (1994). Wiederabgedruckt in: Mündliches und Schriftliches, S. 39-65.

Eine gewaltige Sehnsucht: Zu Arnold Stadler. Rede zur Verleihung des Nicolas-Born-Preises 1995. Erstdruck in: Petrarca-Preis 1992-1995. Edition Petrarca 1992-1995. Wiederabgedruckt in: Mündliches und Schriftliches, S. 82-91.

Josef W. Janker oder Die Selbstverschränkung der Autor-Kreatur. Rede zur Verleihung des Hermann-Lenz-Preises 1999. Erstdruck in: Neue Zürcher Zeitung, 11./12. 9. 1999. Wiederabgedruckt in: Mündliches und Schriftliches, S. 139-154.

Zu Ralf Rothmann. Rede zur Verleihung des Hermann-Lenz-Preises 2001. Erstdruck in: manuskripte, H. 154 (2001). Wiederabgedruckt in: Mündliches und Schriftliches, S. 155-163.

Gurken und Kiefern, Äpfel und Schnee. Rede zur Verleihung des Hermann-Lenz-Preises an Jürgen Becker 2006. Erstdruck in: Die Zeit, 3. August 2006.

III

Als ich Verstörung *von Thomas Bernhard las.* Erstdruck in: manuskripte H. 21 (1967/68). Wiederabgedruckt in: Ich bin ein Bewohner des Elfenbeinturms, S. 211-216.

Zu Wolfgang Bauer, Magic Afternoon. Erstdruck unter dem Titel *Wenn die Nerven schwanken* in: Abendzeitung (München), 30.11./1. 12. 1968. Wiederabgedruckt in: Ich bin ein Bewohner des Elfenbeinturms, S. 195-198.

Zu G. F. Jonke, Geometrischer Heimatroman. Erstdruck unter dem Titel *In Sät-*

zen steckt Obrigkeit in: Der Spiegel, 21. 4. 1969. Wiederabgedruckt in: Ich bin ein Bewohner des Elfenbeinturms, S. 199-202.

Zu Alfred Kolleritsch. Erstdruck in: Almanach des Residenz-Verlages auf das Jahr 1972. Wiederabgedruckt in: Das Ende des Flanierens, S. 135-136.

Der tiefe Atem. Rede zur Petrarca-Preis-Verleihung an Alfred Kolleritsch über den Gedichtband *Einübung in das Vermeidbare.* Erstdruck in: Kleine Zeitung, 1978. Wiederabgedruckt in: Das Ende des Flanierens, S. 137-144.

Österreich und die Schriftsteller (am Beispiel Franz Nabls). Erstdruck in: Almanach des Residenz-Verlages auf das Jahr 1974. Wiederabgedruckt in: Das Ende des Flanierens, S. 18-21.

Franz Nabls Größe und Kleinlichkeit. Erstdruck in: Franz Nabl: Charakter. Hg. von Peter Handke. Salzburg: Residenz 1975. Wiederabgedruckt in: Das Ende des Flanierens, S. 22-37.

Zu Klaus Hoffer: Halbwegs. Bei den Bieresch 1. Erstdruck in: Der Spiegel, 25. 6. 1979. Wiederabgedruckt in: Das Ende des Flanierens, S. 147-152.

Einwenden und Hochhalten. Rede auf Gustav Januš zur Verleihung des Petrarca-Preises 1984. Erstdruck in: Die Zeit, 29. 6. 1984. Wiederabgedruckt in: Langsam im Schatten, S. 125-135.

Prosa als Hintergrund(aus)leuchten. Rede zur Verleihung des Hermann-Lenz-Preises an Walter Kappacher, 2004. Erstdruck in: manuskripte H. 165 (2004), S. 29-32.

Mißglückte Heimat. Nachwort zu Georg Pichler: *Alle heilige Zeiten.* Erstdruck in: Georg Pichler: Alle heiligen Zeiten. Eine Erzählung. Mit einem Nachwort von Peter Handke. Frankfurt/M.: Suhrkamp 2004, S. 95-101.

IV

Die privaten Weltkriege der Patricia Highsmith. Erstdruck in: Der Spiegel, 13. 1. 1975. Wiederabgedruckt in: Peter Handke: Das Ende des Flanierens, S. 38-48.

Langsam im Schatten: der Dichter Philippe Jaccottet. Erstdruck in: Akzente Nr. 4 (1988). Wiederabgedruckt in: Langsam im Schatten, S. 16-32.

Das plötzliche Nichtmehrwissen des Dichters. Rede zur Verleihung des Petrarca-Preises 1989 an Jan Skácel. Erstdruck in: Die Zeit, 16. 6. 1989. Wiederabgedruckt in: Langsam im Schatten, S. 136-146.

Brief an Iasushi Inoue. Erstdruck in: Frankfurter Rundschau, 4. 10. 1990. Wiederabgedruckt in: Langsam im Schatten, S. 62-63.

Wir-Erzähler und Ich-Erzähler: Zu John Berger. Rede zur Verleihung des Petrarca-Preises 1991 an John Berger. Erstdruck in: Die Zeit, 15. 11. 1991. Wiederabgedruckt in: Langsam im Schatten, S. 156-166.

Die Hexenmeisterin. Zu Marguerite Duras. Erstdruck in französischer Sprache in: Le Monde, 19. 11. 1992. Wiederabgedruckt in: Mündliches und Schriftliches, S. 29-30. Aus dem Französischen von Jacqueline Ahrend.

Dies und das zu den unverwöhnbaren Dichtern (statt eines Nachworts zu den Gedichten von Miodrag Pavlović). Erstdruck in: Miodrag Pavlović: Einzug in Cremona. Gedichte. Aus dem Serbischen von Peter Urban. Mit einem Nachwort von Peter Handke. Frankfurt/M.: Suhrkamp 2002, S. 171-173.

Der Käfer auf der Pestsäule. Vorwort zu Jurij Brězan: Krabat oder Die Verwandlung der Welt. Erstdruck in: Jurij Brězan: Krabat oder Die Verwandlung der Welt. Mit einem Vorwort von Peter Handke. Frankfurt/M.: Suhrkamp 2004, S. 7-13.

EIDOLA / Kleine Bildchen. Nachwort zu Abbas Kiarostami: In Begleitung des Windes. Erstdruck in: Abbas Kiarostami: In Begleitung des Windes. Gedichte. Aus dem Persischen von Shirin Kumm und Hans-Ulrich Müller-Schwefe. Mit einem Nachwort von Peter Handke. Frankfurt/M.: Suhrkamp 2004, S. 231-240.

Zum Geleit: Das Meer – Die Insel – Das Schiff. Erstdruck in: Das Meer – Die Insel – Das Schiff. Sorbische Dichtung von den Anfängen bis zur Gegenwart. Hg. von Kito Lorenc. Ins Deutsche übertragen von Kito Lorenc, Albert Wawrik, Róža Domašcyna u. a. Mit einem Geleitwort von Peter Handke und einem Nachwort von Christian Prunitsch. Heidelberg: Das Wunderhorn 2004, S. 5-12.

V

Der Verleger wird gebraucht. Erstdruck in: Der Verleger und seine Autoren. Siegfried Unseld zum sechzigsten Geburtstag. Frankfurt/M.: Suhrkamp 1984, S. 78.

Zeit mit Siegfried Unseld (ohne Zeitwörter). Erstdruck in: »Ins Gelingen verliebt sein und in die Mittel des Gelingens«. Siegfried Unseld zum Gedenken. Frankfurt/M.: Suhrkamp 2003, S. 181-185.

Vom Singular zum Plural. Rede zur Verleihung des Siegfried-Unseld-Preises am 28. September 2004 im Holzhausenpark. In diesem Band erstmals gedruckt.

Vom Übersetzen

Vom Übersetzen: Bilder, Bruchstücke, ein paar Namen. Für Fabjan Hafner zu seinem Petrarca-Übersetzerpreis 1990. Erstdruck in: Langsam im Schatten, S. 96-100.

Das Summen des Übersetzers. Für Ralph Manheim. Erstdruck in: Die Zeit, 20. 11. 1992. Wiederabgedruckt in: Mündliches und Schriftliches, S. 31-33.

Den Dingen Augen geben. Über Georges-Arthur Goldschmidt. Rede zur Verleihung des Prix lémanique de la traduction 1994. Erstdruck in: Prix lémanique de la traduction. 4. Verleihung. Centre de traduction littéraire, Université de Lausanne 1996. Wiederabgedruckt in: Mündliches und Schriftliches, S. 92-100.

Politisches

Bemerkungen zu einem Gerichtsurteil. Erstdruck in: Frankfurter Allgemeine Zeitung, 8. 12. 1967. Wiederabgedruckt in: Ich bin ein Bewohner des Elfenbeinturms, S. 161-162.

Der Monopol-Sozialismus. Erstdruck in: Die Zeit, 30. 8. 1968. Wiederabgedruckt in: Ich bin ein Bewohner des Elfenbeinturms, S. 163-168.

Zu Hans Dieter Müller, Der Springer Konzern. Wiederabgedruckt in: Ich bin ein Bewohner des Elfenbeinturms, S. 169-175.

Die Tautologien der Justiz. Erstdruck in: Die Zeit, 14. 11. 1969. Wiederabgedruckt in: Ich bin ein Bewohner des Elfenbeinturms, S. 176-187.

Eine andere Rede über Österreich. Erstdruck in: profil, 13. 3. 1985. Wiederabgedruckt in: Langsam im Schatten, S. 64-73.

Gegenstimme. Erstdruck in: profil, 26. 5. 1986. Wiederabgedruckt in: Langsam im Schatten, S. 74-85.

Die offenen Geheimnisse der Technokratie. Erstdruck in: Neue Freie Presse, Juni/Juli 1973. Wiederabgedruckt in: Als das Wünschen noch geholfen hat, S. 29-35.

Abschied des Träumers vom Neunten Land. Eine Wirklichkeit, die vergangen ist: Erinnerung an Slowenien. Erstdruck in gekürzter Fassung in: Süddeutsche Zeitung, 27./28. 7. 1991. Wiederabdruck in einer vom Autor bearbeiteten und ergänzten Fassung: Abschied des Träumers vom Neunten Land. Eine Wirklichkeit, die vergangen ist: Erinnerung an Slowenien. Frankfurt/M.: Suhrkamp 1991.

Am Ende ist fast nichts mehr zu verstehen. Die Debatte um den Heinrich-Heine-Preis. Erstdruck in: Süddeutsche Zeitung, 1. 6. 2006. Vom Autor bearbeitete, veränderte und ergänzte Fassung zweier Artikel, die in der französischen Tageszeitung Libération erschienen sind und von Anne Weber aus dem Französischen übersetzt wurden.

Über Film und Kino

Theater und Film: Das Elend des Vergleichens. Wiederabgedruckt in: Ich bin ein Bewohner des Elfenbeinturms, S. 65-77.

Vorläufige Bemerkungen zu Landkinos und Heimatfilmen. Wiederabgedruckt in: Ich bin ein Bewohner des Elfenbeinturms, S. 146-152.

Probleme werden im Film zu einem Genre. Erstdruck in: film, August 1968. Wiederabgedruckt in: Ich bin ein Bewohner des Elfenbeinturms, S. 83-87.

Dummheit und Unendlichkeit. Erstdruck in: film, März 1969. Wiederabgedruckt in: Ich bin ein Bewohner des Elfenbeinturms, S. 153-157.

»Mr. Curtiz lebt nicht mehr hier«. Erstdruck in: Der Spiegel, 22. 10. 1975. Wiederabgedruckt in: Das Ende des Flanierens, S. 83-90.

Appetit auf die Welt. Rede eines Zuschauers über ein Ding namens Kino. Erstdruck in: Der Standard, 23. 10. 1992. Wiederabgedruckt in: Mündliches und Schriftliches, S. 11-17.

Kinonacht, Kinotiernacht. Vom Antivampirkino des Paares Straub/Huillet, aus Anlaß des Films Antigone. Erstdruck in: Die Zeit, 13. 11. 1992. Wiederabgedruckt in: Mündliches und Schriftliches, S. 18-28.

Die Geschichte von Hossein und Tahereh. Eine Annäherung an den iranischen

Cineasten Abbas Kiarostami. Erstdruck in: Frankfurter Rundschau, 22. 9. 1995. Wiederabgedruckt in: Mündliches und Schriftliches, S. 18-28.

Die Bilder sind nicht am Ende. Erstdruck in: Frankfurter Rundschau, 10. 1. 1995. Wiederabgedruckt in: Mündliches und Schriftliches, S. 78-81.

Zur bildenden Kunst

Eine Erzählung aus vierzehn und einem Guß. Erstdruck in: Pan, H. 3 (1991). Wiederabgedruckt in: Langsam im Schatten, S. 9-13.

Einige Anmerkungen zur Arbeit von Jan Voss. Erstdruck in: Katalog zu einer Ausstellung von Jan Voss in Düsseldorf 1991. Wiederabgedruckt in: Langsam im Schatten, S. 200-204.

Vorgestern. Zu Pierre Alechinsky. Erstdruck in: Pierre Alechinsky. Hg. v. Ernst-Gerhard Güse. Stuttgart: Gerd Hatje 1993. Wiederabgedruckt in: Mündliches und Schriftliches, S. 34-36.

Vier Anmerkungen zu Zoran Music und seinen Bildern. Erstdruck in: Zoran Music. Hg. v. Sabine Schulze. Stuttgart: Gerd Hatje 1997. Wiederabgedruckt in: Mündliches und Schriftliches, S. 112-116.

Emil Schumacher, ferne Figur. Ferne Figur? Erstdruck in: Retrospektive Emil Schumacher – Rétrospective. Katalog zur Ausstellung Emil-Schumacher-Retrospektive. Galerie Nationale du Jeu de Paume, Paris, Hamburger Kunsthalle, Haus der Kunst München 1998. Wiederabgedruckt in: Mündliches und Schriftliches, S. 117-124.

Anselm Kiefer oder die andere Höhle Platons. Erstdruck in: Die Zeit, 9. 9. 1999. Wiederabgedruckt in: Mündliches und Schriftliches, S. 125-138.

Coda

Anneliese Rothenberger & Karl Valentin. Erstdruck in: Ich bin ein Bewohner des Elfenbeinturms, S. 231-233.

Die Hornissen. Erstdruck in: Das erste Buch. Schriftsteller über ihr literarisches Debüt. Hg. von Renatus Deckert. Frankfurt/M.: Suhrkamp 2007, S. 106-107.

SV